SUPERBESTSELLER
36

Della stessa autrice

Incontri
La tenuta
Ritratto di famiglia
Menzogne
Palomino
Promessa d'amore
Giramondo
Ora e per sempre
L'anello
Fine dell'estate
Stagione di passione
Una volta nella vita
Un amore così raro
Amarsi
Amare ancora
Due mondi due amori
Una perfetta sconosciuta
Cose belle
Il cerchio della vita
Il caleidoscopio
Zoya
Daddy-Babbo
Messaggio dal Vietnam
Batte il cuore
Nessun amore più grande
Gioielli
Star
Le sorprese del destino
Scomparso
Il regalo
Scontro fatale
Cielo aperto
Fulmini
La promessa
Cinque giorni a Parigi
Perfidia
Silenzio e onore
Il ranch

DANIELLE STEEL

SVOLTE

SPERLING
PAPERBACK

Traduzione di Grazia Maria Griffini
Changes

I edizione «Superbestseller» Paperback maggio 1989
Finito di stampare nel gennaio 2002
presso la Mondadori Printing S.p.A.
Stabilimento N.S.M. di Cles (TN)
Printed in Italy

ISBN 88-8274-374-8
86-I-02

XVI EDIZIONE

RINGRAZIAMENTI
L'autrice desidera ringraziare in modo particolare il dottor Phillip Oyer.

A Beatrix, Trevor, Todd,
Nicky, e soprattutto a John,
per tutto ciò che siete e per
tutto quello che mi avete dato.

Con tutto il mio amore.

Cambiando,
a passo di danza,
a salti,
insinuandomi
dalla vecchia vita
in quella nuova,
domandandomi
che cosa
penso
di te,
sogni invisibili,
e nuovi e freschi
progetti,
due vite
intrecciate,
avviluppate,
che assumono una dimensione
più grande, finalmente,
e, all'improvviso,
un cuore
catturato al volo,
imprigionato,
impossibile tornare
indietro,
e tantomeno rinunciare,
troppo tardi per fuggire,
troppo presto
per capire
se tutto va bene,
eppure sarà
il tempo a
dirlo,
e sottovoce
nella notte
chiamo
il tuo nome,
niente è più
come prima
in mezzo a questo
riassetto totale,
come in me stessa
ogni cosa
sta mutando,
si muove,
e si trasforma.

Capitolo 1

«DOTTOR Hallam... dottor Peter Hallam... dottor Hallam... reparto di terapia cardiaca intensiva, dottor Hallam...», ripeteva meccanicamente la voce, mentre Peter Hallam attraversava a passo rapido l'atrio d'ingresso del Center City Hospital. Non aveva bisogno di fermarsi a rispondere alle chiamate diffuse ovunque dall'altoparlante perché la sua équipe sapeva già che lui stava per arrivare. Aggrottò le sopracciglia mentre premeva il bottone dell'ascensore per salire al sesto piano, la mente già totalmente assorta a riesaminare i dati che gli erano stati forniti venti minuti prima per telefono. Avevano aspettato per settimane un donatore e ormai era quasi troppo tardi. Quasi, non del tutto. Mentre i pensieri si susseguivano febbrili nel suo cervello, gli sportelli dell'ascensore si spalancarono. Il dottor Hallam si avviò in fretta verso il lungo banco al quale sedevano le infermiere di servizio nel reparto di terapia cardiaca intensiva.

«Hanno già mandato di sopra Sally Block?» Un'infermiera alzò gli occhi e parve irrigidirsi sull'attenti quando il suo sguardo incrociò quello del medico. Provava sempre una specie di tuffo al cuore ogni volta che lo vedeva. Era un uomo che faceva una profonda impressione in chiunque lo guardasse: alto, snello, con i capelli brizzolati e gli occhi azzurri, la voce pacata e sommessa. Aveva proprio l'aspetto e le fattezze del classico medico da romanzo rosa, di quelli che piacciono tanto alle lettrici. Perché c'era qualcosa di fondamentalmente buono, dolce e gentile in lui, anche se dalla sua figura irradiava un incredibile senso di forza e di sicurezza. Gli si leggeva nello sguardo la determinazione a non fermarsi davanti a nessun ostacolo, a tentare persino l'impossibile. Una sorta di smania di andare quasi al di là delle proprie forze per fare di più, per lottare contro il tempo, per conquistare la vittoria al di là di ogni speranza, anche quando tutto era contro di lui, per strappare una vita, per riconquistarla... una sola... quella di un uomo, di una donna, di un bambino... una vita in più. E spesso ci riusciva. Spesso vinceva. Ma non sempre. E questo lo affliggeva. Anzi, lo addolorava addirittura. Era la causa delle rughe sottili che gli segnavano il contorno degli occhi, della pena infinita che lo tormentava. Non era sufficiente compiere miracoli quasi ogni giorno. Peter Hallam desiderava qualcosa di più, maggiori probabilità di vittoria... e avrebbe voluto salvarli tutti mentre non era possibile.

«Sì, dottore.» L'infermiera assentì rapida, con un cenno della testa. «È salita adesso.»

«Era pronta?» Ecco un'altra cosa che non mancava mai di stupire in lui. L'infermiera capì immediatamente a che cosa alludeva il dottor Hallam con quella parola, «pronta»: non si riferiva alla trasfusione alla quale era già sottoposta la paziente, né tantomeno al blando sedativo che le era stato somministrato prima di portarla fuori della sua stanza per condurla, in lettiga, nella sala operatoria. In quel momento il dottor Hallam le stava domandando invece che cosa Sally Block pensasse e provasse, chi le aveva parlato, chi l'aveva assistita. Voleva che tutti sapessero che cosa stavano per affrontare, quanto la sua équipe avrebbe lavorato duramente, quanto ci tenessero a riuscire, con quanto accanimento e quanta disperazione fossero disposti a tentare di salvare ogni singola vita affidata alle loro mani. Voleva che ogni paziente fosse pronto ad affrontare la battaglia con lui. «Se non riescono a convincersi di essere in grado di lottare e di avere delle probabilità di riuscita quando entrano in sala operatoria con noi, possiamo considerarli già persi fin dal principio», ecco ciò che l'infermiera gli aveva sentito dire ai suoi studenti e parlava col cuore, sul serio. Perché il dottor Hallam lottava con ogni fibra del suo essere, e ciò gli costava enormemente, ma ne valeva la pena. I risultati che aveva ottenuto in quegli ultimi cinque anni, all'infuori di poche eccezioni, erano stupefacenti. Però erano proprio quelle eccezioni ad avere un'enorme importanza per Peter Hallam. Come, in realtà, attribuiva importanza a ogni altra cosa che faceva. Era un uomo straordinario, carico di un'intensa vitalità... e così bello, così incredibilmente bello... pensò l'infermiera, sorridendo tra sé, mentre lui le passava davanti con aria frettolosa dirigendosi verso un ascensore più piccolo nel corridoio alle sue spalle. L'ascensore lo condusse velocemente al piano superiore e lo depositò davanti alla porta delle sale operatorie nelle quali, insieme alla sua équipe, eseguiva operazioni di bypass o trapianti o, occasionalmente, le usuali operazioni chirurgiche sul cuore. In genere Peter Hallam e la sua équipe si occupavano di interventi ad altissimo livello, come quello che si apprestavano a eseguire quella sera stessa.

Sally Block era una ragazza di ventidue anni la quale aveva vissuto gran parte della sua vita da adulta nelle condizioni di un'invalida. Da bambina aveva sofferto ripetutamente di febbri reumatiche ed era reduce da dieci anni di cure mediche e di operazioni per sostituire più di una valvola cardiaca.

Qualche settimana prima, quando Sally era stata ammessa al Center City Hospital, Peter Hallam, insieme con altri specialisti del suo gruppo di lavoro era giunto alla conclusione che l'unica soluzione per lei era quella del trapianto. Ma fino a quel momento non c'erano stati donatori. Finché quella notte stessa, alle due e mezzo, un gruppo di adolescenti, tutti piccoli delinquenti, si era scatenato in una folle gara di automobili nella San Fernando Valley e, nel pauroso incidente che era seguito, tre di loro erano morti sul colpo. Dopo una serie di telefonate ufficiali che gli erano arrivate dalla efficientissima organizzazione che s'incaricava di trovare donatori adatti e proporli a chi ne aveva bisogno, Peter Hallam aveva avuto la sicurezza di essere in possesso di un cuore in ottime condizioni per il trapianto In precedenza aveva provato inutilmente a telefonare a ogni ospedale della California del sud, nella speranza di trovare un donatore per Sally ma, adesso, finalmente, lo avevano... sempre che Sally fosse in grado di sopravvivere all'operazione chirurgica e il suo corpo non sabotasse le loro fatiche con un rigetto del nuovo cuore che le avrebbero dato.

Si tolse senza troppe cerimonie l'abito con il quale era arrivato, infilò rapidamente i pantaloni e la giacca di morbido cotone verde da chirurgo e, dopo essersi dedicato a un minuzioso lavaggio antisettico, si lasciò mettere camice e mascherina dai suoi assistenti. Intanto altri tre medici esterni, oltre a due di quelli interni dell'ospedale, lo imitavano, insieme a un numeroso gruppo di infermiere. Eppure sembrò che Peter Hallam non li vedesse neppure, quando entrò nella sala operatoria. I suoi occhi cercarono immediatamente Sally, che giaceva silenziosa e immobile sul tavolo operatorio, con gli occhi che apparivano ipnotizzati dalle vivide luci accese sopra la sua testa. Perfino lì distesa, avvolta nel camice sterile, con i lunghi capelli biondi chiusi nella cuffietta di tela di cotone verde, appariva graziosa. Oltre a essere bellissima, Sally era anche una ragazza dotata di particolare sensibilità e voglia di vivere. Avrebbe tanto desiderato poter fare quello che facevano i suoi coetanei: andare all'università, a un ballo studentesco, venire baciata, avere dei bambini... Sally lo riconobbe anche con il copricapo e la mascherina e gli rivolse un sorriso sonnolento perché risentiva già dell'effetto del sedativo.

«Salve.» Appariva fragile, con quegli occhi grandissimi che le divoravano il visino smunto. Sembrava una bambola di porcellana rotta che lo aspettasse per essere riaggiustata.

«Ciao, Sally. Come ti senti?»

«Strana.» Sbatté un attimo le palpebre, poi sorrise a quegli occhi che le erano così familiari. Era arrivata a conoscerlo bene in quelle poche settimane, meglio di chiunque altro avesse conosciuto in vita sua. Peter Hallam le aveva spalancato le porte della speranza, della tenerezza, della premura e dell'affetto, tanto che le pareva di sentire meno acuti la solitudine e l'isolamento che l'avevano circondata per anni e anni.

«Noi avremo parecchio da fare nelle prossime ore. Quanto a te, invece, basterà che te ne stia qui tranquilla a dormire un po'.» La osservò con attenzione e lanciò un'occhiata ai monitor che la circondavano prima di riportare lo sguardo su di lei. «Impaurita?»

«Un po'.» Però lui sapeva che Sally era stata molto ben preparata all'intervento. Aveva passato parecchio tempo a spiegarle in quale modo si sarebbe svolta l'operazione chirurgica e a illustrarle il complesso procedimento, oltre ad avvertirla dei pericoli e delle terapie alle quali avrebbe dovuto sottoporsi successivamente. Sally, ora, sapeva che cosa aspettarsi e, finalmente, anche per loro era arrivato il grande momento. Era quasi come dare alla luce una creatura. Ed era proprio quello che Peter Hallam si accingeva a fare; darla di nuovo alla luce come se lei dovesse scaturire dal suo stesso spirito, venir fuori, rinata, dalla punta delle sue dita che lottavano per salvarla.

L'anestesista si avvicinò alla testa della ragazza e cercò gli occhi di Peter Hallam il quale annuì lentamente e sorrise di nuovo a Sally. «Ci rivediamo fra poco.» In realtà non era vero, ci sarebbero volute almeno cinque o sei ore prima che Sally riacquistasse conoscenza e, anche in questo caso, sarebbe stato un ritorno alla realtà pressoché impercettibile, mentre la tenevano sotto controllo nella sala di rianimazione, prima di ricondurla nel reparto di terapia cardiaca intensiva.

«Lei ci sarà, al momento del mio risveglio?» Aveva aggrottato le sopracciglia, colta da un attimo di paura, e Hallam si affrettò ad assentire.

«Certamente! Sarò lì, vicino a te, quando ti sveglierai. Esattamente come ti sono vicino adesso.» A questo punto Peter fece un altro lieve cenno all'anestesista e nell'ago dell'iniezione endovenosa, che le era stato infilato nel braccio cominciò a passare goccia a goccia il pentothal e, pochi istanti più tardi, Sally Block era già addormentata. Nel giro di qualche minuto, cominciò la delicatissima operazione chirurgica.

Per le quattro ore successive, Peter Hallam lavorò senza sosta per collegare il nuovo cuore alle arterie. Sul suo viso apparve un'espressione di gioia immensa quando il muscolo cardiaco cominciò a pompare sangue regolarmente. Per la frazione di un secondo i suoi occhi s'incontrarono con quelli dell'infermiera che aveva di fronte e, dietro la mascherina, sorrise. «Ecco fatto.» Ma avevano vinto soltanto la prima ripresa, la partita era ancora aperta e Peter Hallam lo sapeva fin troppo bene. Restava da vedere se il corpo di Sally avrebbe accettato o respinto il cuore nuovo. Come era già capitato con tutti gli altri pazienti che avevano subito un'operazione di trapianto cardiaco, le probabilità favorevoli non sembravano molte. In ogni caso le condizioni della ragazza erano sempre migliori di quel che sarebbero state senza quell'intervento di alta chirurgia. Nel suo caso, come in quello di parecchie altre persone che Hallam aveva operato, era l'unica speranza.

Alle nove e un quarto della mattina successiva, Sally Block venne trasferita nella sala di rianimazione e Peter Hallam, che aveva lavorato ininterrottamente dalle quattro e mezzo, si prese il primo intervallo di riposo. Sarebbe occorso ancora un po' prima che l'effetto dell'anestesia scomparisse; così aveva il tempo di bere una tazza di caffè e qualche minuto per restare solo con i propri pensieri. I trapianti come quello che aveva fatto a Sally lo lasciavano stanchissimo e svuotato.

«È stato un intervento spettacolare, dottore.» Un giovane medico interno gli si avvicinò, ancora pieno di rispettosa ammirazione, mentre Peter si versava una tazza di caffè nero.

«Grazie», disse lui, voltandosi verso il giovanotto, e gli sorrise pensando che quel ragazzo assomigliava moltissimo a suo figlio. Come sarebbe stato felice se Mark avesse rivolto tutte le proprie ambizioni al campo della medicina! Mark, invece, aveva già fatto capire di avere altri progetti: avrebbe frequentato la facoltà di legge e una di quelle scuole dalle quali escono i manager fatti e finiti. La sua aspirazione era quella di far parte di un mondo diverso da quello del padre. Con il passare degli anni si era accorto sempre di più di quanto Peter Hallam concedesse di se stesso alla propria professione e quanto gli fosse costato, dal punto di vista emotivo, ogni trapianto che non aveva avuto successo e dopo il quale i suoi pazienti erano morti. No, quella era una vita che non faceva per lui. Peter socchiuse gli occhi bevendo un sorso del liquido nero come l'inchiostro e pensò che, forse, era meglio così. Poi tornò a voltarsi verso il giovane medico interno dell'ospedale.

«È il primo intervento di trapianto cardiaco al quale assiste?»

«Il secondo. Ma anche il primo era stato eseguito da lei.» Quello che il ragazzo stava dicendo non era adulazione, corrispondeva alla verità. Quei trapianti ai quali il giovanotto aveva assistito erano state due «esecuzioni» da grande artista, due operazioni chirurgiche di altissimo livello. Il giovane medico si era accorto che, nella sala operatoria, c'erano stati maggiore drammaticità e più momenti di tensione di quanto non gli fosse mai capitato di sperimentare in tutta la sua vita. Osservare Peter Hallam che eseguiva un intervento sul cuore era un po' come assistere a un balletto interpretato, come protagonista, da un ballerino della classe di Nijinski. Hallam era il migliore nel suo campo. «Quale pensa che sarà l'esito di questo?»

«È troppo presto per dirlo. Abbiamo discrete speranze che se la cavi.» In cuor suo si augurò che quello che diceva fosse vero. Intanto sulla giacca e pantaloni verdi, che aveva usato per la sala operatoria, infilò un altro camice sterile e si avviò verso la sala di rianimazione. Lasciò fuori la tazza di caffè, entrò in silenzio e andò a sedersi su una delle sedie vicine al letto in cui Sally giaceva. Un'infermiera, specializzata nell'assistenza agli operati in sala di rianimazione, e una vera e propria batteria di monitor registravano ogni respiro di Sally: fino a quel momento, tutto andava bene. Era più probabile che i guai, se dovevano sorgere, cominciassero a profilarsi più avanti, sempre che, naturalmente, tutto non si mettesse ad andare storto fino dall'inizio. Cosa che era già capitata. *Ma stavolta no, ti prego, Dio mio... non ora, non a lei... è tanto giovane...* Ma in realtà per Hallam sarebbe stata la stessa cosa anche se Sally avesse avuto cinquantacinque anni invece di ventidue!

Né le cose erano andate diversamente quando aveva perso sua moglie. Adesso, seduto lì vicino a Sally, mentre la guardava, cercò di non vedere un volto diverso... di non ripensare a un tempo diverso... eppure era quello che faceva sempre... continuava a vederla come era stata in quelle ultime ora, al di là di ogni lotta, al di là di ogni speranza... persa per lui. Non gli aveva neppure permesso di tentare. Tutto quello che lui aveva provato a dirle era stato inutile, com'era stato inutile tutto l'impegno che aveva messo nel tentare di convincerla. Avevano trovato perfino il donatore adatto. Ma lei lo aveva rifiutato. Quella sera, Peter aveva tempestato di pugni il muro della sua camera, disperato, e, tornando a casa sull'autostrada, aveva lanciato l'automobile a duecento chilometri l'ora. Lo avevano fermato per eccesso di velocità ma se n'era infischiato. In quel momento non c'era più niente che lo interessasse... niente all'infuori di lei... e di quello che lei non voleva permettergli di fare. Quelli della Stradale lo avevano trovato talmente confuso e stralunato che gli avevano imposto di scendere dalla macchina e di fare qualche passo, dritto davanti a sé, per vedere se barcollava o sbandava. Ma Peter Hallam non era ubriaco, solo intontito e ottenebrato dal dolore. Lo avevano lasciato ripartire ma dopo avergli fatto una multa astronomica, imponendogli di presentarsi in tribunale, con un mandato di comparizione. Tornato a casa, Peter si era messo a girare tra le camere pensando a lei, con il cuore in pezzi per lei, con il disperato bisogno di tutto quello che lei aveva da dare e non avrebbe più dato. Intanto si chiedeva come avrebbe potuto vivere senza sua moglie. In quei momenti perfino i figli gli sembravano lontani e lo lasciavano indifferente... Sapeva pensare soltanto ad

Anne. Per tanto tempo in tutti quegli anni era stata la sua forza... era stato solo per merito suo che era riuscito ad aver successo nella sua professione. Era stata Anne che gli aveva permesso di sfondare, con quella sua forza incredibile alla quale lui attingeva di continuo. Poi, all'improvviso, tutto era finito. Durante la notte Peter si era sentito solo e spaventato come un bambino. All'alba, poi, aveva capito di dover cedere improvvisamente a un impulso irresistibile. Correre da lei, stringerla ancora una volta fra le braccia... dirle tutte le cose che non le aveva mai detto prima. Era tornato di nuovo all'ospedale, lanciando l'automobile a velocità pazzesca ed era entrato senza far rumore nella sua camera. Aveva convinto l'infermiera ad andarsene ed era rimasto a guardarla, tenendole dolcemente la mano, scostandole con tenerezza i capelli biondi dalla fronte pallida. Sembrava una bambola fragilissima. Poi, appena prima che la luce del mattino irrompesse nella stanza, Anne aveva aperto gli occhi ancora una volta...

«... Peter...» Nel profondo silenzio la sua voce era ancor più fievole di un bisbiglio.

«Ti amo, Anne...» Aveva gli occhi pieni di lacrime. Come avrebbe voluto mettersi a gridare: «No, non andartene!» Anne gli aveva rivolto quel suo stupendo sorriso, affascinante e pieno di incanto, che gli aveva sempre riscaldato il cuore. Poi, dopo essersi lasciata sfuggire un lievissimo sospiro, si era spenta mentre lui, disperato e inorridito, rimaneva a fissarla con gli occhi sbarrati. Perché Anne non aveva voluto lottare? Perché non gli aveva consentito di tentare? Perché non era stata capace di accettare quello che altre persone accettavano da lui ogni giorno? Immobile, singhiozzando sommessamente, era rimasto a guardarla fino a quando uno dei suoi colleghi lo aveva persuaso ad andare via. Lo avevano accompagnato a casa e messo a letto. Poi, bene o male, chissà come, nei giorni successivi, come nelle settimane che avevano seguito la morte di Anne, era riuscito a fare tutto quello che ci si aspettava da lui. Ma che orribile incubo! Gli era sembrato di vivere sott'acqua e di riemergerne soltanto a tratti... finché, a un certo momento, si era accorto che i suoi figli avevano un disperato bisogno di lui. Così, lentamente, era tornato alla realtà. Venti giorni più tardi, riprendeva anche il lavoro. Adesso, però, era come se gli mancasse qualcosa. Qualcosa che era stato tutto per lui, che aveva avuto un enorme significato nella sua vita. Quel «qualcosa» era Anne. Il pensiero di lei non l'abbandonava quasi mai. Era lì, presente, mille volte al giorno, quando lasciava l'ospedale, mentre entrava e usciva dalle stanze dei suoi malati, quando varcava la soglia della sala operatoria oppure andava a prendere l'automobile per rientrare in famiglia verso la fine del pomeriggio. E quando si trovava davanti alla porta di casa gli pareva di sentirsi il cuore trafitto da una coltellata perché, ogni volta, sapeva che non c'era Anne ad aspettarlo.

Ormai era passato più di un anno e il dolore pareva meno atroce e cocente. Ma Peter sospettava che non sarebbe mai scomparso del tutto. Ormai non gli restava che proseguire nella sua opera, dare tutto quello che poteva alle persone che si rivolgevano a lui per avere aiuto... E poi, naturalmente, c'erano Matthew, Pam e Mark. Grazie a Dio, aveva loro. Senza i suoi figli non sarebbe mai riuscito a sopravvivere alla perdita di Anne. Così, invece, ce l'aveva fatta. Il peggio era passato e avrebbe continuato a vivere, anche se tutto era diverso, senza Anne...

Seduto nella sala di rianimazione, avvolta nel silenzio, con le lunghe gambe distese davanti a sé, un'espressione intensa in viso, Peter rimase a osservare Sally che respirava regolarmente. Alla fine gli occhi della ragazza si aprirono per un attimo, ancora un po' appannati e guardarono attorno per la stanza.

«Sally... Sally... sono Peter Hallam. Sono qui con te e ce l'hai fatta... stai bene.» Almeno per il momento! Ma non osò dirglielo come non osava neppure pensarlo in cuor suo. Sì, Sally continuava a vivere. E lui avrebbe fatto tutto quello che era in suo potere perché quella vita si prolungasse.

Rimase seduto al capezzale della ragazza per un'altra ora, sorvegliandola con attenzione, mormorandole qualche parola ogni volta che lei si risvegliava dalla narcosi. Prima di andarsene definitivamente, riuscì a strapparle un pallido sorriso. Era già l'una passata. Mangiò un panino nella mensa dell'ospedale, quindi fece una scappata nel suo studio privato ma si fermò pochissimo e verso le quattro rientrò in ospedale per il solito giro di visite ai degenti.

Alle cinque e mezzo era sull'autostrada con il pensiero rivolto ancora ad Anne. Faticava a convincersi che non l'avrebbe trovata ad aspettarlo, arrivando a casa. «Mi sai dire quando si comincia a smettere di aspettarsi di rivedere una persona che non c'è più?» aveva chiesto a un amico sei mesi prima. Quando sarebbe riuscito finalmente ad accettarlo? La sofferenza di quell'ultimo anno e mezzo aveva lasciato le sue tracce sul viso di Peter Hallam che rivelava, adesso, qualcosa di vulnerabile. Mai, in precedenza, vi era affiorata quell'espressione così evidente di tristezza e di pena, quel tragico senso di vuoto. Prima, il suo volto aveva sempre rivelato una grandissima forza e un'enorme fiducia in se stesso. Oltre alla certezza che niente potesse, mai, andar male. Aveva tre figli perfetti, e una moglie perfetta. Era riuscito in una carriera brillantissima, come capita raramente di fare, e a poche persone. Era salito in alto, molto in alto, aveva toccato il culmine della celebrità e della fama e sempre nel modo più onesto, senza mai nuocere a nessuno, senza scorrettezze. Era sempre stato molto orgoglioso di quello che era riuscito a conquistare. Ma... adesso? C'era altra strada da percorrere! E con chi?

Capitolo 2

MENTRE Sally Block giaceva nella sua camera del reparto di terapia cardiaca intensiva al Center City Hospital di Los Angeles, in uno studio televisivo di New York le luci splendevano di un bagliore accecante, tutto particolare. Era un'illuminazione viva, cruda e spietata che ricordava vagamente quella di certi locali adibiti agli interrogatori dei prigionieri nei film di second'ordine. Al di fuori di quel fascio di luce così forte, lo studio era gelido e pieno di correnti, ma quando ti si puntava direttamente addosso, avevi l'impressione di sentire la pelle che si accartocciava tanto era abbagliante quel riflesso e intenso il suo calore. Era come se tutto, in quella stanza, si concentrasse sull'oggetto illuminato dai riflettori, tutti i punti confluissero in uno, intensificandosi sempre di più... Perfino le persone radunate lì dentro parevano attratte da un piccolo palcoscenico, poco profondo, sistemato al centro, una stretta cornice, una semplicissima scrivania di formica e uno sfondo azzurro vivo sul quale era impressa una semplice sigla. Ma non era quest'ultima ad attirare gli sguardi, bensì la sedia vuota, vagamente simile a un trono, che sembrava in attesa di un re o di una regina. Tutt'intorno circolavano tecnici e cameramen, un truccatore, un parrucchiere, due assistenti del direttore di produzione, un regista, persone importanti e semplici curiosi, tutti si affollavano intorno a quel piccolo palcoscenico vuoto, alla scrivania nuda, sul piano della quale si rifletteva la luce abbacinante di un riflettore.

«Cinque minuti!» Era un avvertimento familiare, come la scena eppure, a modo suo, la trasmissione del telegiornale della sera aveva sempre qualcosa di spettacolare. Sotto quelle luci abbaglianti si sentiva un'atmosfera piena di magia, il fascino del circo equestre, della celebrità. Tutte le persone presenti parevano circondate di un alone di mistero e di potenza. E ogni cuore batteva un poco più forte al suono di quelle parole: «Cinque minuti!» e poi: «Tre!» e ancora: «Due!» Erano le stesse parole che si sarebbero sentite risuonare fra le quinte di un palcoscenico di Broadway o di Londra nel preciso istante in cui una grande attrice fosse entrata in scena. In questo caso, a dire la verità, mancava completamente l'incanto di un grande teatro durante la rappresentazione; l'équipe dei tecnici indossava jeans e scarpe da tennis eppure quell'atmosfera di attesa e le voci sommesse avevano sempre un fascino speciale che sentì perfino Melanie Adams quando salì a passo rapido e scattante sul piccolo palcoscenico. Come sempre, la sua entrata era stata calcolata alla perfezione. Aveva ancora a disposizione cento secondi prima di andare in onda. Cento secondi per dare un'ultima occhiata ai suoi appunti, osservare la faccia del regista per vedere se c'era ancora qualcosa, qualche notizia dell'ultimo momento, di cui avrebbe dovuto essere informata, e la possibilità di contarli dentro di sé all'unico scopo di calmarsi.

Come sempre, la sua giornata era stata molto lunga. Aveva effettuato l'ultima intervista per un programma speciale sui bambini maltrattati. Un argomento non certo gradevole, però era riuscita a cavarsela brillantemente. Con tutto questo, alle sei di sera, ne pagava lo scotto.

Cinque... le dita dell'aiuto-regista si alzarono in aria per il conteggio finale... quattro... tre... due... uno...

«Buona sera.» Il sorriso, anche se accuratamente studiato, non aveva mai niente di artificiale; le luci guizzarono con i loro riflessi sui suoi capelli color cognac. «Sono Melanie Adams che vi dà le notizie della sera.» Il presidente aveva fatto un discorso, c'era una crisi militare in Brasile, il mercato azionario aveva avuto una brusca caduta e quella mattina, in piena luce del giorno, un uomo politico locale era stato aggredito e rapinato mentre usciva di casa. C'erano anche altre due notizie di cronaca da riferire; il telegiornale proseguì a un buon ritmo, come sempre. Melanie Adams aveva l'aspetto e l'atteggiamento della persona capace, competente, persuasiva, tanto che l'indice di gradimento della sua trasmissione era andato alle stelle. Evidentemente la sua personalità aveva un impatto straordinario sul pubblico. Ormai Melanie era molto nota sulla rete nazionale, per la quale lavorava già da più di cinque anni. Nella sua vita tutto era andato in un modo molto diverso rispetto alle sue aspettative. Stava per laurearsi in scienze politiche quando, a diciannove anni, aveva abbandonato gli studi per mettere al mondo due gemelle. Ma quanto tempo sembrava passato da allora! Un'eternità! Ormai, già da parecchi anni, la televisione era la sua unica ragione di vita. La televisione e, naturalmente, le gemelle. D'accordo, non aveva trascurato per questo i divertimenti però il lavoro e le sue figlie erano sempre venuti prima di tutto il resto.

Al termine della trasmissione, Melanie raccolse gli appunti sparsi sulla scrivania e, come sempre, il regista non le nascose di essere molto soddisfatto. «Un ottimo programma, Mel.»

«Grazie.» Aveva sempre un tono piuttosto distaccato, pareva sempre un po' fredda mentre, in realtà, tutto questo le serviva a nascondere quello che, una volta, era stato pura e semplice timidezza e adesso si poteva chiamare unicamente riserbo. Troppe erano le persone che si mostravano curiose nei suoi riguardi, volevano fermarsi a osservarla, farle domande imbarazzanti, o ficcare il naso nella sua vita privata. Adesso ormai era Melanie Adams, un nome che faceva spicco e non passava inosservato. Le faceva sempre uno strano effetto andare a fare la spesa oppure girare per i negozi alla ricerca di un vestito o, semplicemente, camminare per la strada in compagnia delle sue figliole. All'improvviso la gente si era messa a osservarla, a seguirla con lo sguardo e per quanto, almeno esteriormente, Melanie Adams si mostrasse sempre controllata e molto padrona di sé, nel suo intimo tutto questo le pareva ancora insolito e curioso.

Ma s'incamminò verso il suo ufficio per ripulirsi la faccia dal trucco troppo pesante necessario alla trasmissione e prendere la borsetta prima di andarsene a casa quando il redattore che si occupava della cronaca la bloccò con un rapido gesto concitato. «Puoi fermarti qui un secondo, Mel?» Aveva l'aria affannata e pareva preoccupato, come sempre. Mel in cuor suo si lasciò sfuggire un gemito. «Fermarsi per un secondo», a volte, poteva significare un argomento di cronaca che l'avrebbe tenuta lontano da casa per tutto il resto della serata. Di solito, oltre a essere la telecronista per il notiziario della sera, Melanie Adams si occupava anche degli argomenti di cronaca più salienti, delle notizie che facevano scalpore oppure dei servizi speciali. Ma lo sapeva Dio che cosa avevano in mente di farle fare adesso! In cuor suo, Mel capiva di non essere dell'umore più adatto per affrontare nuovi problemi. La sua professionalità era tale, ormai, che riusciva a non mostrare la stanchezza, se non in rare occasioni, ma il servizio speciale sui maltrattamenti ai bambini l'aveva affaticata moltissimo e si sentiva svuotata, anche se aveva ancora l'aspetto vivace e attento, grazie, soprattutto, al suo modo di truccarsi sempre molto accurato.

«Sì? Che cosa c'è?»

«C'è una cosa che volevo farti vedere.» Il redattore che si occupava della cronaca tirò fuori una cassetta e accese un videoregistratore, nel quale la inserì. «Questo è passato nel telegiornale della una. Ho pensato che non fosse abbastanza importante per il notiziario della sera però mi sembra che potrebbe servirti come una base di documentazione interessante.» Mel si mise a fissare il videoregistratore mentre il nastro si srotolava lentamente. Quello che si presentò davanti ai suoi occhi fu un'intervista con una bambina di nove anni che necessitava con estrema urgenza di un trapianto cardiaco.

Purtroppo, fino a quel momento, suo padre e sua madre non erano riusciti a farla operare.

I vicini di casa si erano quotati, tutti, per creare un fondo speciale a favore di Pattie Lou Jones, una negretta deliziosa e commovente. Bastava guardarla per sentirsi salire le lacrime agli occhi. Quando l'intervista giunse al termine, Mel provò quasi dispiacere di avervi assistito. Perché, in fondo, si trattava soltanto di una persona in più per la quale provare pena, per la quale angosciarsi e per la quale nessuno poteva fare niente. Anche i bambini con i quali era venuta a contatto per il documentario che aveva come argomento i maltrattamenti all'infanzia, le avevano suscitato la stessa sensazione. Non le potevano dare un bello scandalo politico a cui dedicarsi, subito dopo aver finito l'altro servizio speciale? No, non aveva bisogno di qualcos'altro che la coinvolgesse sul piano emotivo!

Girò gli occhi stanchi verso l'uomo che stava togliendo la cassetta dal videoregistratore. «Allora?»

«Pensavo semplicemente che avrebbe potuto rappresentare una base interessante per un nuovo servizio speciale di cui occuparti, Mel. Prova a pensarci, vedi un po' quello che riesci a mettere insieme. Per esempio, quali medici sarebbero disposti a visitare Pattie Lou.»

«Oh, per amor di Dio, Jack... si può sapere perché deve proprio capitare a me? Insomma... chi sono, io? Una specie di nuovo ufficio di assistenza all'infanzia?» Tutto d'un tratto la sua espressione si era trasformata: adesso appariva stanca, quasi infastidita. E, intorno ai suoi occhi, si notava ancor più evidente una sottile rete di piccole rughe. Aveva appena concluso una giornata lunghissima, letteralmente infernale, cominciata alle sei del mattino!

«Stai a sentire...» Anche Jack non sembrava molto fresco. Bastava guardarlo per capire che doveva essere stanco come lei. «Potrebbe essere una cosa grossa. Otteniamo dalla nostra stazione televisiva di aiutare i genitori di Pattie Lou a trovare il dottore e la seguiamo fino al trapianto. Accidenti, Mel, questo è un argomento che può fare notizia... e grossa!»

Lei annuì lentamente. Certo, lo sapeva. Però era anche una di quelle notizie che avevano un fondo di morbosità. «Ne hai già parlato con la sua famiglia?»

«No, ma sono sicuro che ne sarebbero felicissimi.»

«Questo, non lo si può mai sapere! A volte la gente preferisce occuparsi da sola del modo in cui risolvere i propri problemi. Chissà, forse potrebbero non avere nessuna voglia di servire Pattie Lou su un piatto d'argento ai telespettatori del notiziario della sera!»

«Perché no? Eppure oggi, con noi, hanno parlato!» Mel annuì di nuovo. «Perché non provi a metterti in contatto con qualche pezzo grosso, qualche famoso chirurgo che faccia trapianti cardiaci, magari domani... per vedere che cosa dicono? Magari a qualcuno fa piacere un po' di pubblicità! Così, dopo il colloquio, potresti affrontare il problema con il padre e la madre della bambina.»

«Vedrò quel che riuscirò a fare, Jack. Innanzitutto devo occuparmi del servizio che ho appena fatto.»

«Credevo che lo avessi già finito oggi!» ribatté lui, accigliandosi immediatamente.

«Infatti. Ma volevo essere presente almeno a una parte del montaggio.»

«Lascia perdere! Non tocca a te. Piuttosto mettiti a lavorare su quello di cui ti ho parlato adesso. Potrebbe diventare un servizio molto più grosso e più sensazionale perfino di quello sui bambini seviziati.» Davvero? Più sensazionale ancora della notizia, di cui aveva avuto conferma, che a una creatura di due anni erano state provocate una serie di ustioni con i fiammiferi? Oppure di quell'altra, ancora più atroce, del bambino di quattro anni al quale era stata tagliato un orecchio? A volte provava un vago senso di disgusto (anche se, ormai, avrebbe dovuto esserci abituata!) al pensiero che ogni clamorosa notizia di questo genere, per la stazione televisiva si riduceva soltanto a un grosso colpo, più o meno sensazionale. «Vedi un po' che cosa riesci a combinare, Mel.»

«Va bene, Jack. D'accordo. Cercherò di fare del mio meglio.»... Salve, dottore, mi chiamo Melanie Adams.

Volevo sapere se sarebbe disposto a eseguire un intervento di trapianto cardiaco su una bambina di nove anni... gratis, naturalmente. Anzi, in caso affermativo, già che le parlo... non potremmo addirittura venire con la nostra équipe di tecnici ad assistere all'avvenimento per girare un bel documentario...? Diventerebbe un ottimo servizio da trasmettere alla tivù... schiaffando lei e la bambina al primo posto, visto che si tratterebbe di un caso talmente eccezionale... Si era incamminata rapidamente verso il suo ufficio, a testa bassa, mentre mille idee le si affollavano nella mente, tanto che andò quasi subito a sbattere con violenza contro un uomo alto, con i capelli scuri.

«Ossignore, basta guardarti per capire che non stai più nella pelle dalla gioia, vero? Dev'essere proprio un gran divertimento il lavoro della telecronista, eh?» La voce sonora e profonda, ben modulata e addestrata dalla lunga pratica di annunciatore radiofonico, costrinse Mel ad alzare gli occhi, che teneva fissi sul pavimento, e a sorridere, accorgendosi che si trattava di un vecchio amico.

«Ciao, Grant! Ma tu, che cosa ci fai qui dentro a quest'ora?»

Grant Buckley si occupava di un programma che veniva mandato in onda ogni sera dopo l'ultimo telegiornale. Era uno dei personaggi più discussi della redazione però non aveva mai nascosto di essere molto affezionato a Mel la quale, da anni, lo considerava uno dei suoi più cari amici.

«Sono stato costretto a venire per controllare certe registrazioni che mi servono per il solito programma. Dimmi tu, piuttosto, come mai sei ancora qui? Non è un po' fuori orario, bella mia?» Infatti Mel, generalmente, scappava via subito dall'ufficio al termine della trasmissione del telegiornale della sera, ma la faccenda del servizio speciale sulla piccola Pattie Lou Jones l'aveva costretta a trattenersi mezz'ora in più.

«Mi hanno tenuto in serbo un'altra chicca... proprio un bocconcino prelibato... se sapessi! Vorrebbero che mi occupassi di trovare qualcuno disposto a fare un trapianto cardiaco a una bambina. Cosette da poco, insomma! Sciocchezzuole! La solita roba, eh?» Parlando, lo guardava negli occhi. A poco a poco si fece meno accigliata. Grant Buckley era straordinariamente intelligente, brillantissimo, un ottimo amico e un uomo pieno di fascino – tanto che tutte le ragazze che lavoravano nello stesso ufficio non le avevano mai nascosto di invidiarla per i rapporti di amicizia che li legavano. In realtà, non c'era mai stato niente fra loro. Erano semplicemente buoni amici anche se, a volte, era nato qualche pettegolezzo sul loro conto. Ma si trattava soltanto di voci... non c'era niente di vero! Anzi, quando le sentivano, le trovavano divertenti e, uscendo insieme a bere un bicchierino, Grant e Mel ci facevano su una bella risata e qualche commento malizioso.

«Allora? Niente di nuovo? Com'è andato il servizio sui bambini maltrattati?»

Gli occhi di Mel, quando incontrarono quelli di Grant, si fecero seri. «Uh! Che faticaccia... e che orrore, sapessi... Però è stato un lavoro che mi ha dato molta soddisfazione.»

«Sembra che tu sia fatta apposta per andarti a cercare le inchieste più difficili, ragazza mia!»

«Sarà... Oppure sono loro che scelgono me... Come, per esempio, questa storia del trapianto cardiaco che dovrei organizzare io, da cima a fondo, secondo loro... così, come se niente fosse!»

«Dici sul serio?» Al primo momento aveva creduto che Mel scherzasse.

«Come vorrei che fosse una battuta di spirito! Purtroppo Jack Owens era serissimo quando me l'ha proposto. Tu che cosa ne dici? Non avresti qualche idea brillante in proposito?»

Lui aggrottò le sopracciglia per un attimo, pensandoci. «L'anno scorso ho fatto anch'io un programma su questo argomento e ho intervistato parecchie persone interessanti. Potrei dare un'occhiata al mio archivio e tirar fuori qualche nome che ti sia utile. Così, sui due piedi, me ne sono venuti in mente un paio ma dovrebbero essercene ancora altri due.

Vedrò, Mel. È urgente? Per quando ti occorrerebbe questo materiale?»

Lei sorrise. «Per ieri...!»

Lui le scompigliò i capelli con una carezza affettuosa, ben sapendo che, ormai, non avrebbe dovuto più riapparire davanti alle telecamere. «Hai voglia di uscire a mangiare un hamburger con me prima di tornare a casa?»

«Meglio di no. Dovrei rientrare per via delle ragazze.»

«Ah, quelle due!» alzò gli occhi al cielo. Le conosceva fin troppo bene. Aveva tre figli anche lui, di tre mogli differenti, ma niente gemelle né tantomeno personcine spigliate e divertenti come le gemelle di Mel. «Che cosa stanno combinando di questi tempi?»

«Figurati! Il solito, come puoi immaginare. Val si è innamorata almeno quattro volte, questa settimana, e Jess lavora sodo e studia come una matta per ottenere voti più alti. Insomma bisogna dire che i loro sforzi combinati stanno sconfiggendo tutti i miei disperati tentativi di rimanere una rossa... mi faranno venire i capelli grigi prima del tempo!» Aveva appena compiuto i trentacinque anni eppure, a guardarla, dava l'impressione di averne almeno dieci di meno. Non dimostrava affatto la sua età malgrado le responsabilità che le gravavano sulle spalle, la sua professione che, a volte, era pesante e impegnativa ma che le piaceva alla follia, e tutta una serie di momenti di crisi, di vario genere, che aveva dovuto affrontare e superare lungo il passare degli anni. Grant ne era al corrente. Li conosceva quasi tutti e Mel più di una volta aveva pianto sulla sua spalla dopo una delusione sul lavoro o una faccenda di cuore andata a finir male. A dir la verità, queste ultime non erano state tante perché Mel era molto cauta e non le piaceva farsi vedere in giro con il primo venuto... badava sempre a non dare in pasto alla curiosità del pubblico la propria vita privata. Non solo, ma pareva che avesse quasi paura di un rapporto troppo impegnativo con un altro uomo dal giorno in cui il padre delle gemelle l'aveva piantata in asso prima ancora della loro nascita. Sin dall'inizio le aveva detto chiaro e tondo di non volere bambini e le aveva fatto capire con ogni mezzo che parlava sul serio. Si erano sposati appena finite le superiori e si erano iscritti insieme alla Columbia University, ma quando Mel gli aveva confessato di essere rimasta incinta, lui non ne aveva voluto sapere.

«Devi liberarti del bambino.» Ecco quello che le aveva risposto impassibile, con la faccia dura e il tono spietato. Mel se ne ricordava ancora fin troppo bene.

«No, non voglio. È il nostro bambino... non sarebbe giusto.»

«È più che giusto... sarebbe molto peggio se accettassimo di rovinare a questo modo la nostra vita!» Così aveva finito, invece, per rovinare completamente quella di Mel. Se n'era andato nel Messico in vacanza con un'altra ragazza e, al suo ritorno, le aveva dato l'annuncio che erano divorziati. Aveva falsificato la sua firma sui moduli necessari per ottenere il divorzio e Mel era rimasta tanto addolorata e sconvolta di fronte a questa notizia da non avere neanche la forza di dire una parola. Suo padre e sua madre l'avevano incitata a ribellarsi e a lottare... ma lei aveva finito per convincersi che non fosse né utile né possibile. Era rimasta troppo offesa e addolorata da quello che lui aveva fatto e si era sentita letteralmente sopraffatta davanti alla prospettiva di trovarsi sola al momento della nascita del bambino... che, poi, si erano rivelati due! Per qualche tempo suo padre e sua madre l'avevano aiutata ma, a un certo punto, Melanie aveva preferito andarsene per conto proprio, si era messa d'impegno a trovarsi un impiego e si era adattata a qualsiasi cosa. Aveva fatto di tutto: dalla segretaria di un ufficio alla venditrice porta a porta per una ditta produttrice di vitamine. Alla fine aveva accettato il posto di *receptionist* per una rete televisiva e, a poco a poco, era salita di grado, passando dal grande stanzone dove stavano le dattilografe, alla redazione vera e propria.

Durante tutti quegli anni le due gemelle erano cresciute belle e buone, senza troppe difficoltà, anche se per Mel la scalata al successo non era stata né facile né rapida. Ma, un giorno dopo l'altro, copiando sulla macchina per scrivere i pezzi che gli altri preparavano, aveva cominciato a capire quello che le sarebbe piaciuto fare. Gli articoli di argomento politico erano stati quelli che l'avevano maggiormente interessata perché le ricordavano i giorni in cui studiava all'università, prima che la sua vita cambiasse in un modo così radicale. Aveva scoperto che la sua più grande aspirazione era quella di diventare redattrice di cronaca. Dopo aver fatto domanda di ottenere quel posto per un numero incalcolabile di volte, finalmente si era resa conto che, a New York, non gliel'avrebbero mai offerto. Così aveva colto al volo la proposta di trasferirsi a Buffalo, in un primo tempo, e successivamente a Chicago. Alla fine, però, era tornata a New York come redattrice per il telegiornale. Finché un giorno, durante uno sciopero nazionale, qualcuno della direzione aveva messo di colpo gli occhi su di lei e, puntando un dito sulla scrivania vuota del telecronista, le aveva fatto capire che doveva andare a occuparla. Al primo momento Melanie, era rimasta terrorizzata ma aveva capito di non avere altra scelta. O accettava di fare quello che le proponevano, oppure sarebbe saltato il posto... e, questo, non poteva permetterselo. Aveva due bambine piccole da mantenere, il loro papà non aveva mai contribuito neanche con dieci centesimi al loro mantenimento e se n'era andato per i fatti suoi lasciando Mel a occuparsene da sola. Come, in effetti, lei aveva accettato di fare. Ma non aveva mai avuto particolari ambizioni né sogni di gloria; quello che faceva le bastava per mantenerle e mantenersi. Non provava il desiderio spasmodico di raccontare al pubblico dei telespettatori le notizie di cronaca che sapeva scrivere così bene... eppure, invece, eccola lì, di colpo, apparire sullo schermo della tivù... e il buffo era, anche, che lo trovava divertente. Le dava piacere.

In seguito la fecero trasferire a Filadelfia e, per un certo tempo, tornò anche a Chicago. Poi passò a Washington, D.C. e, di lì, finalmente, tornò a casa. Secondo il giudizio dei suoi superiori, ormai il suo addestramento poteva considerarsi completo e, tutto sommato, non si sbagliavano. Melanie

Adams era straordinariamente in gamba. Sapeva catturare l'interesse del pubblico, aveva capacità e forza persuasiva ed era anche molto bella da guardare quando appariva sullo schermo. Ma nell'espressione di Mel si fondevano a tal punto sensibilità e intelligenza che, a volte, si riusciva addirittura a dimenticare la sua singolare bellezza. A ventotto anni era arrivata quasi al culmine della carriera, presentandosi al pubblico in alternativa a un altro telecronista per il notiziario della sera. Tanto che, a trent'anni, aveva rotto il contratto con quella stazione televisiva e se n'era andata a lavorare per un'altra. Così, poteva considerarsi definitivamente «arrivata». Unica giornalista incaricata di presentare al pubblico, in diretta, il telegiornale della sera. Gli indici di gradimento del suo programma avevano cominciato a diventare sempre più alti, presto erano saliti fino alle stelle e, da quel giorno, erano sempre rimasti a livelli eccelsi.

Da quel momento in poi Melanie Adams aveva lavorato indefessamente. La sua reputazione come giornalista di qualità eccezionale, adesso, era più che meritata. Non solo, ma riusciva anche molto simpatica a tutti. E aveva acquistato una grande sicurezza di sé. Purtroppo suo padre e sua madre non erano più vivi altrimenti sarebbero stati molto orgogliosi di lei. Di tanto in tanto Melanie si domandava, anche, che cosa ne pensasse il padre delle gemelle; se, sapendolo, provasse dispiacere per quello che aveva fatto o, addirittura, se avesse ancora un po' di importanza per lui. Non ne aveva mai più saputo niente. Comunque, il suo modo di agire aveva lasciato un segno profondo nel cuore di Mel, un segno indelebile. Tanto che non era mai riuscita a dimenticare completamente il passato. Era stata un'esperienza che l'aveva fatta diventare guardinga, cauta, estremamente sensibile. Se non aveva paura di soffrire, temeva ugualmente un'intimità troppo stretta con un'altra persona. Temeva di illudersi troppo, di metterla su un piedestallo... Preferiva, invece, non lasciarsi tentare dal provare un sentimento di affetto o di amore per qualcuno... all'infuori delle gemelle!

Il marchio che le aveva impresso nel cuore l'infelice esperienza matrimoniale di molti anni prima era, forse, la ragione per cui aveva sempre rifiutato qualsiasi relazione o legame, che sapeva già destinato a fallire in partenza, con uomini che parevano colpiti, soprattutto, dalla sua personalità e dal personaggio che aveva saputo creare. Uomini che si erano approfittati del suo modo di comportarsi freddo e un po' scostante nell'illusione di potersi divertire soltanto con lei, senza impegnarsi a fondo. Tanto che, l'ultima volta che questo era successo, aveva accettato una relazione con un uomo sposato. Al primo momento le era sembrato l'ideale. Perché non desiderava niente di più di quello a cui lei stessa aspirava. Mel non aveva più voglia di sposarsi una seconda volta. Si era conquistata con le proprie forze tutto quello che voleva: successo, sicurezza economica, le bambine, una casa a cui era molto affezionata. «Che cosa vuoi che m'importi del matrimonio?» aveva domandato a Grant. Ma lui, che era già scettico in proposito, non aveva cambiato parere.

«Magari non te ne importa, ma cercati almeno un uomo che sia libero e senza legami!» Su questo punto, era stato irremovibile.

«Perché? Che differenza vuoi che ci sia?»

«La differenza c'è, bella mia, e sta nel fatto che, d'ora in avanti, finirai per passare sola soletta il Natale, le vacanze, i compleanni e il fine-settimana. Intanto lui sarà a casa propria, felice e contento, circondato dalla moglie e dai bambini.»

«Può darsi! Comunque io sono una persona tutta speciale per lui. Diciamo che potrei paragonarmi al caviale, non alla panna inacidita.»

«È proprio qui dove sbagli, Mel, e di grosso! Perché sarai tu, e soltanto tu, a portare il peso di questa relazione e a soffrirci.»

Aveva avuto ragione. La sua storia d'amore era andata a finire come Grant aveva previsto. A un certo momento, Mel aveva cominciato a soffrirci, esattamente per i motivi che Grant temeva e, alla fine, la rottura era stata dolorosa. Melanie aveva continuato ad avere l'aria abbattuta e gli occhi pieni di angoscia per varie settimane. «La prossima volta cerca di dar ascolto al vecchio zio Grant che la sa lunga!» Infatti Grant capiva molte cose e conosceva Mel a fondo. Aveva capito, soprattutto, quanto fossero massicce le mura che Melanie aveva accuratamente alzato intorno a se stessa con il passare del tempo. Ormai erano quasi dieci anni che si conoscevano. Avevano fatto amicizia quando lei non si era ancora conquistata la posizione che adesso aveva raggiunto. Grant, però, aveva intuito immediatamente che stava assistendo alla nascita di una nuova stella, una stella grandissima, nel firmamento del giornalismo televisivo. Ma c'era anche qualcos'altro: ci teneva a Mel, le voleva bene, l'apprezzava come persona e come amica. Anzi, quell'amicizia era talmente preziosa che faceva di tutto per evitare che si guastasse, trasformandosi in qualcosa di diverso. Sia lui sia Melanie erano sempre stati molto attenti a non lasciarsi travolgere dalla simpatia reciproca. Tutto doveva rimanere com'era. Grant era stato sposato tre volte e aveva un vasto giro di amicizie femminili «saltuarie», con le quali si divertiva a passare una serata e, magari, la notte. Mel, però, era molto di più, e di diverso, per lui. Era un'amica. Come Grant era un amico per Mel. Per quello che riguardava Mel, era importantissimo non tradire mai questo rapporto e non venir meno alla fiducia che sentiva nei suoi confronti. Le era già successo di essere stata tradita, in passato, e Grant non voleva assolutamente farle ancora del male. Lui, proprio lui! «Tesoro, la verità è che quasi tutti gli uomini non valgono un cavolo e fanno schifo.» Gliel'aveva confidato una sera tardi, dopo averle fatto un'intervista (che era risultata un grosso successo) per il suo programma radiofonico. Alla fine erano usciti insieme a bere qualcosa da *Elaine* ed erano rimasti lì, a chiacchierare, fino alle tre del mattino.

«Si può sapere perché lo dici?» Improvvisamente gli occhi di Melanie erano diventati guardinghi e freddi. L'osservazione di Grant calzava a meraviglia per qualcuno che, per sua disgrazia, le era capitato di frequentare in passato... Però era ben triste pensare che c'era poco da illudersi e che tutti gli uomini si comportassero nello stesso modo!

«Perché sono maledettamente pochi quelli disposti a ricambiare il bene che ricevono. Vogliono una donna che li ami incondizionatamente, con il cuore e con l'anima... però preferiscono tenere per sé una parte importante della propria personalità. Quello che ci vuole per te invece, è un uomo che sia disposto a offrirti, in cambio, tutto l'amore che tu hai da dargli.»

«Che cosa ti fa pensare che mi sia rimasto tanto amore da dare a qualcuno?» Mel aveva cercato di prendere un'aria divertita, ma Grant non si era lasciato convincere. L'antica ferita era ancora lì, presente, ormai lontana, cicatrizzata se vogliamo, ma non scomparsa del tutto. Tanto che si era domandata se, un giorno, lo sarebbe mai stata.

«Ti conosco troppo bene, Mel. Meglio di quanto tu conosca te stessa.»

«E credi che io mi strugga dal desiderio di trovare l'uomo che va bene per me?» Mel era scoppiata in una risata scrosciante e Grant aveva sorriso.

«No. Sono convinto che tu abbia una paura da morire che, un giorno o l'altro, sia proprio quello che ti succederà.»

«*Touché*.»

«Potrebbe essere la tua salvezza.»

«Perché? Sto bene sola. Per conto mio.»

«Balle. Nessuno sta bene solo. Non è vero.»

«Ho le gemelle.»

«*Non è la stessa cosa*.»

Lei si era stretta nelle spalle. «Tu, solo, sei felice.» Gli aveva frugato negli occhi con lo sguardo senza ben sapere che cosa ci avrebbe trovato ed era rimasta stupita di scorgervi qualcosa di molto simile alla solitudine. Dunque, perfino il celebre e famoso Grant era un essere umano!

«Se fossi così felice di vivere solo, non mi sarei sposato tre volte.» Erano scoppiati a ridere insieme a questa battuta, la serata si era prolungata fino alle ore piccole e, a un certo momento, Grant l'aveva depositata davanti alla porta di casa dopo averle sfiorato una guancia con un lieve bacio paterno.

Di tanto in tanto, Mel si domandava come avrebbe potuto essere una relazione sentimentale con Grant ma capiva che avrebbe rovinato irrimediabilmente l'amicizia che li legava. In fin dei conti preferivano entrambi evitare che succedesse qualcosa di simile. Era troppo bello andare avanti così.

Adesso, arrestandosi nel corridoio di fronte alla porta del proprio ufficio, Mel alzò gli occhi a guardarlo, stanca ma sollevata al pensiero di aver davanti una faccia aperta e simpatica come quella di Grant alla fine di una giornata terribilmente lunga e pesante. Grant le dava qualcosa che nessun altro le aveva mai dato. Le gemelle erano ancora troppo giovani e, in genere, chiedevano, o pretendevano addirittura, qualcosa da lei. Avevano bisogno di continuo della sua attenzione e del suo affetto ma anche di disciplina e di sentirsi imporre regole severe... come di un nuovo paio di pattini da ghiaccio o di jeans firmati da un celebre stilista. Grant, invece, l'arricchiva spiritualmente. A pensarci bene, nella sua vita non aveva nessun altro che lo facesse!

«Non possiamo rimandare a domani sera il tuo gentile invito di mangiare un hamburger insieme?»

«No, impossibile.» Grant scosse la testa, dispiaciuto.

«Ho un appuntamento con un paio di tette... sensazionali!»

Mel alzò gli occhi al cielo, fingendosi scandalizzata e ridacchiò: «Comincio a pensare che sei l'uomo più maschilista che conosco!»

«Già, già!»

«E che se ne vanta, come se non bastasse!»

«Hai più che ragione.»

Lei sorrise e guardò l'orologino da polso.

«Sarà meglio che alzi i tacchi e me la squagli. Devo correre a casa altrimenti Raquel è capace di dare un giro di chiave alla porta e di lasciarmi fuori! Tiranna com'è...!» Da sette anni aveva sempre la stessa governante. Raquel era stata un vero dono della Provvidenza per quel che riguardava le gemelle però era severissima, aveva un sacro rispetto degli orari e il culto dell'organizzazione. Aveva sempre dimostrato una simpatia straordinaria, e incomprensibile, per Grant. Da anni tentava di convincere Mel che un rapporto amoroso, ma serio, con lui sarebbe stato proprio quello che ci voleva.

«Porgi i miei omaggi a Raquel!»

«Grazie. Le dirò che è tutta colpa tua se sono in ritardo!»

«Magnifico! Comunque, domani ti preparo quell'elenco di chirurghi specializzati in operazioni sul cuore. Vieni in ufficio?»

«Sì, senz'altro!»

«Allora ti do un colpo di telefono.»

«Grazie.» Gli mandò un bacio a fior di labbra da lontano e Grant se ne andò. Mel entrò nel suo ufficio, prese la borsetta e diede un'altra occhiata all'orologio. Ormai erano le sette e mezzo. A Raquel sarebbe venuta una crisi di nervi. Scese le scale a precipizio e chiamò un tassì. Un quarto d'ora più tardi, l'autista svoltava nella 79ª Strada.

«Sono qui!» gridò attraversando a volo l'anticamera avvolta nel più profondo silenzio. Il piccolo locale d'ingresso era tappezzato con una carta dal delicato motivo floreale e aveva il pavimento di marmo. Bastava entrare nell'alloggio di Mel Adams per sentirsi circondati da un'atmosfera accogliente, raffinata ed elegante. I colori vivaci, i grandi mazzi di fiori, i tocchi di giallo e di colori pastello sapientemente distribuiti qua e là, davano subito un senso di allegria e di serenità. Quella di Mel era una casa che Grant Buckley trovava sempre divertentissima. Perché, lo si capiva alla prima occhiata... era la casa di una donna! Se ci fosse entrato un uomo in pianta stabile, l'intero arredamento avrebbe dovuto essere rifatto partendo da zero. In anticamera c'era un enorme attaccapanni antico sul quale erano appesi gli innumerevoli cappellini di Mel e, ammucchiati a casaccio, cappotti, impermeabili, indumenti vari - i preferiti delle ragazze.

Il soggiorno era tutto in una delicata tonalità rosa-pesca: c'erano ampi divani, foderati di seta, che invitavano a sprofondare fra i loro soffici cuscini e tendaggi in un raffinato *moire*, dalle pieghe profonde, raccolti ai lati delle finestre da cordoni in seta francese. Le pareti erano state tinteggiate nella stessa tenue sfumatura rosa-pesca, con le modanature in écru. Qua e là vi erano appesi quadri a pastello, di gusto raffinatissimo. Quando Melanie si lasciò cadere con un sospiro di sollievo su uno di quei divani, il quadro diventò perfetto perché, sullo sfondo di quelle tonalità di colore così tenui e delicate spiccavano, risaltando nel modo migliore, il morbido candore della sua pelle e il rosso fiamma dei suoi capelli. Per la camera da letto, Mel aveva preferito tutta una gamma di azzurri chiari e tessuti in seta marezzata; la sala da pranzo era bianca, la cucina gialla, arancione e blu. Da tutta la casa di Melanie irradiava un tale senso di pace e di serenità che, chiunque vi entrasse, era invogliato a rimanervi il più a lungo possibile. Era elegante, ma non troppo; era chic, ma non al punto da mettere in soggezione chi veniva a trovare Mel e le ragazze. Sebbene non fosse grande, era ben proporzionata e più che sufficiente per la loro famiglia. Al pianterreno c'erano soggiorno, sala da pranzo e cucina; al primo piano, una rampa di scale più su, la camera da letto di Mel, il suo spogliatoio e lo studio; più sopra ancora, due grandi camere da letto, piene di luce, per le ragazze. Tutto era stato calcolato al millimetro, per sfruttare al massimo ogni spazio, tanto che, se ci fosse venuta ad abitare una sola persona in più, i locali avrebbero dato l'impressione di essere sovraffollati. Soltanto per loro, però, aveva le dimensioni giuste. Melanie lo aveva capito subito, quando l'aveva vista per la prima volta. Del resto, si era innamorata di quella casa fin dal primo giorno.

Salì rapidamente le scale per raggiungere le camere delle ragazze e si accorse di avere la schiena che le doleva. La giornata era stata molto lunga e pesantissima. Non si fermò nello studio perché già sapeva che cosa vi avrebbe trovato: un mucchio di corrispondenza che preferiva fingere di non vedere... In gran parte si trattava di fatture e di conti da pagare per le ragazze ma sapeva che c'era ad aspettarla anche un assortimento di altre lettere di ogni genere e tipo. In quel momento, però, non era la posta arrivata per lei a interessarla. Voleva vedere le gemelle.

Al secondo piano trovò che tutt'e due le porte delle loro camere da letto erano chiuse. La musica che ne usciva, però, era talmente forte che, ancora a metà delle scale, si accorse di avere le palpitazioni... tanto si sentiva frastornata!

«Per l'amor di Dio, Jess!» si mise a gridare cercando di soverchiare con la propria voce tutto quel baccano. «Abbassala un po'!»

«Come hai detto?» La ragazza alta e magrissima, con i capelli rossi, distesa sul letto, si girò verso la porta. Era circondata da una quantità di testi scolastici aperti e teneva, appoggiata all'orecchio, la cornetta del telefono. Salutò sua madre a gesti e continuò la conversazione.

«E gli esami?» La ragazza fece segno di sì con la testa: certo, aveva da studiare per gli esami. Melanie aggrottò le sopracciglia: Jessica era sempre stata la più seria delle due gemelle ma, negli ultimi tempi, aveva cominciato a perdere terreno, a scuola. Si annoiava e la sua fragile storia d'amore con un compagno (che durava dall'inizio dell'anno) era finita in niente. Comunque non era un pretesto convincente, quello! Anzi bisognava studiare per gli esami con maggior impegno di prima. «Su, coraggio, Jess! Non mollare.» Melanie era andata ad appoggiarsi alla scrivania, incrociando le braccia sul petto. Jessica sembrò vagamente irritata dall'arrivo di sua madre, bofonchiò qualcosa di incomprensibile al telefono e riattaccò. Infine guardò sua madre in modo molto significativo, come per farle capire che non soltanto aveva troppe pretese ma era, addirittura, scortese. «E adesso abbassa un po' quella musica!»

Jessica allungò le gambe affusolate che, fino a quel momento, aveva tenuto incrociate sotto di sé e scese dal letto. Mentre si avvicinava all'impianto stereofonico, scuotendo i lunghi capelli color rame che le coprivano le spalle, disse: «Mi ero interrotta soltanto un momento. Per fare un piccolo intervallo».

«Mi piacerebbe sapere quanto è stato lungo.»

«Oh, per amor di Dio! Si può sapere che cosa dovrei fare? Mettermi a timbrare il cartellino per farti vedere tutte le ore che passo a studiare?»

«Sei ingiusta, Jess. Sai benissimo che puoi avere a tua disposizione tutto il tempo che vuoi. Nessuno fa il conto delle tue ore di libertà, però sono i fatti che parlano... E gli ultimi voti che hai preso.»

«Lo so, mamma, lo so! Fino a quando continuerai a ricordarmelo?»

«Fino a quando non diventeranno più belli!» Melanie non pareva particolarmente impressionata dallo scatto di collera di sua figlia. Jessica era diventata testarda e permalosa dal giorno in cui era finito il suo romanzetto d'amore con un ragazzo che si chiamava John. Probabilmente era solo colpa di quella storia finita male se i suoi voti erano così brutti. Fra l'altro, quello, per Jessica, era proprio stato il primo amore! Melanie, comunque, aveva già notato che le cose stavano migliorando. A ogni modo, preferiva continuare a mostrarsi severa con Jessica, finché non avesse avuto la sicurezza che il suo profitto negli studi aveva ripreso quota. «Hai avuto una buona giornata?» Circondò le spalle di Jessica con un braccio e le accarezzò i capelli. La musica taceva, adesso, e sulla stanza era calato un silenzio che sembrava ancora più profondo, dopo tutto il frastuono di poco prima.

«Sì, discreta. E tu?»

«Abbastanza buona.»

Jessie sorrise, accentuando in quel modo la sua somiglianza con Melanie quando era bambina. Anche se più magra di quello che non fosse stata sua madre alla stessa età, e più alta di Melanie di cinque centimetri, aveva moltissimo di lei. Questo spiegava il legame raro, di un genere tutto speciale, che le univa. A volte bastava un'occhiata e si capivano senza che le parole fossero necessarie oppure l'amicizia, salda e sincera, che esisteva fra loro esplodeva improvvisamente, tanti erano i lati del carattere che avevano in comune. «Ho guardato il tuo servizio speciale... quello sulle leggi a favore degli handicappati, stasera.»

«Come l'hai trovato?»

Le faceva sempre piacere sentire i loro commenti, soprattutto quelli di Jess. Perché Jess aveva un'intelligenza brillante e sapeva esprimersi in un modo molto chiaro e preciso, a differenza della sua gemella che era più gentile e più mite, oltre che meno disposta alla critica.

«Buono, anche se, forse, non era abbastanza severo e inflessibile.»

«Caspita! Com'è difficile piacerti!» Del resto la stessa cosa valeva anche per gli sponsor dei suoi programmi. Jessica le cercò gli occhi con lo sguardo. Aveva alzato le spalle sorridendo. «Non sei stata tu a insegnarmi che bisogna sempre mettere in dubbio tutto e pretendere molto dalle notizie che si ascoltano?»

«Davvero? Sono stata io?» Si scambiarono un sorriso pieno di affetto. Melanie era orgogliosa di Jessie, come Jessie di lei. E tutt'e due le gemelle erano fierissime di essere figlie sue. Melanie era una madre meravigliosa. Insieme, loro tre, avevano affrontato e superato molti anni duri.

Ma le difficoltà avevano contribuito a far nascere una maggiore intimità fra loro, a renderle più unite e più rispettose l'una nei confronti dell'altra, come a far accettare i loro diversi caratteri.

Madre e figlia si scambiarono un altro sguardo, lungo e intenso. In un certo senso Melanie era un poco più dolce e gentile della maggiore delle gemelle, ma non di molto! Certo, lei apparteneva a un'altra generazione. A un altro stile di vita, a un mondo completamente diverso. Anche se non si doveva dimenticare che Melanie, pur appartenendo a una determinata epoca, si era sempre fatta un dovere di tenersi al passo coi tempi. Jessica, senza dubbio, sarebbe andata ancora più avanti e avrebbe progredito con una determinazione ancora maggiore di quella di Mel. «Dov'è Val?»

«In camera sua.»

«Come vanno le cose a scuola?»

«Bene.» Però Melanie si era accorta che, a sentirsi fare quella domanda, Jessica si era chiusa in se stessa abbassando la testa fra le spalle. Come se avesse intuito a che cosa stava pensando sua madre, cercò di incontrare di nuovo il suo sguardo. «Ho visto John quest'oggi.»

«Oh! Com'è andata? Che cosa hai provato?»

«Be'... ci ho sofferto.»

Melanie fece segno di sì con la testa e andò a sedersi sul letto. Intanto, in cuor suo, ringraziava Dio che, fra lei e le ragazze, ci fosse sempre stata tutta quella confidenza. «Che cosa ti ha detto?»

«Solamente ciao! Non so... Ho sentito raccontare che si è fatto vedere in giro con un'altra.»

«Ahi! Questo sì che è poco simpatico.» Ormai, però, era passato quasi un mese da quando si erano lasciati e Melanie sapeva che quello era stato il primo, duro, colpo subìto da Jessica da quando aveva cominciato ad andare a scuola. Era sempre stata una delle allieve migliori della sua classe, circondata dall'affetto e dall'ammirazione di amiche e amici, corteggiata assiduamente dai compagni di scuola più simpatici fin da quando aveva tredici anni. Ma non ne aveva ancora compiuti sedici quando le era capitato di provare le prime pene amorose e Melanie si era accorta di soffrirne anche lei, insieme con Jess. «Adesso però mi sembra che tu abbia dimenticato tutte quelle volte che John ti faceva arrabbiare, eh?»

«Dici sul serio? Mi faceva arrabbiare?» Jessica pareva meravigliata.

«Eccome, signorina bella! Non ti ricordi quando si è presentato con un'ora di ritardo per accompagnarti a quella festa? E quando è andato a sciare con i suoi amici invece di venire con te alla partita di rugby? E quell'altra volta ancora...» Melanie sembrava ricordarsele tutte, come ricordava ogni altro particolare della vita delle gemelle... Jessica scoppiò in una risata.

«Va bene, d'accordo. Insomma, John sarebbe un vero e proprio verme, un mascalzone e una canaglia... Però mi piace lo stesso...»

«Ti piace proprio lui o sei contenta di avere qualcuno che ti fa la corte?» Nella stanza cadde un profondo silenzio. Poi Jessica la guardò con tanto d'occhi.

«Non lo so, mamma!» Era strabiliata. Quell'incertezza era incredibile.

Melanie sorrise. «Non devi sentirti sola! Pensa che una buona metà dei rapporti che si creano fra due persone, e non solo qui ma in tutto il mondo, esistono e continuano... solo in funzione di questo!»

Jessica, intanto, stava osservando sua madre con la testa piegata su una spalla: sapeva che era molto rigida ed esigente, non dimenticava come fosse stata offesa e amaramente delusa in passato e, adesso, come badasse a non lasciarsi invischiare in una relazione ambigua con un uomo. A volte, la mamma le faceva quasi compassione. Perché aveva bisogno di qualcuno. Tanto tempo prima, si era illusa che questa persona potesse essere Grant, ma ormai aveva capito già da un bel po' che non erano destinati l'uno all'altra. Prima che potesse aprir bocca di nuovo, la porta si spalancò e Valerie entrò nella stanza.

«Ciao, mamma.» Poi si accorse subito che avevano tutte e due l'aria molto seria. «Devo andarmene? Vi ho interrotto?»

«No», la rassicurò Melanie, scuotendo la testa. «Ciao, tesoro.» Valerie si chinò a darle un bacio e le sorrise. Era talmente diversa da Melanie e da Jess che c'era quasi da domandarsi se ci fosse un legame di parentela fra lei e loro. Era più piccola di statura non solo di Melanie ma anche della sua gemella. Però aveva un corpicino dalle curve voluttuose che lasciava gli uomini a bocca aperta quando passava; aveva il seno colmo, la vita sottile, i fianchi piccoli ma rotondi, le gambe affusolate, bellissime, e i capelli biondi che le scendevano, folti e lisci, fin quasi alla cintola. A volte, quando Melanie notava quale fosse la reazione degli uomini di fronte alla sua bambina, si sentiva quasi rabbrividire nel proprio intimo. Perfino Grant era rimasto stupefatto l'ultima volta che l'aveva vista.

«Per amor di Dio, Mel, caccia un sacchetto in testa a quella ragazza e non toglierlo più fino a quando non avrà compiuto i venticinque anni, altrimenti farai venire le scalmane a tutto il vicinato!» Melanie, però, aveva risposto con un sorriso un po' triste: «Non credo che servirebbe molto metterle un sacchetto soltanto sulla testa!» Adesso osservò Valerie con aria attenta, più ancora di quanto non avesse fatto con Jess perché s'intuiva immediatamente che Valerie aveva un carattere molto schietto e aperto, fin troppo ingenuo. Valerie era intelligente ma la sua intelligenza non era acuta e brillante come quella di Jess, la sua gemella. E, in parte, il suo fascino nasceva proprio dal fatto che non si rendeva assolutamente conto di possederlo. Si muoveva con la disinvoltura e la semplicità di una bambina di tre anni, felice e soddisfatta mentre ogni uomo che le capitava d'incontrare rimaneva senza fiato, con gli occhi sgranati... Lei, invece, pareva non accorgersene e trattava tutti con la stessa indifferenza. Di solito era Jessica a tenerla d'occhio quando erano a scuola e, da qualche tempo, lo faceva ancora più di prima. Jessica si rendeva perfettamente conto di quale fosse il fascino che emanava dalla personcina florida e piena di curve di sua sorella tanto che, ormai, Val aveva, praticamente, non una sola ma due mamme che la sorvegliavano, proteggendola.

«Stasera abbiamo guardato il telegiornale. Ci sei piaciuta.» A differenza di Jessica, non spiegò il motivo per cui sua madre le era piaciuta, non si soffermò a fare analisi o critiche del servizio di Mel. Valerie non possedeva quella vivacità intellettuale che caratterizzava Jessica, e che faceva di lei una ragazza piena di attrattive, quasi più della sua gemella. Certo che, viste insieme, le due ragazze formavano una coppia curiosa e divertente: Jessica con i capelli rossi, magra e slanciata, Valerie con la figurina dalle linee morbide e sensuali e la folta capigliatura bionda. «Hai intenzione di mangiare con noi stasera?»

«Come, no! Ho rinunciato ad andar fuori a cena con Grant per tornare a casa da voi.»

«Perché non hai fatto venire anche lui?» Di colpo, Val aveva assunto un'espressione delusa e malcontenta.

«Perché, qualche volta, mi fa piacere restare sola con voi.

Lui... lo posso sempre vedere in qualche altra occasione!» In quel preciso momento si sentì il ronzio del telefono interno. Era Raquel che le chiamava dal pianterreno. Fu Val che andò subito a rispondere. Ascoltò quello che Raquel diceva, quindi rispose: «Va bene», e riattaccò. Poi si voltò verso la madre e la sorella.

«La cena è pronta. E Raquel mi sembra incazzatissima.»

«Val!» Melanie si era irritata. «Non mi piace sentirti parlare in questo modo.»

«Perché? È il modo in cui parlano tutti!»

«Non è una buona ragione perché debba farlo anche tu.» Una volta chiuso l'incidente, scesero le scale tutte e tre insieme, parlando di quello che avevano fatto durante la giornata. Mel accennò qualcosa alle figlie del servizio speciale che stava preparando sui bambini maltrattati e seviziati, raccontò loro la patetica storia di Pattie Lou Jones che necessitava con urgenza di un trapianto cardiaco e spiegò che la stazione televisiva per la quale lavorava l'aveva incaricata di trovare un chirurgo in grado di occuparsene.

«Come pensi di cavartela, mamma?» Jess era curiosa. Le vicende umane come questa la interessavano enormemente e ormai si era convinta che sua madre fosse bravissima nell'affrontare problemi del genere... e risolverli.

«Grant dice che mi darà il nome di qualche chirurgo. L'anno scorso ha fatto anche lui una trasmissione durante la quale ha intervistato quattro grandi specialisti di trapianti cardiaci. E poi anche l'ufficio documentazione mi passerà del materiale.»

«Potrebbe diventare un ottimo servizio.»

«Io lo trovo indecente.» Val fece una smorfia mentre entravano in sala da pranzo e Raquel, guardandole con gli occhi che scintillavano di collera, sbottò: «Che cosa credete? Che abbia voglia di star qui ad aspettare i vostri comodi tutta la notte?» Si lasciò sfuggire un grugnito d'indignazione uscendo in fretta dalla porta a battenti che dava in cucina. Melanie e le ragazze si scambiarono un sorriso divertito.

«Credo che diventerebbe matta se non trovasse sempre

qualche scusa per lamentarsi», mormorò Jessica e scoppiarono a ridere tutte e tre insieme. Ma ridivennero subito serie per non offendere Raquel, che si ripresentò quasi subito con un piatto di roast beef.

«Che meraviglia, Raquel! Mi fa venire un'acquolina!» Val si affrettò a colmarla di elogi mentre si serviva per prima.

Raquel sbuffò e scappò via per tornare con un altro piatto da portata, con il contorno: patate al forno e broccoletti cotti a vapore. Finalmente le tre donne potevano prepararsi a una tranquilla serata casalinga. Perché soltanto lì, a casa propria, Mel si sentiva totalmente libera e completamente distaccata dal mondo della cronaca con il suo ritmo stressante.

Capitolo 3

«SALLY?... Sally?...» Per tutta la giornata, la ragazza non aveva fatto che riacquistare la conoscenza per sprofondare, subito dopo, nel solito sopore e Peter Hallam era già passato a darle un'occhiata almeno cinque o sei volte. Era soltanto il secondo giorno dopo l'operazione e non si poteva ancora dire come se la sarebbe cavata. Tuttavia Hallam non era del tutto soddisfatto. Finalmente Sally aprì gli occhi, lo riconobbe e lo salutò con un caldo sorriso mentre lui tirava una sedia vicino al letto, ci si sedeva e le prendeva una mano nelle proprie. «Come ti senti oggi?»

«Non molto bene», rispose lei a fior di labbra.

Lui assentì. «È ancora troppo presto. Però, d'ora in avanti, dovresti sentirti ogni giorno un po' più forte.» Pareva quasi volerle trasmettere con uno sforzo sovrumano di volontà la propria energia e il proprio coraggio. Lei, però, scosse lentamente la testa e tentò ancora di parlare anche se con molta fatica, perché era ancora intubata. «Non funzionerà.»

«Sì che funzionerà, invece! Basta che tu lo voglia.» Peter Hallam si sentì fremere. No, Sally non doveva permettersi di pensare cose del genere. Non in quel momento.

«Verrà il rigetto.» Ecco quello che gli disse subito dopo in un fievole bisbiglio. Ma Peter Hallam scosse nuovamente la testa, con espressione caparbia, a denti stretti, i muscoli della mascella contratti. Accidenti, perché Sally voleva rinunciare? E, poi, come faceva a saperlo?... Era proprio quello che lui aveva temuto per l'intera giornata. Ma no, era impossibile che Sally rinunciasse a lottare, non poteva, accidenti, non doveva succedere come con Anne... perché mollavano di colpo... perché non volevano aggrapparsi alla vita? Era la battaglia peggiore che lui avesse mai combattuto. Peggio di quello che potevano essere le reazioni all'anestetico, il rigetto, le infezioni. Perché, almeno fino a un certo punto, contro tutto ciò erano in grado di lottare ma solo se la paziente dimostrava ancora di avere la volontà di vivere... se era convinta di continuare a vivere. Senza di questo, tutto era perduto.

«Sally, te la stai cavando bene.» Pronunciò queste parole in tono fermo, con decisione, e rimase seduto accanto al suo letto per più di un'ora, stringendole la mano. Poi fu costretto ad andarsene per il consueto giro di visite nelle altre stanze, dedicando la propria attenzione a ogni singolo paziente, passando tutto il tempo necessario a spiegare il modo in cui si sarebbe svolto un determinato intervento chirurgico, oppure a dare delucidazioni su quelli che erano già stati eseguiti e a precisare quali potevano essere le reazioni, perché si verificavano e anche a illustrare l'effetto dei vari farmaci e terapie. Poi, al termine del giro di visite, ritornò nella camera di Sally. Ma la ragazza si era riaddormentata. Peter Hallam restò a osservarla a lungo. E quello che vide non gli piacque. Sally aveva ragione; adesso lo sentiva anche lui nel proprio intimo. Il corpo della ragazza stava rifiutando il cuore del donatore. Pareva che fosse iniziata una fase di rigetto anche se non era chiaro il motivo per cui ciò dovesse avvenire. La scelta era stata buona, adeguata. Tuttavia, d'istinto, Peter Hallam capiva che il cuore nuovo era arrivato troppo tardi per lei e, uscendo dalla stanza, provò la sensazione che, quanto prima, l'avrebbe perduta. Una sensazione che gli gravava addosso come una cappa di piombo.

Entrò nella stanzetta che gli serviva da ufficio e chiamò il suo studio per chiedere se avevano bisogno di lui.

«Qui va tutto bene, dottore», gli rispose la solita voce dal tono efficiente. «C'è stata, proprio adesso, una telefonata per lei. La cercavano da New York.»

«Chi era?» Dal tono della sua voce, si capiva che non provava un particolare interesse per quella chiamata. Con ogni probabilità era un altro chirurgo ansioso di consultarsi con lui riguardo a un caso difficile ma, in quel momento, non riusciva a pensare ad altro che non fosse il trapianto cardiaco di Sally Block. Si augurò che questo nuovo problema non fosse urgente e potesse attendere.

«Una certa Melanie Adams, una giornalista di Canale Quattro.» Perfino Peter, che aveva ben poco tempo per guardare la TV, la conosceva e sapeva chi fosse. Ma non riusciva a capire per quale ragione lo avesse cercato.

«Non saprebbe dirmi, per caso, il motivo della sua telefonata?»

«Non me lo ha specificato o, per lo meno, non è scesa in dettagli. Mi ha detto soltanto che si trattava di una questione urgente. Qualcosa a proposito di una bambina.»

Nel sentire queste parole Peter Hallam aggrottò le sopracciglia. D'altra parte anche le più celebri telecroniste del mondo avevano dei figli e, forse, la telefonata riguardava la sua bambina. Segnò rapidamente sul taccuino, che aveva davanti, il numero telefonico lasciato da Melanie alla sua segretaria, diede una rapida occhiata all'orologio e lo compose subito all'apparecchio.

La comunicazione arrivò immediatamente e Melanie fece di corsa una buona metà dell'enorme stanzone in cui lavoravano i cronisti televisivi per arrivare all'apparecchio.

«Dottor Hallam?» A sentirla, pareva un po' ansante, con il fiato corto; dall'altra parte del filo, la voce di Peter risuonò forte e profonda.

«Sì. Mi hanno riferito che lei mi cercava.»

«Precisamente. Però non mi aspettavo di sentirmi richiamare con tanta sollecitudine. È stato il nostro ufficio di documentazione che mi ha fornito il suo nominativo.» A dir la verità, quello di Peter Hallam non era un nome che le fosse completamente ignoto ma, poiché lui viveva e lavorava sulla costa occidentale, non aveva pensato di telefonargli subito. Aveva deciso di farlo quando si era accorta che i quattro nomi che Grant le aveva passato non potevano esserle utili in alcun modo. Nessuno dei chirurghi con i quali aveva parlato si era dichiarato disposto a eseguire l'operazione al cuore della piccola negra. Li spaventava troppo la pubblicità che sarebbe stata data all'intervento e il fatto che questo dovesse essere gratuito. Melanie aveva anche provato a telefonare a un chirurgo di Chicago che godeva di una discreta fama ma, sfortunatamente, era in Inghilterra e Scozia per un giro di conferenze. Si affrettò a spiegare molto rapidamente a Hallam tutto quello che riguardava la bambina. Peter le fece subito un certo numero di domande pertinenti all'argomento in questione e Melanie fu in grado di dargli le risposte necessarie. Parlando con gli altri quattro chirurghi, in un giorno solo aveva già imparato una quantità di cose.

«Si direbbe un caso interessante.» Poi aggiunse, brusco, andando subito al sodo: «E lei, in tutto questo, che cosa ci guadagna?»

Per un attimo Melanie restò senza parole. Era difficile dirlo. «Be'... un bel servizio di cronaca per la mia stazione televisiva, dottore, un servizio in cui parlerò di una bambina malata in modo gravissimo e senza speranze, e di un medico disposto a tentare un trapianto per salvarla.»

«Già, mi pare più che logico. Però mi piace poco la faccenda della pubblicità che verrebbe data a questo caso. Fra l'altro è maledettamente difficile trovare il donatore adatto per un bambino. Forse nel caso di Pattie Lou, potremmo tentare qualcosa di un po' diverso dal solito.»

«E sarebbe?» chiese Mel, incuriosita.

«Dipende dalla gravità del caso. Prima, naturalmente, vorrei vederla. In un primo tempo potremmo cercare di intervenire sul suo cuore, senza ricorrere al trapianto.»

Mel aggrottò le sopracciglia. Che sensazione avrebbe fatto una cosa del genere! «E, di solito, è un intervento che ha successo?»

«Qualche volta, sì. I suoi medici sono convinti che potrebbe sopravvivere al viaggio?»
«Non lo so. Per questo, bisogna che controlli. Perché, lei sarebbe disposto a prendere seriamente in considerazione la possibilità di eseguire l'intervento?»
«Forse. Ma lo farei per la bambina, non certo per lei!» La sua voce aveva preso il tono aspro e tagliente di poco prima ma Mel non ci trovò niente da ridire. In fondo, il dottor Hallam si stava offrendo di eseguire un intervento per salvare la bambina, non per dare spettacolo di sé nel telegiornale della sera. E Mel lo rispettò ancora di più per questo.
«Sarebbe disposto a rilasciarci un'intervista?»
«Certo.» Lo disse in tono duro, senza scrupoli. «Voglio però che sia ben chiaro il motivo per il quale faccio tutto questo. Sono un medico, un chirurgo, e mi sento impegnato a fare tutto quello che faccio con la massima serietà possibile. Non ho intenzione di trasformare l'intervento in uno spettacolo. Non siamo al circo, qui!»
«Non mi permetterei mai di fare una cosa simile!» Peter Hallam aveva già seguito alla televisione qualcuno dei servizi di Melanie e non trovò difficile credere alle sue parole. «Però sarei felice di poterla intervistare. E, poi, nel caso decidesse di eseguire il trapianto su Pattie Lou, potrebbe servire come spunto per un servizio molto interessante.»
«Su che cosa? Su di me?» Pareva scandalizzato, come se non avesse mai pensato, in precedenza, a un'eventualità del genere e Mel, dall'altro capo del filo, sorrise. Possibile che non si rendesse conto di com'era importante? Di qual era la sua fama? Chissà, forse era talmente preso dal suo lavoro che non lo sapeva neppure. O, magari, non gliene importava niente. Un'eventualità del genere la incuriosì. Lo rendeva un personaggio decisamente interessante.
«Sulla chirurgia del cuore e sui trapianti in genere, se preferisce.»
«Sì, sarebbe meglio.» Le parve di capire che stava sorridendo mentre pronunciava queste parole e, allora, proseguì.
«Potrebbe riuscire molto bene ed essere interessante. E

adesso, cosa mi dice a proposito della piccola Pattie Lou?»

«Mi dia il nome del medico che l'ha in cura. Gli telefonerò per avere tutte le informazioni possibili sulla bambina. Se fosse operabile, mandatemela qui e vedremo.» Poi gli balenò un'altra idea. «I genitori saranno d'accordo?»

«Credo di sì. Ma occorrerà parlare anche con loro. Diciamo che sono io la... 'trafficona', chiamiamola così, che deve combinare tutto!»

«Era quello che mi pareva di aver capito. Be', se non altro lo fa per una buona causa. Spero che potremo aiutare la bambina.»

«Anch'io.» Ci fu un attimo di silenzio fra loro e Mel pensò che, miracolosamente, era proprio finita nelle mani giuste, come anche Pattie Lou. «Devo richiamarla o vuole essere lei a telefonarmi di nuovo?»

«Qui ho un caso critico. Sarò io a cercarla appena posso.» Di colpo la sua voce aveva assunto un tono terribilmente grave, come se fosse angosciato. Mel lo ringraziò di nuovo e dopo un attimo la telefonata era finita.

Nel pomeriggio andò a far visita ai signori Jones e alla loro bambina, così gravemente malata, e scoprì con gioia che Pattie Lou era una ragazzina coraggiosa, pronta a tutto, e che suo padre e sua madre erano felici al pensiero di potersi aggrappare a quel filo di speranza che Mel veniva a offrire. Il modesto fondo messo a loro disposizione dalla carità altrui era sufficiente a pagare il biglietto dell'aereo fino a Los Angeles almeno a uno dei due genitori e il padre della bambina si affrettò a insistere perché fosse sua moglie a partire. Avevano altri quattro figli in casa, tutti maggiori della bambina con il cuore malato, e il signor Jones si dichiarò sicuro che sarebbero riusciti a cavarsela da soli. La signora Jones scoppiò a piangere e anche suo marito aveva gli occhi umidi quando salutarono Mel. Era tornata in ufficio da un paio d'ore soltanto quando il dottor Peter Hallam la richiamò al telefono. Aveva parlato con i medici che avevano in cura Pattie Lou e, secondo loro, valeva la pena di affrontare il rischio del viaggio. Era l'unica speranza che la bambina avesse. Quanto a lui, Peter Hallam, si dichiarava disposto a occuparsi di quel caso.

Poiché aveva conosciuto Pattie Lou quel pomeriggio stesso, Mel si commosse. Si accorse che le salivano le lacrime agli occhi e, quando parlò di nuovo, la sua voce era roca. «Lei è una persona straordinaria! Un gran brav'uomo.»

«Grazie», rispose Peter con un sorriso. «Quando pensa di poter organizzare la partenza della bambina? Crede sia possibile farla salire al più presto su un aereo in partenza per Los Angeles?»

«Questo, non lo so. Bisognerà che chieda qui in redazione, che si occupino di questi particolari. Quando la vorrebbe avere lì, da lei?»

«Da quello che mi hanno detto i suoi medici, c'è un'estrema urgenza. Anche domani stesso, se fosse possibile.»

«Vedrò quello che posso fare.» Diede un'occhiata all'orologio perché era quasi arrivato il momento di occuparsi del notiziario della sera. «Le telefoneremo fra poche ore e... dottor Hallam... grazie!»

«La prego! Eviti i ringraziamenti. Tutto questo fa soltanto parte del mio lavoro. Mi auguro che ci sia stata la più completa comprensione fra noi a questo proposito. Sono disposto a eseguire gratuitamente l'intervento per la bambina ma non dovranno esserci telecamere in sala operatoria. Tutto quello che lei potrà ottenere sarà un'intervista a intervento compiuto. Siamo d'accordo?»

«D'accordissimo.» Poi non seppe trattenersi dal tentare di chiedergli qualcosina di più. In fondo, sentiva di avere un obbligo nei confronti della stazione televisiva per la quale lavorava e anche dei suoi sponsor. «Potremmo intervistarla anche a proposito di qualche altro caso di cui si è occupato?»

«A quale scopo?» Adesso sembrava quasi insospettito nei suoi confronti.

«Mi piacerebbe moltissimo mettere insieme un bel servizio sui trapianti cardiaci fintanto che potrò essere lì, a Los Angeles, con lei, dottore. Avrebbe qualcosa in contrario?» Magari aveva dei preconcetti sul suo conto. Chissà, come si faceva a saperlo? Forse non gli piaceva il modo in cui preparava i servizi per il telegiornale della sera. In fondo, lo trasmettevano anche in California e, quindi, non doveva essere una perfetta sconosciuta per lui. I suoi timori comunque si dimostrarono infondati perché Peter Hallam, dall'altro capo del filo, assentì.

«No, affatto! Per me, va bene.»

Ci fu una pausa di silenzio e il medico riprese a parlare in tono incerto, come se riflettesse fra sé: «È strano pensare a una vita umana in termini di un pezzo di cronaca!» Stava pensando a Sally sull'orlo del rigetto. Sally non era «un pezzo di cronaca», ma una ragazza di ventidue anni, una creatura umana... come la bambina di New York.

«Può credere a quello che le dico, o no, come preferisce, però voglio che sappia che riesce difficile anche a me considerarla tale, malgrado faccia questo mestiere da molti anni!» Dopo questa tirata respirò a fondo, chiedendosi se, in quel momento, non fosse sembrata crudele e priva di sensibilità al celebre chirurgo. Purtroppo, a volte il mondo dell'informazione finiva per diventarlo! «Mi metterò in contatto con lei più tardi per farle sapere quando arriveremo.»

«Bene. Intanto io organizzo tutto in modo da essere pronti a ricevervi.»

«Grazie, dottore.»

«È il mio mestiere, questo, e i ringraziamenti non sono necessari, signorina Adams.»

A Mel, quella del dottor Hallam pareva una professione molto più nobile della sua - una giornalista che «scriveva articoli» e si occupava di cronaca - e, dopo aver riattaccato, continuò a ripensare a quello che lui aveva detto, anche mentre si interessava per organizzare il viaggio di Pattie Lou Jones e di sua madre in California. In meno di un'ora aveva già provveduto a tutto: all'ambulanza che avrebbe portato la bambina da casa all'aeroporto, a un servizio speciale durante il volo, all'infermiera che doveva viaggiare con loro (a carico della stazione televisiva), alla équipe di cameramen che sarebbe sempre stata con loro, dal momento della partenza per tutto il viaggio in California, a un'altra équipe che avrebbe continuato a lavorare con lei a Los Angeles, alla prenotazione delle camere in albergo non solo per sé, ma anche per la troupe televisiva e la mamma di Pattie Lou. Ormai non restava altro che informare Peter Hallam di tutto quello che aveva organizzato e lo fece lasciando un messaggio in tal senso alla sua segreteria telefonica. Evidentemente lui non c'era o non poteva venire all'apparecchio quando lei lo richiamò molto ore più tardi. Quella sera informò le gemelle che sarebbe andata in California per qualche giorno.

«A far che?» Come al solito, la prima a domandarglielo era stata Jessica e Mel si affrettò a spiegare alle ragazze di che cosa si trattava.

«Caspita, mamma ti stai trasformando in una vera e propria giornalista d'assalto!» Val pareva divertita; Mel, invece, si voltò a risponderle con un sorriso stanco.

«Ti giuro che stasera non mi sembra proprio di esserlo! A ogni modo dovrebbe diventare un buon servizio.» Ancora quella parola: il «servizio», il «pezzo di cronaca» messo sulla bilancia e che, sull'altro piatto, aveva come contrappeso una vita umana. Quale sarebbe stata la sua reazione se si fosse trattato di Valerie o di Jessie? Che cosa avrebbe provato in tal caso? Fino a che punto lo avrebbe giudicato un «servizio»? Si sentì fremere nel proprio intimo a quel pensiero; adesso capiva meglio il perché della reazione di Peter Hallam di fronte a quell'espressione. Si domandò come si sarebbe svolto l'incontro con lui, se sarebbe stato gentile, se avrebbe avuto difficoltà a lavorare con lui, oppure se si sarebbe rivelato di un pauroso egocentrismo. Al telefono non le era sembrato così, tuttavia sapeva che quella era la reputazione di molti chirurghi che operavano al cuore. Però, a parlargli, lo aveva trovato diverso. Senza conoscerlo di persona, Mel aveva creduto di poterlo giudicare simpatico; non solo, ma provava un profondo rispetto per la disponibilità che aveva dimostrato nei confronti di Pattie Lou Jones.

«Hai l'aria stanca, mamma.» Si accorse che Jessica la stava osservando attentamente.

«È vero. Lo sono.»

«A che ora parti domani?» Erano abituate a vederla andare e venire di continuo. Durante le sue assenze, stavano in compagnia di Raquel, che in tal caso si fermava sempre a dormire con loro.

«Dovrei uscire di casa alle sei e mezzo. Il nostro volo parte alle nove però ho l'appuntamento con l'équipe di cameramen davanti alla casa dei signori Jones. Credo che dovrò alzarmi alle cinque.»

Le due ragazze fecero una smorfia e Mel sorrise, guardandole.

«Proprio quello che penso anch'io. Non è sempre affascinante come sembra il mio lavoro, vero ragazze?»

«Puoi ben dirlo!» Fu l'immediata risposta di Val. Le due ragazze sapevano perfettamente quale fosse la dura realtà. Sapevano che la carriera di Mel, per quanto affascinante potesse sembrare, era molto faticosa e non ignoravano quante volte le era capitato di dover restare a lungo davanti alla Casa Bianca, a gelare sotto una nevicata o a occuparsi di drammatici avvenimenti in paesi lontani dove la civiltà era pressoché sconosciuta, oppure di delitti politici e altri tragici fatti. Tutte e due la rispettavano ancora di più proprio per questo; però non la invidiavano per quello che faceva né aspiravano a imitarla e a scegliere la stessa carriera. Val pensava che avrebbe finito per sposarsi, e basta; Jess pareva decisissima a studiare medicina.

Dopo cena Melanie salì di sopra con loro, preparò la valigia per il viaggio sulla costa occidentale e andò a letto presto. Grant le telefonò quando aveva appena spento la luce e le domandò se le era servita la lista di chirurghi che le aveva dato quella mattina.

«Nessuno di loro si è dichiarato disposto ad aiutarmi. Però l'ufficio documentazione mi ha fornito il numero di telefono di Peter Hallam. L'ho chiamato a Los Angeles e domani partiamo in aereo per andare da lui.»

«Tu e la bambina?» Non era riuscito a nasconderle la propria sorpresa.

«E la madre e un'infermiera, oltre a un'intera équipe di cameramen.»

«Insomma il solito circo!»

«Proprio quello che pensa Hallam!» Anzi il medico di Los Angeles aveva addirittura adoperato la stessa parola!

«Mi stupisce molto che Hallam abbia acconsentito.»

«A sentirlo parlare, sembra una gran brava persona.»

«È quello che dicono, infatti. Comunque una cosa è sicura: non ha nessun bisogno di farsi della pubblicità e non ha mai cercato di mettersi in vista come fanno tanti altri suoi colleghi. È molto più riservato. Credo che lo faccia per una sua scelta precisa. Ti lascerà girare l'intervento al cuore della bambina in sala operatoria?»

«No, su questo punto è stato irremovibile. Però mi ha promesso un'intervista subito dopo l'operazione e... chissà che non cambi idea, quando saremo da lui!»

«Non è escluso. Telefonami quando torni, e cerca di non cacciarti in qualche guaio.» Era la sua solita raccomandazione e Mel sorrise, spegnendo la luce, pochi minuti più tardi.

Al capo opposto del paese, Peter Hallam non stava sorridendo affatto, invece. In Sally Block si era verificata una violenta azione di rigetto del cuore nuovo. Nel giro di un'ora era entrata in coma. Peter era rimasto con lei fin quasi a mezzanotte, uscendo dalla camera di tanto in tanto per confortare la madre della ragazza. Alla fine, aveva lasciato che la donna, disperata e piangente, entrasse per sedersi al capezzale di Sally. Ormai non c'erano più motivi per impedirglielo. Il pericolo dell'infezione non aveva più alcuna importanza e, all'una di quella mattina (ora di Los Angeles) Sally Block moriva senza aver ripreso quel po' di lucidità necessaria a riconoscere sua madre o il medico nel quale aveva riposto ogni sua fiducia. La signora Block, poi, aveva lasciato la stanza annichilita, in silenzio, con le guance inondate di lacrime. La lotta di Sally era finita. Firmato il certificato di morte, Peter Hallam andò a casa propria. Seduto nello studio, nell'oscurità più completa, si mise a fissare la notte fuori della finestra, pensando a Sally, ad Anne, a tante altre come loro. Era ancora seduto lì due ore dopo quando Mel, a New York, uscì di casa per raggiungere l'appartamento dei signori Jones, come previsto. In quel momento Peter Hallam, non stava neppure pensando a Pattie Lou Jones o a Mel Adams... soltanto a Sally... quella bella ragazza bionda di ventidue anni che ormai se n'era andata per sempre come Anne... come tante altre! Poi, con lentezza, oh con quanta lentezza!, sentendosi gravare sulle spalle il peso del mondo intero, s'incamminò verso la sua camera da letto, richiuse la porta e si lasciò cadere seduto sul letto in silenzio.

«Mi dispiace...» quando gli uscirono queste parole dalle labbra, Peter Hallam non avrebbe neppure saputo dire a chi le stava rivolgendo: a sua moglie, ai suoi figli, a Sally, a suo padre e a sua madre, a se stesso... e, allora, arrivarono le lacrime che cominciarono a cadere lente mentre si distendeva al buio sul letto, macerandosi di disperazione per quello che non era riuscito a fare stavolta. Stavolta no... ma la prossima... magari la prossima volta... così, alla fine, gli venne in mente Pattie Lou Jones. Non restava altro che ritentare. E, in fondo al cuore, sentì uno strano fremito di fronte a tale prospettiva.

Capitolo 4

L'AEREO lasciò l'aeroporto Kennedy con Mel, i cameramen, Pattie Lou, l'infermiera e la madre di Pattie tutti comodamente sistemati, in una zona della prima classe messa appositamente a loro disposizione perché potessero avere la massima tranquillità. A Pattie venne fatta un'iniezione endovenosa. L'infermiera sembrava molto abile per l'assistenza ai malati di cuore ed era stata raccomandata personalmente dal medico che aveva in cura la bambina. Mel si scoprì a pregare in cuor suo che non succedesse niente d'imprevisto prima dell'arrivo a Los Angeles. Una volta laggiù, sapeva che sarebbero stati affidati alle mani competenti del dottor Peter Hallam ma, prima di arrivarci, il pensiero più angoscioso che continuava a tormentarla era quello di essere costretta ad atterrare a Kansas, per esempio, con una bambina morente, oppure che si verificasse un arresto cardiaco prima di aver raggiunto il celebre cardiochirurgo in California.

Non fece che pregare in cuor suo che non avvenisse niente di tutto questo e, infatti, ebbero un volo tranquillissimo fino a Los Angeles dove Hallam aveva provveduto a mandare all'aeroporto, a riceverli, un'ambulanza con due medici della sua équipe. Pattie Lou venne trasportata immediatamente al Center City Hospital con sua madre. Secondo gli accordi presi in precedenza con il dottor Hallam, Melanie non doveva unirsi a loro perché lui voleva dare alla bambina tutto il tempo necessario per ambientarsi senza inutili interruzioni; aveva acconsentito, però, a trovarsi con Mel nella mensa dell'ospedale alle sette della mattina successiva. Così avrebbe potuto spiegarle quali erano le condizioni di Pattie Lou e la terapia che avevano intenzione di farle seguire. Non avrebbe avuto niente in contrario se Mel avesse portato con sé un blocco per gli appunti o un registratore ma, a quell'incontro, non dovevano essere assolutamente presenti né cameramen né telecamera. L'intervista ufficiale sarebbe stata fissata per un secondo tempo.

Da parte sua Mel si accorse di essere molto contenta di avere una pausa di riposo dopo la preoccupazione del viaggio fatto con la bambina ammalata e, raggiungendo il suo albergo, telefonò alle gemelle a New York, fece una doccia e si cambiò. Poi uscì a fare quattro passi intorno all'albergo godendosi l'aria primaverile, tiepida e profumata, mentre, quasi senza accorgersene, non faceva che tornare con il pensiero a Peter Hallam. Era enormemente curiosa di fare la sua conoscenza. L'indomani mattina alle sei, si alzò rapidamente e, dopo essersi messa al volante dell'automobile che aveva noleggiato, partì diretta al Center City Hospital.

A passo ritmato, facento ticchettare i tacchi, Melanie imboccò, sulla sinistra, un lunghissimo corridoio e passò davanti a due uomini, addetti alle pulizie, che stavano lavando il pavimento e che la seguirono con un'occhiata piena di ammirazione. A un certo punto Mel si arrestò davanti a una porta, lesse il cartello che vi era appeso sopra, ebbe la conferma che si trattava della mensa e ne spalancò il doppio battente. Aspirò subito un intenso aroma di caffè appena fatto. Poi, quando girò gli occhi per il locale vivacemente illuminato, rimase stupita che, a quell'ora del mattino, fosse già affollato di gente.

C'erano gruppi di infermiere intorno a qualche tavolino, che prendevano un caffè o facevano la prima colazione nell'intervallo fra un turno e l'altro; medici interni dell'ospedale che si concedevano una pausa di riposo; altri che concludevano una nottata di assistenza ai malati con un pasto caldo o un semplice panino e anche qualcuno che non portava il camice ospedaliero, seduto ai tavoli con gli occhi appannati per la stanchezza. Doveva certo trattarsi di persone che erano state in piedi tutta la notte ad aspettare notizie di parenti o amici gravemente malati o in condizioni critiche. C'era una donna che piangeva sommessamente tamponandosi gli occhi con il fazzoletto mentre una ragazza, dopo aver asciugato le proprie lacrime, cercava di confortarla. Si trovò di fronte a una scena insolita fatta di strani contrasti: la silenziosa fatica dei giovani medici, l'allegria un po' chiassosa e il fitto chiacchiericcio delle infermiere, il dolore e l'angoscia delle persone venute in visita ai degenti e il sibilo dell'acqua bollente che, in macchine efficientissime, veniva versata sul vasellame sporco per lavarlo. La mensa aveva quasi l'aspetto del centro operativo di una strana città del Duemila oppure della sala di comando di una nave spaziale, lanciata attraverso i cieli, completamente staccata dal resto del mondo.

Guardandosi intorno, Melanie si domandò quale di quegli uomini in camice bianco fosse Peter Hallam. C'era un gruppetto di medici di mezza età che conversavano con aria solenne e austera, in camice inamidato, intorno a un tavolino mentre sorseggiavano il caffè e mangiavano un krapfen ma, chissà perché, nessuno di loro corrispondeva all'immagine che si era fatta di lui. E nessuno di loro si alzò dal suo posto per andarle incontro.

«La signorina Adams?» Trasalì perché la voce arrivava da dietro le sue spalle. Si voltò di scatto, roteando su un tacco, per affrontare lo sconosciuto che aveva pronunciato quelle parole.

«Sì?»

L'uomo le tese una mano forte e asciutta. «Io sono Peter Hallam.» Stringendogliela, Melanie si trovò a fissare un viso dai lineamenti decisi e piuttosto belli, ma già segnati da qualche ruga. Il viso di un uomo con gli occhi azzurri e i capelli brizzolati. Soltanto i suoi occhi apparivano illuminati da un lieve sorriso, ma la bocca era severa. Per quanto avessero parlato a lungo al telefono, Mel pensò che il dottor Hallam era assolutamente diverso da come se lo aspettava. Si era fatta un quadro totalmente diverso di lui. Era molto più alto di come lo aveva immaginato e aveva una corporatura talmente robusta che le sue spalle riempivano completamente il camice bianco inamidato che portava sulla camicia azzurra, con la cravatta scura, e i calzoni grigi. Bastava guardarlo per capire che, all'università, doveva essere stato un ottimo giocatore di rugby. «È tanto che aspetta?»

«No, affatto.» Mel lo seguì a un tavolino, sentendosi vagamente intimidita, cosa che le dava parecchio fastidio. Ormai si era abituata a far sempre un certo colpo sui suoi interlocutori mentre, qui, aveva l'impressione che fosse Peter Hallam ad avere in mano la situazione e che a lei non restasse che una posizione di secondo piano. Perché il celebre cardiochirurgo aveva una personalità incredibilmente magnetica. «Caffè?»

«Sì, grazie.» I loro occhi s'incontrarono e restarono fissi gli uni negli altri, ciascuno dei due domandandosi che cosa avrebbe scoperto nella persona con cui stava parlando, se sarebbe stato un amico o un nemico, un sostenitore o un oppositore. Comunque, per il momento, avevano una cosa in comune: Pattie Lou Jones. E Mel era molto ansiosa di sapere che cosa lui ne pensava.

«Panna liquida? Zucchero?»

«No, grazie.» Mel fece un gesto vago, come se volesse raggiungerlo a fare la fila davanti al banco del self-service ma lui le indicò con un gesto una sedia vuota.

«Lasci stare! Torno subito. Lei, intanto, tenga d'occhio il tavolino perché non ce lo portino via.» Le sorrise e Mel, allora, si sentì commuovere. Aveva l'aspetto di un uomo buono e gentile. Dopo pochi attimi, Peter Hallam tornò con un vassoio sul quale c'erano due tazze fumanti, due bicchieri di succo d'arancia e alcune fette di pane tostato. «Non sapevo se avesse già fatto colazione.» Era un uomo attento e premuroso e pareva, soprattutto, onesto e perbene. Mel si accorse che le era piaciuto fin dal primo momento.

«Grazie.» Gli sorrise ma, poi, non riuscì più a trattenersi dal chiedere: «Come sta Pattie Lou?»

«Ieri sera non ha fatto nessuna fatica ad ambientarsi. Mi pare che stia discretamente. È una bambina coraggiosa. Non c'è stato nessun bisogno che la mamma rimanesse con lei.» Chissà perché, Mel ebbe subito il sospetto che, in quell'adattamento così facile della bambina, c'entrasse soprattutto l'accoglienza affettuosa e confortante che aveva ricevuto da Peter Hallam e dalla sua équipe, e sapeva di non sbagliarsi. La serenità dei suoi pazienti - cosa rara in un chirurgo - era di estrema importanza per Peter Hallam. Aveva passato parecchie ore con Pattie Lou subito dopo il suo arrivo, cercando di conoscerla nel miglior modo possibile soprattutto come persona e non soltanto come una serie di dati clinici. Con la morte di Sally, Peter non aveva altri casi drammatici di cui occuparsi, adesso, e quindi poteva dedicarsi completamente a Pattie. Era a lei che stava pensando, al momento, non più a Sally.

«Le sembra che abbia qualche possibilità, dottore?» Mel era ansiosa di conoscere la sua opinione e sperava che la prognosi fosse positiva.

«Vorrei poter dire che sono buone, ma non è così. Penso che sia più corretto giudicare la situazione come 'discreta'.» Mel annuì con aria grave e bevve un sorso di caffè.

«È disposto a eseguire un trapianto su di lei?»

«Trovando il donatore, cosa che è piuttosto improbabile. I donatori adatti per i bambini sono rarissimi, signora Adams. Continuo a pensare che la mia prima idea sia quella giusta. Eseguire le operazioni necessarie sul suo cuore, come meglio ci sarà possibile, in modo da metterlo di nuovo in condizione di funzionare e, magari, inserire una valvola di maiale al posto di una delle sue, che è gravemente danneggiata.»

«Una valvola di maiale?» Il solo pensiero la turbava.

Lui fece un cenno di assenso con la testa. «Penso di sì, di maiale oppure di pecora.» L'uso di una valvola animale era già diventato comune da tempo, perlomeno per Peter.

«Quando?»

Lui sospirò, socchiudendo gli occhi. Ci stava pensando. Intanto Mel non cessava di guardarlo. «Oggi le faremo tutta una serie di esami e, forse, si potrebbe fissare l'intervento per domani.»

«È abbastanza forte da avere qualche speranza di sopravvivere?»

«Credo di sì.» I loro occhi s'incontrarono di nuovo e si fissarono per un attimo che parve interminabile. Nel lavoro di Peter Hallam, non c'erano garanzie. Non esistevano mai vittorie sicure, soltanto sicuri fallimenti. Era duro abituarsi a vivere con questo pensiero, con queste probabilità, un giorno dopo l'altro e Mel sentì una profonda ammirazione per lui e per quello che stava facendo. Anzi sentì quasi l'impulso di dirglielo ma... chissà, forse era un commento un po' troppo personale, il suo, e preferì evitarlo. Continuò a parlare di Pattie Lou e del servizio speciale che ne avrebbe fatto. Dopo un po', Peter le lanciò un'occhiata penetrante. Gli pareva così interessata, così piena di umanità. No, non era soltanto una giornalista. «Si può sapere qual è il suo interesse in tutto questo, signora Adams? Vuole fare soltanto un bel pezzo di cronaca o c'è qualcosa di più?»

«È una bambina speciale, dottore. Riesce un po' difficile non provare tenerezza e affetto per lei.»

«Le capita sempre di partecipare a questo modo agli avvenimenti di cui sono protagoniste le persone sulle quali fa un servizio? Deve essere estenuante.»

«Non è forse la stessa cosa anche per lei? Non è vero che lei partecipa intensamente a tutto quello che succede ai suoi pazienti, dottore?»

«Quasi sempre.» Cercava di essere molto onesto con Mel e, d'altra parte, non era difficile credergli. Il paziente per il quale non gli capitava di provare premura e quasi affetto costituiva, di solito, un'eccezione molto rara. E Mel, questo, lo aveva capito subito. Poi Peter Hallam la osservò con uno strano sorriso: Mel teneva le mani incrociate in grembo, guardandolo. «Non ha portato un blocco per gli appunti. Significa che sta registrando la nostra conversazione?»

«No.» Mel scosse lentamente la testa e gli sorrise. «Non sto facendo niente del genere. Ho pensato che la cosa migliore fosse, prima di tutto, conoscerci.»

Questa dichiarazione così schietta lo lasciò meravigliato e incuriosito tanto che non poté trattenersi dal chiederle: «Perché?»

«Perché il mio lavoro riuscirà senz'altro meglio se potrò venire a sapere qualcosa su di lei, prima. E, per mettere insieme il mio 'pezzo', preferisco non servirmi di quello che posso scrivere sulla carta o registrare sul nastro. Trovo più utile osservarla, ascoltarla, imparare a conoscerla.» Il dottor Hallam intuì subito che quella donna doveva essere molto abile nella sua professione. Del resto era famosa nel giornalismo televisivo: la consideravano addirittura una diva. In realtà Mel era una vera professionista, insolitamente brava nel suo campo. Questo, a Peter Hallam piacque molto. Era un po' come trovare un avversario degno in una competizione sportiva e ciò bastava a dargli una strana sensazione di eccitamento, tanto che, d'improvviso, si scoprì a farle una proposta alla quale, prima di conoscerla, non aveva minimamente pensato.

«Le piacerebbe seguirmi nel mio giro di visite stamattina? Unicamente per il suo interesse personale.»

Gli occhi di Mel s'illuminarono. Era lusingata da quell'offerta che mai si sarebbe aspettata e si augurava che questo volesse dire che il dottor Hallam la trovava simpatica o, meglio ancora, che stava già cominciando ad avere fiducia in lei. Perché questo sarebbe stato molto importante in seguito, per far filare tutto liscio nella realizzazione di quel servizio giornalistico.

«Mi farebbe un enorme piacere, dottor Hallam.» Lasciò che anche uno sguardo dei suoi occhi pieni di commozione gli facesse capire come apprezzava quella proposta.

«Perché non mi chiama Peter?»

«Se lei è disposto a chiamarmi Mel, e a darmi del tu.» Si scambiarono un sorriso.

«Affare fatto.» Le sfiorò una spalla con la mano mentre si alzava e Mel balzò in piedi di scatto, eccitatissima di fronte alla prospettiva di poterlo seguire nel suo giro di visite. Era un'opportunità rara e gli era profondamente grata. Mentre uscivano dal locale della mensa, Peter Hallam si voltò di nuovo verso di lei, ma stavolta con un sorriso. «I miei pazienti resteranno molto impressionati dal fatto di poterti avere sotto gli occhi in carne e ossa, Mel. Sono sicuro che ti hanno già vista tutti alla TV.» Per qualche strano motivo che ancora le sfuggiva, quella osservazione la meravigliò, e lei ricambiò il sorriso.

«Ho i miei dubbi!» Era una donna singolarmente modesta, Mel, e tutti coloro che la conoscevano bene la prendevano sempre garbatamente in giro per questa sua caratteristica, soprattutto Grant e le sue figliole.

Ma questa volta Peter scoppiò a ridere, guardandola. Rideva di lei. «Non penserai di essere un personaggio anonimo e sconosciuto, vero? Un po' difficile! E, poi, anche i miei pazienti malati di cuore guardano il telegiornale.»

«Mi sono sempre convinta che la gente non riesca a riconoscermi quando non mi vede sullo schermo.»

«Io invece sono pronto a scommettere che ti riconosceranno.» Le sorrise di nuovo e Melanie gli fece un cenno di assenso per tutta risposta. Lo meravigliava e lo incuriosiva il fatto che Melanie non si fosse montata la testa per il suo successo, con il passare degli anni. Fra l'altro, si era aspettato di trovarsi davanti una persona del tutto diversa.

«In ogni caso, qui, dottor Hallam», continuò Mel, «il divo, la stella, sei tu ed è più che giusto.» I suoi occhi scintillavano di aperta ammirazione ma stavolta fu lui a rivelare un'insospettata modestia.

«Non sono affatto un divo, Mel, tutt'altro.» Parlava sul serio. «Qui, io lavoro semplicemente, svolgo la mia professione. Faccio parte di una équipe straordinariamente in gamba. Credimi, i miei pazienti saranno molto più eccitati di vedere te che me, ed è più che giusto. Oltretutto, saranno contenti di trovarsi davanti, una volta tanto, una faccia nuova.» Chiamò l'ascensore e, quando questo arrivò, vi entrarono. Hallam premette il bottone del sesto piano. Intorno a loro c'erano numerosi medici in camice bianco inamidato e infermiere con la faccia fresca e riposata. Era il momento in cui cambiavano i turni.

«Sai che cosa ti dico? Mi sono sempre piaciute le tue opinioni e il tuo metodo di presentare un articolo di cronaca o di fare un servizio.» Peter Hallam le aveva rivolto la parola a bassa voce mentre l'ascensore si fermava a ogni piano. Mel, intanto, si era accorta che due infermiere la stavano osservando con attenzione, di sottecchi. «Hai un modo di affrontare i problemi sempre molto diretto e pieno di onestà. Immagino che sia per questo motivo che ho acconsentito a fare quello che mi chiedevi.»

«Quali che possano essere stati i tuoi motivi, sono felice che tu abbia accettato. Pattie Lou ha un disperato bisogno di te.» Peter Hallam fece un cenno di assenso: su questo non se la sentiva di essere in disaccordo con lei. Però, adesso, si era impegnato anche a qualcosa di più. Aveva accettato di rilasciare un'intervista che sarebbe stata trasmessa alla televisione tanto che, quando pochi minuti più tardi si trovarono seduti l'uno di fronte all'altra nel suo piccolo ufficio del sesto piano, guardò Mel molto onestamente e cercò di spiegarle quali fossero i rischi e i pericoli dei trapianti. La mise addirittura in guardia su quello che le avrebbe detto: esisteva la possibilità che, andandosene di lì, lei si ritrovasse, dopo aver concluso un servizio del genere, ad avere un giudizio negativo su quel problema. Era una eventualità alla quale Peter Hallam aveva pensato prima di acconsentire all'intervista, però era disposto a correre quel rischio.

C'era sempre più da guadagnarci che da perderci a spiegare tutto per filo e per segno piuttosto che tenere segreto quello che faceva, evitando di diffonderlo attraverso la stampa e gli altri mezzi di comunicazione. Non solo, ma se Mel fosse riuscita a realizzare il servizio nel modo più corretto, avrebbe potuto attirare un interesse considerevolmente maggiore da parte dell'opinione pubblica. Tuttavia Mel non riuscì a nascondergli di essere letteralmente allibita di fronte ai rischi che le stava descrivendo e alle scarse probabilità di riuscita di cui parlava.

«Vuoi forse dire che non è escluso che io arrivi alla decisione che quella dei trapianti cardiaci non sia affatto una buona soluzione? È questo che stai dicendo, Peter?»

«Infatti. Potrebbe essere così, anche se mi sembrerebbe un modo molto sciocco di affrontare il problema. La verità è che i pazienti che vengono sottoposti a un trapianto sarebbero destinati a morire comunque, e molto presto. Quello che noi offriamo a questa gente è solo una possibilità, a volte neppure troppo buona, se vogliamo. Il rischio è alto, le probabilità di successo sono scarse, però esiste sempre *quella possibilità*... e poi, è sempre il paziente che prende questa decisione, da solo. Ci sono persone che non se la sentono di affrontare tutto quello che li aspetta e preferiscono non cogliere questa possibilità che gli si offre. È una decisione che io rispetto. Ma se me lo consentono, il tentativo, io, lo faccio. Perché non resta nient'altro da fare. Io, per primo, non consiglio mai il trapianto per tutti i nostri pazienti, sarebbe una pura follia. Resta il fatto, però, che per alcuni di loro è la soluzione ideale; fra l'altro, in questo campo si stanno aprendo nuove prospettive. Non ci basta operare servendoci soltanto dei cuori dei donatori umani, ce ne occorrerebbero molti ma molti di più! Così stiamo tentando nuove strade ed è di fronte a questa evoluzione che l'opinione pubblica presenta una certa resistenza. La gente pensa che stiamo tentando di sostituirci a Dio ma non è così; cerchiamo soltanto di salvare delle vite e di fare il nostro meglio... tutto qui.» Peter Hallam si alzò in piedi e Mel lo imitò. Lui la osservò un attimo dall'alto della sua statura «Alla fine di questa giornata mi dirai quello che pensi e anche se non sei d'accordo con i metodi che seguiamo. Anzi...» socchiuse gli occhi mentre la guardava, «sarei particolarmente interessato a sentire la tua opinione. Sei una donna intelligente ma possiedi poche cognizioni in questo campo. Lo guardi con occhi freschi. Devi dirmi se sei rimasta scioccata, o allibita oppure se ci approvi.»

Poi, mentre uscivano dal piccolo ufficio a Peter balenò un'altra idea. «Dimmi una cosa Mel: non ti sei già formata qualche opinione preconcetta su tutto questo?» La osservava con espressione penetrante mentre si incamminavano per il corridoio e lei aggrottò le sopracciglia.

«Se vuoi che te lo dica con tutta onestà, non ne sono del tutto sicura. Fondamentalmente, mi pare che tutto quello che stai facendo abbia un senso e sia logico. Ma devo ammettere che le scarse probabilità di riuscita di cui parli mi spaventano. Le percentuali di sopravvivenza, per una qualsiasi durata di tempo che sia ragionevole, sono talmente esigue!»

Lui la considerò a lungo, con aria grave. «Quello che non può sembrare ragionevole a te, può essere l'ultimo filo di speranza per una donna, un uomo, un bambino che sono in fin di vita. Magari, a loro, perfino due mesi, due giorni... due ore di più sembrano già una bella cosa. D'accordo, ci sono molte incognite che spaventano anche me. Ma quale altra scelta ci resta? Al momento attuale è il meglio che abbiamo a disposizione.» Lei annuì e lo seguì lungo il corridoio pensando a Pattie Lou. Rimase a osservarlo attentamente mentre leggeva la cartella clinica di ogni singolo paziente, con aria assorta e la fronte corrugata, mentre faceva qualche domanda ed esaminava i risultati degli esami. Melanie cominciò a sentir ripetere sempre più spesso il nome dei farmaci che venivano dati alle persone che si erano sottoposte a un trapianto cardiaco per impedire il rigetto del cuore nuovo. Tanto che si mise a buttar giù rapidamente qualche appunto e a prendere qualche annotazione sulle domande che voleva fargli, quando lui avesse avuto un po' di tempo da dedicarle, sui rischi di certe terapie e sugli effetti che potevano avere sulla personalità e sulla psiche dei pazienti.

Improvvisamente vide che Peter Hallam si alzava di scatto e s'incamminava a passo rapido per il corridoio. Fece qualche passo per seguirlo, poi si fermò, non sapendo bene se la volesse con sé oppure no e, come se avesse intuito questa indecisione, Peter si voltò chiamandola con un cenno.

«Su, vieni.» Con un altro cenno le indicò una pila di camici bianchi accuratamente piegati su un carrellino di acciaio inossidabile e le fece capire di prenderne uno. Melanie ubbidì e, quasi correndo, riuscì a raggiungerlo mentre se lo infilava. Peter stringeva fra le braccia un fascio di cartelle. Due medici interni e un'infermiera lo seguivano, rispettosi, a qualche passo di distanza. La giornata di Peter Hallam era cominciata. Sorrise ancora una volta a Mel e spalancò la prima porta. Nella stanza c'era un uomo anziano il quale aveva subìto un intervento per un bypass quadruplo quindici giorni prima. Gli disse che si sentiva tornato di nuovo un ragazzo. A dir la verità, non ne aveva affatto l'aria, appariva ancora pallido e affaticato, ma, quando uscirono dalla stanza, Peter le assicurò che la convalescenza procedeva discretamente. Quando passarono nella stanza accanto, Melanie provò di colpo una fitta al cuore. Si trovò davanti un bambino. Aveva una deformazione congenita al cuore e ai polmoni e, fino a quel momento, non era ancora stato sottoposto ad alcun intervento chirurgico. Ansimava faticosamente, in modo straziante e, a guardarlo, si sarebbe detto che non avesse più di cinque o sei anni. Ma bastò un'occhiata alla sua cartella clinica perché Mel si accorgesse che, invece, ne aveva già dieci. Si stava esaminando la possibilità di un trapianto di cuore e polmoni per lui ma, fino a quel momento, ne erano stati fatti talmente pochi che l'opinione dei medici era quella di non tentarne un altro su un bambino così piccolo. Era troppo presto. Nel frattempo, si stavano cercando delle soluzioni intermedie per tenerlo in vita. Melanie si mise a osservare Peter il quale, seduto su una sedia vicino al suo letto, si era messo a parlargli lentamente, a lungo. Più di una volta Melanie fu costretta a lottare contro il nodo di lacrime che le era salito alla gola e dovette voltarsi di scatto dall'altra parte perché il bambino non si accorgesse che aveva gli occhi lucidi. Peter le sfiorò di nuovo la spalla con la mano mentre uscivano dalla stanza, stavolta per confortarla.

Passarono nella stanza di un uomo al quale era stato messo un cuore di plastica che, come Melanie venne a sapere, era tenuto in funzione ad aria. Soffriva anche di una gravissima infezione che, a quel che pareva, a volte rappresentava un grosso problema in questi casi. Ma, considerate le scarse probabilità di riuscire e la situazione in cui si trovavano queste persone, che avevano scarsissime speranze di sopravvivenza, tutto diventava un rischio o una minaccia. Il rischio maggiore era quello di un'infezione ma, purtroppo, era quasi impossibile evitarlo, nelle loro condizioni di estrema debolezza. Ecco un altro paziente ancora, il quale però versava in stato comatoso e, dopo aver parlato brevemente all'infermiera, Peter non si soffermò a lungo in quella stanza. Ed ecco ancora due uomini dalla faccia gonfia, che si erano sottoposti a un trapianto cardiaco durante l'anno; Melanie sapeva già, dal materiale di documentazione che aveva letto, come capitasse spesso che gli steroidi avessero quello sgradito effetto collaterale. Di colpo, queste persone le apparirono per quello che erano, non solo casi clinici ma anche esseri umani. E c'era qualcos'altro che, adesso, per lei, era ancora più autentico e reale: quanto fossero esigue le percentuali di riuscita. Quando rientrarono nel piccolo ufficio di Peter, questi accettò di rispondere a qualche altra domanda. Poi, guardando l'orologio, Melanie si meravigliò di vedere che era quasi mezzogiorno. Avevano continuato il loro giro per quasi quattro ore, visitando i pazienti che occupavano all'incirca una ventina di stanze.

«Le probabilità di un fallimento?» Peter la guardò con attenzione al di sopra della tazza di caffè che stava bevendo. «Chi si è sottoposto a un trapianto cardiaco ha il sessantacinque per cento di probabilità di vivere ancora per un anno dopo l'intervento. All'ingrosso ci sono, dunque, due probabilità su tre che ce la facciano a tirare avanti ancora per un anno.»

«E per un periodo più lungo?»

Lui sospirò. Odiava queste statistiche. Erano quelle contro le quali lottava ogni giorno. «Ecco, il massimo che possiamo dare a ogni paziente è, più o meno, una probabilità del cinquanta per cento per cinque anni.»

«E dopo?» Melanie si era messa a prendere appunti,

adesso, allibita di fronte a quello che le statistiche rivelavano e piena di comprensione per il tono di sfida che la voce di Peter aveva assunto.

«Questo è tutto per il momento. Non possiamo fare di meglio.» Lo disse in tono di rammarico e, contemporaneamente, pensarono entrambi a Pattie Lou, augurandosi che le sue probabilità di riuscita fossero ben maggiori. Aveva il pieno diritto di ottenere molto di più, la bambina! E anche tutti gli altri. Veniva quasi voglia di domandare se valeva la pena di correre tutti quei rischi... salvo che... e se fosse stata la tua vita o quella di tuo figlio, di cui si stava discutendo, non saresti stato disposto ad accettare una possibilità qualsiasi di continuare a vivere, sia pure per un giorno, o una settimana, o perfino per un anno?

«Perché muoiono così presto?» domandò Mel con aria addolorata.

«In gran parte per colpa del rigetto, sotto qualsiasi forma. Il rigetto può essere immediato, oppure il paziente comincia a soffrire di un indurimento delle arterie che porta a un attacco cardiaco. Il trapianto, di solito, affretta questo stato di cose. E poi c'è l'altro grosso problema che dobbiamo affrontare quello dell'infezione, quello che si verifica più spesso.»

«E non c'è niente che puoi fare in questi casi?» Come se tutto dipendesse da lui. Ecco che Melanie finiva per metterlo al posto di Dio, né più né meno come qualcuno dei suoi pazienti. Sapevano tutti e due che non era giusto, eppure pareva che il destino di quelle persone fosse affidato alle sue mani, anche se non era così. In un certo senso, Mel avrebbe voluto che lo fosse. Così tutto sarebbe stato più semplice. Era un uomo onesto, un uomo schietto, e avrebbe fatto andar bene ogni cosa... sempre che lo avesse potuto.

«Al momento non c'è niente che possiamo fare. Anche se non è escluso che qualche nuova terapia e qualche nuovo medicamento possano cambiare la situazione. Da qualche tempo ci siamo messi ad adoperarne di nuovi e chissà che questo non ci aiuti. Quello che non devi mai dimenticare...» le stava parlando dolcemente, adesso, in tono persuasivo, come se fosse una bambina «...è che queste persone non avrebbero nessuna speranza di salvezza senza un cuore nuovo. Quindi, tutto quello che riescono a ottenere, è un dono. Lo capiscono, questo. Se vogliono continuare a vivere, sono disposti a tentare di tutto.»

«Che cosa significa?»

«Che ci sono altri che non vogliono. Non se la sentono di affrontare tutto questo.» Le indicò con un gesto le cartelle cliniche, che aveva sul tavolo e si lasciò andare contro lo schienale della poltroncina portandosi la tazza di caffè alle labbra. «Ci vuole un sacco di coraggio, sai!» Intanto Mel si stava accorgendo anche di qualcos'altro. Ci voleva un sacco di coraggio anche da parte di Peter. Perché lui era quasi una specie di torero che scendeva nell'arena con un toro chiamato Morte e cercava di strappargli uomini, donne e bambini. Mel si chiese quante volte avesse sofferto per delle speranze deluse o per certi pazienti, ai quali aveva tenuto in particolare, e che erano morti. Perché, senza sapersene spiegare la ragione, lo si capiva subito che Peter era uno di quegli uomini che lottano e soffrono con passione per chi vogliono salvare. Peter parlò con una voce che si era improvvisamente addolcita, come se le avesse letto nel pensiero. «Mia moglie ha deciso di non affrontare questa possibilità. Di non correre questo rischio.» Abbassò gli occhi mentre Mel lo osservava, sentendosi improvvisamente agghiacciare. Che cosa aveva detto? Sua moglie? Poi Peter alzò lo sguardo, intuendo che Mel doveva essere sconvolta, e i suoi occhi si fissarono penetranti in quelli di lei. Non erano lucidi di lacrime però Mel vi lesse un dolore atroce che le fece capire qualcosa della sua personalità e del suo carattere. «Aveva una ipertensione polmonare primaria, ma non so se questi termini medici ti dicano qualcosa. Questa ipertensione comincia a danneggiare i polmoni e, a un certo momento, anche il cuore; richiederebbe un trapianto di cuore e polmone ma, a quell'epoca, ne erano stati eseguiti soltanto due in tutto il mondo, e nessuno dei due qui da noi. Naturalmente non sarebbe stata operata da me...» sospirò e si sporse un po' in avanti, verso di lei «... ma da uno dei miei colleghi e dal resto dell'équipe, oppure avremmo potuto condurla a farsi operare da uno dei grandi cardiochirurghi di altri paesi; invece lei mi ha risposto di no... con la massima tranquillità. Voleva morire così, senza far passare a se stessa, oppure a me, o ai nostri figli, tutte le agonie di cui sapeva che soffrono i miei pazienti per morire comunque, in ogni caso, nel giro di sei mesi o di un anno o di due. Ha affrontato tutto con una calma terrificante...» Adesso Mel si accorse che aveva gli occhi umidi. «... Non ho mai conosciuto nessun'altra donna come lei. È rimasta calma e serena fino in fondo.» Aveva la voce rotta dall'emozione ma aggiunse ancora: «È successo un anno e mezzo fa. Aveva quarantadue anni».

A questo punto affondò lo sguardo negli occhi di Mel, senza vergognarsi di lasciarle capire quello che provava e, per un momento, nella stanzetta, il silenzio calò profondo. «Forse avremmo potuto cambiare qualcosa. Ma non a lungo.» Adesso aveva ripreso il tono professionale di prima. «L'anno scorso ho eseguito anch'io due interventi di cuore e polmoni. Com'è facile capire, si trattava di operazioni per le quali provavo un interesse particolare. Non c'è nessun motivo perché un trapianto del genere non possa funzionare, e un giorno funzionerà.» Ma per sua moglie sarebbe stato, comunque, troppo tardi. In cuor suo, però, lui non avrebbe mai rinunciato a lottare e se avesse dovuto ritrovarsi nelle stesse condizioni di allora, avrebbe tentato ugualmente di convincerla a lasciarlo provare. Mel lo fissò con il cuore pieno di compassione per quello che doveva aver passato; si leggeva ancora nei suoi occhi il dolore atroce che doveva aver provato nel sentirsi così impotente.

Quando parlò, la voce di Mel era piena di dolcezza, commossa: «Quanti figli hai?»

«Tre. Mark, che ha diciassette anni, Pam che ne compirà quattordici in giugno e Matthew, di sei.» Peter Hallam sorrise, a questo punto, pensando ai suoi figli e guardò Mel. «Sono tutti ragazzi straordinari, ma Matthew è un bambino divertentissimo.» Poi sospirò, alzandosi. «È quello che ne ha sofferto di più, anche se è stato duro per tutti. Pam è ancora in un'età nella quale avrebbe un grande bisogno di Anne e io non riesco a darle molto. Cerco di tornare a casa presto ogni sera ma capita sempre qualcosa di grave o d'imprevisto che me lo impedisce. È maledettamente difficile dare a quei ragazzi tutto quello di cui avrebbero bisogno, quando si è soli a farlo.»

«Lo so», disse Mel con voce sommessa. «Ho anch'io lo stesso problema.»

Lui si voltò e guardando Mel negli occhi, come se non avesse neppure ascoltato quello che lei aveva detto, mormorò con aria assorta: «Avrebbe almeno potuto lasciarci tentare!»

«Molto probabilmente, adesso ormai non sarebbe più qui ugualmente», gli disse Mel con voce pacata. «Deve essere molto duro da accettare.»

Lui fece segno di sì con la testa e guardò Mel con aria dolente: «È vero». Poi, come se si fosse sentito improvvisamente turbato da tutto quello che aveva detto, raccolse il fascio di cartelle e lo strinse fra le braccia, quasi come se gli potesse servire a mettere di nuovo qualcosa – come un baluardo – fra loro. «Mi spiace, non so perché ti ho raccontato tutto questo.» Melanie, invece, non ne era rimasta affatto stupita; capitava spesso che la gente le aprisse il cuore e si confidasse con lei, solo che, stavolta, era accaduto un po' prima del solito. Lui cercò di accantonare quel discorso con un sorriso. «Perché non andiamo a fare una visita a Pattie, adesso?» Mel annuì, ancora profondamente commossa da tutto quello che lui le aveva detto. Adesso sembrava ancora più difficile trovare le parole giuste da dirgli e fu quasi un sollievo andare a trovare la bambina che aveva accompagnato lì da New York. Quanto a Pattie Lou, non nascose di essere estasiata per il fatto di rivederli tutti e due insieme e questo bastò a ricordare a Mel il motivo per il quale erano lì. Passarono una piacevole mezz'ora a chiacchierare con la bambina e Peter, dopo aver letto i risultati degli esami clinici che le erano stati fatti, sembrò soddisfatto. Alla fine si rivolse a Pattie Lou con un'espressione dolce e paterna negli occhi.

«Domani è la nostra grande giornata, sai?»

«Davvero?» Aveva spalancato gli occhi e pareva eccitata e incerta al tempo stesso.

«Faremo un bel lavoretto sul tuo cuoricino, Pattie e... vedrai... diventerà come nuovo.»

«Allora, dopo, potrò giocare a baseball?» Mel e Peter sorrisero entrambi a quella richiesta.

«È per questo che vuoi fare l'operazione?»

«Sissignore!» Era raggiante.

«Be', vedremo.» Poi cominciò a spiegarle i procedimenti che avrebbero adottato l'indomani e il modo in cui si sarebbe svolto l'intervento, con lentezza, attentamente, servendosi di un linguaggio che la bambina potesse capire tanto che, anche se cominciò ad apparire un po' apprensiva, si vedeva chiaramente che l'idea di quello a cui sarebbe stata sottoposta non la terrorizzava. Era evidente che Peter Hallam le era subito piaciuto tantissimo. E quando la lasciarono e uscirono dalla sua stanza non riuscì a nascondere la delusione. Intanto Peter aveva guardato l'orologio. Era l'una e mezzo.

«Che cosa ne dici di andare a mangiare qualcosa? Devi essere affamata.»

«Un po'», sorrise lei. «Ma ero talmente interessata a tutto quello che mi hai fatto vedere che non ho avuto il tempo di pensarci.»

Lui sembrò soddisfatto di quella risposta. «Anch'io.» Poi l'accompagnò all'uscita e Mel provò, di colpo, un grande sollievo a ritrovarsi all'aria aperta. Peter le propose di andare a mangiare qualcosa insieme, in fretta, e Mel acconsentì. Si avviarono verso l'automobile.

«Lavori sempre così sodo? Con questo ritmo?» gli domandò e lui sembrò divertito.

«Quasi sempre. Con una professione di questo genere, non è facile trovare un po' di tempo libero. Non ci si può permettere di voltare le spalle alla realtà nemmeno per un giorno.»

«E la tua équipe? Non potrebbe dividere le tue responsabilità?» Altrimenti sarebbe stato un fardello molto pesante, troppo pesante da sopportare

«Certo che lo fanno!» Eppure, dal tono della sua risposta, Mel non poté fare a meno di dubitarne. La sensazione che Peter Hallam dava subito era quella che si assumesse gran parte di tutte le responsabilità e che preferisse fare così.

«Che cosa ne dicono i tuoi figli della professione che fai?»

Peter sembrò pensarci un momento prima di rispondere. «Che cosa posso risponderti? In fondo non lo so bene neppure io. Mark vuole studiare legge e Pam cambia opinione ogni giorno su questo argomento, soprattutto adesso; naturalmente, Matthew è troppo piccolo per avere già un'idea di quello che vorrà fare quando sarà cresciuto; l'anno scorso, però, mi pare che mi abbia detto che vorrebbe fare l'idraulico.» E Peter Hallam scoppiò a ridere. «In fondo, è quello che sono io, non ti pare?» E la guardò, con un altro scroscio di risa. «Un idraulico.» Risero ancora, insieme. L'aria primaverile era calda, il sole splendeva e lo ricevevano in piena faccia. Melanie non poté fare a meno di notare che adesso, lontano dall'ospedale, sembrava più giovane. E, di colpo, pensò che riusciva quasi a immaginare, anche, come doveva essere in compagnia dei suoi figli.

«Dove vogliamo andare a pranzo?» Le sorrise dall'alto della sua statura. Evidentemente si sentiva a suo agio; quello era il suo regno. Ma non si trattava soltanto di questo, c'era qualcosa di più. Fra loro, ormai, si era creato un nuovo legame, un legame di amicizia. Parlando con lei, Peter aveva messo a nudo la propria anima e le aveva raccontato tutto di Anne. Il risultato, adesso, era quello che si sentiva, improvvisamente, più libero di quanto non gli fosse capitato di sentirsi da molto tempo. Avrebbe quasi voluto festeggiare, in qualche modo, quella spensieratezza che sentiva nel cuore e Mel lo intuì, ricambiando il suo sorriso. Le pareva incredibile pensare che si fosse instaurata una simile confidenza con quell'uomo che aveva come professione la lotta per la vita contro la morte. Era venuta a Los Angeles per accompagnare da lui una bambina malata in modo gravissimo e per realizzare il suo servizio e, inaspettatamente, a poco a poco, stavano diventando amici. E molto in fretta. Qualcosa in Peter

Hallam faceva venire in mente a Melanie la schiettezza immediata, la sincerità che c'era sempre stata nei suoi rapporti con Grant; ma, al tempo stesso, si stava accorgendo di provare qualcosa di più nei suoi confronti. Perché Peter aveva potenzialmente tutte le qualità che lo avrebbero potuto far diventare molto affascinante ai suoi occhi: la forza, la gentilezza, la vulnerabilità, la franchezza, la modestia e, insieme, il suo straordinario successo. Era un uomo diverso da tutti gli altri. Quanto a Peter Hallam, osservandola, stava pensando più o meno le stesse cose di lei. Era contento di averla invitata fuori a pranzo. Si meritavano quella pausa. Erano tutti e due persone che lavoravano sodo e pagavano di persona il successo che avevano raggiunto, quindi non c'era niente di male se dedicavano un po' di tempo a loro stessi. Mel si disse che le sarebbe servito per l'intervista.

«Conosci bene Los Angeles?» le domandò Peter.

«Non molto. Vengo sempre qui per motivi di lavoro e non faccio che correre da un posto all'altro fino al momento della partenza. Non ho mai tempo per un pasto fatto con tranquillità.» Peter sorrise. Neanche lui lo aveva ma quel giorno gli sembrava giusto fare così. Anche lui sentiva di aver trovato una nuova amica. Intanto Mel, con un sorriso, gli stava domandando: «Ho il vago sospetto che, di solito, tu non vada mai fuori a pranzo, vero?»

Lui sorrise. «Solo una volta ogni tanto. In genere, mangio qui.» E le indicò con un gesto l'ospedale alle loro spalle. Intanto si era fermato vicino alla sua automobile. Era una grossa e comoda *Mercedes*, una berlina chiusa color grigio-argento, che la lasciò stupefatta. C'era qualcosa di stonato in quell'automobile, non pareva la più adatta a un uomo come Peter e lui, infatti, dovette leggerle nel pensiero.

«L'avevo regalata ad Anne due anni fa», disse in tono pacato, ma stavolta, nella sua voce, non si sentiva più il dolore di prima. «Di solito preferisco guidare la mia, una piccola *BMW*, ma adesso è in un'autorimessa per alcune riparazioni. E lascio la giardinetta a casa così possono guidarla Mark e la mia governante.»

«Hai una persona in gamba che si occupi dei tuoi figli?» Ormai mentre correvano in direzione di Wilshire Boulevard erano ridiventati due persone qualsiasi, con i loro problemi.

«Fantastica.» Lanciò una rapida occhiata a Mel, e un sorriso, continuando a guidare. «Senza di lei, sarei completamente perso. È tedesca e l'abbiamo in casa fin dalla nascita di Pam. Anne ha potuto allevare Mark da sola ma, quando è nata Pam, cominciava già ad avere qualche problema cardiaco così l'abbiamo assunta perché si occupasse della neonata. Doveva restare con noi sei mesi...» sorrise di nuovo a Mel «... e tutto questo è successo quattordici anni fa. Ormai, per noi, è una specie di dono di Dio...» esitò ancora impercettibilmente «... da quando Anne non c'è più.» Ormai cominciava ad abituarsi a pronunciare parole come queste.

Quanto a Mel fu pronta a capirlo e a continuare la conversazione sullo stesso argomento. «Io ho una bravissima donna dell'America Centrale che mi aiuta per le mie figlie.»

«Quanti anni hanno?»

«Quasi sedici. Li compiranno in luglio.»

«Tutte e due?» Sembrava meravigliato e, stavolta, Mel scoppiò a ridere.

«Sì. Sono gemelle.»

«E sono monozigote?» Peter sorrise a quell'idea.

«No, una ha i capelli rossi, è un tipo magro e vivace, dicono che assomigli a me, ma io non ne sono del tutto convinta. Quanto all'altra, non mi assomiglia affatto perché è bionda con un corpicino tutto curve, e mi fa venire il mal di cuore ogni volta che esce di casa!» Sorrise. Peter scoppiò a ridere.

«In questi ultimi due anni sono arrivato alla conclusione che i maschi sono più facili da educare.» Il suo sorriso si spense mentre pensava a Pam. «Mia figlia aveva dodici anni e mezzo quando Anne è morta. E credo che la perdita della mamma e, contemporaneamente l'inizio della pubertà, siano stati troppo difficili da affrontare per lei.» Sospirò. «Immagino che l'adolescenza non sia facile per nessuno, eppure Mark, alla sua età, non ci ha mai dato nessun problema.

Naturalmente, lui ci aveva tutti e due.»

«Credo che questo faccia una bella differenza.» Seguì un lungo silenzio mentre Peter le frugava negli occhi con lo sguardo.

«E tu? Sei sola con le gemelle?» Gli aveva già detto qualcosa a questo proposito o no?

Mel assentì. «Sì, sono sempre stata sola con loro fin dal giorno in cui sono nate.»

«Il loro papà è morto?» Sembrava sinceramente dispiaciuto per lei.

«No.» La voce di Mel era pacata. «Mi ha piantata in asso. Ripeteva sempre di non voler bambini e ha tenuto fede a quello che diceva. Così se ne è andato non appena gli ho detto che ero incinta. Non ha mai visto le gemelle.»

Peter Hallam non nascose di essere allibito di fronte a quello che sentiva. Non riusciva a immaginare che qualcuno potesse commettere un'azione del genere. «Che cosa terribile per te, Mel. Dovevi essere molto giovane, fra l'altro!»

Lei annuì con un lieve sorriso. Adesso, in realtà, non ci soffriva più. Era una specie di ricordo vago, offuscato dal tempo. Un puro e semplice fatto che apparteneva alla sua esistenza. «Avevo diciannove anni.»

«Mio Dio, come hai fatto a cavartela da sola? Tuo padre e tua madre ti hanno aiutata?»

«Per un po'. Quando sono nate le bambine ho smesso gli studi alla Columbia University e, a un certo momento, sono riuscita a trovar lavoro, anzi tutta una serie di lavori...» sorrise «... e, finalmente, mi sono impiegata come *receptionist* per una stazione televisiva a New York, poi sono diventata dattilografa e quindi sono passata a lavorare in redazione. Il resto, lo sanno tutti. Perlomeno, credo.» Ormai riusciva a guardare al passato con semplicità e disinvoltura ma Peter Hallam intuì che la sua strada doveva essere stata aspra e difficile e l'ammirò per non essere diventata dura e spietata. Questa era la cosa più bella. Mel, infatti, non provava amarezza né criticava il passato ma ne parlava in tono tranquillo e realistico: in conclusione, ce l'aveva fatta. Aveva sfondato. Ormai era arrivata al culmine della carriera e non dava l'impressione di aver risentito delle terribili difficoltà della strada percorsa per arrivarci.

«A sentire come ne parli adesso, sembra tutto incredibilmente semplice mentre dev'essere stato un vero e proprio incubo.»

«Sì, proprio così.» Mel sospirò e girò gli occhi verso il finestrino per osservare la città che fuggiva rapida ai lati dell'automobile. «A dir la verità, adesso trovo quasi difficile ricordare tutto. È strano, vero? Quando ci sei in mezzo, a volte cominci a pensare che non ce la farai, che non riuscirai a sopravvivere e a venirne fuori e invece, bene o male, ci riesci. E, quando ti guardi indietro, non ti sembra che sia stato così difficile.» Intanto Peter Hallam, ascoltandola, si domandava se, un giorno, avrebbe provato anche lui la stessa sensazione per quanto riguardava la perdita di Anne.

«Vedi, una delle cose più difficili da accettare per me, Mel, è sapere che non riuscirò mai a essere un padre e una madre, insieme, per i miei figli. E, invece, hanno talmente bisogno di tutti e due, loro... soprattutto Pam!»

«Non puoi pretendere tanto da te stesso! Tu sei soltanto tu e dai il meglio che puoi dare. Più di tanto, non puoi fare.»

«Sì, immagino che sia vero.» Ma non pareva convinto. Le lanciò un'altra occhiata. «Tu non hai mai pensato di risposarti per il bene delle tue figlie?» Ma forse per lei era diverso, si diceva. Lei non aveva il ricordo di una persona tanto amata da cancellare o, forse, aveva amato suo marito ma, adesso, restavano la rabbia e l'indignazione a cui aggrapparsi. In questo senso, Mel era molto più libera di lui; non solo ma, per lei, era passato un tempo molto più lungo dal giorno del distacco.

«Non credo che il matrimonio sia fatto per me. E non credo che le ragazze lo capirebbero, a questo punto. Una volta, quando erano più piccole mi assillavano letteralmente. Sì, ci sono stati momenti in cui mi sono sentita colpevole anch'io. Ma stavamo meglio sole piuttosto che in compagnia dell'uomo sbagliato, e il buffo è...» gli rivolse un sorriso pieno di imbarazzo «... che in certi casi sono arrivata addirittura a pensare che preferivo le cose così come stavano. Non so se, adesso, riuscirei ad adattarmi all'idea di avere qualcuno con cui dividere le ragazze. Forse dovrei vergognarmi di ammetterlo ma, a volte, è proprio quello che provo. Credo di essere diventata molto possessiva nei loro confronti.»

«È abbastanza comprensibile se hai vissuto sola con le gemelle per tutto questo tempo.»

Si appoggiò meglio alla spalliera del sedile e la guardò.

«Può darsi. Jessica e Val sono la cosa più bella della mia vita. Sono due ragazze eccezionali», concluse, rivelando tutto il suo orgoglio materno. Si scambiarono un sorriso e Peter Hallam scese dall'automobile per venire ad aprirle la portiera. Lei scivolò giù dal sedile, alzando gli occhi a guardarlo con un sorriso. Si trovavano nell'elegantissima Beverly Hills a due isolati soltanto di distanza dalla celeberrima Rodeo Drive. Melanie si guardò intorno. Il ristorante, stupendo, che portava il nome di *Bistro Gardens* sembrava una felice combinazione di art déco e di una vera e propria giungla di arbusti e di piante di ogni genere e tipo, passando attraverso le quali si aveva accesso al patio esterno. Ovunque Melanie girasse lo sguardo, c'erano persone chic ed elegantemente vestite. All'ora del pranzo, l'affollamento era notevole. Mel notò alcune facce conosciute a parecchi tavoli: divi del cinema, un anziano e famoso telecronista gay, un pezzo grosso nel campo letterario, i cui libri si trovavano sempre sulla lista dei best-seller; poi, all'improvviso, mentre si guardava in giro, si accorse che qualcuno la stava osservando, vide due donne che bisbigliavano qualcosa a un'amica e, quando il capo cameriere si avvicinò a Peter con un sorriso, i suoi occhi si posarono anche, pieni di cordialità, su di lei.

«Buongiorno, dottore. Salve, signora Adams, è un piacere rivederla.» Melanie non riuscì a ricordare l'occasione in cui poteva averlo visto in precedenza ma era chiaro che costui sapeva chi fosse e desiderava farglielo capire. Ne rimase divertita, mentre lo seguiva a un tavolo apparecchiato fuori, sotto un ombrellone. Peter, intanto, la stava osservando con espressione interrogativa. «Ti capita sempre di essere riconosciuta in questo modo?»

«No, non sempre. Dipende da dove mi trovo. Immagino che in un locale come questo, lo facciano di proposito. È una delle astuzie del mestiere, sai?» Intanto continuava a occhieggiare i tavoli affollati tutt'intorno a lei. Il *Bistro Gardens* aveva una clientela composta di persone facoltose e di successo, una schiera di nomi importanti. Poi sorrise di nuovo a Peter. «È un po' come essere al seguito del dottor Hallam all'ospedale... dove tutti non facevano che osservare te! Dipende da dove ci si trova.»

«Immagino che sia giusto quello che dici.» Lui, però, non si era mai accorto che la gente lo fissasse con tanta attenzione. Adesso, invece, vedeva che un buon numero di persone osservavano Melanie e che lei, pur essendo l'oggetto di tanta curiosità, se la cavava molto bene. Pareva che non si fosse neppure accorta di tutte le occhiate di quei curiosi.

«Che posto magnifico, questo!» Respirò a fondo l'aria profumata e si sedette in modo da avere il sole in faccia. Lì sembrava ormai di essere in piena estate e non si aveva la sensazione di sentirsi intrappolati in una metropoli, come poteva succedere a New York. Chiuse gli occhi, godendosi il sole. «È proprio quello che ci voleva.» Li riaprì di nuovo. «Grazie di avermi portata qui.»

Lui si lasciò andare contro lo schienale della sua sedia con un sorriso. «Ho pensato che la mensa dell'ospedale non fosse esattamente nel tuo stile!»

«Invece poteva esserlo benissimo! Anzi, lo è quasi sempre. Ecco perché trovarmi in un posto come questo è una vera festa! Quando lavoro non ho molto tempo per mangiare o, tantomeno, per gustarmi le delizie di un locale tanto simpatico e accogliente.»

«Neanch'io.»

Si scambiarono un sorriso e Melanie, alzando un sopracciglio, domandò in tono divertito: «Non ti sembra che noi due lavoriamo troppo, dottore?»

«Comincio a sospettare che sia vero. Ma ho anche il sospetto che a tutti e due piaccia quello che facciamo. Ed è un grande aiuto!»

«Certamente!» Mel aveva l'aria serena, tranquilla, mentre lo guardava e Peter si sentì più a proprio agio di quanto non gli capitasse da un paio di anni.

Osservandolo, Mel dovette confessarsi di ammirare anche il suo stile. «Hai intenzione di tornare di nuovo all'ospedale quest'oggi?»

«Naturalmente! Vorrei far eseguire qualche altro esame di laboratorio su Pattie Lou.» A queste parole Mel aggrottò le sopracciglia, pensando alla bambina.

«Saranno momenti brutti per lei?»

«Cercheremo di renderle ogni cosa il più facile possibile. Ma, tutto sommato, l'intervento chirurgico è la sua unica speranza.»

«Sei sempre dell'idea di tentare l'intervento sul suo cuore?»

«Penso proprio di sì. Sono settimane che non abbiamo donatori adatti a lei e potremmo continuare a non averne per mesi. Sono già pochi i donatori per gli adulti, per i quali è più facile trovare il cuore adatto. Facciamo in media da venticinque a trenta trapianti l'anno. Come hai potuto osservare oggi, seguendomi nel giro di visite, ci occupiamo soprattutto di interventi con il bypass. Il resto è lavoro di altissima specializzazione e non lo facciamo molto spesso anche se, naturalmente, è soprattutto di quello che parlano i giornali!»

«Peter...» Mel si sentiva un po' imbarazzata mentre beveva un sorso di vino bianco che il cameriere aveva appena portato in tavola. Si stava accorgendo di essere sempre più affascinata dal suo lavoro e, indipendentemente dal servizio giornalistico che era venuta a fare, voleva saperne qualcosa di più. «Per quale motivo hai intenzione di usare la valvola cardiaca di un maiale?»

«Con le valvole cardiache degli animali non ci occorre più una sostanza che contribuisca a diluire il sangue. Nel caso di Pattie Lou, è la soluzione migliore. Ci serviamo continuamente di valvole cardiache di animali che inoltre hanno il grande vantaggio di non provocare mai nessun tipo di rigetto.»

«Non potreste adoperare tutto il cuore di un animale?» chiese Melanie, ma lui scosse subito la testa.

«Impossibile. Il risultato sarebbe un rigetto immediato. Il corpo umano è qualcosa di strano e stupendo, sai?»

Mel annuì, pensando alla piccola negra. «Spero con tutto il cuore che tu possa fare qualcosa per lei.»

«Anch'io. Al momento abbiamo già altre tre persone in attesa di un donatore.»

«Come fate a stabilire a chi dev'essere data la precedenza?»

«Viene data alla persona più adatta. Di solito il divario di peso fra il corpo del donatore e quello della persona che riceve il suo cuore non deve mai essere superiore ai quindici chili. Non si può mettere il cuore di una ragazza, che pesava quarantacinque chili nel corpo di un uomo che ne pesa più di novanta, e viceversa. Nel primo caso, non sopporterebbe il peso dell'uomo e, nel secondo, non vi si adatterebbe.»

Lei scosse la testa, sempre più ammirata e incredula di fronte a quello che Peter Hallam riusciva a fare. «Fai cose davvero stupefacenti!»

«Pensa che continuo a trovarle stupefacenti anch'io! Non tanto per quella che è la mia parte in questo tipo di interventi, ma per il miracolo che si riesce a realizzare. Il mio lavoro mi piace enormemente e credo che questo mi sia di grande aiuto.» Mel lo squadrò per un attimo, poi diede un'occhiata alla gente bella ed elegante che affollava il ristorante e riportò gli occhi su di lui. Peter Hallam aveva infilato un blazer di lino blu scuro sulla camicia azzurra e Mel pensò che aveva un'eleganza molto disinvolta e casual ma anche un aspetto estremamente distinto.

«È molto bello amare il proprio lavoro, non ti pare?» Peter Hallam sorrise a queste parole. Evidentemente era quello che lei provava svolgendo la sua professione. Poi, d'un tratto, Melanie si scoprì a pensare ad Anne.

«Lavorava, tua moglie?»

«No.» Peter scosse la testa e tornò indietro con la memoria al sostegno morale che aveva sempre trovato in lei. Anne era stata una donna completamente diversa da Mel, però in quei momenti lui aveva avuto bisogno che sua moglie fosse fatta così.

«Anne stava a casa e si occupava dei bambini. Ecco perché, quando è morta, sono stati momenti ancora più duri per loro.» Adesso, però, era lui a provare curiosità per la vita di Mel.

«E le tue ragazze hanno mai provato un certo risentimento per il tuo lavoro?»

«Spero di no.» Cercò di essere onesta con lui. «Forse una volta ogni tanto capita; però credo che, a loro, piaccia la mia professione.» Sorrise e, per un attimo, prese un'aria da ragazzina. «Probabilmente fa un certo colpo sui loro amici e questo deve divertirle.» Peter Hallam sorrise. La professione di Mel faceva un certo colpo anche su di lui.

«Chissà che cosa diranno i miei ragazzi quando sapranno che sono stato a pranzo con te!» Scoppiarono tutti e due in una risata, poi Peter pagò il conto che si era fatto portare. Si alzarono con rammarico. Spiaceva a entrambi di doversene andare di lì e di dover mettere fine a quella piacevole chiacchierata.

Mel si stiracchiò leggermente mentre salivano in automobile.

«Mi sento pigra. Senza la voglia di far nulla!» Gli sorrise, serena e felice. «Qui sembra già di essere in estate.» Era soltanto maggio ma... come le sarebbe piaciuto fermarsi a prendere il sole sul bordo della piscina!

Mentre avviava il motore della *Mercedes*, Peter Hallam si mise a pensare, distrattamente, al futuro. «Noi andiamo ad Aspen anche quest'anno, come al solito. E tu, Mel, che cosa fai d'estate?»

«Noi andiamo ogni anno a Martha's Vineyard.»

«Che genere di posto è?»

Lei socchiuse gli occhi con il mento appoggiato alla mano. «È un po' come essere ancora una bambina piccola o come recitare un pezzo di quel famoso romanzo di avventure che aveva Huckleberry Finn come protagonista. Si va in giro tutto il giorno in maglietta e calzoncini e le ragazze restano in spiaggia dalla mattina alla sera. Le case hanno un po' tutte l'aspetto di quelle ville all'antica in cui abitano, di solito, la nonna o una prozia, dalle quali si va in visita una volta ogni tanto. A me piace perché, durante tutto il tempo in cui sto lì, non devo far colpo su nessuno. Non sono obbligata a vestirmi con eleganza, né a vedere qualcuno se non ne ho voglia. Posso starmene semplicemente distesa sulla spiaggia o passeggiare senza una meta precisa. Ci andiamo per due mesi ogni anno.»

«Puoi lasciare il tuo lavoro per un periodo così lungo?» Peter pareva stupito.

«Sì, adesso ce l'ho per contratto. Una volta avevo soltanto un mese di vacanze ma, da tre anni a questa parte, sono diventati due.»

«Mica male! Forse sarebbe proprio quello di cui io avrei bisogno.»

«Due mesi a Martha's Vineyard?» Melanie sembrava estasiata a quest'idea. «Come ti piacerebbe, Peter! Perché è un posto incantato, assolutamente meraviglioso.»

Lui sorrise di fronte all'espressione del suo volto e, all'improvviso, si accorse che aveva dei capelli bellissimi. Morbidi, lucenti come la seta sotto la luce del sole... di colpo si domandò che sensazione avrebbe provato ad accarezzarli. «Veramente mi riferivo al contratto. Farebbe comodo anche a me qualcosa del genere.» Cercò di imporsi di non pensare, né tanto meno di continuare a guardare, quella lucente e folta capigliatura color rame. Gli occhi di Mel erano di un verde che non aveva mai visto: parevano quasi di smeraldo con tante pagliuzze dorate. Era una donna molto bella e si accorse di provare uno strano fremito dentro di sé.

Fece di tutto per concentrarsi nella guida, durante il viaggio di ritorno all'ospedale, e cercò di non spostare mai la conversazione su altri argomenti che non fossero quello di Pattie Lou. Nelle poche ore passate insieme era nata una grande intimità fra loro, forse anche troppa, e questo fatto lo disturbava. Cominciava quasi a convincersi di aver tradito

Anne a causa di quello che provava nei confronti di Mel.

Quando rientrarono nell'ospedale, Mel si chiese per quale motivo Peter Hallam fosse diventato, di colpo, così freddo.

Capitolo 5

La mattina seguente, Mel uscì dal proprio albergo alle sei e mezzo precise e, salita in automobile, raggiunse il Center City Hospital dove trovò la mamma di Pattie Lou seduta in una poltroncina di plastica in corridoio, fuori della camera della sua bambina. Era visibilmente tesa e preoccupata. Mel si mise a sedere accanto a lei in silenzio. L'intervento era previsto per le sette e mezzo.

«Le vado a prendere un caffè, Pearl?»

«No, grazie», rispose a voce bassa la donna e le sorrise; ma pareva che il peso del mondo intero le gravasse sulle spalle esili. «Mel, voglio ringraziarla per tutto quello che ha fatto per noi. Se non fosse stato per lei, non saremmo neppure qui!»

«Io non c'entro! Il merito è tutto della stazione televisiva per la quale lavoro.»

«Non ne sono completamente convinta.» I suoi occhi incontrarono quelli di Mel. «Per quel che ne so io, è stata lei a telefonare a Peter Hallam per conto nostro ed è sempre stata lei a farci venire qui.»

«Mi auguro soltanto che lui possa aiutare Pattie Lou.»

«Anch'io.» Gli occhi della donna si colmarono di lacrime e voltò la testa dall'altra parte mentre Mel le sfiorava dolcemente la spalla con la mano.

«Posso esserle utile in qualche cosa?» Per tutta risposta Pearl Jones scosse la testa, facendo segno di no, e si asciugò gli occhi. Aveva già visto Pattie Lou quella mattina e, adesso, la stavano preparando per l'intervento. Fu solo dieci minuti più tardi che Peter Hallam apparve in fondo al corridoio con l'aria indaffarata e un'espressione più che mai concentrata.

«Buongiorno, signora Jones, buongiorno Mel.» Non aggiunse altro ma entrò rapidamente in camera di Pattie Lou. Pochi attimi più tardi sentirono un lamento soffocato che arrivava dall'interno e Pearl Jones trasalì visibilmente. Poi mormorò, quasi come se parlasse tra sé:

«Hanno detto che non potevo restare dentro mentre la preparavano.» Le tremavano le mani. Cominciò ad attorcigliare convulsamente un fazzoletto fra le dita. A quel punto, Mel afferrò la mano di Pearl e la strinse con forza fra le proprie.

«Vedrà che tutto andrà per il meglio, Pearl. Bisogna farsi coraggio e sperare.» Aveva appena finito di pronunciare queste parole quando le infermiere spinsero fuori dalla camera la lettiga sulla quale giaceva la bambina. Le avevano già infilato nel braccino l'ago dell'endovena e quel tubo tracheale per la respirazione tanto orribile a vedersi. Facendo forza a se stessa, Pearl si avvicinò rapidamente alla sua bambina e si chinò a darle un bacio. Aveva gli occhi lucidi di lacrime ma quando parlò a sua figlia, lo fece con voce pacata e ferma.

«Ti voglio bene, piccolina. A presto, ci vediamo fra un po'.» Peter Hallam sorrise a entrambe e diede un colpetto affettuoso sulla spalla di Pearl, lanciando contemporaneamente una rapida occhiata a Mel. Per un attimo fu come se fosse passata fra loro un'improvvisa e rapidissima scossa elettrica; poi Peter Hallam tornò a dedicare tutta la propria attenzione a Pattie. Questa cominciava a sentirsi un po' insonnolita perché le avevano fatto da poco un'iniezione calmante, tanto che fissò con occhi semispenti Peter, Mel e la sua mamma. Hallam fece un cenno all'infermiera e la lettiga cominciò ad allontanarsi silenziosa lungo il corridoio. Peter teneva Pattie per mano; Mel e Pearl lo seguivano di qualche passo. Pochi istanti più tardi la bambina veniva fatta entrare nell'ascensore che doveva condurla alla sala operatoria del piano superiore e Pearl rimase a fissare con uno sguardo vacuo gli sportelli chiusi. Poi si voltò verso Mel con le spalle scosse da un tremito. «Oh, mio Dio.» Per un attimo che parve interminabile le due donne si strinsero in un abbraccio convulso e infine tornarono a sedersi in attesa di avere qualche notizia di Pattie.

Fu una mattinata che sembrò eterna, con i suoi silenzi, i brevi e improvvisi sforzi di fare un po' di conversazione, gli innumerevoli bicchierini di cartone, pieni di caffè nero, che bevvero, le lunghe passeggiate avanti e indietro per il corridoio e l'attesa, quell'attesa che sembrava senza fine... finché, a un certo momento, Peter Hallam ricomparve. Mel trattenne il respiro, cercandogli gli occhi con lo sguardo e la donna seduta al suo fianco s'irrigidì in attesa di sapere qualcosa dell'intervento. Ma Peter veniva verso di loro sorridendo e, anzi, quando si fermò davanti alla mamma di Pattie Lou, parve raggiante.

«L'operazione è andata meravigliosamente bene, signora Jones. E Pattie Lou è in condizioni discrete.» La donna cominciò di nuovo a tremare e, di colpo, gli si abbandonò fra le braccia scoppiando in lacrime.

«Oh mio Dio... la mia bambina... Signore Iddio...»

«Mi creda, è andato tutto molto bene.»

«Non pensa che ci sarà un rigetto della valvola che le ha messo?» domandò la donna guardandolo angosciata.

«Non c'è possibilità di rigetto per le valvole cardiache, signora Jones», le rispose Peter Hallam con un sorriso. «L'intervento ha avuto un esito davvero brillante. Naturalmente è troppo presto per potere avere un'assoluta certezza ma, per il momento, la prognosi mi pare molto buona.» Mel, che li stava osservando, si accorse che le cedevano le ginocchia e si lasciò cadere su una sedia. Avevano aspettato quattro ore e mezzo; era stata l'attesa più lunga della sua vita o, almeno, così le sembrava. Perché, tutto sommato, si era accorta di provare un'infinita tenerezza per quella bambina.

Allora alzò gli occhi verso Peter, sorridendo e i loro sguardi s'incontrarono. Lui sembrava giubilante. Quando venne a sedersi al suo fianco sembrava sprizzare gioia ed entusiasmo da tutti i pori.

«Vorrei che tu avessi potuto assistere all'operazione.»

«Anch'io.» Ma gliel'aveva proibito; anzi, era stato irremovibile nel dichiarare che non voleva assolutamente un'équipe di cameramen in sala operatoria durante l'intervento.

«Chissà, forse un'altra volta sarà possibile, Mel.» Intanto stava già cominciando a spalancarle tutte le porte che davano l'accesso alla sua vita privata. «Che cosa ne diresti di fissare la nostra intervista per questo pomeriggio?» Le aveva promesso di rilasciarla dopo l'intervento al cuore di Pattie Lou, ma non le aveva specificato l'ora.

«Mando subito a chiamare la mia équipe.» Poi di colpo, gli lanciò un'occhiata ansiosa. «Ma sei sicuro che non sia troppo per te?»

Lui scoppiò a ridere. «No, perbacco!» Sembrava un ragazzino che avesse vinto una partita di rugby. Perché quell'intervento lo compensava di tanti altri che non erano riusciti. Quanto a Mel, si augurò che Pattie Lou non cominciasse a peggiorare, anche lei come tanti altri distruggendo tutte le loro speranze. Sua madre era andata a telefonare al marito a New York; Mel e Peter erano rimasti soli. «Mel, è andato tutto liscio, nel migliore dei modi.»

«Ne sono felice.»

«Anch'io.» Poi diede un'occhiata all'orologio. «Sarà meglio che vada a fare il solito giro di visite, qui in ospedale, poi telefonerò nel mio studio ma dovrei essere libero per l'intervista verso le tre. Può andar bene, come orario?»

«Bisogna che veda con quanta rapidità i cameramen possono arrivare fin qui.» Erano praticamente due giorni che aspettavano... fra le quinte, e Mel era quasi certa che non ci sarebbero stati ostacoli per averli all'ospedale per l'ora fissata. «Comunque non credo che sarà un grosso problema. Dove vuoi che la facciamo?»

Lui ci pensò per un momento. «Nel mio studio?»

«Per me, va bene. Con ogni probabilità arriveranno verso le due e cominceranno subito a preparare tutto.»

«Quanto tempo credi che ci metteremo?»

«Tutto il tempo che tu potrai dedicarci. Pensi che due ore siano troppo?»

«No, per me va bene.»

Poi, a Mel venne in mente qualcos'altro. «E Pattie Lou? Non c'è nessuna possibilità di farle qualche ripresa con le telecamere anche solo per pochi minuti quest'oggi?»

Lui aggrottò le sopracciglia e poi scosse la testa, facendo segno di no. «Non credo, Mel. Magari domani, per un paio di minuti, se continuerà a migliorare come credo. I cameramen dovranno indossare camici sterili e bisognerà che si faccia tutto nel più breve tempo possibile.»

«Va bene.» Mel annotò rapidamente qualche appunto sul blocco che teneva sempre nella borsetta. Durante il pomeriggio avrebbe intervistato Pearl Jones, subito dopo Peter e Pattie Lou l'indomani mattina. Quanto all'équipe televisiva, il giorno seguente avrebbe potuto riprendere qualcosa di più generico e inquadrare l'ambiente dell'ospedale. Poteva bastare. Se ci riusciva, avrebbe potuto prendere il volo per New York della sera dopo. E il servizio speciale, così, poteva considerarsi finito. Poi, magari nel giro di un paio di mesi, avrebbero potuto ottenere un'intervista un poco più lunga con Pattie Lou, tanto per dare un seguito al pezzo di cronaca iniziale. Ma era prematuro pensarci. La parte più importante del servizio doveva essere fatta adesso perché diventasse uno degli argomenti più sensazionali da trattare nel telegiornale della sera. A questo punto Mel alzò gli occhi verso Peter. «Un giorno, mi piacerebbe fare un servizio speciale su di te.»

Lui sorrise bonariamente, crogiolandosi ancora nella gioia per l'intervento sulla bambina, che aveva avuto tanto successo. «Chissà che, un giorno, non si possa combinare. Per quanto non abbia mai provato nessuna attrattiva per questo genere di cose.»

«Secondo me è importante che la gente sappia tutto quello che è possibile sui trapianti e sulla chirurgia del cuore.»

«Lo penso anch'io. Ma bisogna che sia fatto nel modo più giusto.» Lei assentì con un cenno della testa e Peter le allungò un colpetto affettuoso sulla mano, alzandosi in piedi. «Allora ci vediamo nel mio studio verso le due, Mel.»

«Non verremo a disturbarti fino alle tre. Basta che tu spieghi alla tua segretaria dove vuoi che vengano girate le scene e ubbidiremo!»

«Benissimo.» Si allontanò, raggiungendo con passo frettoloso il banco al quale erano di guardia le infermiere, raccolse un fascio di cartelle cliniche e, dopo un attimo, era già scomparso. Mel rimase seduta in corridoio, tutta sola, a ripensare alla lunga attesa di poco prima, sentendosi sopraffare da un'ondata di sollievo. Poi si avvicinò a una fila di cabine telefoniche e salutò con un cenno Pearl, che piangeva e rideva in quella adiacente alla sua.

Organizzò tutto con l'équipe dei cameramen in modo da poter fare un'intervista a Pearl verso la una. Per girarla, sarebbe bastato un angolo dell'ingresso dell'ospedale e, in questo modo, Pearl non avrebbe dovuto allontanarsi troppo dalla camera di Pattie Lou. Guardando l'orologio che aveva al polso, Mel cominciò a calcolare quanto tempo aveva a disposizione. Per le due avrebbero dovuto trasferirsi nella parte del complesso ospedaliero in cui si trovava lo studio di Peter in modo da preparare tutto per l'intervista da fargli. Non si aspettava particolari problemi da questa parte del suo lavoro, tanto che cominciò addirittura a pensare al viaggio di ritorno a casa. La sera dopo avrebbe potuto essere con le gemelle. Il servizio era venuto bene. Quanto a lei, pensò che, tutto sommato, era rimasta lontano da casa soltanto tre giorni anche se le parevano quasi tre settimane.

Scese al pianterreno ad aspettare i cameramen. Questi arrivarono all'ora stabilita e girarono l'intervista a una Pearl Jones che si dimostrò profondamente grata e commossa. Tutto stava filando alla perfezione anche perché Mel aveva già preparato in precedenza i punti salienti, mentre divorava in fretta e furia un panino e ingollava una tazza di tè. Poi, alle due, si trasferirono negli uffici dell'ospedale e, per le tre, erano pronti per Peter. Lo studio medico nel quale avrebbe dovuto svolgersi l'intervista aveva due pareti completamente nascoste dagli scaffali sui quali si ammucchiavano i testi di medicina mentre le altre erano rivestite da pannelli di legno di un caldo colore rosato. Seduto dietro un'imponente scrivania, Peter Hallam si mise a descrivere in modo accurato e con estrema serietà i pericoli e i trabocchetti che poteva sempre incontrare durante gli interventi sul cuore; poi parlò a Mel delle grandissime perplessità, ma anche delle speranze che lui e la sua équipe potevano offrire. Si dimostrò molto onesto e sincero parlando dei rischi di quelle operazioni e delle probabilità di riuscita che avevano ma, dal momento che le persone che venivano sottoposte ai trapianti non avevano comunque altre speranze di sopravvivenza, valeva sempre la pena di correrli. Non solo, ma era sempre meglio avere qualche probabilità di riuscita che nessuna del tutto.

«E che cosa succede alle persone che preferiscono non approfittare di questa possibilità di salvezza?» Gli aveva posto la domanda con voce lieve, sommessa, augurandosi che non fosse troppo personale e non lo addolorasse troppo.

Anche lui le rispose con voce bassa e pacata. «Muoiono.» Poi, dopo un attimo di pausa, Peter ricominciò a parlare, affrontando in modo più specifico il caso di Pattie Lou. Disegnò perfino qualche diagramma per spiegare quello che era stato compiuto e diede l'impressione di una sempre maggiore autorevolezza quando cominciò a descrivere l'intervento eseguito sulla bambina sia rivolgendosi alla macchina da presa sia a Mel.

Erano le cinque quando l'intervista, finalmente, si concluse e Peter non nascose di sentirsi sollevato. Era stata una giornata molto lunga per lui e adesso era stanco dopo le due lunghe ore in cui aveva dovuto parlare davanti alla telecamera.

«Sei molto in gamba nel tuo lavoro, amica mia.» A Mel piacque sentirgli usare di nuovo quella formula nel rivolgersi a lei e sorrise mentre uno dei cameramen spegneva le luci. Anche loro erano soddisfatti del modo in cui era andata la ripresa. Peter Hallam sapeva presentare bene le proprie idee; quanto a Mel era sicura, d'istinto, che avessero girato esattamente tutto quello che era necessario per il servizio, più lungo del solito, che aveva intenzione di mandare in onda nel telegiornale. Avrebbe dovuto trattarsi, infatti, di un servizio speciale lungo un quarto d'ora esatto e Mel, adesso, si accorse di non stare più nella pelle dalla smania di vedere quello che l'équipe dei cameramen aveva realizzato. Peter Hallam non solo era stato eloquente ma aveva dimostrato una singolare disinvoltura.

«Mi pare che te la sappia cavare benissimo anche tu davanti alle telecamere. Hai saputo trattare l'argomento in modo veramente brillante.»

«Eppure avevo paura di dare troppe informazioni tecniche oppure di lasciarmi trasportare troppo dall'entusiasmo per il mio lavoro.» Aggrottò le sopracciglia ma Mel fece segno di no con la testa.

«Sei stato misuratissimo. Proprio quello che ci voleva.» Allo stesso modo, sia pure in forma diversa, era andata anche l'intervista con Pearl la quale aveva pianto e riso e infine, tornando seria, aveva cercato di spiegare quale era stata la vita della sua bambina nei nove anni precedenti. Adesso, però, se l'intervento avesse avuto il successo che il dottor Peter Hallam dava quasi per scontato, la prognosi per Pattie Lou sarebbe stata molto positiva. E i telespettatori si sarebbero commossi senz'altro per la sua sorte come era capitato a Mel e anche a Peter. Del resto era sempre difficile resistere alla commozione di fronte ai bambini malati e Pattie Lou possedeva un fascino indiscutibile, addirittura straordinario, forse perché era stata gravemente malata tanto a lungo, o forse più semplicemente perché faceva parte della sua personalità. Inoltre non si doveva dimenticare che nei nove mesi precedenti aveva ricevuto molto amore e moltissime premure.

Peter restò a osservare Mel che dava le istruzioni alla sua équipe con palese ammirazione, la stessa che aveva mostrato lei nei suoi confronti. Il filo dei suoi pensieri venne interrotto da un'infermiera che entrata nello studio gli mormorò qualcosa a bassa voce. Peter aggrottò subito le sopracciglia e Mel, che in quel momento si stava voltando verso di lui, sentì un tuffo al cuore. Non riuscì a trattenersi e, avvicinandosi, domandò se era successo qualcosa a Pattie Lou.

Ma Peter si affrettò a scuotere la testa. «No, lei sta bene. L'ha vista uno dei miei colleghi non più tardi di un'ora fa; no, adesso si tratta di una questione diversa. È arrivato in questo momento un altro caso per il quale occorrerebbe un trapianto. Urgentemente. Le occorre un donatore subito, all'istante, ma non abbiamo niente che possa andar bene per lei.» Peter era stato immediatamente assorbito da questo nuovo problema che bisognava risolvere. Scoccò una rapida occhiata a Mel. «Devo andare», disse. Poi, d'impulso, tornò a voltarsi verso di lei: «Vuoi venire?»

«A vedere questa nuova paziente con te?» Era contenta che gliel'avesse proposto e lui assentì prontamente.

«Certo. Basta che tu non dica chi sei. Posso sempre spiegare che fai parte di un gruppo di medici venuti in visita nel nostro centro da un ospedale dell'Est.» Abbozzò un sorriso. «A meno che non ti riconoscano per quello che sei in realtà. Il fatto è che non voglio che la famiglia dell'ammalata si metta in agitazione e possa pensare che sfrutto il loro caso perché mi fa comodo.» Questo era uno dei motivi per i quali aveva sempre mostrato una grandissima ritrosia nel farsi pubblicità.

«Certo. Per me va bene.» Andò a prendere la borsetta, mormorò ancora qualche parola ai cameramen e lo raggiunse, avviandosi in fretta con lui verso l'automobile. Qualche minuto dopo erano di nuovo al sesto piano del Center City Hospital e imboccavano a passo affrettato il corridoio per raggiungere la camera della nuova paziente.

Non appena Peter spalancò la porta perché entrasse, Mel rimase stupefatta di fronte allo spettacolo che le si parò davanti. Sul candido lettino giaceva una giovane donna di ventidue anni, di straordinaria bellezza.

Era pallida, aveva i capelli biondo chiaro, immensi occhi tristi e la pelle delicata, di un candore che Melanie non aveva mai visto. Diede l'impressione di scrutare attentamente con lo sguardo ciascuno di loro man mano che le veniva presentato come se dovesse ricordare ogni faccia, ogni paio di occhi. Poi sorrise e, improvvisamente, sembrò più giovane della sua età. Melanie si sentì profondamente commossa. Quella creatura le faceva una pena immensa. Perché una giovane donna così stupenda doveva trovarsi in un posto così terrificante? Che cosa ci veniva a fare? Aveva già un braccio abbondantemente fasciato, dove erano stati costretti a incidere in profondità per arrivare alle vene in modo da ottenere gli abbondanti prelievi di sangue necessari; l'altro era coperto di lividi in seguito alla fleboclisi che le era stata fatta qualche giorno prima.

Eppure, chissà come, ascoltandola parlare ci si dimenticava di tutto. Aveva una voce dolce, suadente; si capiva subito che faceva parecchia fatica a respirare, eppure sembrava felice di vederli tutti, dal primo all'ultimo. Disse qualcosa di spiritoso a Mel quando furono presentate ed ebbe un vivace scambio di battute con Peter quando si radunarono tutti intorno al suo letto. Melanie si scoprì all'improvviso a pregare in cuor suo che trovassero un cuore per quella ragazza. Com'era possibile che fossero tante le persone che ne avevano un bisogno così disperato... e che cosa c'era di sbagliato nel mondo perché tutte queste creature dovessero soffrire, dovessero morire lentamente per colpa di un cuore troppo debole mentre ce n'erano altre che scavavano fossati, scalavano montagne, sciavano e andavano a ballare? Per quale motivo erano state truffate in un modo tanto ignobile e mentre erano ancora così giovani? Non le sembrava giusto. Eppure sul viso della ragazza non si leggeva alcun risentimento. Si chiamava Marie Dupret. Spiegò che suo padre e sua madre erano francesi.

Peter sorrise. «È un nome bellissimo.» Ma c'era di più: anche lei era una ragazza bellissima.

«Grazie, dottor Hallam.»

Quando pronunciò queste parole, Mel notò che Marie aveva qualcosa della parlata lenta e strascicata del Sud e, infatti, poco dopo, accennò al fatto che era cresciuta a New Orleans ma ormai si trovava a Los Angeles da quasi cinque anni. «Però sarei felice di tornare a N'Orleans una volta o l'altra...» Era piacevolissimo il modo in cui pronunciava queste parole. «Dopo che questo bravo dottore mi avrà messo una pezza al cuore!» E sorrise di nuovo a Peter. Poi gli lanciò un'occhiata penetrante e il sorriso di poco prima si spense Adesso non riusciva più a nascondere completamente l'in quietudine e la sofferenza. «Quanto tempo crede che ci vorrà?» Era una domanda alla quale nessuno poteva rispondere, all'infuori di Dio. Lo sapevano tutti, Marie inclusa.

«Speriamo poco.» Il semplice tono della voce di Petei Hallam era già confortante: si affrettò a rassicurarla su altre cose e a spiegarle ciò che avevano intenzione di farle quel giorno. Marie non sembrava spaventata dagli innumerevoli esami clinici che l'aspettavano ma, piuttosto, continuava a cercare di tornare sugli interrogativi più importanti rivolgendo a Peter Hallam, con aria supplichevole, i grandissimi occhi azzurri. Pareva una condannata a morte che cercasse di essere assolta per un crimine che non aveva commesso. «Sarai parecchio impegnata nei prossimi giorni, Marie.» Peter le sorrise di nuovo e le accarezzò un braccio. «Domattina passerò ancora a vederti, Marie, e, casomai ti venisse in mente qualcos'altro da chiedermi, potrai farlo quando ci rivedremo.» La ragazza lo ringraziò e Peter uscì dalla sua camera con Mel. Ancora una volta Melanie era rimasta colpita dalla gravità di ogni caso e dai terrori che ciascuno di loro doveva affrontare, da solo, alla fine. Si chiese anche se Marie avrebbe avuto qualcuno che la confortasse, che le stringesse la mano per farle coraggio... ma, chissà perché, ebbe il sospetto che fosse sola al mondo. Altrimenti, per quale motivo il marito o qualcuno della sua famiglia non erano lì con lei? Nelle altre stanze aveva notato spesso la presenza di una moglie o di un marito o, perlomeno, di qualche amico; lì, invece no. Ecco il motivo, forse, per cui Marie Dupret sembrava aver bisogno di Peter più di tutti gli altri, pareva dipendere molto di più da lui... o forse era semplicemente perché era appena arrivata. Tuttavia, mentre si allontanavano a passo lento per il corridoio, Melanie ebbe la strana sensazione di abbandonarla. Quando cominciarono a scendere le scale, guardò Peter con gli occhi pieni di tristezza.

«Quale sarà la sua sorte?»

«Dobbiamo trovarle un donatore. E presto.» Sembrava ansioso, oltre che preoccupato. Poi si ricordò che Mel era ancora con lui e le disse: «Sono contento che tu sia venuta a vederla».

«Anch'io. Mi sembra una gran brava ragazza, e simpatica.» Peter annuì. Per lui lo erano tutti, uomini, donne e bambini. Non solo, ma dipendevano tutti, e tanto, disperatamente da lui! Se si fosse fermato a pensarci, ne avrebbe provato spavento. Per fortuna, gli capitava raramente. Faceva il possibile per loro. Ma, a volte, purtroppo, poteva fare molto poco. Mel si era già domandata da qualche giorno come riuscisse a sostenere un peso simile. Ma, pur avendo fra le mani tante vite con così poca speranza, non c'era niente di cupo o di lugubre in lui. Anzi pareva che da Peter irradiasse addirittura la speranza e ancora una volte Melanie dovette ammettere tra sé di ammirarlo moltissimo.

«È stata una giornata molto pesante, vero, Mel?» Le sorrise mentre uscivano dall'ospedale affiancati.

«Non so come tu faccia a resistere a questo ritmo ogni giorno. Io dopo due anni sarei morta. No...» e alzò gli occhi a sorridergli, «... diciamo meglio, dopo due settimane. Mio Dio, Peter... la responsabilità, la tensione! Non fai che passare dalla sala operatoria al letto dei tuoi pazienti allo studio privato, per poi ricominciare daccapo. E questa non è gente che abbia una semplice bronchite, ma ognuno di questi casi è una questione di vita o di morte...» Ripensò a Marie Dupret. «... Come quella ragazza.»

«È proprio per questo che vale la pena di faticare tanto. Per la rara volta in cui si ottiene la vittoria.» Pensarono entrambi contemporaneamente a Pattie Lou. Le ultime notizie della giornata erano sempre buone.

«D'accordo, però dev'essere incredibilmente duro per te. Stressante. E, come se non bastasse tutto il resto, hai lasciato che ti intervistassi per due ore.»

«Quello è stato un piacere.» Le sorrise ma continuava a pensare a Marie. Aveva controllato la cartella clinica e i risultati di alcuni esami; i suoi colleghi la stavano seguendo attentamente, ora per ora. Il problema più importante, adesso, era quello di riuscire a trovarle un donatore in tempo. Purtroppo, quanto a questo, non poteva farci niente. Non restava che sperare. Mel si accorse di pensare la stessa cosa.

«Credi che troverai un donatore per Marie?»

«Non so che cosa risponderti. Lo spero. Non ha molto tempo a disposizione.» Nessuno dei suoi pazienti lo aveva. E questo era il peggio. Dovevano aspettare che qualcun altro morisse per offrire a loro il dono della vita. Senza di questo erano condannati.

«Lo spero anch'io con tutto il cuore.» Respirò profondamente la tiepida aria primaverile e lanciò uno sguardo all'automobile che aveva noleggiato. «Bene...» gli tese la mano, «... immagino che sia tutto per oggi. Almeno per me. Spero che anche tu possa riposarti un po' dopo una giornata simile.»

«Lo faccio sempre quando torno a casa dai miei ragazzi.»

A queste parole lei non riuscì a trattenersi e scoppiò in una schietta risata. «Non so come tu faccia a dire una cosa del genere se i tuoi figli assomigliano, almeno in qualcosa, alle mie gemelle. Di solito succede invariabilmente così: quando mi trascino a casa, sfinita, dopo una giornata di diciotto ore di lavoro massacranti, vi trovo Val che, dilaniata dall'impellente necessità di scegliere fra due ragazzi *deve assolutamente* discuterne con me, mentre Jess ha un saggio di scienze che vuole farmi leggere in serata. Si mettono a parlarmi contemporaneamente tutte e due, allora io esplodo... e poi mi vergogno di me stessa. Ecco il lato più difficile quando si è soli; non abbiamo nessuno con cui dividere questo peso e questo impegno anche se torniamo a casa stanchi morti.»

Peter sorrise. Quello che Mel diceva valeva in parte anche

per lui. «Effettivamente c'è un po' di verità in quello che dici Mel. A casa mia devo occuparmi soprattutto di Matt e Pam Ormai Mark è abbastanza indipendente.»

«Quanti hanni ha?»

«Quasi diciotto.» Poi gli venne di colpo un'idea. Guardò Melanie abbozzando un sorrisetto. Erano ancora fermi, l'uno di fronte all'altro nel parcheggio dell'ospedale. Erano le sei e un quarto. «Che cosa diresti di venire a casa con me, adesso? Potresti fare un tuffo in piscina e cenare con noi.»

«Oh, no. Impossibile.» Però quella proposta l'aveva commossa.

«Perché no? Non è molto divertente rientrare in una camera d'albergo, Mel. Per quale motivo non vuoi venire a casa con me? Non ceniamo mai tardi e potresti tornare all'albergo per le nove.»

Senza spiegarsene bene il perché, Mel si accorse che l'idea la tentava. «Non credi che i tuoi figli preferirebbero averti tutto per loro, piuttosto?»

«No. Credo che non staranno più nella pelle dalla gioia al pensiero di fare la tua conoscenza.»

«Non esagerare, per carità!» Però quell'idea l'attirava enormemente. «Non sei troppo stanco? Sul serio?»

«No, affatto. Su, vieni, Mel. Sarebbe divertente.»

«Per me, senz'altro.» Mel sorrise. «Ti seguo con la mia automobile?»

«Perché non la lasci qui, invece?»

«Ma, in questo modo, tu sarai costretto a riaccompagnarmi. Altrimenti potrei prendere un tassì»

«No, ti riaccompagno. Così potrò dare un'altra occhiata a Pattie Lou.»

«Ma non ti fermi mai, tu?» Sorrise mentre saliva in macchina sul sedile anteriore, al suo fianco. Le faceva piacere l'idea di andare a casa con lui.

«No, mai. Del resto, neanche tu.» Peter sembrava felice e soddisfatto come lei quando imboccò l'uscita del parcheggio e prese la direzione di Bel-Air.

Melanie si lasciò andare contro lo schienale con un sospiro

di contentezza, quando varcarono l'ampio cancello di ferro battuto nero che consentiva l'accesso a Bel-Air.

«Com'è tutto piacevole qui!» Era come viaggiare in aperta campagna. La strada faceva una serie di ampie curve e, qua e là, circondati da vasti giardini s'intravvedevano i grandiosi e stupendi fabbricati di ville e palazzine residenziali.

«Ecco perché mi piace stare in questo posto. Non riesco a capire come fai a sopportare New York.»

«È la vita piena di movimento e di eccitazione che vi si conduce a renderla accettabile.» Sorrise.

«Ti piace sul serio, Mel?»

«Enormemente. Adoro la mia casa, il mio lavoro, la città, i miei amici. Non saprei come fare se dovessi staccarmene; credo che non saprei vivere in nessun altro posto.» Mentre pronunciava queste parole si rese conto, all'improvviso, che, tutto sommato, non sarebbe stato poi così brutto ritrovarsi a casa l'indomani. New York era la sua città, era il luogo in cui si trovava bene e a proprio agio, per quanto le piacesse Los Angeles e ammirasse Peter Hallam. Quando lui le lanciò un'altra occhiata, si accorse che Mel aveva preso un'aria più distesa e rilassata. Poco dopo, al di là di una svolta della strada, Peter imboccò, sulla sinistra, un viale ben curato che conduceva a una casa bellissima e molto grande, in stile francese, circondata da alberi accuratamente potati e da aiuole fiorite. Alla prima occhiata, sembrava un classico paesaggio francese, quasi da cartolina, tanto che Melanie si guardò attorno meravigliata. No, non si era affatto aspettata qualcosa di simile. Chissà perché si era convinta che Peter Hallam vivesse in una casa costruita in stile più rustico, magari addirittura simile a un *ranch*. Questa invece era una costruzione che rivelava raffinatezza ed eleganza come notò subito, non appena Peter arrestò l'automobile.

«Che casa stupenda, Peter!» Mel aveva alzato gli occhi verso il tetto a mansarda, aspettandosi di vedere i ragazzi. Ma, in giro, non c'era nessuno.

«Mi sembri meravigliata», disse lui ridendo.

«No.» Mel arrossì. «Solo che questa casa non ti somiglia.»

Allora lui sorrise di nuovo. «All'inizio non era così. È stata Anne a disegnarne il progetto. L'abbiamo costruita appena prima che Matthew nascesse.»

«È una casa magnifica, davvero, Peter!» Era la verità e, adesso, Mel cominciava a scoprire un altro lato insospettato e completamente nuovo del suo carattere.

«Bene, vieni.» Aprì la portiera e, prima di scendere, si voltà ancora a guardarla per un attimo. «Entriamo. Ti presenterò ai ragazzi. Con ogni probabilità saranno tutti in piscina, in compagnia di almeno una dozzina di amici. Fatti coraggio.» Così scesero entrambi dall'automobile e Melanie si guardò di nuovo attorno. Era tutto completamente diverso dalla casa di New York dove lei abitava però era divertente e interessante vedere come Peter viveva. Lo seguì nell'interno provando solo un vago senso di trepidazione all'idea di conoscere i suoi figli e chiedendosi se sarebbero stati molto diversi dalle gemelle.

Capitolo 6

PETER infilò la chiave nella serratura della porta d'ingresso ed entrò in un'anticamera con il pavimento di marmo bianco e nero a losanghe che riprendeva un elegante motivo di stile spiccatamente francese e le *appliques* di cristallo alle pareti. C'era anche una consolle con il ripiano di marmo nero e le gambe dorate, stile Luigi XVI, sulla quale era stato messo un magnifico vaso di cristallo pieno di fiori freschi, che dovevano essere stati appena recisi perché esalavano ancora una tenue fragranza primaverile mentre Melanie si guardava intorno. Chissà perché, era tutto completamente diverso da quello che si aspettava. Peter Hallam le era sembrato così semplice e disinvolto nel modo di fare che non avrebbe mai immaginato di vederlo vivere in una casa arredata con tanta raffinatezza, piena di mobili di squisita fattura, francesi, antichi. Eppure era proprio così. L'interno della casa, infatti, rivelava un ottimo gusto. Non appena le capitò di dare un'occhiata al salone di soggiorno, si accorse che l'impronta di chi l'aveva arredata era sempre la stessa: le eleganti poltrone dalla linea morbida erano rivestite, in gran parte, di broccato color crema. Anche le pareti erano in svariate e stupende tonalità dello stesso colore, mentre le modanature apparivano di una sfumatura un poco più chiara e l'intricato motivo di stucchi che adornava il soffitto era giocato soprattutto su tinte tenui come il beige, il bianco e un raffinatissimo grigio chiaro. Sul suo viso tornò a disegnarsi un'espressione di sorpresa quando Peter la precedette nel suo studio e la invitò a sedersi. Guardandosi attorno, Mel poté notare che qui i toni sui quali si era più insistito nell'arredamento erano i rossi, cupi e caldi; c'erano sedie e poltrone inglesi, antiche, un lungo divano di cuoio e, appesa alle pareti, una serie di stampe che raffiguravano scene di caccia, tutte elegantemente incorniciate.

«Mi sembri così meravigliata, Mel!» Peter sembrava divertito e lei rise, scuotendo la testa.

«No, il fatto è che ti immaginavo vivere in un ambiente molto diverso da questo. Ma è una casa magnifica!»

«Anne ha studiato alla Sorbona per due anni e, in seguito, ha soggiornato in Francia per altri due. Credo che quel periodo abbia lasciato un'impronta permanente sul suo gusto.» Si guardò in giro, come se si illudesse di rivederla ancora lì, con lui. «Ma non mi lamento. Di sopra, le stanze sono più semplici, meno formali. Fra un momento te le mostro e ti faccio fare un giro di tutta la casa.» Andò a sedersi alla scrivania, controllò i messaggi che gli erano stati lasciati su un blocco di fogli, poi si girò di colpo a guardarla, battendosi la mano sulla fronte. «Accidenti! Mi sono dimenticato di farti fermare nel tuo albergo a prendere un costume da bagno.» Socchiuse gli occhi, osservandola. «Chissà che Pam non possa venirti in aiuto. Ti piacerebbe fare una nuotata?» Era stupefacente. Avevano trascorso l'intera giornata all'ospedale, poi c'era stata l'intervista, Peter aveva eseguito l'intervento su Pattie Lou, ed eccoli, d'un tratto, parlare di piscina e di nuoto come se non avessero avuto nient'altro a cui pensare per l'intera giornata. Era stupefacente ma, al tempo stesso, lì ogni cosa sembrava perfettamente normale. Forse, pensò Mel, è per questo che riesce a salvarsi e a sopravvivere.

Peter si alzò e le fece strada fuori, in direzione di un grandioso patio, tutto in pietra, che circondava un'ampia piscina di forma ovale. Qui, Mel cominciò a sentirsi un poco più a suo agio. Intorno alla piscina correvano, bagnati fradici, ridendo e gridando, almeno una dozzina di adolescenti e un bambino piccolo. Curioso che, prima, non si fosse accorta di tutto quel chiasso. Adesso si sentì frastornata e si mise a ridere, osservando i loro giochi e gli scherzi che si facevano i maschi, buttandosi in acqua l'uno con l'altro per richiamare l'attenzione delle loro compagne, tentando di fare una partita di pallanuoto in fondo alla piscina oppure arrampicandosi reciprocamente sulle spalle per buttarvisi dentro con un bel tuffo di testa. Qualche ragazzina, dal bel corpo snello e flessuoso, li osservava. Peter si fermò lungo un lato della piscina e, si era appena messo a batter le mani per richiamare l'attenzione generale, quando fu investito dagli spruzzi, bagnandosi dalla testa ai piedi. Comunque nessuno, fino a quel momento, si era accorto di lui né li aveva sentiti arrivare quando, improvvisamente, il bambinetto li raggiunse correndo e si buttò ad abbracciargli le gambe lasciandogli sui calzoni l'impronta bagnata delle mani, mentre Peter, abbassato lo sguardo, gli sorrideva.

«Ciao, papà. Vieni a fare il bagno anche tu!»

«Ciao, Matt. Posso andare a mettermi il costume, prima?»

«Sicuro!» L'occhiata che si scambiarono era piena di affetto. Come se tutto il resto del mondo non esistesse e il legame che li univa fosse straordinario e particolare. Matt era un bambino adorabile, vivacissimo, con splendidi capelli biondi schiariti dal sole e una boccuccia che rivelava un vuoto al posto dei due denti davanti.

«Vorrei presentarti a una mia amica.» Si voltò verso Mel la quale avanzò di un passo. Il bambino assomigliava moltissimo a Peter e, quando le sorrise, Mel si accorse che stava cambiando i dentini da latte e aveva perso gli incisivi. Era il bimbo più simpatico e divertente che avesse mai incontrato! «Matthew, questa è una mia amica, Melanie Adams. Mel, ecco Matt.» Ma il bambino prese subito un'espressione corrucciata e Peter scoppiò a ridere. «Scusami, volevo dire... questo è Matthew Hallam.»

«Piacere.» Le offrì una manina bagnata che Mel strinse

con aria molto seria e cerimoniosa, mentre, in un lampo, le sovveniva un'immagine delle gemelle a quell'età. Ormai erano passati dieci anni ma, in certe occasioni, le pareva che fosse stato solo il giorno prima.

«Dov'è tua sorella, Matt?» Peter si guardò intorno. Pareva che in piscina ci fossero soltanto gli amici di Mark ma non riuscì ugualmente ad attirare l'attenzione del suo figlio maggiore, impegnatissimo a scaraventare in acqua due ragazze contemporaneamente e, subito dopo, a spingervi dentro uno dei suoi amici. Mel li osservava: sembravano divertirsi un mondo.

«In camera sua.» Sulla faccia di Matthew si disegnò un'espressione disgustata. «Probabilmente è al telefono.»

«In una giornata come questa?» Peter non nascose la propria meraviglia. «È rimasta dentro tutto il giorno?»

«Sì, quasi tutto.» Il bambino alzò gli occhi al cielo e, dopo aver guardato suo padre e Mel, aggiunse: «È proprio stupida». Pam non gli rendeva la vita facile e Peter lo sapeva benissimo. A volte capitava di avere delle difficoltà anche con gli altri due, tuttavia Pam stava attraversando un periodo difficile soprattutto per il fatto di vivere in una famiglia che, all'infuori di lei stessa, era composta interamente di uomini.

«Adesso vado a vedere che cosa sta combinando.» Peter guardò suo figlio. «Quanto a te, cerca di stare attento a quello che fai qui in piscina, per piacere.»

«Io sono bravo.»

«Dov'è la signora Hahn?»

«È appena rientrata, ma io sono bravo, papà. Te lo giuro.» Poi, quasi a dargliene la dimostrazione, prese la rincorsa e si buttò in piscina con un tuffo, sollevando tali spruzzi d'acqua da inondarli da capo a piedi. Melanie si tirò indietro di scatto, scoppiando in una fragorosa risata e Peter le lanciò un'occhiata di scusa mentre Matthew ricompariva alla superficie.

«Matthew, per piacere, sei capace di non...» ma la testolina bionda era già scomparsa sott'acqua. Il bambino si mise a nuotare come un pesce in direzione degli altri e, in quel preciso momento, Mark si accorse della loro esistenza e li salutò con un grido e un gran gesto della mano. Aveva la stessa, identica corporatura di suo padre, era alto come lui, slanciato, con le gambe lunghe.

«Ciao, papà!» Peter gli indicò il fratellino minore che stava nuotando nella sua direzione e, dopo avergli fatto capire con un cenno della testa che sapeva che cosa doveva fare, Mark acchiappò Matthew, stringendolo fra le braccia mentre tornava a galla. Gli disse qualcosa, mandandolo in direzione degli altri ragazzi che stavano giocando a pallanuoto, ma facendolo restare un po' in disparte in modo che, nell'entusiasmo del gioco, qualcuno non gli facesse male. Tranquillizzato, Peter s'incamminò di nuovo verso casa.

«Ti ha bagnata molto?» chiese a Mel. Sì, era fradicia, da capo a piedi, ma gli fece capire che non gliene importava. Anzi, in quel momento, era quasi un sollievo dopo quella giornata, così piena di tensioni.

«Mi asciugherò.»

«A volte mi maledico per aver fatto costruire quella piscina! C'è mezzo vicinato che ci viene a passare il fine-settimana, ormai!»

«Però dev'essere una gran bella cosa per i ragazzi.»

Lui fece segno di sì con la testa. «È vero. Però non mi capita molto spesso di riuscire a farmi una nuotata in santa pace, salvo quando loro sono a scuola. Una volta tanto, quando riesco a trovarne il tempo, torno a casa per l'intervallo del pranzo.»

«Oh, davvero? Ti capita sul serio qualche volta?» Lo stava prendendo garbatamente in giro. Ma, d'un tratto, pareva che l'atmosfera, intorno a loro fosse diventata serena e distensiva, tanto che Peter si mise a ridere.

«Magari una volta all'anno!»

«Già, è quello che immaginavo.» Poi le venne in mente Matt e il suo sorriso sdentato. «Credo di essermi innamorata del tuo bambino.»

«È bravo e buono.» Peter sembrava soddisfatto; poi pensò al suo figlio maggiore. «Come Mark. Anche lui è molto responsabile, tanto che a volte me ne spavento, quasi.»

«La maggiore delle due gemelle, Jessica, è anche lei così.»

«Quale sarebbe?» Peter pareva perplesso. «Quella che ti assomiglia?»

«Come fai a ricordartelo?» chiese Mel, non nascondendo la propria meraviglia.

«Mi ricordo di tutto, io. Vedi, Mel, è una cosa importante nella mia professione. Un piccolo particolare dimenticato, un accenno, un indizio. A volte ti aiuta quando ti trovi a lottare costantemente per la vita contro la morte. Non posso permettermi di dimenticare niente.» Era la prima volta che riconosceva con molta schiettezza la propria straordinaria abilità e, mentre lo seguiva in casa, Mel gli lanciò un'occhiata piena di interesse. Adesso si trovavano in un ampio locale luminoso e pieno di sole, arredato con poltrone e divani di bambù, comodi e accoglienti; c'erano anche un impianto stereo, un enorme apparecchio televisivo e palme alte più di tre metri che sfioravano il soffitto con le loro fronde. Sembrava una stanza molto simpatica e piacevole in cui stare in una bella giornata di sole a far niente. Ma, di colpo, Melanie si accorse che almeno una mezza dozzina di fotografie di Anne, in una cornice d'argento, era distribuita qua e là sui mobili: ecco Anne che giocava a tennis, eccola, in un'altra fotografia, con Peter davanti al Louvre, con un bambino piccolissimo in braccio, e infine eccola in un'altra ancora con tutti i figli di fronte all'albero di Natale. Era come se, tutto d'un colpo, il tempo si fosse fermato e Melanie si accorse di essere quasi ipnotizzata dal viso di Anne, dai suoi capelli biondi, dai grandi occhi azzurri. Era stata una donna molto attraente, con un corpo snello, slanciato, atletico. In un certo senso, assomigliava un po' a Peter. Nelle fotografie sembrava proprio la compagna perfetta per lui. Poi Melanie si accorse, all'improvviso, che Peter si era fermato al suo fianco e stava contemplando anche lui una di quelle fotografie.

«Non si riesce ancora a credere che se ne sia andata.»

«È comprensibile.» Melanie faticava a trovare le parole; non sapeva bene come rispondergli. «Ma, sotto certi aspetti, continua a vivere. Nel tuo cuore, nella tua memoria, nei figli stessi che ha lasciato.» Sapevano tutti e due che non era la stessa cosa; d'altra parte, era quello che rimaneva di lei. Questo e la casa, che rivelava moltissimo i suoi gusti. Melanie girò di nuovo gli occhi intorno a sé, per la stanza. Quel locale ampio e luminoso faceva un curioso contrasto con il salone di soggiorno, così elegante e formale, e lo studio di Peter che aveva visto appena entrata. «A che cosa vi serve questa stanza, Peter?» Melanie era incuriosita. Perché le pareva che avesse un'impronta spiccatamente femminile.

«Di solito ci stanno i ragazzi, anche se è arredata quasi completamente in bianco ma, qui, non possono fare troppi guai.» A questo punto Melanie notò una scrivania, in bambù anche quella, disposta in modo da guardar fuori, in direzione della piscina. «A lei piaceva moltissimo stare in questa stanza. Io, quando sono a casa, passo la maggior parte del mio tempo nel mio studio e nelle stanze del piano di sopra.» Poi, con un gesto, le indicò l'anticamera. «Vieni, voglio mostrarti il resto della casa. E vediamo se ci riesce di trovare Pam.»

Al piano di sopra l'arredamento era tornato a essere tutto in stile francese, molto elegante e formale. Pianerottolo e corridoi erano in un travertino beige chiaro con due *consolles* che avevano il ripiano dello stesso marmo alle estremità e uno stupendo lampadario in ottone. C'era, anche, un altro salotto, più piccolo, ma altrettanto raffinato ed elegante, tutto in azzurro chiaro, con una profusione di sete e velluti, un caminetto in marmo, *appliques* e lampadario di cristalli a gocce, tende di seta azzurro chiaro con le guarnizioni in giallo pallido e blu, con le pieghe raccolte e trattenute ai lati delle finestre da sottili anelli di ottone in modo da consentire la vista della piscina. Subito dopo il salotto, veniva un piccolo studio arredato con tutte le tonalità del rosa spento ma mentre passavano davanti a quella stanza Peter s'incupì, aggrottando le sopracciglia e Melanie capì subito che non veniva mai adoperato. E capì anche che doveva essere stato lo studio di Anne.

Più avanti c'era una bellissima biblioteca arredata in tonalità verde scuro che, evidentemente, doveva rappresentare una specie di stanza di soggiorno per Peter. Le pareti erano nascoste da scaffali pieni di libri, il piano della scrivania era un ammasso caotico di carte e documenti, a una parete era appeso un quadro a olio: un ritratto di Anne; una porta a doppio battente, in stile francese anche quella, immetteva nella camera da letto in cui Peter adesso dormiva solo. Era tutta arredata con stoffe di seta beige, cassettoni francesi, una bellissima agrippina, gli stessi pesanti e sontuosi tendaggi, altre *appliques* alle pareti e un altro bellissimo lampadario. Eppure, lì dentro c'era una strana atmosfera: veniva voglia di togliersi i vestiti e mettersi a ballare una danza scatenata, quasi a sfidare quell'eleganza così formale. Era addirittura esagerata, e anche se ogni stanza era bella e piena di buon gusto, più la aveva sotto gli occhi, più Melanie sentiva, dentro di sé, che lì dentro c'era qualcosa di stonato e di enormemente diverso da Peter. Infine salirono un'altra rampa di scale: al piano di sopra ancora tutto, invece, era divertente, spiritoso, a colori vivaci. Dalle porte semichiuse si potevano intravvedere tre ampie camere da letto per ragazzi, piene di luce e di sole. Il pavimento di quella di Matt era letteralmente ricoperto di giocattoli; quella di Mark era nel caos più completo; quanto alla terza, tutto ciò che Mel riusciva a scorgere fu un grande letto a baldacchino, bianco, e una figurina femminile, allungata sul pavimento lì vicino, che le voltava le spalle.

Al rumore dei loro passi nel corridoio, la ragazza si girò e si alzò in piedi mormorando qualcosa nel ricevitore. E riattaccò. Melanie rimase sorpresa di trovarla così alta e con un'espressione matura, da adulta. Se era davvero Pam, la seconda dei figli di Peter, si faticava a convincersi che non avesse ancora quattordici anni. Era alta, magra, bionda come il grano maturo, con folti capelli lunghi come quelli di Val e grandi occhi azzurri, pensosi e malinconici. Assomigliava in modo straordinario alle fotografie di Anne che Mel aveva visto poco prima.

«Che cosa fai, chiusa in casa tutto il pomeriggio?» Peter le aveva scoccato un'occhiata penetrante e Mel si era subito accorta che, fra loro, si era creata una certa tensione.

«Volevo semplicemente telefonare a un'amica.»

«Non potevi farlo dal telefono che c'è giù, in piscina?»

Pam, al primo momento non rispose; poi alzò le spalle: «Be', e con questo? Invece ho telefonato da qui».

Peter preferì fingere di non aver sentito quella battuta scortese e, voltandosi verso Mel, disse: «Posso avere il piacere di presentarti mia figlia Pam? Pam, questa è Melanie Adams, la giornalista di New York della quale ti ho parlato».

«Certo. So chi è.» Al primo momento, Pamela non le tese la mano, ma quando Mel gliela offrì fu costretta, di malavoglia, a stringergliela. Dentro di sé, Peter stava fremendo. Gli dispiaceva che fra lui e Pam la situazione fosse sempre così tesa eppure sembrava non esserci via d'uscita. Pam faceva sempre qualcosa che gli dava fastidio o lo irritava, si dimostrava maleducata e villana con i suoi amici ed evitava in tutto e per tutto di «collaborare» quando non esisteva nessun motivo per cui dovesse comportarsi in quel modo. Perché, accidenti? *perché*? Erano tutti disperati per la morte di Anne ma c'era forse una ragione per cui Pam dovesse trattare suo padre come se il colpevole di quella morte fosse lui? Continuavano così da un anno e mezzo, ormai, e le cose erano peggiorate. Peter si ripeteva che bisognava capirla, era tutta colpa della sua età, che si trattava di una fase passeggera... ma, a volte, non si sentiva più troppo convinto.

«Pensavo che avresti potuto prestare a Mel uno dei tuoi costumi da bagno. Ha lasciato il suo in albergo.»

Un altro attimo di esitazione. «Certo. Credo di sì. Anche se mi pare...» Rimase perplessa un attimo alla ricerca delle parole adatte. Mel non era né grassa né di corporatura robusta ma neppure magrissima e, addirittura, scarna come Pam. «... È più grossa di me!» E, poi, c'era qualcos'altro che le garbava poco: un'occhiata che Mel e Peter si erano scambiati e che non le era piaciuta. O, forse, sarebbe stato più esatto dire che non le era piaciuto il modo in cui suo padre guardava Mel.

Lei fu pronta a capirlo. Sorridendole gentilmente, disse a

Pam: «Per carità, se non vuoi, non importa!»

«No. Nessuna difficoltà.» Poi frugò in faccia a Mel con gli occhi. «Ha un'aria diversa, adesso, da quando la si vede alla tivù!» Ma gli occhi di Pam non sorridevano.

«Dici sul serio?» Mel rivolse un sorriso alla ragazzina, così attraente, anche se di poche parole e non certo facile da trattare. Pam non assomigliava minimamente a Peter e aveva qualcosa d'infantile nell'espressione del viso, malgrado le gambe affusolate, il seno colmo e un corpicino che pareva già più sviluppato e maturo di quanto la sua vera età non comportasse. «Le mie figlie dicono sempre che, in tivù, ho l'aria molto più 'adulta'.»

«Ecco. Più o meno quello che penso anch'io. Più seria.»

«Già. Credo che sia così anche per loro.» Mentre continuavano a conversare, tutti e tre insieme, nell'accogliente camera da letto bianca, Pam non smise per un solo momento di fissare Melanie con uno sguardo penetrante. Pareva che avesse la speranza di scoprire, sul suo viso, qualcosa che aveva un'enorme importanza per lei. «Che età hanno le sue figlie?»

«Compiranno sedici anni in giugno.»

«Tutt'e due?» Pam non riusciva a capire come fosse possibile, si sentiva confusa.

«Sono gemelle», rispose Melanie con un sorriso.

«Che tipi di ragazze sono?» L'idea delle gemelle l'affascinava.

«Be', sono come tutte le altre ragazze di sedici anni.» Mel rise. «E mi danno un sacco da fare! Una ha i capelli rossi come i miei, l'altra è bionda. Si chiamano Jessica e Valerie e si divertono moltissimo, tutte e due, ad andare a ballare. Hanno un sacco di amici.»

«Dove abitate?» Peter ascoltava quello scambio di domande e risposte con visibile interesse ma, fino a quel momento, non aveva aperto bocca.

«A New York. In una piccola casa di città.» A questo punto Mel sorrise e, rivolgendosi a Peter, aggiunse: «Che è molto diversa da questa». Poi, riprendendo la conversazione con Pam, disse: «Voi avete una bellissima villa. Dev'essere molto simpatico divertirsi in piscina».

«Già.» Pam alzò le spalle con aria distaccata e indifferente. «Però ci vengono sempre un sacco di amici di mio fratello, che sono insopportabili, e Matthew ci fa la pipì dentro.» Sembrava molto indispettita da tutto ciò e Mel si mise a ridere. Peter, invece, non sembrava affatto divertito.

«Pam! Belle cose da dire! Fra l'altro non sono vere!»

«Sì, che sono vere! Quel moccioso ce l'ha fatta solo un'ora fa. Ha aspettato che la signora Hahn rientrasse in casa. E si è piantato proprio sul bordo della piscina davanti a tutti! Se almeno ce l'avesse fatta dentro mentre nuotava!» Mel dovette fare uno sforzo per non scoppiare a ridere mentre Peter arrossiva. «A Matt dirò io quello che si merita.»

«Probabilmente ce la fanno dentro anche gli amici di Mark.» Si capiva subito che doveva trovare antipatici, se non addirittura odiosi, i suoi fratelli. A questo punto si decise finalmente ad andare a cercare il costume da bagno per Mel e tornò indietro portandone uno bianco, intero, che secondo lei doveva andarle bene. Mel la ringraziò e si guardò ancora in giro.

«Lo sai che la tua camera da letto è stupenda, Pam?»

«Me l'aveva fatta la mia mamma appena prima di...» Non finì la frase e i suoi occhi presero un'espressione infinitamente triste. Ma subito scoccò a suo padre un'occhiata di sfida: «È l'unica, in questa casa, che sia tutta mia». Sembrava un'osservazione un po' curiosa da fare e Mel si accorse che la ragazzina le suscitava una grande compassione. Sembrava così infelice, così diversa e in continuo conflitto con tutti gli altri! Come se, alla sua famiglia, volesse mostrare non il dolore per la morte della mamma, ma la rabbia... come se tutti gli altri fossero responsabili del fatto che Anne non c'era più.

«Dev'essere bello poter invitare le tue amiche in una camera così simpatica e piena di comodità!» Istintivamente Mel pensò alle proprie figlie e alle loro amiche. Quando arrivavano, andavano in camera da letto delle gemelle e si sedevano sul pavimento, ad ascoltare dischi e a parlare di ragazzi, a ridere e a confidarsi i piccoli segreti che, poi, l'una o l'altra delle due correva subito a riferire, in segreto, alla mamma. Le gemelle sembravano molto diverse da questa ragazza goffa e impacciata, chiaramente ostile al mondo intero, con un corpo di donna e un cervello di bambina. E Mel intuì che Peter aveva un grosso problema, anzi, più di uno da affrontare quotidianamente. Non si meravigliava più che cercasse di rientrare a casa il più presto possibile, alla sera. Con un bambino di sei anni, avido di affetto, un ragazzo dell'età del suo figlio maggiore che andava seguito e un'adolescente triste e infelice come Pam, alla famiglia di Peter occorreva ben altro delle semplici cure e premure di una governante. In quella casa c'era bisogno di un padre, ma anche di una madre. Adesso capiva per quale motivo Peter sentisse disperatamente la necessità di esser sempre lì presente e perché a volte non si sentisse all'altezza di quel compito. In realtà faceva anche troppo, ma i ragazzi Hallam avevano bisogno di vedersi dare molto dal padre, forse anche qualcosa di più di quello che gli dava. Perlomeno una creatura come Pam. Melanie provò l'impulso improvviso di aprirle le braccia e stringerla al cuore, di confortarla e di spiegarle che, alla fine, si sarebbe sistemato tutto e si sarebbe trovata una soluzione per ogni cosa. Come se avesse intuito quali erano i pensieri di Mel, la ragazzina indietreggiò rapidamente di qualche passo. «Bene. Ci vediamo giù fra un momento.» Un chiaro invito ad andarsene. Peter si avviò lentamente alla porta. «Allora, Pam? Scendi anche tu?»

«Certo.» Ma non ne sembrava completamente convinta.

«Mi pare che faresti meglio a non passare tutto il pomeriggio chiusa nella tua camera.» La voce di Peter era ferma e Pam lo guardò come se volesse mettersi subito a ribattere e a discutere. Melanie pensò che non gli invidiava certo il ruolo di padre con una figlia del genere! Non era una ragazza facile da trattare, perlomeno in quel periodo dell'adolescenza. «Allora...? Ricordati di scendere presto, eh?»

«Ho detto di sì!» Pam aveva assunto un tono ancora più

bellicoso. Mel, insieme a Peter, uscì dalla camera della ragazzina. Peter la precedette al piano di sotto e, arrivati a metà circa del corridoio, le spalancò una porta che si trovava esattamente di fronte a quella della sua camera da letto. Era una raffinata ed elegante camera per gli ospiti, interamente arredata in toni bianchi e azzurri.

«Puoi cambiarti qui, Mel.» Non fece commenti sull'incontro con Pam. Tuttavia Mel, uscendo dalla camera degli ospiti dieci minuti più tardi, si accorse che aveva l'aria più serena e distesa. La precedette di nuovo al pianterreno. Entrarono nell'ampio soggiorno arredato con i mobili di bambù, dove tutte quelle piante verdeggianti davano la sensazione di trovarsi in una serra. Dietro gli sportelli bianchi, laccati, di un armadio a muro, era incassato un frigorifero. Peter ne tirò fuori due lattine di birra. Ne offrì una a Mel e allungò la mano verso il ripiano dello scaffale per prendere un paio di bicchieri. Poi, con un gesto, la invitò a sedersi. «Forse è meglio aspettare qualche minuto. Possiamo sperare che i ragazzi, ormai, siano stanchi e comincino ad andarsene!» Infatti, quando Melanie guardò fuori, si accorse che già parecchi degli amici di Mark stavano lasciando la piscina. Ma non poté fare a meno di notare anche un'altra cosa: come fosse elegante e pieno di fascino Peter, in calzoncini da bagno blu e maglietta, a piedi scalzi. Non sembrava neppure lo stesso uomo che aveva intervistato a un ritmo continuo e pressante nei due giorni precedenti ma, piuttosto, il classico «comune mortale»! Sorrise a quel pensiero mentre Peter la guardava. Ma il suo viso prese subito un'espressione triste e preoccupata perché si era messo a riflettere sul problema della ragazzina rimasta nella sua camera. «Non è una figlia facile, Pam! Eppure, quando sua madre era viva, se sapessi com'era dolce e gentile... Adesso, invece, passa da un eccesso all'altro: a volte è esageratamente possessiva nei miei confronti, a volte ci odia cordialmente, tutti in massa. È convinta che nessuno di noi capisca quello che sta passando e da un po' di tempo si comporta come se fosse costantemente circondata da nemici.» Sospirò, abbozzando un sorriso stanco, e bevve un sorso di birra. «In certi momenti anche per i ragazzi finisce per diventare una convivenza difficile.»

«Secondo me, forse ha bisogno soltanto di molto, moltissimo affetto, da parte di tutti voi, in particolare da te!»

«Lo so. Però dà sempre a noi la colpa di tutto quello che succede e... ecco...» Per un attimo sembrò incerto ma poi si decise a parlare schiettamente. «Ci sono dei periodi in cui si comporta talmente male ed è tanto insopportabile che si fa perfino fatica a volerle bene e a essere affettuosi con lei. Io, questo, posso capirlo. Ma i ragazzi, no. O, perlomeno, non sempre.» Era la prima volta che, conversando con Mel, ammetteva che Pam costituiva, per lui, un autentico problema.

«Vedrai che cambierà. Devi lasciarle tempo.»

Peter sospirò di nuovo. «Sono quasi due anni.»

Melanie, però, non aveva il coraggio di dirgli, con molta sincerità, la sua opinione in proposito. Erano passati quasi due anni eppure tutte le foto di Anne erano ancora lì, visibili, in ogni stanza e niente doveva essere stato toccato, in casa, dal giorno della sua scomparsa... almeno così sospettava, e credeva di non sbagliarsi. Perfino Peter si comportava come se sua moglie fosse morta solo da qualche giorno. Come ci si poteva aspettare che quella povera ragazza si rassegnasse a non avere più la sua mamma se perfino Peter non ne era stato capace? Anzi, continuava ancora a rimproverarsi di non essere riuscito a convincere Anne a lasciargli fare quello che lui voleva, per il suo bene e la sua salvezza, anche se, ormai, niente poteva più cambiare. Mel continuò a tacere ma lo fissò dritto negli occhi e a Peter non sfuggì il significato di quello sguardo. «Lo so. Hai ragione. Anch'io non riesco a cambiare. Continuo ad aggrapparmi disperatamente al passato.»

«Chissà! Forse quando riuscirai a chiudere la porta su quello che è stato, ci riuscirà anche Pam.» Mel aveva parlato con molta dolcezza e gli occhi di Peter, istintivamente, erano andati a posarsi sulla più vicina fotografia di Anne. Fu a quel punto che Mel cambiò argomento e gli fece la domanda che si era ripromessa di porre: «Perché non vi trasferite altrove?»

«Andarcene da qui?» Peter sembrava scandalizzato. «E perché mai?»

«Perché tutti possano ricominciare da capo. Forse sarebbe un sollievo per ognuno di voi.» Ma Peter scosse subito la testa.

«No, non credo. Trovarci in una casa nuova, avrebbe un effetto ancora più devastante e non ci sarebbe di alcun aiuto. Perlomeno qui viviamo serenamente, circondati da un'atmosfera comoda e accogliente.»

«Davvero?» Mel non sembrava convinta; capiva che Peter continuava a rimanere attaccato al passato, come Pam; e si domandò se era la stessa cosa per gli altri due. In quel preciso momento, proprio mentre le balenava questo pensiero, una donna dalla corporatura robusta, che indossava un grembiule bianco, entrò e li osservò attentamente, soprattutto Mel. Aveva la faccia segnata da rughe profonde e le mani nodose e rinsecchite, eppure i suoi occhi erano brillanti e pieni di vita. Sembrava che al suo sguardo non sfuggisse niente.

«Buona sera, dottore.» Pronunciò quella parola - «dottore» - con la stessa rispettosa adorazione che avrebbe adoperato per pronunciare il nome di Dio e Mel sorrise. Aveva capito subito chi era quella donna e Peter, infatti, si alzò in piedi per presentargliela. Era la preziosa governante della quale le aveva parlato prima, la signora Hahn, che diede alla mano di Mel una stretta quasi brutale mentre osservava con aria penetrante, senza lasciarsi sfuggire un solo particolare, la graziosa donna con i capelli rossi che indossava il costume da bagno bianco. Fin dal primo istante lo aveva riconosciuto: doveva averglielo prestato Pam. La signora Hahn era al corrente di tutto quello che succedeva in casa; sapeva chi arrivava e chi andava via, dove andavano e perché. In modo particolare era molto attenta e premurosa per tutto quello che riguardava Pam. Nell'anno che aveva seguito la morte di sua madre, avevano già avuto abbastanza guai, dovuti soprattutto al fatto che per sei mesi aveva avuto un rifiuto quasi totale del cibo e per parecchi altri mesi in seguito, era sempre riuscita a rigettare quel poco che mangiava. Adesso, se non altro, quel problema era tenuto sotto controllo e Pam stava decisamente meglio. Comunque, Hilda Hahn sapeva che la figlia di Peter aveva passato momenti molto duri e che aveva bisogno di essere tenuta d'occhio da una donna: era questo, infatti, il motivo per cui lei si trovava lì. Dopo aver squadrato Mel con uno sguardo penetrante, finì per concludere che, tutto sommato, aveva l'aspetto di una brava persona, gentile e simpatica. La signora Hahn sapeva chi fosse Mel e come fosse impegnata a preparare un servizio televisivo sull'attività del dottore. Si aspettava però che, data la sua professione e la notorietà di cui godeva, si rivelasse arrogante e presuntuosa, mentre non dava affatto quell'impressione, anzi! «Piacere di conoscerla, signora.» Si era espressa in tono formale, socchiudendo appena le labbra e guardandosi dal ricambiare il sorriso di Melanie che, invece, stava lottando con se stessa per non scoppiare a riderle in faccia. Pensava all'incredibile contrasto fra la governante di Peter e Raquel. Non solo ma c'era praticamente un abisso, in ogni senso, fra la sua casa e quella di Peter che erano diversissime in tutto: dalla governante all'arredamento ai figli. Eppure Mel continuava a convincersi che lei e Peter avessero molto in comune. E che era curioso il modo, enormemente differente, in cui vivevano. «Gradisce un tè freddo?» La signora Hahn aveva guardato con disapprovazione i bicchieri di birra che Peter e lei stavano sorseggiando.

«No, grazie tante», rispose educatamente Mel tornando a sorriderle, ma fu tutto inutile. Dopo averle rivolto un cenno di saluto molto asciutto, infatti, Hilda Hahn scomparve, ritirandosi in quello che doveva essere il suo regno, dietro la porta a battenti che conduceva in cucina, nel tinello in cui si serviva la prima colazione, nella dispensa dalla quale si accedeva, anche, all'appartamentino che guardava sulla facciata posteriore della villa, dove lei alloggiava fra ogni comodità. Quando la signora Hallam aveva costruito la casa, a Hilda era stato promesso un certo numero di stanze che sarebbero sempre rimaste a sua completa disposizione, quelle che occupava adesso. La signora Hallam era stata una donna squisita e adorabile, Hilda Hahn non faceva che ripeterlo, e avrebbe continuato a farlo chissà per quante volte ancora... Fu del resto quello che ripeté, senza badare se Mel poteva sentirla, appena prima di servire la cena in tavola. Melanie, intanto, si era accorta che appena la signora Hahn aveva fatto il nome di sua madre, a Pam erano salite le lacrime agli occhi. Sembrava che tutti in quella casa lottassero ancora disperatamente per riprendersi dall'angoscia di averla perduta... ed erano passati quasi due anni. Si provava addirittura il desiderio di metter via tutte quelle fotografie, di farle scomparire per sempre e di convincerli a fare le valigie e andare a vivere in un'altra casa. Le erano ancora molto affezionati e vivevano nel suo ricordo. Era come se aspettassero continuamente di vederla tornare a casa, da un momento all'altro, tanto che veniva quasi voglia di dire chiaro e tondo a tutti quanti di non illudersi, che non l'avrebbero mai più rivista. Dovevano tirare avanti, continuare la loro vita... tutti, dal primo all'ultimo. I due maschi sembravano aver accettato di più l'idea che la mamma era morta. Matthew era talmente piccolo quando Anne li aveva lasciati che i suoi ricordi cominciavano a offuscarsi un po'.

Adesso, dopo una lunga nuotata, appena uscito dalla piscina, si era arrampicato sulle ginocchia di Mel che si mise a parlargli delle sue gemelle. Anche lui, come Pam, era affascinato dall'idea di due sorelle della stessa età, tanto che continuava a domandare come fossero fatte! Mark, da parte sua, si dimostrava un ragazzo intelligente e disinvolto; i suoi occhi avevano un'espressione più saggia e matura di quanto comportasse la sua età. Quando venne a chiacchierare con Mel e Peter sembrava allegro e tranquillo. Non riuscì a nascondere, invece, di essere seccato quando Pam, appena arrivata anche lei, si mise a lamentarsi perché gli amici di suo fratello non se n'erano ancora andati e continuavano a bighellonare intorno alla piscina. Da un momento all'altro, pareva dovesse scoppiare un litigio e Peter si decise a interloquire con durezza.

«Insomma, basta! Parlo con tutti e due, sapete? Abbiamo

un'ospite. Anzi, ne abbiamo parecchi.» Lanciò un'occhiata severa a Pam e un'altra, d'intesa, a Mark per fargli capire che, malgrado il rimprovero, non ce l'aveva con lui. Ormai restavano soltanto due ragazzi e una ragazza seduti tranquillamente sul bordo di cemento della piscina a chiacchierare e a farsi asciugare i capelli. Ma era come se Pam si risentisse della presenza in casa sua di qualsiasi altra persona che non fosse della famiglia, come se sopportasse soltanto quella di Peter, dei fratelli e della signora Hahn. Quanto a Mel, aveva risolto il problema ignorandola quasi totalmente da quando era arrivata giù, in piscina, pur lanciandole di tanto in tanto, furtivamente, qualche occhiata incuriosita. E lo faceva soprattutto perché Peter le stava parlando. Era come se volesse assicurarsi che non stava accadendo niente di diverso dal solito ma un istinto, dal profondo del cuore, le diceva che, dalla parte di Mel, il pericolo poteva essere in agguato.

«Non è così, Pam?» Peter si era messo a parlare della sua scuola ma lei stava osservando Mel con aria talmente assorta da non sentire quello che lui aveva detto.

«Come?»

«Stavo dicendo che, nella tua scuola, i corsi di atletica sono ottimi e l'anno scorso tu hai vinto due gare di corsa su pista. Fra l'altro possono anche andare a cavallo; c'è un maneggio magnifico.» Anche in questo la scuola frequentata da Pam era diversa da quella in cui andavano le gemelle che, invece, era un istituto cittadino molto sofisticato. A Los Angeles si viveva in modo diverso, dando importanza agli sport che si potevano praticare all'aperto a differenza di quanto non avvenisse nell'Est.

«Ti piace la tua scuola, Pam?» le domandò Mel con dolcezza.

«Sì, mi pare che vada bene. Mi piacciono le mie amiche.»

A queste parole Mark alzò gli occhi al cielo come per far capire tutta la sua disapprovazione e Pam abboccò immediatamente. «Si può sapere perché fai quella faccia? Che cosa vorrebbe dire?»

«Voglio dire che non fai che stare insieme a un branco di

ragazze stupide e nevrotiche che soffrono tutte di anoressia, dalla prima all'ultima!» Le bastò sentirgli pronunciare quella parola perché Pam si mettesse a urlare: «Non soffro di anoressia, cretino... Ma vai al diavolo!» Era balzata in piedi di scatto e aveva cominciato a gridare con voce aspra e stridula. Peter, intanto, si era stancato di quei battibecchi e lo lasciava capire.

«Piantatela, tutte e due!» Poi, voltandosi verso Mark, aveva aggiunto: «Questa, da parte tua, è stata una crudeltà assolutamente inutile».

Mark fece segno di sì con la testa, avvilito: «Mi spiace. Scusate». Sapeva perfettamente che, adesso, in casa loro, quella parola era praticamente tabù, ma non si era ancora completamente convinto che sua sorella fosse guarita del tutto. Lanciò un'occhiata piena d'imbarazzo a Mel e se ne andò, lentamente, impacciato, a salutare i suoi amici. Pam si ritirò in casa, seguita da Matthew che aveva fame e voleva qualcosa da mangiare. Per un attimo che sembrò prolungarsi all'infinito, Peter rimase immobile, in silenzio, a fissare l'acqua della piscina. Poi il suo sguardo si spostò verso Mel.

«Sono desolato ma non si può proprio dire che quella a cui hai assistito sia stata una bella scenetta famigliare!» Sembrava dispiaciuto per il modo in cui i suoi figli si erano espressi e comportati, quasi come se fosse convinto di essere il responsabile dell'insofferenza e del malcontento che provavano. «Scusami. Spero che tu, Mel, non ti sia sentita a disagio.»

«Per carità! Non credere che tutto vada sempre liscio anche con le mie ragazze!» Eppure, per quanto si lambiccasse il cervello, non riusciva a ricordare quale fosse stata l'ultima volta che le gemelle avevano litigato. Questa invece sembrava una famiglia sempre in piena crisi e Pam le dava l'impressione di essere molto infelice.

Peter sospirò e lasciò cadere la testa all'indietro contro lo schienale della poltrona, mentre continuava a tenere gli occhi fissi sull'acqua della piscina. «Vedrai che alla fine matureranno anche loro. L'anno prossimo Mark andrà all'università.» Ma il problema, come sapevano entrambi, non era Mark, bensì Pam. E la ragazza non sarebbe andata via di casa ancora per molto, molto tempo. Peter lanciò di nuovo un'altra occhiata a Mel. «Pam è stata quella che ha preso nel modo peggiore la morte di sua madre.» Questo, lo si capiva subito, per quanto Peter l'avesse presa in modo ancora peggiore e continuasse a non rassegnarsi. Quello di cui avrebbe avuto bisogno, e Mel se ne andava sempre più convincendo, era una donna che prendesse il posto di Anne e che accettasse di dividere con lui il suo pesante fardello. Gli occorreva non solo per i suoi figli, quanto per se stesso. L'addolorava pensare ché fosse tanto solo. Intelligente, pieno di fascino com'era, forte e capace, avrebbe avuto ancora moltissimo da offrire. Tanto che, seduta lì, al suo fianco, sorrise tra sé, pensando a Raquel e alle ragazze. Le pareva quasi di sentirle dire: «E tu, mamma, che cosa ne pensi?... era carino, simpatico?... perché non sei uscita con lui?» Be' non gliel'aveva chiesto. D'un tratto si domandò se avrebbe accettato di uscire con Peter una sera, nel caso che gliel'avesse proposto. Buffo, pensare una cosa simile, mentre erano seduti l'uno di fianco all'altra lì, davanti alla piscina. Perché Peter era completamente diverso da tutti gli altri uomini che aveva conosciuto. Quelli con i quali aveva accettato di uscire qualche volta, quelli che aveva frequentato in precedenza per qualche oscuro motivo non erano mai stati i più adatti per lei. E le era andato bene che fosse così. Peter, però, era diverso da tutti gli altri. Era aperto, schietto e sincero, un uomo che, nel suo genere, poteva starle a pari. Non solo, ma c'era anche qualcosa di più importante: Peter l'attirava enormemente. A tal punto che questo fatto l'avrebbe addirittura spaventata se non avesse saputo con certezza di partire il giorno successivo.

«Che cosa stavi pensando?» la voce di Peter era dolce e sommessa. Mel s'impose con uno sforzo e con un sorriso di riscuotersi dai suoi pensieri.

«Niente di importante.» Non aveva alcun motivo di parlargli degli uomini della sua vita né tantomeno di confidargli quello che pensava di lui. I loro rapporti non erano ancora tanto intimi e personali anche se, quando gli era vicino, Mel aveva l'impressione, o forse l'illusione, di conoscerlo meglio di quanto non lo conoscesse in realtà. Perché c'era qualcosa di estremamente vulnerabile in quell'uomo che le piaceva. A ben considerare chi e che cosa Peter Hallam fosse, bisognava concludere che non aveva perso nulla del suo calore umano e adesso che Mel lo vedeva lì, a casa sua, le piacque ancora di più.

«A che cosa stavi pensando? Poco fa era come se tu fossi a un milione di chilometri lontano di qui.»

«No, non lontano fino a questo punto. Stavo pensando a New York, al mio lavoro... alle ragazze...»

«Dev'essere duro viaggiare di continuo e stare lontano per il tuo lavoro.»

«A volte. Però lo capiscono. E, ormai, vi si sono abituate. Del resto, mentre io sono via c'è sempre Raquel che le tiene d'occhio.»

«Che tipo è?» Sembrava dominato da una curiosità costante per tutto quello che la riguardava e Melanie si voltò verso di lui con un sorriso.

«Neanche da paragonarla alla signora Hahn! Anzi, poco fa stavo pensando quanto le nostre vite siano diverse... almeno a guardarle dal di fuori.»

«In che senso?»

«Prendi le nostre case, per esempio. La tua è molto più lussuosa, molto più chic e imponente della mia.» Si mise a ridere. «Perché, vedi, la mia ha qualcosa di spiccatamente femminile. È una casa dove abitano solo donne!» Lanciò uno sguardo verso la maestosa villa che era la casa di Peter. «La tua è molto più grande e, come dicevo, molto più formale della mia. Come lo è la signora Hahn. Raquel è eternamente spettinata, ha il grembiule allacciato sempre storto e non fa che ribattere a tutto quello che le si dice. Però noi le vogliamo un gran bene ed è meravigliosa con le ragazze.» Sorrise alla descrizione di Raquel che aveva appena fatto.

«Ma... la tua casa, le stanze, come sono?»

«La casa è piccola, luminosa, piena di allegria, e ha proprio le dimensioni giuste per me e per le mie figlie. L'ho comperata qualche anno fa. A quell'epoca, avevo provato una paura da morire all'idea di fare un passo così impegnativo ma, in seguito, non me ne sono mai pentita.» Lui fece un cenno di assenso, pensando a tutte le responsabilità che Melanie doveva affrontare da sola. Ecco una delle cose che ammirava soprattutto in lei. Era una donna nella quale trovava moltissime qualità che gli piacevano. E questo fatto lo incuriosiva perché Mel era molto diversa da Anne. In quel momento la giovane donna gli sorrise. «Un giorno o l'altro devi venire a trovarmi a New York.»

«Certo, un giorno o l'altro...!» Ma si scoprì subito a desiderare che quel giorno potesse arrivare presto. Non sapeva spiegarsene il motivo all'infuori del fatto che questa era la prima persona, da moltissimo tempo, con la quale era riuscito a confidarsi e ad aprire il suo cuore. Poi, prima che potesse aggiungere altro, Matthew ritornò con un piatto di biscotti appena usciti dal forno e, senza alcuna timidezza, si andò a sedere per terra di fianco a Mel, offrendole di spartirseli amichevolmente con lui. Aveva già il faccino e le manine paffute cosparsi di briciole e continuò a ricoprire di altre briciole non solo se stesso ma anche Melanie, la quale non ci badò affatto. Anzi le piacque. I maschietti di quell'età erano una cosa nuova per lei. S'imbarcarono in una discussione molto seria sulla sua scuola e sul suo migliore amico mentre Peter li osservava. A un certo punto li lasciò per andare a buttarsi in acqua e fare una nuotata e, quando tornò, erano ancora immersi in quella conversazione interessante a tal punto per Matthew che le era salito sulle ginocchia e si era rannicchiato contro di lei, con l'aria di essere perfettamente felice e a proprio agio.

Peter, che stava uscendo dalla piscina, rimase per un attimo fermo sull'ultimo gradino della scaletta e li osservò con un sorriso pieno di tristezza. Il suo piccolino aveva bisogno di qualcuno come lei; ne avevano bisogno tutti... e, per la prima volta da quasi due anni, si rese conto di quanto mancasse una donna nella sua vita. Ma bastò che questo pensiero gli passasse per il cervello perché lo respingesse violentemente.

Li raggiunse a passo rapido, afferrando un asciugamano di spugna da un tavolino mentre si avvicinava e cominciando ad asciugarsi vigorosamente i capelli come se volesse allontanare dalla sua mente i pensieri che l'affollavano. In quel momento anche gli amici di Mark se ne andarono e il ragazzo venne a raggiungere Melanie e Matthew, sedendosi nella poltrona che Peter aveva lasciato vuota.

«Spero che i miei amici non l'abbiano frastornata con tutto quel chiasso!» Le rivolse un sorriso un po' timido. «A volte sono proprio scatenati!»

Melanie rise pensando agli amici di Val e Jessie; quando venivano a trovarle, ci mancava poco che distruggessero la casa! Quindi non aveva trovato né scatenati né insopportabili gli amici di Mark. «A me sono sembrati dei bravi ragazzi.»

«Provi un po' a dirlo a mio padre!» Mark le rivolse un sorriso pieno di ammirazione mentre cercava di nasconderle il fatto che la trovava molto sexy e piena di fascino con addosso il costume bianco di sua sorella.

«Che cosa c'è ancora? Sbaglio o mi pare di aver sentito pronunciare il mio nome invano?»

Mark lanciò un'occhiata vittoriosa a suo padre. Gli piaceva molto questa sua nuova conoscente. Anche se le sue amiche erano rimaste enormemente colpite dalla notizia che, quella sera, intorno alla piscina degli Hallam si era vista la celebre Melanie Adams che si godeva un po' di libertà.

«Vedi, papà? A sentire la signora Adams, i miei amici non sono insopportabili come sembra!»

«Vuole soltanto essere gentile. Non credere a una sola parola di quello che ti ha detto.»

«Non è vero! Dovreste vedere gli amici di Val e Jessie. Mi ricordo che, una volta, le ragazze hanno organizzato una festa e c'è stato qualcuno che, per un disgraziatissimo incidente, ha dato fuoco a una delle mie poltrone del salotto!»

«Perdio!» Peter non le nascose di essere esterrefatto e Mark sorrise. Sì, quella donna gli piaceva. Com'era schietta, semplice, piena di naturalezza... non corrispondeva neanche un po' all'idea che ci si fa delle dive della tivù... e se Mel avesse potuto leggergli nel pensiero, si sarebbe fatta una clamorosa risata. Mai e poi mai era riuscita a considerarsi una «diva della tivù»... non ci riuscivano neanche le gemelle!

«E poi... com'è andata a finire?»

«Be'... ho proibito alle ragazze di organizzare feste di qualsiasi genere per due mesi, ma ne era appena passato uno che sono crollata e ho ceduto le armi!»

«Possono considerarsi fortunate, le sue gemelle, ad avere una madre così comprensiva!» Mark e Mel si scambiarono un sorriso di complicità mentre Peter si sforzava di restare impassibile e di non perdere l'aria indignata di poco prima. Matthew, intanto, al quale tutta quella storia non interessava affatto, si era stretto un poco di più a Mel, quasi per ricordarle la sua esistenza.

Lei gli accarezzò teneramente i capelli e Matthew, allora, si consolò. Capiva che Mel non si era dimenticata di lui anche se non gli prestava più, incondizionatamente, tutta la sua attenzione. Poi Mel alzò gli occhi, per caso, verso la facciata della villa e scorse Pam, seminascosta dietro la finestra della sua camera, che li osservava. I loro sguardi s'incontrarono e rimasero a fissarsi ma, un attimo più tardi, Pam era già scomparsa. Melanie si domandò per quale motivo non fosse più tornata in piscina. Dava quasi l'impressione di volersi tenere in disparte. Preferiva essere estranea a tutto quello che gli altri facevano. Forse le sarebbe piaciuto avere suo padre tutto per sé, senza dividerlo con lei o con i fratelli. Ne avrebbe voluto parlare con Peter ma non voleva interferire nella vita della famiglia. Così continuarono con le chiacchiere, le battute scherzose, le canzonature reciproche... finché si alzò un po' di vento e tutti cominciarono a sentir freddo. Erano appena passate le sei e, dopo aver dato un'occhiata all'orologino da polso, Mel capì che presto avrebbe dovuto andarsene. Era quasi l'ora di cena. Ma quel gesto non era sfuggito a Peter.

«Non hai ancora fatto il bagno, Mel. Perché non ne approfitti? Poi andremo a cena. Se arriviamo a tavola in ritardo, la signora Hahn diventa furibonda...» Senza che nessuno gliel'avesse detto, Mel capì che quel ritmo così regolare dato alla vita della famiglia doveva essere un'eredità di Anne. Anne, che aveva mandato avanti la casa come una macchina ben oliata. Proprio tutto il contrario di lei! Nonostante tutto, però, Mel non poteva non sentirsi ammirata. Perché quel ritmo così ben regolato nella loro vita costituiva, almeno in parte, proprio quello che li aveva fatti andare avanti, bene o male, dopo che Anne era morta... Anche se, probabilmente, adesso, un bel cambiamento sarebbe stato vantaggioso per tutti, se appena lo si fosse potuto realizzare. Purtroppo le vecchie abitudini sono le più difficili da sradicare, e questo valeva soprattutto per Peter e per la signora Hahn. Pochi minuti più tardi gli amici di Mark se ne andarono e Mel, finalmente, si buttò in acqua con un tuffo pieno di eleganza e di stile mentre Peter la osservava. Com'era piacevole la sua compagnia e simpatico il rapporto, carico di umanità, che era nato con lei! Com'era gradevole da guardare, anche! Mentre Mel attraversava la piscina a lunghe bracciate, da nuotatrice esperta com'era, Peter si accorse di provare, in fondo al cuore, un terribile struggimento e un disperato senso di vuoto. Mel lo raggiunse quasi subito, con i capelli bagnati, gli occhi splendenti, la faccia illuminata da un sorriso radioso... che stava dedicando solo a lui! «Avevi ragione. Proprio quello che ci voleva!»

«Io ho sempre ragione! Adesso ti occorre anche una bella cena qui, da noi.»

Mel pensò che, a quel punto, la cosa migliore era mostrarsi onesta con lui. «Spero che ai tuoi figli non dia troppo fastidio la mia presenza.» Aveva letto molte cose negli occhi di Pam. E non tutte avrebbero fatto piacere a Peter.

«Ho l'impressione che non riescano assolutamente a capire perché io sia qui.»

I loro sguardi s'incontrarono. E continuarono a fissarsi anche quando Peter, avvicinandosi al bordo della piscina, vi si mise a sedere. Gli pareva di non riuscire più a controllare i propri sentimenti e capiva che non avrebbe potuto impedirsi di risponderle schiettamente, come fece. «Posso dire la stessa cosa anche per me.» Adesso la fissava ancor più intensamente. E pareva addirittura stupefatto dalle parole che aveva pronunciato. Anche Mel, all'improvviso, pareva sgomenta.

«Peter...» Aveva intuito, di colpo, che sarebbe stato meglio raccontargli qualcos'altro di sé, della vita passata, parlargli di certe antiche ferite e dei suoi timori di dare inizio a un rapporto che l'avrebbe fatta sentire troppo legata a un uomo, in contrasto con le sue vere intenzioni. D'altra parte si erano entrambi accorti che fra loro stava succedendo qualcosa di strano, di diverso dal solito.

«Scusami! Che sciocchezze ti sto dicendo!»

«Non mi pare... non l'ho trovata una sciocchezza. Ma, Peter...» In quel momento, girando gli occhi dall'altra parte come se cercasse le parole più adatte per spiegarsi, intravide ancora Pam alla finestra della sua camera. Fu un istante, perché, quando guardò meglio, la ragazzina era già sparita. «Non voglio intromettermi nella tua vita.» Facendo uno sforzo su se stessa, lo guardò di nuovo.

«Perché non vuoi?»

Mel, a questo punto, respirò a fondo e si arrampicò fuori della piscina. Peter dovette impedirsi con uno sforzo di volontà di trasalire, profondamente turbato, vedendo quelle gambe slanciate, le braccia affusolate, il suo corpo flessuoso nel costume bianco. Stavolta fu lui a girare gli occhi di scatto dall'altra parte ma non poté ugualmente fare a meno di sentirsi dominato da mille sentimenti e sensazioni contrastanti. Quando Mel riprese a parlare, la sua voce era diventata dolcissima, quasi affettuosa: «Non c'è più stata nessun'altra dopo Anne?»

Peter capì a che cosa Mel alludeva e scosse la testa, facendo segno di no. «Nel senso che intendi tu, non ce ne sono più state.»

«E, allora? Per quale motivo dovremmo metter tutti in agitazione?»

«Agitazione? Tutti? Ma si può sapere di chi stai parlando?» Peter non poté nasconderle di essere molto meravigliato da quello che lei stava dicendo. Allora Mel pensò che la cosa migliore fosse parlare senza mezzi termini.

«Di Pam.»

Peter sospirò. «Ma tu non c'entri. Non ha niente a che vedere con te, questo! Gli ultimi due anni sono stati molto difficili per mia figlia.»

«Lo capisco. Ma è un fatto che io abito a quattromilacinquecento chilometri da qui e non è molto probabile che possiamo rivederci presto. L'intervista, e tutto quello che abbiamo fatto insieme... è stato emozionante e molto bello sia per me sia per te. A volte, capitano strane cose alle persone, quando passano, insieme, per un'esperienza del genere. Un po' come quando ci si trova su una nave che sta andando alla deriva... In questi frangenti, nasce una strana intimità. Ma domani l'intervista verrà conclusa e io me ne tornerò a casa.» I suoi occhi sembravano tristi mentre pronunciava queste parole.

«Be', e con questo? Che male vuoi che ti faccia un semplice invito a cena?»

Mel, seduta vicino a Peter, si mise a riflettere. E tacque a lungo. Infine disse: «Non so. La verità è che non ho voglia di fare qualcosa di inutile e senza senso». Lo fissò ancora negli occhi e si accorse che Peter era diventato triste. Che assurdità! Si trovavano simpatici, si piacevano... anche troppo... ma a che cosa poteva servire?

«Ho l'impressione che tu voglia dare un'importanza eccessiva a tutto questo, Mel.» La voce di Peter, adesso, era asciutta, quasi brusca.

«Davvero?» Continuò a fissarlo con uno sguardo penetrante, deciso e senza incertezze e, stavolta, fu lui a sorridere.

«No. Forse sono io che gliela do. Credo che tu mi piaccia moltissimo, Mel.»

«Anche tu piaci a me. Non c'è niente di male in questo, basta non lasciarsi prender la mano dai sentimenti.» Eppure, all'improvviso, provò quasi il desiderio che avvenisse il contrario. La cosa più pazzesca, in fondo, era che stavano parlando, seduti sul bordo della piscina, di qualcosa che non era mai accaduto in passato e non si sarebbe mai realizzato in futuro... eppure esisteva, era lì, presente, quasi palpabile. Mel non riusciva a capire se fosse una pura e semplice illusione, nata dal fatto di aver lavorato intensamente, fianco a fianco, per due giorni, oppure se si trattava di qualcosa di autentico. Ma non c'era modo di saperlo e l'indomani, comunque, lei sarebbe partita. Forse, adesso che ci pensava meglio, non c'era niente di male in una cena... tanto più che, ormai, tutti si aspettavano che rimanesse da loro.

Peter la guardò di nuovo e mormorò: «Sono felice che tu sia qui, Mel». A sentirlo, sembrava Matt... e lei sorrise.

«Anch'io.» Poi, per un attimo che parve lunghissimo, i loro occhi si incontrarono e restarono fissi gli uni negli altri. Mel si sentì correre un brivido di gelo lungo la spina dorsale. C'era qualcosa di incantato in quell'uomo, una strana magia. Ma sembrava che anche lui provasse la stessa sensazione nei suoi confronti. Si alzò, mentre un sorriso felice gli si disegnava sul viso e le allungò una mano. Pareva quasi intimidito. Mel sorrise e lo seguì in casa, contenta di aver deciso di rimanere. Salì di nuovo nella camera per gli ospiti e si cambiò. Dopo aver lavato e sciacquato il costume da bagno, fece un'altra rampa di scale per raggiungere il piano superiore e restituirlo a Pam. Si era raccolta i capelli bagnati in una crocchia sulla nuca. Aveva la faccia, leggermente abbronzata, completamente pulita. Si era messa solo il rossetto e un po' di mascara sugli occhi. Non erano molte le donne della sua età che potevano mostrare impunemente un viso così bello, quasi senza trucco. Trovò Pam nella sua camera da letto con il registratore in funzione. Era seduta ad ascoltare la musica con un'espressione sognante dipinta sul viso. Trasalì e parve quasi meravigliata di vedere Mel, la quale aveva bussato alla porta spalancata prima di entrare.

«Ciao, Pam. Grazie per il costume. Te lo appendo in bagno?»

«Certo... okay... grazie.» Si era alzata in piedi, sentendosi un po' imbarazzata di fronte a Mel. E Mel, di nuovo, provò lo stesso struggente desiderio di prendere quella ragazzina tra le braccia, anche se era così alta e sembrava, ormai, una persona adulta. Ma dentro di sé, in cuor suo, era ancora una bambina piccola, sola e infelice.

«Bella questa cassetta! Ce l'ha anche Val.»

«Quale sarebbe delle due?» Pam sembrava ancora confusa.

«Quella bionda.»

«È carina?»

Mel scoppiò a ridere. «Spero di sì! Chissà che un giorno tu non possa venire nell'Est con il tuo papà! Così potresti conoscerle tutte e due.»

Pam tornò a sedersi sul letto. «Certo che mi piacerebbe andare a New York un giorno o l'altro. Ma noi ci muoviamo pochissimo. Papà non può mai lasciare il suo lavoro. C'è sempre qualcuno dei suoi pazienti per il quale deve stare qui. All'infuori di un paio di settimane d'estate; però, quando partiamo, è come se diventasse matto all'idea di lasciar l'ospedale e continua a telefonare qui ogni due ore. Noi andiamo ad Aspen.» Pareva che tutto questo la lasciasse molto indifferente. Mel cercò di incontrare i suoi occhi. C'era qualcosa, nello sguardo di Pam, che non le piaceva. Sembrava spenta, avvilita. Del resto, il suo stesso aspetto lasciava subito capire che avrebbe avuto bisogno di un po' di novità, di eccitamento... di un po' di gioia! Mel continuava a essere sempre più convinta del fatto che, con una ragazza come lei, una donna avrebbe potuto fare miracoli. Una donna che le volesse bene e potesse prendere il posto di sua madre. Perché lo si vedeva subito che quella povera bambina continuava a piangere, in cuor suo, per la morte di Anne e anche se lei probabilmente avrebbe cercato di opporsi a ogni novità, era proprio questo di cui aveva più bisogno. La governante tedesca, così asciutta e severa, che regolava la loro vita dal pianterreno, non era in grado di offrire a quella ragazza neppure un po' di amore; Peter faceva del suo meglio ma, a Pam, occorreva qualcosa di più.

«Aspen deve essere un bel posto.» Mel stava lottando disperatamente per trovare un punto di contatto con la ragazza. Una o due volte le era parso di scorgere un barlume di speranza, ma non ne era del tutto sicura.

«Certo che lo è! Io, però, quando ci vado, mi annoio.»

«E dove preferiresti andare invece che ad Aspen?»

«Al mare, nel Messico, in Europa, a New York... in qualche posto simpatico.» Rivolse a Mel un sorriso esitante. «Uno di quei posti che frequentano le persone interessanti, non soltanto quelli che amano la natura e che adorano andare in giro a piedi.» Fece una smorfia. «Che schifo!»

Mel sorrise. «Noi andiamo a Martha's Vineyard ogni estate. Lì c'è la spiaggia, il mare. Niente di straordinario, però è un posticino simpatico. Chissà che, un giorno o l'altro, tu non possa venire a trovarci.» Bastarono queste parole perché Pam diventasse subito sospettosa ma, prima che Mel potesse dire qualcos'altro, Matthew entrò di corsa nella stanza di sua sorella.

«Vattene, rompiballe!» Pam era balzata in piedi di scatto, come se volesse proteggere il suo regno.

«Sei una scema.» Matthew pareva più scocciato che offeso. Lanciò un'occhiata possessiva a Mel. «Papà dice che la cena è pronta e dobbiamo scendere tutti da basso.» Rimase lì in attesa di accompagnare Mel al pianterreno e lei si accorse che non avrebbe più potuto scambiare quattro parole a tu per tu con Pam. Avrebbe voluto rassicurarla e spiegarle che quell'invito era stato soltanto provocato da un senso di amicizia da parte sua e che non aveva alcun altro significato. Non dovevano lasciarle supporre che le cose avrebbero preso chissà quale piega, fra lei e suo padre!

Mark le raggiunse sulle scale ma cominciò subito a rimbeccare Pam e il litigio si prolungò fino a quando arrivarono al pianterreno. Intanto Matthew continuava a chiacchierare animatamente con Mel. Peter li stava già aspettando in sala da pranzo e Mel notò che, sulla sua faccia, si disegnava un'espressione triste, quasi angosciata, quando li vide entrare tutti insieme. Tuttavia cercò di ricomporsi rapidamente. Probabilmente il loro arrivo in gruppo doveva avergli ricordato qualcosa di abituale e di molto bello che, purtroppo, non gli capitava più di vedere da molto tempo.

«Che cos'hanno combinato? Sei stata trattenuta come

ostaggio al piano di sopra? Era quello che temevo!»

«Niente affatto. Stavo parlando con Pam.»

Peter non le nascose che quella risposta gli faceva piacere. Poi i ragazzi si sedettero a tavola. Mel rimase un po' incerta perché non sapeva dove mettersi. Ma Peter si affrettò a scostare dal tavolo la sedia alla sua destra. Pam, allora, non riuscì più a trattenersi. Era esterrefatta e, senza accorgersene, fece per alzarsi. Dal suo posto, in fondo, di fronte a Peter con i fratelli ai lati, mormorò: «Ma quello è...»

«Non importa!» La voce di Peter era ferma. Mel capì subito quello che aveva fatto. Le aveva offerto la sedia di Anne, la moglie morta. Ne provò dispiacere. Sulla stanza calò un profondo silenzio. Perfino la signora Hahn, entrando, la fissò con tanto d'occhi. Mel, da parte sua, si era messa a guardare Peter con aria implorante. «Va bene così, Mel», le aveva risposto lui con uno sguardo rassicurante e, subito dopo, aveva dato un'occhiata circolare intorno a sé, fissando, a uno a uno, i suoi figli. E la conversazione era ricominciata. Dopo un minuto, la sala da pranzo risuonava del solito rumoroso chiacchiericcio dei ragazzi, mentre si buttavano avidamente sulla zuppa fredda di crescione che la signora Hahn aveva preparato.

In conclusione, la cena fu simpatica e divertente. Peter aveva avuto ragione; non sarebbe stato giusto darle un'importanza speciale che, in realtà, non aveva. Quando terminò, Peter e Mel passarono nello studio a bere il caffè e i ragazzi si ritirarono di sopra. Mel non li vide più fino al momento di andarsene. Pam le strinse la mano con un gesto cerimonioso e formale e Mel capì che respirava di sollievo al pensiero che, adesso, sarebbe partita definitivamente. Mark le chiese un autografo e Matthew le buttò le braccia al collo, pregandola di restare con lui.

«Non posso. Ma ti prometto di mandarti una bella cartolina illustrata da New York.»

Gli occhi del bambino si colmarono di lacrime. «Non è la stessa cosa.» Aveva ragione ma, purtroppo, era il massimo che Mel potesse fare. Lo strinse a sé a lungo, per un attimo che pareva interminabile. Poi lo baciò con affetto sulla guancia e gli accarezzò i capelli.

«Chissà! Può darsi che un giorno tu venga a trovarmi a New York.» Ma quando il bambino la guardò negli occhi, sapevano entrambi che era un'eventualità molto remota. Mel provò un gran dispiacere per lui. Quando finalmente se ne andò e, a bordo dell'automobile di Peter, si allontanarono dalla villa, Matthew continuò ad agitare un braccio salutandola fintanto che non furono in fondo all'isolato. Mel era commossa. «Come mi dispiace lasciarlo.» Guardò Peter e lui rimase intenerito a quello che le leggeva negli occhi. Tanto che le allungò una carezza sulla mano. Era la prima volta che la toccava. Si accorse di provare un fremito che gli correva lungo il braccio, una specie di scossa elettrica. Ritirò rapidamente la mano mentre Mel girava gli occhi dall'altra parte. «Che bambino straordinario è tuo figlio... ma lo sono tutti...» Perfino Pam. Li aveva trovati molto simpatici e capiva che dovevano avere sofferto. Come Peter, del resto. Si lasciò sfuggire un lieve sospiro. «Sono contenta di essere rimasta.»

«Anch'io. Hai fatto un mondo di bene a tutti. Non avevamo più avuto una cena così serena da... da molti anni.» Mel pensò che erano stati anche troppi! Quella famiglia non aveva fatto che vivere in una tomba tanto che si trovò di nuovo a pensare che Peter avrebbe dovuto vendere la villa, però non ebbe il coraggio di dirglielo. Invece lo guardò, con il pensiero ancora rivolto ai suoi figli.

«Grazie per avermi invitato a casa tua questo pomeriggio.»

«Grazie a te di essere venuta.»

«Sì, sono stata contenta di aver accettato.»

Il parcheggio dell'ospedale si profilò in lontananza fin troppo presto. Una volta scesi dall'auto, rimasero vicini, imbarazzati, senza saper bene che cosa dirsi. «Grazie, Peter. Ho passato delle ore meravigliose.» Prese nota mentalmente di mandare dei fiori a casa Hallam il giorno dopo e, magari, qualcosa di speciale per i ragazzi, se fosse riuscita a trovare il tempo di andare a fare un po' di acquisti prima della partenza. Doveva anche pensare a qualcosa da regalare alle gemelle.

«Grazie a te, Mel.» La guardò fisso negli occhi per un attimo che parve lunghissimo. Poi allungò una mano per stringere quella di lei. «Allora, ci vediamo domani.» C'era ancora da girare una breve ripresa di Pattie Lou prima di ripartire e, quella, sarebbe stata l'ultima occasione che Mel aveva di rivederlo. Peter l'accompagnò fino alla sua automobile e rimasero lì ancora un momento prima che lei si decidesse a salirvi.

«Grazie ancora.»

«Buona notte, Mel.» Peter Hallam sorrise e si allontanò in direzione dell'ospedale perché voleva dare un'ultima occhiata a Pattie Lou.

Capitolo 7

IL brevissimo spezzone di film girato nella sala di rianimazione dell'ospedale, l'indomani, andò liscio e senza problemi. Malgrado l'operazione che aveva subìto, le fleboclisi e le cannule che la tormentavano, Pattie Lou sembrava in condizioni decisamente migliori di quelle in cui si trovava prima. Melanie ne rimase stupita. Era come se Peter avesse compiuto un miracolo, ma preferì non chiedersi quanto, quel miracolo, sarebbe durato. D'altra parte, anche se si fosse trattato di prolungarne la vita di pochi anni era sempre meglio che vivere solo per pochi giorni. Con il miracolo di Pattie Lou, Peter Hallam l'aveva completamente conquistata.

Lo rivide in corridoio, subito dopo aver lasciato la bambina. I cameramen se n'erano già andati e lei stava per salutare Pearl Jones. Doveva ancora pagare il conto dell'albergo e lasciar libera la camera e aveva intenzione di fare un giro dei negozi di Beverly Hills soprattutto perché si sentiva obbligata a portare qualcosa in regalo alle ragazze. Appena le era possibile, portava sempre qualcosa a Jessie e Val al suo ritorno da ogni viaggio. Ormai era diventata una specie di tradizione. Anche adesso voleva avere a disposizione almeno un'oretta per passare in rivista tutto quello che Rodeo Drive poteva offrire in fatto di negozi.

«Salve!» Peter Hallam le sembrò più bello e affascinante

che mai. Aveva l'aria fresca e riposata tanto che, a guardarlo, si sarebbe detto che non avesse fatto niente in tutto il giorno! «Che cosa hai intenzione di combinare quest'oggi?»

«Tirare le somme e chiuder bottega.» Gli sorrise. «Sono andata proprio adesso a salutare Pattie Lou. Mi sembrava in gran forma.»

«Sì, è vero.» Peter era raggiante e visibilmente orgoglioso. «Stamattina sono andato a vederla anch'io per un minuto.» A dir la verità, era già passato dalla bambina un paio di volte ma preferì non dirglielo. Non voleva preoccuparla e, soprattutto, darle l'impressione che qualcosa non andasse come avrebbe dovuto.

«Volevo telefonarti nel pomeriggio per ringraziarti della cena di ieri sera. È stata molto simpatica.» Cercò, deliberatamente, di incontrare il suo sguardo. Intanto si chiedeva che cosa avrebbe letto nei suoi occhi.

«I ragazzi sono stati felici di fare la tua conoscenza, Mel.»

«Anche per me è stato un piacere.» Ma non poté fare a meno di domandarsi quale fosse stata la reazione di Pam quando Peter era tornato a casa. Avrebbe voluto sapere se, per colpa della sua visita, c'era stata una scenata.

Fu a questo punto che si accorse come Peter la osservasse con un'espressione di vaga tristezza e si domandò se ci fosse qualcosa che non andava. Sembrò infatti che Peter avesse un attimo di esitazione ma, alla fine, si decise a domandarle: «Hai molta fretta?»

«Veramente, no. Non ho trovato posto che sul volo di stasera alle dieci.» Preferì non accennargli all'intenzione di fare un giro per Rodeo Drive in modo da trovare qualcosa da comprare per le sue figlie. Le sembrava un modo troppo frivolo di passare il tempo mentre lui lottava ora per ora per salvare vite umane. «Perché?»

«Niente. Mi stavo chiedendo se avresti avuto piacere di fermarti ancora un minuto per andare a trovare di nuovo Marie Dupret.» Mel si era resa conto che quella ragazza aveva un significato molto grande per Peter. Era l'ultimo dei suoi uccellini feriti.

«Come sta oggi?» Mel lo osservava attentamente chiedendosi come facesse un uomo a provare tante affettuose premure per i suoi protetti. Eppure era proprio così. E lo si capiva da ogni cosa che faceva e diceva.

«Più o meno come al solito. Stiamo cercando disperatamente, dovunque, il donatore di un cuore per lei.»

«Mi auguro che tu possa trovarlo presto.» Tuttavia, seguendo Peter nella camera di Marie, Mel non poté fare a meno di dirsi che anche quello era un pensiero macabro.

La ragazza sembrava più pallida e più debole del giorno prima. Peter si mise a sedere al suo fianco e cominciò a parlarle sottovoce, in un modo quasi intimo che escludeva dal loro colloquio qualsiasi altra persona presente. Era come se fosse sorto un legame speciale fra loro e, soltanto per la frazione di un secondo, Mel si scoprì a chiedersi se Peter provava una certa attrazione nei suoi confronti. Nel suo modo di comportarsi, però, nello stesso tono del discorso che le stava facendo non c'era niente che potesse richiamare alla mente l'idea del sesso: la verità era che provava interesse, premura e una grande preoccupazione per lei. Sembrava che ormai si conoscessero da anni, anche se Mel sapeva perfettamente che non era così. Comunque pareva incredibile che si fosse creato un rapporto così intenso e profondo fra loro in così poco tempo. Dopo qualche minuto, Marie diede l'impressione di essere più tranquilla di prima. Girò gli occhi verso Mel.

«Grazie di essere venuta ancora a trovarmi, signora Adams.» Pareva debolissima e aveva l'aria talmente esangue ed estenuata che si capiva facilmente come le sue speranze di sopravvivere, senza il trapianto di cui aveva disperatamente bisogno, fossero scarsissime. Fra l'altro, pareva peggiorata rispetto al giorno precedente e Mel, quando le andò vicino, provò una stretta al cuore.

«Stasera devo rientrare a New York, Marie. Però sarò ansiosa di ricevere buone notizie. Mi raccomando!»

Per un attimo che sembrò prolungarsi in modo insopportabile, la giovane donna con il viso tanto pallido da sembrare trasparente, non disse nulla. Poi sorrise quasi con tristezza. «Grazie.» E, alla fine, mentre Peter la osservava con attenzione, lasciò che le sue ansie e le sue paure prendessero il sopravvento. Due lacrime le scesero lentamente sulle guance. «Non so se troveremo un donatore in tempo.»

Di nuovo, Peter si fece avanti. «In questo caso, bisognerà rassegnarsi, cara Marie. Vuol dire che resterai più a lungo a farci compagnia, eh?» Intanto fissava la ragazza con occhi pieni di commozione e d'incoraggiamento, come se la volesse quasi costringere a lottare per continuare a vivere con un grande sforzo di volontà. A Mel parve che, fra quelle due persone che si fissavano nella camera di ospedale, passasse una carica di forza magnetica.

«Tutto andrà nel modo migliore.» Melanie allungò una mano a sfiorare quella della ragazza. Si stupì che fosse così fredda. Marie aveva una circolazione molto lenta, ormai, ed era così che si spiegava il pallore del suo volto. «Lo sento, ne sono sicura.»

La ragazza girò di nuovo gli occhi verso di lei. Pareva tanto debole da non aver la forza di fare un gesto. «Lo crede proprio?» Melanie fece segno di sì, lottando per ricacciare le lacrime. Di colpo era stata colta dal terrore che la ragazza non riuscisse a farcela e si scoprì a pregare silenziosamente per lei mentre uscivano. Quando si trovarono in corridoio, al riparo dagli sguardi indiscreti, si voltò a guardare Peter con aria preoccupata.

«Ce la farà a resistere fino a quando non le troverete un donatore?» Ormai Mel ne dubitava e perfino Peter non pareva più sicuro come prima. Di colpo pareva esausto per l'eccessiva tensione che quel caso gli imponeva e questo era insolito in lui.

«Lo spero. Tutto dipende dalla possibilità di trovarlo al più presto.» Melanie, com'era naturale, non gli fece la domanda più logica: «E se non lo trovate?» perché era fin troppo facile darle una risposta. Lo aveva già capito dalle condizioni in cui si trovava l'ammalata. Era la creatura più fragile e più delicata che avesse mai visto, anzi le pareva addirittura un miracolo che continuasse ancora a restare in vita.

«Mi auguro con tutto il cuore che riesca a farcela.»

Peter la guardò intensamente e, infine, annuì. «Anch'io. A volte è la forza di volontà che riesce a sostenerci. Più tardi tornerò a visitarla. Adesso, però, le infermiere la tengono di continuo sotto osservazione e non si accontentano di seguire le sue condizioni soltanto per mezzo dei monitor. Il problema è che non ha famiglia, né parenti. A volte, le persone come lei hanno una volontà minore e lottano poco per vivere. Noi, invece, da parte nostra dobbiamo cercare di incoraggiarli a resistere come meglio possono. Ma, in conclusione, quello che succede non è mai dovuto a una nostra decisione.» Dunque doveva toccare a Marie prenderla? Toccava a quella fragile creatura trovare la voglia di vivere? Sembrava uno sforzo superiore alle sue forze, pensò Melanie mentre seguiva Peter verso il lungo banco al quale si trovavano le infermiere di turno. Camminava lentamente, quasi con riluttanza. Ormai non aveva ulteriori motivi per restare ancora lì. Peter aveva i suoi impegni e lei doveva continuare a occuparsi del proprio lavoro anche se, come prospettiva, le sembrava molto poco attraente. Chissà perché... le sarebbe piaciuto fermarsi ancora a seguire il decorso post-operatorio di Pattie Lou, a parlare con Pearl, a pregare per Marie, a dare un'altra occhiata in ognuna delle camere occupate dai pazienti che aveva conosciuto, seguendo Peter nel suo giro di visite. Anche se, in definitiva, cominciava a sospettare che nessuno di questi fosse il vero motivo. Era Peter che le dispiaceva lasciare. Ecco la verità! E sembrava che lui provasse la stessa sensazione. Infatti salutò le infermiere, smise di sfogliare le cartelle cliniche dei suoi malati e tornò vicino a lei.

«Ti accompagno giù, Mel.»

«Grazie.» Non rifiutò. Voleva restare sola con lui ancora per un po', senza comprenderne bene il perché. Forse era semplicemente rimasta colpita dal suo comportamento nei confronti dei malati, dal calore umano che rivelava... eppure intuiva che c'era anche qualcos'altro. Sentiva terribilmente il fascino di quell'uomo... Ma quali illusioni poteva farsi? Lei abitava a New York, lui a Los Angeles. E anche se avessero abitato nella stessa città? Forse neppure in questo caso i loro problemi potevano essere risolti, non ne era completamente convinta... Intanto Peter la stava accompagnando fino alla sua automobile nel parcheggio dell'ospedale. Qui, Mel si voltò a guardarlo in faccia. «Grazie di tutto.»

«Grazie di che cosa?» Dall'alto della sua statura imponente, fissandola con affetto, le sorrise.

«Di aver salvato la vita a Pattie Lou.»

«L'ho fatto per la bambina, non per te.»

«Allora grazie per tutto il resto. Il tuo interesse, il tuo tempo, la tua collaborazione, la cena...» D'un tratto si accorse che le mancavano le parole e lui parve divertito.

«C'è qualcos'altro che vorresti aggiungere? Magari vuoi ringraziarmi anche per il caffè che ti ho offerto alla macchinetta in fondo al corridoio?»

«Va bene, va bene...» Gli sorrise e lui le prese la mano.

«Sono io che dovrei ringraziarti, Mel. Hai fatto moltissimo per me. Sei la prima persona alla quale ho aperto il mio cuore, con la quale mi sono confidato in questi due anni. Ti ringrazio di questo.» Poi, prima che lei potesse rispondere, aggiunse: «Posso telefonarti a New York una volta o l'altra, oppure hai qualcosa in contrario?»

«No, affatto. Mi farebbe un enorme piacere.» Si accorse che aveva il cuore in gola. Le pareva di essere tornata una ragazzina.

«Allora, lo farò. Buon viaggio di ritorno a casa.» Le strinse ancora una volta la mano, poi si allontanò, si voltò ancora con un cenno di saluto, e infine scomparve. Tutto lì. Molto semplice. Mentre viaggiava, in automobile, verso Rodeo Drive, non poté fare a meno di domandarsi se lo avrebbe mai più rivisto.

Capitolo 8

MENTRE terminava il suo giro di acquisti, quel pomeriggio, Mel si scoprì a dover ricacciare sempre più spesso dalla propria mente l'immagine di Peter Hallam. No, non era giusto pensare a lui con tanta insistenza. Tutto sommato, che cos'era Peter per lei? Un uomo interessante, il soggetto di un'intervista, niente di più... per quanto straordinario potesse essere il suo fascino. Cercava di concentrare la propria attenzione su Val e Jess ma, di punto in bianco, Peter Hallam le si riaffacciava alla mente. Stava ancora pensando a lui quando depose la valigia sul sedile posteriore di un tassì e si fece portare all'aeroporto, quella sera alle otto. Con gli occhi della mente, non faceva che rivedere l'immagine, tanto nitida da averne quasi paura, di quella bambina sola e angosciata che era Pam.

«Accidenti!» borbottò a mezza voce e il tassista si voltò a lanciarle un'occhiata.

«Qualcosa che non va?»

Lei non poté trattenersi dallo scoppiare in una risata. Rideva di se stessa. Scosse la testa, facendo segno di no. «Scusi. Stavo pensando a tutt'altro.»

Lui assentì, un po' sconcertato. Del resto, non era la prima volta che gli capitava di avere clienti che parlassero da soli ma, purché alla fine della corsa gli dessero una buona mancia, non ci badava. E Mel gli diede una mancia generosa. A lui, bastava quello!

Una volta arrivata all'aeroporto, dopo aver comprato alcuni rotocalchi, andò a sedersi nelle vicinanze dell'uscita di quello che doveva essere il suo volo. Ormai erano già le nove di sera, nel giro di una ventina di minuti li avrebbero fatti salire tutti a bordo. Si mise a sfogliare le pagine dei giornali illustrati tendendo l'orecchio perché non le sfuggisse la chiamata del suo volo. Era l'ultimo in partenza per New York. Fino al giorno successivo non ce ne sarebbero più stati. Veniva chiamato, comunemente, il volo «degli occhi rossi», perché, all'arrivo a New York, l'indomani mattina, alle sei, tutti i viaggiatori sarebbero stati esausti e con gli occhi arrossati per la mancanza di sonno. Ma c'era il vantaggio che, prendendolo, non si perdeva in aereo l'intera giornata.

Mentre stava in ascolto, improvvisamente trasalì. Le era sembrato di aver sentito chiamare il suo nome ma poi si convinse che doveva aver capito male. Annunciarono la partenza del volo che lei doveva prendere, ma restò ad aspettare che le prime frotte di passeggeri salissero a bordo; poi afferrò la cartella e la borsetta che portava sempre con sé e si mise in coda con gli altri, stringendo in mano il biglietto e la carta d'imbarco. Fu in quel momento che sentì chiamare di nuovo il suo nome. Stavolta ne era sicura. Non si trattava di uno scherzo della fantasia.

«La signora Melanie Adams è pregata di rispondere al telefono interno, l'apparecchio bianco... ripetiamo: la signora Melanie Adams è pregata di rispondere al telefono interno...» Dopo una rapida occhiata all'orologino da polso per cercare di capire quanto tempo ancora le rimanesse, Mel si precipitò verso il telefono interno appeso alla parete di fronte a lei e pronunciò il proprio nome nel ricevitore, spiegando chi fosse per farsi identificare dalla centralinista che le rispose dall'altro capo del filo.

«Pronto, qui parla Melanie Adams. Sono stata chiamata al telefono pochi secondi fa.» Intanto aveva appoggiato la cartella e la borsa sul pavimento vicino a sé e si era messa ad ascoltare con la massima attenzione, sentendosi in ansia.

«C'è una telefonata per lei da parte di un certo dottor Peter Hallam. Chiede che lo richiami immediatamente se le è possibile.» Poi diede a Mel il numero di casa di Peter. Ripetendolo tra sé per non dimenticarlo, Mel si precipitò alla cabina telefonica più vicina, frugandosi disperatamente nella borsetta alla ricerca di una monetina da dieci cents, mentre continuava a tener d'occhio il grande orologio appeso alla parete, poco più in alto. Le restavano soltanto cinque minuti per salire a bordo e sapeva di non potersi permettere di perdere quel volo. Doveva assolutamente rientrare a New York per l'indomani mattina. Quando, finalmente, riuscì a trovare la monetina, la infilò nell'apparecchio e compose il numero.

«Pronto?» Le pareva di avere il cuore in gola, che batteva tumultuosamente, quando Peter rispose. E continuava a chiedersi per quale motivo l'avesse cercata all'aeroporto.

«Peter, sono Mel. Ho soltanto un paio di minuti per non perdere l'aereo.»

«Anch'io ho pochissimo tempo.» La voce di Peter le risuonò limpida e squillante all'orecchio. «Abbiamo trovato poco fa un donatore per Marie Dupret. Sto uscendo adesso per andare all'ospedale ma mi è venuto in mente che valeva la pena di avvertirti casomai tu volessi fermarti.» Mentre lo ascoltava, Mel si accorse di avere il cervello in tumulto e, solo per un attimo, provò una punta di delusione. Aveva creduto che le avesse telefonato per salutarla ma adesso, al pensiero dell'eventualità del trapianto, si sentiva fremere di commozione. Marie, finalmente, si vedeva offrire una possibilità di salvezza. Avevano trovato il cuore adatto per lei. «Non sapevo se tu volessi cambiare i tuoi programmi ma ho pensato che era un peccato non avvertirti. Non sapevo neppure con quale compagnia aerea stavi per partire e ho fatto un tentativo... a casaccio.» Un tentativo riuscito, comunque.

«Mi hai presa appena in tempo», disse lei. Poi corrugando le sopracciglia, chiese: «Sarebbe possibile effettuare una ripresa dell'intervento in sala operatoria? Filmare il trapianto?» Sarebbe stata un'aggiunta sensazionale al servizio che aveva già preparato e, anche, una giustificazione più che comprensibile, se voleva trattenersi un altro giorno ancora.

Dall'altra parte ci fu un lungo silenzo. Infine Peter acconsentì: «Va bene. Credi di poterti procurare l'équipe di cameramen così, di punto in bianco?»

«Posso tentare. Ma, prima di farlo, devo ottenere il permesso della mia redazione di New York.» Il tempo necessario a fare la telefonata e a procurarselo, però, le sarebbe costato il volo di ritorno a casa. «Non so quello che potrò fare. Comunque ti lascerò un messaggio all'ospedale, in un senso o nell'altro.»

«Bene. Adesso devo andare. Ci vediamo più tardi.» Il tono di voce di Peter era asciutto e sbrigativo. Riattaccò senza aggiungere altro e per un attimo Melanie rimase immobile nella cabina telefonica, a raccogliere le idee. La prima cosa da fare era mettersi in contatto con l'assistente della compagnia aerea incaricato di sorvegliare, da terra, l'afflusso dei passeggeri all'aereo che stava per partire. Non era la prima volta che Mel lo faceva e, se aveva un po' di fortuna, avrebbero ritardato per lei la partenza dell'aereo per pochi minuti. Quel tanto che le bastava per telefonare a New York. L'unica speranza, però, era di mettersi in contatto con qualcuno dei pezzi grossi della stazione televisiva, in modo che potesse darle immediatamente il consenso a quell'ampliamento del servizio e al prolungamento della sua permanenza a Los Angeles. Afferrando rapidamente cartella di cuoio e borsetta, Mel si precipitò correndo all'uscita del suo volo. Qui trovò l'assistente della compagnia aerea e gli spiegò velocemente chi fosse e che cosa facesse, mostrandogli la sua tessera di giornalista.

«Non potrebbe far ritardare la partenza dell'aereo di qualche minuto? Devo assolutamente chiamare New York per un servizio importante!» L'assistente di terra della compagnia aerea le fece capire che quella richiesta non gli garbava affatto ma capitava spesso che persone del rango di Mel ottenessero qualche favore speciale, come quello di trovare un posto su un volo che era già al completo anche se questo significava far saltare la prenotazione a qualche altro passeggero, oppure ritardare la partenza di un aereo appena prima del decollo, come in questo caso.

«Posso concederle dieci minuti, ma non un secondo di più.» Alle compagnie aeree gli scherzetti di questo genere, come i ritardi in fase di decollo, costavano sempre un capitale! L'assistente di terra della compagnia aerea girò le spalle a Mel e mormorò qualcosa in un piccolo walkie-talkie che aveva con sé. Intanto Mel era tornata di corsa al telefono e aveva domandato la comunicazione con New York chiedendo di poterla pagare con la propria carta di credito. La misero immediatamente in comunicazione con la sala-cronaca ma occorsero altri quattro preziosi minuti prima che, dall'altro capo del filo, riuscissero a trovare un viceregista e un redattore per i servizi speciali che venissero all'apparecchio.

«Si può sapere che cosa c'è?»

«Un colpo straordinario. Una delle persone che ho intervistato era una paziente dell'ospedale Center City in attesa di un trapianto. Ho appena ricevuto una telefonata da parte del dottor Hallam. Hanno trovato il donatore e la vogliono operare immediatamente. Posso fermarmi e procurarmi un'équipe adatta da condurre con me al Center City per filmare l'intervento chirurgico?» Aveva il fiato corto per l'emozione e per l'affanno di correre al telefono.

«Non gli avevi fatto nessuna ripresa mentre operava la piccola Pattie Lou?»

«No.» Mel trattenne il fiato. Sapeva che da quella risposta dipendeva tutto.

«Allora, fermati. Ma ricordati che devi assolutamente rientrare a New York entro domani sera.»

«Sì, certo.» Scoppiò a ridere, mentre riattaccava; poi tornò di corsa verso l'uscita del suo volo.

Spiegò all'assistente della compagnia aerea che non sarebbe più partita e si precipitò a chiamare al telefono una stazione televisiva locale perché le procurasse i cameramen necessari. Poi uscì, sempre di corsa dall'aeroporto a chiamare un tassì, augurandosi che, come promesso, all'arrivo a New York la compagnia aerea le tenesse in custodia la valigia, che ormai era già stata caricata sull'aereo.

Quando arrivò all'ospedale, l'équipe richiesta la stava già aspettando nell'atrio d'ingresso. Salirono subito tutti insieme nel reparto di chirurgia. Furono costretti a lavarsi e disinfettarsi, a indossare maschere e camici; poi si videro assegnare un angolino della sala operatoria in cui avrebbero dovuto confinarsi insieme a tutta l'attrezzatura necessaria per le riprese. Mel, da parte sua, si mostrò irremovibile nel costringere tutti i componenti dell'équipe ad adeguarsi ai regolamenti dell'ospedale. Era molto grata a Peter che aveva accettato di farli assistere all'operazione e non voleva abusare della sua gentilezza.

Finalmente apparve anche Marie, che venne accompagnata nella sala operatoria su di una lettiga alla quale avevano messo, lungo i lati, le sbarre di protezione. Aveva gli occhi chiusi e appariva pallidissima. Giaceva immobile e non diede l'impressione di riscuotersi fino a quando Peter, che era appena entrato già coperto dal camice e con la mascherina sul viso, non le si avvicinò per parlarle. Pareva non essersi neppure accorto di Mel anche se, dopo aver rivolto una rapida occhiata all'équipe televisiva, sembrò soddisfatto di vedere come li avevano sistemati. Poi l'intervento ebbe inizio mentre Mel lo seguiva, attimo per attimo, affascinata e piena di ammirazione.

Peter teneva costantemente d'occhio i monitor e dava una serie continua di ordini alla sua équipe. Le persone che la componevano cominciarono a muoversi all'unisono, in assoluta sincronia, quasi eseguendo una complicata coreografia da balletto con le mani, mentre gli strumenti gli venivano passati a uno a uno da un enorme vassoio.

Alla prima incisione, Melanie girò gli occhi dall'altra parte ma, subito dopo, rimase singolarmente attratta dall'intensità di quella scena drammatica e continuò ad assistere all'intervento un'ora dopo l'altra, in piedi, con gli occhi fissi sul tavolo operatorio, pregando in cuor suo per la salvezza di

Marie. Intanto l'équipe di Hallam lavorava indefessamente per sostituire al cuore della ragazza quello di una giovane donna morta solo poche ore prima. Fu uno spettacolo incredibile quello che apparve davanti agli occhi di Mel, quando estratto dal petto di Marie il cuore originale, lo misero da parte e inserirono quello nuovo nella cavità appositamente preparata collegando arterie, vene e valvole. Melanie non trasalì neppure mentre tutte quelle mani si muovevano incessantemente sul petto della ragazza ma, per un attimo, si accorse di trattenere il fiato: poi, di colpo, tutti i monitor ricominciarono a entrare in funzione e il battito di quel cuore nuovo, trasmesso dagli apparecchi nella sala operatoria, risuonò come il tonfo di un tamburo nelle orecchie di tutti. L'équipe cardiologica proruppe in un'esclamazione entusiastica. Che cosa stupefacente! Quel cuore non aveva più avuto vita dal momento in cui il suo donatore era morto, la riacquistava nuovamente nel corpo di Marie.

Dopo aver toccato il culmine della drammaticità, l'intervento continuò per un altro paio d'ore e, alla fine, anche l'incisione iniziale venne suturata. Peter si tirò indietro di qualche passo. Aveva il petto e la schiena fradici di sudore e le braccia che gli dolevano per l'opera di precisione che aveva compiuto, ma continuò ugualmente a controllare con estrema attenzione Marie mentre la spostavano su una lettiga nel locale adiacente dove sarebbe rimasta sotto continua sorveglianza per parecchie ore. Peter avrebbe voluto restarle vicino personalmente per le sei o otto ore successive all'operazione in modo da assicurarsi che tutto andasse per il meglio ma, al momento, pareva che tutto fosse sotto controllo. Tanto che si decise a uscire in corridoio a respirare una boccata d'aria pura. Melanie lo raggiunse con le gambe che le tremavano. Seguire la sua opera di chirurgo in sala operatoria era stata un'esperienza straordinaria e, ancora adesso, gli era profondamente grata di averle telefonato per richiamarla all'ospedale. Per alcuni minuti Peter rimase a scambiare qualche parola con gli altri, mentre aveva ancora addosso camice e berretto ma aveva buttato su una scrivania la mascherina;

Mel, intanto, si mise a conversare rapidamente con i cameramen. L'équipe televisiva era già pronta ad andarsene ma nessuno di quelli che ne facevano parte riuscì a nascondere di essere rimasto straordinariamente colpito da quello cui aveva assistito.

«Mio Dio, come è in gamba quel tizio!» Il capo dell'équipe si tolse il camice azzurro e accese una sigaretta, continuando a pensare a come poteva essere riuscito il filmato, affascinato dal modo in cui le mani di Peter avevano lavorato senza mai fermarsi, afferrando minuscoli brandelli di tessuto connettivo che andavano suturati e vene appena più grosse di un capello. «Quando si vedono cose del genere, si finisce per credere nei miracoli!» Intanto guardava Mel con occhi ancora pieni di rispettosa ammirazione. Poi le strinse la mano: «È stato un piacere lavorare con lei».

«Io la ringrazio perché siete stati molto bravi ad arrivare qui subito.» Gli sorrise; poi controllarono insieme alcune annotazioni che avevano preso. L'uomo le disse che le avrebbe fatto avere la pellicola a New York addirittura l'indomani, in modo che lei potesse aggiungerla al materiale che già possedeva, poi se ne andò con i suoi cameramen e Mel decise di cambiarsi. Non riuscì a nascondere la propria sorpresa quando vide che Peter aveva fatto altrettanto. Chissà perché aveva finito per convincersi che avrebbe continuato a restare lì, nei dintorni, ancora con il camice della sala operatoria addosso. Le sembrava strano rivederlo in abiti civili. «Com'è andata?» gli domandò mentre s'incamminavano insieme per il corridoio. Le pareva di aver sempre vissuto lì e di non essersene mai allontanata, non solo, ma qualcosa fremette dentro di lei, rivedendolo.

«Finora tutto bene. Naturalmente, per Marie, saranno cruciali le prossime ventiquattr'ore. Dovremo vedere come reagisce. Era terribilmente debole quando l'abbiamo portata in sala operatoria. Lo hai visto bene quel cuore? Pareva un pezzo di macigno, non aveva più nessuna elasticità. Non credo che sarebbe riuscita a tirare avanti per altre ventiquattr'ore ancora. Ha avuto una fortuna incredibile! Perché siamo riusciti a trovare un donatore in tempo.»

«Donatore»... una persona senza volto, senza nome, senza un passato un cuore anonimo in un corpo che, adesso, lei conosceva, con una faccia che era quella di Marie. Le risultava ancora difficile accettare quell'interpretazione degli avvenimenti. Perfino dopo aver assistito all'intervento per quattro ore. A questo punto Mel diede un'occhiata all'orologio da polso e rimase sbalordita accorgendosi che erano le sei già passate da un pezzo. Quando guardò fuori della finestra, si accorse che il sole si era appena levato nel cielo. La notte era finita, e Marie era viva. «Devi essere distrutta.» Peter la stava osservando con attenzione e si era accorto che aveva le occhiaie molto profonde. «Assistere a un intervento del genere è molto più faticoso che eseguirlo.»

«Quanto a questo, permetti che abbia i miei dubbi.» Non riuscì a soffocare uno sbadiglio e in quel momento si domandò quale sarebbe stata la sensazione di Marie, risvegliandosi. Quello doveva essere il momento peggiore. E Melanie non la invidiava. Avrebbe dovuto affrontare prove durissime, forse anche peggiori di quelle che aveva già superato. C'erano terapie a cui adeguarsi, medicine da assimilare, il pericolo del rigetto e le infezioni contro cui combattere, oltre al dolore della ferita, una vera e propria laparotomia, che le era stata fatta durante l'intervento. A questo pensiero Mel rabbrividì e Peter, che l'aveva vista impallidire, la costrinse a sedersi senza troppi complimenti sulla sedia più vicina. Erano sintomi che ben conosceva, quelli. Prima ancora che Mel intuisse di essere sul punto di svenire, Peter lo aveva già capito. Con le sue mani forti e possenti la costrinse dolcemente ad abbassare la testa verso le ginocchia. Mel era talmente stupita da non riuscire a pronunciare una sola parola.

«Respira a lungo, lentamente, e butta fuori l'aria dalla bocca.» Mel avrebbe voluto rispondergli con una battuta spiritosa ma si accorse improvvisamente di stare troppo male per aver la forza di parlare. Quando si riprese, lo guardò piena di meraviglia.

«Non mi sono neppure accorta che stavo per svenire.»

«Forse tu non te ne sarai accorta, ma un minuto fa eri diventata letteralmente verde. Una sfumatura di colore straordinariamente interessante. Adesso dovresti scendere a mangiare qualcosa e poi tornartene all'albergo a fare una dormita.» Ma si ricordò che Mel aveva già disdetto la sua camera e che non aveva più un posto dove andare a dormire. Allora gli venne un'idea. «Perché non torni a casa mia per un po'? La signora Hahn può prepararti la camera degli ospiti e, quanto ai ragazzi, non se ne accorgeranno neppure che ci sei anche tu a dormire!» Guardò l'orologio da polso; mancavano pochi minuti alle sette. «Le do un colpo di telefono.»

«No, lascia perdere. Posso tornare al mio albergo.»

«È una sciocchezza! Perché devi prenderti questo disturbo quando puoi dormire da me? Potrai stare tranquilla per l'intera giornata.» Era un'offerta molto generosa ma Mel rimase incerta. Le sembrava che non fosse la cosa più giusta da fare. Tuttavia, quando si alzò in piedi, si accorse di essere talmente stanca da non avere più la forza di discutere né, tantomeno, di telefonare all'albergo dove aveva già alloggiato, per fissare un'altra camera. Tanto che, quando Peter si avvicinò a una scrivania e alzò la cornetta di un telefono, rimase immobile a guardarlo, dal posto dov'era seduta, come una bambina al limite delle forze. Peter le tornò vicino con la stessa aria fresca e riposata che aveva avuto la mattina del giorno precedente anche se aveva perso un'intera nottata di sonno, come lei. D'altra parte, sembrava che ci fosse abituato. E provava ancora la sublime esaltazione del successo. «Sarà lì ad aspettarti quando arriverai. I ragazzi non si alzano fino alle otto, all'infuori di Mark che è già uscito.» Si guardò in giro, scambiò rapidamente qualche parola con un'infermiera e poi tornò da Mel. «Le condizioni di Marie continuano a mantenersi discrete. Adesso ti accompagno giù e ti faccio salire su un tassì. Poi torno qui di sopra di nuovo a vedere come va.»

«Devi convincerti che non hai nessun obbligo nei miei confronti... è sciocco...» Le pareva assurdo: per il suo lavoro era stata costretta ad assistere a cose di qualsiasi genere: dagli omicidi di massa alle guerriglie e, adesso, all'improvviso le sembrava di essere completamente senza forze e di non reggersi più sulle gambe... tanto che fu enormemente grata a Peter quando si mise a sorreggerla con il suo braccio saldo mentre l'accompagnava nell'atrio del pianterreno. «Si vede che sto invecchiando.» Sorrise con un po' di tristezza mentre aspettavano che arrivasse il tassì. «Non dovrei essere così stanca!»

«È la reazione. La sentiamo tutti. Anch'io tra poco mi sentirò distrutto.»

«Che cos'hai intenzione di fare adesso?»

«Stare qui nelle vicinanze e cercare di dormire qualche ora, se posso. Dopo aver telefonato a te, ieri sera, ho parlato con la mia segretaria e l'ho pregata di annullare tutti gli appuntamenti che avevo oggi in studio. Durante la mattinata, mi farò sostituire da qualcuno dei miei colleghi e, nel pomeriggio, farò il mio solito giro di visite.» Mel si rese conto che, per quanto non lo dimostrasse, Peter doveva essere esausto e si reggeva in piedi a fatica. Eppure, a guardarlo, sembrava pieno di energie come poche ore prima. La fissò con gli occhi pieni di dolcezza mentre l'aiutava a salire in tassì. «Quando torni a New York?»

«Devo assolutamente ripartire stasera. Non mi lasciano rimanere un altro giorno.»

Lui fece un cenno di assenso, soddisfatto di essere riuscito a rintracciarla, e a trattenerla, la sera prima. «Comunque, Mel, hai assistito alla fase cruciale. Da questo momento in poi non ci resta che tenerla sotto un controllo costante, dosandole attentamente i medicinali e le terapie, perché li possa tollerare. Stanotte hai visto tutto quello che c'era da vedere.» Mel lo guardò di nuovo negli occhi.

«Grazie per averci concesso di essere presenti all'intervento.»

«Ha fatto bene anche a me averti lì, in sala operatoria. E adesso vai a farti una bella dormita.»

Diede all'autista il proprio indirizzo e richiuse la portiera del tassì che si allontanò subito, immettendosi nel traffico di

Los Angeles, in direzione di Bel-Air. Mentre seguiva con gli occhi l'automobile che si allontanava, Peter provò un'improvvisa sensazione di gioia e di gratitudine al pensiero che Mel non fosse ancora partita e che l'avrebbe rivista nel giro di poche ore. Anche lui, come Melanie, non capiva bene quali fossero i suoi sentimenti. Aveva una gran confusione nella mente e nel cuore. Però, che provasse qualcosa per lei era chiaro. Su questo non c'erano dubbi.

Capitolo 9

NELLA villa di Hallam, a Bel-Air, la signora Hahn si era messa di guardia a una finestra e la stava aspettando. Quando Mel arrivò, si limitò a salutarla e l'accompagnò subito di sopra, nella camera degli ospiti. Mel la ringraziò e si guardò intorno esausta e affamata, con una gran voglia di fare un bel bagno caldo ma troppo stanca per averne la forza. Depose la cartella e la borsetta vicino al letto domandandosi per l'ennesima volta se sarebbe mai riuscita a ritrovare la propria valigia che l'aveva già preceduta a New York. Si distese sul letto, ancora vestita, e chiuse gli occhi. Stava prendendo sonno, mentre il suo pensiero era ancora rivolto a Peter e a Marie, quando sentì bussare delicatamente alla porta. Si voltò, trasalendo, e si impose con uno sforzo di risvegliarsi completamente. «Avanti!»

Era la signora Hahn che reggeva fra le mani un piccolo vassoio di vimini. «Il dottore mi ha detto che dovrebbe mangiare qualcosa.» A Mel parve quasi di essere una convalescente quando allungò un'occhiata al piatto di uova strapazzate, fumanti, e alle fette di pane tostato. Sul vassoio c'era anche una tazza di cioccolata calda che sprigionava un gradevole aroma. «Non le ho portato il caffè, altrimenti rischia di non addormentarsi.»

«La ringrazio molto.» Era quasi imbarazzante essere servita con tanta premura, ma tutto quello che vedeva sul vassoio di vimini aveva un aspetto talmente appetitoso che si mise a sedere sull'orlo del letto, con la giacca e la gonna del tailleur spiegazzate e i capelli arruffati. Senza aggiungere altro, la signora Hahn depose il vassoio su un tavolino e uscì dalla stanza.

Mentre divorava le uova strapazzate e il pane tostato, Mel cominciò a udire qualche lieve rumore che proveniva dal piano di sopra e si domandò se, per caso, non erano Matthew e Pam che si stavano preparando per andare a scuola. Purtroppo non si sentiva la forza di essere cortese come la buona educazione le avrebbe imposto e di andare di sopra a salutarli. Bevve con avidità la cioccolata calda, divorò l'ultimo pezzo di pane tostato e si distese di nuovo, esausta ma molto soddisfatta del lavoro realizzato durante la notte e, allungandosi supina, finì per addormentarsi immediatamente. Quando si svegliò erano le tre del pomeriggio. Diede un rapido sguardo all'orologio da polso, in preda all'agitazione, e si alzò di scatto dal letto, ma dopo un attimo si rese conto che non aveva niente da fare e non doveva andare in nessun posto. Si chiese che cosa avrebbe pensato di lei la signora Hahn se l'avesse vista dormire tutto il giorno, tanto più che, da un momento all'altro, sarebbero tornati a casa i ragazzi. Quando era andata a letto le erano sembrati in procinto di uscire per recarsi a scuola. Poi, mentre faceva qualche passo per la stanza, cominciò a domandarsi come se la fosse cavata Marie nelle sette ore precedenti e quali fossero le sue condizioni. Vide un telefono su una scrivania in fondo alla stanza, vi si avvicinò, scalza, guardando con sgomento gli abiti spiegazzati che ancora indossava. Compose in fretta all'apparecchio il numero dell'ospedale, domandò di poter parlare con il reparto di cardiologia e, poi, con Peter personalmente ma la persona che le rispose al telefono la informò che il dottor Hallam non era rintracciabile, al momento, e non poteva venire a parlarle. Melanie si chiese se, per caso, non stesse dormendo anche lui.

«Telefonavo per sapere come sta Marie Dupret, la ragazza

che ha subìto un trapianto.» Dall'altro capo del filo, silenzio. «Qui parla Melanie Adams. Ero anch'io in sala operatoria, durante l'intervento, stanotte.» Ma non occorreva che dicesse altro. Tutti all'ospedale, sapevano chi fosse e che stava preparando un servizio su Peter Hallam e Pattie Lou Jones.

«Un momento, per favore.» La voce che le aveva risposto era asciutta e l'aveva lasciata in attesa all'apparecchio senza troppi complimenti ma, pochi istanti dopo, le giunse il suono di un'altra voce, ben più familiare.

«Sei sveglia?»

«Sì, anche se mi sento ancora un po' intontita. Oltre che mortificata perché ho dormito tutto il pomeriggio.»

«Balle! Avevi bisogno di un bel sonno. Quando sei andata via di qui, sembrava che tu stessi per svenire di nuovo da un momento all'altro. La signora Hahn ti ha dato qualcosa da mangiare?»

«Certo! Questo è l'albergo più accogliente della città.» Sorrise mentre contemplava l'elegante camera da letto, arredata con molto buon gusto, nella quale si trovava. Ancora una volta le venne in mente che, con ogni probabilità, era stata Anne a occuparsene. «Come sta Marie?»

«Ottimamente.» Sembrava molto soddisfatto. «Ieri sera non ho avuto il tempo di spiegartelo, ma abbiamo tentato una nuova tecnica con lei, e ha funzionato. Più avanti, ti illustrerò quello che abbiamo fatto ma, per il momento, basta che tu sappia che tutto funziona nel modo migliore. Comunque non potremo sapere se esiste un pericolo di rigetto almeno per una settimana.»

«Quanto tempo ci vorrà prima che la si possa considerare definitivamente fuori pericolo?»

«Un bel po'.» Anzi, per tutto il resto della sua vita, questo Mel già lo sapeva. «Finora le cose sembrano procedere bene e, a giudicare dalle sue reazioni, possiamo dire che esistono già tutti gli elementi per poterla considerare un potenziale successo.»

«Mi auguro che continui così e non vi deluda.»

«Anche noi!» Ancora una volta Mel rimase colpita dalla

modestia di Peter, che attribuiva a se stesso solo una piccola parte del merito che gli andava riconosciuto. Non poté fare a meno di ammirarlo sempre di più.

«Sei riuscito a dormire un po'?» Peter le diede una risposta un po' vaga. «Sì, ma non molto. Ho preferito fare subito, stamattina, il solito giro delle visite ai miei pazienti e andarmi a riposare un po' soltanto quando l'ho finito. Probabilmente stasera tornerò a casa per cenare con i ragazzi. Per quell'ora, potrò lasciare qualcun altro a sostituirmi.» Fece un attimo di pausa, quindi aggiunse: «Così ti potrò rivedere, Mel». Appariva molto affettuoso e pieno di premure per lei e Mel, d'un tratto, si accorse che aveva una gran voglia di rivederlo.

«I tuoi figli cominceranno a essere stanchi di avermi qui.»

«Ho i miei dubbi! Saranno felici che tu non sia ancora partita, come lo sono io. A che ora sarebbe il tuo volo, o non ci hai ancora pensato?»

«La mia idea sarebbe di prendere lo stesso volo di ieri sera.» Dopo aver dormito praticamente tutto il giorno, si sentiva abbastanza riposata e sufficientemente in forze per affrontare il volo notturno, quello «degli occhi rossi». «Credo che mi basterà partire di qui alle otto.»

«Perfetto! Andrebbe molto bene anche per me. Di solito, la signora Hahn prepara la cena per le sette e, se qui tutto va come dovrebbe andare, rientrerò a casa per le sei. Casomai ci fosse qualcosa in contrario, ti darò un colpo di telefono.» Per un attimo Mel riuscì quasi a immaginarlo mentre diceva le stesse cose ad Anne e provò una strana sensazione a essere lì, in casa sua, ad ascoltarlo. Come se volesse, quasi, prendere il posto della moglie morta. Mentre Peter pronunciava qualche altra parola di saluto, si rimproverò di pensare simili sciocchezze. Non c'era niente di diverso dal solito in quello che Peter le aveva detto, tanto che se la prese con se stessa per aver dato libero sfogo, a quel modo, alla sua immaginazione. Come se volesse cancellare dal proprio cervello qualsiasi pensiero che lo riguardava, entrò nella stanza da bagno, aprì completamente i rubinetti della doccia e, dopo essersi spogliata buttando sul letto tutto quello che indossava, andò a mettersi sotto lo scroscio violento dell'acqua calda. Soltanto allora le venne in mente che avrebbe potuto scendere in piscina a fare una nuotata, ma non aveva voglia di andare all'aperto. Le occorreva ancora un po' di tempo per risvegliarsi completamente e schiarirsi le idee; quella notte era stata particolarmente lunga. Poi, uscendo dalla doccia, si rese conto che doveva assolutamente telefonare in ufficio a New York, e poi a Raquel. Telefonando aveva pregato il redattore capo dello studio di avvertire anche a casa di quel cambiamento di programmi, la sera prima, e sperava che se ne fosse ricordato. Raquel glielo confermò quando ottenne la comunicazione e poté parlarle. Le ragazze erano rimaste deluse quando non l'avevano vista tornare la sera prima, però lei aveva promesso che la mamma sarebbe arrivata l'indomani mattina. Poi telefonò in ufficio per confermare che tutto era andato ottimamente, come previsto. Poté anche informarli che il trapianto si era concluso con uno straordinario successo e che l'intervento era stato filmato integralmente, dal principio alla fine.

«Ne verrà fuori un servizio favoloso, cari miei! Vedrete!»

«D'accordo. Non vediamo l'ora di averti qui di nuovo con noi, Mel.» Purtroppo lei non era della stessa opinione. Non provava alcuna fretta di partire da Los Angeles né, tantomeno, di lasciare Peter. Le pareva di avere un mucchio di validi motivi per prolungare ancora la permanenza lì. Pattie Lou, Peter, Marie... tutti pretesti, lo capiva, ma la verità era che non se la sentiva di andarsene.

Riattaccò e si decise a vestirsi. Poi uscì da quella stanza per mettersi alla ricerca della signora Hahn. La trovò in cucina, affaccendatissima a preparare il brasato per la cena. Mel la ringraziò di nuovo per la colazione che le aveva portato al suo arrivo e si scusò di aver dormito tutto il giorno.

Ma la signora Hahn rimase imperturbabile. Sembrava che niente di quello che Mel le aveva detto l'avesse particolarmente colpita. «Il dottore mi ha spiegato il motivo per cui lei veniva qui da noi. Gradisce uno spuntino?» Come al solito, si rivelò efficientissima ma glaciale, c'era addirittura qualcosa che intimidiva nel suo modo di parlare e di muoversi. No, non era assolutamente il genere di donna che Mel sarebbe stata contenta di avere in casa a occuparsi dei suoi figli, tanto che si chiese se, per caso, anche Peter non la pensasse allo stesso modo. Le era sembrato un tipo più affettuoso, più ricco di calore umano e, senza una mamma... ma, ancora una volta, Mel ricordò che la signora Hahn era stata assunta da Anne. L'intoccabile Anne.

Mel ringraziò per l'offerta di uno spuntino ma disse che non aveva voglia di mangiare. Accettò soltanto una tazza di caffè nero e si preparò da sola un po' di pane tostato. Poi andò a sedersi nella stanza arredata con i mobili di bambù, piena di sole.

Le era sembrato subito il locale più luminoso di tutta la casa, quello in cui si sarebbe sentita più a proprio agio. Il lusso, la sontuosità e la freddezza formale delle altre stanze l'avevano subito intimidita mentre lì era tutto diverso. Si allungò comodamente su una sedia a sdraio mangiucchiando un pezzetto di pane tostato. Intanto contemplava il panorama silenzioso e tranquillo della piscina. Non udì il rumore di quei passi. Né, tantomeno, aveva immaginato di non essere da sola. Se ne accorse soltanto quando una voce sonante le domandò: «Che cosa ci fa qui, lei?»

Trasalì alzandosi di scatto a sedere da distesa com'era e, con quel brusco movimento, si versò un po' di caffè su una gamba. Per fortuna si era messa un paio di pantaloni di gabardine neri, così non si scottò. Voltandosi, vide che era stata Pam a parlare. «Ciao. Che sorpresa! Mi hai fatto quasi spaventare!» Sorrise, ma Pam restò cupa e accigliata a guardarla.

«Credevo che lei fosse a New York.»

«Infatti, c'è mancato poco che non partissi! Ma ho deciso di restare per assistere a un intervento di trapianto che tuo padre ha eseguito stanotte. È stato straordinario.» Un lampo di ammirazione le passò di nuovo negli occhi ricordando l'abilità delle mani di Peter, ma sua figlia non parve minimamente colpita da quello che Mel le stava raccontando e rimase imbronciata, guardandola con gli occhi torvi.

«Oh, certo.»

«Com'è andata la scuola, Pam?»

La ragazzina guardò Mel dritto negli occhi. «Questa era la stanza preferita di mia madre.»

«Lo posso capire. Anche a me piace, c'è tanto sole qui!» Ma questo commento produsse l'unico effetto di accrescere l'imbarazzo che era sorto fra loro e, del resto, era proprio quello che Pam voleva.

La ragazza andò lentamente a sedersi in fondo alla stanza, il più lontano possibile da Mel e guardò fuori. «Aveva l'abitudine di mettersi qui ogni giorno e di guardarmi giocare in piscina.» Quella stanza emanava una grande serenità. Doveva essere piacevole starci e, probabilmente, era stata scelta e arredata proprio per quello scopo. Mel guardò la ragazzina dritto in faccia e si accorse che era triste e desolata. A questo punto decise di affrontare la situazione di petto.

«Deve mancarti terribilmente.»

Il viso di Pam assunse una strana espressione, più dura. E lei restò a lungo silenziosa. Quando si decise a risponderle, disse: «Avrebbe potuto farsi fare l'operazione ma non si fidava di papà, non voleva che fosse lui a operarla». Era una cosa crudele e ingiusta da dire e Mel provò un fremito, dentro di sé, allibita al pensiero che Pam fosse arrivata a giudicare a quel modo la decisione di sua madre.

«Non credo che le cose fossero semplici come tu dici.»

La ragazzina si alzò in piedi di scatto. «Che cosa vuole saperne... all'infuori di quello che *lui* le ha raccontato?»

«Era una scelta che tua madre aveva il pieno diritto di fare.» Tuttavia Mel si accorgeva che stava avventurandosi su un terreno pericoloso. «A volte è difficile capire i motivi per i quali gli altri fanno certe cose.»

«In ogni caso, lui non avrebbe potuto salvarla.» Cominciò a girellare per la stanza, visibilmente innervosita, mentre Mel la osservava. «Ormai adesso sarebbe morta ugualmente, persino con un cuore trapiantato.» Mel annuì piano: con ogni probabilità era vero.

«Che cosa avresti voluto che facesse?»

Pam si strinse nelle spalle e si voltò dall'altra parte. Mel, però, si accorse che quelle spalle erano scosse da un tremito. Senza pensarci due volte, impulsivamente, le andò vicino. «Pam...» La costrinse dolcemente a voltarsi verso di lei e si accorse subito che la ragazzina aveva il viso inondato di lacrime. Allora la strinse affettuosamente fra le braccia e la lasciò piangere. Pam rimase per qualche minuto accasciata contro il petto di Mel, che le accarezzava piano i capelli. «Se tu sapessi come mi dispiace, Pam...»

«Già. Anche a me.» Alla fine si staccò bruscamente da lei e si mise a sedere, asciugandosi il viso con la manica del vestito. Quando guardò Mel, sulla sua faccia c'era una paurosa desolazione. «Le volevo tanto bene.»

«Sono sicura che anche lei ti voleva bene.»

«E allora perché non ha voluto tentare? Se non altro, sarebbe rimasta qui con noi almeno fino adesso!»

«Non so quale potrebbe essere la risposta a quello che dici, forse nessuno potrebbe dartela. Credo che tuo padre si domandi la stessa cosa di continuo. Ma dovete continuare a vivere. Non vi resta altro da fare, per quanto doloroso possa essere.» Pam annuì in silenzio e la guardò.

«C'è stato un periodo in cui avevo smesso di mangiare. Volevo morire anch'io.» Perlomeno era quello che aveva detto la psichiatra. «Secondo Mark, l'ho fatto soltanto per creare un problema a papà, ma non è vero. Era più forte di me. Non ce la facevo a inghiottire un solo boccone.»

«Ma tuo padre, questo, lo capisce. Adesso come ti senti? Un po' meglio, vero, rispetto ad allora?»

«A volte, sì. Non lo so...» Aveva l'aria disperatamente triste e, purtroppo, c'era poco che Mel potesse dirle per confortarla. L'unica cosa utile avrebbe potuto essere quella di assisterla e restare con lei. Purtroppo, Pam aveva due fratelli nessuno dei quali poteva esserle di grande aiuto, una governante tedesca che non le offriva il minimo calore umano e un padre troppo impegnato a salvare la vita di altre persone. Era indubbio che avesse bisogno di qualcuno che le desse coraggio... ma chi? Per un attimo Mel si rammaricò di non potersi assumere lei stessa quell'incarico, ma aveva la propria vita da vivere a quattromilacinquecento chilometri di distanza, le sue figlie, i suoi problemi, il suo lavoro.

«Senti, Pam! Mi piacerebbe moltissimo che, una volta o l'altra, tu venissi a trovarmi a New York.»

«Le sue figlie probabilmente mi prenderebbero per una povera idiota. È quello che fanno i miei fratelli.» Tirò su rumorosamente col naso; adesso, a guardarla così afflitta e disperata, sembrava una bambina.

Mel le rivolse un sorriso pieno di dolcezza. «Mi auguro che siano più sensibili, perché, vedi, non sempre i maschi ci capiscono. Mark è tutto preso dalla propria vita; anche lui ha i suoi problemi perché sta diventando una persona adulta, e deve imparare ad adattarsi a questo stato di cose. E Matt è troppo piccolo per poterti essere di aiuto.»

«No, non è vero», interloquì una vocina. Nessuna delle due l'aveva visto entrare. Era appena tornato a casa dalla scuola. Lo aveva riaccompagnato uno dei genitori che, a turno, andavano a prendere e riportavano a casa i bambini di un certo gruppo di famiglie, ogni giorno, con l'automobile. «So fare il mio letto, faccio il bagno da solo e sono anche capace di cuocere la minestra.» Perfino Pam rise a questa battuta e Mel gli rivolse un sorriso.

«Lo so che sei un bambino meraviglioso!»

«Sei tornata!» Sembrava molto contento. Le venne vicino e si mise a sedere.

«Ho solo pensato di rimandare di un po' la mia partenza. Come ti è andata oggi, caro?»

«Abbastanza bene.» Poi fissò con maggiore attenzione Pam. «Come mai ti sei messa a piangere di nuovo?» Prima che sua sorella potesse rispondere si voltò verso Mel: «Non fa che piangere. Come sono stupide le ragazze».

«No, non è vero. Tutti piangono. Anche gli uomini grandi.»

«Il mio papà non piange mai.» Aveva parlato con enorme orgoglio e Mel si domandò se Peter non avesse scelto, di fronte al proprio figlio più piccolo, di recitare la parte del superuomo.

«Sono pronta a scommettere che piange anche lui.»

«No, impossibile.» Lo disse in tono fermo ma Pam intervenne.

«Sì, invece! Piange anche lui. Io l'ho visto, una volta. Dopo...» ma non pronunciò le altre parole per concludere la frase. Non ce n'era bisogno. Avevano capito tutti. Matt le lanciò un'occhiataccia.

«Non è vero. È forte, papà. Anche Mark è forte.» A questo punto arrivò la signora Hahn la quale costrinse Matthew a seguirla per lavarsi le mani e la faccia. Lui fece del suo meglio per resistere ma con lei c'era poco da scherzare. Così Mel e Pam restarono di nuovo sole.

«Pam...» Mel allungò una mano per accarezzare quella della ragazzina «...se c'è qualcosa che posso fare per te, se hai bisogno di un'amica, telefonami. Prima di partire ti lascio il mio numero. Chiamami in qualsiasi momento e ricordati che voglio che la telefonata sia sempre a mio carico. La pagherò io. Sono abbastanza brava ad ascoltare, se qualcuno ha bisogno di parlare con me e.... poi New York non è così lontana!» Pam la stava fissando con occhi guardinghi ma, alla fine, si decise a fare un cenno di assenso.

«Grazie.»

«Guarda che lo dico sul serio. E ricordati, in qualunque momento tu abbia bisogno di me!»

Pam annuì di nuovo e si alzò in piedi. «Adesso sarà meglio che vada a fare i compiti. Ha intenzione di partire presto?» Fece questa domanda in un tono che era a metà speranzoso, a metà no, come del resto erano i suoi sentimenti nei confronti di Mel. Stranamente incerti e confusi.

«Parto stasera per New York ma, con ogni probabilità, mi fermerò qui fin verso le otto.»

«Mangerà con noi?» Sembrava che questa idea le garbasse poco e Mel ricordò subito quello che aveva detto.

«Può darsi. Non ne sono ancora sicura. Ti dispiacerebbe molto se restassi?»

«No, per carità!» Poi, quando era già sulla soglia, si voltò ancora a domandare: «Vuole anche oggi il mio costume da bagno in prestito?»

«No, credo che oggi rinuncerò alla nuotata ma ti ringrazio ugualmente.»

«Si figuri!» Le fece un altro cenno della testa, come di saluto, e scomparve. Ma erano passati solo pochi minuti quando Matthew si precipitò di nuovo nella stanza, portando con sé due libri perché glieli leggesse. Si capiva subito che Matthew, come sua sorella, aveva un terribile bisogno di affetto ma, anche, di qualcuno che si occupasse di lui. Matt la tenne piacevolmente impegnata fino a quando Peter rientrò e, in quel momento, Mel capì che stava scontando anche lui le fatiche durissime, fisiche e psichiche, di quella giornata. Aveva profonde occhiaie e a Mel dispiacque di vederlo così stanco. Perché... quanto c'era ancora da fare anche qui! I suoi figli avevano mille esigenze, completamente diverse da quelle dei suoi pazienti dell'ospedale, e si capiva subito che la sua professione richiedeva da lui una quantità enorme di tempo e di energia. C'era da meravigliarsi che gliene restassero ancora da dedicare ai suoi figli, eppure eccolo pronto a dare tutto quello di sé che gli era possibile.

«Come sta Marie?» Lo sguardo che Mel gli rivolse era pieno di preoccupazione e Peter sorrise stancamente.

«Procede molto bene. Come hai fatto a passare con Matthew tutto il pomeriggio? Non ti ha fatto ammattire?»

«No, assolutamente! E ho fatto anche una bella chiacchierata con Pam.»

Peter la guardò meravigliato. «Bene, è già qualcosa. Vuoi venire nello studio a bere un bicchiere di vino con me?»

«Certo.» Lo seguì per tutta la casa e, quando raggiunsero lo studio, lei si scusò di nuovo per aver approfittato così largamente della sua ospitalità.

«Non dire sciocchezze! La notte scorsa è stata molto stressante. E allora... per quale motivo non avresti dovuto approfittarne e restar qui ancora un altro giorno?»

«Sei stato davvero molto carino.»

«Bene.» Le sorrise e le porse un bicchiere di vino. «Anche tu lo sei.» Di nuovo sembrava più affettuoso con lei. Come aveva dimostrato chiaramente anche sua figlia, pareva che provasse una strana alternanza di sentimenti nei suoi confronti: ora calore umano e affetto, ora freddezza; d'altra parte anche lei era in preda alle stesse emozioni contrastanti né era completamente sicura del modo in cui affrontarle e risolverle. Così, si limitò a fissarlo negli occhi mentre sorseggiava il vino; poi ripresero a chiacchierare con maggiore disinvoltura, di argomenti relativi all'ospedale che, ormai, le pareva quasi una seconda casa. Non avevano ancora finito il secondo bicchiere di vino, quando la signora Hahn bussò con qualche colpetto ben distinto alla porta.

«La cena è servita, dottore.»

«Grazie.» Peter si alzò in piedi e Melanie lo imitò, incamminandosi di fianco a lui verso la sala da pranzo dove furono subito raggiunti da Pam, Matt e Mark che era arrivato a casa pochi minuti prima. Mel si trovò di nuovo coinvolta nella loro vivace conversazione, fatta di rapide botte e risposte. Si accorse con stupore di trovarsi perfettamente a proprio agio con tutti loro tanto che, quando venne il momento di andarsene per prendere il volo per New York, provò un sincero rammarico. Strinse Pam a lungo, affettuosamente, fra le braccia; diede un bacio a Matt; una stretta di mano a Mark, ringraziò la signora Hahn ed ebbe la chiara e netta sensazione di lasciare dei vecchi amici. Infine si voltò verso Peter e strinse la mano anche a lui.

«Grazie ancora. Posso dire sinceramente che oggi è stata la giornata più bella di tutte.» Diede ancora un'occhiata ai ragazzi che si erano raccolti a salutarla, poi tornò a rivolgersi a Peter: «E adesso sarà meglio che chiamiamo un tassì altrimenti sarete costretti a sopportare ancora la mia presenza tra voi!»

«Non dire sciocchezze. All'aeroporto, ti accompagno io.»

«Non ci pensare neppure! Come se non bastasse, sei stato in piedi tutta la notte! E non hai dormito tutto il giorno, come me.»

«Ho dormito più che abbastanza. Su, vieni, basta con tutti questi complimenti!» La sua voce si era fatta quasi aspra. «Dov'è la tua valigia?»

Mel si mise a ridere. «A New York, ad aspettarmi, almeno così spero.» Lui assunse un'espressione perplessa e Mel gli spiegò lo svolgersi dei fatti. «L'altra sera, quando mi hai telefonato, ormai l'avevo già consegnata perché la caricassero sull'aereo.» Allora anche Peter scoppiò a ridere.

«Sei proprio una donna in gamba che sa prender la vita sportivamente, tu!»

«Un po' acciaccata, magari, ma... quanto a prender la vita sportivamente... questo è vero! A parte il fatto che non avrei voluto perdere l'occasione che mi offrivi per nessuna cosa al mondo.» Abbassò di nuovo gli occhi sulla camicetta di seta spiegazzata che aveva completamente dimenticato di avere addosso nelle poche ore precedenti. Lì, con tutto quello che era successo, lo stato pietoso dei suoi vestiti non le era certo sembrato una cosa importante. «Ti prego, non essere ostinato. Lasciami chiamare un tassì.» Diede un'occhiata all'orologino da polso. Le otto e un quarto. «Devo proprio scappare.»

Lui tirò fuori di tasca le chiavi dell'automobile e gliele agitò sotto il naso. «Su, vieni. Andiamo.» Poi, rivolgendosi ai ragazzi e alla signora Hahn, aggiunse: «Se dovesse telefonare l'ospedale, sarò a casa fra un paio d'ore. Ho con me il mio radio-telefono, quindi possono chiamarmi ugualmente, se fosse necessario». Tanto per non correre rischi, prima di uscire aveva già telefonato all'ospedale per avere ancora notizie sia di Marie sia di Pattie Lou e il medico interno, incaricato della loro assistenza, aveva risposto che tutto procedeva bene. Quindi, rassicurato da queste parole, Peter scortò Mel alla porta, lei salutò con un cenno i ragazzi per l'ultima volta e salirono sull'auto. Mel continuava a pensare che, lì a Los Angeles, c'era sempre stato qualcun altro a prendere le decisioni per lei ma era un cambiamento piacevole visto che di solito, invece, toccava soltanto a lei, e in ogni senso.

«C'è da dire una cosa per quel che ti riguarda, caro

dottore! Ho l'impressione che tu abbia cominciato a fare le scelte per conto mio senza lasciarmi neppure il tempo di risponderti che non sono d'accordo.»

Lui si mise a ridere. «Forse questo capita perché sono abituato a dare ordini quasi di continuo.» Le sorrise. «E a essere ubbidito.»

«Anch'io», ridacchiò Mel. «Però è un piacevole cambiamento, una volta tanto, prendere ordini da qualcuno, perfino se si tratta di una questione tanto semplice come quella di non chiamare un tassì.»

«È il minimo che possa fare. Sei stata letteralmente la mia ombra per quattro giorni e ho il vago sospetto che tu sia riuscita a mettere insieme un servizio straordinario.»

«Questo non puoi dirlo fino a quando non avrai visto il risultato finale.»

«Però lo posso intuire dal modo in cui sei abituata a lavorare.»

«Quanta fiducia hai in me! Non sono del tutto sicura di meritarla.»

Peter la guardò di nuovo: «Sì, invece, che te la meriti». Poi, aggrottando le sopracciglia, domandò: «A proposito, come sono andate le tue quattro chiacchiere con Pam?»

Mel sospirò. «È stato un discorso molto commovente. Non si può davvero dire che sia molto felice quella ragazzina, eh?»

«Disgraziatamente è fin troppo vero!»

«Continua a tormentarsi per Anne.» Le parve strano pronunciare il nome della moglie di Peter e provò un vago imbarazzo. «Credo che, con il passare del tempo, le cose si sistemeranno. Quello di cui ha soprattutto bisogno è una persona con cui parlare.»

«È già da un po' che la mando da uno psicanalista», si affrettò a ribattere Peter in tono difensivo.

«Secondo me, le occorre ben altro. E...» ebbe un attimo d'incertezza poi decise di rischiare: «La signora Hahn non mi sembra un tipo molto affettuoso».

«Non lo è, almeno esteriormente, però vuole un gran bene a quei ragazzi. Ed è molto brava e capace.»

«Pam ha bisogno di qualcuno con cui parlare, Peter! E anche Matt.»

«E che cosa mi suggeriresti, allora?» La sua voce, adesso, era diventata amara. «Che mi cerchi un'altra moglie soltanto per loro?»

«No. Se riuscirai ad avere una vita normale, col tempo te ne troverai una senza accorgertene.»

«Non era quello che avevo in mente.» Si accorse che stringeva i denti e la sua mascella si induriva. Capì, allora, che erano molto stanchi tutti e due, più di quanto non pensassero.

«Perché no? Sei stato felicemente sposato una volta, non vedo perché non potresti esserlo una seconda!»

«Non sarebbe mai la stessa cosa.» Guardò Mel con tristezza. «E poi, tutto sommato, non ho nessuna voglia di risposarmi!»

«Non puoi rimanere solo per il resto dei tuoi giorni.»

«Perché no? Tu non ti sei più risposata. Per quale motivo dovrei farlo io?» Sì, questo era un punto molto valido a suo favore.

«Io non sono il tipo che si sposa. Tu, sì.»

Lui scoppiò in una risata: «Be', questa sì che è divertente! E per quale motivo tu non saresti il tipo che si sposa due volte?»

«Perché no. Sono troppo presa dal mio lavoro per aver voglia di crearmi un altro legame.»

«Non ci credo. Secondo me, hai paura.» Mel dovette imporsi con uno sforzo di non trasalire a sentirgli pronunciare queste parole: Peter aveva toccato un punto dolente.

«Paura?» Rispondendogli, riuscì ad assumere un tono meravigliato. «E di che cosa?»

«Di un impegno così grosso, dell'amore, di vivere in intimità con una persona. Non lo so. Non ti conosco abbastanza bene per poterlo dire.» Però era innegabile che le avesse letto nel cuore, e con molta chiarezza. Mel non gli rispose subito. Taceva fissando il buio della notte mentre l'automobile correva veloce sulla strada. Alla fine si voltò a guardarlo: «Con ogni probabilità, hai ragione. Ma ormai sono troppo vecchia per cambiare».

«A trentadue, trentaquattro, trentacinque anni o quelli che hai? Frottole, cara mia!»

«No, non è vero. Ne ho trentacinque.» Sorrise. «E, poi, la mia vita mi piace così com'è.»

«Ti piacerà un po' meno quando le tue figlie se ne saranno andate per i fatti loro!»

«Se è per questo, farai bene a pensarci anche tu, perché verrà lo stesso momento anche per te. Nel tuo caso, però, i tuoi figli hanno bisogno adesso di qualcuno, come ne hai bisogno tu!» Poi, di colpo, guardandolo, scoppiò in una risata fragorosa. «Ma ti rendi conto che stiamo dicendo delle cose assurde? Siamo qui, quasi a litigare, e ci arrabbiamo... e gridiamo che ognuno di noi due farebbe meglio a pensare a sposarsi. E quasi non ci conosciamo!»

Lui le scoccò un'occhiata. Aveva una strana espressione dipinta in viso. «Lo strano, invece, è che ho la sensazione di conoscerti benissimo. Mi sembra addirittura che tu sia qui da anni!»

Lei si fece pensierosa. «È quello che provo anch'io, sebbene non abbia alcun senso.» Poi, improvvisamente, si trovarono all'aeroporto. Il tragitto era stato fin troppo breve. Peter riuscì a trovare un sorvegliante al quale diede una generosa mancia in modo da poter lasciare l'automobile posteggiata lungo il marciapiede e seguì Mel dentro, dispiaciuto di non aver avuto altro tempo per chiacchierare a quattr'occhi con lei. Dopo la notte precedente gli pareva che fosse sorta fra loro una strana intimità, più forte di prima. Come se avessero lottato insieme per ottenere qualcosa di raro e speciale: la salvezza della vita di una giovane donna. Era un po' come diventare camerati, quando si combatte insieme in guerra, o perfino qualcosa di più... Peter era ancora più addolorato del giorno prima di vederla partire.

«Bene, fammi sapere com'è riuscita la ripresa dell'intervento.» Un po' imbarazzati, erano fermi vicino all'uscita del volo di Mel, che era stato appena annunciato. In quel mentre lei provava un languido, curioso desiderio di sentirsi stringere dalle braccia di Peter.

«Certo. Abbi cura di te. Non stancarti troppo. E saluta tanto affettuosamente i ragazzi.»

C'era qualcosa di *dejà vu* in quella scena ma, stavolta, era venata da una commozione più intensa, anche se non si manifestava esteriormente. «E ricordati di salutare per me anche Marie e Pattie Lou.» La voce di Mel si era fatta dolcissima.

«Riguardati anche tu. Non lavorare troppo, Mel.»

La scrutò intensamente con gli occhi ma non c'erano parole per esprimere la confusione dei sentimenti che provava. Non era possibile avere un attimo di intimità o sentirsi isolati dal resto del mondo, lì dentro; d'altra parte, Peter non riusciva ancora a capire chiaramente quello che provava per lei.

«Grazie di tutto.» Dopo aver pronunciato queste parole, Mel lo baciò rapidamente su una guancia, lasciandolo stranamente turbato, e si allontanò verso l'uscita con un ultimo cenno della mano. Poi scomparve. Peter era rimasto immobile a guardarla allontanarsi. Ma, proprio in quel momento, il radio-telefono che portava con sé si mise a ronzare e fu costretto a precipitarsi il più in fretta possibile verso un telefono. Impossibile attendere che l'aeroplano decollasse. Richiamò l'ospedale perché il medico interno al quale aveva affidato l'assistenza continua a Marie aveva un problema da sottoporgli. La giovane donna, adesso, aveva un po' di febbre e lui voleva sapere se Peter desiderava variare la dose di una delle medicine che le somministravano. Peter gli rispose infatti di ritoccarla nel modo più opportuno e uscì lentamente per andare a prendere l'automobile. Non pensava a Marie ma, piuttosto, a Mel, proprio mentre il suo aeroplano stava decollando. Mentre il gigantesco uccello d'argento si levava nel cielo, Mel abbassò lo sguardo verso gli sterminati parcheggi che vedeva sotto di sé, chiedendosi dove si trovasse Peter e se avrebbe mai più rivisto lui o i suoi figli. Stavolta non c'erano dubbi nel suo cuore. Era molto triste all'idea di dover partire e ancora più triste al pensiero di tornare a casa. In quel momento non riuscì neppure più a convincersi che non poteva essere vero. Rimase a fissare il cielo fuori del finestrino con uno sguardo assente. Pensava a Peter e ai quattro giorni appena passati. Non poteva negare di provare una forte attrazione nei suoi confronti, ma si rendeva conto che non c'era niente da fare. Vivevano due vite completamente diverse in due mondi altrettanto diversi, in due città che si trovavano a quattromilacinquecento chilometri di distanza. Purtroppo, la situazione era questa e niente poteva cambiarla.

Capitolo 10

Il viaggio di ritorno a New York si svolse tranquillamente e senza incidenti. Mel si affrettò a tirar fuori un blocco di fogli e ad annotare rapidamente qualche appunto su quello che aveva fatto nei giorni precedenti finché ne avesse ancora il ricordo fresco e bene impresso nella memoria. Perché, nel preparare il commento che doveva accompagnare quel servizio, c'erano parecchi argomenti che voleva trattare. Alla fine, sentendosi letteralmente svuotata, richiuse il blocco e appoggiò la testa contro il sedile, chiudendo gli occhi. La hostess le aveva offerto ripetutamente un po' di vino, dei cocktail, o dello champagne ma lei aveva sempre rifiutato. Voleva restare sola con i propri pensieri ma, dopo un po', finì per appisolarsi. E continuò a dormire per le ultime tre ore del viaggio. Il tragitto dall'Ovest verso l'Est avveniva sempre troppo in fretta per poter riposare abbastanza a lungo. C'era un forte vento di coda che faceva procedere l'aereo a una velocità superiore al previsto tanto che arrivarono senza difficoltà a New York in meno di cinque ore. Mel si svegliò quando si sentì risuonare nelle orecchie l'annuncio che stavano per atterrare e una delle assistenti di volo le toccò un braccio, pregandola di allacciarsi la cintura di sicurezza.

«Grazie.» Alzò verso la giovane donna due occhi pieni di sonno e soffocò uno sbadiglio mentre si affrettava a eseguire quello che le era stato richiesto. Poi aprì la borsetta e tirò fuori un pettine. Aveva la sensazione di aver vissuto giorni e giorni sempre con gli stessi abiti addosso e, di nuovo, si domandò se avrebbe trovato la valigia, partita prima di lei, ad aspettarla a New York. Le sembrava che fosse passato un secolo dal momento in cui stava per salire sull'aereo, a Los Angeles, all'incirca trenta ore prima, per poi rinunciare a partire non appena aveva parlato al telefono con Peter. Fu logico quindi che il suo pensiero tornasse ancora una volta a lui. Chiuse gli occhi e le parve di avere il suo volto ancora più nitido davanti agli occhi. Allora s'impose con uno sforzo di riaprirli e, in quel momento, l'aereo toccò la pista dell'aeroporto di New York. Eccola a casa. L'aspettava una mole spaventosa di lavoro da svolgere sia per il suo solito notiziario serale sia per il servizio che aveva filmato a Los Angeles e le interviste fatte a Peter e a Pattie Lou. Come se non bastasse, doveva anche recuperare il tempo perduto per tutto quello che riguardava l'andamento della casa e le ragazze. Aveva la propria vita da vivere, eppure non riusciva a capire per quale motivo provasse tanta tristezza e tanto rammarico all'idea di essere tornata. Avrebbe voluto poter prolungare la sua permanenza a Los Angeles ma non aveva più alcun pretesto per farlo e non avrebbe proprio saputo a che cosa appellarsi per giustificare un ritardo del genere alla stazione televisiva per la quale lavorava.

Trovò la sua valigia che la aspettava nel reparto speciale dell'aeroporto in cui si ritiravano i bagagli non reclamati all'arrivo, se la fece consegnare, uscì dall'aeroporto e chiamò un tassì che partì subito a gran velocità verso New York City. Non c'era il minimo traffico alle sei e mezzo del mattino e il sole allungava già i suoi raggi dorati attraverso il cielo. Li riflettevano le finestre dei grattacieli che creavano in lontananza un paesaggio dalle linee irregolari. Appena attraversato il ponte, mentre viaggiavano verso Sud sulla East River Drive, Mel sentì nascere uno strano fremito dentro di sé. Era la reazione che provava all'arrivo a New York. Che splendida città! E, di colpo, pensò che non era poi così brutto essere di nuovo a casa. Perché era lì che si sentiva a proprio agio, il luogo dove si sentiva realmente se stessa. Mentre sorrideva lievemente, si accorse che l'autista la guardava incuriosito attraverso lo specchietto. Le capitava spesso che la gente cercasse di ritrovare in lei qualcosa di familiare e di identificarla. Era quello che stava succedendo in quel momento anche all'autista del tassì il quale si arrovellava per ricordare chi fosse Mel, ma senza successo. Chissà! Forse la sconosciuta era già salita altre volte a bordo della sua vettura oppure si trattava della moglie di qualche personaggio importante, un uomo politico o un attore del cinema e gli era capitato di vederla spesso alla televisione.

«È stata via un po'?» le chiese, continuando a lambiccarsi il cervello nella speranza di capire chi fosse.

«No, solo qualche giorno. Sulla costa occidentale.»

«Già», rispose l'uomo, assentendo, e svoltò nella 79ª Strada, puntando verso Ovest. «Anch'io ci sono stato una volta. Ma non c'è nessun posto che valga New York!»

Mel sorrise. I newyorkesi erano una razza speciale, straordinariamente fedele nei confronti della città in cui vivevano malgrado le sue strade sporche, dovi si ammucchiavano i rifiuti di ogni genere e dove regnavano sovrani il delitto, l'inquinamento, la sovrappopolazione... Nonostante questo, New York possedeva una caratteristica che era impossibile trovare altrove, una sorta di carica elettrica che riusciva a penetrare fino in fondo al cuore, nell'intimo di ogni persona. A Mel pareva di sentirla in quel momento, mentre la città ricominciava a vivere lentamente davanti ai suoi occhi che la osservavano dal finestrino.

«È proprio una grande città.» L'autista pronunciò queste parole con tutta l'enfasi e l'entusiasmo di chi, a New York, viveva da sempre e ci era nato. Mel si dichiarò d'accordo.

«È quello che penso anch'io.» Si accorse improvvisamente che provava una vera felicità a ritrovarsi di nuovo a New York e quando il tassì si fermò davanti a casa, si sentì il cuore colmo di gioia.

Moriva dalla voglia di rivedere le ragazze. Pagò il tassista, portò dentro la valigia, la depose sul pavimento dell'anticamera e salì le scale facendo i gradini a due a due per l'impazienza di rivedere le sue adorate gemelle. Dormivano sia l'una sia l'altra. Mel entrò senza far rumore nella camera di Jessica e si mise a sedere sul letto osservandola. I capelli color fiamma erano sparsi sul cuscino e quando sentì la voce della mamma la ragazza si agitò lievemente nel sonno. Aprì un occhio. «Ciao, pigrona.» Poi Mel si chinò a darle un bacio su una guancia e Jessie sorrise.

«Ciao, mamma. Sei tornata!» Si mise a sedere sul letto, si stiracchiò lentamente poi buttò le braccia al collo della madre con un sorriso pieno di sonno. «Com'è andato il viaggio?»

«Benissimo. Però sono contenta di essere tornata.» E stavolta lo diceva con convinzione. Era sincera. Si sentiva così bene, a proprio agio! Ormai si era lasciata alle spalle la California, insieme a Peter Hallam, a Marie Dupret, al Center City Hospital e a tutto quello che aveva fatto da quando aveva lasciato New York. «Abbiamo realizzato un servizio eccezionale!»

«Hai potuto assistere a un'operazione sul cuore?» domandò Jessie, piena di curiosità. Avrebbe dato chissà che cosa per poter essere al posto di sua madre mentre la sua gemella si sarebbe sentita svenire al solo pensiero.

«Certo! Ieri notte mi sono fermata ad assistere a una operazione di trapianto... no, veramente è stata la notte precedente...» Aveva una gran confusione in testa sui giorni e sulle date. Sorrise. «Comunque, che fosse una o l'altra notte non ha importanza... è stato un successo. Un'operazione meravigliosa, Jess.»

«Potrò vedere il filmato?»

«Naturalmente. Puoi venire in redazione, prima che il servizio venga trasmesso.»

«Grazie, mamma.» Scese lentamente dal letto. Le sue gambe snelle e affusolate sembravano ancora più lunghe sotto la corta camicia da notte rosa e Melanie uscì per andare a vedere come stava l'altra gemella. Valerie era a letto, sepolta sotto le coperte, profondamente addormentata, e per quanto la scuotesse delicatamente per una spalla, Melanie ci mise del bello e del buono a svegliarla. Alla fine le tolse di colpo la coperta e tentò di tirarle via anche le lenzuola finché Val, finalmente, si svegliò e cominciò a brontolare con voce sonnacchiosa:

«Piantala, Jess...» Poi aprì gli occhi e vide che, invece, si trattava di Melanie. La fissò con aria confusa. Era frastornata, perché non si ricordava più che la mamma stava per tornare. «Come mai sei qui?»

«Bel modo di darmi il benvenuto! Per quel che ne so, fino a pochi giorni fa abitavo anch'io in questa casa!»

Valerie le sorrise con l'aria ancora imbambolata dal sonno e si voltò su un fianco. «Mi ero dimenticata che saresti tornata a casa oggi.»

«E allora? Che cosa avevi in mente di fare? Di dormire tutto il giorno e di non andare a scuola?» Veramente sulla questione «scuola» Melanie non aveva mai avuto grosse preoccupazioni per nessuna delle due gemelle anche se Valerie, ogni tanto, si dimostrava meno coscienziosa di sua sorella.

«Che magnifica idea! In fondo, la scuola sta per finire.»

«E allora che cosa ne diresti di fare un piccolo sforzo e di tirare avanti per altri quindici giorni?»

«Oh, mamma...» Cercò di chiudere gli occhi e riprendere sonno con uno sbadiglio. Melanie, invece, cominciò a farle il solletico. «Smettila!» Si mise a sedere di scatto sul letto con un gridolino acuto, cercando di difendersi dalle mani leggere di Mel. Mentre stavano ridendo entrambe a crepapelle entrò anche Jessica la quale, senza pensarci due volte, spiccò un salto e si buttò nella mischia per dare una mano a Mel. Non era passato neppure un minuto che il letto si era trasformato in un campo di battaglia dove ferveva una sfrenata lotta a colpi di guanciale. Era stata Valerie a cominciarla, nel tentativo di difendersi e, poco dopo, si trovarono tutte e tre distese fra le coperte in disordine, ridendo sfrenatamente, stremate e ansanti. Mel, malgrado tutto, sentiva il cuore pieno di gioia. Qualsiasi cosa facesse, ovunque andasse, come era sempre bello tornare a casa dalle sue ragazze! Aveva appena finito di fare questa riflessione quando si scoprì a pensare a Pam, a Los Angeles, e a quanto fosse diversa la vita della ragazzina dalla propria e da quella delle sue figlie. Come le avrebbe fatto bene frequentare un po' le gemelle, vivere la loro vita... e com'era sola, invece! Mentre facevano colazione, dopo che le gemelle si erano vestite, si mise a descrivere i ragazzi Hallam, soprattutto Pam, e le parve che Valerie e Jessica non nascondessero la pena che provavano nei suoi confronti quando Mel spiegò anche, con abbondanza di particolari, la storia della morte di Anne.

«Certo che deve aver passato dei momenti davvero brutti!» Valerie, che era la più facile alla compassione delle due gemelle, fu anche la prima a manifestare il proprio dispiacere. Ma, subito dopo, domandò con un sorrisino malizioso: «E che tipo è suo fratello? Scommetto che è un bel ragazzo».

«Val!...» esclamò Jessie con un'occhiata piena di disapprovazione. «Possibile che tu non sia capace di pensare a nient'altro?»

«Che cosa c'è di male? Scommetto che è un tipo interessante.»

«Che cosa te ne importa? Non vive nemmeno qui! Probabilmente, a Los Angeles, ci sono un sacco di ragazzi simpatici e intelligenti. Che cosa vuoi che ti serva se tu abiti a New York?» Jessie non nascose di essere stizzita, quando lanciò un'occhiata piena di indignazione a Val, e Mel, in cuor suo, se ne divertì moltissimo.

Mentre finiva di sorseggiare la sua tazza di tè, domandò alla sua figlia minore: «Questo vorrebbe dire che hai esaurito tutti quelli disponibili che ci sono qui a New York?»

Val scoppiò in una risata. «C'è sempre posto per uno in più!»

«Io non riesco a capire come tu faccia a non confonderli e, soprattutto, a ricordare i loro nomi senza sbagliarti!»

«Secondo me, non ci riesce!» Interloquì prontamente Jessica. Quando si parlava di questo argomento, non nascondeva mai la propria disapprovazione per il modo di comportarsi di

Val. In questo senso, Jess assomigliava molto di più a Mel: era indipendente, cauta e preferiva non gettarsi a capofitto in una relazione troppo impegnativa con un ragazzo... A volte, anzi, era fin troppo prudente... e Mel se ne rammaricava. Si capiva chiaramente che il suo stile di vita personale aveva lasciato un'impronta molto significativa sulla maggiore delle due gemelle e, chissà, forse su tutte e due. Non si poteva escludere che fosse proprio questo il motivo per il quale Val era sempre così ansiosa di non restare mai senza un ragazzo. Non voleva finire come Mel. «Se tu sapessi... per il corridoio della scuola, appena li vede, è tutta sorrisi e smorfie... ma io ho l'impressione che se ne infischi altamente di tutti!» In queste occasioni, come Mel ben sapeva, Jessica dimostrava chiaramente di disapprovare il modo di comportarsi della sorella, non di esserne gelosa. Lo spasmodico interesse di Val per l'altro sesso pareva molto sciocco e un po' volgare a Jess, che rivolgeva la propria attenzione a progetti molto più importanti, di carattere intellettuale o scientifico. Ma non mancava anche lei di un codazzo di amici e di ragazzi che le facevano la corte, come Mel le ricordò garbatamente quando Val le lasciò per andare a prendere i libri di scuola. «Lo so! Però Val si comporta come se non avesse un briciolo di buon senso. E, poi, non fa che pensare all'altro sesso, mamma!»

«Fra qualche anno vedrai che le passerà!»

«Mah!» Jessie si strinse nelle spalle. «Può darsi.» Poi uscirono in fretta e furia per raggiungere la scuola che si trovava a una decina di isolati di distanza, sulla 91ª Strada, nelle vicinanze dell'incrocio con la Quinta Avenue. Melanie venne lasciata a mettere un po' di ordine nei propri pensieri e a disfare la valigia. La sua intenzione era quella di recarsi alla stazione televisiva piuttosto presto, quello stesso giorno, per cominciare a riorganizzare gli appunti che aveva preso. Era appena uscita dalla doccia, alle dieci, quando squillò il telefono. Mel corse a rispondere, ancora bagnata, gocciolando acqua da tutte le parti. Era Grant e Mel sorrise non appena sentì la sua voce.

«Così sei tornata! Stavo veramente incominciando a pensare che te ne fossi andata per sempre!»

«Per carità! Niente di così tragico! Anche se, per quanto in un modo completamente diverso, l'ultimo giorno a Los Angeles, è stato abbastanza drammatico. Avevano trovato un donatore per una paziente alla quale occorreva un trapianto con estrema urgenza perché versava in condizioni molto critiche; allora ho rinunciato a partire all'ultimo momento e sono tornata all'ospedale per poter assistere all'operazione.»

«Bisogna dire che hai uno stomaco infinitamente più forte del mio.»

«Questo non lo so! Comunque è stato un intervento di un interesse straordinario, veramente affascinante da vedere!» Ancora una volta la visione di Peter le passò, in un lampo, per la mente. «Tutto sommato, è stato un ottimo viaggio. E tu, come stai?»

«Come sempre. Ho telefonato alle ragazze varie volte per controllare che tutto funzionasse come al solito e mi hanno risposto che stavano bene. Purtroppo non ho potuto tenermi altrettanto al corrente per quello che riguarda la loro vita mondana... mi spiace!»

«Ma se non ci riesco neanch'io! In ogni caso sei stato molto gentile a telefonare.»

«Se ben ricordi, ti avevo promesso che lo avrei fatto.» Sembrava contento di sentire la sua voce e anche Mel di parlargli.

«Come se l'è cavata la bambina?»

«Magnificamente. L'ultima volta che l'ho vista all'ospedale sembrava letteralmente rinata! Credimi, Grant, una cosa straordinaria!»

«È tutto merito di quel famoso cardiochirurgo? Era straordinario anche lui?» Sembrava che Grant avesse già intuito quali fossero i sentimenti di Mel nei confronti di Peter ma lei pensò subito che sarebbe stata una grossa sciocchezza se avesse ammesso con Grant che provava un profondo interesse per lui. Era troppo matura per simili sciocchezze! Meglio lasciare i colpi di fulmine di quel genere alle ragazzine come Val.

«È un uomo interessante.»

«Tutto qui? Si tratta di uno dei più grandi specialisti in cardiochirurgia dell'intero paese e non hai nient'altro da dirmi?» Poi, di colpo, scoppiò in una risata. La conosceva troppo bene. «Oppure c'è qualcos'altro che mi nascondi?»

«No, non c'è nient'altro. La verità è che ho avuto dei giorni letteralmente frenetici.» Avrebbe tenuto segreto, chiuso nel proprio cuore, quello che provava per Peter Hallam. Inutile parlarne con qualcun altro, nemmeno con Grant. Con ogni probabilità non lo avrebbe più rivisto e le sembrava che tacere fosse la cosa migliore.

«Bene, quando ti sei sistemata, Mel, dammi un colpo di telefono e vediamo di andare a bere qualcosa insieme un giorno o l'altro.»

«Senz'altro, contaci.» Però, a pensarci bene, al momento non ne aveva nessuna voglia. Si sentiva ancora un po' intontita, chiusa in un mondo tutto suo, dal quale non aveva ancora voglia di riemergere.

«Allora a presto, bambina.» Poi, dopo un attimo di pausa, aggiunse: «Sono contento che tu sia tornata».

«Grazie, anch'io.» Ma era una bugia. Perfino l'eccitazione di essere di nuovo a New York non le bastava. La sua città non le sembrava più affascinante come in passato.

Mentre usciva di casa, guardò l'orologino da polso e vide che erano le undici. A quell'ora, Peter doveva essere in sala operatoria. Così, all'improvviso, provò un irresistibile desiderio di telefonare all'ospedale e di informarsi sulle condizioni di Marie, ma capiva che avrebbe fatto meglio a controllarsi. Doveva rientrare sui soliti binari e riprendere il ritmo della sua professione. Non poteva accollarsi tutti i loro problemi come se fossero anche suoi: il cuore di Marie, i figli di Peter, la vita vuota e solitaria di Pam, quella del piccolo Matthew con i grandi occhi azzurri... di colpo si scoprì a provare un'intensa nostalgia di tutta quella gente! Ma scacciando con determinazione il loro pensiero dalla mente, chiamò un tassì e ben presto si trovò a correre verso il centro e si mise a guardare dal finestrino la città che tanto amava e la sua gente, che entrava in fretta nel grande magazzino *Bloomingdale* oppure scendeva le scale della metropolitana, chiamava i tassì a grandi gesti o entrava e usciva precipitosamente dai grattacieli, diretta al lavoro. Il solo fatto di trovarsi in una metropoli come New York era un po' come recitare in un film, tanto che Mel, ben presto, si sentì di nuovo piena di entusiasmo e di vivacità, anche se non aveva praticamente chiuso occhio, ed entrò nello stanzone dei telecronisti con un sorriso raggiante sulle labbra.

«Si può sapere che cosa ti prende?» le bofonchiò il redattore incaricato dei servizi speciali mentre la sorpassava quasi di corsa, stringendo fra le mani due contenitori di metallo per le pellicole.

«Sono contenta di essere tornata.»

Lui scosse la testa, borbottando mentre scompariva: «Che idiota!»

Mel trovò un mucchio di corrispondenza sulla scrivania, appunti, memorandum, riassunti delle notizie più importanti che non aveva potuto seguire durante la sua assenza; poi uscì nel corridoio per dare un'occhiata alle telescriventi. In Brasile c'era stato un terremoto; un'inondazione, in Italia, aveva causato centosessantaquattro vittime; il presidente era in partenza per le Bahamas dove avrebbe trascorso un lungo week-end a pescare. Le notizie del giorno non sembravano particolarmente buone o cattive e, quando la sua segretaria uscì per avvertirla che c'era una telefonata per lei, tornò in ufficio e sollevò il ricevitore senza neppure sedersi, e rispose distrattamente, scorrendo con gli occhi i foglietti pieni di appunti che le avevano messo sulla scrivania.

«Pronto. Qui, Melanie Adams.»

Dall'altra parte ci fu un istante di pausa come se, con quelle parole un po' brusche, avesse lasciato interdetto il suo interlocutore. Udì perfino un lieve ronzio, nel sottofondo, quello delle telefonate interurbane. Ma non ebbe neppure il tempo di chiedersi chi l'avesse chiamata. «È un brutto momento?» Riconobbe immediatamente la voce e si lasciò cadere di botto nella sedia, meravigliatissima di sentirla.

Chissà, forse adesso che aveva avuto un po' di tempo per pensarci, da quando lei era partita, cominciava a preoccuparsi per il famoso servizio speciale sui trapianti.

«No, assolutamente. Come stai?» La voce di Mel era dolce e sommessa tanto che lui, dall'altro capo del filo, provò lo stesso fremito misterioso, in fondo al cuore, che aveva sempre provato quando la sentiva parlare, fin dal primo momento in cui si erano conosciuti.

«Bene. Oggi ho finito prima del solito in sala operatoria e ho pensato di telefonarti per sentire se il viaggio di ritorno si era svolto senza incidenti. Hai ritrovato la tua valigia a New York?» Pareva titubante, ma lei si sentì felice di quella chiamata.

«Certo che l'ho trovata! Come va Marie?» Chissà... forse le aveva telefonato per darle qualche cattiva notizia.

«Tutto procede a meraviglia. Anzi, oggi... figurati che ha chiesto di te. E anche Pattie Lou. Lo sai che ormai quella bambina è diventata una celebrità, qui da noi?»

Mel si sentì salire le lacrime agli occhi e, improvvisamente, ancora una volta provò quello strano malessere che aveva già provato durante il viaggio in aereo, quel desiderio impossibile di essere a Los Angeles e non a New York. «Devi dirle da parte mia che le mando i miei saluti più affettuosi. Chissà... forse, quando si sentirà un po' meglio, potrei addirittura telefonarle!»

«Credo che le farebbe un enorme piacere. Come stanno le tue gemelle?» Sembrava all'affannosa ricerca di qualcos'altro da dirle e Mel, che se n'era accorta, ne rimase confusa e commossa al tempo stesso.

«Stanno benone. Credo che Valerie abbia preso un paio di cotterelle nei pochi giorni che io sono stata via; quanto a Jessica è invidiosissima per il fatto che sono riuscita ad assistere a un'operazione di trapianto. È la più seria delle due.»

«Sbaglio oppure è anche quella che vorrebbe studiare medicina?» Melanie si stupì che lui ricordasse questo particolare e sorrise. «Proprio lei. E stamattina ha fatto una bella predica a sua sorella rimproverandola per la pessima abitudine che ormai ha preso di scoprirsi innamorata di un nuovo ragazzo sei giorni su sette!»

Peter scoppiò a ridere nel suo piccolo studio dell'ospedale. Aveva raccomandato al centralino che gli addebitassero la telefonata facendola registrare sotto il numero di casa. «Anche noi abbiamo avuto, più o meno, lo stesso problema quando Mark aveva press'a poco l'età di Pam. Ma ho l'impressione che in questi ultimi anni si sia calmato.»

«Mah! Non ti illudere. Vedrai che cosa ti combinerà Matt!» riprese Mel. «Credo che farà una vera e propria strage di cuori femminili, il tuo caro bambino!»

Anche Peter si mise a ridere. «Ho l'atroce sospetto che tu abbia ragione.» Ci fu una pausa di silenzio, piacevole e non imbarazzante; poi fu Mel a riprendere il filo del discorso. «E Pam? Come sta?»

«Al solito. Non c'è niente di nuovo.» Peter sospirò. «Sai che ho l'impressione che le abbia fatto bene parlare con te? Se non altro, è stato un utile scambio di opinioni con qualcuno di diverso dalla solita signora Hahn.» Mel sentiva in cuor suo di non avere ancora il coraggio di dirgli quello che pensava della governante, così gelida e piena di sussiego. Non le sembrava opportuno intromettersi in questioni che non la riguardavano.

«Anche per me è stato un piacere parlare con Pam.» Le sembrava che quella povera ragazzina avesse un enorme bisogno di affetto ma che dovesse anche fare uno sforzo per liberarsi dal sordo rancore che la rodeva. Infine non riuscì a trattenersi dal chiedergli: «E... hanno ricevuto i pacchettini che ho mandato per loro?»

«Pacchettini?» Sembrava meravigliato. «Hai mandato qualcosa in regalo ai ragazzi? Non era necessario! Non avresti dovuto farlo!»

«Non sono riuscita a resistere, sai? Ho trovato un oggetto che mi è sembrato proprio adatto a Pam e, di conseguenza, non volevo che Matthew e Mark restassero a mani vuote. E, poi, sono stati molto gentili e hanno tollerato bene la mia invasione, non prevista, in casa loro! Come mi dicevi anche tu, non hanno più avuto molte visite né frequentato gente da quando... in quest'ultimo anno e mezzo...» si affrettò a continuare per evitare una pausa imbarazzante «... e quindi dev'essere sembrato strano ai tuoi figli vedermi comparire! Il minimo che potevo fare era mandar loro un piccolo dono per ringraziarli dell'ospitalità.»

Peter non le nascose di essere rimasto commosso da quel pensiero e le disse con voce intenerita: «Non avresti dovuto farlo, Mel. Per noi è stato un piacere averti nostra ospite!» Erano parole talmente affettuose che Mel provò quasi l'impressione di sentirsi sfiorare il viso da una carezza. Arrossì. C'era qualcosa di incredibilmente intimo nel tono di voce con il quale Peter le stava parlando, perfino per telefono, perfino con quattromilacinquecento chilometri di distanza fra loro, tanto che si scoprì a pensare di nuovo a lui sotto ben altri aspetti e si rimproverò di farlo. Era quasi impossibile non sentirsi affascinati da una personalità come la sua. Perché Peter le pareva al tempo stesso forte e vulnerabile, umile e gentile, eppure così consapevole dei miracoli che riusciva a realizzare. Una combinazione di qualità, questa, che aveva un'enorme attrattiva per Mel. Le erano sempre piaciuti gli uomini forti eppure li aveva sfuggiti... anche troppo spesso, forse! Le era sembrato più semplice e meno impegnativo accettare un rapporto con persone meno celebri e complicate.

«Sai che è stato un vero piacere lavorare con te?» Adesso non sapeva che cos'altro dire e continuava a non capire per quale motivo Peter le avesse telefonato. Soprattutto non voleva illudersi.

«Mi hai tolto le parole di bocca. Ti avevo chiamato proprio per dirtelo. Ero molto preoccupato per quell'intervista. Tu, invece, non mi hai fatto assolutamente pentire della decisione presa. È quello che pensano anche tutti gli altri, qui all'ospedale.» Ma il più soddisfatto era lui, naturalmente, anche se si guardò bene dal dirglielo.

«Bene, aspetta di vedere il filmato e credo che la tua soddisfazione sarà completa. Perlomeno è quello che spero.»

«Ne sono sicuro.»

«Grazie della fiducia che dimostri di avere nei miei confronti!» Era sinceramente convinta di quello che stava dicendo, però provava anche qualcos'altro, in fondo al cuore, che non riusciva ancora bene a spiegarsi.

«Non si tratta soltanto di quello, Mel. Io...» Non sapeva bene quali parole usare per esprimere quello che provava e, di colpo, si domandò se non aveva commesso un errore telefonandole. In fondo, lei era una donna famosa e a New York chissà quanti corteggiatori aveva! «Insomma, la verità è che mi piaci un mondo!» Mentre pronunciava quelle parole si sentì goffo e imbarazzato come un quindicenne. Sorrisero entrambi.

«Anche tu mi piaci.» Forse era tutto molto più semplice di quello che lei non pensasse, forse non c'era niente di male in tutto questo. E, allora, per quale motivo lottava con tanto impegno contro i proprì sentimenti? «Mi è piaciuto enormemente lavorare con te, conoscere i tuoi figli, vedere la tua casa. Mi ha commossa il fatto che tu mi abbia permesso di entrare nella tua vita privata.»

«Ho pensato che, con una persona come te, potevo farlo tranquillamente. Senza pericoli. Anche se, a dir la verità, avevo in mente che le cose andassero in un modo completamente diverso. Anzi, prima del tuo arrivo mi ero detto e ripetuto che non ti avrei mai rivelato nulla di personale, che mi riguardasse intimamente... e che, tantomeno... ti avrei parlato di Anne.» La sua voce si era fatta di nuovo intima e piena di tenerezza.

La reazione di Mel fu istantanea. «Sono felice che tu l'abbia fatto.»

«Anch'io... e, poi, trovo che hai realizzato il servizio su Pattie Lou in un modo straordinario.»

«Grazie, Peter.» Le piacevano questi commenti da parte sua. Insomma, c'era fin troppo che le piaceva di lui, ecco il guaio! Poi lo sentì sospirare lievemente all'altro capo del filo. «Bene, immagino che dovrò lasciarti tornare al tuo lavoro. Non sapevo neppure se avevi intenzione di andare in ufficio dopo aver preso il volo 'degli occhi rossi' la notte scorsa.»

Lei rise lievemente. «Lo spettacolo deve continuare! E stasera alle sei devo mandare in onda il notiziario. Quando mi hai chiamato stavo proprio seguendo quello che trasmettevano le telescriventi.»

«Spero di non averti interrotta.» Pareva contrito.

«No, è un po' come osservare un monitor che registra le pulsazioni del cuore. A un certo punto ti accorgi che non vedi più quello che stai leggendo. In ogni caso, almeno finora, non c'è niente di straordinario fra le notizie.»

«Anche qui, è più o meno lo stesso. Adesso faccio un salto nel mio studio privato. Ho un sacco di cose che sono rimaste indietro perché in questi ultimi giorni mi sono dedicato soprattutto a Marie e Pattie Lou.» Dovevano tornare di nuovo alla solita vita, al lavoro, ai figli, alle loro responsabilità, ai due capi estremi dell'America e, ancora una volta, Melanie pensò di avere molto in comune con Peter. Anche lui aveva un grosso fardello sulle spalle, anzi, forse più pesante del suo. Ma, in fondo, era quasi un conforto sapere che, a questo mondo, c'erano altre persone che portavano un peso simile al suo e avevano obblighi e impegni che dovevano affrontare inesorabilmente, come faceva lei.

«Sai che cosa penso? In fondo, è piacevole conoscere una persona che lavora con lo stesso impegno con il quale lavoro io.» Gli parve strano che Mel pronunciasse quelle parole. Perché era la stessa cosa che aveva pensato di lei fin dall'inizio. Perfino con Anne, a volte gli aveva dato qualche preoccupazione il fatto che non avesse altro di cui occuparsi se non l'arredamento della casa, andare in giro a comperare pezzi di antiquariato, accompagnare i figli in macchina di qua e di là. «Non vorrei sembrarti presuntuosa perché il mio lavoro non include anche la salvezza di vite umane ma, con tutto ciò, è un lavoro che esige ugualmente moltissimo mentre ci sono tante persone che, questo, non lo capiscono. A volte, alla sera quando qui ho finito, mi pare di avere il cervello andato letteralmente in acqua. E quando torno a casa, mi rendo conto di non essere più in grado di scambiare due parole intelligenti con un altro essere umano... non ce la faccio, insomma!» Era uno dei molti motivi per i quali non aveva mai provato il desiderio di risposarsi. Non sapeva se adesso sarebbe riuscita ad affrontare e adeguarsi alle esigenze di una vita a due.

«Capisco benissimo quello che vuoi dire.» Nella voce di Peter c'era lo stesso sollievo, quando le rispose. «D'altra parte, a volte è difficile non avere qualcuno con cui dividere la nostra vita!»

«In fondo, io non ho mai avuto nessuno. Da quando ho cominciato ad avere successo nel mio lavoro e a dedicarmi anima e corpo alla professione, sono sempre stata più o meno sola. Credo che, in questo modo, sia tutto più semplice.»

«Sì..» Peter, tuttavia, non sembrava convinto. «Ma, in questo modo, non c'è neppure nessuno con cui dividere le proprie vittorie.» Anne era stata sempre molto brava in questo, come era stata brava nel dividere con lui tragedie e delusioni. Purtroppo, però, la sua vita non era mai stata intensa come quella del marito. Ma, d'altra parte, forse in questo modo era stata più libera di dargli un sostegno. Gli riusciva difficile immaginare una moglie che svolgesse una professione eppure aveva sempre ammirato le coppie in cui entrambi lavoravano: medici sposati con altri medici, avvocati sposati con funzionari di banca, professori e scienziati. Era una combinazione che pareva desse a ciascuno dei due coniugi un nuovo impeto, un maggior entusiasmo, anche se, a volte, poteva trasformarsi in una duplice esigenza che lasciava svuotati. «Non conosco le risposte a tutto questo, Mel. Però so una cosa: non sempre è così semplice vivere soli.»

«Ma neanche stare insieme.» Mel ne pareva assolutamente convinta.

«No. Però offre qualche compenso!» Di questo, Peter era sicuro. Soprattutto per quanto riguardava i suoi figli.

«Sì, immagino che sia vero. Anch'io non so quali possano essere le risposte. Però capisco che è bello poterne parlare con qualcuno che capisce che cosa significhi lavorare come una bestia da soma e, poi, quando si torna a casa, doversi assumere le responsabilità di due genitori, invece di uno solo.» A volte, durante gli anni precedenti, c'era stato qualche momento in cui aveva creduto che non ce l'avrebbe più fatta a tirare avanti... invece ci era riuscita, e molto bene. Aveva raggiunto la sicurezza nella sua professione, un enorme successo, sapeva che le sue figlie erano contente, oltre a essere brave e buone.

«Hai fatto un ottimo lavoro, Mel.» Parole, queste, che per lei avevano un'enorme importanza, superiore a tutto il resto.

«La stessa cosa vale per te.» La voce di Mel gli risuonò dolcissima e piena di tenerezza.

«Io, però, lo sto facendo soltanto da un anno e mezzo. Tu sei sola da quindici anni! C'è una bella differenza!»

«A dir la verità, la differenza è solo quella di qualche capello grigio in più.» Rise sommessamente al microfono. In quel preciso momento uno dei redattori comparve sulla porta e cercò di richiamare la sua attenzione con un cenno. Lei, di rimando, gli fece capire che sarebbe andata a cercarlo dopo pochi minuti e l'uomo se ne andò subito. «Bene, ho l'impressione che mi vogliano mettere al muro da queste parti! È venuto a cercarmi proprio adesso uno dei redattori. Spero che voglia dire che è arrivato il servizio da Los Angeles.»

«Così presto?»

«È un po' complicato da spiegare, ma adesso fanno tutto con i computer. E ci arriva qui nel giro di una giornata. Ti farò sapere com'è venuto.»

«Mi farebbe molto piacere.»

Anche lei aveva avuto un enorme piacere di sentirsi chiamare al telefono. «Grazie, grazie mille per la telefonata, Peter. Se tu sapessi come mi mancate tutti!» In quel «tutti» c'era la valvola di sicurezza. Voleva dire che non sentiva soltanto la sua mancanza. Era un po' come ascoltare Val o Jess quando parlavano al telefono, divertirsi alle loro schermaglie con i ragazzi... si rimproverò mentalmente per essersi comportata come le sue figlie, ma poi sorrise, pensando che, alla fine, non era stato così grave. «Ti faccio sapere qualcosa al più presto.»

«Bene. Anche noi sentiamo la tua mancanza.» Anche lui si era espresso al plurale. Stavano giocando lo stesso gioco e nessuno dei due riusciva a capirne il perché; forse la realtà era che non si sentivano ancora pronti per qualcosa di più. «Stai bene e abbi cura di te!»

«Grazie. Altrettanto.» Poi riattaccarono e per un attimo che le parve lunghissimo, Mel rimase seduta alla scrivania a pensare a Peter. Era assurdo che la sua telefonata l'avesse turbata a tal punto. Eppure si sentiva eccitata e fremente come una bambina. Poi si alzò e uscì sul corridoio avviandosi a passi rapidi verso la sala dove i film venivano proiettati. Sulle labbra le aleggiava un sorriso che non era riuscita a reprimere e che le rimase stampato in viso fino a quando non ebbe visto tutto il filmato. Vi ritrovò se stessa che guardava Peter, e Pattie Lou e Pearl e perfino Marie e la lunga operazione di trapianto eseguita alle due del mattino e si accorse di avere il cuore in gola ogni volta che lui parlava, ogni volta che la telecamera riprendeva i suoi occhi e tutto quello che esprimevano: l'impegno, il riserbo, la premura per i suoi pazienti. Si accorse di essere addirittura ansante, con il fiato mozzo, quando, alla fine, accesero di nuovo le luci. Sì, era un servizio davvero sensazionale!

Naturalmente adesso era molto lungo, durava per ore e ore e, per trasformarlo in un servizio interessante, sarebbero stati necessari parecchi tagli e un editing molto accurato. Ma, quando lasciò la stanza, Mel si accorse che pensava soltanto a lui...

Capitolo 11

QUELLA sera Melanie apparve di nuovo alla televisione, per la prima volta dopo il suo ritorno, per il solito telegiornale della notte e la trasmissione filò via liscia come sempre. Concluse la cronaca con il solito garbato sorriso professionale che i telespettatori riconoscevano ormai, ovunque, in tutti gli Stati Uniti ma, quando si allontanò dal set, non poteva certo immaginare che Peter Hallam si trovasse nel suo studio di casa a Los Angeles a osservarla con estrema attenzione. Verso la metà del programma Pam entrò nella stanza, si fermò un momento a vedere che cosa interessava tanto suo padre alla televisione. Poi sgranò tanto d'occhi. Peter non si era neppure accorto della sua presenza.

«Che cos'è successo, papà? Hanno sparato al presidente o roba del genere?»

Peter le scoccò uno sguardo infastidito; la giornata era stata molto lunga e voleva continuare a contemplare Mel, senza venire interrotto prima che la sua trasmissione finisse. Non era la prima volta che gli capitava di assistere ai notiziari trasmessi da lei ma, in precedenza, tutto era stato molto diverso. Adesso la conosceva personalmente e, all'improvviso, gli era sembrato importantissimo rivederla dopo averle parlato al telefono quello stesso giorno. «Pam, fra un po' vengo su io da te. Adesso, per piacere, voglio starmene qui solo e tranquillo a guardare il telegiornale.»

Per un attimo che parve prolungarsi all'infinito, Pam si soffermò sulla soglia, dilaniata dai sentimenti contrastanti, di collera e di attrazione, che provava per Mel. Le era piaciuta moltissimo quando l'aveva conosciuta, però non le garbava affatto che suo padre assumesse una strana espressione, tutta particolare, ogni volta che la vedeva. «Sì, certo... va bene...» Peter, tuttavia, non poté notare quello che era apparso sulla faccia di Pam mentre usciva dalla stanza: continuava a fissare lo schermo sul quale Mel stava arrivando alle battute di chiusura della sua trasmissione per quel giorno. Rimase lì seduto ancora qualche minuto e infine spense la televisione e salì di sopra a salutare i suoi figli. Ma, a quel punto, era letteralmente esausto. Nel pomeriggio, all'ospedale, aveva passato un paio di ore con Marie la quale, adesso, era stata colpita da una leggera infezione e aveva reagito negativamente a una certa terapia. Tutte cose che rientravano nel campo delle probabilità, ma che costituivano comunque una difficoltà e un problema.

A New York, invece, Mel si affrettò a tornare a casa subito dopo la fine della trasmissione per cenare con le ragazze. Tornò allo studio televisivo per la telecronaca delle undici e fu solo al termine di quest'ultima che vide Grant per la prima volta. Era venuto sul set ad aspettare che lei salutasse i telespettatori.

«Hai fatto un ottimo lavoro stasera.» La guardò con un sorriso pieno di calore e di affetto e capì subito quanto Mel doveva essere stanca. Ma si accorse anche di qualcos'altro. Aveva qualcosa di diverso nell'espressione del viso, una nuova luminosità che pareva irradiasse dal di dentro.

«Be', adesso comincio a crollare», ammise lei con un sorriso di stanchezza ma gli fece capire che era contenta di vederlo.

«Bene, adesso vattene a casa a dormire un po'.»

«Sì, paparino.»

«Sono abbastanza vecchio per essere tuo padre, figliola, quindi stai attenta a rigare dritto!»

«Sissignore!» Gli fece un buffonesco saluto militare, mettendosi sull'attenti e, pochi minuti più tardi, se ne andò. In tassì cominciò a sonnecchiare.

Arrivata a casa, salì le scale per andare in camera, si tolse i vestiti, li lasciò cadere sul pavimento vicino al letto e cinque minuti più tardi era profondamente addormentata, nuda, serena e rilassata, fra le lenzuola fresche. E con il cervello completamente vuoto. Dormì fino alle prime ore del pomeriggio successivo quando suonò il telefono. Era di nuovo Peter.

«Buongiorno. Ti ho chiamato troppo presto?»

«No, affatto.» Soffocò uno sbadiglio e diede uno sguardo all'orologio. Per lui, sulla costa occidentale erano le dieci e un quarto. «Come va la vita a Los Angeles?»

«Molto indaffarata. Per quest'oggi ho in programma due bypass triplici.»

«Come stanno Marie e Pattie Lou?» Adesso Mel, completamente sveglia, si era messa a sedere sul letto.

«Bene tutte e due. Pattie Lou un po' meglio di Marie.» La bambina rappresentava una autentica vittoria per Peter. «Ma dimmi, piuttosto, la cosa più importante: tu come stai?»

«Posso essere sincera?» Sorrise. «Mi sento uno straccio. Stanca morta.»

«Dovresti cercare di prenderti un po' di riposo, Mel.»

«Senti chi parla!» Stava cercando in tutti i modi di convincersi che quella telefonata da parte di Peter era normalissima ma, sotto sotto, si sentiva elettrizzata. «Comunque sto per partire per una vacanza.»

«Davvero?» Peter non le nascose la propria meraviglia perché Mel non gliene aveva mai accennato anche se, durante i pochi giorni che aveva passato a Los Angeles, non ne avevano trovato il tempo. «Dove?»

«Alle Bermuda.» Pareva contenta. Sospirava quella vacanza da molto tempo. Un regista televisivo che conosceva le aveva proposto di darle in affitto la sua casa per qualche giorno ma, poiché quel periodo non coincideva con nessuna vacanza scolastica delle gemelle, Mel aveva deciso di andarci ugualmente, da sola.

La voce di Peter era venata di nervosismo quando riprese a parlare: «Ci vai con amici?»

«No. Da sola.»

«Davvero?» Sembrava sbalordito e sollevato al tempo stesso. «Che donna indipendente sei!» L'ammirava molto per questo. Quanto a lui, non si sentiva ancora pronto per una vacanza in piena solitudine. Si sarebbe sentito perso senza i suoi figli adesso che Anne non c'era più. D'altra parte, Mel era abituata a stare sola da molto più di lui.

«Ho pensato che poteva essere divertente. Le mie figlie mi invidiano terribilmente. Loro, però, hanno un sacco di amici e, in quella settimana, hanno anche in programma un gran ballo studentesco.»

«Anch'io sono invidioso.»

«Non mi sembra il caso. Probabilmente mi annoierò da morire.» Se fosse stata con lui, non si sarebbe annoiata di sicuro! Si sforzò di scacciare quel pensiero. «In ogni caso, mi farà bene.»

«Sì, certo.» Non le teneva il broncio. Avrebbe voluto, molto semplicemente, andarci con lei, anche se gli pareva un'idea assurda. Erano praticamente due estranei per quanto, adesso, cominciassero a conoscersi un po' di più.

Continuarono a chiacchierare ma, a un certo punto, Peter fu costretto a lasciarla per entrare in sala operatoria. Quanto a Mel, voleva andare negli studi della televisione ad assistere all'editing di un'altra parte del filmato di Los Angeles.

Capitolo 12

IL telefono cominciò a squillare nel preciso istante in cui Mel stava uscendo di casa, il mercoledì mattina. Aveva fretta perché doveva precipitarsi da *Bloomingdale*. Per il viaggio alle Bermuda, previsto per quella stessa settimana, aveva estremo bisogno di qualche costume da bagno. Quando era andata a tirar fuori quelli dell'estate precedente, si era accorta che erano sdruciti, con i colori slavati. D'estate viveva praticamente in costume per due mesi consecutivi e, a guardarli, adesso, lo si capiva subito!

«Pronto!»

«Sono io, Grant.»

«Che cosa c'è? Sto uscendo a comperare un po' di costumi da bagno per il mio viaggio.» Non vedeva l'ora di partire. Avrebbe lasciato New York nel giro di un paio di giorni «Vuoi che comperi qualcosa anche per te? Sto andando da *Bloomie*.»

«No, grazie. Mi ero dimenticato che sei in partenza per le Bermuda. Non ti servirebbe per caso un maggiordomo o un segretario?»

«Grazie, no.» Sorrise, rispondendogli, e Grant rifletté che dal suo ritorno da Los Angeles non l'aveva quasi più vista.

«Volevo soltanto chiederti qualcosa su Marzia Evans.» Era una delle più famose attrici del grande teatro, quello dei classici, e circa sei mesi prima Mel le aveva fatto un'intervista. «Stasera verrà alla mia trasmissione.»

Mel si sentì rabbrividire. «Buona fortuna! È una strega, sai?»

«Cavoli! Proprio quello che temevo. Figurati che il regista mi aveva detto che non devo preoccuparmi. Non potresti passarmi qualche informazione segreta in modo che mi resti una piccola speranza di sopravvivere allo scontro?»

«Portati dietro del siero antivipera. È la donna più velenosa che mi sia mai capitato d'incontrare! Insomma, stai attento a non pestarle troppo i piedi. Perché, in tal caso, non ti salverai dalla sua lingua biforcuta.»

«Bell'aiuto che mi dai!» Sembrava piuttosto avvilito e, al tempo stesso, si capiva che doveva essere furibondo con il suo regista che gli aveva combinato uno scherzo del genere.

«Proverò a pensarci mentre sono fuori a far spese. Ti richiamo appena torno a casa.»

«Vuoi cenare con me stasera, tanto per darmi un po' di coraggio?»

«Perché non fai tu, invece, un salto da me? Così vedi anche le ragazze...»

«Ci proverò...» e ridacchiò al telefono «sempre che non mi capiti qualche imprevisto...»

«Tu e le tue donne, Grant!» Mel scoppiò a ridere.

«Che cosa posso farci se sono un debole? Ti telefono più tardi, bella mia.»

«Va bene.» Grant riattaccò e Mel andò a guardarsi nello specchio. Poi prese la borsetta. Si era messa un vestito di lino bianco, una giacca di seta nera e le scarpe di vernice bianche e nere che aveva comperato a Roma l'anno prima. Le pareva di essere molto chic e questo le diede piacere. Si sentiva bene. Avevano lavorato come dannati per una settimana per curare l'editing del filmato su Peter Hallam e Pattie Lou Jones e, man mano che procedevano, si era accorta di essere sempre più soddisfatta del servizio che aveva realizzato. Stava diventando un pezzo di cronaca sempre più drammatico e interessante. Era arrivata quasi alla porta di casa quando il telefono squillò ancora una volta. Per un attimo fu tentata di non rispondere. Con ogni probabilità era ancora quel maledettissimo direttore dei servizi speciali che avrebbe voluto farla andare in ufficio mentre, una volta almeno, lei sentiva il bisogno di dedicare un po' di tempo a se stessa e alle spese che doveva assolutamente fare. Ma il trillo del telefono continuò talmente insistente che, alla fine, rinunciò all'idea di uscire subito e attraversò di corsa il soggiorno, alzando di scatto il ricevitore del telefono bianco che si trovava nascosto in una nicchia.

«Siiii!» Poi attese, con una gran paura che, dall'altra parte, le arrivasse la voce del capocronaca. Quella mattina le aveva già telefonato due volte. Invece non era lui. Ma era Peter Hallam, di nuovo. La chiamava spesso.

«Salve, Mel.» Pareva esitante dopo il modo brusco in cui Mel aveva risposto al telefono e lei ne rimase un po' dispiaciuta e imbarazzata.

«Ciao, Peter, scusami se ti ho risposto con quel tono. Ma stavo per uscire e...» si sentiva di nuovo giovane e nervosa, come le era sempre capitato anche tutte le altre volte in cui aveva ricevuto una sua telefonata. Perché era uno strano effetto quello che Peter aveva su di lei: pareva che annullasse completamente il successo ottenuto nella vita e la sicurezza di sé che ormai provava sempre. Quando parlava con lui tornava a essere soltanto una ragazzina... o, forse «soltanto» una donna. «Che piacere sentirti!» Erano diversi giorni che non la chiamava. «Come sta Marie?» Improvvisamente si sentì angosciata al pensiero che le avesse telefonato per darle cattive notizie ma Peter fu pronto a rassicurarla.

«Molto meglio. La notte scorsa abbiamo avuto qualche problema tanto che, a un certo punto, ho addirittura pensato che fosse sull'orlo di un rigetto in piena regola invece, adesso, è tutto di nuovo sotto controllo. Le abbiamo cambiato alcune terapie. Stiamo cominciando a pensare che possa addirittura tornarsene a casa nel giro di qualche settimana.» Ecco un fatto importante al quale Melanie avrebbe avuto molto piacere di assistere, ma non giustificava una rapida puntata sulla costa occidentale e il direttore della sua redazione non le avrebbe concesso di compiere un viaggio così lungo per un motivo del genere.

«E i ragazzi?»

«Bene. Quanto a me, volevo soltanto sapere come stavi tu. Ho telefonato in ufficio ma mi hanno detto che non c'eri.»

«Sì, oggi ho marinato la scuola!» Si mise a ridere, felice e spensierata. «Questo week-end vado alle Bermuda e avevo bisogno di comperare qualcosa.»

«Dovrebbe essere divertente. Noi, invece, restiamo a casa per il lungo fine-settimana. Mark deve giocare in un torneo di tennis e Matthew andrà alla festa di compleanno di un altro bambino.»

«Le mie figlie dovrebbero andare a quel gran ballo studentesco di cui ti parlavo e poi a Cape Cod con un'amica e i suoi genitori.» Tutte quelle chiacchiere sui loro figli sembrava che avessero soprattutto lo scopo di lasciare sottintese moltissime altre cose, tanto che Mel cominciò subito a chiedersi *come stesse lui, piuttosto* e non Pam o Mark o Matthew. Alla fine si decise a chiederglielo. «E tu, Peter, stai bene? Non lavori troppo?»

«Certo che sto bene!» Ribatté lui con una risata. Però si capiva che quella domanda gli aveva fatto piacere. «D'altra parte, lo sai anche tu che non sarei soddisfatto se non mi dedicassi anima e corpo alla mia professione... del resto, mi pare che la stessa cosa valga per te!»

«È vero. Quando sarò più vecchia e mi costringeranno ad andare in pensione, non so proprio che cosa diavolo troverò da fare, alzandomi, ogni mattina!»

«Oh, qualcosa troverai!»

«Già... magari mi dedicherò alla chirurgia del cervello!» Scoppiarono a ridere insieme e Mel si mise a sedere. Aveva dimenticato completamente *Bloomingdale* e i costumi da bagno. «A dir la verità, mi piacerebbe scrivere un libro quando non lavorerò più.»

«Su quale argomento?»

«Scriverò le mie memorie!» ribatté Mel in tono scherzoso.

«No! Davvero?»

Non le capitava spesso di confessare a qualcuno i propri sogni ma, con Peter, le riusciva facile. «Non so... mi piacerebbe scrivere un libro sulla vita di una donna che lavora nel giornalismo. Una carriera molto dura, soprattutto in passato! Se tu sapessi come è forte l'odio e l'invidia della gente quando hai successo! Da una parte sembrano contenti, dall'altra visibilmente scocciati. È sempre stato interessante, secondo me, affrontare reazioni di questo genere e riuscire a combatterle con efficacia e sono convinta che sapere tutte queste cose potrebbe essere estremamente utile a un gran numero di donne. Come punto di riferimento, intendo. Non importa se svolgono il mio lavoro o un altro, di genere completamente diverso. Il nocciolo della questione sta nel fatto che l'aspirazione di tutte è di raggiungere, in qualsiasi modo, il gradino più alto della scala e io so molto bene che cosa questo significhi, quanto impegno occorra per riuscirvi e quello che succede, una volta che ci si può considerare 'arrivate'.»

«A sentire quello che mi racconti, direi che dovrebbe diventare immediatamente un best-seller.»

«Forse no, però mi piacerebbe provare.»

«Io invece ho sempre desiderato scrivere un libro sulla chirurgia cardiaca per la persona che non è una 'addetta ai lavori': di che cosa esattamente si tratta, che cosa bisogna aspettarsi, che cosa bisogna chiedere o pretendere dal proprio medico personale, quali sono i rischi in determinate situazioni. Non so se potrebbe interessare a qualcuno ma se tu immaginassi quante persone non sono preparate ad affrontarla e hanno una gran confusione in testa per colpa dei loro medici curanti!»

«Certo che l'idea mi sembra ottima!» Mel gli manifestò il proprio entusiasmo: sarebbe stato un libro indiscutibilmente interessante e sarebbe stato curioso vedere come se la cavava Peter cimentandosi in una simile impresa.

«Sai che cosa ti dico? Dovremmo fuggire insieme nel Sud Pacifico e metterci a scrivere i nostri libri. Quando i ragazzi saranno cresciuti, naturalmente», aggiunse.

«Perché aspettare?» L'idea, fantastica com'era, le sembrava divertente ma, di colpo, le fece anche ricordare che stava per partire per le Bermuda. «Non sono mai stata nel Sud Pacifico.» Mentre, invece, era stata alle Bermuda. Isole tropicali, più vicine, ma che non avevano niente di eccitante. O forse, era il fatto di andarci da sola che non la entusiasmava affatto. Non si sentiva particolarmente eccitata, pensandoci. Ma se invece pensava a Peter...? Ecco una domanda alla quale aveva paura di rispondere.

«Ho sempre desiderato di andare a Bora Bora», le stava dicendo lui, «ma non sono mai riuscito a lasciare i miei pazienti per un periodo di tempo abbastanza lungo. Sono viaggi che bisogna fare senza fretta e a cuor leggero.»

«Forse la verità è che non ne hai davvero voglia!» Anche Anne lo aveva accusato di questo e, con ogni probabilità, era vero.

«Può darsi che tu abbia ragione.» Chissà perché gli riusciva molto facile essere onesto con lei. «Temo che dovrò rimandarlo fino al giorno in cui mi ritirerò dalla professione.» Ma... quante altre cose aveva sempre pensato di rimandare a quell'epoca e, adesso, Anne se n'era andata e non avrebbe più potuto dividere con lei nessuno dei piaceri che si era ripromesso. Rimpiangeva di aver rimandato tante cose a «più avanti». Perché non le aveva più potute fare. Perlomeno, non le avevano più potute fare insieme. E allora che saggezza c'era stata in quel modo di prendere la vita? Perché, se gli fosse venuto un colpo, se fosse morto, se... «Chissà che non mi decida ad andarci prima, invece!»

«Dovresti farlo. Ricordati che devi qualcosa anche a te stesso.» Già, ma che cosa? Tutto quello che aveva desiderato in quegli ultimi tempi era stata solo lei.

«Non sei contenta di partire, Mel? Non ti senti elettrizzata all'idea del viaggio?»

«Sì e no.» Le era già capitato altre volte di andare da sola in luoghi bellissimi e romantici. E sapeva per esperienza che simili viaggi avevano anche i loro lati negativi.

«Mandami una cartolina.»

«Senz'altro!»

«Be', adesso sarà meglio che ti lasci andare. Chiamami quando torni. E cerca di riposare!»

«Ne avresti bisogno anche tu quanto me! Anzi, forse di più!»

«Ho i miei dubbi.»

A quel punto Mel diede un'occhiata all'orologino da polso chiedendosi dove si trovasse Peter. In California erano le nove e mezzo del mattino. «Non sei in sala operatoria, di solito, a quest'ora?»

«No. L'ultimo mercoledì di ogni mese teniamo una serie di riunioni per aggiornare l'intera équipe sulle nuove tecniche e terapie. Discutiamo su tutto quello che viene fatto qui, nel nostro paese, e parliamo di quello che ciascuno di noi è riuscito a realizzare durante il mese nel campo della cardiochirurgia.»

«Peccato che non lo abbia saputo prima! Mi sarebbe piaciuto realizzare un filmato su queste vostre riunioni.» Anche se a dire la verità, il materiale per quel servizio era più che sufficiente.

«Cominciamo alle dieci. E io ho finito molto presto il mio giro di visite.» Poi riprese a parlare e, adesso, la sua voce aveva le intonazioni un po' timide tipiche di un adolescente. «Se tu sapessi da quanti giorni sto pregustando il piacere di questa telefonata!» Era più facile dire cose del genere al telefono. E per un attimo Peter fu quasi felice che fossero separati da tanta distanza.

«Mi lusinghi!» Peter avrebbe anche voluto dirle che, sì, aveva ragione di esserne lusingata perché non aveva mai telefonato a un'altra donna, provando i sentimenti che provava adesso, dal giorno in cui aveva sposato Anne, ma evitò di dirglielo. «Avevo pensato anch'io parecchie volte di telefonarti, per sapere come stava Marie, ma mi accorgevo sempre che non era il momento adatto a causa della differenza del fuso orario!»

«La stessa cosa è successa anche a me. Comunque sono

molto contento di averti chiamata. Divertiti. Ti auguro uno spendido week-end alle Bermuda.»

«Grazie. Buon week-end anche a te. Ti telefono quando torno.» Era la prima volta che gli prometteva una cosa del genere e si accorse di pregustare fin da quel momento quella possibilità con gioia e con piacere. «A proposito, il nostro servizio sta diventando sensazionale.»

Lui sorrise, soddisfatto. «Sono contento.» Ma non era quello il motivo per il quale le aveva telefonato. «Stammi bene, Mel. Abbi cura di te!»

«Ti telefono la settimana prossima.» All'improvviso Mel aveva capito che fra loro era nato qualcosa, un legame che prima non esisteva e, uscendo di casa per andare da *Bloomingdale*, si sentì giovane, spensierata, piena di eccitazione.

Volle provare due costumi da bagno azzurri, uno nero e uno rosso, ma il rosso era sempre stato un colore che mal si addiceva a quello dei suoi capelli, tanto che finì per comperarne uno di un bel blu pavone e un altro nero. Erano un po' arditi ma quel giorno si sentiva in vena di togliersi qualche piccolo sfizio. Mentre, ferma davanti al banco, sorrideva tra sé, tenendo in mano la carta di credito e i due costumi da bagno in attesa che la commessa si occupasse di lei, notò una donna in lacrime che le veniva incontro correndo. «Hanno sparato al presidente!» gridava. «È stato colpito alla schiena e al dorso ed è in fin di vita!» L'intero negozio sembrò attraversato all'improvviso da una scarica elettrica. Da parte sua, Mel, seguendo il proprio istinto, lasciò cadere sul banco i costumi da bagno e scese correndo tre rampe di scale. Uscì, sempre di corsa, dal negozio e salì sul primo tassì che riuscì a trovare. Ancora ansante diede all'autista l'indirizzo dello studio televisivo e lo pregò di accendere la radio per sentirla durante il tragitto. Poi ascoltando le notizie che venivano trasmesse, ammutolirono insieme, agghiacciati. Sembrava che nessuno fosse in grado di dire con certezza se il presidente era vivo o no. Al momento dell'incidente si trovava a Los Angeles dove si era recato per partecipare a una riunione con il governatore e un gruppo di amministratori della città. Solo pochi minuti prima era stato trasportato il più rapidamente possibile in un ospedale, gravemente ferito, mentre due uomini del Servizio Segreto erano rimasti uccisi e giacevano ancora sul marciapiede in prossimità del punto in cui lui era stato colpito. Mel era pallidissima quando allungò all'autista un biglietto da dieci dollari ed entrò di corsa dall'ampio portone a doppio battente nel palazzo in cui aveva sede la stazione televisiva per cui lavorava. All'interno dell'edificio regnava il caos più completo. Quando raggiunse, correndo, la scrivania del suo capo, questi la guardò con un'espressione di evidente sollievo.

«Perdio, Mel! Speravo proprio che tu venissi.»

«Mi sono precipitata appena ho sentito la notizia da *Bloomingdale*.» Era contenta di essere arrivata in redazione perché sapeva che adesso il suo posto era lì.

«Voglio che tu vada immediatamente in onda con una serie di bollettini speciali.» Le scoccò uno sguardo. Gli pareva che l'abito che aveva addosso potesse andare bene per la trasmissione ma se ne sarebbe infischiato altamente anche se Mel fosse stata completamente nuda. «Vai a truccarti un po'. E non potresti trovare il modo di chiudere meglio quella giacca? Il vestito che porti è troppo bianco per la telecamera.»

«Certamente. Quali sono le ultime notizie?»

«Finora niente. È in sala operatoria, ma le prospettive non sono delle migliori, Mel.»

«Accidenti!» Si precipitò nel suo ufficio dove teneva sempre tutto l'occorrente per il trucco e, cinque minuti dopo, tornava indietro con i capelli ben pettinati, la faccia perfettamente truccata, la giacca abbottonata, pronta per la trasmissione. Il regista la seguì nello studio e le mise in mano un fascio di fogli perché li leggesse rapidamente. Un minuto più tardi, Mel lo guardò con aria grave. «Mi pare che le previsioni siano tutt'altro che allegre, vero?» Il presidente era stato colpito al petto tre volte e, almeno dai primissimi rapporti, pareva che anche la spina dorsale fosse rimasta danneggiata. Anche nel caso in cui fosse vissuto, c'era il rischio che rimanesse paralizzato o, ancora peggio, ridotto a una vita puramente vegetativa. Lo avevano ricoverato al Center City Hospital ed era già in sala operatoria. Mel si domandò improvvisamente che cosa potesse sapere Peter Hallam sull'accaduto, che la stampa ancora ignorava, ma non ebbe il tempo di telefonargli prima che la sua trasmissione andasse in onda. Infatti dovette andare subito a sedersi alla solita scrivania e cominciò a improvvisare le prime battute del notiziario, fissando la telecamera con aria grave, sotto quelle luci accecanti, e preparandosi a leggere i bollettini con le ultime notizie man mano che arrivavano. Tutti i programmi erano stati sospesi per fornire al pubblico le notizie più aggiornate ma, per il momento, c'era ancora molto poco da dire. Mel dovette reggere il peso della trasmissione per buona parte del pomeriggio e continuò a restare davanti alle telecamere per più di tre ore, fino a quando venne sostituita da un altro telecronista, quello che si occupava abitualmente del notiziario durante il week-end. Tutti i giornalisti che lavoravano per la stazione televisiva erano stati immediatamente convocati per mandare in onda una serie ininterrotta di dibattiti e di discussioni sui rapporti che arrivavano di continuo dalla costa occidentale e ogni tanto venivano chiamati in causa anche i reporter che si trovavano a Los Angeles nell'atrio del Center City Hospital, che Mel ormai aveva tanto familiare. Rimpianse di non poter essere anche lei laggiù, mentre ascoltava le notizie che quelli riferivano. Purtroppo alle sei di sera non si sapeva niente di sicuro all'infuori del fatto che il presidente aveva sopportato bene l'intervento in sala operatoria ed era ancora vivo. Non restava altro che aspettare come avrebbe fatto anche la First Lady che era già partita per Los Angeles dove sarebbe arrivata nel giro di un'ora.

Poi Mel si occupò di mandare in onda il solito notiziario delle sei, dedicato quasi esclusivamente alle notizie che arrivavano da Los Angeles. Quando la trasmissione finì, c'era il capo-cronaca che l'aspettava per parlarle.

«Mel.» La guardò con espressione seria e le mise in mano un altro fascio di fogli. «Ti voglio là.» Per un attimo lei rimase sbalordita. «Vai a casa, prepara la tua roba, torna qui per il telegiornale delle undici e poi ti facciamo accompagnare di corsa all'aeroporto. Siamo già d'accordo: faranno ritardare un volo per aspettarti e potrai cominciare a darci notizie subito, domani mattina, appena arrivata. E per quell'ora, lo sa Dio che cosa potrà essere successo!» L'uomo che aveva sparato al presidente era già stato catturato e affidato alle forze dell'ordine; minuziose descrizioni della sua vita e del suo passato, pieno di strane luci e ombre, venivano mandate in onda di continuo, intervallate con le interviste a una serie di chirurghi, fra i più importanti del paese, invitati a esprimere la loro opinione sulle possibilità di salvezza del presidente. «Credi di potercela fare?» Ma sapevano entrambi che era una domanda retorica. Mel non aveva scelta. Era per questo che la pagavano e il *coverage* delle emergenze di carattere nazionale ne faceva parte. Compose mentalmente un elenco di tutto quello che aveva da fare. Sapeva per esperienza che Raquel avrebbe badato alle ragazze e pensava di poterle salutare tornando a casa fra un telegiornale e l'altro a preparare le valigie.

Infatti, rientrando, trovò le gemelle e Raquel in lacrime di fronte alla TV. Jessica fu la prima a correrle incontro. «Pensi che se la caverà, mamma?» Raquel si soffiò rumorosamente il naso.

«Non si può ancora dire.» Poi diede rapidamente la notizia: «Parto stasera per la California. Ve la caverete anche senza di me, gente?» Intanto si era voltata verso Raquel, ma già sapeva quale sarebbe stata la sua risposta.

«Naturale!» Sembrava quasi offesa.

«Torno appena tutta questa faccenda è finita.»

Le baciò tutte affettuosamente e si precipitò in fretta e furia in redazione per l'ultimo telegiornale della notte. Non appena la trasmissione finì, lasciò lo studio accompagnata da due poliziotti che l'aspettavano per scortarla all'automobile in attesa di fronte al palazzo. Mentre viaggiavano a tutta velocità verso l'aeroporto, accompagnati dall'ululato della sirena, restarono in ascolto delle notizie trasmesse dalla radio.

Quello era un favore che, di tanto in tanto, la polizia accettava di fare per la stazione televisiva. Arrivarono all'aeroporto Kennedy a mezzanotte e un quarto e l'aereo decollò dieci minuti dopo che Mel vi era salita. Parecchie volte le assistenti di bordo vennero a consegnarle i bollettini trasmessi dai piloti i quali ricevevano le notizie dalle varie torri di controllo mentre attraversavano il paese. Il presidente era ancora vivo ma non c'era modo di sapere quali fossero le sue probabilità di sopravvivenza. A Mel sembrò che quella notte in aereo fosse interminabile e quando finalmente scese dall'apparecchio nell'aeroporto di Los Angeles, si accorse di essere letteralmente esausta. Anche qui trovò una macchina della polizia pronta ad accompagnarla dove fosse stato necessario, tanto che Mel decise di passare dal Center City prima ancora di andare in albergo a dormire qualche ora.

L'indomani mattina avrebbe dovuto mettersi al lavoro alle sette ma erano già le quattro, ora di Los Angeles. Quando arrivò al Center City, tuttavia, non si avevano ulteriori notizie e, quindi, andò in albergo, arrivandoci poco prima delle cinque. Calcolò di poter dormire un'oretta prima di presentarsi al lavoro. La soluzione era quella di bere caffè nero in abbondanza e di farsi chiamare con la sveglia dal centralino dell'albergo per non correre il rischio di continuare a dormire oltre l'ora stabilita. Le avevano prenotato la camera in un albergo in cui non era mai stata, ma si trovava nelle vicinanze del Center City. Pensò che era curioso il fatto di trovarsi di nuovo a Los Angeles a così poca distanza di tempo dall'altro viaggio e si chiese se sarebbe riuscita a vedere Peter. Magari quando tutto fosse finito. A meno che, naturalmente, il presidente non morisse. Perché in tal caso, forse, sarebbe stata costretta a tornare indietro in volo simultaneamente con l'*Air Force One* per partecipare al funerale a Washington e le sarebbe stato assolutamente impossibile vederlo. Si augurava, però, per amore del presidente, che non si verificasse una simile evenienza. Quanto a lei, sentiva di avere un disperato bisogno di vedersi con Peter in uno dei giorni seguenti. E si chiese se era possibile che lui avesse saputo che era arrivata.

Si svegliò subito, quando il centralino la chiamò: si accorse di essere mentalmente lucida, con tutti i sensi all'erta, anche se aveva braccia e gambe doloranti e le pareva di non aver neppure chiuso occhio. In ogni caso, bene o male, con un po' di caffè nero e facendo appello a tutta la propria energia e all'abituale carica nervosa, sarebbe riuscita a tirare avanti. Non era la prima volta che le capitava e sapeva di potercela fare. Si vestì rapidamente indossando un abito grigio scuro e le scarpe nere col tacco alto. Alle sei e mezzo era già fuori dell'albergo e stava salendo sull'auto della polizia. Dieci minuti dopo arrivava all'ospedale per procurarsi le informazioni dell'ultimo minuto e andare in onda con la trasmissione. Ormai a New York erano quasi le dieci e tutti gli stati orientali del Paese, da varie ore, erano avidi di notizie.

Trovò l'équipe dei cameramen che aveva già lavorato per la sua stazione televisiva la volta precedente, nell'atrio dell'ospedale. Erano lì, praticamente accampati, già da parecchie ore con almeno una cinquantina di colleghi e due dozzine di giornalisti. Un portavoce ufficiale dell'ospedale forniva regolarmente i bollettini medici sulle condizioni del presidente ogni mezz'ora. Finalmente alle otto, quando Mel, con espressione austera e commossa, era già apparsa sullo schermo ai suoi telespettatori da un'ora, arrivò la prima buona notizia. Il presidente aveva ripreso conoscenza e si era potuto accertare che la sua spina dorsale non aveva subìto lesioni come si temeva in un primo tempo. Nel caso fosse sopravvissuto, non sarebbe rimasto paralizzato. Non solo, ma sembrava che non gli fosse stato riscontrato nessun danno di natura cerebrale. Malgrado tutto ciò, versava ancora in condizioni critiche, fra la vita e la morte. Non si poteva neppure considerarlo completamente fuori pericolo. Non si sapeva se sarebbe sopravvissuto. Tre ore più tardi la First Lady si presentò alla stampa e pronunciò un brevissimo discorso rivolto alla nazione. Mel riuscì a farsi dedicare tre preziosi minuti del suo tempo. La povera donna appariva sconvolta dal dolore e fisicamente esausta, ma riuscì ugualmente a parlare con Mel in un tono pieno di dignità e con voce ferma. Mel la lasciò parlare, facendole soltanto pochissime domande e assicurandole che l'intera nazione pregava per la salvezza di suo marito. Poi, per un vero colpo di fortuna, pochi attimi più tardi, riuscì anche a farsi dedicare qualche parola dal chirurgo del presidente. Quando, alle sei di sera, non arrivarono più notizie, Mel acconsentì a farsi sostituire da un telecronista locale che lavorava abitualmente per la loro rete televisiva. In tal modo le venivano accordate cinque ore per tornare in albergo e dormire, ammesso che vi fosse riuscita. Ma quando entrò in camera, si accorse di essere talmente tesa ed eccitata da non poter chiudere occhio. Distesa al buio, non faceva che pensare a mille cose con il cervello in tumulto. Infine, allungò di scatto la mano verso il telefono e compose un numero della rete cittadina.

Fu la signora Hahn a rispondere. Senza perdersi in inutili convenevoli, Mel le chiese subito di poter parlare con Peter il quale venne all'apparecchio un attimo più tardi.

«Mel?»

«Ciao. Non so neppure se quello che dico ha un senso e se riesco a farmi capire. Mi sento addirittura stralunata dalla stanchezza! Però volevo almeno chiamarti per farti sapere che sono qui.»

Lui ebbe un sorriso di tenerezza. A sentirla, Mel sembrava letteralmente sfinita. «Forse ti sei dimenticata che lavoro al Center City anch'io. Senza accennare al fatto che qui, a casa, abbiamo anche noi la televisione. Ti ho vista due volte quest'oggi. Come te la cavi? Ce la farai ad arrivare in fondo?»

«Credo di sì. Ci sono abituata. Dopo un po', è come inserire nel proprio corpo il pilota automatico e augurarsi soltanto di non andare a sbattere contro un muro mentre si sta cercando il gabinetto!»

«Dove sei adesso?» Mel gli disse il nome del suo albergo e Peter rimase sorpreso e felice che, ancora una volta, gli fosse così vicina. Gli faceva piacere (era costretto ad ammetterlo con se stesso) anche se Mel si trovava a Los Angeles per circostanze tanto tragiche.

«Posso esserti utile in qualche modo?» le domandò, chiedendosi se sarebbe riuscito a vederla.

«Al momento, no. Se avrò bisogno di qualcosa te lo farò sapere.»

«C'è qualche speranza di... di poterti vedere un momento o l'altro? Dico in un posto un po' diverso da un atrio di ospedale formicolante di giornalisti?» le chiese Peter, sentendosi un perfetto cretino al pensiero di farle una domanda del genere.

«Ancora non lo so.» Voleva essere sincera con lui. «Dipende tutto da quello che può succedere.» Poi sospirò. «Che cosa potrà succedere, Peter, secondo te? Quali sono le sue possibilità di sopravvivenza?» Avrebbe dovuto chiederglielo per prima cosa ma era talmente stanca che ci aveva pensato soltanto in quel momento.

«Sono discrete. Tutto dipende dalle condizioni in cui si trova. Problemi cardiaci non dovrebbero essercene, altrimenti mi avrebbero chiamato. Comunque ero presente anch'io all'intervento per non correre rischi ed essere pronti a qualsiasi evenienza. Ma non hanno avuto bisogno di me.» I bollettini medici non avevano accennato alla cosa e, quindi, Mel non lo aveva saputo. Del resto aveva già il sospetto che parecchie informazioni interessanti non fossero state diramate alla stampa. L'unico sul quale sapevano praticamente tutto, per filo e per segno, era il giovanotto che aveva attentato alla vita del presidente. Ventitré anni, di cui gli ultimi cinque trascorsi in una casa di cura per malattie mentali. Due mesi prima dell'attentato aveva dichiarato alla sorella di avere intenzione di uccidere il presidente. Nessuno lo aveva preso sul serio dal momento che, secondo lui, il suo compagno di stanza, lì, nella casa di cura dov'era ricoverato, era il Padreterno e la capo-sala del suo reparto Marilyn Monroe. Nessuno aveva mai neppure pensato che sapesse chi era in realtà il presidente degli Stati Uniti. Invece il ragazzo lo conosceva al punto di aver tentato addirittura di ucciderlo... e non era ancora detto che non ci fosse riuscito. «Domani potremo sapere molto di più, Mel.»

«Nel caso venissi a sapere qualche altra notizia sicura da una fonte interna, alla quale noi giornalisti non abbiamo accesso, ti dispiacerebbe avvertirmi?»

«Stai tranquilla che lo farò. Ma, adesso, perché non cerchi di dormire un po'? Non vorrai diventare la mia prossima paziente, vero?»

«Hai ragione. Ma mi sento talmente tesa e innervosita che non ci riesco.»

«Prova! Mettiti distesa, ben rilassata, chiudi gli occhi e non pensare che devi dormire.» La voce di Peter aveva uno strano potere calmante su di lei e fu contenta di avergli telefonato. «Vuoi un passaggio all'ospedale domani?»

«Domani?» Mel scoppiò a ridere. «Devo tornarci stasera alle undici.»

«Ma è disumano!» Sembrava indignato.

«Lo è anche attentare alla vita del presidente!» Ammisero entrambi di essere d'accordo su questo fatto e Mel riattaccò, felice di averlo chiamato. Si augurava di poter stare un po' insieme con Peter prima di ripartire da Los Angeles. Che terribile delusione se, dopo essere tornata, avesse dovuto ripartire senza vederlo neppure una volta! Purtroppo sapevano entrambi che avrebbe potuto anche succedere. Ma, girandosi su un fianco, nel letto della sua camera d'albergo, Mel pregò in cuor suo che non fosse così.

Capitolo 13

Il venerdì Mel e i suoi colleghi della stampa trascorsero una lunga giornata piena di ansia nell'atrio d'ingresso del Center City. Una mezza dozzina di inservienti avevano ricevuto l'incarico di servire caffè e panini mentre loro, periodicamente, si collegavano con le loro varie stazioni televisive per trasmettere gli ultimi bollettini sulle condizioni del presidente. Ma, nel complesso, niente cambiò molto dalle sei del mattino fino alle sette di sera. Dopo essere tornata di servizio alle undici del giovedì sera, Mel non lasciò più l'ospedale fino alle otto del venerdì sera, talmente esausta da avere le tempie che le pulsavano dolorosamente e gli occhi che le bruciavano. Raggiunse il parcheggio e s'infilò dietro il volante dell'automobile che era stata noleggiata appositamente per lei la sera prima ma aveva gli occhi così offuscati dalla stanchezza che, per un attimo, provò quasi paura al pensiero di dover guidare fino all'albergo. Tanto che, quando sentì quella voce, le parve che le arrivasse attraverso una fitta nebbia. Si voltò per vedere chi si era fermato vicino alla sua automobile e le stava parlando.

«Lei non è in condizioni di guidare, signora Adams.» Al primo momento pensò che si trattasse di un poliziotto ma socchiudendo gli occhi per osservarlo meglio, vide che aveva un volto familiare. Allora sorrise e lasciò ricadere la testa indietro contro lo schienale. Il finestrino era completamente abbassato. Aveva pensato che, per non addormentarsi al volante lungo il tragitto di ritorno all'albergo, avrebbe avuto bisogno di tutta l'aria possibile, e ben fresca, in faccia.

«Ma guarda un po'! Non credo ai miei occhi. Che cosa fai qui?» Anche nello stato di estrema stanchezza in cui si trovava, riusciva a notare quanto intenso fosse il colore azzurro degli occhi di Peter. E pensò che era un conforto straordinario il solo fatto di rivederlo.

«Io ci lavoro, in questo ospedale, o te ne sei dimenticata?»

«Ma non è un po' troppo tardi per essere qui? Di solito non finisci prima?»

Lui fece segno di sì con la testa osservando attentamente l'espressione degli occhi di Mel. Si capiva che era molto contenta di vederlo ma troppo estenuata per fare, addirittura, il minimo gesto. «Su, spostati. Ti riaccompagno io all'albergo.»

«Non dire sciocchezze. Sto benissimo. Mi basta semplicemente...»

«Senti, cerca di essere pratica, Mel. Con il presidente qui da noi, anche se andassi a sbattere contro un albero sfasciando l'automobile, al pronto soccorso non ti offrirebbero neanche un cerotto. L'intero ospedale è, letteralmente, in stato d'assedio: tutti pensano soltanto a lui. Quindi vediamo un po' di evitare sia a me sia a te una preoccupazione inutile. Lascia che ti riaccompagni a casa. D'accordo?» Mel si accorse di non avere la forza di mettersi a discutere. Si limitò a sorridergli come una bambina molto stanca, fece segno di sì con la testa e si spostò sul sedile, scivolando sul posto accanto a quello di guida. «Oh, adesso sì che sei una brava bambina!» Le scoccò una rapida occhiata per vedere se si era risentita di essere chiamata con quel termine così familiare e provò un certo sollievo quando vide che Mel non ci aveva badato. Aveva ancora gli occhi vitrei e l'espressione stranita e pareva che non trovasse, ormai, più niente da ridire di fronte alla sua proposta di sostituirla alla guida. Così Peter si infilò con abilità nel traffico di Los Angeles che era sempre intenso anche a quell'ora, lanciandole un'occhiata di tanto in tanto. A un certo momento riprese a parlare. «Ti senti bene, Mel?»

«Sono semplicemente distrutta. Ma starò meglio dopo aver fatto un bel sonno.»

«Quando devi tornare all'ospedale?»

«Non prima delle sei di domani mattina, grazie a Dio!» Poi si mise a sedere un poco più dritta. «Senti, non è che tu sappia, per caso, qualcosa che dovrei sapere anch'io sulle condizioni del presidente?» Ma lui si limitò a scuotere la testa. «Accidenti, mi auguro con tutto il cuore che ce la faccia.»

«È quello che si augurano tutti nel nostro paese, e che mi auguro anch'io. Di fronte a cose del genere, ci si sente davvero impotenti! Per quanto, se proprio vuoi saperlo, ha avuto una fortuna incredibile. Altrimenti a quest'ora sarebbe già tutto finito. Anzi, posso dirti che, almeno a giudicare dalle radiografie che ho potuto vedere, è un miracolo che non sia rimasto vittima dell'attentato. Non ha perso la vita solo per un pelo ed è stato molto fortunato perché, se le pallottole avessero colpito il cervello, c'era il pericolo che restasse ridotto a una vita vegetativa. Oppure, nel caso migliore, poteva rischiare di rimanere paralizzato dal collo in giù. Se la pallottola avesse avuto un rimbalzo diverso, anche di pochissimo, non ci sarebbe stato niente da fare...» non concluse la frase. I chirurghi che avevano operato il presidente erano amici suoi e, di conseguenza, era al corrente di tutto. «Se tu sapessi come mi dispiace per sua moglie. È incredibilmente coraggiosa e, a guardarla, si direbbe che si aggrappi con tutte le sue forze alle ultime briciole di speranza che ancora le restano.» Non era più giovane e l'angoscia degli ultimi due giorni era stata terribile per lei.

«Lo sapevi che soffre di cuore? In forma molto leggera, per fortuna. Ma non si può dire che una disgrazia del genere sia proprio quello che le ha ordinato il dottore!»

Mel lo guardò con un sorriso stanco. «Per fortuna ci sei sempre tu, casomai avesse qualche problema.» Si stava accorgendo all'improvviso di essere molto grata a Peter per essersi offerto di accompagnarla. Adesso capiva che non ce l'avrebbe mai fatta ad affrontare quella specie di corsa a ostacoli che era l'autostrada senza avere un incidente e glielo confessò quando si fermarono davanti all'albergo.

«Non ti avrei mai permesso di guidare nelle condizioni in cui ti trovi.»

«Allora sono stata proprio fortunata che tu fossi lì quando sono uscita dall'ospedale.» Si sentiva un po' meglio ma era sempre al limite del collasso. Non aveva ancora capito che Peter era uscito dall'ospedale appositamente per aspettarla, perché aveva previsto che, al momento di salire in macchina, si sarebbe trovata in difficoltà. Ed era contento, adesso, di averle potuto dimostrare la propria premura con quel gesto di gentilezza. «Non so come ringraziarti, Peter.» Erano scesi tutti e due dall'automobile. Peter la guardò attentamente.

«Pensi di riuscire a entrare in albergo con le tue sole forze?»

Mel sorrise. Da anni, forse da sempre, ormai, nessuno si era mai preoccupato per lei in quel modo. Peter, invece, era molto premuroso. «Sì, mi sento bene. E riesco a camminare. È solo a guidare che non ce l'avrei fatta.» Ma sapeva che ci sarebbe riuscita senz'altro, se ci fosse stata costretta.

«Domattina passo a prenderti. Alle sei meno un quarto?»

«Non posso permettertelo.»

«Per quale motivo? Normalmente, sarei in ospedale alle sei e mezzo. Che differenza vuoi che faccia una mezz'ora?»

«No, credimi. Posso andarci da sola, guidando la mia automobile.» Tante attenzioni la mettevano quasi in imbarazzo ma Peter insistette.

«Non riesco a capire per quale motivo tu debba sentirti costretta a farlo.»

Allora, di colpo, a Mel venne in mente qualcos'altro. «Come fai adesso a tornare a casa di qui?»

«Non ti preoccupare. Chiamo un tassì e mi faccio portare al parcheggio dell'ospedale. Lì prendo la mia automobile. Perché io sono sveglio, anzi sveglissimo. Sei tu quella che è stanca morta e non si regge in piedi dal sonno!»

«Oh, Peter, non avevo intenzione di...» Ma uno sbadiglio le troncò le parole sulle labbra e lui scoppiò a ridere.

«Sì? C'è qualcos'altro che vorresti annunciare al tuo pubblico che ti ascolta a bocca aperta?» La stava prendendo garbatamente in giro e Mel si rammaricò di essere così stanca e intontita dopo la lunga giornata di lavoro.

«Volevo semplicemente ringraziarti.» I loro sguardi s'incontrarono, i loro occhi restarono fissi gli uni negli altri mentre erano lì, ancora fermi davanti all'albergo. «E, poi, è stato bello rivederti.»

«No, non è vero. Con gli occhi imbambolati che ti ritrovi non capisco come fai a vedere qualcosa! Per quel che ne sai, potrebbe essere stato un perfetto sconosciuto ad accompagnarti a casa in automobile.» La guidò gentilmente verso la porta dell'albergo ed entrò con lei nella hall.

«Magari tutti gli sconosciuti fossero così gentili!» mormorò a fior di labbra.

«Adesso, sii brava... sali nella tua camera e cerca di dormire un po'. Hai mangiato?»

«Sì, abbastanza. Ma, a questo punto, voglio soltanto il mio letto. Anzi a pensarci bene, andrebbe bene anche un letto qualsiasi!» Perfino il pavimento cominciava ad avere un aspetto invitante. Peter schiacciò il bottone dell'ascensore per lei e la sospinse con gentilezza nell'interno della cabina. Prima che Mel potesse aggiungere qualcos'altro, si tirò indietro.

«Ci vediamo domattina.»

Lei avrebbe voluto ancora sollevare qualche obiezione ma gli sportelli dell'ascensore si richiusero e, ben presto, si trovò depositata al piano dell'albergo dove c'era la sua camera. Non le restava altro che raggiungerla, e così fece. Aprì la porta, la richiuse, si diresse verso il letto. Mentre eseguiva tutti questi movimenti, aveva la sensazione di essere un automa. Non si prese neppure la briga di togliersi i vestiti, ma chiamò il centralino prima di crollare addormentata e pregò che la svegliassero alle cinque l'indomani mattina. Prese sonno immediatamente e quando squillò il campanello del telefono, le parve che non fosse passato neppure un minuto da quando era andata a letto.

«Sono le cinque, signora Adams.»

«Di già?» Aveva la voce rauca ed era ancora mezza addormentata. Con uno sforzo cercò di svegliarsi completamente. Nel frattempo si mise a sedere, sempre con il ricevitore stretto in mano. «Avete saputo altre notizie? Il presidente è ancora vivo?»

«Credo di sì.» Ma, se non lo fosse stato, l'avrebbero certamente chiamata dall'ospedale oppure dalla sede di Los Angeles della sua stazione televisiva.

Mel riattaccò e, subito dopo, compose all'apparecchio il numero della stazione della tv locale. Il presidente era ancora vivo e non si avevano altre notizie dalla sera prima. Le sue condizioni erano stazionarie ma ancora critiche. Dopo essersi sentita rispondere così, Mel si affrettò ad andare a fare una doccia. Era ancora troppo presto perfino per ordinare del caffè. Poi scese per trovarsi davanti alla porta dell'albergo alle sei meno venti continuando a pensare che avrebbe dovuto insistere, la sera prima, perché Peter non venisse a prenderla. Non c'era nessun motivo perché dovesse farle da autista con tanta premura. Tuttavia, alle cinque e tre quarti precise, Peter comparve, le spalancò la portiera dell'automobile (pareva sveglissimo, lui!) e Mel salì al suo fianco. Peter le offrì immediatamente un thermos pieno di caffè.

«Ossignore, non ho mai avuto servizio più perfetto in un'automobile!»

«Ci sono anche i panini in quel sacchetto.» Le indicò un sacchetto di carta marrone posato sul pavimento e le sorrise. «Buongiorno.» Non aveva sbagliato pensando che Mel fosse andata a letto digiuna la sera prima e aveva preparato quei panini personali per portarglieli.

«Certo che è molto bello avere un amico a Los Angeles.» Diede avidamente un morso alla tartina di pane bianco imbottita di carne di tacchino e si adagiò più comodamente sul morbido sedile della *Mercedes* con una tazza di caffè in mano. «Questa sì che è vita!» Poi lo guardò con un sorriso vagamente intimidito. «Chissà perché, quando sono partita di qui, quindici giorni fa, pensavo che molto probabilmente, non ci saremmo mai più rivisti. O, se non altro, sarebbe passato molto tempo prima che capitasse.»

«È quello che pensavo anch'io. Mi spiace soltanto che sia stato un motivo così drammatico a farci ritrovare. Però sono felice che tu sia qui, Mel.»

«Vuoi sapere una cosa?» Bevve un'altra sorsata di caffè fumante. «Forse non è molto bello dirlo, considerando il motivo per il quale sono venuta, ma non so...» per un momento girò gli occhi dall'altra parte, poi tornò a guardarlo «... da quando sono tornata a New York, ho pensato moltissimo a te. E non riesco a capirne il motivo. Forse il fatto di essere venuta qui di nuovo potrebbe aiutarmi a spiegarmelo.»

Lui fece un cenno di assenso con la testa. Aveva provato anche lui la stessa sensazione. «È difficile spiegarti quello che ho provato. Non facevo che avere una gran voglia di telefonarti per raccontarti un sacco di cose, darti le ultime notizie su Marie, parlarti di un particolare intervento che avevamo appena eseguito... oppure riferirti qualcosa che avevano detto i bambini.»

«La mia impressione è che tu ti sia sentito tremendamente solo per molto tempo e che io ti abbia aiutato... diciamo... ad aprire una porta. E adesso che è aperta, non sai che cosa farne.» Lui annuì e Mel si fece pensierosa. «Ma il buffo è che non lo so nemmeno io. Anche tu hai aperto una porta per me e anch'io ho continuato a pensare a te quando sono tornata a casa. Se tu sapessi che felicità ho provato, quando mi hai chiamato la prima volta.»

«Non avevo altra scelta. Sentivo di doverlo fare.»

«Perché?» Erano tutti e due alla disperata ricerca di risposte che non trovavano.

«Non lo so, Mel. A dire la verità, è stato un sollievo sapere che eri venuta qui di nuovo. Chissà che questa volta io non riesca a scoprire cos'era che stavo cercando di dirti... oppure, che... magari, non ho il coraggio di dirti.»

Fu Mel, invece, che trovò il coraggio di fargli la domanda più difficile. «Ti fa paura?»

«Sì.» La voce di Peter era venata da un lieve tremito. Intanto continuava a guidare senza azzardarsi a lanciarle neppure un'occhiata. «Sì, mi fa una paura enorme.»

«Se questo può consolarti, fa paura anche a me.»

«Perché?» Le rivolse uno sguardo pieno di meraviglia. «Tu sei sola da anni. Sai quello che fai. Io, no.»

«Ecco qual è il nocciolo della faccenda! Io sono stata sola per quindici anni. Non sono mai arrivata con nessuna persona a un'intimità come quella che c'è fra noi adesso. Se qualcuno avesse tentato di costringermi ad arrivarci, sarei scappata. Invece, in te, c'è qualcosa... non so come spiegarmelo ma, l'altra volta che sono stata qui a Los Angeles, mi sono sentita terribilmente attratta da te.»

Peter arrestò l'automobile nel parcheggio del Center City e si voltò a guardarla bene in faccia. «All'infuori di mia moglie, tu sei la prima donna per la quale io abbia provato un'attrazione. E questo mi terrorizza... letteralmente, Mel.»

«Perché?»

«Non lo so. Ma è la verità. Da quando Anne è morta, non ho fatto che rinchiudermi in me stesso, nascondermi. Adesso, all'improvviso, non sono più sicuro di voler continuare allo stesso modo.» Rimasero seduti a lungo dov'erano in silenzio. La prima a parlare fu Mel.

«Perché non stiamo a vedere quello che succede? Senza avere fretta. Senza fare pressioni. Fino a questo momento, nessuno dei due ha ancora rischiato qualcosa. Tu mi hai fatto un paio di telefonate e io sono tornata qui perché qualcuno ha sparato al presidente. Fino a questo momento, non c'è altro.» Stava cercando di rassicurare anche se stessa, oltre a lui, ma nessuno dei due pareva molto convinto.

«Sei proprio sicura che sia tutto?» Gli occhi di Peter erano pieni di dolcezza e Mel gli sorrise.

«No, affatto. Qui sta il guaio. Ma, forse, se non abbiamo fretta e lasciamo che le cosa vadano, maturino da sé, eviteremo di avere tutti questi terrori.»

«Spero soltanto di non terrorizzarti, Mel! Mi piaci troppo per farti fuggire.»

«Sono io che mi faccio paura, molto più di quella che mi possa fare tu. Non ho mai voluto che qualcuno mi facesse male di nuovo, non ho mai voluto soffrire o dover dipendere da qualcun altro, all'infuori di me stessa. Mi sono chiusa in una specie di torre d'avorio; se vi lasciassi entrare qualcuno, c'è il rischio che possa distruggere tutto quello che io ho costruito con tanta fatica.» Era la cosa più onesta che Mel poteva dirgli. Guardandola, Peter si accorse che aveva gli occhi pieni di lacrime.

«Non voglio farti del male, Mel, mai, se appena mi sarà possibile. Tutto quello che desidero è volerti bene e, se possibile, darti una mano a portare il tuo fardello.»

«Non sono sicura di volerlo cedere.»

«E io non sono sicuro di essere pronto ad accollarmelo.»

«Così va bene. È meglio, a questo modo.» Si lasciò andare contro lo schienale della macchina ancora per un momento prima di essere costretta a lasciarlo. «L'unica cosa veramente brutta è che siamo così lontani. Non riusciremo mai a scoprirlo, in questo modo.»

«Chissà, invece, che non ci si riesca fintanto che tu sei qui.» Lui sembrava speranzoso, ma Mel scosse la testa.

«È molto poco probabile finché io lavoro a pieno ritmo come adesso.»

Ma lui non voleva lasciarsi scoraggiare. Non ancora. Doveva assolutamente cercare di capire quello che provava per una donna come Melanie di cui sentiva tanto profondamente il fascino. Fissò i grandi occhi verdi che gli erano rimasti così impressi fin dal primo momento. «L'ultima volta che tu sei stata qui, mi hai seguito mentre lavoravo. Questa volta lascia che sia io a mettermi a tua disposizione per quanto posso. Chissà che non riusciamo a trovare qualche scampolo di tempo in cui parlare.»

«Mi piacerebbe. Ma lo vedi anche tu come vanno le cose. Lavoro giorno e notte.»

«Be', tentiamo ugualmente. Vediamo un po' se non riesco

a scovarti giù, nell'atrio dell'ospedale, più tardi, quando ho finito gli interventi in sala operatoria e il giro di visite ai miei malati. Chissà che non riusciamo a mangiare un panino in santa pace.» L'idea le piaceva ma non sapeva ancora se sarebbe riuscita a essere libera.

«Vedrò di fare quello che posso per rendermi disponibile, Peter, ma cerca di capirmi... può anche darsi che non ce la faccia!»

«Certo che lo capisco!» Poi, per la prima volta, le sfiorò una mano. «Non preoccuparti, Mel. Io sono qui. Non ho intenzione di andar via.» Forse, invece, sarebbe toccato a lei. Si augurarono entrambi, in silenzio, che questo non dovesse succedere troppo presto.

Mel gli sorrise. Le faceva piacere il contatto della mano di Peter sulla propria. «Grazie per il passaggio, Peter.»

«Ai suoi ordini, signora.» Scese rapidamente dall'automobile e venne ad aprirle la portiera. Un minuto più tardi erano letteralmente inghiottiti dalla folla che si ammassava nell'atrio d'ingresso. Lui si voltò a lanciarle ancora un'occhiata ma Mel era già assorta nella conversazione con gli altri colleghi della stampa che avevano trascorso la notte accampati lì dentro e gli sportelli dell'ascensore si richiusero alle spalle di lui prima che Mel facesse in tempo a rivederlo ancora una volta.

Le notizie che Mel ricevette erano migliori. Davano un po' di speranza. Il presidente era ancora vivo e, mezz'ora prima, un portavoce dell'ospedale li aveva informati che si era verificato qualche miglioramento nelle sue condizioni.

Alle otto, la First Lady tornò. Alloggiava al *Bel-Air Hotel* ed era circondata dagli uomini del Servizio Segreto che le fecero largo fra la folla per farla passare più rapidamente attraverso l'atrio. Ma per quanto Mel e un gruppetto di altri giornalisti ci si provassero, nessuno riuscì ad avvicinarsi alla povera donna che aveva l'aria estenuata. Ancora una volta Mel provò una gran pena per lei. Alle otto e mezzo andò in onda la sua trasmissione per il pubblico dei telespettatori di New York che, poi, venne ripetuta per il telegiornale di mezzogiorno. Ma tutto quello che Mel poté riferire alla nazione fu che il presidente era ancora vivo. Poi, per tutto il resto della giornata, continuò a raccogliere i bollettini medici senza concedersi un attimo di sosta per pensare alla propria vita o a Peter Hallam.

Non lo rivide più fino alle tre del pomeriggio, quando lui le apparve improvvisamente al fianco. Aveva un'aria molto austera e ufficiale, chiuso nel camice bianco inamidato tanto che, di colpo, i rappresentanti della stampa gli si affollarono intorno. Si erano convinti che fosse venuto a diramare altre notizie e Peter faticò parecchio a farsi sentire, al di sopra di tutto quel frastuono, quando cercò di spiegare di essere venuto lì solo a cercare un'amica. Alla fine trovarono scampo, con Mel, in un angolo anche se parecchi dei giornalisti presenti continuarono a essere convinti che la Adams fosse riuscita a procurarsi uno *scoop* giornalistico sensazionale, ai loro danni. Alla fine, disperato, Peter si tolse il camice bianco e lo cacciò in un bidone per i rifiuti che si trovava lì vicino.

«Dio mio, c'è stato un momento in cui ho creduto che avrebbero finito per malmenarmi!»

«E lo avrebbero fatto, sta' tranquillo, se se ne fosse presentata l'occasione. Mi spiace.» Gli rivolse un sorriso stanco. Aveva lavorato per nove ore filate senza mangiare altro che il panino offertole da Peter in automobile, anche se aveva bevuto caffè a litri per tutto il giorno.

«Hai mangiato?»

«Non ancora.»

«Non puoi venire via?»

Lei guardò l'orologio. «Devo andare in onda per dieci minuti per la trasmissione delle sei a New York. Però, dopo, dovrei riuscire ad avere un attimo di libertà.»

«Quanto dovresti restare, ancora?»

«Soltanto qualche ora. Credo che potrei essere libera per le sei. Posso sempre tornare per le otto, nel caso fosse necessario preparare un servizio per la trasmissione delle undici a New York. Anzi, con molta probabilità, dovrò farlo. Ma, dopo quello, spero di aver finito a meno che non si presenti qualche nuovo sviluppo della situazione.»

«Potrei andarmene via subito», disse lui, «e tornare a prenderti alle sei. In questo modo avremmo la possibilità di andare a cena in un posto tranquillo e di farti tornare indietro in tempo per il telegiornale delle undici di New York. Subito dopo potrei riaccompagnarti al tuo albergo.»

«Molto probabilmente, per quell'ora, farò fatica a tener gli occhi aperti e andrò in giro come un automa. C'è anche il pericolo che mi addormenti durante la cena.»

«Non ci bado, io, a queste cose. Mi è già capitato di fare addormentare qualcun altro mentre cenavamo. Perlomeno stavolta potrò sempre dirmi che c'era un motivo valido!» Le sorrise provando uno strano desiderio di prenderla fra le braccia.

Anche lei sorrise. «Mi farebbe piacere vederti stasera.»

«Bene. Allora affare fatto: ci troviamo qui per le sei.» Poi Peter scappò per raggiungere il suo studio e si ripresentò esattamente tre ore più tardi. A quel punto, ormai, Mel aveva la faccia stanca e le occhiaie segnate; quando salì in automobile, Peter si accorse che era esausta. Lei gli rivolse un debole sorriso.

«Sai una cosa, Peter? Se adesso mi dici che mi trovi bella e attraente, avrò finito per sempre di crederti!»

Lui scoppiò a ridere. «Mamma mia, rischio così tanto?»

«Prova! A proposito... come è andato il lavoro?»

«Bene. E come sta il presidente stasera?» Immaginava che Mel ne sapesse più di lui, ormai. Era stato troppo occupato con i suoi pazienti per avere il tempo di pensare a qualcun altro.

«Continua a resistere. Comincio a credere che se la caverà, visto che ce l'ha fatta fino a questo momento. Che cosa ne dici?»

«Credo che tu abbia ragione.» Poi sorrise. «L'unica mia speranza è che non si alzi dal letto domattina così non sarai costretta a tornartene immediatamente a casa.»

«Credo che non ci sia nessun pericolo del genere per il momento. E tu?»

«No, neanch'io, in tutta onestà.» Sembrava contento e le lanciò un'occhiata mentre continuava a guidare, diretto a un ristorante dei dintorni.

«A proposito, come stanno i ragazzi?»

«Bene. Sanno che sei qui perché seguono le notizie alla televisione ma non ho ancora avuto il tempo di dir loro che ti ho visto.»

Lei tacque per un momento. «Forse non dovresti farlo.»

«Perché?» Peter sembrava sorpreso.

«Forse potrebbero innervosirsi. I ragazzi hanno delle antenne straordinarie. Lo so, perché capita anche con le mie. Soprattutto con Jess. Magari, con Val è diverso perché lei passa sopra più facilmente a molte cose, tanto è presa dalla propria vita! Jessica, invece, a volte è capace quasi di 'sentire' le cose prima che avvengano.»

«Anche Pam è così, in certe occasioni. Ma i ragazzi sono diversi.»

«È proprio quello che volevo dire. E mi sembra che quella ragazza abbia già fin troppe cose da affrontare nella propria vita, senza doversi preoccupare anche per me.»

«Che cosa ti fa pensare che dovrebbe preoccuparsi?»

«Che cosa ti fa pensare che non sia così per lei? Voglio dire che, se ci pensi bene, in questi due ultimi anni il suo mondo si è completamente capovolto; però, se non altro, sa di avere te. E finora non ci sono mai state altre donne con le quali dover entrare in competizione, almeno per quello che lei crede. Poi sono arrivata io sulla scena e... rappresento una minaccia immediata.»

«Che cosa te lo fa pensare?»

«Io sono una donna. Lei è una ragazza e tu sei suo padre. Appartieni a lei.»

«Il fatto che io provi interesse per qualcun altro non dovrebbe cambiare il legame che esiste tra noi.»

«Eppure, in un certo senso, potrebbe proprio capitare questo. Sono sicura che i tuoi rapporti con Pam erano ben diversi quando tua moglie era viva. Avevi meno tempo da dedicarle, altre cose da fare. Adesso, all'improvviso, sei tutto suo, o quasi. Il fatto che questo possa cambiare e che le cose possano tornare come prima, perché c'è di mezzo un'estranea, non dovrebbe riuscirle molto gradito.»

Lui parve pensieroso mentre arrestava l'automobile davanti a un piccolo ristorante italiano. «Non ho mai considerato la situazione da questo punto di vista.» Poi, rivolgendo un dolce sorriso a Mel, aggiunse: «Però non ci sono mai neanche stato costretto. Forse dovrei essere un poco più cauto in quello che le racconto».

«Proprio così!» Mel scoppiò in una risata. «Accidenti, non è escluso che tu non voglia mai più rivedermi fra qualche giorno! Perché stai per conoscermi sotto il mio aspetto peggiore. Con la mancanza di sonno di tutti questi giorni, mi accorgo che sto cominciando a crollare.»

«È quello che capita a tutti.»

«Se ben ricordo, a te non è capitato. Anzi, mi sembra che tu abbia una resistenza miracolosa con tutto quello che fai!»

«D'accordo, però ho anch'io i miei limiti.»

«Io ho raggiunto il mio due giorni fa!»

«Su, vieni! Adesso cercheremo di farti mangiare un po'. Vedrai che ti aiuterà.» Entrarono e il capo cameriere li accompagnò a un tavolo un po' appartato. «Vino, Mel?» Ma lei scosse subito la testa.

«Mi addormenterei di schianto qui, sul piatto!» Rise e ordinò una piccola bistecca. Non aveva più neanche fame ma sapeva che mettere qualcosa nello stomaco le avrebbe fatto bene. Del resto, sia l'uno sia l'altra, si godettero straordinariamente la cena e la conversazione, fatta di argomenti poco impegnativi. Ancora una volta Mel si stupì, accorgendosi di trovarsi così a proprio agio con lui. Peter sembrava sinceramente interessato al suo lavoro e lei aveva già imparato parecchie cose sulla professione di Peter. Fu una chiacchierata distensiva ma anche stimolante e, alla fine del pasto, Mel si appoggiò allo schienale della sedia con la tazza di caffè in mano, sentendosi contenta e soddisfatta. «Per me sei stato una vera e propria provvidenza. Lo sai?»

«Anch'io mi sono goduto questa serata.»

«Non mi aspettavo certo questo, quando sono venuta a Los Angeles.»

«Lo so.» Peter sorrise. «A quest'ora, probabilmente, pensavi di essere alle Bermuda.»

«Perché, che giorno è oggi?» Aveva perso ogni nozione del tempo; da quando era arrivata non era neppure riuscita a parlare una sola volta con le sue figlie ma sapeva che lo avrebbero capito. In ogni caso, le ragazze erano a Cape Cod per un lungo week-end. Per quello che la riguardava, non si era neppure accorta che era già cominciato! Le sembrava di trovarsi a Los Angeles da settimane. E, in un certo senso, avrebbe voluto che fosse così. Mai, prima, aveva provato una sensazione del genere. La sua vita aveva sempre avuto come punto focale la città di New York, ma adesso sapeva che la sua vita era tutta lì.

«Mi spiace che tu abbia perso la piccola vacanza alle Bermuda, Mel.»

«A me, no.» Lo guardò dritto negli occhi, con franchezza. «Preferisco molto di più essere qui.» Lui restò per un attimo incerto, senza sapere come reagire. Poi allungò una mano e prese quella di lei.

«Ne sono felice. Sono contento che tu sia tornata, Mel. Mi spiace soltanto che tu debba lavorare a questo modo!»

Lo sguardo di lei, quando lo fissò negli occhi, era stranamente grave. «È uno scotto molto modesto da pagare per vederti.»

Peter, tuttavia, non poté scacciare un pensiero triste. «Sono sicuro che il presidente non la pensa così!» Per un attimo restarono in silenzio, tutti e due seri e pensosi; poi Mel, sia pure con rimpianto, dovette guardare l'orologio. Era venuto il momento di tornare al lavoro. Peter le propose di riaccompagnarla all'ospedale e di aspettarla, ma lei protestò. Non voleva coinvolgerlo troppo nei suoi impegni di lavoro. «Posso prendere un tassì dopo la trasmissione delle undici.» Quando, cioè, a Los Angeles sarebbero state soltanto le otto.

«Ma se te l'ho già detto! Finché resterai qui, ti farò da autista.» Ma, subito, parve perplesso e imbarazzato. «A meno che tu non preferisca restare sola ...»

Stavolta fu lei ad allungare una mano e a posarla su quella di Peter. «Ne sarò enormemente felice.»

«Bene.»

Lui pagò il conto e uscirono per tornare al Center City dove Mel arrivò in tempo per annunciare ai telespettatori di New York che il presidente aveva un po' di febbre ma che un rialzo di temperatura rientrava nelle previsioni dei medici. Poi, mezz'ora più tardi, Peter la riaccompagnò in automobile all'albergo e la lasciò sulla porta, promettendole di tornare a prenderla alla stessa ora l'indomani mattina. Anche stavolta, Mel entrò, salì nella sua camera e andò a letto, ma ci mise un po' più di tempo della sera precedente ad addormentarsi ed era ancora completamente sveglia quando, un'ora più tardi, Peter le telefonò.

«Pronto?» Di colpo ebbe paura che fosse una brutta notizia che riguardava il presidente.

«Sono io.» Era Peter. Allora Mel respirò di sollievo e gli spiegò il motivo della sua preoccupazione. «Mi spiace di averti spaventata.»

«Per carità, figurati! Qualcosa che non va?»

«No.» Peter esitò per un attimo e a Mel parve quasi di poter sentire il suo respiro. «Volevo soltanto dirti che sei una donna straordinaria.» Era rimasto sbalordito anche lui dalle proprie parole e si era accorto di avere il cuore che gli batteva più forte. Mel si mise a sedere di scatto sul letto accorgendosi di essere emozionata e felice al tempo stesso per quelle parole.

«Io sono arrivata alla stessa conclusione su di te l'ultima volta che sono stata qui.»

Peter arrossì, sentendosi un po' sciocco, e Mel sorrise. Continuarono a chiacchierare per un po' e quando, alla fine, riattaccarono, si accorsero di sentirsi eccitati, impauriti e felici come due ragazzini. Sia l'uno sia l'altra stavano compiendo piccoli passi quasi impercettibili per uscire dal loro limbo. Non era neppure troppo tardi per tornare indietro ma, a ogni giorno che passava, il fatto di dover camminare su quella specie di filo di rasoio diventava sempre più rischioso e nessuno dei due riusciva a immaginare quello che sarebbe successo quando Mel fosse rientrata a New York. Ma era troppo presto per preoccuparsi di cose simili. Al momento gustavano soltanto il piacere di uscire dal limbo.

Buonanotte, Mel, ci vediamo domani... le pareva di sentire ancora la voce di Peter risuonarle nelle orecchie quando tornò a distendersi, al buio, cercando di prender sonno... si sentiva come se il ragazzo più bello e affascinante della scuola l'avesse invitata alla festa da ballo di fine d'anno... strano come, quando era con lui, le sembrasse di sentirsi ancora tanto giovane.

Capitolo 14

L'INDOMANI mattina Peter venne a prenderla come al solito e la lasciò davanti all'ospedale dove le dissero che il presidente aveva avuto un leggero miglioramento. Per la prima volta da parecchi giorni Mel riuscì ad avere pochi minuti per se stessa nel bel mezzo della giornata e, cedendo a un impulso improvviso, telefonò al reparto di cardiologia domandando se poteva andare a far visita a Marie. Prese l'ascensore fino al sesto piano e la trovò seduta sul letto, graziosissima ma molto pallida. Aveva perfino il viso un po' più rotondo. Melanie si accorse, dispiaciuta, che quel gonfiore, non naturale, era dovuto all'effetto delle terapie cui era sottoposta. Tuttavia i suoi occhi erano luminosi e splendenti. Non nascose a Mel di essere felice di vederla.

«Che cosa ci fa, lei, qui?» Alzò gli occhi di scatto, stupita, quando Melanie entrò nella sua camera. Aveva ancora gli aghi delle fleboclisi infilati nelle braccia ma aveva un aspetto migliore rispetto a prima del trapianto.

«Sono venuta a trovarti. Non direttamente da New York, te lo confesso. Ho vissuto qui, nell'atrio dell'ospedale, per parecchi giorni, a causa dell'attentato al presidente.» Marie annuì mentre i suoi occhi assumevano un'espressione grave.

«Che cosa terribile! Sta meglio?»

«Oggi sì, un poco. Ma non è ancora completamente fuori

pericolo.» Poi si accorse, improvvisamente, di aver detto una cosa priva di tatto perché Marie non era completamente fuori pericolo neppure lei. Sorrise con dolcezza a quella giovane donna la cui vita stava attraversando tutt'ora una fase delicatissima. «Non è fortunato come te, Marie.»

«Perché non è un paziente di Peter Hallam.»

I suoi occhi si illuminarono di ammirazione e di riconoscenza mentre pronunciava quel nome e Mel, che la stava osservando, intuì di colpo che Peter Hallam era diventato una specie di divinità per quella ragazza. Sospettò anche che Marie si fosse presa una cotta per lui. Niente di più facile, visto che la sua vita dipendeva da Peter e che lui l'aveva salvata con quell'intervento di trapianto. Ma fu soltanto quando Peter in persona entrò nella camera di Marie poco più tardi e arrossì vedendola, che Mel capì anche qualcos'altro. Quello straordinario legame, quella comunicabilità che nasce fra medico e paziente... Peter si mise a sedere vicino al letto di Marie, cominciò a parlarle con la sua voce pacata e suadente... e, allora, fu come se non esistesse più nessuno nella stanza all'infuori di loro due.

All'improvviso Mel ebbe la sensazione di essere un'intrusa e se ne andò quasi subito, tornando giù nell'atrio, dove la folla dei giornalisti continuava a restare accampata. Non rivide più Peter fino a quando lui non venne a prenderla per riaccompagnarla all'albergo, alla sera. Come era già successo il giorno precedente, aveva un paio di ore di intervallo ma doveva rientrare all'ospedale alle otto per trasmettere direttamente le ultime notizie per il telegiornale delle undici, ora di New York. Fu quindi mentre stavano andando a cena, che menzionò Marie a Peter.

«Quella ragazza ti adora, non c'è dubbio!»

«Non dire sciocchezze. Non si comporta diversamente da tutti gli altri pazienti.» Però aveva capito quello che Melanie voleva dire; esisteva un legame speciale fra lui e ciascuno dei suoi malati e, forse, soprattutto con Marie, che non aveva nessuno ad assisterla. «È una cara ragazza, Mel. E ha bisogno di qualcuno che le stia vicino... con tutto quello che sta passando! Perché, vedi, una persona costretta a star lì tutto il giorno distesa nel suo letto non fa altro che continuare a pensare... Ha bisogno di qualcuno con cui sfogarsi e con cui parlare di tutto quello su cui ha riflettuto.»

«Tu, poi, sei di una pazienza addirittura incredibile!» Mel, intanto, sorrideva, domandandosi come facesse Peter a dare in continuazione, quasi in modo smisurato. Dava moltissimo, della sua abilità professionale, del suo cuore, del suo tempo, della sua pazienza. Non riusciva proprio a capire come ci riuscisse.

Mentre cenavano, lo chiamarono al radio-telefono che portava sempre con sé e fu costretto a tornare all'ospedale per un caso di emergenza.

«Marie?» gli domandò Mel, preoccupata, mentre si affrettavano a salire in automobile.

Lui scosse la testa. «No, un uomo che è entrato in ospedale la settimana scorsa. Ha un estremo bisogno di un cuore nuovo ma non abbiamo ancora trovato il donatore.» Sembrava che questo fosse il suo solito, eterno problema... la mancanza di un cuore, proprio quando era disperatamente necessario.

«Ce la farà?»

«Non lo so. Lo spero.» Intanto si era messo al volante. Destreggiandosi abilmente attraverso il traffico, riuscì a raggiungere l'ospedale in meno di dieci minuti. Quella fu l'ultima volta che Mel lo vide, durante la serata. Prima della sua trasmissione, ricevette un messaggio nell'atrio dell'ospedale nel quale le si diceva che il dottor Hallam sarebbe rimasto in sala operatoria per parecchie ore e lei si domandò se questo significava che avevano trovato un donatore oppure se Peter, nel frattempo, con quell'intervento stava cercando di salvare il salvabile. Rientrò in albergo sola, in tassì, e restò stupita quando dovette confessarsi che Peter le mancava moltissimo. Fece un bel bagno caldo e rimase immersa nella vasca a fissare con aria assorta la parete di mattonelle davanti a sé, pentendosi di avergli fatto tutte quelle domande su Marie. Eppure, quando aveva pronunciato il suo nome, era apparso qualcosa d'insolito sul viso della giovane donna e... quanta intimità c'era stata nel tono della voce di Peter mentre parlava con lei! Quasi quasi, Mel si sentiva gelosa. Alle nove e mezzo era già a letto. Dormì sodo fino alle cinque dell'indomani, quando la svegliarono e, alle cinque e tre quarti, Peter era giù ad aspettarla come sempre. Ma quella mattina aveva l'aria stanca.

«Ciao.» Mel salì rapidamente in automobile e dovette fare uno sforzo su se stessa perché la sua prima reazione, per un attimo, era stata quella di allungarsi verso di lui e dargli un bacio su una guancia. Solo all'ultimo minuto era riuscita a trattenersi e a non farlo. Lo scrutò attentamente e quando incontrò il suo sguardo, capì subito che qualcosa non andava. «Stai bene?»

«Sì, bene.»

Ma lei non gli credette. «Com'è andata ieri sera?»

«Lo abbiamo perduto.» Avviò la macchina e Mel rimase a osservare il suo profilo. Gli aveva letto negli occhi amarezza e solitudine. «Abbiamo fatto del nostro meglio, ma ormai era in condizioni disperate.» Di colpo, Mel capì anche qualcos'altro.

«Non hai bisogno di convincermi», disse con voce bassa e piena di dolcezza. «So bene come devi aver tentato disperatamente di salvarlo.»

«Mah! Forse sono io che ho bisogno di convincere me stesso.»

Allora lei allungò una mano per sfiorargli lievemente un braccio. «Peter...»

«Scusami, Mel.» Le lanciò un'occhiata e un sorriso stanco e lei si augurò di poter fare qualcosa per consolarlo. Ma sapeva che era impossibile.

«Non farti male a questo modo.»

«Già.» Poi, cinque minuti dopo: «Aveva una giovane moglie e tre bambini piccoli».

«Smettila di prendertela con te stesso.»

«E con chi vuoi che me la prenda?» esclamò lui voltandosi a guardarla di scatto, con un lampo di collera improvvisa.

«Non ti è mai balenato che tu non sei Dio? Che non ne hai nessuna colpa? Che non sei tu a concedere il dono della vita?» Erano parole dure ma capiva che Peter la stava ascoltando, e le avrebbe meditate. «È una decisione che ti è stata tolta dalle mani, per quanto abili e capaci possano essere.»

«Sarebbe stato il candidato perfetto per un trapianto cardiaco, trovando il donatore.»

«Invece non l'hai trovato. Ed è finita. Una porta che devi considerare chiusa.» Intanto si erano fermati nel parcheggio dell'ospedale. Peter la guardò.

«Hai ragione e lo capisco. Fra l'altro, dopo tutti questi anni, non dovrei punire me stesso e, invece, è quello che faccio sempre.» Sospirò lievemente. «Hai tempo per una tazza di caffè?» C'era qualcosa di confortante nella presenza di Mel e aveva proprio bisogno di conforto.

Lei lanciò uno sguardo all'orologino da polso e aggrottò le sopracciglia. «Certo. Lascia soltanto che faccia un salto dentro a vedere com'è la situazione. Con ogni probabilità non c'è niente di nuovo.» Invece, quando entrò, c'erano notizie. Nel giro di due o tre minuti avrebbero diramato un annuncio per radio. I medici avevano sciolto la prognosi e il presidente non si trovava più fra i pazienti in condizioni critiche. Quando si sentì la notizia, nell'atrio dell'ospedale si levarono le grida di giubilo. Per gran parte dei giornalisti presenti questo significava che presto avrebbero potuto tornarsene a casa e smetterla di restar lì accampati alla bell'e meglio.

Mel diffuse ufficialmente la notizia con la trasmissione alla sua stazione televisiva dell'Est, mentre Peter restava ad ascoltarla. Ma, per quanto l'intero paese fosse in festa, lei e Peter si sentivano stranamente depressi. I loro occhi s'incontrarono quando Mel concluse il notiziario.

«Adesso dovrai rientrare a casa?» bisbigliò lui in tono preoccupato.

«Non ancora. Ho ricevuto poco fa un messaggio. Vogliono che mi procuri, se ci riesco, un'intervista con sua moglie per quest'oggi.» Ma in quel momento Peter si sentì chiamare con l'altoparlante. Lo cercavano, e fu costretto a lasciarla.

Mel mandò un biglietto di sopra, alla moglie del presidente, che negli ultimi due giorni aveva dormito in una camera comunicante con quella del marito. La risposta le arrivò un poco più tardi. La First Lady avrebbe concesso a Mel un'intervista esclusiva a mezzogiorno in una stanza privata del terzo piano. Con questo cadevano automaticamente tutte le speranze di pranzare con Peter ma l'intervista andò molto bene e Mel ne rimase soddisfatta. Quel pomeriggio venne diramato un altro bollettino medico ancor più incoraggiante del primo. Il presidente se l'era cavata. La sua vita non era più in pericolo. Quella sera, quando Peter accompagnò Mel fuori dell'ospedale a mangiare qualcosa, l'atmosfera era molto più serena. Gran parte della tensione e dell'inquietudine generale erano scomparse.

«Hai avuto una buona giornata?» Mel si lasciò cadere stancamente contro lo schienale della sedia e guardò Peter con un sorriso. «La mia è stata massacrante però le cose cominciano ad andare meglio.»

«Non mi sono fermato un momento da quando ho cominciato stamattina. A proposito, Marie mi ha detto di salutarti.»

«Ricambiale i saluti.» Ma era distratta. Aveva altre cose a cui pensare. Stava cominciando a chiedersi quando avrebbe dovuto partire. Era corsa la voce che, nel giro di pochi giorni, il presidente sarebbe stato trasportato all'ospedale Walter Reed di Washington, D.C. ma la First Lady non aveva potuto, o voluto, confermarla.

«A che cosa stai pensando, Mel?» Si era accorta che Peter aveva l'aria meno depressa di quella mattina.

Sorrise. «A centomila cose contemporaneamente. Abbiamo sentito dire che, presto, manderanno il presidente a casa. Secondo te, è trasportabile?»

«In questo preciso momento, sarebbe un grosso rischio. Ma se dovesse continuare a migliorare, potrebbero anche farlo. Del resto, sul suo apparecchio privato, l'*Air Force One*, potrebbero trasportare anche tutte le attrezzature necessarie alle sue terapie.» Non sembrava particolarmente rallegrato da questo pensiero e la stessa cosa valeva per Mel ma, mentre cenavano, riuscirono a dimenticarsene. Peter cominciò a raccontarle una serie di aneddoti buffi e divertenti che riguardavano Matt quando aveva soltanto due o tre anni e qualche episodio spassoso accaduto nell'ospedale in cui aveva fatto il periodo di tirocinio dopo la specializzazione. Esausti com'erano, finirono per riderne come due ragazzini, freneticamente, senza riuscire a fermarsi e, quando Peter la riaccompagnò all'ospedale appena prima delle otto, Mel era dell'umore più adatto per apparire sullo schermo ai suoi telespettatori, assumendo l'aria grave che le circostanze richiedevano. Quando lasciarono di nuovo il Center City mezz'ora più tardi, incredibile a dirsi, erano ancora di ottimo umore. Il fatto di essere insieme dava coraggio a entrambi e li convinceva che la vita valeva sempre la pena di essere pienamente vissuta.

«Vuoi venire a casa a bere qualcosa?» Peter voleva restare ancora un po' con lei anche perché si era reso conto all'improvviso che Mel sarebbe dovuta partire nel giro di qualche giorno. Così non voleva perdere neppure un momento prezioso della sua compagnia.

«Credo che sarebbe meglio farne a meno. Non mi sembra giusto turbare inutilmente i ragazzi.»

«E io, allora? Non ho il diritto di vedere un'amica?»

«Certamente. Ma portare qualcuno in casa è sempre più impegnativo! Come pensi che reagirebbe Pam se mi vedesse di nuovo?»

«Forse non sarebbe male se cominciasse ad abituarsi.»

«Ma ne vale la pena?» Mel non era di questa opinione. «Perché non vieni tu al mio albergo a bere qualcosa, piuttosto? È orribile, però il bar è abbastanza decente.» In realtà nessuno dei due aveva voglia di bere. Pareva che, sia a Peter sia a Mel, interessasse soltanto star seduti, vicini, a chiacchierare per ore e ore fino a quando non sarebbero crollati per la stanchezza.

«Sai che cosa ti dico? Sento che potrei star qui a parlare con te per tutta la notte.» Peter continuava a essere profondamente stupito dai sentimenti contrastanti che Mel suscitava in lui: eccitazione, rispetto, fiducia, attrazione, timore, un senso di distacco e di intimità, tutti contemporaneamente. Ma sebbene questi sentimenti lo turbassero, non se ne stancava mai. La presenza di Mel Adams aveva dato qualcosa di più, qualcosa di nuovo e prezioso, alla sua vita. Capiva di esserne profondamente affascinato, ormai, ma non sapeva ancora come comportarsi.

«È la stessa cosa che provo io. Ma il buffo è che ci siamo appena incontrati, eppure ho l'impressione di conoscerti da tantissimo tempo!» In vita sua non le era mai capitato di godere tanto della compagnia e della conversazione di una persona! Quando ci pensava, ne restava ancora un po' spaventata. Un argomento, questo, che nessuno dei due voleva affrontare ma al quale pensavano continuamente. Quella sera fu Mel a dimostrarsi la più coraggiosa quando gli scoccò un'occhiata mentre bevevano il secondo *Irish coffee*. La combinazione di whisky e caffè, di cui era composta la bevanda, aveva dato a entrambi un po' più di energia, contribuendo a rendere più sfumate le cose, a smussare qualche angolo... a creare una piacevolissima sensazione di benessere e di serenità. «Credo che, quando tornerò a casa, sentirò terribilmente la tua mancanza.»

Lui la guardò più attentamente al di sopra dell'orlo del bicchiere. «Anch'io. È quello che stavo pensando stamattina dopo averti lasciato davanti all'ospedale. Quello che mi hai detto riguardo al mio paziente di ieri sera, era pieno di buon senso. Posso confessarti che è tutto merito tuo se la mia giornata è cominciata in modo sereno. Ti garantisco che mi pareva proprio di essere in fondo al pozzo... come suol dirsi! Mi sembrerà strano quando non dovrò più venire a prenderti al tuo alberto alle sei ogni mattina.»

«Chissà che, invece, tu non possa trovare un poco più di tempo per te stesso oppure da passare con i tuoi figli. Non si sono ancora lamentati?»

«Sembrano molto presi dalla loro vita.»

«La stessa cosa vale per le gemelle.» Intanto stava pensando che quella stessa sera sarebbero rientrate in città da Cape Code. «Dovrò telefonare alle ragazze se riesco a calcolare nel modo giusto la differenza di fuso orario fra qui e New York. Di solito, quando mi sveglio sono già uscite per andare a scuola e quando torno in albergo, sono già addormentate.»

«Presto sarai a casa tua», le ricordò Peter ma pronunciò queste parole con voce dolente e Mel tacque per qualche istante.

«È una vita pazzesca, la mia, Peter.» Lo guardò dritto negli occhi come se volesse domandargli che cosa ne pensava.

«Però immagino che ti dia molta soddisfazione. Ho l'impressione che tutti e due tiriamq avanti a un folle ritmo da 'non stop'. Ma non è poi così brutto se ti piace quello che fai!»

«È quello che ho sempre pensato anch'io.» Sorrise e Peter allungò una mano attraverso il tavolo per prendere quella di lei. In un gesto intimo, che li fece sentire a proprio agio. «Grazie per tutto quello che hai fatto per me, Peter.»

«Mi ringrazi per averti accompagnato qualche volta avanti e indietro dall'ospedale? Non è stato certo un favore straordinario!»

«Però è stato gentile da parte tua e mi è piaciuto molto poter stare con te.» Sorrise e lui ricambiò il sorriso.

«Anche a me. Mi sembrerà strano quando non sarai più qui.»

Lei scoppiò a ridere. «Probabilmente finirò per ritrovarmi giù, davanti alla porta della mia casa di New York alle sei meno un quarto ogni mattina, aspettandomi di vederti sbucare da dietro l'angolo a bordo della tua *Mercedes*.»

«Vorrei...» Ma s'interruppe all'improvviso. Intanto era arrivato il conto. Peter lo pagò e uscirono lentamente dal bar nella hall dell'albergo. Era tardi, l'indomani mattina dovevano alzarsi presto tutti e due ma, mentre si auguravano la buona notte, Melanie si scoprì a desiderare che non si separassero.

«Ci vediamo domani, Peter.» Lui fece segno di sì con la testa e la salutò con un gesto della mano mentre gli sportelli dell'ascensore si richiudevano. Poi tornò a casa, pensando a Mel e chiedendosi quale sarebbe stata la sua vita senza di lei. E, mentre si spogliava, si disse che era meglio evitare di domandarselo. Quanto a Mel, nella sua camera d'albergo, rimase a lungo a guardare fuori della finestra. Pensava a Peter e a tutto quello che si erano detti in quegli ultimi pochi giorni. Improvvisamente si accorse di avere il cuore gonfio di tristezza, di sentire uno strano senso di vuoto, come mai le era capitato in vita sua. A un tratto scoprì di non avere nessuna voglia di ritornare a New York. Ma era assurdo. Era una follia. Le era già capitato di provare questo desiderio l'altra volta che era venuta a Los Angeles ma adesso era diventato più insistente e tormentoso. Così quella sera si coricò con l'inquietante sensazione che Peter Hallam l'aveva colpita più profondamente di quanto non le garbasse. Eppure quando era con lui non ci pensava. Si limitava a parlargli con la disinvoltura che si acquista dopo che si frequenta una persona da anni. Quella sera si addormentò di un sonno agitato e provò un grande sollievo nel rivederlo l'indomani mattina. Salì rapidamente in automobile e cominciarono subito a chiacchierare piacevolmente durante il tragitto, ormai familiare, verso l'ospedale. Improvvisamente Peter scoppiò a ridere e si voltò a guardarla:

«È un po' come essere sposati, vero?»

Lei si sentì impallidire. «Ma... di che cosa stai parlando?»

«Questo fatto di andare a lavorare insieme ogni giorno.» Sembrava imbarazzato. «Devo confessarti una cosa: mi piace la routine. Sono una creatura abitudinaria, io.»

«La stessa cosa vale per me.» Mel gli ricambiò il sorriso sentendosi di nuovo a proprio agio. Per un attimo si era quasi spaventata. Adesso si riappoggiò comodamente allo schienale e lanciò un'occhiata verso l'ospedale che si intravvedeva già in lontananza. «Chissà che notizie troverò quest'oggi.» Il presidente aveva continuato a migliorare regolarmente e adesso si aspettava soltanto la conferma che sarebbe stato trasportato altrove.

Nonostante questo, quando in mattinata venne diffuso l'annuncio che il presidente sarebbe partito per Washington l'indomani mattina con un'équipe di medici sul suo apparecchio *Air Force One*, ci rimase molto male come se qualcuno le avesse inferto improvvisamente un colpo basso. Le sfuggì istintivamente un sospiro desolato, un «No» appena percettibile. Ma era la verità. Il presidente stava per partire. E, anche questa volta, nell'atrio dell'ospedale scoppiò il caos. I bollettini medici venivano diffusi per radio quasi senza interruzione e le interviste ai medici curanti erano pressoché continue. Quanto a Mel, dovette fare subito una dozzina di telefonate a New York. Stavano chiedendo, per lei, il permesso di viaggiare su *Air Force One* ma, fino a quel momento, l'unica notizia certa era che soltanto sei membri della stampa avrebbero ottenuto la concessione di salire sull'aereo presidenziale. In cuor suo Mel si scoprì a pregare per tutto il giorno di non essere fra i prescelti, ma alle cinque ricevette una telefonata da New York. Sì, era stata inclusa anche lei fra i sei fortunati. Sarebbero dovuti partire l'indomani, verso mezzogiorno. Fra l'altro, le consigliavano di trovarsi lì, all'ospedale, per le nove, la mattina del giorno seguente, in modo da poter raccogliere tutte le informazioni possibili anche sui preparativi per la partenza del presidente. Così, quando raggiunse Peter nel parcheggio quella sera, appena entrata in automobile, si lasciò cadere spossata sul sedile.

«Che cosa è successo, Mel?» Peter aveva capito immediatamente che qualcosa non andava. Anche lui aveva avuto una giornata molto lunga; aveva lavorato quattro ore in sala operatoria per dare a uno dei suoi pazienti un cuore di plastica. Era un intervento che aveva acconsentito a fare con riluttanza. Ma in quel caso particolare, non c'erano state altre soluzioni. Avevano già tentato tutto il resto e non erano riusciti a trovare un donatore per un trapianto. Tuttavia Peter non ignorava, adesso, il grave rischio che correvano, soprattutto dal punto di vista delle infezioni. Non solo, ma quel giorno anche Marie aveva dato un certo numero di problemi. Tuttavia non ne volle parlare con Mel, la quale si era girata verso di lui con un'espressione infelice e desolata dipinta sul viso.

«Parto domani.»

«Accidenti.» Rimase a fissarla per un attimo che parve interminabile e infine fece lentamente un cenno di assenso. «Be', lo sapevamo che non potevi restare qui in eterno.» Gli ci volle qualche minuto per riacquistare tutto il suo autocontrollo; poi avviò la macchina. «Devi tornare stasera?»

Lei scosse la testa, facendo segno di no. «Ho finito, fino a domattina alle nove.»

A sentire queste parole, lui, che aveva ripreso coraggio, sorrise e le lanciò un'occhiata piena di affetto. «Allora senti che cosa ti propongo: ti lascio al tuo albergo, dove puoi riposarti per un po' e poi ce ne andiamo a cena in qualche posticino simpatico: che cosa ne dici?»

«Fantastico! Sei sicuro di non essere troppo stanco?» Adesso si accorgeva che Peter appariva esausto.

«Sicurissimo. Mi farebbe un enorme piacere. Avresti voglia di tornare al *Bistro*?»

«Sì»... e Mel si decise finalmente a sorridere. «...L'unico posto dove non ho voglia di tornare è New York. Non trovi che sia spaventoso?» Ormai era lontana da casa da una settimana ma le sembrava che fosse stata lunga come un anno. All'improvviso cominciò a riaffiorare nei suoi ricordi la vita che faceva a New York. Il telegiornale delle sei e delle undici, le gemelle, il ritmo regolare della sua giornata. In quel preciso momento, niente di tutto questo l'attirava e si accorse di essere ancora depressa quando salì nella sua camera a cambiarsi. L'unica cosa che la rallegrò un poco fu rivedere Peter quando venne a prenderla alle sette e mezzo. Indossava un completo a doppio petto di flanella grigio scuro e Mel pensò che non lo aveva mai visto così bello e affascinante. Lei si era messa un vestito di seta beige con una giacca di seta pesante color panna: era tutto quello che aveva portato con sé, pensando che potesse servirle per una delle solite trasmissioni in diretta alla TV, ma fino a quel momento non aveva ancora avuto occasione di indossarli.

Quando entrarono al *Bistro* avevano entrambi un'aria molto distinta. Il capo-cameriere, poi, trovò loro un tavolo bellissimo. Peter ordinò i cocktail e un cameriere si affrettò a presentare il menù. Mel, però, si accorse di non avere neppure fame. Tutto quello che desiderava era semplicemente chiacchierare e stare con Peter tanto che, durante la sera, si accorse, più di un volta, che avrebbe voluto aggrapparsi a lui stretta stretta... e non lasciarlo più. Quando, alla fine della cena, dopo il soufflé di cioccolata e il caffè, Peter ordinò un brandy per ciascuno, la guardò con tristezza.

«Vorrei che tu non dovessi partire, Mel.»

«La stessa cosa vale per me. Sembra pazzesco, a dirlo, ma anche se ho lavorato come una negra, è stata una settimana meravigliosa.»

«Tornerai.» Ma solo Iddio poteva sapere quando! Prima di venire per fargli la famosa intervista, Mel mancava da Los Angeles da più di un anno. Ed era stato un puro caso che le capitasse di doverci tornare così presto.

«Vorrei che non abitassimo così lontano l'uno dall'altra.» Lo disse in tono dolente e imbronciato, come una bambinetta che si rammarica di dover lasciare una nuova amica, appena conosciuta. Peter sorrise e le circondò le spalle con un braccio.

«Anch'io.» E: «Ti telefonerò». Ma, e poi?

Impossibile trovare le risposte giuste: avevano ciascuno la propria vita alle due estremità opposte del paese, con i figli, una casa, una carriera, degli amici. Niente di tutto questo poteva essere cacciato in una valigia e trasportato altrove. Mel e Peter si sarebbero dovuti accontentare delle telefonate e di qualche visita occasionale. Ma quando, usciti dal ristorante, fecero quattro passi per Rodeo Drive, Mel, valutando la situazione, si accorse che non riusciva neppure a pensarci tanto la trovava insostenibile.

«Vorrei che le nostre esistenze fossero diverse, Peter.»

«Davvero?» Non le nascose di essere stupito. «In che senso?»

«Se non altro, potremmo vivere nella stessa città.»

«Su questo, sono d'accordo con te. Ma, per tutto il resto, direi che siamo abbastanza fortunati adesso che ci conosciamo. Frequentarti ha arricchito moltissimo la mia vita.»

«Anche la mia.» Mel sorrise e le loro mani, intrecciate, si strinsero con forza, mentre continuavano a camminare in silenzio, ciascuno immerso nei propri pensieri.

A un certo punto, sempre con le mani strette a quelle di lei, Peter abbassò gli occhi a guardarla. «Credo che sentirò maledettamente la solitudine... senza di te.» Ascoltando l'eco delle proprie parole gli parve incredibile di averle pronunciate, eppure era successo proprio così... e, adesso, si sentiva meno impaurito valutando i propri sentimenti. Forse anche il brandy lo aveva aiutato! Ma doveva ammettere tra sé che una settimana in compagnia di Mel era un dono che non si sarebbe mai aspettato di avere dalla vita. Si accorgeva di provare un affetto sempre più profondo per lei a ogni giorno che passava e la prospettiva di vederla partire lo aveva gettato in uno stato depressivo che non avrebbe mai creduto possibile.

A un certo punto ripresero la via del ritorno e raggiunsero lentamente l'automobile. Peter l'accompagnò all'albergo. E, quando vi arrivarono, rimasero seduti per un momento, davanti all'ingresso, a guardarsi alla luce dei lampioni. «Ti rivedo domani, Mel?»

«Dovrò trovarmi all'ospedale soltanto alle nove.»

«Io devo essere in sala operatoria alle sette. A che ora parte l'aereo del presidente?»

«A mezzogiorno.»

«Allora immagino che questo sia tutto.» Restarono seduti a guardarsi, profondamente afflitti; poi, senza dire una parola, Peter si sporse verso di lei, le prese delicatamente il viso fra le mani e la baciò. Mel chiuse gli occhi assaporando il contatto delle labbra di lui che si posavano sulle sue. Si accorse di sentirsi emozionata per quel bacio, che la lasciava senza fiato. Quando la bocca di Peter si staccò dalla sua, le pareva quasi di sentirsi girare la testa. Gli rimase aggrappata per un momento che le parve interminabile e poi alzò gli occhi a guardarlo, gli sfiorò lentamente il viso con la punta delle dita, gliele passò sulle labbra. Peter gliele baciò. «Mi mancherai, Mel.»

«Anche tu mancherai a me.»

«Ti telefonerò.» Ma, e poi? A che cosa sarebbe servito? Nessuno dei due aveva la risposta a queste domande.

Allora, senza aggiungere altro, Peter l'attirò contro di sé e la tenne stretta a lungo; poi l'accompagnò dentro, nella hall dell'albergo, e la baciò ancora un'ultima volta prima che lei entrasse in ascensore e scomparisse alla sua vista. Poi, lentamente, tornò all'automobile, vi salì e ripartì, sentendosi il cuore pesante come non gli capitava da molto tempo... da quando aveva perso Anne. Pensò che, a quel tempo, si era augurato di non dover provare mai più niente di simile. E adesso l'intensità dei suoi sentimenti nei confronti di Mel lo spaventava.

Capitolo 15

QUANDO Mel arrivò all'ospedale l'indomani mattina, le fu concesso di salire con altri due giornalisti e di scambiare qualche parola con la First Lady mentre si ultimavano i preparativi per la partenza del presidente. Questi avrebbe lasciato l'ospedale verso le dieci per arrivare all'aeroporto internazionale di Los Angeles poco prima delle undici. Poi, non appena fosse stato possibile, l'aereo presidenziale sarebbe decollato. Il presidente era in condizioni discrete ma si capiva subito che la First Lady era ancora profondamente angosciata. Le condizioni di suo marito erano soddisfacenti ma non si poteva prevedere che cosa sarebbe potuto succedere durante il volo. In ogni caso, il presidente aveva manifestato il desiderio di rientrare a Washington e i suoi medici l'avevano ritenuto possibile.

Mel diede gli ultimi ritocchi all'intervista alla First Lady e poi rimase ad aspettare in corridoio. Tre quarti d'ora più tardi il presidente apparve, finalmente, disteso in una lettiga. Salutò con ampi gesti della mano le infermiere e il personale paramedico che si era affollato lungo il corridoio, riuscì ad abbozzare qualche sorriso e a mormorare alcune parole di saluto ma era ancora pallidissimo, abbondantemente fasciato, e gli si vedeva, infilato in un braccio, l'ago della fleboclisi. La lettiga che lo trasportava era circondata da uno stuolo di uomini del Servizio Segreto che si erano uniti ai medici e alle infermiere che dovevano tornare a Washington con lui. Mel si mise a seguire il piccolo corteo tenendosi a rispettosa distanza e prese un altro ascensore per scendere nell'atrio d'ingresso dove si affrettò a raggiungere il gruppetto degli altri giornalisti che erano stati prescelti per tornare in volo verso l'Est, su *Air Force One*. Per loro era stata riservata una limousine speciale e Mel vi salì dopo essersi voltata a dare uno sguardo al Center City. Prima di partire le sarebbe piaciuto lasciare un messaggio al banco della portineria perché fosse recapitato a Peter, ma non ne aveva avuto né l'opportunità né il tempo e pochi istanti più tardi erano già in viaggio, a velocità sostenuta, verso l'aeroporto.

«Come ti è sembrato?» le domandò in tono asciutto il reporter che le stava seduto di fianco mentre controllava un fascio di appunti. Erano un gruppetto di stimati professionisti ma, nonostante questo, sentivano nell'aria un po' di elettricità e di tensione. Quella era stata una settimana lunghissima per ciascuno di loro... pareva che non dovesse finire mai, e adesso pensavano con piacere al ritorno a casa dove avrebbero potuto riposare e distendere un po' i nervi dopo tante fatiche. Quasi tutti avevano intenzione di rientrare alle rispettive basi non appena avessero raggiunto Washington con l'aereo presidenziale; la stazione televisiva per la quale Mel lavorava le aveva già prenotato un posto sul volo per New York delle dieci di quella sera stessa. Qualcuno sarebbe venuto a prenderla all'aeroporto La Guardia alle undici per accompagnarla a casa. In un certo senso, le pareva di rientrare da un altro pianeta. Non riusciva neppure a capire se aveva voglia di tornare a casa, adesso, mentre continuava a ripensare alle parole di Peter, al suo viso e alle sue labbra, quando l'aveva visto per l'ultima volta la sera prima.

«Come dici...?» Non aveva sentito la domanda del collega.

«Ti ho chiesto come ti sembrava.» Era un collega più anziano e parve infastidito di dover ripetere la domanda. Mel, allora, socchiuse gli occhi, imponendosi con uno sforzo di pensare al presidente disteso sulla lettiga.

«Aveva un aspetto pauroso. Però è vivo.» E, a meno che non succedesse qualcosa di tragico durante il volo verso l'Est o intervenissero gravissime complicazioni, era ormai fuori pericolo. Poteva considerarsi un uomo molto fortunato, come avevano ripetuto tutti, più di una volta, nelle loro trasmissioni. Ad altri presidenti, con gli attentati, non era andata altrettanto liscia.

Durante il tragitto verso l'aeroporto, Mel e gli altri colleghi si scambiarono le solite battute scherzose e i soliti aneddoti, di cui qualcuno piuttosto piccante. Ci furono i soliti battibecchi e l'abituale intrecciarsi di pettegolezzi e di notizie vecchie e nuove. Nessuno di loro aveva mai rivelato qualcosa di ciò che faceva e preferiva tenere per sé quello che sapeva. In ogni caso quel viaggio non sarebbe stato angoscioso e pieno di tensione come quello di andata. Mel ripensò alla settimana che era appena finita e a quando aveva rivisto Peter per la prima volta. Adesso si chiese quando lo avrebbe incontrato ancora. Ma non riuscì a trovare, nell'immediato futuro, nessuna opportunità del genere e, quando dovette ammetterlo con se stessa, si sentì ancora più depressa.

Il giornalista seduto vicino a lei le lanciò un'altra occhiata. «A guardarti, Mel, si direbbe che quest'ultima settimana ti abbia distrutto. Sembri uno straccio.»

«No.» Lei scosse la testa, girando gli occhi dall'altra parte. «Sono semplicemente stanca, ecco tutto.»

«Già, e chi non lo è?»

Mezz'ora più tardi salivano a bordo dell'aereo presidenziale prendendo posto nella zona riservata ai passeggeri, in fondo. Per il presidente la parte anteriore dell'aereo era stata attrezzata come una stanza di ospedale ma nessun giornalista aveva il permesso di accedervi. Quasi ogni ora, durante il volo (così furono informati) l'addetto stampa sarebbe venuto a dare notizie sulle condizioni del presidente. Ma il viaggio fu tranquillissimo, senza imprevisti e si concluse a Washington quattro ore e mezzo più tardi. Durante l'ora successiva il presidente venne trasferito al Walter Reed Hospital e, a quel punto, Mel si rese conto che la sua parte era finita. Il corrispondente da Washington della sua stazione televisiva era venuto ad accoglierli all'aeroporto e Mel, dopo aver seguito il presidente al Walter Reed con gli altri colleghi arrivati con lei da Los Angeles e tentato di scambiare qualche parola con la First Lady, uscì definitivamente dall'ospedale. Trovò una limousine che l'aspettava per riaccompagnarla all'aeroporto. Mancava un'ora alla partenza del suo volo per New York e, quando, finalmente, si mise a sedere in attesa che la chiamassero per salire a bordo, le parve di essere ancora sotto choc. Quest'ultima settimana cominciava ad acquistare l'aspetto di un sogno, tanto che finì per chiedersi se Peter e il tempo passato con lui fossero stati reali.

Si avvicinò lentamente a una cabina telefonica che si trovava nelle vicinanze e chiamò New York. Da casa, le rispose Jessie. Per un attimo Mel si sentì salire le lacrime agli occhi. Soltanto in quel momento capì quanto fosse stanca.

«Jess! Ciao»

«Ciao, mamma. Sei arrivata?» A sentirla, con quella voce emozionata e piena di eccitazione, sembrava ancora una bambina.

«Quasi, tesoro mio! Sono all'aeroporto di Washington. Dovrei essere lì per le undici e mezzo. Dio santo, mi sembra di essere lontana da un anno!»

«Ci sei mancata da morire!» Non pensò neppure a muoverle un rimprovero per non essersi fatta mai viva da Los Angeles. Sapeva che, di solito, i suoi orari erano strampalati e imprevedibili. «Come stai?»

«Sono distrutta. Letteralmente. Non vedo l'ora di arrivare! Ma non aspettatemi. Perché credo che sarò... sulle ginocchia, e andrò a letto difilato.» Effettivamente, adesso, non era soltanto la fatica a farsi sentire. Ma anche una strana depressione, man mano che misurava la distanza alla quale si trovava da Peter. Che sciocchezza anche quella! Le sembrava di non riuscire più a controllare i propri sentimenti e le proprie emozioni come al solito.

«Vuoi scherzare?» Dall'altro capo del filo Jess sembrava offesa. «Non ti vediamo da una settimana, sai! Certo che resteremo alzate ad aspettarti. E, se sarà necessario, ti porteremo a braccia su per le scale!»

Mel sorrise, al telefono, con gli occhi pieni di lacrime. «Ti voglio bene, Jess.» E poi: «Come sta Val?»

«Benone. Se tu sapessi come abbiamo sentito la tua mancanza tutte e due!»

«Anche voi mi siete mancate, tesoro!» In California, però, era anche successo qualcos'altro a Mel. Aveva una gran confusione nel cervello, ormai, e capiva che avrebbe dovuto riordinare le proprie idee o perlomeno lasciarle «decantare»... come capiva di non aver voglia di veder nessuno, all'infuori delle gemelle. Erano le uniche con le quali sentiva il bisogno di parlare.

Quando arrivò, l'aspettavano nel soggiorno. Si buttarono fra le sue braccia, prima una e poi l'altra, festanti al pensiero di averla di nuovo con loro. E Mel, guardandosi intorno, pensò che la sua casa non le era mai sembrata così bella e accogliente, né le ragazze tanto adorabili.

«Bambine mie, se sapeste com'è bello tornare a casa!» Eppure una piccolissima parte di lei continuava a ripeterle che non era vero. Che sarebbe stato ancora più bello trovarsi a quattromilacinquecento chilometri di lì, a cena con Peter. Ormai, però, erano tutte cose che aveva lasciato alle sue spalle e doveva dimenticarsene, almeno per il momento.

«Dev'essere stato terribile, mamma! Da quello che siamo riuscite a capire guardando la tivù, non hai lasciato l'atrio di quell'ospedale neanche per un attimo!»

«Be', effettivamente sono stata quasi sempre accampata lì dentro, salvo quelle poche ore che riuscivo a rubare per andarmene a letto a fare una bella dormita...» e quelle passate con Peter... Fissò negli occhi le gemelle come se si aspettasse che la trovassero diversa dal solito. Ma, per loro, era sempre la stessa. Non si poteva veder niente in superficie; restava soltanto quello che provava dentro di sé, nel segreto del proprio cuore... e ve lo teneva ben nascosto. «Come vi siete comportate in questa settimana? Siete state brave?» Val andò a prenderle una Coca-Cola e Mel sorrise con gratitudine a quella delle sue figliole che aveva già una figura di donna, formosa e molto sexy. «Grazie, cara.» Poi aggiunse: «A proposito, dimmi un po', signorina bella, ti sei presa un'altra cotta?»

«Non ancora.» Val rise, fissando sua madre negli occhi. «Però sto facendo di tutto per riuscirci!» Mel alzò gli occhi al cielo, rassegnata. Poi rimasero sedute a chiacchierare ancora per un bel po'. Era l'una passata quando decisero di andare a letto. Le ragazze diedero il bacio della buona notte alla mamma davanti alla porta della sua camera e continuarono a salire le scale per ritirarsi di sopra, ognuna nella propria. Mel, per prima cosa, vuotò la valigia e fece una doccia calda. Quando guardò di nuovo l'orologio, erano le due... le undici sulla costa occidentale... Improvvisamente le sembrò che la cosa più importante del mondo fosse sapere dov'era lui e che cosa stava facendo. Era come sentirsi costantemente divisa in due. Lei aveva la sua vita lì, a New York, eppure ne aveva lasciata una parte a quattromilacinquecento chilometri di distanza. Almeno per il momento, le pareva una vita molto difficile da vivere... e, oltre a questo, doveva ancora capire che cosa significasse tutto questo, che cosa Peter Hallam significasse per lei... anche se, in cuor suo, già lo sapeva.

Capitolo 16

L'INDOMANI mattina Grant le telefonò appena prima di mezzogiorno e la svegliò. La sua voce la fece sorridere mentre si girava nel letto per dare un'occhiata fuori della finestra alla giornata di giugno splendente e piena di sole.

«Ben tornata a casa, Mel. Come ti è andata, a Los Angeles?»

«Oh, è stata una favola!» Sorrise, mentre si stiracchiava lentamente. «Non ho fatto che stare sdraiata in piscina a prendere il sole.» Scoppiarono a ridere insieme, come due ragazzini. «E tu?» gli chiese Mel.

«Indaffarato, preso da tutte le mie solite pazzie... come sempre. Che cosa mi racconti di te, piuttosto?»

«Che cosa vuoi che ti racconti? Puoi immaginare come sia stato pazzesco il mio lavoro laggiù, vero?»

«Lo immagino benissimo. Non devi reggerti in piedi.» A sentirla, invece, non sembrava troppo stanca.

«Hai ragione. Sono distrutta.»

«Ti fai vedere in redazione quest'oggi?»

«Stasera, per la trasmissione delle sei. Non credo che ce la farò ad arrivare molto prima.»

«Mi pare più che abbastanza! Spero di vederti. Ho sentito la tua mancanza, ragazza mia. Avrai due minuti da dedicarmi per andare a bere qualcosa?» Il tempo, sì, la voglia, no.

Desiderava restare ancora per un po' sola con se stessa a mettere ordine nelle proprie idee. E non se la sentiva, al momento, di raccontare a Grant quello che le era successo.

«Stasera no, caro. Magari la settimana prossima.»

«Okay, ci vediamo più tardi, Mel.»

Mentre si alzava dal letto, stiracchiandosi ancora, Mel pensò a Grant e sorrise tra sé. Che fortuna ad avere un amico come lui. Era appena entrata nella stanza da bagno per aprire la doccia quando sentì il telefono che suonava e si domandò se non fosse di nuovo lui che la richiamava. Non capitava molto di frequente che la gente la cercasse a casa a mezzogiorno; fra l'altro, quasi nessuno sapeva che era già rientrata dalla California. Né lo avrebbero saputo fino a quando non l'avessero vista durante la trasmissione del telegiornale di quella sera. Sollevò il ricevitore aggrottando le sopracciglia, perplessa. Intanto, completamente nuda, camminava avanti e indietro di fronte alla scrivania, allungando gli occhi verso il giardino che si estendeva dietro la casa.

«Pronto?»

«Ciao, Mel.» Lui sembrava un po' nervoso e il cuore le fece un tuffo non appena sentì la sua voce. Era Peter; si udiva nel sottofondo il lieve ronzio che accompagnava sempre le telefonate interurbane. «Non ero sicuro di trovarti a casa e ho soltanto pochi minuti ma ho pensato di chiamarti ugualmente. Sei arrivata bene? Sana e salva?»

«Sì... bene...» Le sembrava di avere la lingua impastata e di non riuscire a pronunciare una sola parola. Intanto, ascoltando la sua voce, chiuse gli occhi.

«Oggi ci siamo presi un piccolo intervallo fra un intervento e l'altro e io ne ho approfittato soltanto per dirti che sento molto la tua mancanza.» Era bastata una frase così breve e semplice perché Mel si sentisse completamente sconvolta, con il cuore che le batteva a colpi sordi nel petto. Tanto che non riuscì a rispondere. «Mel?»

«Sì... stavo appunto pensando...» Poi decise di buttare ogni cautela al vento e si mise lentamente a sedere davanti alla scrivania, con un sospiro. «Anch'io sento la tua mancanza. Hai gettato la mia vita nel caos più completo, dottore.»

«Davvero?» Sembrava sollevato. Perché anche Mel aveva fatto la stessa cosa con la sua. La notte precedente non era quasi riuscito a chiudere occhio ma non aveva avuto il coraggio di telefonarle e di svegliarla. Sapeva come fosse estenuata per la tensione accumulata durante quei giorni. «Ti rendi conto che tutto questo è pura follia, Peter? Lo sa il cielo quando riusciremo a rivederci ed eccoci qui come due bambini che hanno preso una cotta formidabile l'uno per l'altra.» Ma si sentiva di nuovo felice a parlare con lui. In fondo non desiderava altro che ascoltare la sua voce.

Lui scoppiò a ridere per le parole che Mel aveva scelto. «Perché è questo che sarebbe? Una cotta? Non saprei...»

«Tu che cosa ne dici?» Non era ben sicura di quello che stava rischiando con una domanda del genere, anzi era un po' spaventata al pensiero della risposta. Non era ancora pronta a sentirsi fare da Peter un'appassionata dichiarazione d'amore e, del resto, neppure lei era pronta a fargliela. Mel poteva ancora stare tranquilla. Sentirsi al sicuro. Il peggio era che non sapeva neppure se le faceva piacere sentirsi al sicuro e avere la certezza che Peter non rappresentava un pericolo.

«Sì, credo che, più o meno, sia l'espressione giusta. Mi sono preso una cotta per te, Mel... È così che si dice?» Intanto erano scoppiati a ridere contemporaneamente. A Mel sembrava di esser tornata una ragazzina. Era la sensazione che Peter le faceva provare ogni volta... aveva nove anni più di lei. «A proposito, come stanno le ragazze?»

«Bene. E la tua truppa?»

«Se la cavano discretamente. Ieri sera Matthew si lamentava che non mi vede mai. Così, questo week-end, se riesco a liberarmi dai miei impegni, andremo a pescare insieme o a fare qualcosa del genere. Ma dipende dall'intervento che sto per fare.»

«Di che cosa si tratta?»

«Un bypass triplice. Ma non dovrebbero esserci complicazioni.» Intanto Peter aveva dato un'occhiata all'orologio che si trovava nel piccolo studio dal quale la stava chiamando.

«A proposito, sarà meglio che torni di là. Ho appena il tempo di prepararmi. Ma continuerò a pensare a te, Mel.»

«Sarà meglio che pensi al tuo malato!» Sorrideva, però. «Forse d'ora in poi dovrei concludere ogni trasmissione con un: 'E buonanotte a te, Peter, ovunque tu sia'.»

«Sai perfettamente dove sono.» La voce di Peter era piena di tenerezza a tal punto che Mel si sentì fremere di commozione.

«Come, no! A quattromilacinquecento chilometri!» Era diventata triste.

«Perché non fai un salto a Los Angeles uno dei prossimi week-end?»

«Sei diventato matto? Sono appena venuta via!» Però era una proposta che le piaceva, anche se pareva irrealizzabile.

«Be', era diverso! Stavi qui a lavorare! Prova a prenderti una piccola vacanza e vieni a trovarci!»

«Così... come se niente fosse?» L'idea la divertiva.

«Certo. Perché no?» Ma lei ebbe il sospetto che, se avesse accettato, sarebbero rimasti sconvolti tutti e due. E poi, non si sentiva ancora preparata a compiere un passo così importante.

«Forse ti verrà uno choc, dottor Hallam, ma credo opportuno informarti che io qui ho una vita e due figlie.»

«Già! E ti prendi il luglio e l'agosto di vacanza ogni anno. Non negare... me l'hai detto tu stessa! Perché non porti le ragazze a visitare Disneyland o qualcosa di simile?»

«Perché non vieni tu, piuttosto, a trovarci a Martha's Vineyard?» Era un giochetto, quello che stavano facendo, e lo sapevano entrambi, ma li faceva sentire felici.

«Per prima cosa, amica mia, devo andare a fare un triplice bypass», disse Peter, ricordandole che per lui era giunto il momento di tornare al lavoro.

«Buona fortuna e grazie della telefonata.»

«Ti richiamo più tardi, Mel. Sarai in casa stasera?»

«Sì, nell'intervallo fra una trasmissione e l'altra.»

«Allora ti telefono.» Fu quello che fece, e Mel provò di nuovo un tuffo al cuore. Aveva appena finito di cenare con le ragazze e lui era appena rientrato a casa dallo studio. Bastò quella telefonata a farla sentire al settimo cielo, con una gran confusione in testa... che permase fino a quando dovette uscire di nuovo per il telegiornale delle undici. Intanto si stava dicendo che doveva essere impazzita. Si impose con uno sforzo di pensare alla trasmissione e riuscì a concentrarsi per tutta la sua durata ma quando vide Grant fuori dello studio era ancora confusa e in preda a una evidente agitazione.

«Ciao, Mel. Qualcosa che non va?» Grant doveva mandare in onda la sua trasmissione un quarto d'ora dopo e non avevano molto tempo per parlarsi.

«No. Perché?»

«Niente. Solo che mi sei sembrata un po' strana. Ti senti bene?»

«Certamente!» Però aveva un'espressione sognante negli occhi e Grant intuì che doveva essere assorta in chissà quali pensieri segreti. Poi, all'improvviso, capì tutto in un lampo. Gli era parso di vedere qualcosa di vagamente simile negli occhi di Mel già un'altra volta, in precedenza, anche se, in quell'occasione, non gli era sembrata sconvolta fino a questo punto. Si domandò chi fosse lui, ma non riuscì a capire quando avesse avuto il tempo di conoscerlo. Né dove. A New York o a Los Angeles? Ne rimase un po' incuriosito e turbato: a osservarla con attenzione, si sarebbe detto che Mel viveva in un mondo diverso, tutto suo, in quel momento.

«Vattene a casa a fare una bella dormita, ragazza mia. A guardarti, si direbbe che non ti sei ancora svegliata del tutto.»

«Forse hai ragione.» Gli sorrise e lo seguì con lo sguardo mentre entrava nella sala di trasmissione; poi se ne andò. Intanto si rendeva conto che le telefonate di Peter, durante quella giornata, le avevano messo addosso una grande inquietudine. Come avrebbe fatto a concentrarsi sul suo lavoro? Non riusciva assolutamente ad avere le idee chiare.

Tornò a casa in tassì e aprì la porta con la chiave che aveva sempre con sé. Le ragazze erano già a letto e Raquel si era presa qualche giorno di libertà come compenso per quelli che aveva dedicato completamente alla famiglia di Mel la settimana precedente. Mel si lasciò cadere di schianto sul divano del soggiorno e cominciò a pensare alla propria vita. Meditò sulla proposta di Peter di andare a trovarlo a Los Angeles ma si rese conto che era inaccettabile. L'unica risposta a tutti i suoi interrogativi era quella di fermarsi a New York ancora per qualche settimana e, successivamente, di partire per Martha's Vineyard. Chissà che, in questo modo, non le riuscisse di mettere un po' di ordine fra le proprie idee, come faceva ogni anno. Le cose sarebbero rientrate nella normalità laggiù, con il sole, il mare e la vita tranquilla che vi trascorreva.

Capitolo 17

«SIAMO pronte?» gridò Melanie dal fondo della scala mentre si guardava intorno per un'ultima volta. Stava chiudendo la casa di New York per l'estate; in anticamera erano già pronte due grosse valigie insieme con tre racchette da tennis, due ampi cappelli di paglia che appartenevano alle ragazze, perché Mel si era già messa sulla testa il proprio, e la valigetta verde di vinilpelle che apparteneva a Raquel. Quest'ultima andava in villeggiatura con loro ogni anno per un mese e mezzo ma si prendeva le ultime due settimane di vacanza e tornava a New York a passarle da sola. «Su, avanti, vediamo di spicciarci, gente! Dobbiamo essere all'aeroporto fra mezz'ora!» Per fortuna andavano soltanto al La Guardia; quindi Mel sapeva che ce l'avrebbero fatta.

Ogni anno al momento della partenza provava sempre la stessa sensazione di gioia e, al momento di tornare a Martha's Vineyard, le sembrava ogni volta di essere tornata ragazzina. Aveva concluso il suo lavoro con l'ultima trasmissione proprio la sera prima; poi, quando anche Grant aveva finito il suo programma, era uscita con lui a bere qualcosa per festeggiare l'inizio delle vacanze e aveva trascorso un po' di tempo piacevolmente distesa. Tuttavia Grant non ci aveva messo molto a leggerle negli occhi che era ancora turbata e confusa. Negli ultimi tempi Mel non era riuscita a nascondergli di sentirsi stanca e nervosa. Aveva lavorato a lungo in redazione per terminare il servizio sulla chirurgia cardiaca in California; aveva fatto due interviste importanti e dato gli ultimi ritocchi a un altro programma, in modo che se ne potessero servire durante l'estate. Come sempre, si era mostrata molto coscienziosa ma, negli ultimi tempi, le era sembrato che il lavoro richiedesse una fatica e un'applicazione maggiori del solito. Grant aveva il sospetto che, alla base di tutto, ci fosse sempre il problema sentimentale che Mel stava affrontando e non aveva ancora risolto. Effettivamente Peter aveva continuato a telefonarle ogni giorno ma Melanie non riusciva ancora a immaginare quale piega avrebbero preso le cose, se non andavano a finire in nulla, com'era anche possibile. Non solo, ma negli ultimi tempi aveva avuto anche qualche preoccupazione per il suo contratto che doveva essere rinnovato in ottobre. Alla stazione televisiva si erano verificati parecchi cambiamenti di carattere politico, si parlava addirittura del possibile passaggio a una nuova proprietà e solo Iddio sapeva ciò che questo poteva significare. Tuttavia, quando uscirono insieme, Grant la rassicurò dichiarando che lei non aveva assolutamente nulla da temere. E Peter le ripeté la stessa cosa quando lei gli confessò i suoi dubbi. Nonostante ciò, era un pensiero sul quale continuava ad arrovellarsi. Per fortuna adesso avrebbe potuto accantonarlo almeno per un paio di mesi. Voleva imporsi di non pensare al lavoro, e neppure a Peter o a Grant, ma di dedicarsi semplicemente un periodo di riposo con le gemelle. Se però non si spicciavano a scendere, si disse mentre le aspettava in anticamera con Raquel, sarebbe stato impossibile... Ma finalmente le due ragazze scesero a salti le scale trascinandosi dietro una varietà incredibile di giochi, libri, sacche e borse da viaggio di ogni genere e tipo. Come se non bastasse, Valerie portava tra le braccia anche un enorme orso di pezza.

«Val... per amor di Dio...»

«Mamma , non posso farne a meno! Josh me l'ha regalato la settimana scorsa, i suoi genitori hanno una casa a Chappaquiddick, verrà a trovarci e se non...»

«Va bene, va bene. Cercate di radunare tutta questa roba con un po' di ordine, per favore, e vediamo di salire su un tassì e di andare all'aeroporto, altrimenti non riusciremo mai a partire!» Un viaggio con le ragazze era sempre un'avventura. Tuttavia l'autista del tassì riuscì a sistemare nel baule quasi tutti i bagagli. E finalmente partirono, con Mel e le ragazze sul sedile posteriore e Raquel davanti, a fianco del tassista. A lei erano state affidate le racchette da tennis e i cappelli di paglia. Mentre viaggiavano a velocità sostenuta verso l'aeroporto La Guardia, Mel cominciò a spuntare mentalmente l'elenco di tutte le cose che avrebbe dovuto fare prima di partire: assicurarsi di aver chiuso a chiave la porta del giardino, sbarrato le finestre, messo in azione l'allarme antifurto, chiuso il rubinetto del gas... Provava sempre la terribile sensazione di averne dimenticata qualcuna! Per fortuna, invece, quando salirono a bordo, erano ridiventate di ottimo umore e, mentre decollavano, Mel si sentì stranamente sollevata, come non le capitava da settimane. Le sembrava di lasciarsi alle spalle tutte le incertezze e la confusione mentale che l'avevano fatta arrovellare di continuo. A Martha's Vineyard avrebbe trovato la pace, ne era sicura.

Peter aveva continuato a telefonarle una o due volte al giorno e, per quanto le chiacchierate con lui la rendessero felice, si torturava, ripensandoci. Per quale motivo la chiamava? Quando si sarebbero rivisti? E, infine, aveva un senso tutto questo? Peter aveva confessato di essere confuso, né più né meno di lei, ma sembrava che nessuno dei due fosse capace di smettere di avanzare inesorabilmente su quella strada che li stava conducendo verso una meta sconosciuta. Una meta che li spaventava e della quale evitavano, appena possibile, di parlare. Preferivano aggrapparsi ad argomenti privi di rischio e confidarsi, di tanto in tanto, che sentivano paurosamente la reciproca lontananza. *Ma perché Peter mi manca?* Ecco quello che Mel si chiedeva fin troppo spesso. Non aveva ancora la risposta a questa domanda e, forse, preferiva non averla.

«Mamma, la mia bicicletta sarà ancora in buono stato o la

troverò ridotta a un mucchio di ruggine?» Valerie aveva lo sguardo sognante. Fissava il vuoto con l'orsacchiotto stretto al cuore e l'aria estatica mentre uno sconosciuto, seduto dall'altra parte del corridoio, la divorava con gli occhi. Mel si congratulò con se stessa perché era riuscita a farla cambiare, altrimenti Val sarebbe partita per Martha's Vineyard indossando un paio di calzoncini azzurri spaventosamente corti.

«Non lo so, cara. Vedremo quando saremo arrivate.» La signora che affittava annualmente la casa a Mel e alle ragazze permetteva che lasciassero un po' di roba nel suo scantinato da un'estate all'altra.

A Boston noleggiarono un'automobile e partirono per Woods Hole. Di qui avrebbero preso il traghetto per Vineyard Haven. Questa era la parte del viaggio che piaceva di più a tutte e tre. Perché avevano l'impressione di lasciarsi alle spalle il mondo reale e, con quello, tutte le responsabilità che esso comportava. Melanie andò ad appoggiarsi al parapetto per qualche minuto, lasciandosi scompigliare i capelli dal vento. Sentì di essere più serena. Di colpo, capiva di avere un estremo bisogno di una vacanza. Assaporò profondamente quei pochi attimi passati lì, da sola, prima che le ragazze venissero a raggiungerla. Val e Jessie avevano lasciato Raquel sul ponte inferiore a chiacchierare animatamente con uno sconosciuto.

Quando, alla fine, venne a cercarle, madre e figlie si misero a scherzare e a prenderla maliziosamente in giro perché aveva fatto una conquista. All'improvviso Mel si mise a ridere: le si era presentata davanti agli occhi l'immagine di Hilda Hahn, la governante di Peter. Le sembrava quasi impossibile pensare che qualcuno avesse il coraggio di scherzare con lei e di prenderla in giro o, tantomeno, che lei si mettesse a civettare con un uomo mai visto né conosciuto durante la traversata sul traghetto. Mel e le ragazze volevano un gran bene a Raquel, anche se era una tiranna e voleva far tutto a modo suo. E Mel fu contenta di vedere Jess che abbracciava con affetto Raquel prima di sbarcare. Persino Raquel sorrise. Martha's Vineyard era considerato da tutte un posto sicuro, un vero e proprio rifugio. Quando raggiunsero la casa ormai familiare di Chilmark, le ragazze scesero subito sulla spiaggia e cominciarono a correre a piedi nudi, inseguendosi lontano, mentre Mel le osservava.

Come ogni altro anno, la sistemazione fu rapida e si ambientarono facilmente. Fin dalla prima sera sembrava che tutte e quattro si trovassero lì già da un mese almeno. Avevano le guance rosee e colorite per aver passato qualche ora sulla spiaggia nel pomeriggio, i bagagli erano già stati disfatti e l'enorme orsacchiotto aveva trovato posto sulla poltrona a dondolo nella camera di Val. La casa era arredata in modo comodo e accogliente, ma con il minimo indispensabile. Assomigliava un po' a uno di quei villini in cui abitano, in genere, le signore anziane: con il portico, sotto il quale si trovava l'immancabile divano a dondolo di vimini, e fodere di chintz a fiori in tutte le camere. Al primo momento le stanze avevano sempre un lieve odore di chiuso e di muffa, che scompariva nel giro di pochi giorni. Anche quello faceva parte di tutto ciò che, a Chilmark, era ben conosciuto e familiare. Le ragazze ci venivano da quando erano piccole e, come Mel spiegò a Peter quando le telefonò quella sera, Chilmark, per loro, era come una seconda casa.

«Sono felice di essere qui e anche a me piace moltissimo.»

«A sentire come me la descrivi, fa molto 'New England', Mel.» Intanto, per mezzo delle sue descrizioni, cercava di immaginarsela. Lunghe spiagge dalla sabbia bianchissima, una vita semplice, senza pretese, in pantaloncini, maglietta e piedi nudi, magari, qualche gruppetto di intellettuali che venivano da New York e si ritrovavano di tanto in tanto per una cena a base di aragosta e cozze al gratin. «Noi andiamo in montagna ogni anno, ad Aspen.» Una località completamente diversa da Martha's Vineyard la quale, tuttavia, sembrava abbastanza interessante man mano che Peter la descriveva. «Perché non vieni anche tu con le ragazze? Noi ci saremo nei primi dieci giorni di agosto.»

«Non riusciresti a toglierle di qui neanche per un milione di dollari né per un appuntamento con il loro cantante rock preferito. Be'...» di questa seconda eventualità non era del tutto sicura. Scoppiarono a ridere insieme. I loro rapporti telefonici erano diventati sempre più disinvolti, intimi e cordiali anche se, a volte, sembravano assurdamente irreali. Come se si trattasse di voci appartenenti a due persone diverse, voci che vivevano una vita propria, una sera dopo l'altra, lì al telefono.

«Non credo che sarei capace di convincere neanche te a venir via!»

«Ho i miei dubbi.» A questo punto ci fu uno strano silenzio. Mel tese l'orecchio, chiedendosi che cosa avesse in mente Peter. E lui, quando riprese a parlare, lo fece in tono malizioso, come se volesse prenderla in giro. «Peccato.»

«Perché?» Quello che Peter stava dicendo non aveva senso e Mel cominciava a sentirsi leggermente irritata. Peter, invece, era allegrissimo e aveva un'evidente voglia di divertirsi.

«Peccato, dicevo, che tu non voglia strapparti di lì.»

«Perché?» Il suo cuore si era messo a battere più in fretta. Peter, qualche volta, la faceva diventare stranamente agitata e nervosa.

«Perché mi hanno invitato a un congresso che si terrà a New York. Dovrei fare una relazione a un gruppo di cardiochirurghi che arriveranno da tutta la costa orientale. La riunione a cui interverrò è fissata al Columbia Presbyterian.» Mel era rimasta col fiato sospeso. Poi domandò impetuosamente:

«Una riunione? E tu? Avresti intenzione di andarci?»

«Sì, sarebbe possibile. Di solito sono proposte che rifiuto, soprattutto in questo periodo dell'anno. New York in luglio non è affatto piacevole ma avevo pensato che, forse, date le circostanze...» Mel era rimasta con il fiato mozzo.

«Peter! Vorresti venire qui?»

Lui scoppiò in una risata sommessa; era divertito di fronte alle reazioni non soltanto sue, ma anche di Mel. Sembravano proprio due ragazzini. «Ho risposto affermativamente questo pomeriggio alle tre. E adesso... che cosa mi dici di te e di Martha's Vineyard?»

«Accidenti...» lei girò gli occhi per la stanza, intorno a sé, con un sorriso che le andava da un orecchio all'altro. «... siamo appena arrivate.»

«Preferisci che non venga?» le domandò subito lui. «Non ci sono obbligato, sai?»

«Per amor di Dio, non dire sciocchezze! Quanto tempo credi che si possa tirare avanti in questo modo? Telefonandoci due volte al giorno, senza mai vederci?» Erano passate soltanto tre settimane o poco più da quando Mel era partita dalla California eppure erano sembrate a entrambi lunghe come tre anni. Capivano che dovevano assolutamente rivedersi per cercar di mettere in chiaro, almeno fin dove era possibile, qualcosa dei loro sentimenti.

«È quello che pensavo anch'io...» Scoppiò nuovamente a ridere, felice di fronte a quella prospettiva.

«Quando arriverai?»

«Martedì prossimo.» Poi aggiunse, a voce bassa: «Vorrei che fosse domani».

«Anch'io.» Mel tornò seria. Poi si lasciò sfuggire un fischio sommesso. «Mancano soltanto sei giorni!»

«Lo so.» Rise anche lui, eccitato come un bambino. «Mi hanno prenotato una camera al *Plaza*.» Ma, mentre Peter parlava, a Mel era venuta un'idea. Era esitante a parlargliene perché aveva paura di mettere non soltanto se stessa, ma anche Peter, in una posizione difficile; tuttavia capiva che, se fossero riusciti ad affrontarla con disinvoltura, sarebbe stata una buona soluzione.

«Perché non vieni a stare da noi? Le ragazze non ci saranno e potrai avere per te tutto il piano che occupano loro abitualmente. Sarebbe senz'altro più comodo di un albergo.»

Lui rimase per un attimo in silenzio, valutando il pro e il contro della proposta, esattamente come aveva fatto Mel, prima di fargliela. Vivere sotto lo stesso tetto sarebbe potuto diventare imbarazzante, e significava, anche, impegnarsi più apertamente... Ma dormendo su due piani separati... «Non ti dispiacerebbe? Certo che sarebbe più semplice ma non vorrei darti disturbo oppure...» Inciampava nelle parole, impacciato, e Mel cominciò a ridere allungandosi sul letto, con il ricevitore sempre accostato all'orecchio.

«È un'idea che mi mette in corpo un certo nervosismo, né più né meno come a te, d'altra parte... Ossignore... siamo persone adulte e sappiamo quello che facciamo.»

«Davvero?» Peter sorrise al telefono. Non ne era perfettamente convinto. «E tu? Puoi lasciar sole le ragazze?»

«No, ma c'è qui Raquel e tutto andrà per il meglio.» Improvvisamente si sentiva eccitatissima e felice al pensiero che lui stesse per arrivare. «Oh, Peter, non vedo l'ora!»

«Neanch'io!»

I sei giorni successivi sembrarono interminabili a entrambi. Si parlarono al telefono due o tre volte al giorno tanto che, alla fine, Raquel cominciò a sospettare che quell'ignoto interlocutore fosse diventato molto importante per lei. Le ragazze, invece, sembravano non essersi accorte di niente. La domenica sera Mel accennò velatamente al fatto che avrebbe dovuto tornare a New York per qualche giorno. Sarebbe partita il martedì mattina. La notizia, però, fu accolta con espressioni di enorme stupore: le sue figlie la guardavano a bocca aperta e con gli occhi sgranati. Mai e poi mai Mel era tornata a New York per una ragione qualsiasi all'infuori dell'anno in cui Jess si era fratturata un braccio e lei aveva preferito farla visitare da uno specialista di New York. Ma erano rimaste lontano soltanto due giorni e si era trattato di un motivo importante. Questa volta Mel spiegò che sarebbe rientrata a Martha's Vineyard il venerdì pomeriggio, il che significava che sarebbe rimasta assente per ben quattro giorni. Le ragazze faticarono a convincersi che la mamma parlasse sul serio. Tuttavia Mel insistette spiegando che era sorto un problema con uno dei programmi ai quali stava lavorando e doveva assolutamente tornare in redazione per assistere all'editing che ne avrebbero fatto. Le ragazze erano ancora visibilmente sbalordite quando, alla sera, scesero sulla spiaggia per trovarsi con gli amici e accendere un falò, ma Raquel la squadrò con uno sguardo penetrante, mentre sparecchiavano la tavola.

«Stavolta è una cosa seria, vero?»

Mel evitò di ricambiare quell'occhiata e portò una pila di piatti in cucina. «Di che cosa stai parlando?»

«A me non la racconta, sa? Lei ha un uomo nuovo.»

«Niente affatto. Si tratta di un uomo al quale ho fatto un'intervista.» Ma non se la sentiva di sostenere lo sguardo di Raquel. Sapeva che se lo avesse fatto, Raquel si sarebbe convinta ancora di più di aver ragione. «Ti raccomando, sorveglia le ragazze mentre io sono via, soprattutto Val. Mi sono accorta che il ragazzo dei Jacobs è ormai un uomo fatto e, ogni volta che la vede, sembra rimbambito e dice un mucchio di sciocchezze.»

«Non farà niente di male. Ci starò attenta io.» Poi seguì con lo sguardo Mel che si ritirava nella sua camera e si trasferì in cucina con un sorrisino malizioso, accendendosi una sigaretta. No, Raquel non assomigliava affatto alla signora Hahn, però era una donna attenta e astuta e voleva un gran bene a Mel e alle ragazze.

Il martedì mattina, Mel prese il traghetto per tornare sulla terraferma e da Boston rientrò a New York in aereo. Alle quattro del pomeriggio, era a casa. Aveva tutto il tempo, quindi, di arieggiare le camere e mettere in funzione il condizionatore d'aria, fare una corsa nei negozi più vicini a comperare dei fiori freschi e quel po' di roba, viveri o altro, che poteva servire, e tornare indietro a prepararsi per andarlo a prendere. L'arrivo del volo di Peter era previsto per le nove ma Mel preferì uscire per andare all'aeroporto alle sette e mezzo, per non correre rischi, e fece bene perché c'era un traffico caotico. Quando raggiunse l'aeroporto erano le otto e tre quarti. Ebbe appena il tempo di controllare a quale uscita andare ad aspettarlo per vederlo mentre arrivava. Vi si precipitò quasi correndo ma fu costretta ad attendere una buona mezz'ora, spazientita e fremente per il nervosismo, perché il volo venne annunciato con un quarto d'ora di ritardo. Alle 21.15 precise il grande uccello d'argento si avvicinò rullando sulla pista. Poco dopo i passeggeri cominciarono a scendere. Mel si mise a fissare con attenzione tutti quelli che venivano avanti a frotte, con un'abbronzatura tipicamente californiana, i cappelli di paglia, le gambe nude e dorate dal sole, le camicie aperte sul petto, fino alla cintola, sotto le quali s'intravedevano lucenti collane d'oro... Ma, improvvisamente, i suoi occhi si soffermarono su un passeggero che era diverso da tutti i suoi compagni di viaggio. Indossava un abito di lino beige e una camicia azzurra che metteva in risalto i capelli un po' schiariti dal sole e il viso abbronzato. Veniva avanti, verso Mel, con un portamento austero e l'aria grave e compassata. Quando le fu vicino, abbassò gli occhi a contemplarla e, senza esitare, si chinò a darle un bacio. Restarono così, stretti l'uno contro l'altra per quello che a Mel sembrò un tempo lunghissimo, mentre la gente si scostava, per evitarli, girando di fianco a loro. Infine Peter si staccò da Mel e sorrise, fissandola intensamente.

«Ciao.»

«Com'è andato il viaggio?»

«Splendidamente, ma adesso è ancora meglio.» Scoppiò a ridere e, dicendo queste parole, la prese per mano. Insieme, andarono a ritirare il bagaglio e, poi, a chiamare un tassì. Di tanto in tanto mentre uscivano dall'aeroporto si fermavano a baciarsi, tanto che Mel si domandò, stupita, come avesse fatto a sopravvivere fino a quel giorno senza di lui. «Hai un aspetto meraviglioso, Mel.» Infatti era molto abbronzata e l'abbronzatura faceva risaltare ancora di più il verde dei suoi occhi e il colore ramato dei capelli. Per andarlo a prendere all'aeroporto aveva scelto un abito bianco di seta, si era messa un fiore nei capelli e un paio di sandali bianchi, con il tacco alto. Sembrava l'emblema dell'estate, piena di salute, ridente e felice; non riusciva a staccare gli occhi da quelli di Peter, come se volesse convincersi di avere lì, in carne e ossa, davanti a sé, l'uomo che le sembrava di avere aspettato per un'eternità.

«Sai che non torno a New York da parecchi anni?» Intanto Peter guardava lo scenario deprimente che fuggiva dietro i vetri del tassì, mentre viaggiavano diretti al centro della città, e scuoteva la testa. «Rifiuto sempre le proposte di questo genere, ma ho pensato che questa volta...» Si strinse nelle spalle e si protese a baciarla un'altra volta. Mel non si era aspettata che fosse così audace, né tanto meno di sentirsi tanto a proprio agio, in sua compagnia. Ma quelle interminabili conversazioni al telefono sembrava avessero ottenuto lo scopo di farli sentire straordinariamente disinvolti. Si conoscevano soltanto da due mesi ma a volte sembrava che fossero stati lunghi come due anni o, addirittura, quattro.

«Sono felice che, questa volta, tu non abbia rifiutato.» Gli sorrise poi riportò lo sguardo sulla strada. «Hai fame?»

«Non molta.» Per lui erano soltanto le sette meno un quarto ma, a New York, erano quasi le dieci.

«Ho in casa un po' di roba ma, se vuoi, possiamo andare in qualche posto a mangiare un boccone.»

«Come preferisci.» Sembrava che non riuscisse a staccare gli occhi da Mel. Non si stancava di contemplarla. E, prendendole una mano, si accorse di non essere più capace di pensare a nient'altro. «Come sono contento di vederti, Mel.» Non pareva vero essersi ritrovati.

«Un po' come un sogno, eh?» disse Mel, sorridendogli.

«Sì, è vero. Il sogno più bello che mi sia capitato di fare da molti anni!» Cadde un altro silenzio, mentre il tassì continuava a correre verso il centro.

Peter sorrise, sfiorandole il collo con una carezza. «Ho riflettuto che, come minimo, ti dovevo un piccolo viaggio qui, all'Est... Dopotutto, tu sei venuta due volte a Los Angeles.» Anche se, in realtà, non gli era sembrato che fosse necessario trovare un pretesto valido per partire. Era semplicemente salito su un aereo per venire a rivederla, tutto qui. Eppure era più semplice, non solo per lui ma anche per Mel, convincersi che un motivo, e importante, ci fosse stato. Così potevano continuare a procedere, centimetro per centimetro, l'uno verso l'altra come avevano fatto fino a quel momento. «Bisogna dire che il nostro presidente ha eccezionali capacità di recupero... Straordinario, non ti sembra?»

«È passato appena poco più di un mese ed è già in piedi e in grado di svolgere una parziale attività!» Mel scosse la testa, ancora meravigliata per questo fatto e, all'improvviso, le venne in mente un'altra cosa. «A proposito, Marie... come sta?»

«Discretamente.» Per un attimo era diventato cupo in volto ma poi aveva scosso la testa come se volesse rifiutarsi di essere preoccupato. «Durante la mia assenza, saranno due miei colleghi a occuparsi di lei. Sta bene, ma ha passato qualche brutto momento a causa degli steroidi. Adesso ha la faccia gonfia, da luna piena... Purtroppo, non ci possiamo fare niente. Abbiamo tentato tutto il possibile. Pensa che, però, non si lamenta mai.» Lanciò a Mel uno sguardo pieno di tristezza. «Vorrei che le cose non fossero così difficili per lei.» Per un attimo, Mel cercò di mettere mentalmente a fuoco l'immagine di Marie, ma si accorse di avere il cervello occupato da troppi altri pensieri. Tutto il resto, tutto quello che faceva parte della loro vita, sembrava irreale. I figli, i pazienti, la guerra, le trasmissioni televisive. Quello che importava erano soltanto loro due.

Il tassì imboccò Franklin Delano Roosevelt Drive e svoltò nella 96ª Strada. Peter si mise a osservare le vie cittadine che fuggivano veloci ai lati del finestrino, curioso di sapere dove Mel vivesse, come sarebbe stata la sua casa, ansioso di conoscere tutto quello che era possibile su di lei.

Scesero davanti alla casa di Mel la quale sorrise tra sé pensando alla prima volta che aveva visto la villa di Bel-Air dove Peter viveva e come fosse rimasta colpita dal suo aspetto elegante e formale. Sapeva che Peter avrebbe trovato ben diversa la palazzina dove lei abitava, e aveva ragione. Non appena vi entrò, Peter non le nascose di essere incantato da quello che vedeva. Aspirò con piacere il profumo dei fiori che lei aveva comperato, si guardò intorno, ammirando la scelta dei colori vivaci per l'arredamento, allungò perfino lo sguardo nel grazioso giardinetto. Poi si voltò a guardarla con un sorriso estasiato. «Come ti assomiglia questa casa! Lo sapevo che sarebbe stata così!» Le circondò la vita con le braccia e Mel sorrise.

«Ti piace?» Era fin troppo chiaro e lo capì prima ancora

che lui facesse segno di sì con la testa, sorridendo.

«Moltissimo.»

«Vieni, ti faccio vedere anche il resto.» Lo prese per mano e l'accompagnò di sopra, fermandosi un attimo sulla porta della propria camera; poi gli fece vedere il piccolo studio e infine lo condusse all'ultimo piano dove c'erano le camere delle ragazze e dove gli aveva preparato già tutto. I fiori freschi sulla scrivania vicino al letto, un thermos d'argento pieno di acqua ghiacciata, una pila di asciugamani morbidi, di spugna, sul bordo della vasca da bagno e le luci già accese, per creargli un'atmosfera piena di intimità. Aveva scelto per Peter la camera di Jessica perché era la più in ordine e sarebbe stato più facile rendergliela accogliente.

«Questa camera è incantevole!» Peter si mise a sedere alla scrivania e si guardò intorno estasiato. Poi fissò di nuovo Mel. «Bisogna ammettere che riesci a dare un tocco amorevole e gentile a tutto quello che fai.» Eppure Mel aveva pensato la stessa cosa di Peter anche se queste qualità non risultavano altrettanto evidenti nella villa che portava ancora l'impronta dei gusti freddi e formali di Anne. Ma Peter, adesso, le tendeva le mani e la stava guardando con gli occhi pieni di tenerezza. Lei gli si avvicinò lentamente. «Se tu sapessi come sono contento di rivederti, Mel!» Poi se la tirò sulle ginocchia e la baciò ancora avidamente. Quando si decisero a scendere di nuovo al pianterreno, Mel era fremente e senza fiato. Seduti al tavolo della cucina, chiacchierarono per ore e ore, come facevano al telefono da parecchie settimane. Erano quasi le due quando, finalmente, tornarono di sopra e si augurarono la buonanotte davanti alla porta della camera di Mel con un lunghissimo bacio.

Poi Peter le rivolse un ultimo sorriso e un saluto mentre riprendeva a salire la scala per andare a dormire in camera di Jessica. Entrando nella propria stanza e ripensando a ogni parola che Peter le aveva detto quella sera, Mel dovette confessarsi che capiva di essere felice quando era con lui. Mentre si puliva i denti e si spogliava non poté fare a meno di pensare sempre a lui. Alla fine, andò a letto felice all'idea che lui avesse accettato di venire a stare lì, da lei. Ormai avevano dimostrato di saper accettare la situazione con disinvoltura. E come le piaceva sentire il rumore dei suoi passi al piano di sopra! Con la differenza di fuso orario fra Los Angeles e New York, Peter non si sentiva ancora stanco e neppure Mel, strano a dirsi, aveva il minimo sonno. La cosa non le dispiacque: anzi poteva starsene distesa a letto a pensare a lui. E le sembrò che fossero già trascorse parecchie ore quando lo sentì scendere piano piano, senza far rumore, e passare davanti alla sua porta. Tese l'orecchio e capì, a un certo punto, che era andato in cucina e stava richiudendo la porta fra mille cautele. Sorridendo, buttò via le coperte e andò a raggiungerlo. Peter era seduto al tavolo della cucina e stava divorando con gusto un panino imbottito di prosciutto cotto e formaggio. Aveva davanti anche una birra.

«Te l'avevo detto che avremmo fatto meglio a mangiare qualcosa!» Sorrise e si aprì una lattina di Seven-Up.

«Si può sapere come mai sei ancora sveglia?»

«Non riesco a prender sonno. Forse sono troppo eccitata.» Si mise a sedere di fronte a Peter che sorrise.

«Anch'io. Credo che potrei star qui a chiacchierare con te per tutta la notte. Ma ho paura che domani finirei per addormentarmi mentre parlo al congresso.»

«Hai già preparato la tua relazione?»

«Più o meno.» Le spiegò quale argomento intendeva trattare. Fra l'altro, si sarebbe avvalso, come commento finale, di una serie di diapositive che si riferivano ai suoi svariati interventi chirurgici, incluso quello di Marie. «E tu? Che cos'hai intenzione di fare in questi giorni?»

«Niente, in modo assoluto! Non devo lavorare per due mesi. Quindi credo che andrò un po' in giro e cercherò di far passare il tempo, bene o male, finché tu sarai impegnato. Posso venire a sentire il tuo discorso?»

«Domani, no. Ma venerdì sarà possibile. Ti piacerebbe?»

«Naturale!» Peter sembrò meravigliato di tutto quell'entusiasmo e Mel scoppiò in una risata. «Non ti ricordi più di me? Sono quella signora che ti ha fatto un'intervista!»

Lui si diede un colpetto alla fronte con la mano aperta, fingendosi sconcertato. «Ah, adesso sì che capisco di chi si tratta! Sapevo di averti già visto in qualche posto ma non riuscivo a ricordare dove.»

«Sciocchino!» Gli mordicchiò scherzosamente un'orecchia e lui le allungò uno sculaccione. Com'era divertente star lì a conversare, insieme, nel cuore della notte! Infine tornarono di sopra, salendo le scale l'uno al fianco dell'altra, con le mani intrecciate, strette strette, come se vivessero insieme da anni. Quando Mel si fermò davanti alla porta della sua camera, Peter la baciò di nuovo.

«Buonanotte, cara.»

«Buonanotte, amore mio.» Queste parole le erano sfuggite inconsapevolmente di bocca e alzò su Peter due occhi sgranati per la meraviglia. Ma lui la strinse di nuovo fra le braccia e Mel si accorse di sentirsi stranamente al sicuro lì, contro il suo petto.

«Buonanotte», le rispose Peter a fior di labbra, quindi la baciò ancora una volta e riprese a salire. Mel rientrò nella sua camera, s'infilò a letto e spense la luce. Ma continuò a riflettere su Peter e quello che gli aveva detto. La cosa più stupefacente era che sapeva di aver parlato sinceramente. Era la verità. E Peter, mettendosi di nuovo a letto al piano di sopra, capì di amarla anche lui.

Capitolo 18

Quando Mel si svegliò l'indomani, Peter se n'era già andato. Si alzò senza fretta, e salì a rifargli il letto ma trovò la stanza in un ordine perfetto e, quando entrò in cucina, scoprì che le aveva anche lasciato un messaggio: *Ci troviamo qui alle sei. Ti auguro una buona giornata. Con amore, P.*

Mel sorrise di fronte alla semplicità di quelle parole ma si accorse che le faceva un enorme piacere leggerle. Per tutto il giorno fu come se avesse la testa fra le nuvole e camminasse senza sfiorare il terreno con i piedi. Andò da *Bloomingdale's* a comprare un po' di roba per sé, per la casa e per le ragazze e quando rientrò si accorse di essere felice al pensiero, stupefacente e meraviglioso, che nel giro di poche ore non sarebbe stata più sola. Era seduta nel soggiorno, con una bottiglia di vino in fresco, ad aspettarlo quando finalmente lui rientrò. Aveva l'aria stanca e affaticata e i vestiti stazzonati, ma pareva emozionato e felice di rivederla. Lei si alzò in piedi di scatto e gli corse incontro. «Ciao, tesoro, hai avuto una buona giornata?»

«Meravigliosa, adesso.» Entrò nel soggiorno con un sorriso. Le lampade non erano ancora accese e la stanza era piena di sole e della luce del giorno. «E la tua? Com'è stata?»

«Interminabile senza di te.» Era la risposta più schietta e sincera da dargli. Poi tornò a sedersi sul divano e diede un colpetto sul cuscino vicino al proprio con la mano. «Vieni qui con me e raccontami tutto quello che hai fatto oggi.» Era piacevole avere qualcuno con cui scambiare due parole alla fine della giornata, qualcuno di diverso dalle ragazze. Gli raccontò che cosa aveva comperato, dov'era stata, e alla fine, un po' vergognosa, di aver contato le ore che dovevano passare prima di rivederlo. Lui ne sembrò felice.

«Anche per me è stata la stessa cosa. Ho continuato a pensare a te. Sembra pazzesco, vero?» Dicendo queste parole, le aveva circondato le spalle con un braccio, attirandola a sé. E subito le loro bocche si erano cercate. Si baciarono a lungo fino a restare ansanti.

«Non credi che sarebbe meglio se mi mettessi a preparare la cena... o altro?» disse Mel, ridendo. Le sembrava essenziale trovare qualcosa che servisse a distrarli dall'impeto di tutte quelle sensazioni nuove e quei sentimenti che stavano per travolgerli.

«Che cosa ne diresti di una doccia fredda a due?»

Lei sorrise di nuovo. «Non sono del tutto sicura che ci sarebbe molto utile!» Si alzò, ma Peter la riafferrò, imprigionandola in un altro abbraccio.

«Ti amo, Mel.» Allora fu come se il mondo intero, per un istante, si fosse arrestato intorno a loro. Peter non aveva mai detto parole simili a nessun'altra donna all'infuori di Anne e Mel si era ripetuta, per molto tempo, di non voler mai più ascoltare, o pronunciare, quella frase. Questa volta, però, aveva un significato speciale, e ben diverso, per tutti e due. Tanto che, quando Peter ricominciò a baciarla, Mel ebbe la sensazione di essere avvolta da una vampata ardente che la divorava fino in fondo al cuore e gli si aggrappò come se avesse paura di annegare se Peter la lasciava. Lui le baciò il viso, le labbra, il collo e le mani... Mel, allora, si alzò in piedi di scatto e, come se seguisse un impulso improvviso che le faceva dimenticare tutto il resto, lo condusse piano piano, dolcemente, di sopra, nella sua camera. Poi si voltò a guardarlo.

«Anch'io ti amo.» Mormorò queste parole con voce talmente lieve e sommessa che Peter non avrebbe mai potuto udirle se, in quel momento, non l'avesse guardata in faccia.

«Non aver paura, Mel, ti prego...» Le si fece più vicino e cominciò ad aprirle piano piano la cerniera lampo del vestito mentre lei, lentamente, gli sbottonava la camicia. Quando fu spogliata, Peter l'aiutò a sdraiarsi sul letto, con tenerezza, e fece scorrere le mani lentamente sulla sua pelle morbida come la seta fino a quando, finalmente, Mel s'inarcò verso di lui, desiderando con tutte le sue forze di sentire il suo corpo contro il proprio e allora si strinsero l'uno all'altra, avvinghiandosi, godendo spasmodicamente ogni momento prima che lui, finalmente, la penetrasse. Mel ebbe un fremito e, a Peter, parve quasi di sentirla gemere a lungo, per il piacere. Fino a quando, in ultimo, si lasciò sfuggire un grido che si confuse con il gemito di lui. Poi restarono distesi in silenzio mentre il sole, che entrava a fiotti dalla finestra, si allungava in una striscia luminosa sul pavimento. Quando Peter si voltò a guardarla, lacrime cocenti scendevano in silenzio dall'angolo degli occhi di Mel. «Oh, tesoro, mi dispiace... io...» Era allibito, paralizzato dallo stupore, ma lei scosse la testa e lo baciò di nuovo.

«Ti amo a tal punto che a volte ne ho quasi paura.»

«Ho paura anch'io.» Però, quella notte, mentre giacevano l'uno al fianco dell'altra nel letto di Mel, Peter continuò a tenerla stretta contro di sé, tanto che cominciarono a pensare che non sarebbe stato possibile conoscere altro che gioia, insieme.

Alle nove, scesero al pianterreno, nudi, mano nella mano. Mel preparò qualche panino; poi tornarono di sopra a guardare la televisione e a ridere. «Proprio come la gente sposata», la stuzzicò Peter e Mel alzò gli occhi al cielo e finse di svenire mentre lui, per sorreggerla, l'afferrava per la vita. Mel si rendeva conto di non essere mai stata così felice con un uomo. Quella notte dormirono insieme, nel suo letto e, quando si svegliarono, fecero l'amore più di una volta, e l'indomani, quando Peter si alzò per tornare al congresso, anche Mel si alzò con lui e gli preparò caffè e uova strapazzate prima che uscisse. Poi, quando la lasciò, rimase lì seduta, sola soletta, a desiderare disperatamente, quasi con un languore doloroso, che lui tornasse.

Capitolo 19

IL venerdì successivo Mel andò al congresso con Peter e ascoltò la sua relazione, affascinata da quanto diceva e felice di accorgersi che l'uditorio reagiva in modo positivo. I suoi commenti, le diapositive, le spiegazioni delle tecniche più recenti erano state accolte da applausi continui; poi, al termine del discorso, Peter restò circondato dai suoi colleghi per quasi un'ora mentre Mel, tenendosi a una certa distanza per discrezione, l'osservava piena di orgoglio.

«Ebbene, che cosa ne pensi?» le domandò Peter quando, alla sera, si trovarono finalmente soli. Avevano preferito cenare tranquillamente in casa poiché Peter doveva partire l'indomani e desideravano ancora un po' di tempo da dedicare a loro stessi.

«Sei stato fantastico!» Gli rispose felice mentre si dividevano una bottiglia di vino bianco. Quel giorno Mel aveva comperato le grosse aragoste del Maine, ricordando quello che mangiavano abitualmente a cena quando erano a Martha's Vineyard. Le aveva servite fredde, accompagnate da un'insalata, fette di pane insaporite con l'aglio e una bottiglia di spumante ghiacciatà. «Mi è sembrato che la reazione dell'uditorio sia stata ottima.»

Lui parve soddisfatto e sorrise. «È la stessa impressione che ho avuto io.» Poi si sporse verso di lei e le sfiorò le labbra con un bacio tenerissimo. «Sono stato contento che ci fossi anche tu a sentirmi.»

«Anch'io.» Poi un'ombra le incupì lo sguardo. Stava pensando all'indomani, quando Peter sarebbe partito di nuovo. Avevano stabilito di uscire di casa insieme per andare all'aeroporto, alle otto del mattino. Peter avrebbe preso il volo delle dieci e, in tal modo, avrebbe fatto in tempo a trovarsi a Los Angeles alla una, ora locale, per passare un po' di tempo con Pam e salutarla prima che partisse per il campeggio il giorno successivo. Quanto a Mel, dopo averlo lasciato, sarebbe rientrata a Martha's Vineyard dove le ragazze l'aspettavano.

«Qualcosa che non va, amore?» Peter le prese una mano. «Un minuto fa mi sei sembrata triste.» E per la centesima volta da quando aveva fatto l'amore con lei, si domandò se Mel non fosse pentita di quello che era successo. Tra poco lui sarebbe partito di nuovo e nessuno dei due sapeva quando avrebbero potuto rivedersi. Sembrava che alla base dei loro rapporti ci fosse, soprattutto, una grande incertezza per quello che riguardava il futuro.

«Stavo solo pensando a domani, quando te ne andrai.»

«Anch'io.» Posò il bicchiere pieno di spumante che stringeva fra le dita, costrinse Mel a posare il suo e le prese una mano. «È una vita ben assurda quella che facciamo, tu e io.» Lei fece segno di sì con la testa. Si sorrisero. «Ma riusciremo a trovare una soluzione.» Poi, di colpo, decise di ritornare su un'idea che stava già maturando da un po' di tempo. «Che cosa ne diresti di venire ad Aspen con le tue figlie? Noi ci andremo fra venti giorni. Credo che piacerebbe moltissimo a Valerie e Jessica, credimi, Mel. È un posto fantastico per i ragazzi... per chiunque, a dir la verità.» I suoi occhi si erano illuminati a quel pensiero. «E ci offrirebbe un'altra opportunità di essere di nuovo insieme.»

«Ma non come adesso.» Lei sospirò e incrociò il suo sguardo con un sorriso malinconico. «I nostri figli diventerebbero matti se immaginassero quello che sta succedendo.» Questo, come minimo, sarebbe successo senz'altro per quel che riguardava sua figlia Pam. Però Mel sapeva che anche le gemelle sarebbero rimaste sbalordite quando lo avessero capito. In fondo, a pensarci bene, non c'era stato il tempo di prepararle. Per le sue figlie Peter era un estraneo, un nome che, forse, avevano sentito nominare qualche volta ma solo in relazione al lavoro della madre. Non c'era neanche da pensare a chiamarle, così, di punto in bianco, e a dire a tutte e due: «Ecco! Pensate un po', ragazze, andiamo ad Aspen con lui e con i suoi figli!» Melanie capiva che sarebbe venuto un colpo a entrambe.

«Si adatteranno. Del resto, non è necessario che vengano messe al corrente di tutto, fin nei minimi particolari.» Sembrava talmente sicuro di sé che Mel, appoggiandosi allo schienale della sedia, gli rivolse un lungo sorriso, pigro e felice. Per essere un uomo che non aveva conosciuto altre donne all'infuori di sua moglie negli ultimi vent'anni e non ne aveva più frequentata nessuna da quando lei era morta, le sembrava fin troppo fiducioso sulla riuscita di quel progetto. Non capiva se tutta quella sicurezza nascesse dal fatto che era innamorato di lei oppure se fosse semplicemente il risultato del costante controllo su di sé che la sua professione richiedeva.

«Ho l'impressione che te la stai prendendo con una flemma straordinaria, mio amato signore.»

Lui sorrise a questo commento. «Eppure, Mel, ti giuro che è la prima volta che mi capita. Però mi sembra talmente logico!» Sì, forse poteva sembrare logico lì, a New York, in quella casa accogliente, graziosa e piena di sole, solo con lei. Forse le cose sarebbero andate diversamente quando si fossero trovati in mezzo a un mucchio di ragazzini... eppure non ne era convinto. «Io credo che i nostri figli dovebbero essere in grado di affrontare la situazione. Non ti pare?»

«Vorrei esserne sicura come te. Hai pensato a Pam?»

«Le sei piaciuta quando ti ha conosciuto a Los Angeles. Del resto, ad Aspen, tutti hanno qualcosa da fare: c'è chi va in gita, chi fa passeggiate, chi nuota, pesca o gioca a tennis e, alla sera, ci sono anche i festival musicali. I ragazzi, poi, sembra che trovino a ogni passo dei vecchi amici. In un certo senso, potrebbero badare un po' meno a noi proprio perché avranno tante cose da fare per conto proprio.» A Mel continuava a sembrare troppo facile come soluzione, tanto che si domandò se Peter avesse i piedi sulla terra o non fosse capace di guardare bene in faccia la realtà. «A parte il fatto...» si fece più vicino a Mel e la strinse forte fra le braccia «... che non credo di riuscire a sopravvivere più di qualche settimana senza di te.»

«Sembra un'eternità, vero?» La sua voce era lieve e triste quando pronunciò queste parole appoggiando la testa contro il petto di Peter e sentendosi avvolgere dal suo calore e dalla sua tenerezza. «Ma non so se dovremmo venire ad Aspen, Peter. Mi sembra eccessivo pretendere che i ragazzi accettino tutto d'un colpo questa situazione.»

«Ma figurati! Che cosa dovrebbero accettare? Il fatto che siamo amici?» Sembrava meravigliato e infastidito. «Non dare alle cose un'interpretazione alla quale loro non pensano neppure lontanamente.»

«Non sono ciechi, Peter. Ormai sono tutti adulti, praticamente, all'infuori di Matt. Non s'ingannano così facilmente.»

«E chi vuole ingannarli?» Si staccò da lei, per un momento, per guardarla negli occhi. «Ti amo, Mel.» Era tutto quello che riusciva a pensare ogni volta che la guardava, ogni volta che Mel entrava in una stanza... ogni volta che pensava a lei.

«Vuoi che lo sappiano anche loro, questo?»

Lui sorrise. «A un certo punto... sì!»

«E poi...? Ognuno di noi se ne va per i fatti suoi, viviamo vite completamente diverse ai due lati opposti del paese e loro devono sapere che abbiamo una relazione? Ma pensa a quello che proverebbero!» Anche lei ci pensò per un attimo e subito le apparve davanti agli occhi il faccino angosciato di Pam. «Soprattutto Pam.»

Sembrava sincera e Peter sospirò. «Tu pensi troppo.»

«Parlo sul serio.»

«Be', non farlo. Accontentati di venire ad Aspen e cerchiamo di divertirci senza preoccuparci dei ragazzi. Loro staranno bene. Se la caveranno. Fidati di me, tesoro.»

Mel era sbalordita. A volte non riusciva a capacitarsi che fosse così ingenuo per quello che riguardava i suoi figli. D'altra parte, doveva ammettere che, malgrado tutte le riserve che aveva su quel viaggio, era ansiosa anche lei di rivederlo e Aspen le avrebbe fornito un'occasione meravigliosa di farlo purché riuscisse a convincere le gemelle a lasciare Martha's Vineyard per un paio di settimane. Aggrottò le sopracciglia meditando su quello che avrebbe potuto raccontare alle ragazze, al suo ritorno.

«Non preoccuparti troppo, Mel. Vieni e basta.»

Mel gli sorrise, si baciarono. Poi lei ricominciò a sorseggiare il suo bicchiere di spumante con aria pensierosa. «Se vuoi sapere la verità, non riesco a immaginare che cosa potrò raccontare alle ragazze per convincerle a lasciare Martha's Vineyard.»

«Prova un po' a dire che la montagna farebbe meglio alla loro salute.»

Lei scoppiò a ridere e lo guardò piegando la testa da un lato.

«A te non piace il mare?»

«Certo. Ma adoro la montagna. Tutta quell'aria buona, quei panorami stupendi, quelle belle passeggiate.» Mel non aveva mai pensato che Peter fosse il tipo al quale piaceva la vita all'aperto ma, dopo l'impegno così intenso che richiedeva la sua professione, era facile capire che avesse bisogno di scaricare i nervi in qualche modo. Ma, soprattutto, di qualcosa che fosse su scala grandiosa. Era proprio quello che la montagna poteva offrirgli mentre lei aveva sempre adorato il mare fin da quando era bambina e Martha's Vineyard era esattamente quello che desiderava per le sue vacanze con le ragazze.

«Potrei provare ad accennare al fatto che ci sarebbe Mark...» mormorò sorridendo «... basterebbe, in ogni caso, a convincere Val a venire... però ci cacceremmo in un bel guaio! Che grattacapi!» Anche Peter scoppiò a ridere, pensandoci.

«Forse dovrei parlargli anch'io delle gemelle prima della partenza.» Quella sera non si azzardò più a domandarle se si era convinta a raggiungerlo ad Aspen; però l'indomani mattina, mentre prendevano il caffè insieme, si rese conto che doveva saperlo assolutamente. Nel giro di un'ora sarebbero dovuti uscire di casa per andare all'aeroporto; le valigie di Peter erano già pronte e anche la valigetta di Mel. Ormai non pensava di tornare più in città prima di settembre. «Allora, Mel, hai intenzione di venire?»

«Come lo vorrei!»

Peter depose la tazza e si sporse attraverso il tavolo per baciarla. «Verrai ad Aspen per la fine del mese, Mel?»

«Tenterò. Ma devo pensarci.» Aveva cullato quel progetto nel suo cuore già più di una volta, ma continuava a restare indecisa. D'altra parte, se non fosse andata, con ogni probabilità non l'avrebbe più rivisto per parecchi mesi e non voleva che succedesse neppure questo.

Depose la tazza con un sospiro e lo guardò dritto negli occhi: «Continuo a domandarmi se è una buona idea coinvolgere anche i ragazzi nel nostro rapporto».

«Perché no?» Peter sembrava turbato.

«Perché potrebbe essere un problema troppo grosso per loro. Potrebbero anche non riuscire ad affrontarlo nel modo giusto.»

«Secondo me, tu sottovaluti i nostri figli.»

«In quale modo avresti intenzione di spiegare il nostro arrivo ad Aspen?»

«Perché deve proprio essere spiegato?»

«Oh, per amor di Dio, che cosa credi? Certo che deve essere spiegato. Come potresti evitarlo?»

«E va bene, va bene. Vuol dire che glielo spiegheremo. Diremo che siamo vecchi amici.»

«Mentre loro sanno benissimo che non è vero!» Mel cominciava a sentirsi nervosa. Peter diede un'occhiata all'orologio. Erano le sette e mezzo ed entro una mezz'ora sarebbero dovuti uscire di casa per raggiungere l'aeroporto. Non c'era molto tempo per convincerla. Ma se non fosse venuta ad Aspen, chissà quando l'avrebbe rivista.

«Me ne infischio altamente di quello che puoi raccontare ai tuoi figli o ai miei, Mel. Però voglio che tu venga ad Aspen.» Si era intestardito e la sua voce aveva preso un tono stizzoso che la infastidì enormemente.

«Devo pensarci.»

«No, non è vero.» Si alzò in piedi incombendo su di lei con la sua alta statura e guardandola severamente. Sembrava imponente e inamovibile come una colonna di marmo. «È troppo tempo, accidenti, che prendi le tue decisioni da sola, che non sai lasciarti andare e affidarti con fiducia a qualcun altro!»

«Questo non c'entra. Non ha niente a che vedere con la questione di Aspen.» Però avevano incominciato ad alzare la voce. «Sei un ingenuo quando ti illudi su quelle che saranno le reazioni dei ragazzi.»

«E va bene, per amor di Dio, sarò un ingenuo! E con questo? Non abbiamo anche noi diritto alla nostra vita? Non ho il diritto di volerti bene?»

«Certo, ma non hai il diritto di confondere le idee ai nostri ragazzi e di far credere chissà che cosa. Soprattutto perché si tratta di una faccenda che non può andare avanti così all'infinito, Peter!»

«Che cosa te lo fa pensare?» Adesso si era messo a urlare. «Forse hai altri progetti?»

«Il caso vuole che io abiti a New York e tu a Los Angeles o te ne sei dimenticato?»

«Me ne ricordo perfettamente ed è proprio per questo che volevo che c'incontrassimo a metà strada fra venti giorni... oppure chiedo troppo?»

«Oh, accidenti... e va bene!» Adesso aveva cominciato a gridare anche lei. «Va bene! Verrò ad Aspen.»

«Ottimo!» A questo punto Peter lanciò un'altra occhiata all'orologio da polso. Erano le otto e cinque; con un gesto improvviso allungò le braccia e si strinse Mel al petto. Il tempo correva troppo veloce. Sarebbero già dovuti uscire di casa da cinque minuti ma non se la sentiva di lasciarla così, in quel momento. La baciò in cima alla testa, le accarezzò i capelli, sorridendo ai propri pensieri. «Ho l'impressione che questo sia stato il nostro primo litigio. Sei una donna maledettamente testarda, Mel.»

«Lo so. E mi dispiace.» Alzò gli occhi a guardarlo. Si baciarono. «Voglio semplicemente fare la cosa più giusta e non desidero dare dei problemi ai nostri figli.»

Lui fece segno di sì con la testa. «Lo capisco. Però adesso dobbiamo pensare a noi stessi.»

«È talmente tanto tempo che non lo faccio! In genere, la prima cosa a cui ho sempre pensato è che non volevo soffrire.»

«Non ti farò soffrire, Mel.» La voce di Peter era triste; si sentiva depresso al pensiero che volesse difendersi anche da lui. «Mi auguro con tutto il cuore di non farlo mai.»

«Non puoi farci niente, credimi! Quando le persone si vogliono bene, in un momento o l'altro finiscono ugualmente per farsi del male. A meno di non rimanere, di continuo, alla distanza di sicurezza!»

«Ma questa non è vita.»

«No, è vero. Però è più sicuro.»

«Sicuro un corno!» La guardò con aria grave. «Ti amo.»

«Anch'io ti amo.» Ma provava sempre un tremito a pronunciare queste parole. «Vorrei che non dovessimo già partire.» Ormai si sarebbero dovuti precipitare a prendere l'aereo e c'era anche il rischio di perderlo... tanto che Peter guardò di nuovo l'orologio e poi guardò Mel.

«Ho una proposta da farti.»

«E quale sarebbe?»

«Telefono a casa e cerco qualcuno che mi sostituisca per un'altra giornata. Se sono riusciti a sopravvivere fino a questo momento senza di me, possono tirare avanti ancora per ventiquattr'ore. Che cosa ne pensi?»

Lei sorrise felice, come una bambina, e gli si abbandonò sul petto con il corpo aderente al suo. «Trovo che sia un'idea meravigliosa.» Poi, di colpo, le balenò qualcosa. «E Pam? Non dovevi salutarla prima che partisse per il campeggio?»

«Sì, ma forse per la prima volta in questi due anni, tanto per cambiare, farò soltanto quello che mi pare e piace. La rivedrò fra venti giorni, quando tornerà a casa. E anche lei sopravviverà senza di me!»

«Ne sei sicuro?»

Lui la guardò con aria seria, sempre tenendola stretta tra le braccia. «E tu? Potresti tornare domani a Martha's Vineyard?»

«Stai parlando sul serio, Peter?» Si voltò ad affrontarlo, stupita da quella decisione. Ma le bastò un'occhiata per capire che lui aveva tutte le intenzioni di rimanere.

«Sì. Non voglio lasciarti. Voglio passare il week-end con te.» Un sorriso le illuminò lentamente lo sguardo. Lo prese fra le braccia e lo strinse al cuore.

«Sei l'uomo più straordinario del mondo!»

«Innamorato della donna più straordinaria del mondo. Direi che siamo una coppia formidabile, non ti pare?»

«Sì, sono d'accordo.» Gli aveva risposto con voce lieve e piena di tenerezza. Erano ancora in piedi, in cucina. Mel alzò gli occhi a guardarlo con un vago sorriso. «Visto che non partiamo più, che cosa ne diresti di tornare di sopra ancora un po', dottor Hallam?»

«L'idea è eccellente, signora Adams.» Mel lo precedette in camera e Peter la seguì dopo un minuto. Era rimasto in cucina il tempo necessario a chiamare al telefono il collega che lo sostituiva a Los Angeles e chiedergli se poteva prolungare la sostituzione ancora per due giorni. L'altro gli rispose con una battuta scherzosa, prendendolo un po' in giro per quella proposta, ma gli fece capire di essere dispostissimo ad accettare. Due minuti più tardi anche lui saliva a due a due i gradini della scala e piombava in camera di Mel con il viso illuminato da un sorriso quasi infantile per la felicità.

«Posso rimanere!»

Lei non aprì bocca e, per tutta risposta, gli si avvicinò cominciando lentamente a spogliarlo. Si lasciarono cadere sul letto, con un gesto di abbandono totale, perché avevano fatto un passo ancora per avvicinarsi sempre di più l'uno all'altra.

Capitolo 20

«PERCHÉ non torni a casa?» La voce di Pam diventò subito piagnucolosa. Peter le aveva telefonato all'ora di pranzo. «Non hai nessun malato da curare a New York!» A sentirla, sembrava offesa e furiosa e, nella sua voce, si era insinuato un chiaro tono di accusa.

«Sono trattenuto per i lavori di chiusura del congresso, Pam. Arriverò domani sera.»

«Ma io parto per il campeggio domattina!»

«Lo so. Ma la signora Hahn può accompagnarti al pullman. Non è la prima volta che ci vai!» Strano come ci si dovesse difendere anche dai propri figli, pensò Mel mentre lo ascoltava. «Ormai è il quarto anno che ci vai! Dovresti essere una vecchia volpe, Pam. Del resto, fra venti giorni sarai di nuovo a casa.»

«Certo.» Pareva imbronciata, fredda, e Peter provò una fitta al cuore. Era uno strano senso di colpa, il suo, accresciuto dal fatto che, ormai, la decisione era stata presa. E aveva appena finito di fare l'amore con Mel. Adesso l'idea di fermarsi a New York gli sembrava meno essenziale e Pam era riuscita a mettere a fuoco, davanti ai suoi occhi, con estrema lucidità, tutte le responsabilità che lo aspettavano a casa. «Okay.» Gli faceva capire che avrebbe saputo cavarsela da sola, respingendo anche il suo affetto, e Peter ci rimase male.

«Tesoro, non posso proprio fare a meno di restare.» Non era assolutamente vero e questo lo fece sentire ancora più in colpa. Aveva sbagliato a prendere quella decisione? Ma, accidenti, non aveva diritto anche lui alla propria vita?

«Ti ho già detto che va bene così, papà.» Peter, tuttavia, aveva già capito, dal tono della sua voce, che era irritata e depressa. Sapeva per esperienza come fosse sempre un errore essere, proprio lui, la causa di qualcosa che la turbava e la metteva in agitazione.

«Senti, vengo su a trovarti il prossimo week-end.» Il campeggio si trovava nelle vicinanze di Santa Barbara e avrebbe potuto raggiungerlo senza difficoltà da Los Angeles. Ma aveva appena pronunciato quelle parole quando si ricordò che, il successivo fine-settimana, sarebbe stato sempre di turno all'ospedale. «Accidenti, no, non mi è possibile. Facciamo per l'altro week-end ancora.»

«Non importa. Divertiti.» Sembrava improvvisamente ansiosa di concludere quella conversazione; Mel, che osservava attentamente Peter in faccia, vi poté leggere facilmente tutti i sentimenti contrastanti che lo agitavano. Quando riattaccò, Peter venne a sedersi vicino a lei.

«Fai ancora in tempo a prendere il volo del pomeriggio, sai?»

Ma lui scosse la testa con aria ostinata. «Non credo che sia il caso, Mel. Quello che ho detto prima è la pura verità. Abbiamo diritto a trascorrere un po' di tempo insieme.»

«Però anche Pam ha bisogno di te, e ti senti diviso in due.» Non ci voleva uno psicologo per capire quello che Peter stava provando. Infatti annuì.

«Chissà perché mi fa sempre sentire colpevole. Ormai è diventata una consuetudine da quando Anne non c'è più. Quasi come se mi considerasse responsabile della sua morte e per il resto dei miei giorni io dovessi scontare i miei peccati... ben sapendo che neppure l'eternità mi basterà a riuscirci.»

«Certo che è un grosso peso da sopportare. Sempre che uno sia disposto ad accollarselo.»

«Quale altra scelta mi resta?» Adesso Peter aveva l'aria

triste e infelice. «Dal giorno in cui sua madre è morta, ha avuto tutti i problemi emotivi possibili e immaginabili: dalla anoressia alle allergie, agli incubi notturni.»

«Purtroppo traumi del genere capitano a tutti, presto o tardi. Un giorno finirà per accettare quello che è accaduto, Peter. Non può farlo scontare a te in eterno!» Anche se, almeno dalla premesse, sembrava che fosse proprio quello che Pam stava tentando di fare. Mel aveva interpretato così il comportamento della ragazza ma evitò di parlarne ancora a Peter. Se si era deciso a rimanere... che Pam trovasse da sola il modo di accettare questo fatto! Poco dopo Mel telefonò alle gemelle e a Raquel, a Chilmark.

Le ragazze non le nascosero la loro delusione quando appresero che aveva rimandato il ritorno a Martha's Vineyard e Jessica le fece capire di soffrirne più di Val. Non fecero che ripeterle che si aspettavano di rivederla l'indomani sera. Poi passarono il ricevitore a Raquel, la quale lo prese in mano ma aspettò che le ragazze fossero uscite dalla stanza per fare i suoi commenti.

«Accidenti! Dev'essere un tipo straordinario!»

«Ma... di chi stai parlando?» Sapendo che Peter la osservava, Mel cercava di assumere un'aria impassibile.

«Il nuovo amico di New York.»

«Quale amico?» Però era arrossita. «Raquel, ma tu non fai che pensare al sesso! È un'ossessione. Come stanno le ragazze?»

«Magnificamente. Val ha un nuovo spasimante. Deve averlo conosciuto ieri sulla spiaggia e mi pare di aver capito che c'è qualcuno che s'interessa di Jessica. Però lei non mi è sembrata per niente divertita.»

Mel sorrise. «Da quello che sento, tutto va come al solito. E il tempo?»

«Favoloso. Io sembro una giamaicana!» Risero insieme e Mel, chiudendo gli occhi per un attimo, pensò a Martha's Vineyard. Come le sarebbe piaciuto trovarsi là con Peter, mentre erano bloccati a New York in un torrido sabato di luglio! Capiva che si sarebbe divertito anche lui e l'avrebbe trovata di suo gusto per quanto fosse innamorato delle sue montagne.

«Ci vediamo domani, Raquel. Nel caso aveste bisogno di me, provate a cercarmi qui a casa. Dovrei esserci.»

«Non ne avremo bisogno.»

«Grazie.» Era confortante sapere che le ragazze si trovavano in buone mani. Mentre riattaccava, Mel sorrise tra sé: impossibile immaginare un colloquio del genere con la governante di Peter, la signora Hahn. Andava addirittura al di là di ogni previsione e, sempre ridendo, glielo raccontò.

«Vai molto d'accordo con questa donna che hai in casa, eh?»

Mel fece segno di sì. «Le sono talmente grata per tutto quello che ha sempre fatto! Certe volte fa le bizze come una vecchia megera ma vuole un sacco di bene alle ragazze e credo che ne voglia anche a me.»

«Questo non è difficile!» Baciò Mel a lungo sulle labbra. Poi, staccandosi da lei, la fissò con uno sguardo penetrante. Mel aveva un metodo di educazione per le sue figlie completamente diverso da quello che lui era abituato a usare in casa propria, parlava con la sua governante con un tono e una familiarità che lui non avrebbe mai osato adoperare e pareva che avesse trovato il modo di organizzare la propria vita senza troppe difficoltà. Per un attimo si domandò se la sua presenza, adesso, non le avrebbe creato qualche complicazione e Mel glielo lesse negli occhi mentre si alzava, stiracchiandosi pigramente. Avevano passato una mattinata meravigliosa. Peter la considerava un dono stupendo che si era visto offrire inaspettatamente perché non aveva neppure sperato di poter prolungare con qualche mezzo il poco tempo che poteva dedicarle e questo bastava a fargliela apprezzare ancora di più.

«A che cosa stavi pensando poco fa, Peter?» Le riflessioni di Peter la incuriosivano e si stupiva sempre di quello che lui, poi, le rispondeva. «Stavo pensando che la tua vita è organizzata in un modo straordinariamente efficiente... Chissà da quanto tempo corre così, senza intoppi, sugli stessi binari. E mi chiedevo se io, invece di rappresentare un arricchimento e un vantaggio, non costituisco, piuttosto, un elemento di rottura.»

«Be', si potrebbe sapere qual è la tua opinione?» Mel era distesa, completamente nuda, sul piccolo divano della camera da letto e Peter, guardandola, scoprì di avere ancora una gran voglia di lei. Era incredibile il desiderio insaziabile e costante che il proprio corpo aveva di quello di Mel.

«La mia opinione? Non posso avere le idee chiare quando ti vedo così, senza niente addosso!»

«Neanch'io.» Mel ridacchiò e gli fece segno di avvicinarsi. Peter venne a distendersi sul divano di fianco a lei e, un attimo dopo, rotolò sopra al suo corpo, costringendola ad allungarsi, con la bella figura alta e slanciata contro di sé. «Sono pazzo di te, Mel.»

Lei si sentiva quasi mancare il respiro perché si era accorta di desiderarlo in un modo addirittura spasmodico. «Anch'io...» Fecero ancora l'amore dimenticando problemi, senso di colpa, responsabilità... dimenticando perfino i loro figli.

Era la una e mezzo quando, finalmente, si vestirono dopo aver fatto una doccia. Melanie si sentiva piacevolmente rilassata mentre uscivano senza fretta di casa sotto un sole cocente. «Certo che siamo due pigroni.»

«E perché non dovremmo esserlo? Lavoriamo tutti e due talmente sodo che non riesco addirittura a ricordare da quanto tempo non passavo un week-end come questo.» La guardò con un sorriso e Mel scoppiò a ridere.

«Neanch'io. Altrimenti sarei troppo stanca per lavorare.»

«Bene. Magari quel che ti occorre è proprio che io ti faccia stancare troppo per aver voglia di lavorare... così la smetterai di pensare tutto il tempo alla tua professione!»

Lei rimase sorpresa di fronte a questo commento. «Perché è quello che faccio, forse?» Non si era mai accorta di pensare di continuo al proprio lavoro e, adesso, si domandò che cosa avesse voluto dire Peter con quella frase.

«Veramente, no. Però, quando si sta con te, non si può

mai dimenticare che hai un'altra vita e non ti occupi soltanto dei figli, della casa, e di un marito.»

«Ah!» A poco a poco la verità cominciava a farsi strada nel suo cervello. «Tu vuoi dire che io non sono semplicemente una casalinga. Ma ti dispiace? Te ne importa?»

«No.» Peter scosse lentamente la testa, pensandoci, mentre scendevano per Lexington Avenue senza una meta precisa. Era una giornata calda e piena di sole e si sentivano felici di stare insieme. «No, non me ne importa ma sono sempre stato molto colpito dalla tua professione e ti rispetto per quello che sei. Però è diverso... non si può dire che tu sia...» Cercava le parole adatte e, intanto, le sorrideva «... una donna molto disponibile.»

«Frottole. Che cosa c'è di diverso?»

«Non potresti partire con me per l'Europa e restarci sei mesi, vero?»

«No, perché sono legata a un contratto che non si può rompere così, sui due piedi o, perlomeno, non riuscirei a romperlo senza un fior di causa. D'altra parte, non potresti farlo neanche tu.»

«È diverso. Io sono un uomo.»

«Oh, Peter!» E si lasciò sfuggire un fischio indispettito. «Non sapevo che tu fossi maschilista fino a questo punto!»

«Sì...» E la guardò dall'alto in basso con aria fiera «... lo sono. Comunque, rispetto ugualmente il tuo lavoro. Purché tu continui a essere una creatura piena di femminilità, come sei adesso, e riesca ad affrontare e risolvere anche tutti i problemi pertinenti a una donna.»

«E questo che cosa vorrebbe dire?» Di colpo si accorse che Peter la divertiva immensamente. Le stesse parole, pronunciate da chiunque altro l'avrebbero irritata in un modo terribile ma, visto che venivano da lui, no. «Vuoi dire... per esempio, dare la cera ai pavimenti e cuocere in forno la torta al formaggio?»

«No, essere una buona madre, avere dei bambini, provare premura e affetto per l'uomo della tua vita senza mettere il lavoro davanti a tutto. Con Anne io sono sempre stato felice perché lei non lavorava. Questo voleva dire che era sempre lì, per me. Mi dispiacerebbe se la donna che amo non facesse la stessa cosa.»

«Nessuno può essere lì, a disposizione del compagno, per tutto il tempo, Peter. Nessuna donna e nessun uomo. Però, se provi affetto per una persona e te ne importa abbastanza di lei, riesci sempre a sistemare le cose in modo da esserci, da essere lì presente quando c'è bisogno di te sul serio! È una questione di buona organizzazione e di sapere a quale cosa dare la priorità. Io sono stata disponibile per le ragazze quasi in qualsiasi momento anzi, praticamente, sempre.»

«Questo lo so.» Aveva intuito fin dal principio che Mel doveva essersi sempre comportata così. «Però non hai provato nessun desiderio di farlo per un uomo.»

«No, è vero.» Voleva essere onesta con lui.

«E adesso?» Sembrava preoccupato nel farle questa domanda, come un bambino che ha paura di non trovare più la mamma.

«Perché me lo domandi, Peter?» All'improvviso fra loro cadde un silenzio. Quella domanda nascondeva qualcosa che entrambi intuivano ma continuava ancora a spaventarli. Peter, tuttavia, era stato il più coraggioso perché aveva messo il dito sulla piaga. All'improvviso, adesso, scopriva di voler assolutamente sapere qual era l'opinione di Mel in proposito anche se sperava di non averla spaventata. Forse era troppo presto per farle domande simili. Lei intuì la sua preoccupazione e si allungò a mormorargli nell'orecchio: «Non preoccuparti tanto».

«D'accordo, solo che mi domando, qualche volta, che cosa significa tutto questo per te.»

«La stessa cosa che significa per te. Qualcosa di bello, di meraviglioso, che non mi era mai capitato prima. Ma se vuoi sapere come andranno a finire le cose, no... non posso dirtelo!»

Lui assentì. «Capisco. Ed è anche quello che mi tormenta. Come nella mia professione: l'azzardo in sala operatoria non mi è mai piaciuto. Voglio sempre sapere dove sto andando, quale sarà il passo successivo.» Le rivolse un sorriso. «Io sono un pianificatore, Mel.»

«Anch'io. Ma, queste cose, non si possono pianificare.» E bastò che gli sorridesse perché l'atmosfera si rasserenasse.

«Perché no?» Adesso la stuzzicava garbatamente, prendendola in giro, e lei sorrise.

«Che cosa vuoi... un contratto, da me?»

«Certo. Un contratto che mi consenta di possedere il tuo corpo meraviglioso tutte le volte che voglio.» Si presero per mano ciondolando il braccio avanti e indietro, Mel lo guardò raggiante. «Come sono felice che tu sia rimasto per il finesettimana.»

«Anch'io.»

Si diressero verso Central Park e passeggiarono per i viali fin quasi alle cinque; poi imboccarono la Quinta Avenue e si fermarono allo *Stanhope Hotel* a bere qualcosa, nel caffè con i tavolini sul marciapiede. Infine percorsero, sempre a piedi, i pochi isolati che li separavano dall'abitazione di Mel, già pronti a rinchiudersi di nuovo nelle sue stanze così accoglienti. Andarono a letto a far l'amore verso le otto, si alzarono per ammirare il tramonto, poi fecero una doccia e andarono da *Elaine* a cena. Il ristorante era affollatissimo. Mel conosceva una buona metà della gente che vi si trovava anche se gran parte dei suoi conoscenti, generalmente, d'estate andava fuori città per il week-end. Tuttavia si capiva immediatamente come tutto questo facesse parte della sua vita: le celebrità che conosceva e che la riconoscevano, la valutazione dell'importanza di lei stessa e del suo lavoro... non solo, ma pareva che le si adattasse a perfezione anche l'atmosfera di New York così carica di elettricità e fremente di vita. Ambienti del genere esistevano anche a Los Angeles ma non avevano mai fatto parte della vita di Peter, troppo impegnato dalla sua professione, dalla famiglia, dai suoi malati.

«E allora, dottore, che cosa ne pensi di New York?» Stavano camminando sottobraccio per la Seconda Avenue diretti verso casa.

«Penso che l'adori e che New York adora te.»

«Credo che tu abbia ragione.» Sorrise felice. «Però... sarà strano... ma il caso vuole che io adori anche te!»

«Benché io non sia l'ospite di una trasmissione e non faccia né lo scrittore né l'uomo politico?»

«Tu sei meglio di tutto questo, Peter. Tu sei vivo e reale.»

Lui sorrise di fronte a quel complimento. «Grazie. Però vivi e reali... sono anche loro!»

«Non è la stessa cosa con le persone di quel genere. Fanno parte soltanto di una metà della mia vita, Peter. Ma ne esiste un'altra nella quale non possono mai entrare. Né avvicinarsi. Prima d'ora non avevo mai trovato nessuno che riuscisse a capire tutt'e due le parti di cui la mia vita si compone. La mia famiglia e la mia professione sono importanti allo stesso modo per me, anche se possono sembrare diametralmente opposte.»

«Mi pare che tu riesca a cavartela bene sia con l'una sia con l'altra.»

Mel sorrise, facendo segno di sì. «Anche se non è sempre semplice!»

«Che cosa è semplice a questo mondo?» Gli era tornata in mente, all'improvviso, la reazione di sua figlia quando le aveva detto che si sarebbe fermato a New York e cominciava ad avere il sospetto che, rivedendolo, Pam gli avrebbe fatto pagare la delusione provata. Con lei, capitava sempre così. Ma in quel momento Mel lo guardò con un sorriso. Imboccarono l'81ª Strada Est per rientrare a casa. Andarono a letto e non fecero che parlare fino alle due.

L'indomani, dopo uno spuntino nella tarda mattinata alla *Tavern-on-the-Green*, scesero fino al Greenwich Village dove c'era una fiera all'aperto, per le strade. Di solito, in estate non c'è mai molto da fare a New York ma questo non aveva importanza per nessuno dei due. Volevano soltanto stare insieme. Camminarono per ore e ore, parlando del loro passato, della loro vita, del lavoro, dei figli, di loro stessi. Era come se nessuno dei due si accontentasse di quello che sapeva dell'altro ma sentisse la necessità di scoprire ancora qualcosa di più. Verso le cinque tornarono a casa di Mel, pieni di rimpianto, e fecero l'amore per l'ultima volta. Alle sette salirono in tassì per andare all'aeroporto. Tutt'a un tratto sembrava che il tempo si fosse messo a correre troppo in fretta. Ebbero l'impressione che fossero passati soltanto pochi minuti quando dovettero salutarsi. Rimasero ancora strettamente abbracciati, davanti all'uscita del volo di Peter, per quegli ultimi attimi.

«Sentirò terribilmente la tua mancanza.» La guardava, adesso, dall'alto della sua statura, immensamente felice di essere venuto a New York. Intuiva che quel fatto avrebbe cambiato il corso della sua vita, ma non ne provava neppure più timore. Le sollevò il mento con la punta di un dito costringendola ad alzare il viso verso il proprio. «Prometti che verrai ad Aspen?»

Lei sorrise, ricacciando le lacrime che le erano salite agli occhi. Si sentiva la gola stretta da un nodo di pianto. «Ci saremo.» Ancora non sapeva, però, come avrebbe fatto a dirlo alle gemelle.

«Ti aspetto. E non fare scherzi.» La strinse teneramente al petto e la baciò ancora una volta prima di salire sull'aereo. Si voltò a salutarla con la mano, allontanandosi, e Mel ebbe la sensazione che si portasse via con sé anche il suo cuore.

Il viaggio a Martha's Vineyard, quella sera, fu lungo e triste perché si sentiva molto sola. Arrivò nella casa di Chilmark che era già mezzanotte passata e tutti dormivano. Ne provò quasi sollievo. Non aveva voglia di parlare con nessuno all'infuori di Peter Hallam che era ancora su un aereo in viaggio verso ovest, verso Los Angeles.

Restò seduta a lungo sotto il portico della casa, quella notte, ad ascoltare il fragore dell'oceano, a sentirsi alitare sulla faccia una lieve brezza. Il solo fatto di poter stare lì, in silenzio, le dava una meravigliosa sensazione di pace. Rimpiangeva soltanto che Peter non potesse essere con lei. Ma, per il momento, doveva rassegnarsi. Avevano bisogno tutti e due di stare soli per un po'. Il solo fatto di trovarsi, presto, ad Aspen con tutti i loro figli sarebbe già stato un considerevole impegno. E una fatica. Non aveva ancora deciso quando parlarne con le ragazze, né come affrontare l'argomento. Ma l'indomani mattina, a colazione, pensò che la cosa migliore sarebbe stata quella di dare alle gemelle tutto il tempo possibile perché si abituassero a quell'idea. Non era mai capitato, prima, che lasciassero Vineyard nel bel mezzo dell'estate e capiva che lo avrebbero trovato strano. Anzi, si sarebbero addirittura insospettite.

«Aspen?» esclamò Jessica, fissandola sbalordita. «E perché dovremmo andare ad Aspen?» Mel fece il vano tentativo di assumere un'aria disinvolta ma si era accorta che il cuore aveva cominciato a batterle più forte. Un po' perché le ragazze le creavano tutte queste difficoltà, un po' perché stava per dire una bugia. «Perché è un invito molto interessante e non ci siamo mai state.» Raquel sbuffò rumorosamente mentre andava in cucina a prendere lo sciroppo di acero e Val fissò sua madre inorridita.

«Ma non possiamo partire! Qui abbiamo tante belle cose da fare, mentre ad Aspen non conosciamo nessuno.» Mel guardò la più giovane delle sue gemelle con la massima calma. Sapeva che sarebbe stata più facile da convincere di sua sorella. «Calmati, Val. Anche ad Aspen ci sono dei ragazzi.»

«Ma è diverso! E noi qui conosciamo tutti!» Pareva che fosse lì lì per scoppiare in lacrime ma Mel non si lasciò intenerire.

«Secondo me, è un'occasione che non dovremmo lasciar perdere.» Oppure avrebbe fatto meglio a dire «Io non dovrei»...? Provava un vago senso di colpa perché le ragazze non erano al corrente della verità.

«Per quale motivo?» Adesso Jessica la stava fissando con gli occhi sgranati senza perdere un suo solo gesto. «Che cosa c'è ad Aspen?»

«Niente... voglio dire oh, per l'amor di Dio, Jess! Piantala! È un posto favoloso, le montagne sono stupende, ci sono ragazzi a carrettate e un mucchio di cose da fare, gite con il sacco in spalla, cavalli, passeggiate a piedi, la possibilità di pescare, di fare dei pic nic ... tutto quello che si fa in montagna.»

«Puah!» Valerie la interruppe, disgustata. «Tutta roba che detesto.»

«Ti farà bene.»

Stavolta fu Jessica a intervenire, la più pratica delle due gemelle. «Ma questo vuole dire che perderemo una buona parte dell'estate qui e abbiamo affittato la casa per due mesi!»

«Staremo via soltanto quindici giorni. Vi resteranno ugualmente altre sei settimane da passare al mare.»

«D'accordo, però continuo a non capirci niente.» Jessica si alzò da tavola visibilmente irritata e Val, scoppiando in lacrime, corse a rinchiudersi nella sua camera.

«Io non ci vado! È l'estate più bella che abbiamo mai passato a Martha's Vineyard e tu stai cercando di rovinarcela!»

«Io non sto cercando di...» ma la porta si era richiusa con un tonfo prima che Mel riuscisse a finire la frase. Alzò gli occhi a guardare Raquel, visibilmente tesa, mentre la donna cominciava a sparecchiare.

«Dev'essere una cosa seria.» Raquel scosse la testa con aria saggia e Mel si alzò anche lei lasciandosi sfuggire un gemito di insofferenza.

«Oh, Raquel, per amor di Dio!»

«Va bene, va bene. Non voglio sentire niente. Ma aspetti e vedrà... Glielo dico io che lei fra sei mesi è già bell'e sposata! Non mi è mai capitato di vederla andar via da Martha's Vineyard!»

«Sarà un viaggio magnifico.» Tentava di convincerle e di convincere anche se stessa... ma le dispiaceva che le cose non andassero come aveva sperato.

«Lo so. E io? Che cosa faccio? Devo venire con voi?» Non sembrava per niente entusiasta dell'idea, esattamente come le ragazze.

«Perché non prendi i tuoi soliti quindici giorni di vacanza durante quel periodo invece di aspettare la fine dell'estate?»

«Già, mi sembra una buona idea.»

Be', almeno questo era un problema risolto. Val non venne più fuori della sua camera per un paio di ore e, quando finalmente si degnò di ricomparire, aveva gli occhi e il naso rossi. Scese subito in spiaggia per trovarsi con i suoi amici, lasciando capire chiaramente che non aveva nessuna voglia di parlare con sua madre. Mezz'ora dopo Jessica venne a cercare Mel la quale, seduta sotto il portico, stava rispondendo ad alcune lettere. Si accoccolò sui gradini, vicino ai suoi piedi e aspettò che lei alzasse gli occhi dal foglio sul quale stava scrivendo.

«Si potrebbe sapere perché andiamo ad Aspen, mammina?» Guardò Mel dritto in faccia... Era difficile non raccontarle la verità... ci andiamo perché mi sono innamorata di un uomo che ci va sempre, d'estate.

«Ho pensato che fosse un cambiamento simpatico per tutte, Jess. Qualcosa di diverso dal solito.» Ma aveva evitato di fissarla negli occhi. Così non si era accorta che sua figlia la stava osservando con estrema attenzione.

«Non c'è anche qualche altro motivo?»

«Per esempio... quale?» Intanto prendeva tempo, con la penna ferma sul foglio.

«Non saprei. Non riesco assolutamente a capire per quale ragione vuoi andare ad Aspen.»

«Ci siamo state invitate da amici.» Se non altro, quella era una mezza verità; tuttavia le cose non si erano affatto appianate, anzi continuavano a essere difficili, esattamente come Mel aveva previsto. E se Peter si illudeva che, a casa sua, le cose sarebbero andate più facilmente, era pazzo!

«Quali amici?» Jessica la squadrò con maggiore attenzione e Mel, prima di rispondere, respirò a fondo. Inutile mentirle, tanto... Jessica presto sarebbe venuta a saperlo ugualmente.

«Si tratta di una persona che si chiama Peter Hallam e della sua famiglia.»

Jessica rimase allibita. «Quel famoso cardiochirurgo che sei andata a intervistare in California?» Mel annuì. «E per quale motivo dovrebbe invitarci ad Aspen?»

«Perché siamo soli tutti e due con i nostri figli... e lui si è rivelato una persona molto simpatica e siamo diventati amici. Ha tre figli più o meno della vostra età.»

«E con questo?» Adesso Jessica sembrava ancora più sospettosa.

«Così ho pensato che avrebbe potuto essere divertente.»

«Per chi?» *Touché*. Sembrava offesa, adesso, e Mel si accorse di essere, di colpo, estenuata. Forse era una sciocchezza insistere tanto per andare ad Aspen.

«Stammi bene a sentire, Jess. Non ho nessuna voglia di discutere questo argomento con voi due. Ci andiamo, e basta!»

«Si può sapere dove siamo, adesso?» Jessica si era alzata in piedi di scatto, appoggiandosi le mani sui fianchi, e stava fissando sua madre con occhi scintillanti di collera. «È un regime dittatoriale, il nostro, o una democrazia?»

«Chiamalo come vuoi. Fra venti giorni partiamo per Aspen. Spero che vi divertirete; in caso contrario, consideratele due settimane perdute di una bella estate, lunghissima e divertente. Forse sarà meglio che vi ricordi, a te e a Val, che qui continuerete ancora a divertirvi pazzamente e farete tutto quello che vorrete per quasi due mesi. Come se non bastasse, la settimana prossima vi stiamo organizzando una magnifica festa di compleanno. Non mi pare davvero che tu abbia un motivo valido per lamentarti.» Sembrava, invece, che Jessica lo avesse, eccome! Tanto che se ne andò di punto in bianco, visibilmente infuriata, senza rivolgere a sua madre una sola parola in più.

Né le cose migliorarono molto nei quindici giorni successivi malgrado la festa, che si concluse con una grandiosa grigliata sulla spiaggia alla quale parteciparono ben settantacinque ragazzi invitati per il compleanno di Jessica e Val. I festeggiamenti per i loro sedici anni furono splendidi e tutti si divertirono molto, ma anche questo contribuì a far peggiorare l'umore delle gemelle che, ormai, erano risentite alla sola idea di partire la settimana successiva. Mel, da parte sua, era letteralmente esasperata per le loro continue lamentele.

«E tu, amore, che cosa mi racconti?» domandò una sera a Peter mentre, allungata sul letto, gli parlava al telefono. Continuavano a chiamarsi un paio di volte al giorno e morivano dalla voglia di rivedersi e di riabbracciarsi, a dispetto dei loro figli.

«Non ne ho ancora parlato. C'è tempo.»

«Vuoi scherzare? Ma... se dobbiamo incontrarci la settimane prossima!» Mel era allibita. Aveva dovuto sorbirsi due settimane di broncio e di cattivo umore da parte delle gemelle mentre Peter non aveva affrontato la questione neppure alla lontana.

«Guai a farne un dramma, altrimenti...!» Sembrava che non si sentisse affatto preoccupato e le aveva risposto con la massima disinvoltura. A Mel, invece, quel modo così superficiale di affrontare il problema pareva assurdo.

«Peter, devi dare tempo ai ragazzi di abituarsi all'idea che ci troveremo in montagna insieme, altrimenti cadranno dalle nuvole quando ci vedranno arrivare e, molto probabilmente, diventeranno furiosi.»

«Non succederà niente del genere. E adesso raccontami un po' di te.» Mel gli riferì quello che aveva fatto in quei giorni e Peter le parlò di una nuova tecnica, sperimentata quella stessa mattina durante un intervento. Marie continuava a fare grandi progressi e avrebbe lasciato l'ospedale nel giro di qualche giorno.

«Non sto più nella pelle all'idea di rivederti, amore!»

«Anch'io.» Peter sorrise di fronte a quella prospettiva e continuarono a chiacchierare ancora per un po'. Ma non sorrideva più quattro giorni dopo, quando fu costretto ad affrontare Pam.

«Come sarebbe? Ho capito bene quello che hai detto? Quest'anno *noi* avremmo invitato ad Aspen degli amici?» Era diventata addirittura livida in faccia, durante la cena, seduta a tavola di fronte a suo padre. Peter ne aveva accennato, quasi con noncuranza, a Mark la sera prima mentre stava uscendo e il ragazzo, per quanto non gli avesse nascosto di essere meravigliato, non aveva avuto il tempo di approfondire l'argomento. Quanto a Matthew, pensava di parlargliene dopo averlo fatto sapere a Pam. Ma la ragazzina, mentre fissava suo padre con gli occhi sbarrati, pareva lì lì per fargli una scenata terribile. Si capiva che si dominava a stento. «Di quali amici si tratta?»

«Di una famiglia che dovrebbe riuscirti simpatica, spero!» Intanto si era accorto che il sudore, dalle ascelle, gli colava lentamente lungo i fianchi. E questo fatto gli diede un enorme fastidio. Per quale ragione Pam doveva sempre renderlo tanto nervoso? «Ci sono due ragazze che sono quasi tue coetanee.» Stava prendendo tempo, lo capivano tutti e due. Ma, adesso, Peter si accorse di aver quasi paura di doverle dire che si trattava di Mel. E se il fragile equilibrio psichico di sua figlia non avesse resistito alla notizia? Se avesse fatto una ricaduta?

«Che età hanno?»

«Hanno sedici anni.» Sembrava speranzoso, ma tante speranze vennero rapidamente troncate sul nascere.

«Con ogni probabilità saranno delle cretine e mi snobberanno perché sono più giovane di loro.»

«Non credo proprio che succederà così.»

«Io non ci vengo.»

«Pam... per amor di Dio...»

«Io resto qui con la signora Hahn.» Sembrava impossibile smuoverla.

«La signora Hahn parte per prendersi le sue vacanze.»

«Vuol dire che andrò con lei. Io non ci vengo ad Aspen con te, a meno che tu rinunci a invitare quella gente. E poi si può sapere chi sono?»

«Mel Adams e le sue gemelle.» Un momento o l'altro bisognava pur dirlo, ma Pam sgranò tanto d'occhi.

«*Lei*? No, non ci vengo!» Qualcosa, nel tono di sua figlia, lo colpì sul vivo. Allungò un violento pugno sul tavolo, prima di riuscire a trattenersi.

«Tu farai quello che io ti dirò di fare, ci siamo capiti? E se dico che verrai ad Aspen, ubbidirai! Sono stato chiaro?» Ma Pam non gli rispose una sola parola; afferrò il piatto che aveva davanti, ormai vuoto, e lo scaraventò contro il muro.

Il piatto ricadde sul pavimento in mille pezzi mentre lei usciva impetuosamente dalla sala da pranzo. Peter, allibito, la seguì con lo sguardo. Se Anne fosse stata viva, l'avrebbe costretta a tornare indietro e a pulire il pavimento, oltre che a raccogliere i cocci, ma Peter non ebbe il coraggio di imporle una cosa del genere. Invece rimase in sala da pranzo con gli occhi sbarrati, fissi sul proprio piatto e, dopo qualche minuto, si alzò e andò a chiudersi nel suo studio. Ci volle una buona mezz'ora perché trovasse il coraggio di telefonare a Mel. Aveva assolutamente bisogno di sentire la sua voce, anche se non le disse niente di quanto era accaduto.

L'indomani mattina, Pam non scese a colazione e Matthew lo bombardò di domande, guardandolo incuriosito. Non sapeva niente, perché era tornato la sera prima, dopo cena, dalla casa della nonna dov'era stato ospite.

«Chi deve venire ad Aspen con noi, papà?» Peter lo guardò dritto negli occhi con aria bellicosa. «La signora Adams. È stata qui a cena con noi una sera. Verrà lei, con le sue due gemelle.» Intanto si faceva mentalmente coraggio preparandosi a dover lottare anche con il suo ultimo figlio visto che, fino a quel momento, gli era già capitato con Pam, ma la faccia di Matthew s'illuminò di gioia a quella notizia.

«Viene lei! Evviva! E quando dovrebbe arrivare?»

Peter si appoggiò più comodamente allo schienale della sedia, con un sorriso. E guardò il suo figlio più piccolo provando un enorme sollievo. Grazie a Dio almeno uno di loro reagiva bene a quella notizia! Non sapeva ancora quale sarebbe stata la reazione di Mark, ma non era da escludere che si comportasse anche lui nello stesso modo capriccioso di Pam, per quanto gli sembrasse meno probabile. Mark, in quel periodo, era troppo preso dai propri interessi per creargli delle difficoltà. «Ci troveremo con lei ad Aspen, Matt. Vengono tutte e tre.»

«Perché non viene addirittura qui, così possiamo partire con l'aereo tutti insieme?»

«Partire con l'aereo per andare dove?» Mark era entrato in sala in quel momento. Aveva le sopracciglia aggrottate e l'aria assonnata. Era stato fuori fin tardi la sera prima ma, adesso, doveva precipitarsi al lavoro in fretta e furia. Però moriva di fame. Aveva già chiesto alla signora Hahn che gli preparasse uova fritte, pancetta, pane tostato, succo d'arancia e caffè.

«Stavamo parlando di Aspen.» Peter guardò Mark mettendosi sulla difensiva. Si aspettava anche da parte di lui un'esplosione di collera. «Matt stava pensando che Mel Adams e le sue figlie dovrebbero venire a raggiungerci qui per partire tutti insieme.» Non ottenne una reazione immediata e, quindi, tornò a rivolgersi a Matt: «Però, vedi, arrivano dall'Est e, per loro, sarà più facile raggiungere direttamente in aereo Denver e di lì proseguire per Aspen».

«Sono carine?»

«Chi?» Peter lo guardò, senza capire. In quei giorni non riusciva a seguire con la solita prontezza il processo mentale dei suoi figli e aveva ancora i nervi tesi per il modo in cui Pam aveva reagito alla notizia la sera prima. La ragazzina non era ancora uscita dalla sua camera ma, quando, più tardi, aveva provato a entrare da lei, si era trovato davanti a una porta chiusa a chiave e, quando l'aveva chiamata per nome, non gli aveva risposto. Così aveva deciso di non occuparsene più e di lasciare che si facesse sbollire la collera da sola. Avrebbe cercato di parlarle quella sera, tornando a casa dallo studio.

«Sono carine le sue figlie?» Mark guardò suo padre come se lo considerasse singolarmente lento di comprendonio. Peter intanto si era lasciato andare contro lo schienale della sedia con una risata. In quel momento arrivò il pasto pantagruelico che Mark aveva ordinato.

«Santo cielo, per chi sarebbe tutta quella roba?»

«Per me. Allora... sono carine sì o no?»

«Se sono carine? Oh... mi spiace... ma non lo so. Credo di sì. Lei è una gran bella donna e quindi anche le sue figlie devono essere due belle ragazze.»

«... Uhmm...» Mark adesso era dilaniato fra la voglia di buttarsi sulla colazione, perché aveva una fame da lupo, e il desiderio di discutere con suo padre le prospettive che potevano offrire le figlie di Mel. «Spero che non siano due racchie!»

«Sei proprio scemo!» esclamò Matt guardandolo disgustato. «Saranno due ragazze favolose!»

Intanto Peter si era alzato sorridendo. «E su questa battuta così incoraggiante, egregi signori, sono costretto a lasciarvi e ad augurarvi il buon giorno. Se vedete vostra sorella, salutatela affettuosamente da parte mia. Ci vediamo stasera. Mark, sei a casa?»

Lui annuì, inghiottendo una mezza fetta di pane tostato, senza perder d'occhio l'orologio perché aveva paura di arrivare in ritardo al lavoro. «Credo di sì, papà.»

«Non dimenticarti di avvertire la signora Hahn di quello che hai intenzione di fare.»

«No, non me ne dimenticherò.» E, con questo, Peter li lasciò per andare all'ospedale a visitare i suoi pazienti. Quella mattina non c'erano in programma interventi di cardiologia. Però era stata fissata un'altra riunione per discutere alcune nuove tecniche fra le quali quella, nuovissima, studiata da Peter. Più tardi, quel pomeriggio, quando telefonò a Mel, si dilungò parecchio su questo argomento quasi volesse prender tempo prima di decidersi a parlarle della reazione di Pam.

«Le cose si aggiusteranno. Secondo me la verità è un'altra: considera ogni cosa nuova come una minaccia per lei e per la sua vita. Vuoi sempre che veniamo?»

«Stai scherzando?» Sembrava irritato al solo pensiero che Mel avesse pensato di domandarglielo. «Non mi passerebbe neanche per il cervello di andare ad Aspen senza di te. E che cosa mi racconti delle tue eredi? Si stanno abituando all'idea?»

«Molto di malavoglia.»

Se Peter aveva avuto la speranza che la notizia, in casa sua, venisse accolta con indifferenza, era rimasto amaramente deluso. Almeno nei confronti di Pam, Mel aveva visto giusto. «Matt è eccitatissimo. E ho paura che Mark si sia già messo ad aspettare l'arrivo delle gemelle con un particolare interesse. Ma non ti allarmare: è un ragazzo innocuo!»

«Non ne sarei così sicura!» esclamò Mel scoppiando in una risata. «Aspetta di vedere Val prima di parlare!»

«Su, andiamo! Non sarà un tipo così straordinario, eh?» Mel non aveva fatto che parlargli della figurina procace di sua figlia e del suo modo sensuale di comportarsi. Peter, comunque, continuava a essere convinto che quel giudizio, visto che si trattava di sua figlia, non poteva essere obiettivo!

«Peter!» ribatté Mel in tono fermo. «Valerie non è un tipo diverso dalle altre ragazze... né tantomeno straordinaria, bada bene! È semplicemente sexy. E molto. Ti consiglio di cominciare a mettere fin d'ora un po' di salnitro in quello che mangia Mark...!»

«Povero ragazzo! Credo che sia ancora vergine e si dà un gran daffare per cambiare le cose. Il mese prossimo compirà diciotto anni, in settembre andrà all'università e... quella di essere ancora vergine mi pare l'ultima delle sue aspirazioni!»

«Be', digli di far pratica su qualcun'altra. E che lasci stare mia figlia.»

«D'accordo, non ho niente da ridire purché... io possa continuare a far pratica su sua madre!» Scoppiarono in una risata. Spasimavano dalla voglia di essere di nuovo insieme, ad Aspen, indipendentemente dal fatto che ci sarebbero stati anche i loro figli.

«Credi che riusciremo a sopravvivere all'esperimento, Peter?»

«Non ne ho il minimo dubbio, amore mio. E ci divertiremo tutti alla follia!»

«E che Pam si troverà a suo agio? Che tutto si sistemerà?»

«Certo! E, poi, non dimenticare che dobbiamo pensare un po' anche a noi stessi. Ti amo, Mel.» Lei gli rispose più o meno con le stesse parole e, infine, si salutarono.

Ma la diagnosi di Peter si rivelò un po' troppo ottimistica quando, qualche giorno più tardi, salì con i suoi figli sull'aereo che, da Los Angeles, doveva portarli a Denver.

«Su, vieni, faccia storta, è ora di andare!» Mark si stava accorgendo che Pam, quando metteva il broncio come faceva da qualche giorno, era insopportabile. La ragazzina si rifiutava, addirittura, di parlare con suo padre. «A continuare così, probabilmente, ti illudi di rovinarci la vacanza, eh?»

«Vaffa...» Pam aveva risposto al fratello maggiore con un tono talmente velenoso da far rabbrividire. Per un attimo, dall'espressione del viso di Mark, si capì che l'avrebbe presa volentieri a schiaffi.

«Su, piantatela, voi due!» Peter indossava un paio di pantaloni di tela, camicia scozzese e aveva un maglione rosso buttato sulle spalle. Sopra aveva infilato un piccolo zaino. In una mano teneva le carte d'imbarco di tutta la famiglia, con l'altra stringeva quella di Matt, il quale sprizzava allegria da tutti i pori e lo consolava abbondantemente del malumore di Pam. Quando salirono a bordo, la ragazzina scelse il posto singolo fra quelli loro assegnati, sull'altro lato del corridoio, in modo da rimanere sola. I tre uomini, invece, sedettero in fila: Matthew al finestrino perché potesse guardar fuori e Peter di lato, verso il corridoio in modo da sorvegliare Pam, la quale voltò immediatamente la testa, anche lei, verso il finestrino e si mise a guardar fuori. Poi lesse un libro fino a quando venne servito il pranzo ma, più che mangiare, giocherellò con quello che aveva davanti in attesa che il vassoio le venisse portato via. Peter si impose con uno sforzo di non far capire né a lei, né ad altri, che era preoccupato. Un po' più tardi, quando divise un sacchetto di caramelle fra i ragazzi, ne allungò anche a Pam qualcuna ma lei le rifiutò senza neanche guardarlo.

«Che modo di fare! È proprio stupida, papà!» disse Mark sottovoce a suo padre mentre atterravano a Denver.

«Le passerà. Le figlie di Mel la faranno distrarre. Probabilmente adesso sente minacciata la sua posizione di reginetta della casa. Prima era l'unica donna con noi, adesso ne arrivano altre tre... È logico che, all'inizio, l'idea non le piaccia molto!»

«Di' piuttosto che si è abituata a fare tutto quello che le

pare! È sempre stato così da quando la mamma è morta.» Lanciò un'occhiata di riprovazione a Peter. «La mamma non le avrebbe mai permesso di passarla liscia con tutti questi capricci!»

«Può darsi.» Ma quel rimprovero velato addolorò Peter. Ce la metteva tutta, faceva ogni sforzo possibile e immaginabile per allevare i suoi figli nel migliore dei modi... Perché i ragazzi continuavano a essere convinti che Anne ci sarebbe riuscita meglio di lui?

Ma, subito, Matthew lo costrinse a dedicargli tutta la sua attenzione mentre atterravano e, dopo, si precipitarono a cambiare aereo e a prendere il volo per Aspen. Questa volta il percorso era più breve ma non tutto andò liscio come prima per colpa delle solite turbolenze che s'incontravano sempre volando ad alta quota sulle montagne. L'atterraggio, comunque, fu spettacolare: l'apparecchio si mise a scendere velocemente in mezzo a quelle alte vette per raggiungere il piccolo aeroporto, buona parte del quale era occupata da jet Lear e da piccoli aerei privati. Aspen era sempre stata una località attraente per i ricchi e non solo per loro ma anche per moltissima altra gente, di ogni genere e tipo. Era uno di quei posti che richiamavano una quantità di turisti, sempre affollatissimo di persone interessanti, di ogni classe sociale, ed era questo uno dei motivi per i quali a Peter piaceva. Anche nella sua scelta della villeggiatura, seguiva le tradizioni. Si era abituato a frequentarlo con Anne e continuava a venirci perché vi aveva trascorso giorni felici con lei e con i ragazzi durante le vacanze, sia d'estate sia d'inverno.

«Siamo arrivati finalmente!» esclamò con voce allegra mentre scendevano tutti e quattro dall'aereo. Noleggiata un'automobile, partirono diretti all'appartamento che avevano affittato in un piccolo condominio, press'a poco simile a quello nel quale erano sempre andati ad abitare nei cinque anni precedenti. Ma questa volta Peter aveva pensato che era venuto il momento di cambiare e di sceglierne uno diverso, tanto che perfino Pam non nascose di essere più eccitata del solito man mano che viaggiavano verso il centro della cittadina. Scoprirono, come sempre, che tutto il resto era rimasto immutato, incluso lo stupendo panorama delle montagne. Ebbero appena il tempo di sistemarsi e vuotare le valigie, oltre che di fare una rapida incursione al supermercato più vicino per provvedersi di un po' di viveri, e Peter si accorse che era venuta l'ora di tornare all'aeroporto per l'arrivo del volo di Mel. Prima di uscire si guardò intorno: i suoi figli sembravano impegnatissimi a tirar fuori dai sacchetti tutto quello che avevano appena comperato. Allora propose con finta indifferenza: «C'è qualcuno che vuole venire?»

«Sì, io!» Mark piantò lì immediatamente quello che stava facendo e s'infilò le Topsiders sui piedi nudi. Aveva addosso un paio di calzoncini color kaki e una maglietta rossa. Era abbronzatissimo per tutto il sole preso a Los Angeles e aveva i capelli più chiari del solito: perfino Peter non poté fare a meno di dirsi che suo figlio era un gran bel ragazzo. Le gemelle di Mel sarebbero rimaste a bocca aperta, vedendolo... e se non fosse stato così, si poteva tirare una sola conclusione, che in quelle ragazze doveva esserci qualcosa che non funzionava! Ecco quello che pensò, sorridendo tra sé, molto orgoglioso del suo figlio maggiore.

«Vengo anch'io!» cinguettò Matthew, e corse a prendere il fucile spaziale che preferiva.

«C'è proprio bisogno di portarsi dietro quella roba?» Peter lanciò un'occhiataccia al fucile che, quando sparava, faceva un tale fracasso da rintronargli le orecchie.

«Sì, certo! Non si sa mai! Potremmo essere invasi dagli extraterrestri!»

«Già, sono proprio in arrivo con il prossimo volo!» interloquì Pam in tono pungente e Peter lanciò un'occhiataccia anche a lei.

«Basta così! Anzi, adesso che ci penso...» E guardò di nuovo sua figlia con aria truce «... credo che faresti meglio a venire anche tu. Siamo una famiglia e facciamo le cose insieme, noi!»

«Oh, davvero commovente!» ribatté Pam che, intanto, si era piantata in cucina e pareva che non avesse intenzione di muoversi di lì. «Credo che rimarrò a casa.»

«Su, non fare la cretina!» Mark tentò di tirarla verso la porta e lei gli allungò una spinta, cercando di sfuggirgli. A questo punto Peter non riuscì più a dominarsi e si mise a urlare: «Insomma, vogliamo piantarla, accidenti? D'ora in avanti, devi comportarti in un modo decente, hai capito sì o no? È un ordine, sai?» Sembrò che la sgridata di suo padre intimidisse Pam la quale si convinse a seguirli e a salire in automobile con loro. Raggiunsero l'aeroporto nel più totale silenzio. Peter non si nascondeva di essere preoccupato perché non immaginava come si sarebbe comportata, e che cosa avrebbe detto Pam a Mel e alle sue ragazze. Ma non appena vide Mel scendere dall'aereo, si dimenticò di tutto il resto e riuscì soltanto a pensare che l'amava terribilmente. Il suo unico desiderio, in quel momento, era di stringerla fra le braccia. Purtroppo, invece, doveva controllarsi di fronte ai ragazzi. Intanto Mel gli veniva incontro con i capelli rossi raccolti in una morbida crocchia, un cappello di paglia che le ombreggiava gli occhi, un vestito di lino beige molto elegante e sandali dello stesso colore. «Che piacere vederti, Mel!» Le diede una stretta di mano mentre i ragazzi li osservavano. Lei gli sfiorò una guancia con un bacio e si voltò subito verso i suoi figli. Aveva dovuto imporsi con uno sforzo tremendo per non baciare Peter sulla bocca.

«Ciao, Pam, come sono contenta di rivederti!» Le sfiorò lievemente la spalla con una carezza e si chinò a dare un bacio a Matt che le buttò subito le braccia al collo. Per ultimo, salutò Mark il quale stava fissando con gli occhi sgranati per la meraviglia la ragazza che si era fermata dietro Mel. «Posso presentarvi le mie figliole? Questa è Jessica.» Si capiva subito, con quei capelli rossi, che erano madre e figlia. Ma, veramente, ad attirare l'attenzione di Mark era stata Val. «E questa è Valerie.»

Le due ragazze mormorarono qualche parola di saluto a mezza voce e, infine, Mel le presentò a Peter il quale dovette fare uno sforzo terribile per non scoppiare in una risata. Perché gli era bastato dare un'occhiata a suo figlio Mark per accorgersi che pareva inebetito... Non ci sarebbe stato da meravigliarsi se fosse crollato svenuto, lì, di colpo, davanti ai piedi di Val... Tanto che, quando andò con Mel a ritirare il bagaglio, la guardò con un lieve sogghigno scuotendo la testa.

«Avevi ragione. Non sono più neanche sicuro che il salnitro nella minestra potrebbe cambiare le cose!» Valerie pareva il simbolo del sesso. Ma quel che faceva più colpo era, in contrasto, il suo modo di comportarsi semplice, fresco, pieno di ingenuità. «Dovresti tenerla in casa, sottochiave, Mel!»

«Mi ci provo, amore mio, mi ci provo, sai?» Poi si voltò a guardarlo con aria scrutatrice. «Come stai? È andato bene il viaggio?»

«Sì, discretamente.»

«E Pam?» Intanto, guardando con la coda dell'occhio in direzione delle ragazze, si era accorta che Jessie aveva cominciato a parlarle. Quanto a Matt, stava fissando Jess con aria piena di adorazione. «Direi che le cose cominciano a funzionare discretamente, almeno in parte!» Val e Mark stavano chiacchierando animatamente e pareva che perfino Pam fosse uscita dal suo mutismo per rispondere a qualcosa che Jessie le aveva chiesto. La figlia di Mel aveva preso la manina di Matt nella propria e, negli intervalli della conversazione con sua sorella, stava ammirando incondizionatamente il fucile spaziale. «Sono tutti bravi ragazzi e questo dovrebbe esserci di aiuto.»

«È brava anche la loro mamma.»

«Ti amo.» Pronunciò queste parole a voce molto bassa, voltando le spalle ai ragazzi e Peter provò un terribile desiderio di prenderla fra le braccia.

«Anch'io ti amo.» Glielo disse avvicinandole la bocca all'orecchio mentre un facchino accorreva ad aiutarli a trasportare il bagaglio. Fu una vera fortuna che avessero una giardinetta. Durante il tragitto di ritorno a casa, con sette persone stipate a bordo più le valigie di Mel e delle sue ragazze, la macchina era stracarica. Fra l'altro, a bordo c'era un chiasso assordante perché pareva che tutti si fossero messi a parlare contemporaneamente; perfino Pam cominciava a uscire lentamente dal suo guscio soprattutto perché Jessica le dedicava la sua attenzione incondizionata. Tanto che non ebbe neppure il coraggio di obiettare di fronte alla sistemazione dei letti con tutto l'accanimento e la veemenza che Peter temeva. Infatti Pam, Jess e Val si sarebbero divise la camera in cui si trovava una coppia di letti a castello. Lo spazio era poco ma le ragazze lasciarono capire che, per loro, non aveva molta importanza. Anzi, a quel punto, Pam si era messa addirittura a ridere perché Jessica l'aveva garbatamente presa in giro per qualche cosa. I due ragazzi avrebbero dormito in una stanza in cui c'erano due letti gemelli mentre a Peter e Mel sarebbero toccate le due stanzette più piccole, ciascuna con un solo letto a una piazza. Di solito, i figli di Peter avevano ciascuno la propria camera ma, stavolta, c'era voluta un po' di fantasia per trovar posto per tutti e fare in modo che lui e Mel avessero camere da letto separate, un elemento cruciale in quella prima vacanza che facevano con i ragazzi.

«Allora... siete tutti sistemati?»

«Sì, stiamo benissimo», era stata pronta a rispondere Valerie, mentre fissava Peter con occhi colmi di ammirazione. Poco dopo riuscì a bisbigliare a sua madre: «Com'è carino!» e Mel scoppiò a ridere. Disgraziatamente Val doveva già essersi convinta che anche il figlio di Peter era carino e simpatico. Mel, però, l'aveva già ammonita in proposito, avvertendola che un'altra storia d'amore avrebbe ottenuto il solo scopo di complicare la vita di tutti gli altri durante i successivi quindici giorni. Val aveva doverosamente ammesso che la mamma aveva ragione durante il viaggio in aereo a Denver ma fin dalla prima sera, mentre erano tutti affaccendati a preparare la cena — e a Val e Mark era stato dato l'incarico di condire l'insalata e far cuocere le patate in forno, — Mel cominciò subito a perdere ogni speranza di far morire sul nascere l'evidente simpatia reciproca fra i due ragazzi. Non le restava che augurarsi che si stancassero l'uno dell'altra nelle due settimane seguenti. Val era famosa per le cotte improvvise, ma di breve durata, come spiegò Jessica a Pam, ridendoci su, mentre si sedevano accanto al fuoco dopo averla aiutata a mettere a letto Matthew. Jess era una ragazza piena di sensibilità e sembrava che avesse subito capito come Pam temesse di vedersi spodestare e mettere in secondo piano.

«Ho l'impressione che Mark continui ancora a vederci doppio... da quando siete arrivate.» Peter sorrise apprezzando gli sforzi della maggiore delle due gemelle perché sua figlia Pam si trovasse a proprio agio. Jessica gli sembrava una ragazza speciale e non aveva dimenticato tutto quello che Mel le aveva raccontato di lei. Gli pareva strano trovarsi davanti agli occhi le due gemelle, adesso, dopo aver sentito tanto parlare di loro eppure non erano molto diverse da come Mel gliele aveva descritte... soprattutto Val, che non avrebbe sfigurato se l'avessero fotografata per il paginone centrale di *Playboy*. Si faticava a credere che andasse ancora a scuola. Eppure aveva un'innocenza e un'ingenuità piacevolissime, malgrado quel suo corpo spettacoloso. «Ho sentito che ti interesserebbe studiare medicina, Jess.» Gli occhi della ragazza si illuminarono a questa domanda mentre Pam prendeva l'aria annoiata.

«Che idea disgustosa!»

«Lo so.» Jessica lanciò un'occhiata piena di dolcezza a Pam, con l'intenzione di soffocare sul nascere le sue critiche. «È quello che pensano tutti. Voglio specializzarmi in ginecologia oppure in pediatria.»

«Ottime specializzazioni tutte e due, ma richiedono molta applicazione.»

«Io voglio fare l'indossatrice», esclamò Pam assumendo un atteggiamento sussiegoso e pieno di distacco, e Jess sorrise.

«Anche a me piacerebbe, ma non ho la tua bellezza!» Non era vero, però Jessica ne era sinceramente convinta. Per troppo tempo aveva vissuto all'ombra di Val.

«Tu puoi fare quello che vuoi, Jess.» Mel era seduta accanto al fuoco. Si sentiva serena e distesa, e felice di trovarsi di nuovo con Peter. Le sembrava che fosse passato un secolo dall'ultima volta che l'aveva visto.

«C'è nessuno che ha voglia di uscire a fare quattro passi?» esclamò Mark entrando precipitosamente nella stanza per lanciare la sua proposta e, dopo aver insistito, riuscì a convincerli tutti. Salvo Matt che era già profondamente addormentato nel suo letto.

«Non c'è pericolo a lasciarlo qui solo?» Mel sembrava preoccupata ma Peter fece segno di no con un sorriso.

«Starà benissimo. Di solito, ha un sonno di piombo. È l'aria di montagna. Anne diceva sempre che lui...» S'interruppe, dopo essere visibilmente impallidito. Mel si sentì un brivido che le correva lungo la schiena. Era strano seguire quelle che erano state le orme di Anne, essere lì con i suoi figli adesso che lei non era più viva. Si domandò se la reazione di Pam fosse dovuta almeno in parte a quello e prese mentalmente nota di cercare di scambiare qualche parola con lei mentre camminavano nell'aria frizzante delle montagne. Pam, però, le parve più interessata a continuare la sua conversazione con Jessie e, quindi, passeggiarono per una mezz'ora divisi in coppie. Si erano affiancati istintivamente e senza disagio: Val e Mark, Jessie e Pam, Melanie e Peter.

«Vedi? Tutto è andato a finir bene, non trovi?» Pareva quasi arrogante, tanto se ne sentiva sicuro, e Mel scoppiò a ridere.

«Non vendere la pelle dell'orso... ricordati che siamo appena arrivate.»

«Non dire sciocchezze, che cosa vuoi che succeda adesso?»

Lei alzò le mani al cielo in un gesto scherzosamente drammatico e scoccò un'occhiata a Peter. «Vuoi scherzare? Può succedere di tutto. Speriamo soltanto che non si arrivi all'omicidio, alle ossa rotte o a qualche gravidanza indesiderata dopo questa nostra piccola avventura!»

«Non ti ha mai detto nessuno che sei una grande ottimista?» E, mormorando queste parole, la trascinò dietro un albero per darle un rapido bacio senza che i loro figli se ne accorgessero. Poi scoppiarono in una risatina sommessa mentre riprendevano il cammino. Certo che era stupendo trovarsi di nuovo insieme! Ed era anche piacevole vedere insieme i loro figli, indipendentemente da tutte le terribili previsioni di Mel.

Alla fine rientrarono, felici ma stanchi per il viaggio e per la fatica dell'assestamento di quelle prime ore. Tutti si ritirarono nelle camere che erano state loro assegnate, apparentemente senza problemi. Ogni camera da letto aveva il proprio bagno, quindi non ci fu una coda interminabile per lavarsi i denti e Mel poté sentire le ragazze che ridacchiavano ancora nella loro camera quando le luci erano già state spente. Quanto a lei, moriva dalla voglia di uscire in corridoio e di raggiungere, in punta di piedi, la camera di Peter. Ma pensò che fosse troppo rischioso. Non ancora. Meglio di no, con i ragazzi così vicini. Era già sotto le coperte e stava pensando ai giorni che avevano trascorso insieme a New York quando vide la porta che si spalancava e un'ombra che entrava. Si mise a sedere di scatto sul letto, sbalordita ma, in quello stesso momento, Peter s'infilò di fianco a lei.

«Peter!» Era allibita.

«Come hai fatto a indovinare?» Lui sorrideva nell'oscurità. Mel, allora, gli buttò le braccia al collo e lo baciò.

«Non avresti dovuto... e se i ragazzi...»

«Lascia perdere i nostri figli... le ragazze sono troppo impegnate a convincersi che non possiamo sentirle; Mark, probabilmente, è crollato di schianto sul letto e sta dormendo sodo come Matt, ormai... è venuto il momento di pensare a noi, bambina.» L'abbracciò, le fece scivolare una mano sotto la camicia da notte e Mel si accorse di dover lottare contro se stessa per non farsi sfuggire neppure una mezza parola. «Dio, come ho sentito la tua mancanza!»

Mel, da parte sua, pur continuando a tacere, gli dimostrò ugualmente che, per lei, era stata la stessa cosa.

Per lunghe ore i loro corpi si unirono in un'estasi senza fine; poi, per quanto riluttante, Peter fu costretto a lasciarla. Mel l'accompagnò in punta di piedi fino alla porta per augurargli la buona notte e lo seguì con lo sguardo mentre si allontanava a passi furtivi lungo il corridoio.

Dalle camere da letto dei ragazzi non arrivava alcun rumore. Dovevano essere tutti profondamente addormentati. Quanto a lei, non ricordava di essere mai stata tanto felice.

Sempre in punta di piedi, tornò a letto, quel letto ancora impregnato del dolcissimo profumo della loro passione e si abbandonò al sonno, abbracciata al cuscino.

Capitolo 21

L'INDOMANI andarono a fare una passeggiata di otto chilometri a piedi e si fermarono durante la marcia per un picnic. Scelsero, per accamparsi, la sponda di un torrentello dove si divertirono a sguazzare a lungo. Matt riuscì addirittura a catturare una biscia acquatica per Mark e le tre ragazze scapparono, urlando per lo spavento, e rifugiandosi da Peter e Mel che si divertirono a prenderle in giro. Alla fine Matthew si convinse che era meglio liberare la biscia imprigionata e la marcia riprese fino al tardo pomeriggio, quando rientrarono a casa per scendere a fare una nuotata nella piscina del condominio. I ragazzi ridevano e scherzavano insieme come vecchi amici anche se Mel si accorse che Pam, non appena Jessica smetteva di chiacchierare con lei o la lasciava sola, cominciava subito a tenerla d'occhio, se era in compagnia di Peter.

«Sono un gruppetto simpatico, non ti sembra, Mel?»

Sì, era innegabile. E bello, anche. Perché sia i figli di Peter sia le gemelle erano bellissimi. Pam aveva sempre gli occhi pieni di tristezza, però, e s'incupiva ancora di più quando vedeva Mel con suo padre. Mel sentì di essere particolarmente grata a Jessie che sapeva distrarla e interessarla a quello che facevano, mentre Val e Mark, fin da quando si erano rivisti, quella mattina a colazione, sembravano diventati inseparabili. «Sì, sono un gruppetto simpatico», finì per ammettere con un sorriso un po' stanco. «Ma da sorvegliare.»

«Siamo daccapo! Insomma, si può sapere che cosa ti preoccupa, adesso?» Peter pareva divertito di fronte a queste strane reazioni di Mel, che sembrava attentissima a tutto quello che i loro figli facevano da quando stavano insieme. Ma gli piaceva anche questo lato del suo carattere. Non era difficile capire che Mel, come madre, era meravigliosa.

«Non c'è niente che mi preoccupi in modo particolare. Però mi piace sorvegliarli, averli sott'occhio e sapere quello che succede.» Si mise a ridere mentre Peter lanciava un'occhiata a Val e a Mark.

«Secondo me, sono innocui. Quanta gioventù e quanta energia sprigionano i loro corpi... ma, per fortuna, ho l'impressione che nessuno di loro sappia come sfruttarle, almeno per il momento. Forse, l'anno prossimo, non saremo altrettanto fortunati.»

«Ossignore...» Mel alzò gli occhi al cielo, fingendosi esasperata. «... Speriamo che non sia vero! Credimi... vorrei esser già riuscita a far sposare quella ragazza quando aveva dodici anni. Non credo che riuscirò a sopportare la fatica di tenerla sotto controllo per altri cinque o sei anni.»

«Non mi pare che tu ci sia costretta, dopo tutto! È una creatura deliziosa. Simpaticissima.»

Mel fece segno di sì con la testa ma senza un eccessivo entusiasmo. «Disgraziatamente si fida troppo del suo prossimo. Ha un carattere completamente diverso da quello di Jessie.»

Peter assentì. Era d'accordo. Lo aveva già notato. «Mi sembra che Pam si sia molto affezionata a Jess.»

«Ci sa fare con i ragazzi più giovani di lei.»

«L'ho capito.» Sorrise felice. Erano due anni che non provava una felicità simile. «Matt la adora.» Poi, abbassando la voce, mormorò all'orecchio di Mel: «E io adoro te. Non credi che potremmo restar qui per sempre?»

«Mi piacerebbe immensamente.» Ma non era del tutto vero. Rimpiangeva i momenti che avevano trascorsi a New York, tutti soli. Qui non si sentiva mai libera di essere realmente se stessa. Doveva tener d'occhio i ragazzi e, all'occorrenza, imporre un certo controllo senza lasciarli troppo... con le briglie sciolte. Quella sera permise ai quattro più grandi di andare al cinema mentre lei e Peter restavano a casa con Matt. Ma quanto Mark e Val manifestarono il desiderio di tornar fuori a fare quattro passi, da soli, dopo aver riaccompagnato Jessie e Pam a casa, Mel oppose il veto a quella proposta e fu irremovibile. «Sentitemi bene, voi due; non sarebbe carino nei confronti degli altri, vi pare? Siamo qui tutti in gruppo, sapete?» Ma c'erano anche altri motivi ai quali era inutile alludere in quel momento. Motivi per i quali continuava a sorvegliarli strettamente ogni giorno mentre uscivano a fare passeggiate, a piedi o a cavallo, e si fermavano per il picnic nei campi pieni di fiori. C'era qualcosa di tanto naturale e sensuale nell'atmosfera che li circondava, nei loro stessi rapporti... quei ragazzi con i calzoncini cortissimi, le magliette troppo aderenti, i costumi da bagno ridotti al minimo indispensabile, l'aria frizzante della montagna e il fatto di essere sempre insieme anche a casa. Non le era mai capitato di vedere Val tanto colpita da un ragazzo e questo fatto la preoccupava più di quanto volesse ammettere anche con Peter. Provò a parlarne con Jess un giorno in cui riuscì a restare a quattr'occhi con lei. Anche la ragazza se n'era accorta.

«Credi che vada tutto bene, mamma?» Le due gemelle erano molto legate e Jessica si preoccupava sempre per sua sorella.

«Penso di sì. In ogni caso mi pare che sia meglio sorvegliarla.»

«Non credi che lei...» Jessie si sentiva imbarazzata al pensiero di dover accusare la sorella di fronte alla mamma. «Io non credo che lei...»

Mel sorrise. «Non lo credo neanch'io ma è così facile abbandonarsi ai propri sentimenti quando si è in un prato tempestato di fiori selvatici, circondati dalle montagne coperte di neve oppure, di notte, quando si è soli! Penso che Mark abbia una personalità più spiccata e sia capace di sentimenti più profondi rispetto ai ragazzi che era abituata a frequentare. Quindi voglio semplicemente essere sicura che non commetta qualche sciocchezza. Anche se, tutto sommato, non credo che arriverebbe fino a quel punto, Jess.»

«Perché vedi, mamma, questa volta non me ne parla quasi mai!» E anche questo era stranamente insolito per Val. In genere raccontava a Jess tutto quello che succedeva nella sua vita, soprattutto se c'erano di mezzo i ragazzi. A proposito di Mark, invece, era curiosamente taciturna.

«Forse crede che la faccenda sia più seria di quanto non sia in realtà. Il primo amore.» Mel sorrise di nuovo.

«Basta che non faccia qualche sciocchezza.»

«Non ne farà.» Mel sembrava piena di fiducia sia nella propria sorveglianza sia nella saggezza di sua figlia. «E, di Pam, che cosa mi racconti? Come la trovi, Jess?» Si fidava delle sue capacità di giudizio più che di quelle di qualsiasi altra persona all'infuori, forse, di Peter, ma era difficile che lui fosse obiettivo quando c'era di mezzo sua figlia.

«Non credo che sia una ragazza felice, e dico poco! Abbiamo parlato di un sacco di cose; a volte si confida e chiacchiera, a volte è come se tenesse tutto chiuso in se stessa. Credo che le manchi moltissimo sua madre. Forse più di quanto non manca agli altri. Mark è più grande e Matthew era ancora molto piccolo quando lei è morta. Pam, invece, si sente dilaniata. A volte si arrabbia con suo padre proprio per questo motivo.»

«È questo che ti ha detto, Jess?» Mel aveva parlato a voce bassa, piena di preoccupazione.

«Più o meno. Secondo me è, soprattutto, confusa. Non è un'età facile, mamma.» Jessica sembrava molto più vecchia e più saggia dei suoi anni, pronunciando queste parole, e Mel ne rimase commossa.

«Lo capisco. E tu sei stata molto carina con lei. Grazie, Jess.»

«Mi è simpatica.» Lo disse in tutta sincerità. «E poi, credimi, è una ragazza molto intelligente. A volte un po' confusa, ma intuitiva, molto in gamba. L'ho invitata a venire a trovarci a New York una volta o l'altra e lei ha risposto che ci verrà.» Mel non nascose il proprio stupore. «Ti dispiacerebbe se venisse?»

«No, affatto. Tutti gli Hallam saranno i benvenuti. Potranno venire da noi quando e come vorranno.»

Jess rimase in silenzio per un attimo. Poi guardò sua madre. «Che cosa sta succedendo fra te e il dottor Hallam, mamma?»

«Niente di particolare. Siamo buoni amici.» Ma intuiva che, a quel punto, Jessica doveva saperne molto di più. «Mi piace, Jess.»

«Ti piace molto?» E, intanto, Jessica frugava negli occhi di Mel con lo sguardo. Allora lei capì che doveva essere onesta con sua figlia.

«Sì.»

«Sei innamorata di lui?»

Mel rimase con il fiato sospeso. Che cosa significavano quelle parole? Che cosa voleva sapere Jess? La verità, si disse subito. Soltanto quello. E lei doveva dirgliela. «Sì, credo di sì.» Fu come se Jessica avesse ricevuto un colpo in pieno petto.

«Oh.»

«Ti meraviglia?»

«Un po' sì e un po' no. Lo avevo già sospettato, ma non ne ero sicura. Ma è diverso quando te lo senti dire chiaro e tondo da qualcuno.» Poi sospirò e guardò sua madre. «Mi piace.»

«Ne sono contenta.»

«Credi che vi sposerete, voi due?»

Ma questa volta Mel scosse la testa. «No, non credo.»

«Perché?»

«Perché le nostre vite sono troppo diverse. E troppo lontane. Io non posso piantare il mio lavoro e trasferirmi a Los Angeles come lui non può venire a vivere a New York. E poi, ciascuno di noi ha fin troppe cose che lo trattengono dove vive attualmente.»

«È triste, questo.» Jessica cercò di incontrare il suo sguardo. «Ma se abitaste nella stessa città, finireste per sposarvi?»

«Non lo so. È una eventualità che non è stata neppure presa in considerazione. Così è molto bello e piacevole poterci godere quel poco tempo che abbiamo.» Poi Mel si protese ad accarezzare una mano della figlia. «Ti voglio bene, Jess.»

Lei sorrise. «Anch'io voglio bene a te, mamma. E, tutto sommato, sono contenta di essere venuta. Mi spiace soltanto di averti creato tutte quelle difficoltà, prima!»

«Per carità, non pensarci più! Sono felice che le cose si siano sistemate.»

«Scusatemi, vi ho interrotto?» Peter era entrato nella stanza e le aveva viste vicine l'una all'altra, mentre si tenevano le mani, ma Mel scosse la testa.

«No, abbiamo semplicemente fatto una bella chiacchierata.»

«Mi fa piacere.» Ne sembrava contento e sorrise a Jess. «Dove sono andati a finire tutti gli altri?»

«Non lo so.» Erano più o meno le cinque del pomeriggio. Mel era appena rientrata dal supermercato dov'era stata a far provviste quando aveva cominciato a parlare con Jess. Aveva pensato che gli altri fossero giù, in piscina, come avevano fatto sempre, a quell'ora, ogni giorno della settimana precedente.

«Val e Mark sono andati a fare una passeggiata con Matt.»

«Davvero?» Mel non nascose la propria sorpresa. «E, allora, dov'è Pam?»

«Nella nostra camera, a dormire. Aveva mal di testa. Credevo che lo sapeste.» Mel, invece, continuava a essere meravigliata tanto che Peter le allungò un colpetto affettuoso sul braccio.

«Mark si occuperà di Val e di Matt. Non preoccuparti per loro, Mel.» Ma quando, alle sette, non erano ancora rientrati, Mel non nascose di essere molto in ansia e Peter cominciò a non avere più l'aria sicura e fiduciosa di prima.

Mise la testa nella camera di Jess e Pam. «Sapete per caso dove sono andati?» Jessica fece segno di no e Pam lo guardò con aria intontita.

«Io dormivo quando sono usciti.»

Peter assentì e tornò da Mel. Era ancora chiaro, fuori, e pensò che fosse opportuno uscire a dare un'occhiata nei dintorni. «Torno subito.» Ma quando, dopo un'ora, non era ancora ricomparso, Mel non nascose di essere impaurita e angosciata come le ragazze.

«Che cosa può essere successo, secondo te, mamma?» le bisbigliò Jessica. Pam si era ritirata, pallidissima, nella camera che divideva con le gemelle.

«Non lo so, tesoro. Ma Peter li rintraccerà.» Invece lui stava girando senza meta sulle colline dietro la casa, dopo aver abbandonato i sentieri più battuti, chiamandoli di tanto in tanto per nome. Era già buio quando, finalmente, trovò Val e Mark, coperti di graffi, terrorizzati e soli.

«Dov'è Matt?» domandò subito a suo figlio, con la voce piena di inquietudine e di timore non appena si accorse che la faccia di Val era letteralmente coperta di graffiature e bagnata di lacrime.

Quanto a Mark, sembrava che fosse lì lì per scoppiare in lacrime anche lui. «Non lo sappiamo.»

«Quando lo avete visto l'ultima volta?» Peter sentì di avere stretto i denti e contratto involontariamente le mascelle.

«Due o tre ore fa, più o meno. Stavamo semplicemente camminando; poi, tutt'a un tratto, ci siamo voltati e lui non c'era più.» Val cominciò a piangere cercando di dargli la sua versione dei fatti ma, ormai, non riusciva più a mettere insieme una frase che fosse sensata. Intanto Peter notò che Mark continuava a tenerla stretta per mano. Allora cominciò a sospettare quello che doveva essere accaduto e per quale motivo avessero perduto di vista Matthew.

«Che cosa stavate facendo, voi due? Eravate lì a sbaciucchiarvi?» Aveva parlato in tono asciutto, brusco, dicendo chiaro e tondo quello che pensava e ottenne lo scopo di far singhiozzare Val ancora più forte. Mark aveva chinato la testa, pieno di vergogna e di imbarazzo, dopo aver ricevuto in piena faccia uno schiaffo di suo padre. «Incosciente che non sei altro... lo sapevi che se portavi con te il tuo fratellino dovevi occupartene, no? E prenderti la responsabilità di quello che faceva, vero?»

«Lo so, papà.» Intanto aveva le guance bagnate di lacrime anche lui. Purtroppo le ricerche, che continuarono a fare per più di un'ora, non sortirono alcun risultato. Peter, a quel punto, riaccompagnò i due ragazzi sul sentiero che avevano lasciato poco prima e ridiscese con loro il pendio della collina, fino a casa. Ormai non restava che avvertire lo sceriffo e organizzare una battuta in grande stile per ritrovare il bambino. Peter, quando arrivò, si accorse che Mel era pallida da far paura, come le ragazze. Quando lo videro tornare accompagnato soltanto da Val e da Mark, scoppiarono in lacrime tutte e tre. Peter corse al telefono, seguito da Mel, e il gruppo degli uomini dello sceriffo si presentò in meno di mezz'ora con rotoli di corda e una barella, i grossi riflettori che venivano usati appositamente nei casi di quel genere e un'*équipe* paramedica.

«Se non lo troviamo durante la notte, domani perlustreremo la zona con gli elicotteri.» Peter, però, non osava neanche pensare che Matt dovesse restar fuori di casa, solo, per tutta la notte. Era terrorizzato all'idea che fosse caduto in un burrone, si fosse fratturato una gamba o peggio. Poteva anche essere svenuto chissà dove! Partì anche lui con il gruppo dei soccorritori mentre le ragazze restavano ad aspettarli sul sentiero, ai piedi della collina, con Mel e Mark. Ormai anche lui non riusciva più a trattenere le lacrime e singhiozzava disperatamente. Mel tentò di confortarlo ma niente poteva cancellare il senso di colpa che provava. Quanto a Val, sua madre riuscì a dominarsi e a non rimproverarla aspramente... a che cosa poteva servire? Ormai erano le dieci passate e il bambino non era stato ancora trovato quando Pam non seppe più dominarsi e, rivolgendosi a Val, si mise a gridare: «È colpa tua! Se non ce l'avessi messa tutta per farti sbattere da Mark, il mio fratellino non si sarebbe smarrito!» Val, allibita, non riuscì a trovare una sola parola per risponderle e crollò, singhiozzando istericamente, fra le braccia di Jessie. Fu soltanto in quel momento che Mel sentì risuonare un suono di corni in lontananza. Proveniva dalla cima delle colline e, ben presto, anche qualche lume cominciò ad apparire qua e là. Non erano passati che pochissimi minuti, almeno così le parve, quando il gruppo dei soccorritori ridiscese vittorioso dal pendio. Avevano Matthew fra le braccia. Peter, da lontano, si mise a salutarle con grandi gesti di entusiasmo. Intanto lottava per ricacciare le lacrime.

«Come sta? Si è fatto male?» Mel era subito corsa da Peter che, a quel punto, non seppe più trattenersi e scoppiò in un lungo pianto. La strinse al petto, singhiozzando. Matthew era un po' più indietro, in braccio a uno degli uomini dello sceriffo. Lo avevano scovato davanti a una grotta spaventato, infreddolito ma sano e salvo. Il bambino spiegò di aver voluto fare quattro passi per conto proprio, abbandonando il sentiero, e di non essere più stato capace di ritrovarlo. E si vantò, addirittura, di aver visto un orso.

«Oh, Mel...» Sembrava che Peter non sapesse staccarsi da lei «... a un certo momento ho pensato che avevamo perduto anche lui.»

Mel assentì con la faccia bagnata di lacrime. «Grazie a Dio, invece, non si è fatto niente e sta benone!» Soltanto allora vide Matt che stava arrivando fra le braccia di uno dei soccorritori, sporco dalla testa ai piedi, coperto di graffi, con i vestiti sudici e strappati. Capì che doveva essere caduto parecchie volte. Però il bambino aveva l'aria emozionata e felice. Era in estasi all'idea di trovarsi in mezzo agli uomini dello sceriffo. Anzi uno di loro gli aveva perfino messo in testa il suo cappello. Mel lo prese in braccio e lo strinse al cuore. «Ci hai spaventato da morire, Matt!»

«Però io sto bene e non mi sono fatto niente, sai?» Di colpo sembrava più grande della sua età, forte, coraggioso.

«Come sono contenta.» Lo baciò sulle guance e lo riconsegnò a sua padre il quale stava ringraziando, pieno di gratitudine, tutti i soccorritori. E finalmente rientrarono in casa dove crollarono di schianto, estenuati, sulle poltrone del soggiorno. Mark si teneva stretto fra le braccia il fratellino, Valerie continuava a singhiozzare anche se, di tanto in tanto, fra le lacrime riusciva ad abbozzare un sorriso di sollievo e perfino Pam era scoppiata a piangere di gioia. Matt continuò a essere al centro dell'attenzione generale e tutti si affrettarono a colmarlo di tenerezza e di premure. Quando finalmente si calmarono, era mezzanotte passata. Pam aveva chiesto scusa a Val e Mark aveva giurato e spergiurato che non sarebbero mai più andati in giro soli. Poi, mentre erano raccolti intorno al fuoco e stavano finendo di mangiare gli hamburger preparati da Mel, Peter fece un breve discorso rivolgendosi a tutti, indistintamente.

«Adesso statemi bene a sentire. E spero di essere chiaro. Mi sembra che quello che è successo stasera ci abbia insegnato qualcosa di importante. A tutti.» Guardò in modo significativo Val e Mark, poi Matt, e infine Jessica e Pam. «Fintanto che resteremo qui, potremo divertirci in mille modi uno più bello dell'altro. Ma senza prendere tutto alla leggera, senza fare gli spacconi o i superficiali perché è facilissimo smarrirsi nei boschi. Può capitare a chiunque di venir morso da una vipera o di rimanere vittima di chissà quale altro incidente. Non basta. D'ora in avanti voglio che ciascuno di voi si senta responsabile anche per il resto del gruppo. Quindi voglio vedervi sempre tutti e cinque insieme, altrimenti non andiamo d'accordo! Se c'è uno di voi che vuole andare in qualche posto, ci vanno anche gli altri. Mi sono spiegato?» Intanto fissava il maggiore dei suoi figli in particolare. Mark fece segno di sì lentamente. Aveva ancora l'aria stravolta. Sapeva di essersi totalmente dimenticato del fratellino perché era troppo impegnato a flirtare con Val. Quando, alla fine del lungo bacio che si erano scambiati, avevano ripreso fiato, il bambino non c'era più. «E se vedo qualcuno di voi che cerca di squagliarsela insieme a un altro, si torna immediatamente a casa! E badate bene che non ci saranno distinzioni o preferenze per nessuno! Non m'interessa di chi si tratta!» Ma tutti sapevano che alludeva a Val e a Mark. «Adesso andate a letto e cercate di dormire. È stata una gran brutta serata per tutti!» I ragazzi non se lo fecero ripetere due volte e si alzarono per ritirarsi in fretta e furia nelle rispettive camere.

Però era nata fra loro un'amicizia diversa, Mel se ne accorse subito. Si sentivano camerati... nella disgrazia. Val non evitava più sua sorella Jess; fra Pam e Mark era sorta una specie di intesa segreta e perfino Pam e Val si mostravano più gentili del solito l'una con l'altra... Quanto a Matt non facevano che colmarlo di attenzioni e di affetto. Quanta paura avevano avuto di perderlo per sempre! L'incidente era servito a dare una buona lezione a tutti. Anche se Mel e Peter avrebbero fatto volentieri a meno di prendersi quello spavento!

«Perdio, Mel, ti giuro che ho creduto di morire lassù, fra quelle colline, quando non riuscivamo a trovarlo!» Quella notte, quando la raggiunse a letto, si mise a tremare fra le braccia di lei, ripensando a quello che era successo.

«Adesso non ci pensare più, amore mio. È tutto passato. Matt è sano e salvo e vedrai che non succederà più niente del genere.» Non fecero l'amore ma rimasero così, vicini, stretti l'uno all'altra. Mel non riuscì a chiudere occhio e, per parecchie ore, rimase sveglia, a guardare Peter che dormiva, allungato di fianco a lei, finché il cielo non cominciò a illuminarsi delle prime luci dell'alba. Soltanto allora lo svegliò dolcemente e Peter tornò in camera sua, a continuare il sonno nel suo letto. Finalmente anche Mel si addormentò. Ma durante quella lunga notte, il suo pensiero costante era stato quello dell'amore che la legava a lui. Aveva scoperto di essere anche molto affezionata a Pam, Mark e Matthew e si augurò con tutto il cuore che non dovesse succedere mai più niente di simile a qualcuno di loro. Era la prima volta che si accorgeva di aver dato agli Hallam un pezzetto del proprio cuore. L'indomani mattina, quando si svegliarono fu come se fossero diventati, ormai, una vera e propria famiglia. Da quel momento i ragazzi diventarono inseparabili e anche se, più di una volta, Mel si accorse che Mark prendeva furtivamente la mano di Val e gliela stringeva, oppure la fissava negli occhi con un'espressione che la faceva diventare raggiante, nessuno dei due si azzardò a fare qualche scappatella da soli. E le sembrò che la settimana di vacanza tutti insieme che ancora restava trascorresse troppo in fretta.

L'ultima sera del loro soggiorno ad Aspen, Peter invitò fuori l'intera brigata. Si divertirono pazzamente, ridendo e chiacchierando come vecchi amici. A guardarli, nessuno avrebbe detto che non erano cresciuti sotto lo stesso tetto né, tantomeno, avrebbe immaginato le lotte accanite che erano state fatte da una parte e dall'altra per evitare quell'incontro delle due famiglie. Più di una volta Peter sorrise rivolgendosi a Mel e guardandola al di sopra della testa dei loro ragazzi. La vacanza era stata perfetta, malgrado la notte terribile in cui Matt si era smarrito nei boschi, ma perfino quell'incidente, adesso, pareva dimenticato.

Rientrati a casa, rimasero seduti intorno al fuoco fin tardi, perfino Matt, il quale si addormentò in grembo a Jessica. Fu lei, con l'aiuto di Pam, a metterlo a letto. Quando si salutarono per andare a dormire, le loro voci erano colme di rimpianto perché capivano che stava per terminare un periodo felice. Anche Mel e Peter rimasero svegli a lungo quella notte. Erano tristi per l'imminente separazione.

«Non riesco a rassegnarmi quando penso che dobbiamo lasciarci di nuovo.» Appoggiato a un gomito, Peter la guardava dopo aver fatto l'amore.

«Non si può fare diversamente.» Poi, all'improvviso, le venne un'idea e alzò gli occhi verso di lui con un sorriso pieno di speranza.

«Perché non venite a passare il week-end del Labor Day a Martha's Vineyard con noi?»

«È un viaggio maledettamente lungo per tre giorni soltanto, Mel.» Peter sembrava dubbioso anche se avrebbe voluto aggrapparsi a tutte le speranze che gli si offrivano.

«E allora restate per una settimana.» Restate per un mese... per un anno...

«Io non posso.»

«Ma i ragazzi, sì.» Più ci pensava, più quell'idea le piaceva. «Pam e Matt potrebbero fermarsi. E anche Mark, per quell'epoca, avrà finito il suo lavoro estivo. Potrebbe venire in aereo con te, per il fine-settimana. Gli altri due, invece, anche prima.»

«Be', vedremo...» Le sorrise di nuovo. A dir la verità in quel momento non stava pensando ai ragazzi, ma soltanto a lei. Provava un desiderio disperato di restare con Mel ma non vedeva quale soluzione potesse esserci. «Se tu sapessi quanto ti amo, Mel.»

«Anch'io.» Si distesero di nuovo sul letto, stretti l'uno nelle braccia dell'altra e fecero l'amore, ancora e ancora, fino all'alba. L'indomani mattina quando si alzarono, ciascuno nella propria camera, avevano l'aria depressa. Quella notte non avrebbero più potuto stare insieme e fare l'amore, né ci sarebbero più state le lunghe passeggiate nei boschi o nei campi pieni di fiori. Era venuto il momento di tornare a casa. Di tornare alla realtà, di restare legati soltanto per mezzo del telefono. Tuttavia Mel accennò ugualmente all'idea che le era venuta per il lungo week-end del Labor Day e i ragazzi si misero a gridare di gioia. «Allora è tutto combinato.» Lanciò un'occhiata vittoriosa a Peter, il quale si mise a ridere. Anche lui sembrava felice al pensiero di quella breve vacanza.

«Va bene, hai vinto. Verremo.»

«Urrah!» Le loro urla di gioia si sarebbero potute sentire fin sulle montagne... I ragazzi continuarono a chiacchierare allegramente durante il volo da Aspen a Denver. Si erano seduti tutti insieme, su un'unica fila; Peter e Mel, di conseguenza, poterono rimanere soli e vicini per l'ultima volta. Quando giunsero a Denver, nessuno versò neppure una lacrima. Peter guardando Mel negli occhi le sussurrò:

«Ti amo, Mel. Non dimenticarlo mai».

«Ricordati che ti amo anch'io.» I ragazzi, intanto, facevano finta di non osservarli ma Val e Mark sorrisero e Pam girò le spalle in modo da non vederli. Si teneva stretta alla mano di Jessica e questo le dava un po' di conforto. Matt diede a Mel un tenero e lungo bacio di addio.

«Ti voglio bene, Mel!»

«Anch'io voglio bene a te.» Poi si impose con uno sforzo di staccare gli occhi dal piccino e andò a dare un bacio a ciascuno degli altri ragazzi. A Pam, guardandola dritto negli occhi, raccomandò: «Abbi cura del tuo papà».

E avrebbe voluto aggiungere... «fallo per me.»

«D'accordo. Lo farò.» C'era una nuova sfumatura di gentilezza nella voce di Pam. Adesso, però, al momento di separarsi, erano tutti un po' tristi e la voglia di scherzare sembrava passata. Matthew scoppiò addirittura in singhiozzi mentre suo padre lo conduceva verso il loro aereo.

«Voglio che vengano con noi anche loro!»

«Pensa che le vedrai molto presto.»

«Quando?»

«Fra poche settimane, Matt.» Poi Peter scoccò un'occhiata a suo figlio Mark e si accorse che aveva un'espressione sognante. Non poté fare a meno di chiedersi che cosa fosse accaduto fra lui e Val e fino a che punto le cose erano andate avanti ma calcolò, giustamente, che non doveva trattarsi di niente di serio. Intanto, sull'aereo che partiva per Boston più o meno alla stessa ora del volo per Los Angeles, Jessica e Val non pronunciarono quasi una sola parola. Mel guardava fuori del finestrino senza vedere nulla all'infuori del volto di Peter. Quelle tre settimane che mancavano alla festa del Labor Day le sembravano eterne... e poi, che cosa sarebbe successo? Avrebbero dovuto passare un altro anno interminabile prima di ritrovarsi ad Aspen? Era pura follia pensare alla situazione nella quale erano andati volutamente a cacciarsi... eppure Mel capiva che ormai era troppo tardi per tornare indietro.

Capitolo 22

DOPO il ritorno da Aspen le settimane sembrarono trascinarsi con una lentezza esasperante a Martha's Vineyard. Tutto pareva diverso dai giorni felici che vi avevano trascorso in luglio, quando si erano buttate tutte e tre a cuor leggero nella serie continua di divertimenti dell'estate. Adesso, invece, dopo il loro ritorno, sembrava che Val passasse tutto il suo tempo con gli occhi fissi nel vuoto, senza far nulla; Mel trascorreva buona parte del suo al telefono e Jessica si divertiva a prendere in giro sia l'una sia l'altra.

«Accidenti, bisogna proprio dire che siete molto divertenti!» Valerie, ogni mattina, correva ansiosamente alla cassetta delle lettere nella speranza di trovarci una lettera di Mark; ogni volta che rientrava a casa, Mel domandava in tono di finta indifferenza: «Ha telefonato qualcuno per me?» e le due ragazze scoppiavano a ridere. Da parte sua Raquel pareva che si comportasse come se in casa ci fosse stato un malato grave. Continuava a ripetere che avrebbero visto... fra sei mesi...! Non la smetteva praticamente mai con i suoi commenti, le sue avvertenze, le sue previsioni una più fosca dell'altra... e Mel l'ascoltava sempre molto divertita.

«Su, Raquel, da brava, calmati!»

«Questa volta la faccenda è grave, signora Mel.»

«Sì, è vero. Ma fra malattia grave e malattia mortale c'è

comunque sempre una bella differenza, non crede?»

Anche Grant aveva telefonato per salutarle. Adesso era innamorato follemente della ragazza che si occupava della trasmissione di meteorologia su Canale Cinque, ma nella sua vita c'era anche una deliziosa e simpaticissima rossa che abitava a White Plains e faceva, di professione, la disc-jockey; per non parlare di una ragazza cubana, sexy in un modo addirittura travolgente. Mel non faceva che stuzzicarlo, prenderlo in giro e ricordargli che doveva comportarsi non come un ragazzino ma come un uomo della sua età... Alla fine si decise a parlargli anche di Peter o, perlomeno, furono le ragazze a farlo. Ma stavolta, quando Mel riuscì ad avere di nuovo in mano il ricevitore, Grant, dopo che aveva saputo tutta la storia, non le nascose di sentirsi offeso.

«Non avresti potuto raccontarmelo tu? Credevo che fossimo amici.»

«Certo che siamo amici, ma avevo bisogno di un po' di tempo per riordinare le idee.»

Grant non le nascose di essere meravigliato. «Dunque è una faccenda seria fino a questo punto?»

«Potrebbe esserlo, ma finora non abbiamo risolto il problema della distanza.»

«Distanza?» Allora, di colpo, tutti i pezzi del mosaico andarono a posto. «Piccola volpe che non sei altro! Si tratta forse di quel cardiochirurgo di Los Angeles?»

Sul viso di Mel si disegnò un sorriso da bambina felice. Grant la sentì ridacchiare al telefono come una ragazzina. «Stupidona! E adesso mi vuoi dire che cosa avresti intenzione di fare? Tu sei qui, lui è là.»

«Questo, non l'ho ancora risolto.»

«Che cosa vuoi che ci sia da risolvere, Mel? Ci sei cascata di nuovo. Ti sei trovata, come al solito, il 'sogno impossibile'. Perbacco... nessuno dei due vorrà mollare il proprio lavoro, la professione... Siete bloccati, l'uno e l'altra. Siete ancorati al posto dove abitate. Cara mia, ci sei cascata di nuovo, ripeto. È un vicolo cieco. E non vuoi correre rischi.»

Anche quando la telefonata era già finita da un bel po',

Mel continuò a essere pensierosa e depressa per le parole di Grant. E passò parecchi giorni chiedendosi se poteva essere vero quello che le aveva detto. Bisognava proprio credere che si era lasciata coinvolgere in un'altra storia d'amore impossibile? Che non c'erano vie di uscita?

Quasi a cercare la conferma di quello su cui stava riflettendo, chiamò Peter in California.

Lo trovò al settimo cielo per la gioia, emozionatissimo perché Marie stava facendo grandi progressi. L'aveva visitata di nuovo proprio quel giorno e doveva ammettere che il suo miglioramento era costante. Mel si scoprì a pregare in cuor suo che, durante la settimana successiva, non si profilasse nessun intervento di trapianto per un nuovo paziente, altrimenti Peter non avrebbe potuto prendere l'aereo e venire a passare nell'Est il fine-settimana del Labor Day.

Peter le riferì, fra l'altro, che Pam e Matt erano pronti a partire. Matt era talmente eccitato che non stava più nella pelle dalla gioia e si faceva una fatica terribile a farlo rigar dritto.

«E Pam? Che cosa mi dici di lei?»

«È meno estroversa di Matt, però capisco che dev'essere eccitata quanto lui.»

«Anche le ragazze. Non vedono l'ora che i tuoi figli arrivino qui da noi.» Avevano già fatto dozzine di progetti nei quali includere anche Pam; Mel si sarebbero occupata di Matthew. Perfino Raquel era eccitata alla prospettiva di quella visita anche se fingeva di lamentarsi per il sovraccarico di lavoro. Avevano passato ore e ore a studiare il modo in cui trovar posto per dormire per tutti e, alla fine, avevano deciso che Mark avrebbe dormito in un sacco a pelo sul divano del soggiorno, Pam in una piccola branda pieghevole nella camera delle gemelle e Matt nel secondo letto che c'era in camera di Raquel. Quando fosse arrivato Peter, avrebbe avuto la camera degli ospiti. Non era stato facile trovare la soluzione migliore, ma in casa c'era posto per tutti.

Quando Pam e Matthew arrivarono, furono accolti con mille feste; poi le ragazze e il bambino scesero sulla spiaggia e

Mel, che li sorvegliava, vide che si ritrovavano con i soliti amici di ogni giorno. Il ragazzo che Val aveva scoperto al principio dell'estate non aveva più alcun interesse per lei però ce n'erano almeno una mezza dozzina che facevano gli occhi dolci a Jess, la quale non se ne accorgeva neppure e li trattava con sublime indifferenza. Ce ne furono anche un paio che trovarono Pam molto carina e attraente; nessuno riusciva a credere che fosse così giovane. Effettivamente era molto alta e sembrava più vecchia della sua età. Per un'intera settimana Mel visse felice e contenta con la sua nidiata. Due volte al giorno parlava con Peter e gli riferiva tutto quello che facevano.

«Vorrei che ti spicciassi a venire qui.»

«Anch'io. Quanto a Mark, aspettando la partenza... non ragiona più, poverino!» Tuttavia la sera prima della loro partenza da Los Angeles l'intero viaggio rischiò di naufragare. In ospedale era stata ricoverata una giovane donna con un evidente rigetto del trapianto che le era stato fatto quattro mesi prima e una grave forma infettiva. Quando Mel sentì la notizia, provò un tuffo al cuore ma non insistette con Peter perché partisse ugualmente né, tantomeno, perché lasciasse la donna affidata alle cure dei suoi bravissimi colleghi. Comunque, la poverina morì durante la notte. L'indomani Peter telefonò a Mel. Era molto depresso e avvilito per l'accaduto.

«Non abbiamo potuto fare niente.» Ed era questo, soprattutto, che lo addolorava.

«Sono sicura che non c'era niente da fare. In ogni caso, adesso ti farà bene venir via.»

«Lo credo anch'io.» Ma quella disavventura aveva tolto ugualmente un po' di piacere al viaggio che si preparava a fare e, durante il volo da Los Angeles a Boston, fu molto taciturno. Sembrò che riprendesse un po' di buonumore durante il secondo tratto, da Boston in poi, e chiacchierò a lungo con Mark parlando di Mel e delle sue gemelle.

«Sono proprio carine e simpatiche, papà.» Mark arrossì, cercando di pronunciare queste parole con noncuranza e Peter sorrise a suo figlio.

«Mi fa piacere che tu lo pensi, perché è anche la mia opinione.» Era meraviglioso poterla rivedere... all'improvviso si accorse di non riuscire a pensare ad altro mentre il piccolo aereo atterrava su una sottile striscia di cemento. Scese in fretta dietro a Mark che era letteralmente schizzato fuori dello sportello, aveva sceso a precipizio la traballante scaletta di metallo ed era corso a piantarsi di fronte a Val. Ma, a questo punto non seppe più se stringerle la mano, darle un bacio o dirle semplicemente «ciao.» Rimase lì, imbarazzato, inciampando nei propri piedi, rosso come un pomodoro. Anche Val era arrossita. Intanto Peter aveva preso Mel fra le braccia stringendola al petto con tutte le sue forze. Infine aveva debitamente baciato Pam, Jess e Val e, per ultimo, Matt. Poi Val e Mark andarono a ritirare i bagagli e Peter si accorse che Mark aveva afferrato furtivamente la mano della ragazza. Sorrise, rivolto a Mel.

«Ecco che ricominciano.»

Lei sorrise, con un'occhiata ai due giovanissimi innamorati che li precedevano. «Qui, perlomeno, non possono smarrirsi fra le montagne.» Tuttavia i due ragazzi rimasero quasi sempre insieme, in spiaggia, al largo, in barca a vela per buona parte del lungo week-end tanto che Peter fu costretto a tirare in ballo di nuovo le regole sulle quali aveva insistito ad Aspen.

«Guardate che le stesse leggi valgono anche qui. Tutti in gruppo.»

«Oh, papà!» fu Mark a obiettare con una voce piagnucolosa che, da anni, nessuno gli aveva più sentito adoperare. Ma aveva una tal voglia di stare solo con Val! Avevano tante cose da raccontarsi. «Vogliamo semplicemente parlare.»

«E allora fatelo anche con gli altri.»

«Puah.» Pam alzò gli occhi al cielo e si chiuse il naso con le dita. «Dovresti sentire le scemate che si raccontano.» Mel, però, si era accorta che, giù alla spiaggia, c'era un ragazzino quindicenne che Pam non trovava, tutto sommato, così disgustoso. Al termine del fine-settimana, pareva che soltanto Jess e Matthew avessero conservato tutta la loro sanità mentale. Jessica stava già pensando al primo giorno di scuola e Matt era così felice, con Mel e con suo padre, da non creare alcun problema. Erano anni che moriva dalla voglia di sentire una sicurezza di questo genere anche se, in realtà, non aveva mai realmente capito quello che gli mancava. Quanto a Raquel, Peter riuscì a creare un simpatico rapporto con lei, prendendola bonariamente in giro. La donna non gli nascose che aveva la sua approvazione e più di una volta insistette nel ripetergli che poteva considerarsi molto fortunato ad aver trovato Mel, come Mel avesse bisogno soprattutto di un brav'uomo e come, adesso, le occorresse soltanto essere sposata. Mel rimase inorridita quando, alla domenica mentre erano distesi sulla spiaggia, Peter le riferì tutto questo.

«Vuoi scherzare? Ha detto proprio così?»

«Certo. Forse ha ragione. Forse è proprio quello che ti occorre. Un buon marito, che ti costringa ad andare in giro scalza e ti metta incinta.» Sembrava molto divertito e lo divertì ancora di più osservare i ragazzi che erano letteralmente scatenati e si stavano abbandonando con piacere alle ultime follie di fine-estate. In ogni caso, continuava a tener d'occhio Mark perché voleva che rigasse dritto e non commettesse sciocchezze nei confronti di Val anche se, per tutto quel lungo week-end, si era accorto che i due ragazzi erano visibilmente attratti l'uno dall'altra. Poi si voltò a guardare Mel; gli era tornato in mente quello che aveva detto Raquel. «E tu che cosa ne pensi?»

«Penso che la mia stazione televisiva sarebbe estasiata all'idea.» La proposta la divertiva ma non riusciva a considerarla una vera e propria minaccia. Tutto ciò che le importava, in quel momento, era restare con lui per quei pochi giorni. Al futuro avrebbe pensato in seguito, come avrebbe pensato a quando rivedersi e in quale modo. Poi le venne in mente qualcos'altro. «Ecco, adesso me lo hai ricordato proprio tu! Dopo il fine-settimana del Labor Day, devo telefonare al mio avvocato.»

«Come mai?»

«Il mio contratto scade in ottobre e vorrei cominciare a

pensare bene a come dovrà essere fatto il prossimo. Voglio che sia tutto chiaro, e ben preciso, nelle mie richieste.» Peter non poteva che ammirare il modo in cui Mel affrontava la sua professione. Per quanto, c'era molto, molto di più che ammirava in lei.

«Data la tua posizione, dovresti essere tu a decidere quali argomenti vuoi trattare.»

«Fino a un certo punto, sì. Ma non completamente. In ogni caso, nei prossimi quindici giorni voglio andare a trovarlo per parlargli e vedere che cosa ne pensa.»

Peter scoppiò a ridere. Si sentiva allegro e spensierato. La follia del fine-estate cominciava a contagiare anche lui. «Per quale motivo non li pianti in asso, così... molto semplicemente?»

«E... per fare che cosa?» Non trovava l'idea altrettanto divertente, lei.

«Per trasferirti in California.»

«Già, a vendere *tacos* sulla spiaggia?»

«No. Quello che sto per dirti sarà uno choc terribile per te. Ma da quelle parti abbiamo anche noi la televisione. Abbiamo perfino il telegiornale.» Sorrideva e Mel pensò che non le era mai sembrato così bello.

«Davvero? È una notizia sensazionale!» Ma neppure per un momento riuscì a prendere sul serio questa proposta... fino a quando Peter allungò una mano e le sfiorò un braccio. Allora si accorse che la stava guardando in un modo strano.

«Sai che potresti farlo senza difficoltà.»

«Che cosa?» Si sentì correre un brivido per la schiena, un brivido gelido malgrado il sole cocente che splendeva.

«Piantare tutto qui e trasferirti in California. Troveresti di sicuro qualche rete televisiva disposta ad assumerti.»

Mel si alzò a sedere di scatto e fissò con attenzione Peter, che era rimasto disteso sulla sabbia. «Hai un'idea, per caso, del numero di anni che c'è voluto per riuscire ad arrivare fin qui, e a lavorare in questa stazione televisiva? Riesci a immaginare, sia pure alla lontana, che cosa sia stata Buffalo quando il termometro andava sotto zero, oppure Chicago?

Ho sgobbato come una negra per ottenere questo lavoro e non ho nessuna intenzione di rinunciarvi proprio adesso. Quindi ti prego di non scherzare su questo argomento, Peter.» Era ancora turbata quando tornò a distendersi sulla sabbia al suo fianco. Non trovava affatto divertente quella proposta. «Per quale motivo non provi tu a rinunciare al tuo studio e ai tuoi pazienti e non vieni a New York a ricominciare tutto daccapo?»

Si accorse che Peter la stava osservando attentamente e rimpianse di aver preso un tono così tagliente. Lui sembrava offeso e addolorato. «Se potessi, lo farei, Mel. Farei qualsiasi cosa pur di esserti vicino.» L'accusa, chiara ed evidente, era che invece lei non la pensava così. Ma non era né giusto né onesto.

«Allora puoi capire che per me sarebbe altrettanto difficile?» La sua voce aveva preso un tono più dolce, adesso. «Lasciare New York in questo preciso momento, ovunque io decidessi di andare, sarebbe come fare un passo indietro.»

«Perfino venendo a Los Angeles?» Peter aveva assunto un'aria depressa. La loro situazione era senza speranza.

«Sì, perfino venendo a Los Angeles.» Poi, dopo un attimo di silenzio mentre fissavano tutti e due il mare, cercando di riprendere il solito autocontrollo dopo quel piccolo scontro, Mel aggiunse: «Non ci resta che trovare qualche altro modo per stare insieme».

«Che cosa proponi? Qualche week-end a Kansas City?» Questa volta era Peter a parlare in tono pieno di amarezza. Poi abbassò a guardarla due occhi azzurri che brillavano di collera. «Come pensi che potranno andare avanti le cose, man mano che matureranno, Mel? In che cosa pensi di poter trasformare il nostro rapporto? In un romanzetto d'amore solo per il tempo delle vacanze? Oppure la tua idea sarebbe quella di continuare a incontrarci così, per lunghi week-end con i nostri figli?»

«Non so ancora che cosa suggerire. Sai benissimo che posso raggiungerti in aereo a Los Angeles e che tu puoi venire qui.»

«E tu sai benissimo che io posso lasciare i miei pazienti solo molto di rado.» Anche Melanie, del resto, non poteva lasciare di continuo le ragazze, questo lo sapevano tutti e due.

«E allora che cosa vuoi dire? Che dovrei rinunciare a te subito, adesso? È questo che desideri?» Improvvisamente si era spaventata di fronte alla piega che la conversazione stava prendendo. «Io non ho le risposte, Peter.»

«Be', neanch'io! E qualcosa mi dice che tu non vuoi neppure cercarle.»

«Questo non è vero. La verità è un'altra: abbiamo, sia tu sia io, una professione importante che svolgiamo ai due capi opposti del paese e nessuno di noi può mollarla così di colpo, e trasferirsi altrove; del resto, non è neppure quello che vorremmo. In ogni caso, non siamo ancora pronti a farlo.»

«Non siamo ancora pronti?» Peter sembrava di nuovo in collera. «E perché no?»

«Perché ci conosciamo da appena quattro mesi e io non so come la pensi tu ma, a me, non sembra un tempo sufficientemente lungo.»

«Avrei sposato Anne cinque minuti dopo averla conosciuta e ho avuto ragione.»

«Quella era Anne.» Adesso Mel aveva alzato la voce. Stava gridando ma, per fortuna, erano soli sulla spiaggia. I ragazzi erano andati, in gruppo, a giocare a pallavolo e Matt stava cercando le conchiglie, lungo il mare, con Raquel. «Io non sono Anne, Peter, io sono io. E non ho nessuna intenzione di seguire le sue maledettissime orme! Anche se mi hai fatto venire ad Aspen che è il posto dove andavi con lei ogni anno.»

«E con questo, accidenti! Non ti è piaciuto?»

«Sì che mi è piaciuto! Ma soltanto dopo essere riuscita a superare una sensazione spiacevole, che mi faceva venire la pelle d'oca, e cioè quella che tu conoscevi quel posto a palmo a palmo perché ci eri stato tante volte con lei e, probabilmente, abbiamo anche dormito nello stesso letto nel quale dormivi con lei.»

Adesso Peter era balzato in piedi. Anche Mel si era alzata. «Forse può interessarti sapere che questa volta ho scelto un appartamento diverso. Non sono completamente insensibile come sembri pensare tu, cara signora Adams!» Quando Peter finì di pronunciare queste parole, rimasero entrambi immobili, in silenzio, per un attimo. Poi Mel abbassò la testa.

«Scusami... non avevo intenzione di offenderti...» Alzò di nuovo gli occhi a guardarlo. «A volte è difficile, sapendo quanto l'amavi.»

Peter l'attirò lentamente contro di sé. «Sono stato sposato con lei per diciotto anni, Mel.»

«Lo so... però ho sempre l'impressione di essere confrontata con lei. La moglie perfetta. La Donna Perfetta. E io non sono perfetta. Io sono io.»

«E chi ha mai fatto di questi paragoni?» Peter sembrava quasi scandalizzato. Non aveva mai detto niente di simile. Del resto, non ce n'era mai stato bisogno.

Mel alzò le spalle mentre tornavano a sedersi sulla sabbia, l'uno vicino all'altra. «Tu... i ragazzi... forse la signora Hahn.»

Peter la stava osservando molto attentamente. «A te la signora Hahn non piace, vero? Perché?»

«Forse perché lei era di Anne. O forse perché è così fredda. Del resto non credo di esserle simpatica neanch'io!» Mel sorrise, pensando a Raquel e Peter scoppiò in una risata perché aveva capito.

«No, certo non è Raquel!... ma Raquel è unica. Non esiste nessuno a cui paragonarla. Se non Raquel stessa!» Era riuscito a trovarla simpatica anche lui per quanto non sapeva se sarebbe riuscito a sopportare, a casa propria, la sua lingua lunga. Preferiva l'autocontrollo della signora Hahn e il modo in cui sapeva dirigere, con mano ferrea, il ménage della casa e i ragazzi. Raquel sembrava un'amica, più che una governante.

«Parlavi sul serio, Peter, quando mi hai chiesto se non me la sentivo di trasferirmi in California?» Mel sembrava turbata, mentre glielo domandava. Lui scosse lentamente la testa.

«Credo di no. Forse era solo un sogno. So bene che non puoi rinunciare al tuo lavoro qui. Né vorrei che lo facessi, in ogni caso. Però il mio desiderio sarebbe quello di poter stare insieme. Fare i pendolari, come adesso, rischia di diventare una tensione continua.» Nelle orecchie di Mel riecheggiarono le parole di Grant... un vicolo cieco... un vicolo cieco... no, Mel non voleva che le cose andassero a finire così.

«Capisco che è stressante venire fin qui. Cercherò io di fare del mio meglio per venire a Los Angeles più spesso che posso.»

«Anch'io.» Ma già sapevano che la pendolare sarebbe stata soprattutto Mel. Altre soluzioni non ne esistevano. Sarebbe stato più facile che lei lasciasse le gemelle che non Peter i suoi pazienti: del resto, qualche volta avrebbe anche potuto farsi accompagnare dalle ragazze. Quasi a dimostrare che, purtroppo, le cose stavano così, Peter ricevette una telefonata la domenica sera tardi. Uno dei suoi ex pazienti che aveva subìto un'operazione di trapianto, aveva avuto un grave attacco di cuore e Peter fu costretto a dare tutti i consigli necessari e a suggerire le terapie più adatte per telefono. Il trapianto, però, era stato eseguito due anni prima e le speranze di salvezza di quell'uomo non erano molte, che Peter fosse presente o no. Tuttavia rimase ugualmente sveglio per l'intera nottata, angosciato per il suo paziente, con la sensazione che avrebbe dovuto essergli vicino. «Ho una responsabilità di fronte a queste persone, Mel. Non posso considerare tutto finito quando mi tolgo camice e mascherina, dopo l'intervento chirurgico. Le cose vanno avanti, continuano finché loro vivono. Perlomeno questo è quello che penso.»

«Ecco perché sei così bravo nella tua professione.» Mel venne a sedersi sotto il portico, vicino a Peter, rannicchiata con le braccia allacciate intorno alle ginocchia e restarono così a guardare il sole che si levava. Un'ora più tardi ricevettero una telefonata da Los Angeles con la quale lo avvisavano che il paziente di Peter era morto. Allora fecero una lunga passeggiata sulla spiaggia, tacendo quasi sempre, e Mel lo prese per mano e quando rientrarono a casa, Peter si sentì meglio. Ecco tutto quello di cui avrebbe sentito la mancanza, una volta rientrato a Los Angeles. Aveva bisogno di avere Mel vicina.

Il lunedì fu l'ultimo giorno che avrebbero trascorso insieme a Martha's Vineyard. I ragazzi avevano fatto grandiosi progetti che li avrebbero tenuti occupati per l'intera giornata e Raquel era impegnatissima a fare le ultime pulizie prima di chiudere definitivamente la casa. Mel aveva incitato tutti gli altri a preparare i bagagli con un giorno di anticipo in modo da non doversi rovinare le ultime ore che avrebbero trascorso lì. Avevano già deciso di non partire fino al martedì mattina. Peter e i suoi figli se ne sarebbero andati com'erano venuti, prendendo il volo delle sette del mattino da Vineyard che trovava una coincidenza a Boston con il volo delle nove per Los Angeles. In questo modo sarebbero arrivati a destinazione in mattinata. La differenza di fuso orario giocava in loro favore e Peter avrebbe potuto recarsi immediatamente in ospedale a fare il solito giro di visite ai suoi pazienti dopo aver lasciato i ragazzi a casa. Pam e Matthew non avrebbero ricominciato la scuola fino alla settimana successiva e Mark ne aveva ancora tre libere prima di cominciare l'università.

Quanto a Mel e alle gemelle, avrebbero preso il traghetto per Woods Hole, avrebbero continuato in automobile fino a Boston per restituirla all'agenzia che gliel'aveva noleggiata e infine sarebbero partite in aereo per New York, arrivando a casa, per ironia del fuso orario, più tardi degli altri che erano partiti per Los Angeles. Ma, il lunedì sera, mentre meditavano sulla partenza, cadde un gran silenzio. Era triste lasciarsi di nuovo perché adesso si sentivano un gruppetto molto affiatato. Pam fu la prima a manifestare il proprio dispiacere per doversene andare e Mark si affrettò a dichiararsi d'accordo con l'opinione espressa da sua sorella, mentre afferrava Valerie per mano, stringendogliela forte; un gesto al quale tutti cominciavano ad abituarsi.

«Credi che un giorno o l'altro riuscirai a dividere quei due? Mi sembrano attaccati come ostriche!» Peter continuava a essere ancora un po' preoccupato mentre Mel stava cominciando a prendere la situazione con maggiore filosofia. Ne parlavano a letto, distesi l'uno accanto all'altra, durante quella che sarebbe stata la loro ultima notte.

«Non preoccuparti. Lasciamo andare le cose per il loro verso. Secondo me, meno importanza diamo a quei due ragazzi e prima finiranno per stancarsi.»

«Purché non combinino qualche guaio.»

«Non ti preoccupare. Tengo sempre d'occhio Val, e anche Jess lo fa. Non solo ma, in tutta franchezza, devo dirti che Mark mi sembra un ragazzo molto responsabile. Non credo che si approfitterebbe di Val. Neanche se lei facesse di tutto per sedurlo, e mi auguro con tutto il cuore che non le sia saltata in mente una cosa del genere.»

«Spero che tu non sopravvaluti quel ragazzo, Mel.» Le circondò le spalle con un braccio ripensando al week-end appena trascorso. Poi la guardò con un sorriso pieno di tenerezza. «Allora... quando hai intenzione di venire a Los Angeles?»

«Devo tornare al lavoro fra due giorni; lasciami vedere che cosa è successo nel frattempo e poi potremo parlarne. Magari l'altro week-end o addirittura quello ancora successivo?» Aveva parlato in tono di speranza ma Peter assunse subito un'espressione triste.

«Il che significa, praticamente, ottobre.»

«Farò del mio meglio.»

Lui assentì perché non voleva mettersi a discutere ma capiva che «il meglio» di Mel era ben lontano da corrispondere ai suoi desideri. Avrebbe voluto averla con sé di continuo ma non sapeva come riuscirci. E, del resto, non era neppure pronto a rinunciare a lei. In quell'ultimo mese, era arrivato alla conclusione di non poter vivere senza Mel. Sapeva che era una follia ma non ci poteva fare nulla. Era quello che il suo cuore gli diceva. Gli occorreva avere Mel vicino per dividere con lei le gioie e le difficoltà della vita quotidiana, per raccontarle le piccole cose buffe che Matt diceva, per parlarle dei suoi pazienti, per discutere i capricci e le lacrime di Pam, per spartire con lei tutto quello che faceva parte della sua vita. Senza di lei niente aveva più significato, eppure non era ancora riuscito a trovare il mezzo di condurla con sé a Los Angeles. Mentre facevano l'amore, quella notte, Peter capì che sarebbe voluto penetrare nella sua mente e nel suo cuore, rubarle l'anima e ricordare ogni piega, ogni curva, ogni particolare del suo corpo.

«Sicura che non vuoi venire con me?» le bisbigliò prima di salire sull'aereo che doveva portarlo a Boston.

«Vorrei poterlo fare. Ma verrò presto.»

«Ti telefono stasera.» Però l'idea di dover ricominciare con le telefonate, senza più vederla, lo deprimeva in un modo incredibile. Aveva trovato finalmente la donna che desiderava ma capiva di non poterla avere e non perché ci fosse di mezzo un altro uomo ma per uno stramaledettissimo lavoro. Eppure si rendeva conto che anche Mel lo amava. Era una situazione terribile ma si augurò che, col tempo, succedesse qualcosa che contribuisse a risolverla. Sorrise tra sé. Chissà, forse Mel sarebbe giunta alla conclusione che non poteva vivere senza di lui. «Ti amo, Mel.»

«Io ti amo di più», gli mormorò lei di rimando. Intanto con la coda dell'occhio vedevano Val e Mark che si baciavano e che si tenevano stretti l'una all'altro. Pam fece una smorfia.

«Puah, sono disgustosi!» Ma il ragazzino, che aveva conosciuto sulla spiaggia e che aveva trovato simpatico, era venuto a salutarla e anche lei finì per diventare rossa come un papavero mentre gli diceva addio. L'unico a esser tagliato fuori da quelle scene così romantiche era il piccolo Matt ma venne ripagato perché tutti lo abbracciarono e lo baciarono almeno una mezza dozzina di volte: Raquel, Mel, le gemelle. Poi Mel e Peter si baciarono di nuovo.

«Vieni presto a trovarmi.»

«Lo prometto.»

Le due tribù continuarono a farsi grandi gesti di saluto mentre il gruppetto della California saliva sul piccolo aereo per Boston senza riuscire a trattenere qualche lacrima. Poi le Adams salirono in macchina e si avviarono verso il traghetto. Le gemelle continuavano a salutare col fazzoletto e piangevano senza ritegno, ormai, mentre Mel cercava di nascondere tutta la tristezza che le faceva dolere il cuore.

Capitolo 23

L'INTERVISTA che Melanie aveva fatto a Peter durante il primo viaggio a Los Angeles venne mandata in onda nella prima settimana di settembre e fu accolta come uno dei servizi più straordinari che mai fossero stati prodotti nella storia della televisione. Tutti erano sicuri che Mel avrebbe senz'altro vinto un premio per averlo realizzato e, all'improvviso, sembrò che il nome del dottor Peter Hallam fosse sulla bocca di tutti. Non solo ma c'era un'altra notizia ancora più bella da aggiungere a questa storia: dal giorno dell'intervento, la piccola Pattie Lou Jones era rifiorita. Tanto che si giudicò opportuno girare un breve filmato da inserire, come compimento della sua storia, nel documentario.

A Los Angeles Peter fu subissato di telefonate da parte di un numero incredibile di persone le quali non fecero che ripetergli che l'intervista era stata straordinaria. Tuttavia lui dichiarò più di una volta che tutti quegli elogi andavano soprattutto a Mel e ripeté che aveva svolto un ottimo lavoro. Tanto che quando, finalmente, lei arrivò a Los Angeles per l'ultimo week-end di settembre, tutti all'ospedale la trattarono come una vecchia amica. L'accoglienza di Matthew e Mark non fu meno entusiastica; Pam, invece, continuò a mostrarsi un po' riservata e, da parte della signora Hahn, non ci fu nessuna manifestazione di cordialità come, del resto, era già avvenuto nella sua precedente visita.

«È quasi un po' come arrivare a casa, Peter.» Gli sorrise felice mentre lui l'accompagnava all'albergo. Aveva deciso di scendere al *Bel-Air* perché era il più vicino a casa Hallam e le piacevano la sua quiete e il suo isolamento. Peter avrebbe passato la notte con lei. Ma lasciarono capire chiaramente di non stare più nella pelle dalla voglia di essere insieme. L'impressione che avevano era quella di essere due adolescenti che andavano di nascosto a far l'amore in un albergo. Peter aveva deciso che, l'indomani, avrebbe spiegato ai suoi figli di essere stato costretto a rimanere all'ospedale con un paziente però i suoi colleghi sapevano dove rintracciarlo in caso avessero avuto bisogno di lui durante la notte. «Che meraviglia essere di nuovo qui!» Mel si mise a girellare, felice, per la grande stanza ariosa e accogliente. Poi si tolse il vestito e si mise a sedere, raggiante, in sottoveste, contemplando Peter. Erano già passate tre settimane e mezzo dall'ultima volta che si erano visti ma non aveva potuto venire sulla costa occidentale prima, anche se si era sentita molto sola senza di lui. Adesso, finalmente, eccola arrivata. Ma c'era stato un caso di emergenza da risolvere alla stazione televisiva presso cui Mel lavorava; Jessica si era ammalata e, stavolta, ci aveva messo più del previsto a riorganizzare, come ogni autunno, la vita della famiglia e l'andamento della casa. Succedeva molto spesso di trovarsi con una quantità di cose da fare ma, quest'anno, Mel aveva più fretta ed era meno paziente del solito. Sentiva disperatamente il bisogno di partire per Los Angeles e trovarsi con lui.

«Se tu sapessi come è bello rivederti, Mel. È tremendo vivere così lontani l'uno dall'altra.»

«Lo so.» Ma non c'era soluzione e lo sapevano entrambi. Si fecero servire un leggero pasto in camera, rallegrandosi al pensiero di poter stare chiusi lì dentro, soli. Avevano già fatto l'amore una volta quando Peter le domandò come si mettevano le cose riguardo al suo nuovo contratto. «Per fortuna adesso, se non altro, sappiamo quello che vogliamo. Il problema è ottenerlo!» Era un po' come la situazione in cui Peter si trovava con lei, tanto che sorrise e la baciò teneramente sulle labbra.

«Devono essere matti se si rifiutano di darti tutto quello che chiedi. Sei il meglio che possono avere, e lo sanno!»

Mel sorrise di fronte a questi elogi tanto smaccati. «Forse dovrei mandar te a discuterlo, invece del mio avvocato.»

«Si può sapere quando comincerete ad affrontare sul serio le trattative?»

«Fra una quindicina di giorni.»

Lui era diventato triste ma, ormai, sembrava quasi rassegnato. «Questo significa, immagino, che non ti vedrò per un altro mese.»

E Mel non poté negarlo. Le trattative che precedevano la firma di un contratto erano sempre un periodo difficile per lei perché voleva essere presente a New York, e disponibile, in ogni momento. Sapeva che non si sarebbe sentita dell'umore più adatto per andare in qualche posto né tantomeno per rivedere Peter. «Tu non puoi venire a trovarmi?»

Lui scosse la testa. «Ho i miei dubbi. In quest'ultimo mese abbiamo eseguito due interventi di trapianto cardiaco...» ma lei era già al corrente di tutto «... e stiamo aspettando di farne un altro di cuore-polmoni. Penso che, almeno per un po' di tempo, mi sarà impossibile allontanarmi di qui.»

Si sentivano entrambi presi in trappola dalle esigenze della professione, della vita, dei figli. Era una cosa assurda... quasi come essere sposati con altre persone e doversi accontentare di quello che riuscivano ad avere, finché potevano.

Mel non vide neppure i suoi figli, di nuovo, fino alla domenica pomeriggio; poi, alla sera, avrebbe preso il famoso volo degli «occhi rossi». Ma avevano preferito restarsene nascosti quasi sempre al *Bel-Air*. Volevano stare soli, insieme, il più possibile. Fra l'altro, Mel era dell'opinione che fosse meglio se non vedevano troppo i figli di Peter. Le sembrava di aver già capito che Pam, adesso che era sul terreno di casa, aveva già cambiato umore e le dimostrava una certa freddezza. Del resto era logico: lì, a Los Angeles, si sentiva più sicura, capiva di avere il padre di nuovo tutto per sé, come una volta. I ragazzi invece non erano cambiati. Mark le aveva fatto un interrogatorio in piena regola per cercare di farsi dare tutte le notizie possibili e immaginabili di Val; quando a Matthew, non desiderava altro che sedersi in grembo a Mel e buttarle le braccia al collo. Il pomeriggio e la serata passarono anche troppo in fretta e quando tornò all'aeroporto con Peter, ad aspettare la partenza del suo volo, ebbe l'impressione che fossero passate soltanto poche ore da quando era arrivata. Aveva le lacrime agli occhi. Non voleva lasciarlo, anche se capiva di non poter fare diversamente.

«È una vita ben assurda quella cha facciamo, vero?»

«Sì, è vero.» In quel momento si sentì il ronzio del walkie-talkie che Peter portava sempre con sé. Lo chiamavano. Si precipitò al telefono più vicino. Era sorta una complicazione per uno dei suoi pazienti che avevano subìto l'intervento di trapianto cardiaco e Peter doveva correre subito in ospedale. Per un attimo gli tornò in mente la notte in cui aveva operato Marie ed era riuscito a chiamare Mel all'aeroporto appena prima che lei salisse sul suo aereo. Ma stavolta non era lì come un'inviata speciale, non stava neppure preparando un servizio sull'argomento e doveva assolutamente rientrare a New York l'indomani mattina al più tardi. Peter, adesso, non poteva neppure aspettare di vederla partire. Fu costretto a darle un bacio frettoloso e a scappare via, di corsa, per il lungo corridoio del terminal, voltandosi di tanto in tanto a salutarla con la mano prima di scomparire definitivamente.

Mel rimase sola. Certo che era un bel guaio avere due professioni come quelle, alle quali bisognava dedicarsi completamente, pensò mentre saliva sull'aereo e prendeva posto in prima classe. E intanto si diceva che, se qualcuno si fosse azzardato a chiederle un autografo, gli avrebbe fratturato il braccio! Non si sentiva dell'umore più adatto per mostrarsi gentile e cortese con il suo prossimo ma, per fortuna, nessuno le rivolse la parola per tutta la durata del viaggio da Los Angeles a New York. Alle sei e mezzo della mattina successiva rientrava in casa, sentendosi stanca e depressa. Quando provò a chiamare Peter all'ospedale, alle sette antimeridiane, ora di

Los Angeles, si sentì rispondere che era appena tornato in sala operatoria. Certo che conducevano tutti e due un'esistenza terribilmente solitaria... ma che cosa ci potevano fare? Fra l'altro, andò a finire che Mel non riuscì a ripartire per Los Angeles, e rivederlo, per tutto il mese di ottobre. Le trattative per il suo nuovo contratto proseguivano in un'atmosfera molto tesa.

«Ti sei completamente dimenticata di me, oppure c'è qualche speranza per il mese prossimo?» Peter stava cominciando a lamentarsi ogni giorno, al telefono; quanto a Mel, ormai, era ridotta al punto che, se avesse visto arrivare l'ennesima busta di carta colorata e decorata, spedita da Mark a Val, si sarebbe messa a urlare. Ormai, a quel punto, doveva aver comperato, da spedirle, tutti i cartoncini di augurio più assurdi e ridicoli dell'intera California e quel profluvio di corrispondenza la esasperava. Val, invece, era al settimo cielo per la gioia.

«Ti prometto che vengo, questo mese.»

«Veramente è quello che avevi detto anche il mese scorso.»

«È tutta colpa di quel maledetto contratto; per di più, come sai benissimo, ho dovuto lavorare per due interi weekend.» La prima volta quando il *premier* sovietico era arrivato con la consorte per una visita inaspettata e Mel era stata spedita a Washington, D.C. in quattro e quattr'otto a intervistare la controparte russa della First Lady americana. Il finesettimana successivo, invece, era stata impegnata per un'intervista sulla convalescenza del presidente. «Non so che cosa farci, Peter.»

«Lo capisco, ma qui non ho nessun altro con cui prendermela.»

Mel sorrise. A volte era quello che provava lei riguardo ai pazienti di Peter. «Te lo prometto. Vengo il prossimo weekend.» Mantenne la parola ma Peter fu costretto a trascorrere buona parte di quelle giornate in sala operatoria con Marie, la quale aveva avuto un improvviso peggioramento. Durante il mese precedente l'avevano operata due volte e, adesso, era stata colpita da tutte le complicazioni possibili e immaginabili, tipiche di un trapianto del genere. A Mel non rimase che trascorrere buona parte di quel fine-settimana in giro per i negozi a fare acquisti oppure portando a spasso i suoi figli. Si fece accompagnare da Pam quando andò a fare qualche acquisto per le gemelle e pranzarono nella Polo Lounge del *Beverly Hills Hotel* che a Pam piacque moltissimo (anche se si rifiutò di ammetterlo). Ma, ogni volta che qualcuno si avvicinava a Mel per chiederle un autografo, sgranava tanto d'occhi, e questo si verificò almeno quattro o cinque volte prima che il pranzo fosse finito. Dopo di che Mel condusse Matt al cinema. E, finalmente, alla domenica, riuscì ad avere Peter tutto per sé almeno per un po' di tempo. Ma si capiva che lui era distratto, tendeva continuamente l'orecchio per sentire se squillava il telefono e non faceva che pensare a Marie.

«Sai che cosa ti dico? Se non fosse tanto grave, sarei gelosa!» Mel aveva anche tentato di scherzarci su ma, in fondo, nessuno dei due aveva molta voglia di ridere.

«Sono seriamente preoccupato per lei, Mel.»

«Lo so benissimo! Però è duro doverti dividere con lei quando aspettiamo questi incontri tanto a lungo!» Furono queste parole a rammentare a Peter qualcosa che aveva avuto intenzione di domandarle fin da prima.

«E che cosa facciamo per il Giorno del Ringraziamento?»

«Perché me lo domandi?» Lo guardava senza capire.

«Volevo sapere se volevate venir qui, tu e le ragazze. Noi festeggiamo il Giorno del Ringraziamento ogni anno nel modo più tradizionale e saremmo felici di avervi con noi. In questo modo, anche per noi sarebbe una vera e propria festa di tutta la famiglia.»

«Cade pressappoco fra una ventina di giorni, vero?» Peter consultò la sua agenda e annuì. «Per quell'epoca dovremmo aver concluso anche la questione del contratto.»

«Possibile che ogni altra cosa venga in second'ordine rispetto al tuo contratto, Mel... perfino il Giorno del Ringraziamento?» Sembrava irritato e lei cercò di placarlo con un bacio.

«No. Però la verità è che, fino a quando non l'avrò firmato, sarò sempre sotto pressione. Ma per quell'epoca credo che ogni cosa sarà risolta.»

«Allora verrete?»

«Sì.» Al primo momento lui sembrò felice ed eccitato per questa risposta, ma poi tornò a preoccuparsi.

«E se non riesci a firmare il contratto prima del Giorno del Ringraziamento?»

«In tal caso verrò ugualmente. Per chi mi hai preso? Sono proprio un mostro?»

«No, sei una donna maledettamente impegnata. E, come se non bastasse, fin troppo importante!»

«Tu, però, mi vuoi bene ugualmente, malgrado tutto questo?» Di tanto in tanto Mel si tormentava al pensiero che tutte quelle difficoltà finissero per stancare Peter e lui decidesse di troncare la loro relazione. Del resto, era un problema che le aveva sempre dato da pensare, cioè che il successo potesse costarle l'amore di un uomo bravo e buono come Peter.

Ma lui la prese fra le braccia e la strinse a sé. «Ti amo più che mai.» Quella sera, quando l'accompagnò all'aeroporto, riuscì a rimanere con Mel fino a quando l'aereo decollò.

Quando diede la notizia a Jess e a Val l'indomani mattina, quest'ultima si lasciò sfuggire un gridolino di gioia e si precipitò di sopra, in camera sua, a scrivere due righe a Mark prima di andare a scuola. Mel la seguì con gli occhi, stizzita, mentre scompariva su per le scale e poi tornò a rivolgersi alla sua figlia maggiore.

«Ma è capace, ogni tanto, di pensare a qualcos'altro, o no?»

«No, quasi mai», rispose Jessica con molta franchezza.

«Sono molto curiosa di vedere quali saranno i suoi voti alla fine del trimestre.» Jessica preferì tacere perché sapeva che sarebbero stati orribili. L'impegno costante della corrispondenza con Mark aveva fatto sentire il suo peso, e non certo in modo favorevole, sull'applicazione allo studio di sua sorella.

«Sarà divertente andare in California per il Giorno del Ringraziamento.»

«Me lo auguro.» Mel ebbe uno stanco sorriso; poi baciò le ragazze che uscivano per andare a scuola ma, prima ancora di disfare la valigia che aveva portato con sé per il finesettimana, telefonò al suo avvocato. Sapeva che aveva l'abitudine di essere in ufficio ogni mattina prima delle otto. Purtroppo le notizie che le diede non erano buone. La stazione televisiva aveva deciso di prendere tempo per quel che riguardava il suo contratto, nella speranza che lei rinunciasse a qualcuna delle sue richieste. Tuttavia il legale rammentò a Mel che non era affatto costretta a cedere; con ogni probabilità sarebbero stati loro ad accettare ogni sua richiesta e, caso mai non lo avessero fatto, nel giro di pochissimo tempo si sarebbe vista arrivare, come minimo, una buona dozzina di altre offerte... bastava semplicemente che lasciasse capire che era pronta a prenderle in esame.

«Però, a dir la verità, non è questo che voglio, George. Preferirei restare dove sono adesso.»

«Allora stringi i denti e tieni duro.»

«È quello che ho intenzione di fare. Non c'è nessuna speranza che le cose si possano risolvere prima del Giorno del Ringraziamento?»

«Farò del mio meglio.»

Purtroppo il risultato fu che, nonostante gli sforzi del suo legale, Mel non ottenne quello che voleva. E quando una ventina di giorni dopo lei e le gemelle presero l'aereo per Los Angeles, niente era stato concluso L'avvocato di Mel aveva insistito nel dichiarare che ormai mancava pochissimo alla conclusione ma, fino a quel momento, niente era stato ancora firmato e quell'incertezza la esasperava. Da come la vide scendere dall'aereo Peter capì subito che Mel aveva i nervi a fior di pelle e che era tesa ma, adesso, avevano quattro giorni da passare insieme, e si augurò che potesse trovarli rilassanti.

Pregò in cuor suo che non capitasse un altro attentato al presidente e che nessuno avesse bisogno di un trapianto cardiaco durante quel periodo. E le sue preghiere vennero esaudite. Trascorsero un Giorno del Ringraziamento sereno e tranquillo con tutti e cinque i ragazzi di nuovo insieme. La signora Hahn volle superare se stessa e preparò un pranzo luculliano per il giorno di festa. Alla fine tutti quanti si accorsero che non riuscivano quasi ad alzarsi da tavola da tanto avevano mangiato.

«Ossignore, non riesco più a muovermi!» Val abbassò gli occhi sgomenta verso la sua pancia e Mark venne in suo soccorso afferrandola per una mano e tirandola su a forza dalla sedia. Intanto Pam e Jess salivano di sopra, nella loro camera, a giocare a scacchi. Matthew si rannicchiò vicino al fuoco con la sua copertina preferita e il suo orsacchiotto e si addormentò. Peter e Mel si rifugiarono nello studio di lui a riposarsi e a chiacchierare. La sensazione che Mel provava era quella di essere tornata a casa: Peter, fra l'altro, aveva insistito perché non dormissero in albergo ma restassero lì, da loro, nella camera degli ospiti. E poiché c'era anche Jess, Mel intuì che Pam non si sarebbe sdegnata troppo di vedere Mel e le sue figlie ospiti in casa Hallam. Tutto sommato Jess era diventata una vera e propria garanzia di sicurezza per Mel.

«È stata una cena fantastica, Peter.»

«Sono felice che siate tutte qui.» La guardò con attenzione e si accorse che aveva gli occhi segnati da piccole rughe di stanchezza. Quando appariva sullo schermo, abilmente truccata, non si notavano, ma lui sapeva che c'erano e si rammaricò di vederle. No, Mel non avrebbe dovuto lavorare tanto accanitamente e neppure sotto tante pressioni. «Ti dai troppo da fare, amore mio. Te la prendi troppo.»

«Per quale motivo mi dici queste cose?» Distese più comodamente le gambe verso il fuoco.

«Sei dimagrita e hai l'aria stanca.»

«Immagino che sia vero... ma nel mondo della televisione, si fa una vita dura. È una professione faticosa la mia.» Gli rivolse un sorriso. Sapeva che anche Peter aveva passato dei brutti momenti: c'erano stati due nuovi interventi di trapianto e anche Marie, per quanto ormai stesse meglio, gli aveva dato parecchi problemi con gli steroidi.

«Niente di nuovo a proposito del tuo contratto?»

«George dice che ormai è questione di ore. Dovrebbero firmarlo lunedì, al mio ritorno.»

Peter tacque e il suo silenzio si prolungò per parecchio tempo. Intanto non smetteva di guardare Mel. Non sapeva in quale modo affrontare di nuovo l'argomento ma capiva che doveva farlo adesso o mai più. Questa poteva essere la sua ultima occasione, almeno per un anno. Doveva assolutamente parlargliene. «Mel...»

«Sì?» era rimasta a fissare il fuoco in silenzio ma adesso alzò gli occhi a guardarlo con un sorriso. Si sentiva distesa e rilassata, finalmente, dopo settimane e settimane di tensione. «Sì, dottore?»

Peter avrebbe voluto andarle più vicino, ma preferì non farlo. «Devo chiederti una cosa.»

«Qualcosa che non va?» Magari si trattava di Pam anche se, negli ultimi tempi, non aveva creato problemi. Si era comportata bene, sicuramente meglio di Val, perché Mel aveva scoperto che sua figlia, in passato, non aveva mai preso voti tanto bassi. Ma ne avrebbe parlato a Peter un po' più avanti, durante il week-end. Dovevano assolutamente imporre qualche restrizione ai due piccioncini innamorati, prima che Val rischiasse una solenne bocciatura, e voleva l'appoggio di Peter. Ma non c'era nessuna fretta di affrontare quell'argomento. «Che cosa c'è, amore?»

«Si tratta di una cosa di cui volevo discutere con te già da tempo. Del tuo contratto.» Mel parve stupita. Fino a quel momento Peter aveva sempre evitato di darle consigli sul suo lavoro e a lei questa scelta non dispiaceva affatto. Non conosceva il mondo della televisione meglio di quel che lei non conoscesse il mondo della cardiologia e tutto quello che potevano offrirsi reciprocamente era soltanto il più completo sostegno morale, ciò di cui entrambi avevano bisogno. «Che cosa volevi dirmi a proposito del mio contratto?»

«Che cosa succederebbe se tu non lo firmassi?»

Lei sorrise. «Il problema non sono io, sono loro. Firmerei in un minuto se quei bastardi accettassero tutte le condizioni che noi vogliamo! Ma credo che lo faranno. Finora è stata soprattutto una guerra di nervi.»

«Me ne rendo conto. Ma che cosa succederebbe se tu non firmassi quel contratto...» restò con il fiato sospeso per un attimo e poi proseguì: «... ma decidessi, invece, di firmarne un altro con tutt'altra persona?»

«Può darsi che io ci sia costretta se non ottengo quello che voglio.» Ma non aveva ancora colto il vero significato della domanda di Peter. Era un'idea lontanissima dalla sua mente. «Perché me lo chiedi? Che cosa avresti in mente?» Era ormai chiaro che Peter voleva farle capire qualcosa, però Mel non sapeva ancora bene, con esattezza, a che cosa alludesse.

Peter la guardò dritto negli occhi e pronunciò una sola parola: «Il matrimonio». Sulla faccia di Mel apparve un'espressione completamente attonita, mentre diventava pallidissima e lo fissava sgranando gli occhi.

«Che cosa vuoi dire?» gli chiese con una voce ridotta a un lieve sussurro.

«Voglio dire che desidero sposarti, Mel. Sono mesi che sto cercando il coraggio di domandartelo ma non volevo rovinarti la carriera. Adesso, però, con questo contratto per il quale occorre tanto tempo perché venga firmato, ho pensato che... mi domandavo...» Lei si alzò in piedi e attraversò la stanza a lunghi passi per avvicinarsi al camino davanti al quale si fermò voltandogli le spalle. Infine si girò lentamente.

«Non so che cosa dirti, Peter.»

Lui cercò di sorridere ma era talmente spaventato che non ci riuscì. «Un semplice sì potrà bastare.»

«Ma non posso fare una cosa del genere. Non posso rinunciare a tutto quello che mi sono costruita a New York. No, insomma, non posso...» I suoi occhi si colmarono di lacrime. «Ti amo, ma questo non posso farlo...» Adesso era scossa da un tremito, da capo a piedi, e Peter le andò vicino e la prese tra le braccia. Anche i suoi occhi, che Mel non poteva vedere, erano colmi di lacrime mentre la stringeva contro di sé.

«Va bene così, Mel. Capisco. Però dovevo chiedertelo.»

Lei si tirò indietro di un passo per poterlo guardare. Adesso avevano entrambi le guance bagnate di lacime. «Ti amo... oh Dio, non chiedermi di fare una cosa simile, Peter. Non pretendere che io ti provi qualcosa che non posso provarti.»

«Non c'è niente che tu debba provarmi, Mel.» Si asciugò le guance e andò a sedere sul divano. D'altra parte era inutile illudersi, non potevano continuare eternamente a viaggiare in aereo attraverso il paese, da una parte all'altra, per vedersi. La fine era inevitabile e lo sapevano benissimo tutti e due. Peter la fissò con espressione angosciata e scosse lentamente la testa. «E pensare che mi ero abituato a credere che fossimo due persone fortunate... con dei bravi ragazzi, una bella professione... e, per di più, ci eravamo anche trovati l'un l'altra!» Abbozzò un sorriso pieno di malinconia. «Adesso non credo più a tutte queste fortune!»

Mel non rispose. Finalmente si decise ad asciugarsi le lacrime che le rigavano le guance e a soffiarsi il naso. «Non so che cosa dirti, Peter.»

«Non dire niente. Sappi soltanto che, nel caso tu cambiassi idea, io sarò qui. Sappi che ti amo. Che voglio sposarti. Ti appoggerò in qualsiasi cosa tu faccia, purché sia ragionevole. Potresti lavorare seriamente come lavori adesso in una qualsiasi delle stazioni televisive di Los Angeles.»

«Però Los Angeles non è New York.» Peter avrebbe voluto domandarle, a questo punto, se New York, per Mel, era più importante di quanto non lo fosse lui, ma capiva che non sarebbe stata una domanda onesta.

«Me ne rendo conto. Non è il caso di prolungare la discussione. Però sentivo di dovertelo domandare.»

«Posta così la questione, può sembrare che io preferisca la mia professione a te... ed è così brutto!»

«A volte la verità è brutta.» E, un giorno o l'altro, loro due avrebbero dovuto affrontarla.

«Ma... tu vorrai ancora continuare con me... se firmo il

nuovo contratto e rimango a New York?» Tremava a questa domanda. Che cosa le sarebbe rimasto, adesso, se perdeva Peter? Niente.

«Sì, continueremo finché riusciremo a sopportarlo. Ma non potremo andare avanti così in eterno e lo sappiamo tutti e due. E quando giungerà la fine, Mel, ci renderemo conto di aver perso qualcosa di meraviglioso, qualcosa di cui, sia tu sia io abbiamo un bisogno disperato. Non ho mai voluto bene a nessuna donna quanto voglio bene a te.» Mel non ce la faceva più a sopportare quel colloquio. Uscì a prendere una boccata d'aria e, dopo un po', anche Peter la raggiunse. «Mi spiace di avertelo domandato, Mel. Non volevo renderti infelice, credimi.»

«Non mi hai reso infelice! Solo che a volte...» I suoi occhi si colmarono di lacrime e le si spezzò la voce «... la vita impone delle scelte maledettamente difficili. Tutto quello che desideravo era un contratto migliore e adesso mi sembra di spezzarti il cuore se lo firmo!»

«Non mi spezzi il cuore.» La strinse a sé. «Stai per fare quello che devi, per rispetto a te stessa, Mel, ed è terribilmente importante. Questo, lo capisco.»

«Si può sapere perché dobbiamo essere così sfortunati?» Adesso era scoppiata apertamente in singhiozzi. «Non avremmo potuto vivere nella stessa città?»

Lui sorrise. Ormai accettava il loro destino. Mel era quello che era sempre stata fin dall'inizio. Sbagliava lui a illudersi di poterla cambiare. «Perché la vita è piena di sfide di questo genere, Mel. Siamo noi stessi a crearle. Diavolo, anche se dovessi fare un viaggio lungo cinque volte quello che è, continuerei sempre a desiderare di vederti!» Poi la guardò di nuovo nella tenue penombra della sera. «Tornerai qui a Natale?»

«Sì, purché non abbia da lavorare.»

«Okay.» Peter cercò di sentirsi soddisfatto per questa risposta, ma in fondo al suo cuore non lo era. D'altra parte non aveva scelte e, quella notte, distesi l'uno di fianco all'altra a letto, non fecero che ripensarci. Anche l'indomani, e il giorno dopo ancora, non riuscirono a ritrovare la serenità.

Quanto ai ragazzi, non erano certo d'aiuto per rendere più allegra l'atmosfera. Val e Mark sembravano impegnatissimi e avevano progetti per ogni minuto del fine-settimana, mentre Jess con Pam e Matthew, andarono al cinema, a fare commissioni e a trovare i loro amici. Questa volta Peter non se la sentì neppure di insistere perché restassero sempre tutti insieme: aveva già troppi problemi a cui pensare per conto proprio. Quanto a Mel, al momento della partenza sembrò ancora più inquieta e sgomenta di quando era arrivata. La telefonata del suo avvocato, l'indomani mattina, non contribuì di certo a calmarle i nervi.

«Bene, ce l'abbiamo fatta.» Alle undici di quella mattina, quando le aveva telefonato, c'era mancato poco che non si mettesse a cantar vittoria all'apparecchio. Mel, in quel momento, stava camminando su e giù per la sua camera, pensando all'espressione angosciata di Peter quando l'aveva lasciato. Lei stessa, del resto, non si sentiva certo meglio... Tuttavia non era stato possibile fare una scelta e lui lo aveva capito.

«Ce l'abbiamo fatta? Ma di che cosa stai parlando?» Quella mattina Mel era troppo nervosa per avere le idee chiare. Anzi, aveva addirittura spedito direttamente a scuola le ragazze, malgrado fossero tornate con il volo della notte.

«Dio santo! Si può sapere che cosa hai fatto in California, Mel? Hai passato l'intero week-end sniffando droga? Hai ottenuto il contratto *come lo volevi*!» Anche George era nervoso ed esausto, alla pari di Mel. La battaglia, questa volta, era stata dura, ma ne era valsa la pena. Quanto a Mel, aveva avuto tanto coraggio da resistere e, in questo modo, aveva ottenuto tutto quello che voleva. Non aveva molti clienti con altrettanto fegato, lui! Mel, invece, era stata molto in gamba. «Lo firmiamo oggi a mezzogiorno. Puoi essere in ufficio per quell'ora?»

«Eccome, accidenti!» Sorrideva. Era quello che aspettavano da due mesi, ormai, eppure, quando riattaccò, si accorse che tutta l'eccitazione e la gioia di quel momento erano scomparse. La sua vittoria, adesso, le sembrava svuotata di ogni significato... grazie a Peter! Una volta firmato il contratto, si sarebbe sentita come se lo avesse tradito.

Tuttavia a mezzogiorno in punto entrava negli uffici della stazione televisiva. George e gli altri dirigenti la stavano aspettando. C'erano già dieci persone nella stanza e Mel fu l'ultima ad arrivare. Indossava un vestito nero di Dior, aveva una pelliccia di visone buttata sul braccio e un cappellino nero con la veletta, un abbigliamento che si adattava perfettamente al suo umore. Sembrava la vedova di uno di quei vecchi film... la vedova che si presentava alla lettura del testamento. Il suo ingresso fu calcolato e ottenne un certo successo; i dirigenti della stazione televisiva ne sembrarono soddisfatti. Sapevano che, con Mel Adams, il loro denaro era speso bene, fino all'ultimo centesimo, ed erano giunti addirittura a rispettarla per la dura battaglia che aveva sostenuto.

Lei sorrise distrattamente, a destra e a sinistra, e si mise a sedere scoccando un lungo sguardo a George, che fece segno di sì con la testa. Non vedeva l'ora di convocare una conferenza stampa per dare l'annuncio strepitoso del nuovo contratto firmato da Mel. Perché era un contratto straordinario, un contratto da favola e tutti i presenti nella stanza lo sapevano, inclusa Mel stessa. Afferrò la penna e scorse rapidamente le varie clausole. I dirigenti della stazione televisiva lo avevano già firmato, mancava soltanto la firma di Mel sulla linea punteggiata. Lei afferrò di nuovo la penna fra le dita, la alzò sentendosi il palmo della mano umido di sudore. Era diventata pallidissima. All'improvviso era stato come se, davanti agli occhi, le apparisse il volto di Peter. Si fermò bruscamente, silenziosa, pallida come un cencio, e guardò di nuovo George. Questi fece nuovamente segno di sì.

«È tutto a posto, Mel.» Sorrideva, ma appariva stupito e perplesso. Improvvisamente Mel capì di non poterlo fare. Si alzò, ancora con la penna stretta fra le dita, e scosse la testa guardando tutti quegli uomini per i quali aveva lavorato per tanto tempo.

«Mi spiace. Non posso firmarlo.»

«Ma che cosa c'è che non va?» Erano sbalorditi. Mel Adams era diventata pazza? Se gliel'avessero domandato in quel momento, Mel probabilmente lo avrebbe confermato. «C'è tutto, nel contratto, Mel. Tutto quello che hai chiesto.»

«Lo so.» Tornò di nuovo a sedersi. Sembrava distrutta. «Non posso spiegarlo. Ma non posso firmare il contratto.»

Tutti all'unisono la guardarono con espressione corrucciata, e George con loro. «Si può sapere che cosa diavolo...»

Allora Mel li fissò lentamente, uno per uno, con gli occhi pieni di lacrime. Ma non poteva piangere, adesso. Anche se desiderava con tutte le sue forze di firmare quel contratto, aveva scoperto che c'era qualcos'altro che desiderava ancora di più e che, lo sapeva, sarebbe durato una vita intera, non soltanto un anno. E Peter aveva ragione. Poteva lavorare a Los Angeles. La sua carriera non doveva considerarsi finita semplicemente perché se ne andava da New York. Si alzò in piedi di scatto e pronunciò con voce squillante queste parole: «Signori, mi trasferisco in California».

Nella sala cadde un profondo silenzio. Erano tutti allibiti. «Ha firmato un contratto con una delle stazioni televisive californiane?»

Adesso avevano la conferma che Mel Adams doveva essere davvero impazzita. Impossibile che le avessero offerto una cifra più alta di quella che stavano per offrirle loro. Oppure sì?... Che luridi figli di puttana! Ma no, non era possibile: Mel Adams aveva sempre avuto troppa classe per accettare una proposta del genere. Nessuno riusciva a capire quello che era accaduto, e meno di tutti il suo avvocato. Mel inghiottì faticosamente un po' di saliva e infine riprese a parlare, ma senza rivolgersi a nessuno in particolare:

«Sto per sposarmi». Poi, senza aggiungere una sola parola, uscì a precipizio dalla stanza, entrò quasi correndo in ascensore e scappò fuori del palazzo prima che qualcuno riuscisse a fermarla. Fece a piedi tutta la strada fino a casa e, quando ci arrivò, finalmente si sentì un po' meglio. In un attimo aveva buttato la sua intera, stramaledetta carriera fuori della finestra... ma era convinta che Peter lo meritasse. Si augurò soltanto di non aver commesso un errore quando alzò il ricevitore e compose il suo numero all'apparecchio. Il centralinista dell'ospedale dovette cercarlo a lungo ma finalmente riuscì a rintracciarlo. Peter arrivò al telefono in meno di un minuto, era trafelato e preoccupato per qualche cosa ma felice di sentirla.

«Stai bene?» Ma l'ascoltava distrattamente, dedicandole solo una parte della propria attenzione.

«No, affatto.»

E allora lui se ne accorse. Notò che Mel parlava con una voce strana, diversa dal solito. Dio, doveva essere successo qualcosa. Era un presentimento che aveva avuto anche quando Anne era morta... le gemelle... «Che cosa c'è?» Si sentiva il cuore in gola, mentre aspettava che Mel rispondesse.

«Sono andata a firmare il contratto...» cominciò Mel con voce spenta, «ma non l'ho fatto.»

«Che cosa non hai fatto?»

«Non l'ho firmato.»

«Che cosa dici?» Di colpo si era accorto che le gambe non lo reggevano. «Sei impazzita?»

«È quello che hanno pensato tutti.» Poi, improvvisamente, si lasciò cogliere dal panico, terrorizzata all'idea che lui avesse cambiato parere e, ormai, fosse troppo tardi. Aveva buttato tutto dalla finestra. Così riprese con una voce quasi impercettibile: «Lo pensi anche tu?»

Peter, che aveva finalmente capito per quale motivo Mel lo aveva fatto, si sentì salire le lacrime agli occhi. «Oh, bambina, no che non lo sei... sì, che lo sei... oh Dio, ti amo. Ma stai parlando sul serio?»

«Credo proprio di sì. Ho appena rinunciato alla possibilità di essere pagata un milione di dollari per un anno. Quindi comincio proprio a credere che sto facendo sul serio!» Si mise a sedere di colpo e scoppiò in una risata... poi, improvvisamente, si accorse che rideva sfrenatamente, senza riuscire a fermarsi e Peter le faceva eco. Si tolse il cappellino con la veletta e lo scaraventò in aria. «Dottor Hallam, a partire dal trentun dicembre, e cioè, praticamente da Capodanno, sono disoccupata. Praticamente una vagabonda.»

«Fantastico! Ho sempre desiderato sposare una vagabonda.»

La risata, dal capo del filo da cui parlava Mel, si spense. Cadde un silenzio. «Vuoi ancora sposarmi?»

La voce di Peter era dolcissima. «Sì. E tu vuoi sposare me, Mel?» Lei fece segno di sì con la testa mentre Peter aspettava, angosciato. «Non riesco a sentirti.»

«Ho detto sì.» Poi con voce angosciata: «Credi che mi assumeranno a Los Angeles?»

«Stai scherzando?» Scoppiò in un'altra risata. «Ora di stasera, sarai certamente sommersa di offerte!» Ma, in quel momento, aveva tutt'altro in testa. «Mel, sposiamoci a Natale.»

«Va bene.» Era ancora attonita, si sentiva istupidita. A questo punto, qualsiasi cosa Peter avesse detto, per lei andava bene. «A Natale? Ma quando, più precisamente?» Le sembrava tutto un sogno e continuava a non capire da quanto questo sogno, ormai, durasse. Le sembrava di ricordare una sala piena di uomini in abito scuro e il suo rifiuto a firmare un contratto ma, dopo quello, tutto era estremamente confuso, al di fuori della telefonata con Peter. Le pareva di non riuscire quasi a ricordare, adesso, come aveva fatto a tornare a casa. Era venuta a piedi? In tassì? Ci era arrivata volando?

«Che cosa ne diresti della vigilia di Natale?»

«Certo. Quando sarebbe?»

«Fra tre settimane e mezzo. Può andar bene anche per te?»

«Sì.» Fece anche un segno di assenso con la testa, lentamente. E poi aggiunse: «Peter, secondo te sono pazza?»

«No, secondo me sei la donna più coraggiosa che abbia mai conosciuto e ti amo proprio per questo.»

«Ho una strizza maledetta.»

«No, non devi. Riuscirai a lavorare ottimamente anche qui e saremo felici. Andrà tutto in un modo meraviglioso!» Mel si augurò che Peter avesse ragione. Al momento riusciva soltanto a valutare l'immensità del gesto compiuto rifiutandosi di firmare quel contratto; tuttavia sapeva che, se gliel'avessero domandato di nuovo, avrebbe rifiutato una seconda volta. Ormaí aveva preso una decisione e, d'ora in avanti, avrebbe dovuto adeguare tutta la sua esistenza alla scelta fatta, qualsiasi cosa le fosse richiesta, anche se non sapeva come e in quale misura.

«Che cosa ne faccio della mia casa?»

«Vendila.»

«Non potrei affittarla?» Provò un colpo al cuore al pensiero di dovervi rinunciare per sempre. Erano passi da gigante quelli che doveva fare, adesso.

«Avresti forse intenzione di trasferirti di nuovo lì, a New York?»

«No, naturalmente, a meno che non ci venga anche tu.»

«In tal caso perché tenerla? Vendila, Mel. Puoi sempre usare del denaro ricavato per investirlo in qualcos'altro, qui.»

«Pensi che potremmo comperare una nuova casa?» A poco a poco si sentiva sempre più confusa mentre, con il ricevitore all'orecchio, fissava il vuoto davanti a sé. Le parve di sentire il campanello della porta d'ingresso che squillava in lontananza ma non andò a rispondere. Era la giornata di libertà di Raquel e in quel preciso momento non aveva voglia di vedere nessuno, soprattutto i cronisti se avevano già saputo la notizia.

«Non ci occorre una casa nuova, Mel. Abbiamo questa.» Peter sembrava felice mentre pronunciava queste parole ma, ascoltandole, Mel capì che lei non aveva nessuna voglia di andarci a vivere. Era la casa di Anne... la loro casa, non la sua... d'altra parte, forse almeno all'inizio... «Ascolta, adesso devi calmarti e prendere tempo. Bevi un goccetto di qualcosa di forte o quello che preferisci. Qui mi chiamano. Devo tornare in reparto. Ti telefono più tardi. E ricordati: ti amo.»

«Anch'io ti amo.» Ma la sua voce, ormai, era diventata un lieve mormorio. Per più di un'ora non riuscì ad alzarsi dalla sedia su cui era seduta, mentre valutava in pieno la portata del gesto compiuto e, quando George le telefonò, tentò perfino di spiegarglielo. Lui le disse, con molta schiettezza, che la considerava completamente pazza ma capiva che la sua era stata una decisione di carattere personale, estremamente importante. Fu subito d'accordo con lei e si dichiarò disposto a tastare il terreno con le stazioni televisive di Los Angeles tanto che, quella sera stessa, Mel aveva già ricevuto tre offerte di lavoro e, la settimane successiva, aveva stipulato il contratto per lo stesso compenso che aveva desiderato ottenere a New York e per il quale aveva dovuto aspettare due mesi. Ma, naturalmente, quella era Los Angeles, non New York. Tuttavia, con il suo gesto clamoroso aveva suscitato uno scalpore incredibile, tanto che, da quel giorno in poi, andare a lavorare diventò una vera e propria tortura. Le avevano chiesto di rimanere fino al 15 dicembre, poi avrebbe potuto andarsene con due settimane di anticipo sulla scadenza del suo contratto. Ma dappertutto era trattata come una traditrice; perfino Grant venne a cercarla per dirle che doveva essere impazzita, che le cose non avrebbero mai funzionato come sperava, che lei era fatta apposta per avere successo sul mercato di New York, non su quello di Los Angeles e che il matrimonio non era assolutamente il suo stile di vita. Quanto a Mel, a questo punto le sembrava di vivere in un incubo continuo e perfino le gemelle la squadravano con aria strana, come se le avesse tradite.

«Ma... lo sapevi che avresti deciso di farlo, sì o no?» le chiese subito Jess, alludendo alla proposta di Peter. Voleva sapere se sua madre aveva già intenzione di accettarla. Dal tono della sua voce, però, si sarebbe detto che le stava domandando se si rendeva conto di esser lì lì per commettere un crimine.

«No, affatto.»

«Quando ti ha chiesto di diventare sua moglie?»

«Durante le feste per il Giorno del Ringraziamento.» Adesso, ogni volta che rivolgeva la parola a sua madre, i suoi occhi erano colmi di rimprovero. Quanto a Valerie era diventata talmente nervosa che sembrava le venisse un urto di vomito ogni volta che Mel la guardava e, perfino lei, non pareva totalmente felice di quel trasferimento. Sarebbero state costrette a cambiar scuola a metà dell'anno scolastico, a lasciare la loro casa e i loro amici. Quanto a Mel, al momento di metter la casa in vendita sul mercato immobiliare, credette che il dispiacere per una tale decisione l'avrebbe uccisa. La casa trovò un acquirente durante il primo week-end da quando era stata messa in vendita e, non appena lo venne a sapere, Mel si lasciò cadere di schianto sulle scale e scoppiò in lacrime. Adesso ogni cosa stava verificandosi troppo in fretta. Solo Raquel sembrava capire quello che stava succedendo in realtà, mentre riempiva innumerevoli casse con tutta la roba che si sarebbe dovuta trasferire in California.

«Gliel'avevo detto, signora Mel... gliel'avevo detto l'estate scorsa... vedrà, nel giro di sei mesi...»

«Oh, per amor di Dio, Raquel, stai un po' zitta.» Ma quando i preparativi del trasloco erano già ben avviati, Mel si rese conto di non sapere che cosa fare di Raquel. Da Peter non c'era posto, eppure quella donna aveva vissuto con lei per anni. Gli telefonò una sera a mezzanotte, ora della California, mentre a New York erano le tre del mattino.

«Che cosa faccio con Raquel, adesso?»

«Perché, sta male?» Peter era già mezzo addormentato quando gli aveva telefonato, mentre Mel era sveglia, anzi sveglissima.

«No, stavo parlando del fatto di condurla con me.»

«Non puoi, Mel.»

«Perché non posso?» Si era subito inalberata.

«Perché non c'è posto e la signora Hahn la ucciderebbe.»

«Personalmente, preferirei che fosse Raquel a uccidere la signora Hahn.»

«La signora Hahn è molto affezionata ai miei figli.» Era la prima volta che assumeva quel tono di voce, parlando con lei, e a Mel non piacque affatto.

«Anche Raquel è molto affezionata alle mie figlie. E con questo?»

«Sii ragionevole.» Fino a che punto doveva esserlo? Aveva rinunciato a un lavoro, a una casa; le gemelle dovevano rinunciare alle amiche e alla scuola... quante cose ancora

Peter desiderava che lei si lasciasse alle spalle? Perfino Raquel?

«Se non viene lei, Peter, non vengo neanch'io e tantomeno le mie figlie.»

«Oh, per amor di Dio!» Poi pensò che era troppo tardi per mettersi a discutere. «E va bene. Le affitteremo un appartamento.»

«Grazie.» L'indomani mattina Mel diede la notizia a Raquel anche se si sentiva ancora stizzita con Peter, ma questa volta la vecchia domestica la lasciò di stucco.

«In California? Non sarà mica matta! Io vivo qui, a New York.» Tuttavia sorrise a Mel e la baciò su una guancia. «Però la ringrazio. Mi mancherà, ci crede? Ma, ecco... non ho nessuna voglia di trasferirmi in California. Lei andrà a fare la bella vita. Avrà un buon marito. Ma io qui ho il mio fidanzato. Chissà che un giorno o l'altro non finisca per sposarlo!» Sembrava speranzosa e ben decisa a non partire per la California.

«Mancherai molto anche a noi.» Così, adesso, non avrebbero avuto nient'altro di familiare all'infuori di loro stesse. Perfino il mobilio di casa doveva essere messo in un magazzino. Perché, da Peter, non c'era posto per tutta quella roba. Man mano che i giorni passavano, Mel si accorgeva sempre di più che le cose non diventavano affatto semplici.

Il 15 dicembre, due settimane prima della scadenza del suo contratto, comparve sullo schermo della TV per il telegiornale delle undici. Per l'ultima volta, appariva su uno schermo di New York. Sapeva, tuttavia, che all'incirca quindici giorni più tardi sarebbe apparsa su un altro schermo, avrebbe lavorato per un'altra stazione televisiva, a Los Angeles. Ma questa epoca della sua vita si chiudeva per sempre. Scoppiò in lacrime deponendo il microfono e corse fuori dello studio, dove c'era Grant ad aspettarla. Grant la abbracciò, se la strinse al cuore e Mel continuò a piangere fra le sue braccia. Intanto lui scuoteva la testa come un bravo papà stupefatto, ma era anche orgoglioso di lei. Aveva scelto la strada migliore per il proprio futuro e ne era felice. Peter Hallam era una brava persona. Grant si augurava, soprattutto, che ogni cosa andasse nel migliore dei modi: le loro carriere, la vita dei loro figli, il trasferimento. E non era poco! Ma se c'era una persona in grado di affrontare e risolvere tutto questo, era proprio Mel.

«Buona fortuna, Mel. Sentiremo la tua mancanza.» Avrebbero voluto organizzare una festa di addio per salutarla prima della sua partenza ma lei aveva preferito rinunciarvi. Sapeva che sarebbe stata troppo commovente. E, adesso, capiva di fare fatica a dominare le proprie emozioni. Tuttavia promise di tornare in visita ai vecchi amici e di presentare tutti a Peter. Ai colleghi di Mel la sua storia sembrava una bella fiaba. Era andata a fare un'intervista a un medico affascinante e se n'era innamorata, eppure ogni cosa, per lei, adesso era un nuovo motivo di sofferenza. Lasciare i compagni, chiudere la casa, partire per New York.

«Addio, Grant. Mi raccomando, abbi cura di te! Non trascurarti!» Lo baciò sulla guancia e scappò via con il viso inondato di lacrime. Stava per lasciare tutte le cose che le erano familiari, tutti i vecchi amici... cinque minuti più tardi usciva dal palazzo nel quale si trovavano gli uffici della stazione televisiva... quella redazione in cui era entrata con tante aspirazioni e dove aveva fatto tanta strada... ma adesso doveva lasciare anche quello. Quando tornò a casa, alla sera, vide soltanto una montagna di casse. L'indomani mattina dovevano arrivare gli uomini dell'agenzia che si occupava del trasloco, a prendere tutto, e sarebbe anche stato l'ultimo giorno di lavoro per Raquel. Avevano già fissato le camere al *Carlyle Hotel* per il fine-settimana; poi, il lunedì successivo, avrebbero chiuso definitivamente la casa, Mel sarebbe andata a ritirare da *Bendel's* il vestito di lana bianca, un modello di Bill Blass che vi aveva acquistato, e l'indomani mattina ancora, il 19 dicembre, sarebbero partite in volo per Los Angeles... cinque giorni prima delle sue nozze... *le sue nozze*... balzò a sedere di scatto sul letto, al buio, con la sensazione di soffocare. Le sue nozze. Stava per sposarsi...

«Oh, mio Dio.» Seduta sul letto, mentre contemplava il

caos intorno a lei, si accorse che lente lacrime le rigavano il viso e, intanto, si domandò da quale pazzia improvvisa fosse stata colta. Una pazzia che aveva sconvolto completamente la sua vita. E perfino il pensiero di Peter che l'aspettava a Los Angeles non le fu di consolazione.

Capitolo 24

SABATO, 16 dicembre, Mel, in piedi nella sua camera da letto della 81ª Strada Est, girò gli occhi intorno a sé per l'ultima volta. Gli addetti al trasloco avevano svuotato le stanze per due giorni interi e ormai anche l'ultimo furgone si era allontanato rombando lungo la strada per portare la sua roba, come l'avevano chiamata, in California dove ogni oggetto, all'infuori dei vestiti e di quei pochi piccoli tesori dai quali non aveva voluto separarsi, sarebbe finito in un magazzino. In casa non c'era posto per nient'altro, come Peter le aveva spiegato.

Le ragazze la stavano aspettando giù, in anticamera, con Raquel, ma Mel aveva voluto dare un'ultima occhiata al panorama che si godeva dalla finestra della sua camera da letto. Mai più, come adesso, distesa a letto al mattino avrebbe potuto guardare fuori da quella finestra e ascoltare il cinguettio degli uccelli nel giardinetto sottostante. Ci sarebbero stati altri uccelli in California, un altro giardino, una vita completamente diversa. Non era difficile immaginare che significato avesse dovuto avere quella casa per Mel, quando era riuscita a comperarsela. Era una grande rinuncia quella che faceva per l'uomo che amava, eppure, tutto sommato, si trattava soltanto di una casa. «Mamma?» gridò Val dall'anticamera. «Allora... scendi?»

«Sì, vengo subito», gridò lei di rimando con gli occhi che si soffermavano per un'ultima volta sulle pareti della stanza, poi scese le scale di corsa e trovò le gemelle che l'aspettavano con le braccia cariche di pacchi. Erano i regali che si erano scambiate con Raquel. Lì vicino, ecco le valigie che avrebbero portato all'albergo. Quando Mel uscì a chiamare un tassì, si accorse che il suolo era coperto da uno spolverio di neve e quando rientrò a chiamare le ragazze, le trovò in lacrime, strette nell'abbraccio convulso di Raquel.

«Certo che sentirò molto la vostra mancanza, gente!» esclamò Raquel fissando Mel negli occhi e sorridendo tra le lacrime. «Però ha fatto la scelta giusta, signora Mel. È una brava persona, il dottore.»

Mel fece segno di sì perché aveva la gola chiusa e non riusciva a pronunciare una sola parola; poi baciò Raquel sulle guance e guardò le gemelle. «C'è fuori il tassì, ragazze. Perché non andate a mettere tutta la vostra roba sul sedile davanti?» In mezzo a una gran confusione, e facendo un gran chiasso, le ragazze uscirono: avevano messo gli stivali e indossavano jeans e giacche a vento, oltre ad avere una bella sciarpa calda avvoltolata intorno al collo e Mel si scoprì a pensare che, d'ora in avanti, anche giorni come questi non si sarebbero più ripetuti salvo nelle occasioni in cui non fossero andati tutti insieme a sciare in qualche posto.

«Raquel...» la voce di Mel era rauca per l'emozione, «ti vogliamo un gran bene, non dimenticarlo mai. E nel caso tu avessi bisogno di qualsiasi cosa oppure se tu cambiassi idea e volessi venire a Los Angeles...» I suoi occhi si colmarono di lacrime. Le due donne si abbracciarono.

«Andrà tutto bene... sarà felice laggiù... non pianga...» Ma stava piangendo anche lei. Quanti anni avevano passato insieme e, insieme, avevano anche allevato le gemelle! Adesso, tutto questo era finito. Mel aveva rinunciato a ogni cosa per una nuova vita... perfino a Raquel.

«Ci mancherai terribilmente.» Fuori si levò il rauco suono di un clacson e Mel abbracciò ancora una volta Raquel e si voltò a guardarsi intorno, nella casa avvolta dall'oscurità.

Lunedì sarebbe stata chiusa definitivamente e il giorno successivo ne avrebbero preso possesso i nuovi proprietari. E ogni cosa sarebbe stata diversa. L'avrebbero ridipinta e tappezzata a nuovo, avrebbero rifatto integralmente la cucina e perfino buttato giù qualche muro. Mel rabbrividì a quel pensiero e Raquel, che la stava osservando, disse:

«Su, signora Mel, andiamo». La prese affettuosamente per mano e, insieme, uscirono. Poi Mel si voltò a dare un giro di chiave alla porta d'ingresso per l'ultima volta e si accorse di provare un gran vuoto dentro di sé. D'altra parte era stata una sua scelta e, ormai, non era più possibile tornare indietro.

Restarono un attimo sul marciapiede l'una al fianco dell'altra. Raquel indossava il cappotto nuovo che le Adams avevano comperato per lei come regalo di Natale. Quest'anno Raquel non aveva aspettato il giorno di Natale per aprire il suo pacco e aveva voluto godersi in anticipo il regalo che conteneva. Mel avanzò verso il tassì. Aveva anche dato a Raquel un assegno che copriva, più o meno, l'ammontare della somma che avrebbe guadagnato lavorando in casa sua un paio di mesi, e ottime referenze che le avrebbero consentito di trovare con facilità qualsiasi lavoro avesse voluto. Spalancò la portiera del tassì e s'infilò dentro di fianco alle ragazze. Mentre l'automobile si allontanava, continuarono a salutare con la mano Raquel, che piangeva e ricambiava quei saluti dal marciapiede, dove si era fermata sotto la neve che cadeva. Anche loro tre piangevano, adesso, strette sul sedile posteriore.

Ma quando arrivarono all'albergo, le ragazze si dimostrarono subito molto colpite dall'eleganza della *suite* in cui avrebbero alloggiato, ordinarono qualcosa da mangiare, accesero la TV, si attaccarono al telefono per parlare con le loro amiche e Mel, finalmente, ebbe un po' di tempo per se stessa. Dall'altro telefono, che aveva nella sua camera, chiamò Peter.

«Ciao, amore.»

«A sentirti, si direbbe che sei distrutta. Come stai?»

«Bene, ma è stato veramente terribile dover dire addio a

Raquel e chiudere definitivamente la mia casa.»

«Presto sarai qui e dimenticherai tutte queste cose, perché te le sarai lasciate dietro le spalle, Mel.» Proprio quel giorno aveva ricevuto un voluminoso pacco di carte e documenti che le avevano spedito dalla stazione televisiva di Los Angeles. Mel non avrebbe cominciato a lavorare fino al 1° gennaio ma, in ufficio, desideravano vederla e parlarle brevemente non appena fosse arrivata.

«Telefonerò martedì, appena sarò lì da voi.»

«È quello che ho già detto anch'io a quella gente. Ti senti bene, tesoro?» Sapeva quanto fosse duro per Mel lasciare New York e l'ammirava per quel gesto coraggioso. Pur avendole chiesto di sposarlo, non si era fatto molte illusioni e non aveva avuto quasi nessuna speranza che lei si decidesse a un passo simile. A Peter tutto questo era sembrato addirittura un sogno, ma adesso il sogno si trasformava in realtà.

«Sto benissimo, amore. Sono soltanto stanca.» E depressa, ma questo non voleva dirglielo. Non appena si fossero ritrovati, tutto sarebbe andato molto meglio. Perfino il dolore per quel cambiamento non sarebbe stato atroce come ora. «Come va il tuo lavoro?»

«Al momento, è addirittura frenetico. Abbiamo l'ospedale pieno di pazienti ai quali occorre un trapianto e niente cuori a disposizione. A volte mi sembra di essere quasi uno di quei giocolieri che riescono a lanciare in aria dieci palle contemporaneamente.» Tuttavia Mel sapeva quanto fosse abile Peter a compiere proprio quel tipo di giochi di destrezza e sorrise tra sé. Di nuovo capiva di sentire paurosamente la sua mancanza. Non l'aveva più visto dalla festa del Ringraziamento, quando era andata a Los Angeles con le ragazze, non l'aveva neppure più visto dopo aver accettato la sua proposta di matrimonio.

«Come sta Marie?»

«Ha ricominciato a migliorare. Penso che andrà sempre meglio.» Si capiva subito che Peter era di ottimo umore e Mel si sentì di nuovo meglio al termine della telefonata. Quella sera, lei e le ragazze ordinarono che la cena fosse servita lì, nella *suite*, poi andarono a letto presto e l'indomani, quando si svegliarono, fuori c'erano almeno trenta centimetri di neve.

«Guarda, mamma!» Una volta tanto, Jessica dimenticò i suoi pensieri seri e si mise a strillare di gioia come una bambinetta. «Andiamo al parco a fare una bella battaglia con le palle di neve.» Fu proprio quello che fecero; poi Mel propose di noleggiare dei pattini e si misero a correre sulla pista di pattinaggio del Wollman Rink, ridendo e facendosi gli scherzi, prendendo un mucchio di scivoloni e facendo una quantità di cadute. Val non diede l'impressione di essere entusiasta per la proposta della madre e della sorella ma non volle fare la guastafeste e, in conclusione, si divertirono pazzamente tutte e tre. Poi tornarono all'albergo a piedi, senza fretta, e ordinarono tazze di cioccolata calda, fumante, con la panna montata.

«Adesso ho quasi l'impressione che siamo anche noi come tutte le altre turiste!» Mel sorrise. Alla sera andarono tutte e tre al cinema. Per l'indomani, le ragazze avevano già i loro piani: sarebbero state in compangia degli amici ma, per quella sera, non avevano nessun progetto. Il lunedì mattina Mel andò a chiudere definitivamente la casa e poi, come era previsto, si fermò da *Bendel's* a ritirare il vestito da sposa. Si trattava di una *toilette* molto semplice: un abito di lana bianca, con giacca analoga di uno stupendo tessuto di lana color *écru*, firmato Bill Blass. Le ragazze andarono con lei e scelsero, da indossare alla cerimonia nuziale, due vestiti identici azzurro chiaro e, dietro suggerimento di Mel, ne comprarono anche uno uguale per Pam.

Si sarebbero sposati la vigilia di Natale nella chiesa St. Albans di Beverly Hills, situata in Hilgard Avenue, e, presenti alle nozze, ci sarebbe stato solo un gruppetto di invitati, tutti amici di Peter dal momento che Mel non conosceva nessuno a Los Angeles.

«Sarà un po' strano non avere nessuno dei nostri amici laggiù con noi, vero, mamma?» Val sembrava preoccupata e Mel sorrise.

«E continuerà a essere così ancora per un po'; finché gli amici di Peter non diventeranno anche i nostri.» Val annuì e

Jessica parve abbattuta. Queste parole le avevano fatto venire in mente che non conoscevano anima viva a Los Angeles e che avrebbero dovuto frequentare una scuola nuova. Era un'esperienza che non l'attirava affatto! Solo a Val non sembrava che tutto questo importasse molto, ma per lei era più facile, perché c'era Mark.

Il lunedì sera Mel condusse le due gemelle al *21* per la loro ultima cena a New York e una limousine le ricondusse all'albergo dove avrebbero dormito ancora quella notte, l'ultima. Prima di andare a letto rimasero tutte e tre a contemplare il panorama che si godeva dalla loro finestra: la sagoma della città con tutti i suoi grattacieli, e Mel si accorse che le salivano di nuovo le lacrime agli occhi. «Torneremo a rivedere la nostra città e a far visita ai nostri amici, sapete?» Ma si accorse di non essere neppure sicura che quelle parole fossero rassicuranti per se stessa. «E chissà che non vi venga voglia di tornare da queste parti a frequentare l'università.» Per loro, dunque, mancavano soltanto due anni alla realizzazione di questa eventualità ma per lei... salvo per qualche visita saltuaria, non ci sarebbe più stato nessun ritorno. Aveva compiuto un passo enorme sotto ogni punto di vista.

L'indomani, lasciare il *Carlyle* non fu penoso com'era stato andarsene definitivamente dalla loro casa. Al momento della partenza provarono tutte e tre la sensazione che cominciasse una vera e propria avventura; le ragazze erano di ottimo umore quando salirono sulla limousine che le avrebbe portate all'aeroporto e continuarono a essere allegrissime anche salendo in aereo. Due studenti universitari che rientravano a casa, a Los Angeles, avevano già adocchiato Jess e Val tanto che, subito dopo il decollo dell'aereo, Mel non rivide praticamente più le sue figlie fino al momento dell'atterraggio.

«Si può sapere dove siete state, voi due?» Tuttavia non sembrava particolarmente preoccupata quando ritornarono a occupare i loro sedili prima dell'arrivo. Su un aereo non potevano, in ogni caso, andare molto lontano.

«Eravamo a giocare a bridge giù in fondo, con due ragazzi

di Los Angeles. Vanno alla *Columbia University* e stanno tornando a casa per Natale. Ci hanno invitate a una festa, domani sera a Malibu.» Val aveva gli occhi scintillanti di gioia e Jessica scoppiò in una risata, guardando Mel.

«Già, e scommetto che la mamma ci lascerà andare... figuriamoci!» Sapeva perfettamente quali fossero le regole severe alle quali sua madre le obbligava ad attenersi e questa, infatti, scoppiò a ridere.

Tuttavia Val insistette: «Potremmo farci accompagnare da Mark».

«Io ho l'impressione che avremo tutti parecchio da fare per sistemarci.»

«Oh, mamma...»

Ma, in quel momento, l'aereo toccò terra e fuori videro il sole che splendeva e il cielo sereno. Scendendo, tutte e tre si guardarono intorno ansiosamente chiedendosi quali degli Hallam sarebbero venuti all'aeroporto; ma, subito, Val proruppe in un gridolino di gioia perché aveva visto Mark e Mel si accorse che erano tutti presenti, perfino Matthew. Si precipitò nelle braccia di Peter che la strinse forte al cuore e, in quell'attimo, capì di aver preso la decisione giusta.

Capitolo 25

MEL e le ragazze erano scese all'hotel *Bel-Air* dove avrebbero alloggiato fino al 24 dicembre. Alle cinque del pomeriggio, una limousine appositamente noleggiata venne a prenderle per condurle alla chiesa di St. Albans di Hilgard Avenue. Mel appariva bellissima nell'abito di lana bianca e le ragazze, che indossavano quello azzurro, erano deliziose. Mel portava un bouquet di fresie bianche, piccole orchidee, bianche anche quelle, e delicati, minuscoli fiorellini detti «fiori della nebbia»; quelli di Jess e Val erano composti di Stephanotis bianca e di piccoli fiori primaverili. Nei capelli portavano mazzolini degli stessi fiori.

Mel le guardò un'ultima volta prima di scendere dall'automobile, piena di orgoglio. «Siete bellissime, ragazze.»

«Anche tu, mamma.» Gli occhi di Jessica erano splendenti mentre cercavano di incontrare lo sguardo della madre. «Hai paura?»

Mel esitò per un attimo e poi scoppiò a ridere. «Da morire.» Jessica sorrise; poi un'ombra le velò lo sguardo. Chissà, forse c'era da sperare, allora, di tornarsene a casa tutte e tre? «Che cos'hai intenzione di fare? Di tirarti indietro e di scappare?»

Ma a queste parole Mel rise. «No, assolutamente! Sapete quello che dice la canzone: 'Non puoi tornare a casa'.» Ma mentre pronunciava queste parole un'ombra incupì gli occhi di Jessie e Mel si pentì di aver risposto alla leggera, per mostrarsi disinvolta. Sfiorò con tenerezza la manina affusolata della gemella dai capelli rossi. «Mi spiace, Jess.» Poi, con voce sommessa, aggiunse: «Questa presto sarà la nostra casa!» Tuttavia sapeva che era stata soprattutto Jess a soffrire per quel trasferimento, eppure non si lamentava mai. Aveva passato gli ultimi cinque giorni ad aiutare Pam a riordinare la sua camera da letto e Val a trasportare tutta la loro roba nella camera degli ospiti. Era lì, infatti, che avrebbe dormito con la sua gemella, ma anche questo sarebbe stato strano, non avere più ciascuna la propria camera. «Non me ne importerebbe se Val non fosse quella casinista che è», aveva confidato Jess a Pam. Ma poi si era stretta nelle spalle. La verità era che, in casa, non c'era posto sufficiente per dare a ciascuna una camera da letto separata e Jessica aveva finito per rassegnarsi. Aveva accettato questo come accettava ogni altra cosa. Perfino l'accoglienza gelida della signora Hahn che continuava a frugare nelle loro valigie e nei loro armadi con sguardi inquisitori. Le ultime cose, adesso, le aspettavano chiuse nei bagagli all'hotel *Bel-Air*. Sarebbero andate a ritirarle quella sera prima di trasferirsi in casa Hallam. Mel non aveva voluto che nessuna di loro andasse a viverci prima del giorno delle nozze.

«Bene...» Jess guardò fuori del finestrino la graziosa chiesetta «... mi pare che ci siamo!»

Mel ammutolì e riuscì soltanto a guardarsi intorno senza dire una parola. Val trasalì vedendo Mark che entrava in chiesa: come le pareva bello, giovane e forte! Peter e Matt erano già entrati e Pam le aspettava sotto il portico. La prima a incamminarsi per la navata, vestita di azzurro come le gemelle, stringendo tra le mani un piccolo bouquet degli stessi fiori, sarebbe stata lei. Poi Valerie avrebbe seguito Pam e Jessica le sarebbe venuta dietro. Dopo una breve pausa, sarebbe giunta Mel. Peter e i ragazzi le avrebbero aspettate all'altare mentre, all'uscita, Pam e Matt avrebbero preceduto il piccolo corteo, tenendosi per mano. Mark li avrebbe seguiti e per ultimi sarebbero venuti Peter e Mel. Avevano già stabilito tutto questo nelle settimane precedenti; Mel aveva scelto personalmente i cartoncini d'invito a New York e la segretaria di Peter aveva provveduto a spedirli ai suoi amici più intimi.

Mentre si guardava intorno, per la chiesetta, incamminandosi lungo la navata, Mel si rese conto di non conoscere, fra quella gente, anima viva. Ecco... andava a sposarsi senza che fosse presente una sola persona conosciuta, all'infuori delle gemelle. Quando raggiunse l'altare era pallidissima, con i nervi a fior di pelle per l'ansia e l'emozione, ma i suoi occhi incontrarono quelli di Peter che si era fatto avanti e l'aveva presa per un braccio senza dire nulla. Allora, all'improvviso, nient'altro ebbe più importanza per lei, nessuna cosa al mondo, all'infuori di Peter. E le sue guance pallide si colorirono lievemente di rosa, ravvivandosi. Peter le mormorò appena prima che la cerimonia avesse inizio:

«Ti amo, Mel. Andrà tutto per il meglio».

«Anch'io ti amo.» E fu tutto quello che riuscì a rispondergli.

Poi il celebrante rammentò ai presenti il motivo per il quale erano tutti radunati lì. «Fratelli carissimi, siamo tutti qui riuniti oggi, che è un giorno sacro, la vigilia di Natale...» sorrise «... per unire quest'uomo e questa donna con il sacro vincolo del matrimonio...» Mel si accorse di avere il cuore in gola e Peter si mise ad accarezzarle dolcemente la mano fino a quando giunse il momento di scambiarsi i voti nuziali e gli anelli. Peter aveva ordinato quello di Mel prima ancora del suo arrivo: si trattava di un semplice cerchietto d'oro nel quale erano incastonati dei brillanti. Mel aveva insistito nel dire che non desiderava un anello di fidanzamento. Adesso, contemplando la fede nuziale, si sentì commuovere fino alle lacrime tanto che riuscì a malapena a distinguere Peter, con gli occhi annebbiati di lacrime, mentre gli infilava al dito una semplice vera d'oro.

«Da avere e tenere da questo giorno in avanti... nella buona e nella cattiva sorte, finché morte non vi separi...» Si sentì correre un brivido gelido lungo la schiena. Dopo tutto ciò, era inconcepibile l'idea di poterlo perdere. Eppure Peter era sopravvissuto alla perdita di Anne e adesso erano lì, insieme. Alzò gli occhi a guardarlo bene in viso, a guardare l'uomo che, adesso, era suo marito. «Io vi dichiaro marito e moglie.» Il suono dell'organo si levò nella chiesa, un coro cominciò a cantare *Notte Silente* e Mel, guardando Peter negli occhi, si accorse di essere profondamente commossa. «Adesso lei può baciare la sposa», annunciò il maestoso celebrante allo sposo e sorrise a Mel. Peter ubbidì e, subito dopo, Mel provò l'impressione di non sfiorare neppure il suolo camminando lungo la navata, diretta all'uscita, tanto si sentiva emozionata. Poi, per quasi un'ora, non fece che stringere la mano a dozzine di persone che non aveva mai visto in vita sua, a vedersi sfilare davanti facce completamente sconosciute ma trovò ugualmente un attimo per dare un bacio a Mark, Matthew e Pam, e per ripetere anche a loro com'era felice. In distanza aveva adocchiato la signora Hahn ma ebbe l'impressione che, perfino in quel giorno, il giorno delle loro nozze, quella donna non avesse rinunciato alla sua espressione acida e sussiegosa. Tuttavia Peter si fece premura di andare a stringerle la mano e soltanto allora Mel la vide sorridere. Tanto che, di colpo, si domandò se la signora Hahn la disapprovasse e non fosse contenta della scelta di Peter. Forse continuava ancora a sentire la mancanza di Anne. Vederla e avere di colpo davanti agli occhi l'immagine di Raquel fu tutt'uno, e Mel rimpianse di non averla potuta avere vicino nel giorno del suo matrimonio. Senza una famiglia sua, Raquel, per lei, era stata quasi una madre.

Dopo aver salutato gli invitati, salirono tutti e sette su una limousine per raggiungere l'hotel *Bel-Air* dove ci sarebbe stato il rinfresco. Mel si accorse, di colpo, che la festa per le sue nozze sarebbe stata molto più sontuosa e gli invitati più numerosi di quel che non avesse creduto. Il ricevimento era stato fissato per le sei e lo avrebbe seguito la cena alle sette e mezzo, così precisava il cartoncino d'invito, ma quando entrarono negli ampi saloni del club, Mel si rese conto che, ad attenderli, c'erano almeno un centinaio di persone. Un'orchestrina composta da sette elementi cominciò a suonare la marcia nuziale e Peter, fermandosi di botto e costringendo Mel a fermarsi con lui, la baciò sulla bocca.

«Ciao, signora Hallam.» Allora, improvvisamente, Mel ebbe l'impressione che tutto quello che le stava succedendo fosse incredibilmente meraviglioso e scoprì che non aveva più importanza se non conosceva nessuna di quelle persone e, magari, non le avrebbe mai più riviste in seguito. Perché partecipavano, con lei, al momento più felice della sua vita. Ben presto, cominciò a essere continuamente circondata da gente che le si affollava intorno per stringerle la mano, ripeterle che l'avevano sempre vista alla TV e che erano entusiasti di lei, e che Peter poteva considerarsi un uomo fortunato. Tanto che, a questo punto, Mel si accorse che non se la sentiva più di considerarli degli estranei o degli sconosciuti.

«No, la fortunata sono io.» Lo continuò a ripetere, insistentemente. Però, a un certo momento, qualcosa guastò la sua gioia: aveva adocchiato Val che stava parlando con Mark e piangeva sommessamente in un angolo della sala da pranzo ma quando, finalmente, riuscì a raggiungere il tavolo al quale erano seduti, sembrò che Val si fosse calmata. Tanto che sorrise e buttò le braccia al collo a sua madre mentre Jessica le osservava. Poi anche lei abbracciò la mamma, stretta stretta.

«Ti vogliamo bene, mamma. E siamo felici per te.» Ma non le era sfuggito che gli occhi di Jessie erano tristi, come quelli di sua sorella. Sarebbe occorso del tempo perché accettassero la nuova situazione, ne sarebbe occorso perfino a Mel che, pure, aveva Peter al suo fianco. Eppure si sentiva sicura di aver fatto la scelta più giusta per tutti, soprattutto per Peter e per se stessa; quanto alle ragazze, avrebbero dovuto adattarsi. D'altra parte capiva che per loro un cambiamento così radicale non era facile da accettare. Eppure era fortunata perché le sue figlie non sarebbero certo state capaci di farle pesare tutto questo nei loro rapporti con Peter.

Si era accorta, però, che già un paio di volte Pam le aveva risposto in tono tagliente. Avrebbe dovuto anche affrontare la situazione con lei, ma sapeva che ci sarebbe voluto del tempo perché Pam si abituasse all'idea che suo padre si era sposato di nuovo. Non bisognava avere fretta, ecco quello che Mel ripeteva sempre più spesso a se stessa.

La tenera storia d'amore fra Val e Mark non pareva ancora finita anche se i due ragazzi non le sembravano più contenti e felici come nei mesi precedenti. Mel cominciò a sospettare che la vita insieme, con i contatti quotidiani, avrebbe fatto calare, e di molto, i loro entusiasmi. Non appena Mark si fosse accorto che «casinista» era Val, nella vita privata (così l'aveva chiamata anche Jess) e non appena Val avesse avuto Mark intorno di continuo, la loro infatuazione sarebbe finita. Perlomeno era la speranza di Mel. Ma subito, dovette dimenticare questi problemi e pensare ad altro perché Matt le si era avvicinato e, con un inchino, l'aveva invitata a ballare. Mel accettò e abbozzò qualche passo di danza con lui, ridendo allegramento, mentre gli invitati sorridevano osservandoli. Quando la musica stava per finire, Peter si fece avanti e, prendendo Mel fra le braccia, la trascinò nei giri vorticosi di un valzer. «Non ti ha detto nessuno quanto sei bella?»

«No. Tu però... lo sai quanto sono felice?» gli rispose, raggiante.

«No, dimmelo. Mi fa piacere sentirlo!» Anche Peter sembrava felice quanto lei. D'altra parte i cambiamenti erano stati più facili per lui. A Mel soltanto era toccato rinunciare al suo lavoro, toglier le ragazze dalla scuola che erano abituate a frequentare, vender la casa, licenziare Raquel, lasciare New York...

«Non sono mai stata più felice in tutta la mia vita!»

«Bene. Perché è così che dovrebbe essere.» Mentre volteggiavano al ritmo del valzer, Peter si guardò intorno. «Anche i nostri ragazzi mi sembrano abbastanza contenti.» Pam stava ridendo a qualcosa che Jessie le aveva appena detto, Mark ballava con Val e Matthew cercava di intrattenere gli invitati.

«Credo proprio di sì. All'infuori della signora Hahn, la

quale non mi sembra affatto eccitata di fronte alle sue prospettive per il futuro.»

«Devi darle un po' di tempo. È un tipo chiuso, un po' severo.» Era un modo molto gentile di giudicarla e Mel preferì non fare commenti in proposito. «Anche lei ti vuole bene, come tutti i miei amici.»

«Mi sembrano persone simpatiche.» Ma, per Mel, avevano qualcosa di anonimo, avrebbero potuto essere gli invitati di qualsiasi matrimonio, in qualsiasi posto, le comparse mandate da un regista a mangiare, ballare, mostrarsi allegre e sorridenti.

«Più avanti, quando le acque si saranno un po' calmate, vedrò di combinare qualche serata tranquilla in modo da farti conoscere tutta questa gente a piccoli gruppi. Capisco che affrontarli insieme così, di colpo, dev'essere molto faticoso.»

«A dir la verità, no, non lo è.» Sorrise, guardandolo negli occhi. «E solo per merito tuo. Perché, vedi, all'infuori dei ragazzi, l'unica persona che ha importanza per me, qui, sei tu.»

Peter non le nascose di essere molto felice a sentirle pronunciare quelle parole; però si augurava che a Mel piacessero anche i suoi amici. Si trattava di gente che, ormai, sapeva perfettamente chi lei fosse e, quindi, bastava soltanto che Mel li conoscesse un po' più a fondo. «Vedrai che finiranno per piacere anche a te.» Poi il ballo finì e uno dei suoi colleghi si fece avanti a invitarla. Mentre riprendevano a ballare, cominciarono a chiacchierare dell'intervista che Mel aveva fatto a Peter qualche mese prima. Anche lui era stato presente in sala operatoria durante l'intervento di trapianto a Marie e Mel se lo ricordava molto bene.

Poi ballò anche con persone che non conosceva affatto, rise alle loro battute di spirito, strinse innumerevoli mani, cercò di ricordare qualche nome ma, alla fine, preferì rinunciarvi, comprendendo che non ci sarebbe mai riuscita... e, finalmente, alle undici, andarono tutti a casa. Quando la limousine sulla quale erano saliti si fermò davanti alla casa di Peter in Copa de Oro Drive, a Bel-Air, i ragazzi entrarono senza dire nulla. Mark portava in braccio Matt che si era addormentato in automobile. Le ragazze tentavano ancora di chiacchierare fra uno sbadiglio e l'altro ma Peter afferrò Mel per un braccio e le impedì di procedere oltre la porta.

«Un momento, per favore.»

«Qualcosa che non va?» Mel non gli nascose di essere sorpresa. L'autista stava già entrando con le loro valigie ma Peter la guardò sorridendo; poi, con un gesto improvviso, la prese tra le braccia e la portò così oltre la soglia, depositandola in salotto vicino all'albero di Natale

«Benvenuta a casa, amore mio.» Si baciarono mentre i ragazzi salivano di sopra in punta di piedi. L'unico che aveva abbozzato un sorriso, vedendo la scenetta, era stato Mark. Quanto alle tre ragazze, avevano tutte un'espressione tesa e inquieta perché cercavano di non pensare quale fosse il significato di quanto era accaduto durante quella giornata. Ormai non era più un gioco. Adesso si faceva sul serio. Pam e le gemelle si augurarono la buona notte in tono sommesso, salirono nelle loro camere e chiusero la porta. A Pam era piaciuto poco vedere Mel fra le braccia di Peter e, del resto, anche le gemelle si erano rese conto che la mamma, d'ora in avanti, non sarebbe più stata soltanto «loro». Il dado era tratto.

Peter e Mel restarono giù ancora un po parlando della giornata delle loro nozze. La festa era stata incantevole e si erano tutti immensamente divertiti. Peter versò a Mel un altro calice di champagne e lo alzò in un brindisi, mentre l'orologio che c'era sulla mensola del camino faceva sentire i propri rintocchi. «Buon Natale, Mel.» Allora anche Mel si alzò e depose il bicchiere. Si baciarono a lungo, intensamente, poi Peter afferrò Mel e la prese fra le braccia, ancora con l'abito nuziale addosso, per portarla di sopra.

Capitolo 26

PETER e Mel trascorsero la giornata di Natale con i loro figli nella casa di Copa de Oro Drive e la signora Hahn preparò uno squisito pranzo natalizio composto di oca e riso bollito, purè di castagne, piselli e cipolle e, per dessert, un *plum pudding* e tortine ripiene di frutta secca.

«Niente tacchino quest'anno?» Jessica non nascose la propria meraviglia quando, insieme agli altri, scese a cena e Val, appena sentito il profumo aromatico dell'oca arrosto, scoppiò in lacrime e scappò di nuovo in camera sua. Quando Mel fece il gesto di seguirla per consolarla, Mark la trattenne.

«Ci vado io, Mel.» Pareva stranamente silenzioso anche lui ma nessuno se ne accorse all'infuori di Jessica. Negli ultimi tempi Val si era messa a piangere per ogni nonnulla, o perlomeno questa era l'opinione di Jess la quale l'aveva sentita piangere anche a letto la sera prima. Val, però, non le aveva voluto spiegare il motivo di tutte quelle lacrime e Jess aveva preferito tacere per non dare una preoccupazione alla mamma la quale, almeno fino a quel momento, sembrava che non avesse notato niente di strano.

«Grazie, Mark.» Poi si rivolse a Peter: «Scusami. Credo che siano tutti un po' stanchi».

Lui assentì senza mostrarsi particolarmente inquieto. Le loro tradizioni familiari erano una novità per le gemelle. A

Natale, ogni anno, in casa si mangiava l'oca grazie alla signora Hahn negli ultimi anni e grazie ad Anne, prima ancora. Si mangiava il tacchino soltanto per il Giorno del Ringraziamento. A Pasqua, invece, c'era un grosso prosciutto cotto con le spezie da affettare.

Ma quando la signora Hahn servì le tortine ripiene di frutta secca, Jessie e Val le mangiucchiarono di malavoglia, piene di nostalgia per la torta di mele calda che avevano sempre a New York per Natale. Perfino l'albero pareva insolito ai loro occhi. Era adorno soltanto di grosse palle dorate e di minuscole lampadine che si accendevano a intermittenza. Tutte le decorazioni natalizie antiche che avevano impiegato anni e anni a raccogliere e per le quali avevano un debole particolare, come le luci multicolori che illuminavano il loro albero, erano state mandate in magazzino con il resto dalla loro roba.

«Sono piena da morire.» Mel guardò Peter disperata mentre si alzavano da tavola. C'era una cosa buona che doveva ammettere per quel che riguardava la signora Hahn: la sua cucina era superba. Il pranzo natalizio era stato abbondantissimo e gustoso e tutti si sentivano sazi e soddisfatti quando si trasferirono nel soggiorno. Fu in quel momento che Mel, girando gli occhi per la sua nuova casa, si accorse che c'erano tutt'ora, qua e là, sparse sui mobili, le fotografie di Anne e un ritratto a olio appeso al di sopra di un piccolo tavolo in stile francese. Peter si accorse che Mel stava guardando le foto di Anne e per un attimo si sentì fremere perché temeva che facesse qualche commento in proposito. Mel, invece, preferì tacere ma prese mentalmente nota di riporle tutte non appena fossero tornati dalla luna di miele, la mattina di Capodanno. Peter aveva suggerito di andare a trascorrerla a Puerto Vallarta, uno dei posti che preferiva e, con loro, sarebbero andati tutti e cinque i ragazzi anche se Mel era un po' preoccupata all'idea di portare Matt nel Messico per la paura che mangiasse o bevesse qualcosa che poteva fargli male. Gli altri erano abbastanza grandi per stare attenti a quello che facevano mentre Matt avrebbe dovuto essere sorvegliato ogni minuto.

D'altra parte avevano deciso che sarebbe stato poco diplomatico lasciare i ragazzi così presto. Potevano sempre fare un viaggetto da soli in seguito, magari in Europa o alle Hawaii, dipendeva dal tempo che avrebbero avuto a disposizione. Secondo il suo nuovo contratto, Mel, adesso, non aveva più due mesi di vacanza come a New York ma uno soltanto e un congedo per maternità. Si era quasi divertita quando avevano insistito per inserire anche quella clausola nel contratto. Ormai, secondo lei, aveva già avuto tutti i figli che prevedeva d'avere e, per di più, li aveva avuti in un colpo solo. Era scoppiata a ridere di nuovo quando l'aveva raccontato a Peter il quale si era affrettato a ribattere, prendendola in giro, che, se non si fosse comportata bene, avrebbe provveduto lui a metterla incinta. Per tutta risposta lei aveva ribattuto, sempre scherzosamente, che si sarebbe difesa con un bel paio di forbici seghettate!

Quella sera, la sera di Natale, mentre se ne stavano tranquillamente seduti nel soggiorno, Mel, dentro di sé, non si nascose di sentirsi morire all'idea di dover preparare altre valigie. Le sembrava di non aver fatto altro in quell'ultimo mese ma, per fortuna, non sarebbe stato necessario portare via molto, per andare a Puerto Vallarta. Quanto ai ragazzi, erano eccitatissimi all'idea della partenza. Per tutta la sera ci fu un continuo correre da una stanza all'altra mentre ridevano, si prendevano in giro, si strappavano dalle mani le cose da mettere in valigia. Matt se ne approfittò per andare a fare le capriole sul letto di Val e Pam, su invito della sua nuova sorella, non si fece pregare a scegliere un certo numero di maglioni di Jessica da portar via con sé.

Dalla loro camera Peter e Mel potevano sentire tutto quel baccano. Mel sorrise: «Comincio a pensare che ce la faranno». Comunque si era accorta che, fra i due gruppi, permaneva ancora una certa tensione.

«Ti preoccupi troppo per loro, Mel. Se la cavano a meraviglia», le stava dicendo Peter con un sorriso mentre andava a rispondere al telefono che si era messo a squillare. Subito, sedette alla scrivania e cominciò a fare un fuoco di fila di domande. Poi depose il ricevitore sulla forcella, corse a prendere la giacca che aveva appoggiato su una sedia e, nel frattempo, si mise a spiegare rapidamente a Mel quello che era accaduto. «Si tratta di Marie. Ha avuto un altra crisi di rigetto.»

«Una cosa seria?»

Lui annuì, pallidissimo. «Adesso è in coma. Non riesco a capire per quale motivo non mi abbiano telefonato prima. Hanno borbottato una serie di frottole... figurati che mi hanno detto che non volevano disturbarmi, visto che non ero di servizio, perché era Natale! Accidenti a loro!» Quando fu sulla porta, si voltò ancora un momento a guardare Mel con aria triste e imbarazzata. «Torno appena posso.»

Mentre Peter usciva, Mel capì che il viaggio in Messico poteva considerarsi praticamente annullato. Però quando i ragazzi vennero ad augurarle la buona notte, poco più tardi, preferì tacere perché aveva pensato che era inutile agitarli senza scopo. Si limitò a spiegare che Peter era stato costretto ad andare all'ospedale per fare un controllo su uno dei suoi pazienti. Ma non appena i ragazzi la lasciarono di nuovo sola, si ritrovò a pensare a Marie e a pregare per lei. Peter non le telefonò più per tenerla al corrente di quello che stava succedendo. Tanto che, alle due e mezzo, Mel rinunciò ad aspettarlo e se ne andò a letto augurandosi che Peter non dovesse sospendere la partenza. Perché, in tal caso, il viaggio sarebbe stato annullato. Non se la sentiva di andar via senza di lui. In fondo, questa era la loro luna di miele.

Si accorse che Peter si infilava a letto al suo fianco dopo le cinque ma quando allungò una mano verso di lui, lo sentì teso, rigido e distaccato. Le parve talmente diverso dal solito che spalancò gli occhi e, poi, gli si fece più vicino.

«Ciao, tesoro. È andato tutto bene?» Lui non rispose e Mel, a quel punto, si risvegliò completamente, spalancando gli occhi. Qualcosa non funzionava. «Peter?»

«È morta alle quattro. L'abbiamo aperta, ma non c'era più niente da fare. Le ho trovato il peggior caso di indurimento delle arterie che mi sia mai capitato di vedere... e, per di più, con un cuore nuovo, maledizione!» Si capiva subito che Peter rimproverava a se stesso tutto quello che era accaduto. Avevano dato a Marie sette mesi, non un giorno di più, eppure erano sette mesi che, senza il trapianto, Marie non avrebbe mai avuto da vivere.

«Mi spiace.» D'altra parte c'era ben poco da dire di fronte a una notizia simile e si capiva che Peter voleva restare chiuso nel proprio dolore, rifiutando ogni conforto. Infatti respinse tutti gli sforzi di Mel che tentava di consolarlo e, alla fine, verso le sei, si alzò dal letto. «Dovresti cercare di dormire un po' prima di partire.» La voce di Mel era piena di tenerezza. Si capiva che era preoccupata per lui. Ma soffriva anche lei per quella perdita. Fin dall'inizio, Marie era stata un personaggio importante per entrambi. Mel aveva assistito all'operazione di trapianto che le era stata fatta. E si sentiva desolata per la sua scomparsa. Però era lontana mille miglia dall'immaginare ciò che Peter stava per dirle con la voce di un bambino infelice e incollerito:

«Io non parto. Vai tu con i ragazzi». Visibilmente turbato, con una strana aria petulante, si era lasciato cadere pesantemente su una poltrona della loro camera da letto. Mel, poiché fuori era ancora buio, accese la luce per vederlo meglio. Appariva estenuato, con le occhiaie paurosamente segnate. Ma... come tocco finale delle loro nozze... non avrebbe potuto esserci niente di peggio! E come inizio della luna di miele... che orrore!

«Anche se resti qui, non ci puoi fare niente. Del resto, senza di te, non partiamo neanche noi.»

«Non ho più voglia di partire, Mel.»

«Be', non è giusto. I ragazzi rimarranno delusi e, dopo tutto, è la nostra luna di miele!» Peter non voleva ragionare ma Mel capiva che era troppo stanco per avere le idee chiare. «Peter, ti prego...»

«Accidenti...» esclamò lui, alzandosi in piedi di scatto e guardandola con occhi fiammeggianti di collera «... che cosa proveresti se fosse toccato a te? Sette miserabili mesi, e nient'altro... Ecco tutto quello che sono riuscito a darle.»

«Peter, ricordati che non sei Dio! Hai fatto quello che sapevi di poter fare e l'hai fatto con estrema bravura. Ma è solo Dio a prendere queste decisioni, non tu.»

«Balle! Avremmo potuto fare di meglio!»

«Be', non lo avete fatto e Marie è morta.» Adesso anche Mel si era messa a gridare. «E tu non puoi restar qui e mettere il broncio per quello che è successo! Hai una responsabilità anche verso di noi!» Lui le lanciò un'occhiataccia e uscì a passi furiosi dalla camera ma mezz'ora dopo era di ritorno con due tazze di caffè. Bastava essere all'aeroporto a mezzogiorno quindi c'era ancora tempo per convincerlo. Offrì a Mel una tazza del liquido fumante con aria ancora immusonita e Mel, guardandolo negli occhi, lo ringraziò.

«Scusami, Mel... insomma, il fatto è che... per me è sempre una tragedia quando perdo uno dei miei pazienti e Marie era una cara ragazza, una creatura dolcissima... non è giusto...» Lasciò la frase in sospeso e Mel, posata la tazza, lo abbracciò.

«È una professione spietata, la tua, tesoro! Lo sai benissimo. Ogni volta che entri in sala operatoria sai già quali sono le tue probabilità di successo. O quelle di insuccesso. Cerchi di dimenticarle ma sono sempre lì.» Peter assentì: Mel aveva ragione. Lo conosceva bene. Si voltò a guardarla con un sorriso pieno di tristezza.

«Sono un uomo fortunato.»

«E un chirurgo brillante. Non dimenticarti mai di questo.» Poi non gli domandò più niente del Messico fino a quando Peter non ebbe fatto colazione con i ragazzi; ma era stranamente taciturno e, mentre salivano le scale l'uno al fianco dell'altra, Mark chiese a Mel:

«Che cosa è successo a papà?»

«Stanotte ha perso uno dei suoi pazienti.»

Mark annuì con la testa, pieno di comprensione. «Ci resta sempre male e la prende così soprattutto se si trattava di un paziente al quale era stato fatto il trapianto. È uno di questi casi?»

«Sì. Si tratta di quello che aveva eseguito quando sono stata qui in maggio a intervistarlo.»

Mark annuì ancora e guardò Mel con aria interrogativa: «Partiamo sempre per il Messico?»

«Lo spero.»

Mark non ne sembrava troppo sicuro. «Tu non sai come diventa quando capitano questi incidenti. Può anche darsi che non si parta.»

«Farò quello che posso.»

A quel punto Mark la guardò attentamente e sembrò che volesse dirle qualcosa ma arrivò Matt a interromperli. Non riusciva a trovare le sue pinne e voleva sapere da Mel se le aveva viste.

«Veramente no, ma proverò a cercarle. Hai controllato se, per caso, non le hai lasciate in piscina?» Lui fece segno di sì con la testa e Mel risalì in camera sua. Ci trovò Peter, seduto su una poltrona con gli occhi fissi nel vuoto. Sembrava improvvisamente invecchiato. Il suo figlio maggiore lo conosceva bene. Peter si stava prendendo troppo a cuore la morte di Marie e Mel cominciò a dubitare seriamente che si partisse quel giorno. «E allora, tesoro...» Andò a sedersi vicino a Peter, sull'orlo del letto «... che cosa vogliamo fare?»

«A proposito di che?» Aveva lo sguardo vacuo, l'aria assorta.

«Il nostro viaggio. Dobbiamo andare o restiamo?»

Lui esitò per un attimo che parve interminabile, fissando Mel negli occhi. «Non so.» In quel momento sembrava che non fosse capace di prendere una decisione.

«Secondo me, ti farebbe bene, e farebbe bene anche ai ragazzi. In questi ultimi tempi abbiamo vissuto molto intensamente, tutti hanno dovuto adattarsi a un sacco di cose nuove, a una quantità di cambiamenti. E ce ne saranno altri in futuro. A me pare che un bel viaggetto sia proprio quello che ci vuole.» Sorrise ma evitò di fargli notare che, una settimana dopo, avrebbe cominciato il suo nuovo lavoro alla televisione. Quindi prevedeva di lavorare intensamente, sempre sotto pressione. Forse aveva bisogno di una vacanza più ancora di lui.

«Va bene. Partiamo. Credo che tu abbia ragione. Non

possiamo deludere i ragazzi. Fra l'altro avevo già provveduto a trovare qualcuno che mi sostituisse.» Mel gli buttò le braccia al collo e lo strinse a sé con affetto.

«Grazie.» Ma lui si lasciò abbracciare quasi con indifferenza e non aprì più bocca per tutto il tragitto fino all'aeroporto. Un paio di volte Mel e Mark si guardarono ma non dissero niente fino a quando non si trovarono soli per un momento, a bordo, quando l'aereo era già decollato.

Mark le spiegò quello che doveva aspettarsi. «A volte gli capita di continuare così per un bel po', sai?»

«In genere, quanto dura questa situazione?»

«Una settimana, anche due. Certe volte ha continuato così anche per un mese. Dipende da quanto si sente responsabile per quello che è successo e da quali erano i suoi legami di amicizia con il paziente.»

Mel annuì. Certo che le sue prospettive non erano affatto allegre, soprattutto trattandosi della loro luna di miele. Però Mark aveva ragione. Atterrarono a Puerto Vallarta e si ammucchiarono su due jeep che avrebbero dovuto portarli all'albergo dove avevano riservato tre camere da letto con la vista sulla spiaggia e sul mare. Al piano terreno, proprio sotto le loro finestre, c'era un enorme bar all'aperto e tre piscine dalle quali salivano le risate e le grida degli altri ospiti dell'albergo. Tutti questi rumori, però, venivano soffocati dalla musica di una *steel band* alla quale si univa di tanto in tanto quello più ritmato delle *mariachis*. L'atmosfera era festosa e i ragazzi non nascosero di essere eccitatissimi, soprattutto Jessica e Val che non erano mai state in Messico. Mark trascinò tutti con sé a nuotare in piscina e a bere una bibita analcolica al bar ma Peter insistette per restare in camera. Mel cercò inutilmente di strapparlo al suo umor nero.

«Che cosa ne diresti di quattro passi sulla spiaggia, amore?»

«Non ne ho voglia, Mel. Preferisco stare solo, credimi. Perché non raggiungi i ragazzi?»

Lei avrebbe voluto ribattere in tono tagliente che era la loro luna di miele, quella, non dei ragazzi, ma concluse che la cosa più saggia era tacere. Forse sarebbe servito a fargli cambiare umore più in fretta. Di conseguenza lo lasciò.

Tuttavia, man mano che i giorni passavano, in Peter non si verificò alcun miglioramento. Mel andò a far spese in città con Pam e le gemelle. Si comperarono camicette e vestiti ricamati in modo stupendo da mettere a Los Angeles quando andavano in piscina e Mark portò Matthew a pescare un paio di volte. Poi Mel accompagnò tutti i ragazzi, all'infuori di Matt, parecchie volte, da *Carlos O'Brien* a prendere una bibita e a guardare il bel mondo che si divertiva e, una sera, condusse i più grandi persino in discoteca ma Peter non si unì mai a loro. Sembrava ossessionato da quello che era accaduto a Marie. Durante la giornata, si ritirava spesso in camera e ci restava per un'oretta cercando di mettersi in comunicazione con Los Angeles per aver notizie degli altri pazienti che aveva in cura.

«Forse avremmo potuto fare a meno di venire fin qui, visto che tu sei capace soltanto di star seduto in camera per un'intera settimana e chiamare al telefono il Center City», osservò infine Mel, in tono asciutto, verso la fine del loro soggiorno ma Peter, per tutta risposta, si limitò a guardarla con occhi vacui.

«Te l'avevo già fatto capire a casa», disse infine, «ma tu non volevi deludere i ragazzi.»

«Questa è la nostra luna di miele, non la loro!» Non era riuscita a trattenersi dal dirglielo. Si sentiva amaramente delusa. In tutta quella settimana Peter non aveva fatto il minimo sforzo per partecipare alla vita degli altri e, dalla morte di Marie, non avevano più fatto l'amore. Certo che, come luna di miele... meglio dimenticarsela!

«Scusami, Mel. Purtroppo è capitato nel momento peggiore. Ma cercherò di ricompensarti in seguito per questo.» Lei, invece, aveva i suoi dubbi. Poi, di colpo, le balenò che, una volta terminato il viaggio, non aveva neppure più la sua casa in cui ritornare. E improvvisamente si accorse di sentire più che mai la mancanza della casa di New York. Fu proprio pensando a questo che le tornarono in mente le fotografie di Anne che voleva mettere via al suo ritorno. Si domandò anche quali fossero le intenzioni di Peter riguardo al famoso ritratto. Adesso lì, nella villa di Bel-Air ci viveva anche lei e non aveva nessun desiderio di trovarsi sotto gli occhi l'immagine di Anne a ogni momento. Le sembrava una reazione più che normale da parte sua, ma pensò di non affrontare l'argomento fino a quando non fossero rientrati a Los Angeles. Continuava a chiamare così la casa di Peter, ogni volta che ne parlava, perché, per lei, non lo era ancora diventata. Non la sentiva ancora sua. Per lei, la casa era sempre New York. Si accorse che la stessa cosa succedeva anche alle gemelle. Una volta, mentre erano al *Carlos O'Brien*, qualche ragazzo aveva domandato a Jessica da dove venivano e lei aveva risposto: «Da New York» senza pensarci. Mark, allora, l'aveva presa in giro e lei si era affrettata a spiegare che si erano appena trasferite a Los Angeles. Tuttavia qualche altro adattamento alla situazione si era già verificato, e più in fretta. Mel si accorse che, quando si riferivano l'uno all'altro, i ragazzi si chiamavano fratello e sorella, all'infuori di Mark e Val, che avevano i loro buoni motivi per non adottare questa formula.

Fra l'altro, l'unica a sentirsi male fu proprio Valerie, e l'ultimo giorno. Aveva comperato un gelato sulla spiaggia e Mel, che era accorsa ad assisterla, quando lo seppe, si lasciò sfuggire un'esclamazione di stizza. Peter avrebbe voluto farle prendere una medicina, ma Val rifiutò con energia tutto quello che le veniva proposto. Quando Mel finalmente tornò a letto alle quattro della mattina, Peter, svegliandosi di colpo, con tutti i suoi istinti di medico all'erta, si affrettò a domandarle:

«Come sta?»

«Finalmente dorme. Povera bambina. Non ho mai visto nessuno star così male. Non riesco a capire per quale motivo non ha voluto prendere la medicina che le avevi offerto, di solito non è così testarda.»

«Mel, sei sicura che si sia rimessa? Sta bene? Non c'è

nient'altro?» Aveva aggrottato le sopracciglia come se gli fosse balenato qualche altro sospetto.

«In che senso? Che cosa vuoi dire?»

«Non lo so. Non la conosco abbastanza bene. Però mi sembra diversa da quando eravamo ad Aspen e anche da quando siete venute per la Festa del Ringraziamento.»

«Diversa... in che senso?»

«A dirti la verità, non lo so bene neanch'io. Forse è soltanto una sensazione. È molto tempo che non le fai fare un chek-up?»

«Adesso comincio a preoccuparmi. Che cosa stai sospettando?» Le sembrava di veder già incombere all'orizzonte, come minimo, la minaccia della leucemia. Ma Peter scosse la testa.

«Magari un po' di anemia. Mi pare che dorma molto e Pam dice che, dopo il pranzo di Natale, si è sentita male e ha vomitato.»

Mel sospirò. «Secondo me è semplicemente una questione di nervi. Anche Jess mi pare che abbia una gran brutta faccia! Penso che il trasferimento qui sia stato un cambiamento molto grosso per loro e sono in un'età difficile, in cui tutte queste cose si sentono in un modo particolare. Però, forse, hai ragione. Appena torniamo, le accompagno tutte e due dal dottore.»

«Ti darò il nome del nostro internista. Ma non preoccuparti.» La baciò. Era la prima volta che lo faceva da parecchi giorni. «Non credo che sia niente di serio e sono convinto che, forse, hai ragione. Le ragazze della loro età sono facili a queste forme di agitazione nervosa. La verità è che, da quando Pam ha sofferto di anoressia l'anno scorso, drizzo le antenne ogni volta che mi sembra che ci sia qualcosa che non funziona. Con ogni probabilità, non è niente.»

Invece, nella camera di Pam, Mark era seduto vicino al suo letto. Aveva aspettato ore e ore che Mel se ne andasse e Val adesso era sveglia, ma debolissima per quell'attacco della classica «malattia del turista». Piangeva anche, sommessamente, e Mark le accarezzava i capelli. Parlavano a bassa voce per non svegliare né Jessie né Pam.

«Credi che avrà fatto male al bambino?» bisbigliò Val a Mark e lui la guardò con aria disperata e infelice. Val lo aveva scoperto due giorni dopo essere arrivata da New York. Era stato Mark ad accompagnarla a fare il test di gravidanza. E sapevano bene tutti e due quando era successo. Quando avevano fatto l'amore per la prima volta, durante i giorni della Festa del Ringraziamento. Adesso Val sembrava terrorizzata. Non avevano ancora preso una decisione ma, nel caso si fossero persuasi a tenerlo, Val non voleva che le nascesse un bambino deforme.

«Non lo so. Non hai preso nessuna medicina?»

«No», sussurrò lei. «Tuo padre ha cercato di darmi qualcosa ma io non ho voluto prendere niente.» Mark fece segno di sì con la testa, ma quello era il minore dei problemi. Val adesso era incinta soltanto da cinque settimane però questo voleva dire che avevano meno di due mesi per intervenire, se lei voleva.

«Credi che riuscirai a dormire un po'?» Lei fece segno di sì con gli occhi già semichiusi e Mark si chinò a baciarla prima di uscire in punta di piedi dalla stanza. Avrebbe voluto parlarne con suo padre ma, con Natale, il matrimonio e tutto il resto, non ci era riuscito; poi Val lo aveva supplicato di non farlo. Se lei avesse deciso per l'aborto, doveva portarla da un bravo medico non in una di quelle cliniche un po' losche... però aveva pensato di aspettare a parlargliene fino a quando non fossero tornati a Los Angeles. Lì non aveva senso discuterne. Non avrebbero potuto far niente, in ogni caso, e sarebbe servito soltanto a farla diventare ancora più nervosa.

«Mark?» Jessica si girò nel suo letto. Andandosene, Mark l'aveva svegliata. «C'è qualcosa che non va?» Si mise a sedere di scatto e passò rapidamente, con gli occhi, da lui a sua sorella.

«Sono venuto soltanto a vedere come stava Val.» Ma Val era già addormentata e Mark continuò a rimanere sulla soglia.

«È successo qualcosa?» Doveva essere completamente rimbambita dal sonno, pensò Mark, se non riusciva a ricordarsi che Val era stata male tutto il giorno e aveva avuto un fortissimo attacco di vomito e di dissenteria.

«È stata male per colpa di qualcosa che ha mangiato.»

«No, voglio dire se c'è anche qualcos'altro.»

«Niente affatto. Sta bene.» Però, mentre rientrava nella sua camera, si accorse di tremare da capo a piedi. Jessie doveva avere qualche sospetto; anche lui sapeva quello che si diceva dei gemelli, cioè che ognuno dei due poteva intuire immediatamente quello che era successo all'altro. Adesso ci mancava soltanto che Jessie accennasse qualcosa al papà e alla loro madre... e si sarebbe scatenato l'inferno. No, voleva trovare lui la soluzione, pensarci da solo. Era un suo dovere. E non c'era altro da fare.

Capitolo 27

PARTIRONO per Los Angeles la mattina dell'ultimo dell'anno. Val era ancora debole ma stava abbastanza bene per sopportare il viaggio. Rientrarono in casa alle quattro del pomeriggio, stanchi, abbronzati e felici della loro vacanza. L'ultimo giorno Peter aveva finalmente acconsentito a uscire dalla sua reclusione e si erano divertiti tutti pazzamente. Perfino Mel. Anche se, la sua, non si poteva certo considerare una luna di miele! Peter se ne scusò, durante il volo di ritorno a Los Angeles, e lei gli rispose che lo aveva capito. Per fortuna era riuscita a riposarsi un po' prima di riprendere il lavoro negli studi della stazione televisiva di Los Angeles. Sapeva di dover fare la conoscenza dei suoi superiori l'indomani, il primo giorno dell'anno, a mezzogiorno. E alle sei di quella stessa sera, avrebbe presentato il solito programma di notizie con un altro telecronista, Paul Stevens che faceva il giornalista e moderatore per quella stazione televisiva da anni. Ma, per quanto avesse numerosi e fedeli ascoltatori, il suo indice di gradimento aveva cominciato a declinare e i dirigenti della stazione televisiva avevano pensato di inserire nelle sue trasmissioni Mel per farlo ritornare ai livelli precedenti. Erano convinti che, insieme, i due telecronisti sarebbero diventati una coppia imbattibile. Paul Stevens era alto, con i capelli grigi e gli occhi azzurri, una voce profonda e sonora, uno stile che piaceva molto alle donne, almeno secondo quello che rivelavano le inchieste eseguite in proposito. Mel, da parte sua, aveva una forte carica di femminilità e le ricerche di mercato avevano rivelato che risultava molto gradita al pubblico maschile. Organizzando le cose in modo che potessero comparire sullo schermo insieme per la trasmissione del telegiornale, la stazione televisiva era convinta di aver fatto un grosso colpo. Anche nel caso in cui l'indice di gradimento di Stevens fosse ancora calato, ci sarebbe sempre stata Mel a risollevarne le sorti. Tuttavia era la prima volta che Paul Stevens si trovava a dover dividere il lavoro, e lo schermo, con un collega e non ne era affatto entusiasta. Quanto a Mel, aveva anche lei la sensazione di aver fatto un passo indietro dopo aver presentato il telegiornale da sola per tanti anni. Si trattava, in ogni caso, di un'esperienza umiliante per entrambi, Mel lo capiva benissimo, nonché di un banco di prova di diplomazia per lei, dovendo lavorare con un personaggio come Stevens.

Peter e Mel decisero di stare a casa la sera dell'ultimo dell'anno a bere champagne vicino al fuoco. Mark accompagnò Val e Jessie a un paio di feste a cui era stato invitato. Mel si rallegrò che Mark avesse pensato a includere anche Jessie nella compagnia per quanto sua figlia non sembrasse particolarmente entusiasta all'idea. Val, fra l'altro, non si era ancora completamente rimessa e non sembrava in forma perfetta. Mel consigliò ai ragazzi di non restare fuori fin tardi e si raccomandò di stare attenti a come guidavano. Poi salì a dare un'occhiata a Pam la quale aveva invitato una amica a dormire da lei. Matt era profondamente addormentato nel suo lettino vicino al quale aveva messo un corno. Aveva chiesto che qualcuno lo svegliasse a mezzanotte in modo da poterci soffiare dentro, come vuole l'usanza, ma Mel non sbagliava pensando che, probabilmente, a mezzanotte non ci sarebbe stato nessuno sveglio in casa per svegliare lui! Aveva provato, quasi, la tentazione di restare in piedi ad aspettare Mark e le gemelle ma sia lei sia Peter si sentivano esausti. Quando lui andò a letto e si mise a leggere alcune delle sue riviste di medicina, Mel cominciò a girare per casa cercando di abituarsi all'idea di esserne la padrona. Capiva di doversi convincere che quella, ormai, era anche casa sua, ma non ci riusciva. Poi, vedendo le fotografie di Anne nelle loro cornici d'argento, le tornò in mente quello che si era proposta di fare. Cominciò a raccoglierle a una a una: alla fine, quando le contò, si accorse che erano addirittura ventitré. Andò a metterle in un cassetto dello studio di Peter. Stava attraversando il soggiorno portando le ultime fra le braccia quando vide Pam in piedi sulla soglia.

«Che cosa stai facendo?»

«Metto via queste fotografie.» Le due donne si scambiarono una strana occhiata, Mel si accorse che Pam sembrava impietrita.

«Di chi sono?»

«Di tua madre.» La voce di Mel non ebbe un tremito.

«Rimettile subito a posto.» La voce di Pam era irriconoscibile. Aveva parlato rabbiosamente, con acredine, e Mel si accorse che l'amica, venuta a dormire da lei, l'aveva raggiunta e si era fermata alle sue spalle.

«Come hai detto?»

«Ho detto di rimetterle subito al loro posto. Questa è la casa di mia madre, non la tua!» Se Mel non avesse conosciuto Pam come la conosceva, avrebbe pensato che fosse ubriaca. Purtroppo, era soltanto sconvolta a tal punto da tremare da capo a piedi per la collera.

«Credo che sarà meglio parlarne in un altro momento, Pam. Quando saremo sole.» Mel sembrava decisa a non perdere la calma, però si accorse di essere scossa da un tremito anche lei.

«Dammi quelle fotografie!» Pam si era scagliata improvvisamente contro di lei e Mel, quando se ne accorse, lasciò cadere le fotografie su una poltrona e afferrò Pam per le braccia prima che potesse commettere qualche gesto assurdo. Poi, tenendola ben stretta, le disse con voce severa:

«Vai in camera tua. Immediatamente!» Non si sarebbe comportata in modo diverso anche se si fosse trattato di una delle gemelle. Pam, invece, finse di non averla sentita e cominciò a raccogliere con gesti frenetici e collerici le fotografie incorniciate che Mel aveva lasciato cadere sulla poltrona. Si rialzò con le braccia cariche, e lanciò a Mel un'occhiata piena di astio.

«Ti odio!»

«Prendi pure tutte le fotografie che preferisci. Quanto al resto, le metterò nello studio di tuo padre.»

Pam fece finta di non averla neppure sentita. «Questa è la nostra casa, *nostra!*, ed è la casa di mia madre, non dimenticartene!» A Mel prudevano la mani dalla voglia di prenderla a schiaffi ma le parve che fosse poco prudente in presenza dell'amica. Preferì, invece, afferrare saldamente Pam per una spalla, costringerla a voltarsi e spingerla verso la porta.

«Sali immediatamente di sopra, in camera tua, adesso, Pam. Altrimenti telefono alla mamma della tua amica e la prego di venire a prenderla subito. Sono stata chiara?» Pam non pronunciò una sola parola ma cominciò a salire i gradini con le fotografie di sua madre tra le braccia e Joan, la sua imbarazzatissima amica, la seguì in silenzio. Mel rimase a pianterreno appena il tempo sufficiente per spegnere le luci e poi salì nella sua camera dove Peter, ignaro e tranquillo, stava continuando a leggere le sue riviste di medicina. Mel rimase a fissarlo per un attimo, che le parve interminabile, accorgendosi che, almeno in parte, quello che Pam aveva detto era vero. Sì, quella era la casa degli Hallam. Mel non aveva neppure ottenuto il permesso di portarvi i suoi mobili. E ancora, ovunque, si sentiva sempre l'impronta di Anne.

Ancora tremante per lo scontro con Pam, Mel stava fissando Peter con gli occhi sbarrati quando lui la guardò. «Voglio che quel ritratto sia tirato giù dal muro domani stesso.»

«Quale ritratto?» Peter la squadrò con curiosità, come se Mel fosse impazzita.

«Quello della tua defunta consorte», rispose Mel a denti stretti. Peter rimase allibito. Forse lo champagne le era andato alla testa.

«Perché?»

«Perché questa è anche casa mia. E voglio che sia tirato giù. Immediatamente!» Adesso stava quasi gridando.

«È stato dipinto da un artista famoso.» Anche lui aveva cominciato a inalberarsi. Quel modo di fare, da parte di Mel, gli pareva inconcepibile. Per di più non sapeva niente del vivace battibecco che lei aveva avuto con Pam.

«Me ne infischio di chi lo ha dipinto! Toglilo di mezzo. Buttalo via. Brucialo. Regalalo a qualcuno. Fai di quel ritratto quello che vuoi, basta che io non lo veda più nel *mio* soggiorno!» Mel adesso sentiva un nodo di pianto che le serrava la gola, aveva le lacrime agli occhi. Peter continuava a fissarla, sempre più sbalordito.

«Si può sapere che cosa diavolo ti ha preso, Mel? C'è qualcosa che non va?»

«Che cosa mi ha preso? Se c'è qualcosa che *non va*? Mi fai venire in una casa dove non sono la padrona neanche di uno spillo, dove ogni cosa appartiene a te e ai tuoi figli dove, in tutte le stanze, sono disseminate le fotografie della tua prima moglie e... puoi illuderti che mi senta a mio agio?»

Peter stava cominciando a capire qualcosa, o perlomeno s'illudeva di farlo. Tuttavia gli pareva che Mel continuasse a sragionare. E per quale motivo, adesso? «Metti pure via tutte quelle fotografie, se preferisci. Però ti faccio notare che, finora, non ti avevano mai dato fastidio.»

«Prima non abitavo qui. Adesso, invece, ci vivo.»

Anche Peter cominciava a stizzirsi. «Quindi, immagino che non troverai neppure l'arredamento adatto per i tuoi gusti, vero?» La sua voce aveva preso all'improvviso un tono stranamente antipatico.

«Sarebbe perfettamente adeguato ai miei gusti se non mi dispiacesse vivere in un palazzo come quello di Versailles! Personalmente, i miei gusti sono un po' diversi: preferirei abitare in una vera casa, che fosse un poco più calda e accogliente...»

«Come quella specie di casa di bambola che avevi a New York, immagino.»

«Precisamente.» Si squadrarono da un'estremità all'altra della stanza cercando di dominarsi.

«Benissimo. In tal caso metti pure via quelle fotografie, se lo desideri. Ma il ritratto resta.» L'aveva detto soltanto per farla stizzire perché non gli era piaciuto il modo in cui Mel aveva affrontato l'argomento. Lei rimase a bocca aperta per la meraviglia.

«Resta un corno!» E aggiunse subito: «O se ne va il quadro o me ne vado io».

«Non ti sembra un po' ridicolo quello che stai dicendo? Ti stai comportando come una perfetta cretina... non te ne sei ancora accorta?»

«Tu invece ti stai comportando come una testa di cavolo, ecco! Pretendi che sia soltanto io ad adattarmi mentre tu non vuoi fare nessun cambiamento, non vuoi togliere neppure le fotografie di tua moglie dalle stanze!»

«Perché non ti fai fare qualche fotografia anche tu? Così puoi disporre quelle in giro, dove preferisci!» Peter si stava comportando in un modo sempre più antipatico e lo sapeva, ma era esasperato a furia di sentire Mel accanirsi in quel modo, e con quel tono, sulle fotografie di Anne. Ci aveva già pensato anche lui un paio di volte a metterle via ma era un'idea che lo rattristava e non voleva dare un dispiacere ai ragazzi. Fu proprio questo che fece notare a Mel. «Non credo che tu abbia mai pensato quali potrebbero essere le loro reazioni se io facessi sparire quel quadro.»

«Oh, se è per questo, le conosco già!» Avanzò di qualche passo verso di lui con l'aria sempre più torva. «Stavo portando le fotografie in questione nel tuo studio quando tua figlia mi ha informato che questa è casa vostra, non mia o, più esattamente, che è la casa di sua madre.»

Peter, di colpo, capì tutto quello che era successo. Guardò Mel, accasciata, con le spalle un po' curve. Poteva immaginare facilmente la scenata che Pam doveva averle fatto. E bastava anche a spiegare lo strano modo di comportarsi di Mel nei suoi confronti, adesso. Perché, fino a poco prima, gli era sembrato che non avesse senso. Non aveva mai pensato che Mel fosse una di quelle donne che si abbandonano a simili scenate di collera. «Ti ha detto proprio così, Mel?» la sua voce si era fatta più affettuosa, adesso, e anche il suo sguardo.

«Precisamente.» Gli occhi di Mel si erano riempiti di lacrime ma non aveva fatto ancora un solo passo per avvicinarsi a suo marito.

«Mi spiace.» Provò a chiamarla vicino a sé con un cenno della mano ma lei non si mosse. Adesso piangeva a calde lacrime, senza ritegno. Allora Peter si alzò e andò ad abbracciarla. «Come mi dispiace, amore mio. Sai benissimo che questa è anche casa tua.» La tenne stretta contro di sé e Mel cominciò a singhiozzare. «Domani mattina faccio scomparire quel quadro. È stata una sciocchezza da parte mia.»

«No, no, non si tratta di quello... solo che...»

«Lo capisco...»

«È così difficile abituarsi a vivere nella casa di qualcun altro. Se pensi che io, ormai, ero abituata da tanto tempo ad avere la mia!» La costrinse a sedersi sul letto, accanto a sé.

«Lo so... ma questa, adesso, è anche casa tua.»

Lei alzò gli occhi verso Peter e tirò su col naso. «No, non è vero. Tutto quello che c'è dentro è tuo e di Anne... io non posso avere qui con me neanche tutta la mia roba.» Peter, mentre l'ascoltava, assunse un'espressione pensierosa.

«Tutto quello che ho è tuo, Mel.» Ma lei avrebbe voluto vedersi circondata dagli oggetti che le erano cari, non da quelli di lui.

«Devi darmi un po' di tempo. Mi abituerò. La verità è che sono stanca e che sono successe talmente tante cose, tutte insieme! E Pam mi ha profondamente turbata con quello che ha detto poco fa.»

Peter diede un bacio a sua moglie e si alzò. «Adesso vado a parlarle.»

«No! Lascia che me la sbrighi da sola. Se tu intervenissi, si risentirebbe ancora di più della mia presenza.»

«Eppure ti vuole bene. So che ti vuole bene.» Però c'era una sfumatura di preoccupazione nei suoi occhi.

«Ma adesso, è tutto così diverso! Prima ero soltanto un'ospite, adesso sono un'intrusa nella sua casa.»

Peter la guardò, sempre più sconvolto. Mel si sentiva un'intrusa? Possibile?

«Tu non sei un'intrusa! Sei mia moglie. Spero che non te lo dimentichi.»

Lei sorrise tra le lacrime. «Certo che non me ne dimentico! Il fatto è che ci sono capitate molte cose tutte in una volta e domani comincio il nuovo lavoro.»

«Lo so.» Peter la capiva fin troppo bene ma lo rattristava vederla piangere, tanto che giurò a se stesso di portare via dal soggiorno il ritratto di Anne il giorno dopo. Mel aveva ragione. «Perché non ce ne andiamo a letto presto stasera, tutti e due? Siamo stanchi ed è stata una settimana difficile, quella che abbiamo appena passato.» Mel fu d'accordo con lui. Il trasferimento da New York, il loro matrimonio, la luna di miele, la morte di Marie... se ne andarono a letto e Peter tenne Mel stretta contro di sé al buio. Godeva di sentire il tepore che emanava dal suo corpo accanto al proprio. Era quello che aveva desiderato con tutte le sue forze negli ultimi sei mesi... anzi, per un tempo ancora più lungo, negli ultimi due anni... e forse prima ancora... perché, con Anne, tutto era stato diverso. Anne aveva un temperamento più freddo e distaccato di Mel. A Peter sembrava che Mel fosse diventata quasi una parte di se stesso e, per la prima volta, da una settimana, si accorse di essere profondamente commosso e di sentir fremere qualcosa nel segreto del proprio io... Mentre la stringeva contro di sé, si accorse di non averla mai desiderata, prima, come ora. L'anno vecchio si chiuse e quello nuovo cominciò mentre Peter faceva l'amore con sua moglie.

Capitolo 28

SECONDO le clausole del suo nuovo contratto, stipulato mentre si trovava ancora a New York, la limousine della stazione televisiva venne a prendere Mel nelle prime ore del pomeriggio per condurla al lavoro. Quando entrò in quegli uffici dove non aveva mai messo piede, si accorse di essere al centro della curiosità generale. Tutti non avevano occhi che per lei. Mel Adams stava per dare inizio al suo nuovo lavoro. Fu presentata ai produttori, agli assistenti dei produttori, ai registi e ai loro tirapiedi. Ma per quanto fosse un ambiente del tutto nuovo, Mel ebbe ugualmente l'impressione di trovarsi in un mondo familiare. Dopo tutto, quella stazione televisiva non era diversa dalle altre, di New York, Chicago o Buffalo. Uno studio televisivo era sempre uno studio televisivo, ecco quello che pensò Mel con un sospiro, sedendosi nell'ufficio che le era stato assegnato e guardandosi intorno. In un certo senso era come tornare a casa. Trascorse l'intero pomeriggio cercando di familiarizzarsi con tutte quelle persone che andavano e venivano per conoscerla e salutarla, parlando dei numerosi servizi che aveva realizzato. Bevve un bicchere di vino con il produttore e la sua équipe e, alle cinque e mezzo arrivò anche Paul Stevens. Il produttore li presentò e Mel sorrise mentre si stringevano la mano. «Sarà un piacere lavorare con te, Paul.»

«Mi auguro di poter dire la stessa cosa.» Poi le strinse la mano e se ne andò immediatamente. Intanto il produttore cercava di riprendere il filo del discorso per riempire quella pausa imbarazzante ma Mel, alzando le sopracciglia, meravigliata, disse:

«Be', almeno così ho capito subito qual è la situazione!» Sorrise con un po' di tristezza. Non sarebbe stato facile lavorare con Paul Stevens il quale era furibondo al pensiero di dover presentare il proprio programma facendovi partecipare un'altra persona, una donna per di più... e aveva già l'intenzione di farlo scontare a Mel con tutti i mezzi possibili e immaginabili. Quanto a lei, appena andarono in onda quella sera, scoprì subito quali erano le intenzioni del suo collega. Per quanto fosse educatissimo e le parlasse in tono mellifluo, ogni volta che doveva rivolgerle la parola, faceva il possibile per interromperla e per metterla da parte, cercando di innervosirla, non lasciandole la battuta quando le toccava e, in genere, tentando con ogni mezzo di farle perdere le staffe. Mel capì immediatamente quanto fosse offensivo il modo di comportarsi di Paul tanto che, al termine della trasmissione, andò a piantarsi davanti alla sua scrivania e lo guardò dall'alto in basso. «Non ti pare che, se abbiamo qualcosa da dirci, sarà meglio che lo facciamo subito finché la situazione è ancora sotto controllo?»

«Certo. Che cosa ne diresti di dividere con me il tuo stipendio mensile? In fondo io divido con te la mia trasmissione. Mi pare soltanto giusto!» Un lampo maligno gli aveva illuminato gli occhi e Mel, finalmente, capì qual era il problema. Già da qualche tempo si era parlato del suo nuovo contratto sui giornali e, sia pure velatamente, anche del compenso che, adesso, Mel percepiva. Con ogni probabilità era almeno il triplo di quello che pagavano lui ma, in tutta quella faccenda, Mel non aveva nessuna colpa.

«Non so che cosa farci, Paul, se la stazione televisiva, con me, ha preso determinati accordi. È stata una guerra di prezzi con New York. Sai anche tu come vanno queste cose.»

«No, però mi piacerebbe provare.» Erano anni che tentava

di farsi assumere da qualche stazione televisiva di New York mentre Mel aveva appena rifiutato il contratto con una di esse ed era venuta lì, proprio lì, a dargli fastidio! Ormai la detestava con tutte le sue forze, quella piccola carogna di Mel Adams, e se ne infischiava altamente anche se dicevano che era molto in gamba. Non aveva nessun bisogno di dividere con lei il posto d'onore durante le trasmissioni. Quindi si alzò in piedi di scatto e le disse con voce piena di acredine: «La cosa migliore è starmi alla larga, e tutto andrà per il meglio. Ci siamo capiti?»

Lei lo guardò con tristezza, gli voltò le spalle e si allontanò. Lavorare con Paul Stevens non sarebbe certo stato facile e Mel non fece che pensarci durante il ritorno a casa. Lì doveva semplicemente partecipare alla trasmissione del notiziario delle sei di sera per la stessa cifra che le era stata offerta a New York per i due notiziari delle sei e delle undici. Effettivamente, per lei, venire a Los Angeles era stato un autentico colpo di fortuna. E proprio per questo, Paul Stevens la odiava.

«Come è andata? Ti abbiamo trovata meravigliosa!» Quando entrò in casa, Peter non le nascose di essere orgoglioso di lei. Tutto il resto della famiglia era ancora radunato intorno alla televisione eppure Mel non riuscì a nascondere di essere scontenta.

«Il collega con il quale presento il notiziario della sera mi odia cordialmente. Quindi penso che lavorare con lui sarà un bel match!» Non solo ma, come se non bastasse, Pam si era fatta premura di rammentarle che viveva nella casa di Peter e di Anne, pensò mentre andava ad appendere il cappotto.

«Col tempo diventerà più gentile.»

Lei non ne parve molto convinta. «Non ci scommetterei un bottone! Credo che la sua speranza sia quella di vedermi morta, oppure s'illude che io torni a New York.» Intanto aveva guardato di sottecchi Pam, chiedendosi che cosa avrebbe letto sul viso della ragazzina ma si accorse che i suoi occhi erano privi di espressione, la faccia impenetrabile. Poi Mel allungò gli occhi verso la parete del soggiorno, si accorse che il ritratto di Anne era sparito e fu colta da un fremito di gioia. Buttò le braccia al collo di Peter. Tutto sommato, adesso si sentiva meglio. «Grazie, amore mio», gli bisbigliò nell'orecchio. Pam aveva afferrato al volo di che cosa stavano parlando. Si alzò e uscì dalla stanza mentre gli altri li guardavano senza capire. Allora Peter disse in tono pacato:

«Ho appeso il ritratto di Anne in anticamera».

Mel rimase di stucco. «Davvero? Mi pareva di aver capito che lo avresti messo via.»

«In anticamera non darà fastidio a nessuno.» Oh, no? I loro sguardi si incrociarono e Peter sostenne con fermezza quello di Mel: «Non ti dispiace, vero?»

Lei rispose con voce molto bassa: «A dir la verità, mi dispiace. Non era così che eravamo rimasti d'accordo».

«Lo so...» Poi, voltandosi verso di lei, aggiunse: «Ho pensato che a far tutto in un colpo solo sarebbe stato più penoso per i ragazzi. Anche le fotografie di Anne sono scomparse dalla prima all'ultima». Mel annuì senza dire una parola e salì nella sua camera a lavarsi la faccia e le mani. Poi raggiunse il resto della famiglia a cena e, subito dopo, andò a bussare alla porta di Pam.

«Chi è?»

«La tua cattiva matrigna.» Sorrise guardando la porta chiusa.

«Chi?»

«Sono io, Mel.»

«Che cosa vuoi?»

«Ho qualcosa da darti.» Quando Pam si decise a socchiudere la porta della sua camera, Mel le mise in mano una dozzina di foto di Anne, nelle cornici d'argento. «Ho pensato che ti facessero piacere per la tua camera.»

Pam le osservò e, dopo un momento, si decise ad accettarle. «Grazie.» Ma non aggiunse altro. Le girò le spalle, le chiuse la porta in faccia e Mel scese lentamente le scale.

«Eri di sopra, da Pam?» Peter non le nascose di essere compiaciuto e rallegrato da questo fatto quando Mel entrò nella loro camera. Era ancora sprofondato nella lettura delle sue riviste di medicina perché voleva tenersi al corrente su ogni novità.

«Sì. Le ho portato qualcuna della fotografie di Anne.»

«Credimi, Mel, non dovresti dare tanta importanza a questa faccenda.»

«Oh, no?» Tutto sommato, Peter non riusciva a capirla e lei era troppo stanca per mettersi a discutere. «Perché?»

«Perché Anne non c'è più.» Lo disse con voce talmente sommessa che Mel fu costretta a tendere l'orecchio per sentirlo.

«Lo so, ma è difficile vivere qui con le sue fotografie che mi fissano di continuo.»

«Non essere esagerata. Non mi pare che ce ne siano poi tante in giro!»

«Ieri sera ne ho portate ventitré nel tuo studio. Che cosa te ne pare? Ne ho data una dozzina a Pam. E pensavo di metterne qualcuna nelle camere di Matt e di Mark. È giusto che stiano lì.» Peter non rispose e riprese la lettura del fascio di riviste che teneva sulle ginocchia. Mel si distese sul letto. Il produttore le aveva suggerito, per il mese successivo, di preparare quanti più servizi speciali avesse potuto. Cercavano disperatamente, con ogni mezzo, di far risalire il loro indice di gradimento e le interviste di Mel avevano letteralmente aperto nuove vie, dal punto di vista dei documentari televisivi, suscitando enorme interesse in tutto il mondo dello spettacolo, a New York. Lei gli aveva promesso di fare del suo meglio e stava già prendendo appunti su una mezza dozzina di argomenti che le sembravano interessanti. Però non faceva fatica a immaginare che cosa avrebbe detto Paul Stevens quando lo avesse saputo. Forse l'unica cosa era ignorarlo e non dargli importanza. Ma la sera dopo lui si mostrò quasi scortese quando Mel arrivò sul set e, malgrado cercasse di essere simpatico e pieno di fascino come al solito durante la trasmissione, lei intuì che, non appena avessero finito, sarebbe stato ben felice di prenderla a schiaffi. La situazione stava diventando insostenibile anche perché Mel non era assolutamente abituata a questo genere di controversie con i colleghi. Comunque, quella sera stessa, mostrò al produttore l'elenco dei servizi che pensava di poter realizzare, riscuotendo la sua approvazione. Questa, per Mel, era una notizia buona e cattiva al tempo stesso. Significava che per un paio di mesi avrebbe dovuto lavorare più del previsto ma forse era l'unico modo per riuscire ad ambientarsi perché, nei primi tempi, lavorare per una nuova stazione televisiva richiedeva sempre un certo adattamento. Questa volta le sarebbe riuscito un po' più difficile del solito perché doveva ambientarsi non soltanto lì, in redazione, ma anche a casa.

«Sei stata molto impegnata oggi?» Rientrando Peter la guardò con aria stanca e un po' distratta e Mel gli sorrise. Lei era tornata a casa alle sette e un quarto ma lui era arrivato ancora più tardi. Ormai erano quasi le otto.

«Sì, parecchio.» Era taciturna, non aveva voglia di parlare. I battibecchi con Paul Stevens la estenuavano.

«E quel tizio... Paul Vattelapesca... ha cominciato a comportarsi un po' meglio?»

Mel sorrise. Chiunque, a Los Angeles, conosceva il nome di Paul, indipendentemente dal fatto che potesse trovarlo simpatico o antipatico. «No. Mi pare, anzi, che sia un po' peggio.»

«Che carogna!»

«E tu? Che cosa mi racconti?» I ragazzi avevano ricominciato ad andare a scuola e, adesso, cenavano alle sei. Mel e Peter, invece, alle otto.

«Ho avuto tre bypass di fila. Ma nel complesso non è stata una giornata particolarmente emozionante.»

«Dovrò fare un'intervista a Louisa Garp. Era la diva più celebre di Hollywood.»

«Davvero?»

«Sì.»

«Quando?»

«La settimana prossima. Ha accettato oggi.» Mel sembrava molto contenta e Peter non le nascose di essere colpito dalla notizia. «Se ben ricordo, c'è stata un'occasione in cui ho intervistato perfino il celebre dottor Peter Hallam.» Sorrise e

Peter si protese a prenderle una mano. Com'erano sempre impegnati adesso, tutti e due! Avevano una professione stressante, che esigeva moltissimo. Peter, tuttavia, si augurava che questo non significasse che non sarebbero mai stati capaci di trovare un po' di tempo da trascorrere insieme. Perché era un genere di vita che non gli piaceva. Avrebbe preferito sapere che sua moglie era lì, a casa, ad aspettarlo. Come, del resto, avrebbe voluto esserci il più spesso possibile anche lui.

«Ho sentito la tua mancanza oggi, Mel.»

«E io la tua.» Purtroppo sapeva, però, come sarebbero stati frenetici i due mesi successivi. Temeva di non riuscire a vederlo quasi più. Ma chissà che, dopo quel periodo così intenso, le cose non si sistemassero.

Erano andati a sedersi nel soggiorno, dopo cena, e stavano chiacchierando quando scese Pam. Peter allungò un braccio verso di lei. «Come sta la mia bambina?» Pam gli venne vicino, sorridendo. «Lo sapevi che Mel farà un'intervista a Louisa Garp?»

«E con questo?» Adesso si mostrava di continuo scostante e dispettosa come se Mel costituisse una vera e propria minaccia nei suoi confronti. Peter non nascose di essere infastidito da quella risposta.

«Non è una cosa molto cortese da dire.»

«Oh, davvero?» Lo stuzzicava, era chiaro, per scendere al litigio ma Mel preferì continuare a tacere. «Be'... e, allora, io oggi ho preso un ottimo nel compito di storia, guarda un po'!»

«Fantastico!» Peter finse di non aver sentito il secondo commento acido sul lavoro di Mel. Ma lei era in collera e, quando la ragazzina se ne andò, si affrettò a farlo capire a Peter. «Che cosa volevi che le dicessi? L'anno scorso la scuola andava a rotoli e c'è stato persino il rischio che dovesse ripetere l'anno... adesso invece viene a raccontarmi che ha preso un bellissimo voto!»

«Che meraviglia! Comunque anche un bel voto non annulla il fatto che è stata maleducata nei miei confronti!»

«Per amor di Dio, Mel, lasciale il tempo di abituarsi.»

Peter era stanco, adesso. La giornata era stata lunga e non gli piaceva l'idea di dover tornare a casa per mettersi a discutere con Mel. «Andiamo di sopra, nella nostra camera, e chiudiamo la porta!» Ma erano appena entrati quando ci piombò dentro Jess e Mel fu costretta a chiederle, con dolcezza, di andarsene.

«Perché?» Sembrava sbalordita.

«Perché non vedo Peter da stamattina e vogliamo parlare.»

«Anch'io non ti ho vista da stamattina.» Si capiva che era rimasta offesa e addolorata.

«Lo so. Però noi possiamo parlare domattina, Jess. A quell'ora, Peter sarà all'ospedale.» Lui era andato in bagno a fare una doccia e Mel cercò di dare un bacio a Jess la quale si tirò indietro.

«Lascia stare. Non importa.»

«Jess, sii buona... non posso farmi in pezzi per accontentare tutti. Dai anche a me un po' di respiro!»

«Già, certamente!»

«Come sta Val?»

«Che cosa vuoi che ne sappia? Domandalo a lei. Con me, adesso, non parla più e tu non hai tempo di parlare con noi.»

«Quello che dici non è giusto.»

«Davvero? E invece è la verità, purtroppo. Devo concludere che lui viene prima di tutto il resto!» E le indicò con un cenno della testa la porta della stanza da bagno.

«Jess, adesso sono sposata. E se fossi stata sposata per tutti questi anni, anche la nostra vita sarebbe stata diversa da com'era.»

«È quello che sto cominciando a capire. Personalmente preferivo quella di prima.»

«Jessie...» Mel si sentiva profondamente angosciata. Guardò con maggiore attenzione la figlia. «Si può sapere che cos'hai?»

«Niente.» Ma le erano salite le lacrime agli occhi. Si lasciò cadere di schianto sul letto di sua madre, cercando di ricacciarle indietro. «Solo che... non lo so...» Scosse la testa disperata e alzò gli occhi verso Mel. «È tutto un po'... la scuola nuova, la camera da letto nuova... non rivedrò mai più nessuna delle mie amiche... devo dividere la camera con Val che è una tale disordinata! E poi... prende sempre la mia roba e non me la restituisce più.» Per lei, questi erano problemi grossi e Mel si sentì commuovere profondamente. «E piange tutto il tempo, anche!»

«Piange?» Era stato sufficiente sentirglielo dire perché Mel si mettesse subito a riflettere. Era vero, in quelle ultime settimane Val non aveva fatto che piangere, adesso che ci pensava meglio... sì, doveva ammetterlo. Forse aveva ragione Peter e Val era malata. «Che cos'ha? Sta bene, Jess, secondo te?»

«Non so. Si comporta in un modo strano. Ed è sempre con Mark.» Mel prese nota mentalmente di parlare di nuovo con i due ragazzi.

«Ci penso io a parlare con Mark e Val.»

«Non cambierà niente. Val è in camera di Mark quasi di continuo.»

Mel aggrottò le sopracciglia. «Le avevo detto molto chiaramente che non doveva farlo.» Ma c'erano parecchie altre cose che Mel le aveva severamente proibito di fare mentre Jess sapeva benissimo che la sua gemella continuava a farle anche se lei non l'avrebbe mai tradita, raccontandolo alla mamma. Mel abbracciò Jessica, allora, e le diede un bacio su una guancia. La ragazza le rivolse un sorriso pieno di tristezza.

«Scusami se, poco fa, sono stata così antipatica!»

«È difficile per tutti, nei primi tempi, ma vedrai che ci abitueremo. Sono sicura che è difficile anche per Pam, Mark e Matt che devono abituarsi a vederci di continuo in casa loro. Cerchiamo di dare a tutti un po' di tempo per adattarsi.»

«Che cos'è tutta questa storia?» Peter era uscito dalla stanza da bagno con un ampio asciugamano di spugna avvolto intorno alla cintola. Sorrise a Jess. «Ciao, Jess. Tutto bene?»

«Certo.» Sorrise e si alzò. Capiva di doverli lasciare soli. Poi, rivolgendosi a Mel, disse ancora: «Buona notte, mamma».

Quando uscì dalla stanza, Mel si sentì il cuore stretto nel

vederla tanto triste. Evitò di parlare con Peter del colloquio che aveva appena avuto con sua figlia ma si accorse che l'indomani, andando a lavorare, aveva il cuore un poco più gonfio. Fra l'altro, c'era anche Paul Stevens da tenere a bada. Quella sera, poi, quando rientrò, Peter la chiamò al telefono. Si era presentato un caso di emergenza del quale doveva occuparsi personalmente. Sarebbe tornato a casa «fra un po'»... ma andò a finire che Mel non lo vide prima delle undici.

Adesso il loro ritmo di vita era diventato vorticoso e sembrava che non sarebbero riusciti a venirne fuori mai più. Per venti giorni Mel fu impegnata di continuo per le famose interviste, dovette affrontare le discussioni con Paul Stevens prima o dopo la trasmissione e sopportare le lamentele di Jessie e Val, alle quali doveva dare ascolto non appena rientrava a casa. La signora Hahn non le aveva lasciate entrare in cucina a mangiare qualcosa. Pam prendeva i loro vestiti, Jess continuava a ripeterle che Val e Mark restavano chiusi quasi sempre a chiave nella camera di lui e, come se non bastasse, oltre a tutto questo, alla fine di gennaio Mel ricevette una telefonata dalla scuola di Matt. Era caduto da un'altalena nel campo-giochi e si era fratturato un braccio. Peter li raggiunse al pronto soccorso dell'ospedale con un ortopedico suo amico e Mel, tentando di scherzare anche se si sentiva estenuata, dichiarò che quella era la prima volta che si vedevano da varie settimane. In quel periodo, infatti, Peter aveva avuto casi di emergenza quasi ogni sera, una serie infinita di interventi di bypass da eseguire e, come se non bastasse, due pazienti in attesa di un trapianto cardiaco, per mancanza di donatori adatti.

«Credi che riusciremo a sopravvivere a tutto questo, Mel?»

Una sera lei era crollata esausta sul letto, nella loro camera. «A volte, non ne sono completamente sicura. Non ho mai fatto tante maledettissime interviste in vita mia come adesso.» Fra l'altro continuava ad avere l'impressione di vivere in una casa che non era la sua e questo non contribuiva certo a sollevarle il morale ma, fino a quel momento, non aveva ancora trovato il tempo di risolvere questo problema. Né tantomeno di affrontare e mettere al suo posto, una volta per tutte, la gelida signora Hahn. «Vorrei liberarmi di lei», ammise finalmente un giorno, parlando con Peter.

«Liberarsi della signora Hahn?» Peter non le nascose di essere scandalizzato. «È qui da noi già da molti anni!»

«Be', rende la vita molto dura a Val e Jess e ti garantisco che non è affatto gentile anche nei miei confronti. Magari questo potrebbe essere il momento giusto per fare un cambiamento.» E ce n'erano molti altri che avrebbe voluto fare in tutta la casa ma non ne aveva il tempo.

«È un'idea completamente folle, Mel » Peter pareva in collera solo a pensarci. «La signora Hahn fa ormai parte di questa famiglia.»

«Anche Raquel faceva parte della nostra eppure sono stata costretta a lasciarla a New York.»

«E te la prendi con me per questo?» Stava cominciando a domandarsi se, quando aveva preteso da Mel che si trasferisse in California, non le aveva chiesto troppo. Adesso si rivelava quasi tutto il tempo testarda e insistente con lui e capiva che il suo nuovo lavoro non la entusiasmava. Guadagnava cifre astronomiche, era innegabile, ma lavorava in condizioni peggiori di quelle alle quali era stata abituata a New York. Come se non bastasse, almeno così Mel diceva, esisteva anche il problema dei suoi rapporti con Paul Stevens, che pareva insolubile. «Tu dai a me la colpa di tutto, vero?» Adesso Peter cercava l'alterco Per motivi assolutamente inspiegabili, proprio quella mattina aveva visto morire un suo paziente al quale era stata fatta un'operazione di bypass, riuscita in modo perfetto.

«Non è vero. Io non ti muovo nessuna colpa.» Mel sembrava sfinita. «La verità è che svolgiamo entrambi una professione impegnativa, che esige moltissimo da noi; abbiamo anche cinque ragazzi e una vita molto complicata. Il mio desiderio è quello di semplificare le cose il più possibile. La signora Hahn, invece, le complica.»

«Può darsi che le complichi a te, ma non al resto della

famiglia.» Guardò Mel con aria truce, incaponito. E Mel dovette dominarsi perché avrebbe avuto voglia di mettersi a urlare.

«Ma non vivo qui anch'io? Ossignore, fra te e Pam...»

«Questa è nuova! Che cosa c'è ancora, adesso?» Le parole di Mel lo avevano colpito in un punto dolente.

«Niente. Però lo sai anche tu che non le va a genio che noi viviamo qui. Anche se me lo aspettavo.»

«Perché tu credi che le tue figlie siano felici e contente di vivere in casa mia? Sei pazza, se ti illudi che sia il contrario. Erano abituate ad averti a loro disposizione di continuo, al cento per cento, e adesso ogni volta che ci chiudiamo nella nostra camera, ci restano male e si sentono tradite.»

«Quanto a questo, non posso farci niente, come tu non puoi cambiare Pam. I ragazzi hanno bisogno di un po' di tempo per abituarsi a tutte queste novità, però devi ammettere che il cambiamento più grosso è stato quello di Jess e Val.»

«Cambiamento, un corno! Lascia perdere. Non dimenticare che Pam ha perso sua madre.»

«Scusami.» Quello di Pam era un argomento intoccabile, quando parlava con Peter, né più né meno come l'altro, non meno sacro, di Anne. Mel si era accorta che, qua e là, era ricomparso qualche ritratto di Anne ma aveva preferito non risollevare la questione. Tra l'altro il suo ritratto a olio era ancora appeso in anticamera

«Dispiace anche a me.»

«No, non è vero.» Mel sarebbe stata più saggia a tagliar corto e a smettere di discutere, ma non ci riuscì, tanto era impermalita. «La verità è che tu ti aspetti che le uniche ad adattarsi, qui dentro, siamo noi.»

«Ti pare giusto quello che dici? Che cosa dovrei fare io, secondo te, allora? Trasferirmi a New York?»

«No», ribatté Mel guardandolo dritto negli occhi. «Traslocare in una casa nuova.»

«Che assurdità!»

«No, non è affatto assurdo. Di' piuttosto che hai paura da morire di ogni cambiamento. Quando sono arrivata io, ogni cosa, qui dentro, era stata lasciata come prima e sembrava che tu aspettassi soltanto di veder tornare Anne. Adesso, invece, mi hai fatto trasferire qui, in quella che è la casa di Anne. Io devo cambiare radicalmente tutte le mie abitudini e tutta la mia vita, tu invece vuoi che ogni cosa resti com'era. Non l'hai ancora capito che, andando avanti così, le cose non possono funzionare?»

«Chissà che, invece, sia il nostro matrimonio che ti pesa, Mel, e non questa casa!»

Disperata, lei lo guardò sbarrando gli occhi. «Saresti pronto a riconquistare la tua libertà?»

Lui si lasciò cadere pesantemente sulla sua poltrona preferita. «A volte, ne sono quasi convinto.» Poi la guardò e le domandò con franchezza: «Per quale motivo vuoi cambiare tutto, Mel? La signora Hahn, la casa... perché non lasciare le cose come stanno?»

«Perché qui è tutto cambiato, che tu voglia ammetterlo o no. Io non sono Anne, io sono io, Mel, e voglio una vita che sia nostra, non presa a prestito da qualcun altro.»

«Ma questa è una nuova vita.» Però non ne sembrava convinto.

«In una vecchia casa. Jess e Val e io ci sentiamo delle intruse, qui dentro.»

«Forse stai solo cercando un pretesto per tornare a New York.» Si era incupito e Mel provò una gran voglia di piangere.

«È questo che pensi?»

«Qualche volta l'ho pensato.» Peter cercava di essere onesto con lei.

«Be', lascia che ti spieghi una cosa. Io, qui, ho firmato un contratto. Se tu e io ci lasciassimo stasera stessa, sarei ugualmente costretta a rimanere qui per due anni, che mi piaccia o no. Non posso tornare a New York.»

«Ed è per questo che mi odi.» Ecco qual era la sua opinione in proposito.

«Io non ti odio né per questo né per altro. Ti amo.» Gli andò vicino, s'inginocchiò accanto alla poltrona. «E voglio che ogni cosa venga sistemata, che tutto funzioni... però, le cose non possono andare a posto da sole! Dobbiamo metterci anche la nostra buona volontà per farle cambiare.» Alzò una mano per fargli una carezza.

«Forse ho pensato...» Gli occhi di Peter si erano colmati improvvisamente di lacrime. Girò di scatto la testa dall'altra parte ma poi tornò a guardare Mel. «Forse mi sono illuso che... avremmo continuato a conservare le stesse cose... avremmo fatto in modo che fossero le stesse...»

«Lo capisco.» Si allungò a dargli un bacio. «E ti voglio bene da morire ma, certe volte, a furia di pensare a talmente tanti problemi contemporaneamente... mi sento girare la testa.»

«Lo capisco.» Bene o male, erano sempre riusciti a rappacificarsi dopo ogni diverbio anche se, in quei giorni, le discussioni si ripetevano di continuo. «Avrei dovuto convincerti a firmare il contratto di New York, Mel. Non è stato giusto da parte mia costringerti a venire qui.»

«Sì, che è stato giusto.» Mel sorrise fra le lacrime. «E, poi, non mi hai costretta a venire in nessun posto. Sono stata io che non volevo più rimanere a New York. Perché desideravo soltanto stare qui con te.»

«E adesso?» Peter aveva quasi paura di quello che Mel stava per rispondergli

«Sono felice di essere venuta qui, con le ragazze. Vedrai che, col tempo, tutto si appianerà.»

Allora Peter la prese per mano e la condusse lentamente, con dolcezza, verso il loro letto. Fecero l'amore, con la passione di sempre, e Mel capì di averlo ritrovato. Non rimpiangeva niente di tutto quello che aveva fatto però lo aveva pagato duramente e, ancora adesso, le difficoltà non erano finite per nessuno. Mel si augurava soltanto che riuscissero a sopravvivere a quel periodo difficile e, con un Peter forte e sicuro al fianco, pensò che, anche se faticosamente, alla fine ce l'avrebbero fatta.

L'unica infelicità dalla quale Peter non poteva proteggerla era quella che le procurava il suo lavoro. In febbraio, una sera, Peter la guardò con maggiore attenzione: Mel era tornata a casa quasi in lacrime.

«Dio mio, se sapessi che razza di carogna è quell'uomo!» Paul Stevens la stava esasperando. «Una di queste sere ti giuro che lo ammazzo, lì sul set, durante la trasmissione.»

«Questa sì che sarebbe una notizia sensazionale!» Le lanciò un'occhiata piena di simpatia e di comprensione. Era un periodo, quello, in cui l'atmosfera, in ospedale, pareva più tranquilla del solito. «Mi è venuta un'idea.»

«Un killer. È l'unica proposta che mi farebbe piacere sentire.»

«No, qualcosa di meglio.»

«Un paio di scarpe di cemento, allora.»

Peter scoppiò a ridere. «Andiamocene a sciare tutti insieme, questo week-end. Ci farà bene. Io non sono di servizio e ho sentito che la neve è favolosa.» Mel non sembrò entusiasta di quell'idea. Il solo pensiero di dover preparare i bagagli per tutti, le faceva venire il capogiro. «Che cosa ne pensi?»

«Non so.» Le dispiaceva non mostrarsi né entusiasta né sportiva tanto più che, almeno da qualche tempo (cosa che capitava di rado) Peter era di ottimo umore. Gli sorrise e lui l'abbracciò. «Va bene.» Se non altro, avrebbero dimenticato per un po' i problemi di casa.

«Affare fatto?»

«Sì, dottore.» Scoppiò in una risata e salì a raccontarlo ai ragazzi ma trovò che Val era a letto con quello che pareva un forte attacco di influenza. Era pallidissima, sonnacchiosa, e quando Mel le toccò la fronte, scoprì che era paurosamente calda. Quanto a Mark, era seduto vicino al suo letto e appariva preoccupato. Tuttavia Mel pensò che quell'attacco di influenza non le sembrava diverso dagli altri che colpivano Val abbastanza frequentemente a New York. Aveva una fibra molto meno forte di quella di Jess. «Ho una buona notizia», disse a Mark e alle ragazze. «Peter ci porta tutti a sciare questo week-end.» Sembrarono contenti ma non scoppiarono in esclamazioni di entusiasmo. Mark pareva molto preoccupato per Val e Jessica, dopo aver lanciato un'occhiata alla sua gemella, sembrò incerta. «Che bellezza!» Val fu la prima a parlare ma la sua voce era incredibilmente fievole.

«Come ti senti, tesoro?» Si mise a sedere sul letto di Val che sussultò violentemente.

«Sto bene. Non è che influenza.»

Mel annuì però continuava a essere preoccupata. «Credi che ce la farai a guarire per il week-end, Val? Avrai voglia di venire a sciare?»

«Certo.»

Allora Mel uscì dalla loro camera e proseguì lungo il corridoio per andare ad avvertire Pam e Matt. Poi tornò indietro con un po' di aspirina e un succo di frutta per Val ed infine scese di nuovo da Peter.

«Sono stati contenti?»

«Mi sembra di sì. Però Val non sta bene.»

«Che cos'ha?» Peter non nascose di essere preoccupato. «Pensi che dovrei andare a darle un'occhiata?»

Mel sorrise ma conosceva troppo bene sua figlia per approvare quell'idea. «Credo che sarebbe un po' imbarazzata se tu lo facessi. Non è che influenza.»

Peter annuì. «Per la fine della settimana si sarà ristabilita.»

«Comunque, credo che la farò visitare da quell'internista di cui mi hai parlato.» Però ogni volta che lo proponeva a Val, la ragazza scoppiava in lacrime insistendo nel dire che stava benissimo. Quando presero l'aereo per Reno alla fine della settimana e si ammucchiarono in un pullmino che li avrebbe portati a Squaw Valley, Val era ancora paurosamente pallida ma non aveva più nessun altro sintomo di malessere. Come se non bastasse Mel, in quel momento, aveva parecchie altre preoccupazioni. Paul Stevens le aveva fatto una scenata sul set, appena prima della trasmissione, la sera precedente alla loro partenza per Reno. Ormai, adesso, andare al lavoro era diventata una vera e propria agonia. Ogni giorno che passava, per Mel la situazione si faceva sempre più difficile; tuttavia era determinata a non cedere neppure di un millimetro dalle proprie posizioni indipendentemente da qualsiasi cosa. Comunque i fine-settimana erano un autentico sollievo, soprattutto lo sarebbe stato la gita sciistica a Squaw Valley.

Peter aveva affittato un pullmino, dove c'era posto per tutti, che venne a prenderli all'aeroporto di Reno. Vi salirono allegrissimi, cantando e ridendo, aiutandosi l'un l'altro con gli sci e il bagaglio. Prima di salire anche lui, Peter si fermò un momento a dare un bacio a Mel e i ragazzi, sporgendosi dai finestrini, si misero a fischiare e a fare un gran chiasso. Persino Pam sembrava di umore migliore di quel che non fosse stata nell'ultimo mese e, quando partirono per Squaw Valley, anche le guance di Val avevano ripreso un po' di colore. All'arrivo tutti erano sempre più allegri, ridevano e scherzavano. Mel fu felice della decisione adottata. Avrebbe fatto un mondo di bene a tutti lasciare Los Angeles e la casa che stava diventando fonte di continue discussioni fra lei e Peter.

Questi aveva trovato un appartamento piccolo, ma accogliente, in un palazzo in condominio dove, con i suoi figli, aveva già alloggiato in precedenza. Per quanto non fosse molto vasto, poteva bastare per tutti. Vi dormirono come avevano fatto nel Messico: le ragazze in una stanza, i ragazzi in un'altra, Mel e Peter nella terza. Per l'ora di pranzo erano già tutti sulla neve, ridendo, urlando, rincorrendosi lungo le discese. Come al solito Mark non mollò Val di un passo. Però sembrava che, fra loro, ci fosse un legame meno frivolo e scherzoso del passato. Quanto a Jess e Pam, si rincorsero subito per le discese più ripide seguite da Matt.

Al termine della prima discesa, Mel si fermò un po' ansante in fondo al pendio e, a fianco di Peter, rimase ad aspettare gli altri. Era una sensazione inebriante respirare l'aria fresca della montagna e trovarsi sulla neve, si sentiva più giovane di quanto non le fosse capitato da molto, moltissimo tempo. Guardò Peter felice e, allungando gli occhi al di sopra della sua spalla, si mise a osservare i loro figli che scendevano dalla collina.

«Sei contenta di essere venuta, Mel?»

Lei lo fissò negli occhi, felice. Peter era più bello che mai, i suoi occhi azzurri splendevano più del solito, aveva le guance rosee e da tutto il suo corpo emanava un'intensa vitalità. «Sai che cosa ti dico? Sei tu che mi fai sentire così felice.»

«Davvero?» Peter aveva preso un'espressione più serena e piena di speranza. Amava Mel con tutto il cuore e non avrebbe mai voluto renderla infelice anche se, purtroppo, di tanto in tanto, era proprio quello che temeva per il solo fatto di averla costretta a venire nell'Ovest e, sia pure indirettamente, di averle imposto di scegliersi un altro lavoro. Un po' come sposare una ragazza conosciuta soltanto per corrispondenza. Sorrise a quel pensiero. «È quello che spero. Se tu sapessi quante sono le cose che vorrei fare con te, che vorrei offrirti!»

«Lo so.» Mel lo conosceva meglio di quanto Peter non credesse. «Ma abbiamo così poco tempo! Chissà che, in seguito, non si riesca anche noi a organizzare meglio tutto.» Purtroppo ci sarebbero sempre state le interviste, i servizi speciali, le trasmissioni che era costretta a fare, come ci sarebbero sempre state persone che avevano bisogno di un trapianto o di un intervento sul cuore. «Se non altro, i ragazzi si sistemeranno.»

«Se fossi in te, non ci conterei molto.» Scoppiò a ridere osservando i loro cinque figlioli che scendevano come frecce verso di loro. Matthew era alla retroguardia, ma non troppo distanziato dagli altri. «Niente male, ragazzi. Vogliamo fare un'altra discesa oppure preferite fermarvi adesso a pranzare?» Avevano mangiato qualcosa durante il volo in aereo e comperato dei panini per il tragitto da Reno a Squaw Valley. Ma, adesso, Jess fu pronta a intervenire nel discorso:

«Credo che Val dovrebbe mangiare qualcosa». Mel fu commossa per il modo pieno d'affetto in cui Jess aveva guardato la sua gemella. Soltanto allora si accorse che Val era molto pallida. Le si avvicinò, sempre sugli sci, e le toccò la fronte. Non aveva febbre.

«Ti senti bene, Val?»

«Certo, mamma.» Ma sembrava assorta, aveva un'espressione un po' vaga, tanto che, durante la risalita in seggiovia, Mel ne parlò di nuovo a Peter.

«Bisogna assolutamente che la faccia visitare da un dottore quando torniamo a casa, anche se dovesse mettersi a piangere e a strillare. Non riesco a capire per quale motivo non vuole assolutamente farsi vedere da un medico che non è quello solito.»

Peter sorrise mentre viaggiavano verso la vetta della montagna, sfiorando le cime di pini maestosi. «Due anni fa ho dovuto accompagnare Pam dal dottore perché a scuola esigevano un check-up degli allievi. Lei ha cominciato a piangere, a dimenarsi, a scappare per tutta la stanza... tanto che non è riuscito a farle l'iniezione antitetanica. La verità è che, anche se sono grandi e grossi, se sembrano adulti e maturi, sono soltanto dei gran bambocci! A volte sembra facile dimenticarlo perché si danno un sacco di arie e cercano di apparire così sofisticati... ma quella non è che la facciata. Sotto sotto, hanno la stessa maturità che potrebbe avere Matthew.»

Dondolando in aria gli sci, allacciati agli scarponi, Mel sorrise. Era d'accordo. «Hai perfettamente ragione per quello che riguarda Val, ma non credo che sia vero per Jessie. Quella ragazza è sempre stata una vera e propria adulta fin dal giorno in cui è nata e si è sempre preoccupata di proteggere sua sorella. A volte ho perfino l'impressione di appoggiarmi anche troppo a lei!»

Peter la guardò e le disse con dolcezza: «In certi momenti e quello che ho pensato anch'io. Da quando siete venute a stabilirvi qui, non mi sembra più la stessa. Pare inquieta, preoccupata. È colpa mia oppure è gelosa di Val e Mark?» Mel non si era accorta che Jessie si era chiusa in se stessa come un riccio e fu stupita che Peter l'avesse notato. Si rese conto che era straordinariamente intuitivo considerando, soprattutto, quanto poco vedeva i ragazzi dal momento che era impegnato quasi tutto il giorno all'ospedale e nel suo studio.

«Credo che siano un po' tutte e due le cose. Era abituata ad avermi a sua disposizione molto più di quanto non capiti adesso. Fra l'altro io sono anche stata impegnata per cercar di sistemare le cose con Pam e Matthew è quello, fra tutti, che ha più bisogno di me. Sono due anni che soffre perché sente una grande mancanza di affetto.»

Peter parve risentito. «Io ho fatto quello che potevo.»

«Lo so! Ma tu non sei una mamma!» Si protese a dargli un bacio e, quando arrivarono sulla vetta, scesero rapidamente dalla seggiovia. Com'era bello avere un po' di tempo per parlare con suo marito! A Los Angeles non lo trovava mai ed erano sempre stanchi da morire tutti e due. Qui, perfino in quelle poche ore dal loro arrivo, Mel pensò di aver ripreso i contatti con Peter e le parve che tutto fosse tornato come prima. Un paio di volte, mentre scendevano lungo il pendio, si voltò a guardarsi alle spalle per essere sicura che anche gli altri li seguissero. Era facile riconoscerli dal modo in cui erano vestiti, e dai colori che portavano. Jessica e Val avevano un completo da sci tutto giallo, Mark era in nero e rosso, Pam vestita di rosso dalla testa ai piedi e Matthew in blu pavone e giallo. Mel portava la giacchetta e il berrettone di pelliccia e un paio di pantaloni da sci neri, Peter indossava un completo elasticizzato, blu scuro.

Verso la fine del pomeriggio entrarono in un caffè a bere una tazza di cioccolata calda; poi continuarono a sciare. Stavolta i ragazzi scelsero una pista diversa da quella di Mel e Peter. Ma, ormai, Mel non aveva più preoccupazioni, erano tutti bravi sciatori e non avrebbero corso rischi, perfino Matthew. Fra l'altro sapeva che, se Pam si fosse dimenticata di suo fratello, Jessie lo avrebbe tenuto d'occhio. Era una delizia sciare al fianco di Peter nell'aria frizzante delle montagne. Durante l'ultima discesa, fecero una gara lungo la pista per vedere chi arrivava per primo in fondo. Peter vinse di parecchie lunghezze e Mel, quando finalmente lo raggiunse, era ansante. Rideva, con il fiato corto. «Sei un campione!» Intanto lo contemplava piena di ammirazione. Peter aveva una grandissima facilità a imparare qualsiasi cosa e riusciva bene in tutti gli sport.

«Purtroppo, non più. All'università, ero nello squadra di

sci ma ormai sono anni che ho abbandonato lo sport agonistico vero e proprio.»

«Sono contenta di averti conosciuto soltanto adesso altrimenti non sarei mai riuscita a tenerti dietro!»

«Anche tu, però, te la cavi discretamente.» Sorrise e le allungò uno sculaccione con il guanto di cuoio. Mel ridacchiò e si baciarono. Poi si tolsero gli sci e si misero ad aspettare i ragazzi in fondo alla discesa. Ebbero l'impressione che quell'attesa durasse molto a lungo ma, alla fine, arrivarono tutti. Mark per primo, poi Jess, Pam, Matt e Val alla retroguardia, stavolta. Pareva che si muovesse molto più lentamente degli altri e che Jess continuasse a voltarsi per vedere dov'era. Mel socchiuse gli occhi, osservandole.

«Ti sembra che stia bene?»

«Chi?» Lui stava osservando Matt che, a quel che pareva, aveva fatto dei progressi straordinari.

«Val.»

«Sta venendo giù subito dopo Mark?» La ragazza aveva un berrettone di lana bianca in testa e Peter non poteva distinguere il colore dei suoi capelli. Così aveva scambiato Jess per sua sorella.

«No, è l'ultima... è rimasta un po' indietro, più su. È vestita come Jess.» Peter guardò meglio e videro tutti e due che la ragazza a volte vacillava per riprendersi subito dopo e continuare la discesa. All'improvviso la videro schivare al pelo altri due sciatori. «Peter...» Mel, istintivamente, si aggrappò al suo braccio, mentre continuavano a osservare Val. «Ci dev'essere qualcosa che non va.» Non aveva ancora finito di parlare che Val eseguì maldestramente un paio di curve, barcollò, riprese l'equilibrio ma, ormai, faceva fatica a stare in piedi. Mentre tutti la osservavano col fiato sospeso crollò di schianto sulla pista, quando era arrivata quasi in fondo. Cadde su un fianco e gli attacchi, per fortuna, si sganciarono liberandole i piedi dagli sci. Adesso era rimasta distesa bocconi sulla neve. Mel accorse, seguita da Peter il quale s'inginocchiò rapidamente vicino alla ragazza svenuta, le sollevò le palpebre, le guardò gli occhi, le tastò il polso e, infine, rivolse uno sguardo a Mel ancora incapace di capire che cosa le fosse accaduto.

«È sotto choc.» Senza aggiungere altro, si tolse la giacca a vento e se ne servì per coprire Val. Istintivamente Jess fece la stessa cosa e consegnò anche la propria a Peter. Tutti gli altri si erano raccolti intorno a Val e la fissavano increduli. Jess le si inginocchiò accanto e le prese una mano. Peter si guardò in giro, augurandosi che la squadra di soccorso, che pattugliava in continuazione le piste, li vedesse e li raggiungesse al più presto. «Qualcuno di voi sa che cosa è successo? Ha fatto una brutta caduta, ha battuto la testa? È possibile che si sia fratturata qualcosa? Oppure che si sia procurata una slogatura?» Mark era stranamente silenzioso. Pam scosse la testa, facendo segno di no, e Matt, scoppiando in singhiozzi, si aggrappò a Mel. Poi, di colpo, dalle labbra di Mel sfuggì un grido. Osservando la figura inerte di sua figlia, aveva notato che una grossa macchia rossa le macchiava il cavallo dei pantaloni da sci e che perfino la neve era rossa, tutt'intorno.

«Peter, oh mio Dio...» Si tolse i guanti e toccò la faccia di Val che era fredda come il ghiaccio. Ma anche tutto il suo corpo, ormai, era gelido e non per il contatto con la neve su cui era distesa.

Peter guardò prima sua moglie e poi la figliastra. «Ha un'emorragia.» Per fortuna, proprio in quel momento arrivò la squadra di soccorso e due robusti giovanotti che portavano al braccio una fascia bianca e rossa s'inginocchiarono accanto a Peter.

«Ha fatto una brutta caduta?»

«No, sono medico. È in piena emorragia. Quanto ci mettete a far arrivare qui una barella?» Uno dei due giovanotti tirò fuori un piccolo walkie-talkie e diede l'allarme precisando la posizione in cui si trovavano in quel momento.

«Dovrebbe arrivare quasi subito.» Infatti, non aveva ancora finito di parlare che, in lontananza, apparve una barella sistemata su una slitta trainata da due uomini muniti di sci. Mel era inginocchiata vicino a Val, che non aveva ancora ripreso i sensi. Le aveva messo addosso anche la sua giacchetta di pelliccia. Ma si stava accorgendo che, malgrado i loro sforzi, le labbra della ragazza diventavano sempre più livide. Lanciò a Peter un'occhiata piena d'angoscia.

«Non puoi fare qualcosa?» Mel lo guardava con occhi colmi di lacrime e di accusa e lui ricambiò quello sguardo quasi disperato. Se l'avessero persa, Mel non gliel'avrebbe mai perdonato. Ma, purtroppo, si sentiva impotente.

«Bisogna che l'emorragia cessi. E si dovrà farle una trasfusione al più presto.» Si voltò verso uno dei soccorritori. «A quanta distanza siamo dal primo posto di pronto soccorso?» Il giovanotto gli indicò il fondo della discesa. Si trovava a meno di un minuto. «Avete del plasma?»

«Sì, signore.» Val era già stata sistemata sulla slitta, lasciando una larga pozza di sangue sulla neve dietro di sé. L'intera famiglia seguì la slitta fino alla piccola baracca.

Peter si voltò di nuovo verso Mel. «Qual è il suo gruppo sanguigno?»

«0, positivo.»

Jessie, a questo punto, era scoppiata in lacrime, come Pam; quanto a Mark pareva che fosse lì lì per svenire. Il prossimo ad aver bisogno della slitta del pronto soccorso sembrava lui! Scaricarono Val dalla slitta il più rapidamente possibile e la portarono dentro. C'era già un'infermiera ad aspettarla ed era stato chiamato un medico. Al momento si trovava su una delle discese impegnato a portare a valle un uomo che si era fratturato una gamba ma Peter si affrettò a sollevare il bacino di Val in modo che rimanesse più alto della testa e l'infermiera lo aiutò a spogliarla. Intanto gli altri erano accorsi intorno al lettino dell'ambulatorio. Cominciarono subito a farle una trasfusione oltre a un'iniezione per endovena ma Val non dava alcun segno di riprendersi. La faccia di Mel era cupa, la sua espressione terrorizzata.

«Mio Dio, Peter...» Sembrava che ci fosse sangue dappertutto, adesso. Mel, di colpo si ricordò di Matthew, il quale stava fissando con gli occhi sbarrati la sorellastra. «Pam, porta fuori tuo fratello.» La ragazzina fece segno di sì con la testa, sgomenta, e uscì. Mark e Jessica rimasero, invece, aggrappati disperatamente l'uno all'altra, mentre Peter e l'infermiera lottavano per salvare la vita di Val.

Il dottore arrivò solo pochi minuti più tardi e aggiunse i propri sforzi a quelli di Peter. Era stata chiamata un'ambulanza perché bisognava portare Val immediatamente in un ospedale. Ormai era chiaro che l'emorragia aveva un'origine ginecologica ma nessuno riusciva a capire quale potesse esserne la causa.

«C'è qualcuno che sa, per caso...» cominciò il dottore e Mark li lasciò tutti allibiti facendosi avanti e parlando con voce tremante.

«Ha avuto un aborto martedì.»

«Ha avuto... che cos'hai detto?» Mel ebbe l'impressione che tutto le girasse intorno mentre fissava Mark con occhi smarriti e Peter fece appena in tempo a sorreggerla prima che crollasse al suolo di schianto, svenuta. L'infermiera corse a prendere i sali ma il dottore continuò a occuparsi di Val. Ormai, però, era evidente che soltanto un intervento chirurgico avrebbe potuto arrestare l'emorragia, e forse neppure quello. Aveva perso sangue in quantità enorme. Peter guardò suo figlio, inorridito.

«Si può sapere chi l'ha fatta abortire in nome di Dio?»

Adesso Mark aveva gli occhi pieni di lacrime. Affrontando suo padre, gli rispose con voce rotta dall'emozione: «Non volevamo andare da nessuno che tu conoscessi e questo eliminava, praticamente, tutti i medici di Los Angeles. Val, però, voleva farlo in una clinica. Così ne abbiamo scelta una di Los Angeles Ovest».

«Oh, per amor di Dio... ti rendi conto che avrebbero potuto ucciderla?» Adesso Peter si era messo a urlare e la sua voce rimbombava nella stanzetta. Mel scoppiò in singhiozzi e Jess si aggrappò a sua madre.

«Sta per morire... o mio Dio... sta per morire...» Jessica, a questo punto, aveva perduto completamente il controllo di sé. La vista della sua gemella in pericolo di vita la sconvolgeva. Tuttavia questo bastò perché Mel riacquistasse tutta la sua lucidità mentale e si rendesse conto di quello che stava succedendo intorno a sé. Si rivolse a Jess parlandole in tono brutale. Adesso la sua voce era l'unica che si sentiva nella baracca. «Non *sta affatto per morire*, mi hai sentito? Non morirà!» Pronunciò queste parole come se volesse levare la sua voce fino a Dio e non soltanto farla udire da coloro che la circondavano. Poi, sempre più infuriata, lasciò Jessie con gli occhi e si mise a fissare Mark. «Si può sapere perché diavolo nessuno di voi mi ha detto niente?» Per tutta risposta ebbe soltanto un silenzio. Già, sarebbe stato troppo aspettarsi da quel branco di ragazzini che glielo venissero a raccontare... allora tornò a rivolgersi a Jess: «E tu! Tu lo sapevi!» Era un'accusa pronunciata con collera.

«Lo sospettavo. Loro, però, non mi hanno mai detto niente.» Adesso, il tono di Jess era furioso come quello di sua madre. «In ogni caso, che differenza avrebbe fatto anche se te l'avessimo raccontato? Sei sempre maledettamente occupata con il tuo lavoro, tuo marito, Pam e Matt. Tanto valeva che ci avessi lasciate a New York, tanto valeva che...» Ma venne ridotta al silenzio da un violento schiaffo che sua madre le allungò in piena faccia e che la fece battere in ritirata, singhiozzando, per andarsi a rifugiare in un angolo della stanza. Intanto, improvvisamente, si era levato in lontananza l'ululato della sirena di un'ambulanza e, pochi attimi più tardi, erano tutti affaccendati a trasportarvi Val. Anche Mel vi salì, insieme con due infermieri.

Peter disse rapidamente a sua moglie: «Io vi seguo con il nostro pullmino». Corse fuori, lasciando gli sci nella baracca. Sarebbero tornati a prenderli più tardi, quello era il minore dei problemi, adesso! Avviò il motore e i ragazzi salirono in silenzio. Jess e Mark davanti, con lui, Pam e Matthew sul sedile posteriore. Nessuno disse una sola parola mentre viaggiavano a gran velocità diretti verso l'ospedale di Truckee. Fu Peter il primo a rompere il silenzio.

«Avresti dovuto dirmelo, Mark.» Aveva parlato con voce pacata mentre cominciava lentamente a immaginare che cosa suo figlio dovesse aver passato.

«Lo so. Papà, ce la farà?».

«Credo di sì, purché facciano in fretta. Ha perso moltissimo sangue ma la trasfusione le gioverà.» Jessica, seduta in mezzo a loro, era ammutolita. Sulla faccia era ancora visibile il segno dello schiaffo che sua madre le aveva dato. Peter, allora, si voltò a guardarla e le sfiorò un ginocchio con la mano. «Vedrai che se la caverà, Jess. A volte le apparenze sono peggio della realtà. Si resta sempre maledettamente impressionati quando si vede tutto quel sangue!» Jessica annuì, ma continuò a tacere. Quando raggiunsero l'ospedale di Truckee, scesero tutti in fretta dalla macchina ma i ragazzi furono costretti a fermarsi nella sala d'aspetto. Soltanto Peter e Mel entrarono nella sala del pronto soccorso con Val, che veniva rapidamente preparata per l'intervento chirurgico. Peter preferì non assistere all'operazione per rimanere con Mel, mentre aspettavano. Era stato chiamato un chirurgo specialista in ginecologia e Peter si augurò che sapesse quello che stava facendo.

A loro avevano detto soltanto che la ragazza era in grave pericolo di vita e che esisteva addirittura l'eventualità che le dovessero fare un'isterectomia. Ma soltanto durante l'operazione avrebbero potuto valutare l'entità del danno. Mel annuì meccanicamente e Peter la condusse fuori ad aspettare con gli altri. Lei preferì tenersi in disparte, il più lontano possibile da Mark, e anche Jess preferì mantenere le distanze. Dopo un po' Peter si avvicinò a suo figlio maggiore, gli diede venti dollari e gli disse di portare gli altri a mangiare qualcosa alla tavola calda dell'ospedale. Mark fece segno di sì e se ne andò, tirandosi dietro tutti gli altri. Ma nessuno aveva realmente fame. Non facevano che pensare a Val sul tavolo della sala operatoria. Quando i ragazzi furono usciti, Mel si voltò verso Peter con le guance rigate di lacrime e gli si abbandonò contro il petto con un gemito di disperazione. Era una scena, quella, che Peter vedeva ogni giorno nelle sale d'aspetto del Center City ma adesso toccava a loro viverla... a Mel... a Val... quanto a lui, era come rivivere tutto quello che aveva provato all'epoca della morte di Anne... Soprattutto provava una grande sensazione d'impotenza. Adesso, però, poteva almeno aiutare Mel. La tenne stretta fra le braccia, mormorandole qualche parola affettuosa per cercare di calmarla.

«Andrà tutto bene, Mel... vedrai...»

«E se non potesse più avere bambini?» Adesso Mel gli singhiozzava convulsamente tra le braccia.

«Se non altro, sarà viva e l'avremo con noi.»

«Perché non me l'ha detto?»

«Credo che avessero paura di parlartene. Volevano cercare di risolvere da soli il loro problema.» Ammirevole, da parte dei ragazzi, ma molto sciocco.

«Ma ha soltanto sedici anni!»

«Lo so, Mel... lo so...» Già da parecchio tempo nutriva il sospetto che Val e Mark, a un certo punto, avessero cominciato a fare l'amore ma non aveva voluto dire niente per non preoccupare Mel. Adesso capiva che la cosa migliore sarebbe stato di parlarne con Mark. Stava pensando a tutto questo quando i ragazzi tornarono e Mark si avvicinò lentamente a Mel e a suo padre. Mel alzò gli occhi a guardarlo, disperata, e continuò a piangere. Mark si mise a sedere e ricambiò quello sguardo, che era pieno dello stesso strazio.

«Non so che cosa dire... mi dispiace... io non ho mai pensato... non le avrei mai permesso di....» Abbassò la testa, chiuso nel suo dolore, scosso dai singhiozzi e Peter si commosse profondamente. Andò ad abbracciarlo e anche Mel lo imitò. Ed ecco che, improvvisamente, si unirono a loro anche Jessica e Pam e Matthew. Era una scena sconvolgente. Il dottore, che stava uscendo dalla sala operatoria, li guardò allibito. Peter, che fu il primo a vederlo, si staccò dagli altri e gli si avvicinò mettendosi a parlare con lui sottovoce mentre Mel li osservava con gli occhi colmi di terrore.

«Com'è andata?»

Il chirurgo fece segno che era andata bene ma Mel continuò a restare con il fiato sospeso. «È stata fortunata. Non abbiamo dovuto asportare completamente l'utero. Ha avuto soltanto un'emorragia spaventosa ma nessun danno permanente. In ogni caso non le suggerirei più di tentare di abortire una seconda volta.» Peter fece segno di sì.

«Grazie.» Gli tese la mano. L'altro chirurgo gliela strinse. «Mi hanno detto che è medico anche lei.»

«Sì, sono cardiochirurgo. Veniamo da Los Angeles.» L'altro chirurgo socchiuse gli occhi, si allungò una pacca sulla fronte e scoppiò in una risata.

«Oh, perbacco! Adesso ho capito chi è! È Peter Hallam, accidenti!» Non stava più nella pelle per l'emozione. Poi scoppiò a ridere: «Come sono contento di non averlo saputo prima di entrare in sala operatoria. Altrimenti adesso sarei qui con i nervi a pezzi!»

«Per carità, che cosa dice! Io non avrei certo potuto fare quello che ha fatto lei!»

«Bene, sono felice di essermi reso utile.» Strinse di nuovo la mano di Peter. «Molto onorato di averla conosciuta.» Peter capì, a quel punto, che non si sarebbe mai fatto pagare l'onorario per l'intervento e gli spiacque perché era stato molto abile e aveva salvato la vita di Val, quella dei suoi futuri figli e, forse, perfino quella di Mark. Si domandò anche se quello che era accaduto avrebbe contribuito a far finire il romanzetto d'amore fra i due ragazzi oppure se li avrebbe avvicinati ancora di più l'uno all'altra. Indubbiamente la tragedia che si era abbattuta sulla sua famiglia era servita a renderla più unita in quell'ultima ora. Infatti, mentre aspettavano che Val si risvegliasse dall'anestesia, avevano ricominciato tutti a mostrarsi un poco più tranquilli. Scambiarono qualche parola, tentarono qualche battuta di spirito, qualche risatina anche se, nel complesso, erano ancora emozionati e commossi. Era stata un'esperienza terribile per tutti da affrontare. Peter riaccompagnò a casa Pam e Matthew, che avevano un'aria distrutta, mentre Mark e Jess avevano insistito per restare con Mel perché volevano essere vicini a Val quando avesse ripreso conoscenza. Peter aveva dovuto faticare non poco a convincere Pam e Matt a tornare a casa.

«Vogliamo vedere Val», aveva piagnucolato Matthew.

«Non te la lasceranno vedere, Matt. E poi è tardi.» Suo padre era stato dolce, ma fermo. «La vedrai domani, se ti daranno il permesso.»

«Ma io la voglio vedere stasera!» Peter lo condusse fuori e Pam li seguì dopo aver dato un'ultima occhiata agli altri che restavano. Quando Peter tornò, Val si era appena svegliata dall'anestesia e l'avevano già riportata nella sua camera. Ma era ancora intontita e faticava a capire quello che le dicevano. Sorrideva ma non pareva completamente lucida. Solo quando vide Mark allungò una mano a cercare quella di lui e gli bisbigliò: «Mi spiace... io...» Poi tornò ad addormentarsi e, un'ora dopo, la lasciarono per tornare a casa. Era quasi mezzanotte e si sentivano tutti esausti.

Mel diede a Jessie il bacio della buona notte, prima di mandarla a letto, e la tenne stretta fra la braccia un momento. Jessica guardò sua madre con gli occhi pieni di tristezza: «Scusami. Mi dispiace di aver detto quelle cose».

«Forse c'è qualcosa di vero. Forse sono stata troppo occupata con gli altri.»

«Siamo tanti, adesso e tu hai tanto da fare! Lo capisco, sai, mamma...» disse con voce incerta, senza concludere la frase perché aveva ricordato altri luoghi, altri tempi... quando non erano mai state costrette a doverla dividere con nessuno.

«Questa non è una scusa che regga, Jess. D'ora in avanti cercherò di far meglio.» Già, ma come? La giornata era sempre di ventiquattr'ore, vero? Come avrebbe fatto a dare a ciascuno quello di cui aveva bisogno, a fare il proprio lavoro e a trovare anche il tempo di respirare? Adesso era la madre di cinque ragazzi, la moglie di un celebre chirurgo e, come se non bastasse, presentava insieme a un collega il telegiornale della sera per una stazione televisiva. Le restava a malapena il tempo per respirare. Sua figlia, invece, l'aveva appena accusata di dedicare più tempo ai suoi figliastri che non a lei e alla sua gemella. Forse era vero, forse Mel ci teneva troppo ad accattivarsi la loro simpatia. Quella sera diede il bacio della buona notte anche a Mark ma quando si trovò a letto con Peter, per quanto fosse stremata, si accorse di non riuscire a chiudere occhio. Rimase sveglia per ore e ore a pensare a quello che Jess aveva detto, a rivedersi davanti agli occhi Val distesa in mezzo alla neve, coperta di sangue. Peter la sentì improvvisamente rabbrividire di fianco a sé.

«Non riuscirò mai a perdonarmi per non aver capito quello che stava succedendo.»

«Non puoi sempre capire né sapere tutto, Mel. Ormai sono quasi degli adulti.»

«Non è quello che hai detto poco fa! Avevi dichiarato che erano tutti dei bambocci, come Matthew.»

«Forse mi sbagliavo.» Era sconvolto al pensiero che suo figlio era stato lì lì per diventare padre. Mark aveva compiuto i diciotto anni in agosto. In fondo, ormai era un uomo. «Capisco che sono ancora dei ragazzi, troppo giovani per fare quello che fanno, innamorarsi, affrontare una gravidanza, decidere di abortire... eppure sono cose che succedono Mel.» Si appoggiò a un gomito e osservò sua moglie. «Hanno cercato di cavarsela da soli, almeno per questo bisogna ammirarli.» No, Mel invece non se la sentiva affatto di ammirarli! «Fra l'altro, qualcosa di quello che Jessie ha detto è vero, sai? Mi sono dedicata troppo a te, a Pam e Matthew e non ho avuto più molto tempo per loro.»

«Adesso hai cinque figli, e una professione, oltre a una casa più grande da mandare avanti. E hai anche me. Si può sapere che cosa pretendi da te stessa, Mel?»

«Ancora qualcosa di più, suppongo.» Ma si sentiva male al solo pensarci.

«Quanto puoi fare più di quello che già fai?»

«Non lo so. Però, sembra che io non faccia abbastanza altrimenti a Val non sarebbe successo niente di tutto questo. Avrei dovuto intuire quello che stava accadendo. Avrei dovuto capirlo senza che nessuno me lo dicesse.»

«Si può sapere che cosa vorresti fare? Rinunciare alla tua professione in modo da fare i turni con le altre madri per portare i ragazzi a scuola in macchina?» Non era certo un'idea molto attraente e lo sapevano entrambi. Ma dopo un po' Mel rispose con una voce ridotta a un bisbiglio: «Però era quello che faceva Anne, o sbaglio?»

«Sì, ma tu e Anne siete donne diverse, Mel. Fra l'altro non

credo che lei si sia mai sentita completamente realizzata, se proprio vuoi che ti dica la verità. La differenza sta nel fatto che tu invece lo sei. E questo ti fa sentire più contenta.» Era una cosa molto bella da dirle e Mel si voltò verso Peter con un sorriso. Erano al buio ma la luna, con i suoi raggi, creava nella stanza un tenue gioco di luci e di ombre.

«Sai che cosa ti dico, Peter? Che mi fai sentire meglio. Per molte, molte ragioni. Ma soprattutto per quello che riguarda me stessa.»

«È quello che speravo. Come tu mi fai sentire meglio per quello che riguarda me. Ho sempre intuito che hai un grande rispetto per quello che faccio.» Respirò a fondo prima di aggiungere: «Anne, in realtà, non mi ha mai completamente approvato». Guardò Mel con un lieve sorriso. «Considerava ingiusti i trapianti. Sua madre era una scientista e lei ha sempre avuto una forma di sfiducia innata verso la professione medica.»

«Dev'essere stato molto duro per te.» Peter non gliel'aveva mai detto e quello che sapeva, adesso, la stupiva.

«Eppure è stato così. Ho sempre avuto la sensazione che lei non mi approvasse fino in fondo.»

«Invece sai, Peter, che con me è tutto il contrario.»

«Certo che lo so. E ha un'enorme importanza per me. Credo che sia stata una delle prime cose che mi sono piaciute quando ti ho conosciuta. Ti rispettavo ma capivo che tu rispettavi me.» Sorrise e le diede un bacio sulla punta del naso. «Poi mi sono innamorato pazzamente delle tue gambe così sexy e dei tuoi occhi da gatta... ed eccoci qui!»

Mel rise sommessamente nel buio, stupita di quanto potesse essere strana la vita, a volte. Solo poche ore prima si era sentita vicina a un attacco di nervi, aveva avuto la certezza di perdere una figlia... e adesso eccoli distesi nell'oscurità a scambiarsi confidenze e riflessioni. Mel, però, si rendeva anche conto di qualcosa su cui prima non aveva mai meditato. Peter e lei erano diventati amici in quegli ultimi mesi, i migliori amici del mondo, né mai, in vita sua, si era sentita in maggiore intimità con qualcuno, uomo o donna che fosse.

Peter era riuscito a far crollare tutte le difese che lei si era costruita intorno con il passare degli anni... e non se ne era neppure accorta! «Ti amo, Peter Hallam, molto, molto di più di quello che tu sappia.» Pronunciate queste parole, sbadigliò e si addormentò di colpo stretta fra le braccia di suo marito. Quando Peter abbassò gli occhi a guardarla, si accorse che Mel stava sorridendo nel sonno.

Capitolo 29

La domenica sera Peter accompagnò Mark, Jessie e Matthew a casa; Mel rimase a Truckee con Val. Avevano disdetto l'appartamento e Mel trovò una camera in un motel. Di lì andava a piedi all'ospedale ogni giorno. Il mercoledì, il dottore disse che Val poteva tornare a casa in aereo con sua madre. Strano a dirsi, furono giorni molto piacevoli per tutte e due: poterono chiacchierare come non facevano da anni. Parlarono della vita, dei ragazzi, di Mark, di sesso e matrimonio, di Peter e della vita di Mel. Quando il loro aereo atterrò a Los Angeles il mercoledì sera, Mel ebbe l'impressione di conoscere Val come mai aveva potuto conoscerla prima. Sperava soltanto di trovare altro tempo da trascorrere con le gemelle sempre più spesso e in tutta tranquillità, senza i traumi che avevano appena subìto.

Val sembrava anche in discrete condizioni psichiche. Era terribilmente addolorata al pensiero di aver dovuto rinunciare al suo bambino ma si era convinta che un figlio, a sedici anni, le avrebbe rovinato la vita. E Mel non poté che trovarsi d'accordo con lei. Un bambino l'avrebbe costretta a cambiare completamente la sua vita e l'avrebbe portata a impegnarsi a un rapporto permanente con Mark mentre, in seguito, una situazione del genere sarebbe potuta risultare pesante. Val aveva finito per ammettere con sua madre che non le sarebbe dispiaciuto se Mark non si fosse sentito legato a lei mentre, da parte sua, capiva di aver voglia di frequentare anche altri ragazzi. Cominciava a essere spaventata dalla piega che avevano preso i loro rapporti perché stavano trasformandosi in un legame troppo impegnativo e non voleva che si ripetesse quello che era già accaduto. Mel non nascose di essere contenta delle decisioni che Val aveva preso. Poteva essere una dura lezione, questa, e le sarebbe stata utile per il resto della sua vita. D'ora in poi Val non si sarebbe lasciata coinvolgere in una relazione amorosa così impegnativa senza pensarci seriamente. Mel era desolata pensando a quello che Val aveva passato. Sua figlia le aveva descritto l'aborto subìto e Mel era rimasta meravigliata che avesse avuto tanto coraggio, e gliel'aveva anche detto.

«Io non credo che sarei stata capace di farlo.»

«Mi sembrava di non avere altra scelta. E, poi, c'era Mark con me.» Aveva cercato di non dare importanza a quello che era successo, era come se, con una scrollatina di spalle, potesse dimenticarsene. Ma sapevano tutte e due che non ci sarebbe mai riuscita. Mentre Val le raccontava quello che aveva passato, Mel l'aveva presa tra le braccia piangendo con lei.

«Come mi dispiace, bambina.»

«Anche a me, mamma... se tu sapessi che tristezza...» Era ritornata a Los Angeles cambiata e Mel si era accorta che quella sera, a cena, si era messa a trattare Mark quasi come un fratello e non le era sembrato che a lui questo facesse dispiacere. Era già intervenuto fra loro un impercettibile mutamento e per il meglio. Anche Peter l'aveva notato e ne accennò a Mel più tardi. «Lo so», rispose lei, assentendo. «Comincio proprio a credere che la loro meravigliosa storia d'amore sia finita.»

«Meglio così!» Peter sorrise ma era stanco. Aveva avuto una giornata molto lunga. Era stato in sala operatoria per cinque ore quella mattina. Tornando in città si era trovato davanti la dura realtà dei fatti e una montagna di lavoro che lo aspettava al Center City. «Adesso possiamo sguinzagliarlo per il circondario e augurargli ogni fortuna! Non mi ero mai reso conto che angoscia fosse avere delle figlie!» Anche se non gli erano mancate le preoccupazioni per Pam, erano di un genere completamente diverso da quelle che dava Val, con quel suo corpicino così sexy. «Un vero peccato che non sia brutta.»

Mel scoppiò a ridere. «A chi lo dici! Sono anni che mi fa venire i capelli grigi!»

L'indomani, però, si accorse che rischiavano di farglieli venire anche in redazione. Paul Stevens aveva combinato un sacco di guai durante la sua assenza. Mel aveva chiesto un permesso per malattia della durata di tre giorni e, tornando negli studi televisivi il giovedì mattina, si era accorta che lui aveva fatto di tutto per sabotarla, professionalmente parlando. Per fortuna il produttore, sapendo che odiava Mel con tutte le sue forze, aveva capito a che cosa Stevens mirasse e quindi, in conclusione, il danno non era stato grave come si poteva temere. Però Mel era rimasta profondamente avvilita quando le avevano riferito i pettegolezzi che aveva fatto circolare su di lei. Stevens aveva sparso la voce che lei si era comportata come una sgualdrina a New York, dove tutti la detestavano cordialmente perché era riuscita a far carriera e ad arrivare al successo andando a letto con gli uomini che potevano esserle utili. Mel, quella sera, riferì a Peter queste, e tutte le altre malignità che Paul era riuscito a inventare. Lui diventò livido per la collera.

«Figuriamoci, quella carogna... quel figlio di puttana...» Strinse i pugni, furibondo, e Mel ebbe un sorriso stanco di fronte a quella reazione.

«Sì, è un vero e proprio bastardo!»

«Mi spiace che tu debba sopportare una simile indegnità!»

«Anch'io. Ma non c'è niente da fare.»

«Si può sapere perché ti odia in questo modo?»

«Be', innanzitutto perché trova ingiusto che io guadagni così tanto più di lui e poi forse perché non vuole dividere la sua celebrità con un'altra persona. Erano anni che non aveva più un collega al suo fianco, durante le trasmissioni. Faceva tutto da solo. E adesso vorrebbe continuare così. D'altra parte, per me è stata la stessa cosa ma io ho pensato che, qualche volta, bisogna sapersi adattare alle circostanze. Figurati se non sarei ben felice di potermi liberare di lui, ma capisco che sarebbe solo fatica sprecata.»

«Peccato che anche lui non pensi la stessa cosa!»

Le cose continuarono così per tutto il mese successivo ma erano peggiorate a tal punto che, adesso, Mel non si sentiva più in piena forma come al solito. Soffriva di mal di testa, aveva sempre lo stomaco che le doleva, come se fosse stretto da una morsa, e vedeva con terrore il momento di recarsi in redazione. Faceva sempre più interviste, se non altro per restarne lontano il più possibile ma, in quei giorni, cercava anche di passare più tempo di prima con le ragazze, in particolare con le gemelle. Le accuse che Jessica le aveva lanciato all'epoca dell'aborto di Val non erano state sottovalutate. La ragazza aveva accusato sua madre di interessarsi più ai figli di Peter che a loro, tanto che adesso Mel stava cercando di riequilibrare le cose. Però capiva che, in questo modo, Pam poteva sentirsi messa in disparte. Non le era sfuggito, infatti, come, ogni volta che poteva, riuscisse a far schierare dalla propria parte la signora Hahn. Per evitare tutto questo, Mel adesso, non appena era possibile, tentava di includere anche Pam in ogni programma delle gemelle, ma era difficile accontentare tutti. Fra l'altro, negli ultimi tempi, Mel aveva cominciato a sentirsi così male che faticava a non trascurare se stessa per badare gli altri. Un giorno, era fuori a far spese con Matt quando, a un certo punto, dovette cercare un posto dove mettersi a sedere per riprendere fiato. Si sentiva girare la testa e aveva una tale nausea che, per un attimo, ebbe paura di svenire nel negozio in cui si trovava. Fece promettere a Matt di non parlarne a suo padre ma il bambino era rimasto talmente impressionato che si affrettò a raccontarlo a Jess, la quale lo riferì immediatamente a Peter non appena arrivò a casa. Peter osservò con aria pensierosa

Mel durante tutta la cena e, più tardi, gliene parlò.

«Ti senti poco bene, Mel?»

«No, perché?» Ma si era girata di scatto dall'altra parte in modo che Peter non potesse vederla bene in faccia.

«Non so. Un uccellino mi ha detto che, quest'oggi, non eri in gamba come al solito.» La stava osservando con espressione preoccupata quando lei tornò a voltarsi.

«Che cosa ti ha detto esattamente quell'uccellino?» Voleva scoprire fino a che punto Peter sapesse com'erano andate le cose.

«Che sei quasi svenuta in un negozio.» La costrinse a sedersi sul letto, vicino a lui, e la guardò attentamente. «È vero, Mel?»

«Più o meno.»

«Che cosa c'è che non va?»

Lei sospirò, abbassando gli occhi. Poi li rialzò per guardarlo: «Quello stronzo di Paul Stevens, se continua così, finirà per farmi impazzire! Non mi meraviglierei che mi fosse venuta l'ulcera per la rabbia. Ed è già qualche settimana che mi sento ridotta a uno straccio!»

Peter la guardò preoccupato. «Mel, mi prometti che andrai a farti visitare?»

«D'accordo», sospirò lei, ma sembrava incerta. «Non so come farò a trovare il tempo.»

Lui l'afferrò per un braccio. «Cercalo!» Aveva già perso una moglie, non sopportava il pensiero di perderne un'altra. «Parlo sul serio, Mel! O tu vai da un medico a farti visitare altrimenti ti costringo a entrare in ospedale per un check-up.»

«Non dire sciocchezze. Ho soltanto avuto un capogiro.»

«Avevi mangiato?»

«Veramente, no.»

«Allora avrebbe potuto essere anche quello! Comunque voglio che tu ti faccia visitare.» Intanto si era accorto che Mel era dimagrita, aveva la faccia tirata e sembrava molto pallida. «Hai un aspetto da far spavento!»

«Grazie tante. Come sei gentile!»

Lui si allungò a prenderla per una mano. «Sono semplicemente preoccupato per te, Mel.» L'attirò vicino a sé. «Se tu sapessi come ti amo! Allora... vuoi fare una telefonata al dottore, domani, e andare a farti visitare?»

«Va bene, va bene!» L'indomani mattina Peter le mise in mano un elenco di nomi di internisti e specialisti. «E tu vorresti che andassi a farmi visitare da tutti?» Sembrava inorridita e Peter sorrise.

«Un paio basteranno. Perché non cominci con Sam Jones, l'internista, e lasciamo decidere a lui se devi farti vedere anche da qualcun altro?»

«Perché non mi fai entrare addirittura nella clinica Mayo per un ckeck-up di una settimana?» Lo prendeva in giro, ma Peter si rifiutò di trovarla spiritosa. Quella mattina Mel aveva un aspetto ancora peggiore della sera prima.

«Guarda che potrei anche farlo!»

«Non pensarci neppure!»

Fissò un appuntamento con Sam Jones per quello stesso pomeriggio. In genere avrebbe dovuto aspettare almeno un mesetto ma quando spiegò alla sua infermiera chi fosse e disse il suo nome, le trovarono miracolosamente posto per quel giorno stesso. Andò da lui alle due, perché doveva essere in redazione alle quattro e Jones sfruttò ogni minuto che aveva a disposizione per farle un prelievo sanguigno, l'esame delle orine, farsi raccontare la sua storia, dal punto di vista clinico, auscultarla, misurarle la pressione del sangue e visitarla dalla testa ai piedi.

«Bene, da quello che ho potuto vedere finora, mi sembra che lei non abbia niente. Magari sarà un po' stanca ma fondamentalmente è sana. Però aspettiamo di sapere quello che ci diranno gli esami di laboratorio. È molto tempo che si sente così giù di corda?» Allora Mel gli spiegò tutti i sintomi che aveva avuto, quel vago senso di nausea che l'affliggeva, i mali di testa, le pressioni che la sua professione le imponeva, e gli parlò del trasferimento da New York, del cambiamento di lavoro, dell'aborto di Val, del suo matrimonio spiegandogli che aveva dovuto abituarsi a una vita nuova con i figli di suo marito mentre continuava a vivere in una casa di cui non si sentiva ancora la padrona e dove era tutt'ora presente il fantasma della defunta moglie di Peter.

«Basta! Si fermi!» Il dottor Jones si abbandonò contro lo schienale della poltroncina con un gemito prendendosi la testa fra le mani. «Comincio ad avere la nausea anch'io. Credo che sia stata lei stessa a fare la propria diagnosi, cara amica. Ho l'impressione che non abbia nessun bisogno di me. Ma piuttosto di un mese e mezzo di riposo al mare, su una bella spiaggia!»

Mel gli rispose. «Come lo vorrei! Ma io l'avevo detto a Peter che era soltanto una questione di nervi.»

«Forse ha ragione.» Le offrì dei sedativi e alcune pastiglie di sonnifero, ma Mel le rifiutò tutte. E quando rivide Peter, alla sera, gli riferì parola per parola, quello che Sam Jones aveva detto.

«Lo vedi che non ho niente? Sono semplicemente sopraffatta dal troppo lavoro.» Questo, comunque, lo sapevano già tutti e due, ma Peter continuò a sembrare poco convinto. Secondo lui, le cautele non erano mai troppe quando c'era di mezzo la salute di sua moglie, e Mel lo sapeva.

«Prima vediamo quello che dicono gli esami di laboratorio.»

Mel alzò gli occhi al cielo, esasperata, e andò a mettere Matthew a letto. Pam stava ascoltando il suo stereo e le gemelle erano in camera a fare i compiti. Mark era uscito. Qualche giorno prima Mel aveva saputo, per via indiretta, che Mark aveva una nuova ragazza, una matricola dell'università, ma sembrava che la notizia avesse lasciato Val completamente indifferente. Adesso c'era un ragazzo nella sua classe che, secondo lei, era «proprio simpatico» e anche Jessica aveva trovato, finalmente, qualcuno che le piaceva: un ragazzo che l'aveva già invitata ad andare al cinema un paio di volte. Almeno per il momento, tutto andava per il meglio. Tornò da Peter con un sospiro felice. «Tutto tranquillo sul Fronte Occidentale!» Gli riferì quello che i ragazzi stavano facendo e Peter le parve soddisfatto. Finalmente la vita della sua famiglia stava rientrando nella normalità. Ma nessuno dei due era preparato alla notizia che ricevettero l'indomani.

Mel si era dimenticata di telefonare al dottor Jones prima di uscire per recarsi in redazione e, quando rientrò, trovò un messaggio. Jones la pregava di richiamarlo. Peter, che era rientrato prima di lei, gli aveva già telefonato ma Sam, per quanto fosse un vecchio amico e un collega, non aveva voluto dirgli niente. «Fammi telefonare da tua moglie appena torna a casa, Pete.»

«Per amor di Dio, Sam, qualcosa che non va?» Era terrorizzato ma Jones non cedette tanto che Peter, appena Mel entrò in casa, l'aggredì con un: «Chiama subito Jones!»

«Adesso? Perché? Sono appena entrata. Posso almeno togliermi il cappotto?»

«Per amore di Dio, Mel...»

«Gesù benedetto!» Accorgendosi che Peter era angosciato, cominciò a domandarsi se le nascondeva qualcosa. «Che cosa è successo? C'è qualcosa di grave?»

«Non so. Non ha voluto dirmi niente.»

«Perché? Gli hai telefonato tu?» Sembrava irritata.

Peter glielo confessò: «Sì. Ma non ha voluto dirmi una parola».

«Bene.»

«Per amor di Dio...»

«Va bene, va bene! Calma.» Compose all'apparecchio il numero di casa che il dottore le aveva lasciato e la signora Jones andò a chiamare il marito. Peter continuava a girellare intorno al telefono ma Mel gli fece segno di andarsene. Quando il dottore venne all'apparecchio, si scambiarono i soliti convenevoli prima di arrivare al motivo della sua chiamata.

«Non volevo dirlo a Peter prima di averlo detto a lei!» Aveva preso un tono molto grave e Mel rimase con il fiato sospeso. Forse Peter aveva ragione. Forse era malata, malata sul serio. «Lei è incinta, Mel. E ho pensato che avrebbe avuto piacere di dirlo personalmente a Peter.» Il dottor Jones pareva raggiante, all'altro capo del filo, mentre Mel era rimasta allibita. Per un attimo sulla faccia le comparve un'espressione di smarrimento mentre fissava il vuoto con gli occhi sbarrati e Peter, che la stava osservando con ansia, si convinse che doveva trattarsi di cattive notizie. Si lasciò cadere lentamente su una sedia e rimase in silenzio fino a quando Mel non riattaccò.

«Allora?»

Adesso era difficile sfuggirgli. Perché, dalla sedia su cui si era seduto, non la mollava con gli occhi.

«Che cosa ha detto?»

«Niente di particolare.»

«Balle!» Peter si alzò in piedi di scatto. «Che cosa credi? Che non abbia visto la tua faccia? Allora... me lo dici, sì o no? Oppure preferisci che lo richiami?»

«Non ti dirà niente.»

«Figuriamoci!» Peter, a questo punto, stava per perdere le staffe. Quanto a Mel, lo choc era stato tremendo. Fissò per un attimo suo marito con aria sbalordita e si alzò.

«Perché non andiamo a parlare nel tuo studio?» Lui non disse una parola ma la seguì e, quando furono entrati, chiuse subito la porta. Mel si mise di nuovo a sedere e ricominciò a guardarlo con gli occhi sgranati. «Non riesco a capirlo.»

«Prova a ripetermi quello che ti ha detto e cercherò di spiegartelo, Mel. Ma, per amor di Dio, dimmi se si tratta di qualcosa di grave.»

Questa volta, lei sorrise. Peter si stava aspettando chissà quali complicazioni dai risultati delle analisi e invece non c'era niente di complicato in quello che Jones le aveva detto. L'unica a essere complicata, d'ora in avanti, sarebbe stata la sua vita. «Sono incinta.»

«*Come hai detto? Che cosa sei*?» La guardò incredulo. «No, non è vero.»

«Sì, è verissimo invece.»

Lui si mise a ridere. «Be'... sono senza parole! Sei sicura?»

«Certo.»

Aveva ancora l'aria un po' intontita di chi ha preso una

botta in testa e Peter le corse vicino e la prese fra le braccia.

«Erano anni che non ricevevo una notizia così bella!»

«Dici sul serio?» Mel sembrava ancora sotto choc.

«Sì, perbacco!»

«Per amor di Dio, Peter, in questo momento non ci voleva proprio. Siamo già sommersi da tutte le responsabilità che abbiamo. E un bambino? Adesso? Io ho trentasei anni, sai? Fra me e te, per di più, abbiamo già cinque figli...» Pareva inorridita a quel pensiero e Peter rimase allibito.

Cercando di conservare la calma, le domandò: «Avresti intenzione di abortire?»

Gli occhi di Mel erano fissi nel vuoto. Stava ricordando tutto quello che Val le aveva raccontato della sua esperienza nella clinica in cui era andata ad abortire con Mark. «Non so. Non so se posso.»

«In tal caso non hai nessuna decisione da prendere, ti pare?»

«Fai tutto semplice, tu!» Lo guardò con gli occhi pieni di tristezza. «Non è semplice come pensi.»

«Certo che lo è! Nel tuo contratto c'è anche la clausola della maternità. Me l'hai detto tu!»

«Ossignore! Me n'ero dimenticata.» A questo punto scoppiò a ridere perché le era venuto in mente che, al momento della firma del contratto, si era molto divertita a quell'idea. Cominciò a ridere sfrenatamente, senza riuscire a fermarsi, e Peter le baciò una guancia e andò a prendere una bottiglia di champagne dal suo bar personale. Ne fece saltare il tappo, ne riempì una coppa per tutti e due e alzò la propria in un brindisi.

«A noi.» E poi: «Al nostro bambino».

Mel ne bevve un sorso e depose rapidamente la sua. Le aveva dato, di colpo, il voltastomaco. «No, non posso.» Era diventata livida davanti agli occhi di Peter il quale si affrettò a deporre la propria coppa e le corse vicino.

«Tesoro, non ti senti bene?»

«No, adesso è passato.» Sorrise appoggiandosi contro di lui, ancora incapace di valutare fino in fondo tutta l'ironia della situazione. «Ho due figlie che hanno quasi diciassette anni e sono incinta. Riesci a rederci...?» Ricominciò a ridere. «Non capisco neppure come può essere successo a meno che tu non abbia fatto un buco nel mio diaframma!»

«Che cosa vuoi che importi? Consideralo come un dono.» Guardò sua moglie con aria grave. «Mel, io affronto la morte ogni giorno, lotto con lei, la detesto, cerco di essere più furbo di lei mettendo cuori di plastica nel petto dei miei pazienti, valvole di maiale, o valvole di pecora, faccio i trapianti, faccio tutto quello che posso per truffare questa vecchia, temibile Morte che è sempre lì a guardare quello che faccio al di sopra della mia spalla. E adesso eccoci qui... A noi il prezioso dono della vita è stato offerto gratuitamente. Sarebbe un delitto non apprezzarlo.»

Mel annuì senza parlare, commossa da quello che Peter aveva detto. Quali motivi aveva lei di mettere in dubbio il valore di un simile dono? «Che cosa diremo ai ragazzi?»

«Che aspettiamo un bambino e tutti saranno felici e commossi. Perdio, se penso che avevo paura che tu fossi malata!»

«Anch'io!» Sorrise, sentendosi meglio, adesso che era riuscita a mettere la coppa di champagne a una certa distanza dalle proprie labbra. «Sono felice che non sia così.»

«Non puoi essere felice neanche la metà di quello che sono io, Mel. Non potrei vivere senza di te.»

«Be', almeno per il momento puoi toglierti questo pensiero.» A quel punto arrivò Matthew il quale si mise a bussare alla porta per avvertirli che era l'ora di cena. Ma prima di passare in sala da pranzo, Peter convocò tutta la famiglia nel soggiorno e fece un discorsetto.

«Abbiamo una cosa bellissima da comunicarvi.» Peter era raggiante mentre guardava Mel.

«La settimana prossima andiamo a Disneyland!» interloquì subito Matt e tutti scoppiarono a ridere. Poi anche gli altri cercarono di indovinare di che cosa si trattava. Secondo Mark avrebbero finalmente costruito il campo da tennis; Pam era dell'opinione che avevano deciso di comperare uno yacht mentre le gemelle optavano per la *Rolls-Royce* e un viaggio a Honolulu, un'idea, questa, che tutti approvarono ma, ogni volta, Peter faceva segno di no con la testa.

«Nossignori. Non è proprio così. Anche se l'idea di Honolulu mi pare molto carina Chissà che non ci possiamo andare a Pasqua. No, abbiamo qualcosa di molto più importante di tutto questo da dirvi.»

«Allora, papà, perché ci fai sospirare?» Matthew moriva dalla voglia di sapere di che cosa si trattava e Peter si decise a parlare guardandolo dritto negli occhi.

«Avremo un bambino, Matt.» Poi passò lo sguardo su tutti gli altri. Anche Mel si era messa a osservarli ma né lei né Peter si aspettavano una reazione simile dai ragazzi, né più né meno come non si erano aspettati che quello fosse il risultato delle analisi di laboratorio fatte da Sam Jones.

«Voi... cosa? Come hai detto?» Pam era scattata in piedi, visibilmente inorridita, e si era messa a fissare Mel piena di incredulità. «È la cosa più disgustosa che mi sia mai capitato di sentire!» Dopo aver pronunciato queste parole scoppiò in lacrime, uscendo di corsa. Matthew li guardò con le labbra che gli tremavano.

«Non abbiamo bisogno di un altro bambino in questa casa. Siamo già in cinque.»

«Ma potrebbe diventare un simpatico compagno di giochi, Matt.» Peter lo guardò e si accorse che gli occhi del bambino erano pieni di lacrime. «Gli altri sono tanto più grandi di te!»

«A me piaceva tutto come è adesso!» Seguì sua sorella fuori dalla stanza e Mel si voltò verso le gemelle. Anche Val si stava sciogliendo in lacrime.

«Non aspettarti che io sia contenta, mamma.» Era balzata in piedi anche lei, scossa da un respiro affannoso. «Due mesi fa ho ucciso il mio bambino e adesso non potrai illuderti che io mi dimostri felice e contenta a sentirti dire che ne aspetti uno tu, vero?» Anche lei uscì in lacrime e Mark si strinse nelle spalle. Perfino lui non pareva convinto che fosse stata una bella idea. Quanto a Jessica, si limitò a fissarli con gli occhi sbarrati, visibilmente sconvolta. Era come se sapesse che avevano già un fardello molto pesante da portare sulle spalle, come se non riuscisse a capire perché non avevano preso in considerazione il fatto che questo nuovo bambino lo avrebbe reso ancora più greve. Il peggio di tutto era che Mel stava cominciando a pensare che sua figlia avesse ragione. E, intanto, anche Jessica li aveva lasciati con il pretesto di voler andare a vedere, di sopra, che cosa faceva la sua gemella. Mark era già sparito per conto suo. Peter e Mel si trovarono soli nella stanza. Mel si asciugò le guance rigate di lacrime.

«Bene, così siamo a posto!»

«Si adatteranno all'idea.» Peter circondò con un braccio le spalle di sua moglie e, alzando gli occhi, si accorse che Hilda Hahn era apparsa sulla soglia della stanza e li stava fissando.

«La cena diventa fredda.» Aveva l'aria truce e Mel si alzò, senza nascondere di sentirsi molto depressa. I ragazzi avevano accolto con visibile malcontento la prospettiva di un altro bambino e, come se non bastasse, lei continuava ad avere una quantità di problemi in redazione. Al momento le sembrava di avere di fronte una montagna di questioni insolubili e che non ce l'avrebbe mai fatta ad affrontarle tutte. Con il cuore pesante, entrò in sala da pranzo. Poi si accorse che la signora Hahn la fissava.

«Non ho potuto fare a meno di sentire anch'io la notizia.» Il suo forte accento straniero aveva sempre dato fastidio a Mel che lo trovava duro, privo di dolcezza e di calore, a differenza di quello di altre donne tedesche che aveva conosciuto. «Non è pericoloso avere un bambino alla sua età?» le stava domandando sempre con gli occhi fissi su di lei.

«Niente affatto...» e Mel le rivolse un sorriso melato «... ho soltanto cinquantadue anni», ben sapendo che la signora Hahn ne aveva cinquantuno. Peter non poté trattenere un sorriso. Adesso tutto quello che Mel diceva per lui era come oro colato. Quanto ai ragazzi, non gli importava il loro giudizio. Era felice e commosso e voleva che Mel lo capisse. Tuttavia lei non riuscì a inghiottire un solo boccone perché non faceva che pensare ai ragazzi e al modo in cui avevano reagito alla notizia. Anzi, andò di sopra a cercarli ma tutte le porte delle loro camere erano chiuse e non ricevette, in nessuna di esse, un'accoglienza gentile e affettuosa. Quando ridiscese nella loro camera, Peter insistette perché si sdraiasse sul letto. Lei rise, prendendolo in giro: «Per amor di Dio, sono incinta soltanto da quattro o cinque settimane».

«Non ha importanza! È meglio che tu cominci a prendere le cose con calma fin dall'inizio.»

«Proprio come abbiamo fatto giù, nel soggiorno, qualche ora fa, vero?» Sospirò, sdraiandosi sul letto. «Che accoglienza abbiamo avuto, eh?» La reazione dei ragazzi l'aveva ferita profondamente perché la faceva sentire sola, non desiderata né protetta.

«Bisogna dargli tempo. Gli unici ad avere un valido motivo per restare sconvolti sono Val e Matt, ma sono sicuro che sopravviveranno allo choc sia l'uno sia l'altra.»

«Povero Matt.» Mel sorrise pensando a lui. «Vuole essere lui il nostro bambino e non posso dargli torto.»

«Magari la nostra sarà una femminuccia!» Peter sembrava estasiato a quell'idea e Mel si lasciò sfuggire un gemito.

«No, non un'altra femmina! Ne abbiamo già tre.» Però si stava già abituando all'idea di essere in attesa di un figlio, anzi le sembrava qualcosa di miracoloso. Continuarono a parlare per ore e ore, quella notte, e l'indomani mattina, prima di uscire, Peter la baciò con tenerezza. Tuttavia non appena Mel scese a colazione e trovò a tavola Matt, Pam e le gemelle, le parve di essersi avventurata in campo nemico. Li guardò ben bene, uno dopo l'altro, e si sentì cogliere dalla disperazione. No, non si sarebbero mai adattati a quell'idea.

«Mi spiace che abbiate preso la notizia in questo modo.» Val non la guardava neppure e Jess sembrava depressa e avvilita. Quanto a Matthew non mangiò un solo boccone lasciando intatto tutto quello che aveva davanti e quando, infine, Mel riuscì a incontrare lo sguardo di Pam, rimase terrorizzata da quello che vi lesse: c'erano odio e furore, insieme a paura, in quegli occhi. Come se Pam cercasse di scappare lontano di lì, di ritirarsi, almeno spiritualmente, in un luogo in cui Mel non potesse raggiungerla.

Di tutti, era visibilmente la più turbata. Mel cercò di parlarle di nuovo, quel giorno, quando tornò a casa da scuola, ma non appena tentò di entrare nella sua camera, Pam le chiuse la porta in faccia e diede un giro di chiave. E per quanto Mel bussasse ripetutamente per farsi aprire, non cedette.

La loro diventò una casa dominata dal dolore, dall'offesa, dalla collera. Era come se ogni persona della famiglia volesse punirla, a modo proprio: Mark non era mai a casa, adesso, con grande disperazione di suo padre; le gemelle si tenevano alla larga dalla mamma ed evitavano il più possibile di parlarle; Matt non faceva che piagnucolare e cominciava ad avere qualche difficoltà anche a scuola. Quanto a Pam, la sua reazione fu quella di troncare completamente i rapporti con il resto della famiglia e di marinare la scuola. Mel venne avvertita per telefono per ben quattro volte, in altrettante settimane, che Pam era scomparsa dopo la prima ora di lezione e quando provò a parlarne con la ragazzina, questa alzò le spalle, salì nella propria camera e chiuse a chiave la porta. Poi commise un'azione ancora peggiore, inutile e cattiva, quella di appendere il ritratto di sua madre, sfacciatamente, sul letto di Mel e Peter. Quando Mel tornò a casa e lo vide, trasalì.

«Ma... lei non l'ha vista fare una cosa simile?» domandò alla signora Hahn mentre le mostrava il ritratto di Anne che stringeva fra le mani tremanti.

«Io non ho visto niente, signora Hallam.» Mel capì che la donna mentiva. Quando, poco tempo dopo, le telefonarono di nuovo dalla scuola di Pam, per dirle che la ragazza non si era fatta vedere alle lezioni, decise di rimanere a casa, quel giorno, e di aspettare il suo ritorno. Alle quattro del pomeriggio, Pam non si era ancora vista. Questa volta Mel cominciò addirittura a pensare se non ci fosse di mezzo qualche ragazzo. Alle cinque, si presentò, tranquillissima, con uno strano sorriso, visibilmente divertita dal fatto che Mel l'avesse aspettata tutto il giorno. Quando la guardò più attentamente, Mel capì che Pam era sotto l'influsso di una droga, doveva aver fumato l'erba. Dopo averle detto chiaramente quello che pensava, le ordinò di salire immediatamente in camera sua e uscì per andare al lavoro. Più tardi, avvertì Peter dei suoi sospetti.

«Ho i miei dubbi, Mel. È una cosa che non ha mai fatto.»

«Dammi ascolto. Credi a quello che ti dico.» Peter, invece, scosse la testa. Non riusciva a credere a sua moglie e, quando interrogò Pam, la ragazzina negò recisamente tutto quello che Mel aveva detto. Pam stava cominciando a provocare un aspro contrasto tra loro e Mel si accorgeva che, adesso, rischiava di perdere il suo unico alleato. Peter prendeva sempre le parti di Pam contro di lei. La sua casa era piena di nemici, anzi non era più neppure la sua casa, soprattutto da quando Peter si era messo a prender le difese della figlia. «Peter, sono sicura che deve aver fumato l'erba... Lo capisco, io!»

«Non ci credo.»

«Secondo me, dovresti andare a parlare con qualcuno della sua scuola.» Però quando Mel cercò di affrontare questo argomento con Val e Jess, le ragazze si mostrarono gentili ma presero chiaramente le distanze. Non volevano restare coinvolte in quella faccenda, e tantomeno lo voleva Mark. Adesso, per tutti in casa, Mel era diventata una specie di paria, unicamente per colpa del bambino che aspettava. Li aveva traditi. E quando, quindici giorni più tardi, fu il dipartimento di polizia di Los Angeles a telefonare, la sua vittoria non le diede alcun piacere. Però aveva avuto ragione. Pam era stata sorpresa mentre acquistava un po' di marijuana, in pieno centro della città, da un gruppetto di ragazzi, quando avrebbe dovuto trovarsi a scuola. Questa volta Peter fece una scenata spaventosa e la minacciò di mandarla a studiare in un collegio. Ma, anche in questa occasione, la ragazza riuscì a dare la colpa di quello che succedeva a Mel. «Sei stata tu a mettermelo contro. Sei tu che mi vuoi mandar via.»

«Non voglio niente di simile, io! Però voglio che tu ti comporti come si deve e comincio a pensare che sia venuto il momento di farlo. È ora di smetterla di marinare la scuola ogni giorno e di fumare l'erba e di comportarti come un'estranea con noi. Questa è anche la tua casa e noi ti vogliamo bene, però non puoi comportarti come ti pare e piace. In ogni comunità, in ogni casa, esistono delle regole che vanno rispettate.»

Purtroppo, come al solito, dopo tante minacce, Peter lasciò che Pam riprendesse le sue abitudini di prima, dopo una settimana di punizione. Non si schierò neppure dalla parte di Mel quando, quindici giorni dopo, Pam venne fermata di nuovo. Questa volta, però, Peter dedicò maggiore attenzione alla faccenda e telefonò al suo psicanalista. Le fissò una serie di appuntamenti e pregò Mel di accompagnarvela. Il risultato fu che Mel, quattro volte alla settimana, doveva portarvela quasi con la forza, andare negli studi televisivi a rotta di collo e precipitarsi di nuovo a casa, ogni sera, il più presto possibile per dedicare un po' del suo tempo anche a Matt e alle gemelle. Tutto quello che desiderava, adesso, era soltanto poter dormire in continuazione, anche perché aveva cominciato a star male di stomaco quasi sempre dopo i pasti, troppo pesanti e succulenti, che la signora Hahn insisteva nel preparare.

«È quello che piace al dottore», diceva mettendo davanti a Mel un ennesimo piatto di *sauerkraut*. Tanto che, un mese più tardi, Mel fu costretta a correre in ospedale, un venerdì sera, con crampi e perdite di sangue. Il suo ostetrico la squadrò severamente. «Se non prendi un ritmo di vita più calmo, finirai per perdere il bambino, Mel.»

Le salirono le lacrime agli occhi. Ovunque, in ogni campo, c'era da lottare, adesso! «Non credo che importerebbe a nessuno.»

«E a te?»

Lei fece segno di sì con la testa, stanca e triste. «A me, sì. Sto cominciando a convincermi che m'importerebbe.»

«Allora farai meglio a dire a tutte le persone che hai

intorno che devono darsi una bella regolata!»

Peter venne a trovarla l'indomani e la guardò con aria afflitta. «Dimmi la verità, Mel. Tu non lo vuoi, questo bambino, vero?»

«Stai forse pensando che abbia cercato di liberarmene?»

«È quello che dice Pam. Ha raccontato che, la settimana scorsa, sei andata a cavalcare.»

«*Che cosa*? Sei impazzito? Credi sul serio che io abbia fatto una cosa del genere?»

«Non lo so. So che questa gravidanza interferisce con il tuo lavoro oppure ti sei convinta che sia così.» Mel lo fissò incredula poi si alzò dal letto e cominciò a preparare la valigia. «E adesso... dove vuoi andare?»

Mel si voltò a guardarlo. «A casa. A prendere a calci tua figlia.»

«Mel, ti prego... calmati...» Mel, invece, si fece dimettere dall'ospedale, tornò a casa, si mise a letto, anche se Peter si era scusato quasi umilmente per quello che le aveva detto e, nel pomeriggio, andò in cucina a ordinare la cena alla signora Hahn. Questa volta, tanto per cambiare, doveva preparare un pollo e del riso. Qualcosa che *anche lei* potesse mangiare. Poi si mise ad aspettare che i ragazzi tornassero a casa. Alle sei c'erano tutti e non nascosero di essere meravigliati di rivederla. Quando scesero a cena, Mel era già a tavola e li aspettava con gli occhi fiammeggianti di collera.

«Ciao, Pam.» Aveva deciso di cominciare da lei. «Hai avuto una buona giornata?»

«Discreta.» La ragazzina tentava di mostrarsi sicura di sé ma continuava a lanciare occhiate piene di inquietudine a Mel.

«Mi sembra di aver capito che hai raccontato a tuo padre che io, la settimana scorsa, sono andata a cavalcare. È vero?» Sulla stanza era calato un silenzio mortale. «È vero, ti ho chiesto?»

La voce con cui Pam rispose era molto bassa. «No.»

«Non riesco a sentirti, Pam.»

«No!» Adesso lo aveva gridato, rivolgendosi a Mel, e Peter

si affrettò a prendere sua moglie per un braccio.

«Mel, ti prego, non devi agitarti...»

Lei lo guardò dritto negli occhi. «Qui occorre cambiare l'aria. Hai sentito bene quello che Pam ha detto?»

«Sì, ho sentito.»

Mel tornò a rivolgersi a Pam. «Perché hai raccontato a tuo padre una bugia? Volevi far nascere dei guai fra noi due?» Pam alzò le spalle.

«Perché, Pam?» Si allungò a fare una carezza sulla mano della ragazzina. «Perché aspetto un bambino? Trovi che sia una cosa tanto orribile da dovermi punire per questo? Bene, lascia che ti dica una cosa: indipendentemente da tutti i bambini che potremo avere, ti vogliamo sempre bene.» Si accorse che Pam aveva le lacrime agli occhi Intanto Peter continuava a stringerle il braccio. «Però, se non la pianti di comportarti nel modo indegno nel quale hai continuato a comportarti da quando io sono entrata in questa casa, ti giuro che ti faccio attraversare a calci l'intera città.» Pam sorrise tra le lacrime, guardandola.

«Dici sul serio? Lo faresti proprio?» Sembrava quasi contenta. Perché quelle parole significavano che Mel ci teneva a lei e le voleva ancora bene.

«Sì, lo farei.»

Poi Mel guardò anche gli altri ragazzi seduti intorno al tavolo. «E la stessa cosa vale anche per il resto di voi tutti.» Addolcì la voce guardando Matt. «Tu sarai sempre il nostro piccolino, Matt. Nessuno prenderà il tuo posto.» Anche se il bambino non sembrava convinto. Poi si rivolse alle gemelle: «Quanto a voi due...» Guardava Val in modo particolare. «Forse non sarò stata tempista ma non l'ho fatto per offenderti o darti un dispiacere, Val. Non immaginavo assolutamente quello che stava per succedere né più né meno come tu e Mark non avete pianificato quello che doveva succedere a voi. Fra l'altro, avete dimostrato la più completa indifferenza per i miei sentimenti e lo trovo vergognoso da parte vostra.» Infine si voltò verso Mark: «Quanto a te, Mark, ti dico molto francamente che sono meravigliatissima di vederti qui stasera.

Perché ci capita di vederti molto di rado. Sei rimasto senza fondi e hai pensato che almeno, per una volta, ti conveniva tornare a casa a mangiare?»

«Già», rise lui.

«Bene. Però credo che sarà meglio che ti ricordi, finché vivi qui, in casa, che hai una responsabilità verso la tua famiglia. Quella di essere qui, presente, più di una volta al mese. Ci aspettiamo di vederti un poco più spesso di quello che non ti abbiamo visto ultimamente.»

Allibito a sentirla parlare con quel tono, Mark rispose con aria sottomessa: «Sissignora». Intanto a Peter non sfuggiva niente di quel che stava succedendo.

«E, a proposito, Pam...» la figlia di Peter la occhieggiò con sospetto «... d'ora in poi, dallo psicanalista andrai per conto tuo. Puoi prendere l'autobus come fanno tutti. Non ho più intenzione di condurti io in macchina, attraversando l'intera città. Se vuoi vederlo, vai da lui senza che io sia costretta a trascinarti a viva forza nel suo studio. Ormai hai quasi quindici anni. È venuto il momento che tu cominci a dimostrarti un poco più responsabile. Almeno per quello che riguarda te stessa.»

«Devo prendere anch'io l'autobus per tornare a casa da scuola?» cinguettò Matt in tono speranzoso. Adorava le corse in autobus ma Mel sorrise, scuotendo la testa.

«No, per te non è necessario.» Poi girò gli occhi intorno alla tavola. «Spero di essere stata chiara. Per ragioni personali, tutte vostre, vi siete comportati in un modo vergognoso dal giorno in cui vostro padre e io vi abbiamo detto che ero incinta e, personalmente, trovo che è una cosa indegna! Non posso cambiare i vostri sentimenti o le vostre opinioni, però posso far cambiare il vostro comportamento e non sono più disposta ad accettare il modo in cui mi avete trattato finora, tutti...» e allungò un'occhiata anche in direzione della signora Hahn. «... Qui c'è posto per tutti, per voi, per me, per vostro padre, per questo bambino, ma dobbiamo essere buoni e gentili l'uno con l'altro. Non ho più intenzione di permettervi di andare avanti a punirmi come avete fatto finora...» le erano salite le lacrime agli occhi ma non fece niente per ricacciarle «... per questo bambino non nato.» Dopo aver detto queste parole, scaraventò il tovagliolo sul pavimento e salì nella sua camera senza aver mangiato un solo boccone. Se non altro, anche su questo argomento, aveva dimostrato di saper comandare. Infatti la signora Hahn aveva preparato, per la cena, un'insalata, del riso, e un pollo arrosto. Peter guardò i ragazzi seduti intorno alla tavola. Avevano l'aria avvilita e piena d'imbarazzo.

«Mel ha ragione, sapete. Vi siete comportati in un modo vergognoso nei suoi confronti.»

Pam cercò di incontrare il suo sguardo e di fargli abbassare gli occhi ma, stavolta, non le riuscì; Mark aveva cominciato ad agitarsi sulla sedia, sentendosi a disagio, e Val teneva la testa china. «Io non avevo intenzione di...» A questo punto si levò la voce di Jess. «Sì, che avevi intenzione... come tutti noi. Eravamo furiosi con lei.»

«Non è giusto prendersela con Mel a questo modo.»

«È vero, papà. D'ora in avanti saremo buoni.» Matt allungò un colpetto affettuoso sul braccio di suo padre e tutti sorrisero. Pochi minuti più tardi Peter saliva in camera con un piatto pieno. Mel era distesa sul letto e stava piangendo.

«Su, cara, non devi arrabbiarti a questo modo. Ti ho portato qualcosa da mangiare.»

«Non ne ho voglia. Mi sento male.»

«Non dovresti agitarti così, non ti fa bene.» Mel si voltò a guardarlo con aria incredula.

«Non mi fa bene? E credi, invece, che mi abbia fatto bene vedere che in questa casa tutti mi trattavano come l'ultimo dei paria?»

«Vedrai che adesso le cose andranno in un modo diverso.» Lei non gli rispose. «E poi, Mel, non dovresti prendertela fino a questo punto con loro. Sono soltanto ragazzi.»

Lei socchiuse gli occhi guardandolo. «Non voglio contare Matt, perché ha soltanto sei anni e ha tutte le ragioni di aver preso male la notizia, ma gli altri sono, praticamente, degli adulti e non hanno fatto che servirsi di me come se fossi il loro tappeto in quest'ultimo mese. Pam è arrivata addirittura al punto di raccontarti una smaccata bugia tanto per farti credere che cercavo con ogni mezzo di perdere il nostro bambino... e tu le hai creduto!» Adesso, di colpo, sentiva il bisogno di incontrare i suoi occhi.

«Ecco, so che questo bambino finirà per crearti delle complicazioni sul lavoro e che tu, almeno al primo momento, non lo volevi.»

«Non sono sicura di volerlo neppure adesso! Però esiste, non bisogna dimenticarlo. A proposito, dove pensi che potremmo metterlo a dormire?»

«Non ci avevo ancora pensato.»

«Era quello che immaginavo.» Mel adesso pareva depressa. Non voleva prendersela con Peter, né litigare però, a modo suo, anche lui la rendeva infelice. Riprese il discorso in tono più tranquillo: «Credi che si potrebbe vendere la casa, a questo punto?»

Lui parve inorridito. «Ti ha dato di volta il cervello? Questa è la casa dei miei figli.»

«E l'hai costruita con Anne.»

«Questo non c'entra.»

«Per me, c'entra. Fra l'altro, qui non c'è posto per il nostro bambino.»

«Aggiungeremo un'altra ala.»

«E dove la costruiresti? Sopra la piscina?» Era un'idea assurda e Peter lo sapeva.

«Telefono al mio architetto e sento che cosa mi suggerisce.»

«Non è lui che hai sposato.»

«Come non ho sposato te. Perché tu sei sposata con quel tuo stramaledetto lavoro che ti sembra così importante!»

«Questo non è giusto.»

Ma Peter ormai non riusciva più a trattenersi. «Già, però non saresti capace di rinunciarvi neanche per un giorno, vero? Neanche se ti costasse la vita del nostro bambino...» Le loro voci, ormai, si sentivano per tutta la casa.

«Non succederà.» Mel si alzò di scatto dal letto e lo

affrontò apertamente. «Dovesse succedere, la colpa sarà tua e dei ragazzi, a meno che non si smetta, qui dentro, di rendermi la vita insopportabile e non si faccia qualcosa anche per me, tanto per cambiare! I ragazzi mi disprezzano e non fanno che offendermi perché ho osato restare incinta, quanto a te... vuoi che io mi trovi un buco qualsiasi, un posticino piccolo piccolo, nella tua vita, purché non si cambi niente e resti sempre quella di un tempo. E tua figlia viene addirittura ad attaccare il ritratto di sua madre sul mio letto!»

«Per una volta! Che importanza vuoi che abbia?» Peter non sembrava particolarmente colpito da questo fatto.

«Quel quadro non dovrebbe neppure esserci, adesso, in questa casa.» Poi lo guardò con gli occhi fuori della testa. Era troppo! «Fra l'altro, adesso che ci penso, non dovrei più starci neanch'io, qui dentro. Anzi...» a passi sempre più furiosi si avvicinò all'armadio a muro e tirò fuori una valigia che scaraventò sul letto. La spalancò e andò al cassettone dal quale cominciò a tirar fuori un po' di roba da buttarci dentro «... me ne vado fino a quando tutti, qui in questa casa, non avrete ripensato alla nostra situazione. I ragazzi, e parlo di *tutti* dal primo all'ultimo, faranno meglio a comportarsi come si deve, perdio, e tu dovrai smetterla di trattare Pam come se fosse un fiorellino che appassisce perché nessuno lo annaffia oppure come un oggettino di vetro che si spezza solo a guardarlo... altrimenti, a sedici anni, si ritroverà drogata oppure avrà combinato chissà quali guai. Non c'è niente che non funzioni in quella ragazza e che non possa essere curato con un po' di disciplina!»

«Posso ricordarti che, qualche mese fa, non è stata *mia* figlia a restare incinta?» Era un colpo basso, e Peter lo capì non appena ebbe pronunciato quelle parole. Ma ormai era troppo tardi per ritirarle.

Mel lo guardò con occhi pieni di odio. «*Touché*. Di questo possiamo ringraziare tuo figlio.»

«Senti, Mel... perché non cerchiamo di calmarci e di parlare serenamente...» Di colpo, si era spaventato nel vedere l'espressione degli occhi di Mel; sapeva che le faceva male agitarsi ma era tutta colpa sua se anche lui si era arrabbiato fino al punto di perdere le staffe!

«In questo, un po' di ragione ce l'hai. Ho tutte le intenzioni di calmarmi ma non di continuare a parlare con te. Non adesso, perlomeno. Me ne vado da questa casa stasera stessa. Sbrigatela tu, con i ragazzi. Anzi, ti consiglierei di metterti qui, bello tranquillo, a cercare di capire che cosa vuoi fare di loro, di questa casa e di me.»

«È un ultimatum, Mel?» Aveva la voce stranamente pacata.

«Sì, un ultimatum.»

«E, nel frattempo, tu che cosa farai?»

«Me ne vado perché ho bisogno di prendere anch'io qualche decisione. Voglio riuscire a capire se desidero realmente continuare a vivere in questa casa, se voglio smettere di lavorare e rinunciare alla mia professione o no, e se voglio liberarmi di questo bambino.»

«Stai parlando sul serio?» Peter, adesso, era stravolto mentre Mel era diventata calmissima, ma di una calma che spaventava.

«Certo!»

«Vorresti liberarti del nostro bambino?»

«Può darsi. Sembra che qui dentro, per tutti, sia scontato che io devo fare quello che mi viene detto, quello che ci si aspetta da me. Devo essere qui, un giorno dopo l'altro, devo accettare la presenza della signora Hahn e cercare di andare d'accordo con lei, devo sopportare tutte le stravaganze dei ragazzi, vivere circondata dalle fotografie di Anne, accompagnare di continuo Pam dal suo psicanalista, e avere questo bambino indipendentemente da tutto il resto... Be', vuoi sapere che cosa ti dico? Non è così, non sono più disposta ad accettare tutto ciò. Anch'io ho le mie scelte da fare.»

«Mentre io, invece, non avrei il diritto di dire niente?» Peter sembrava di nuovo in collera.

«Hai già detto abbastanza. Difendi Pam ogni volta che io apro la bocca. Non fai che ripetermi che la signora Hahn è una donna meravigliosa mentre io ti dico che la detesto, insisti nel ricordarmi che questa è casa tua, e dai per scontato che io debba avere un figlio. Bene, non è così. Ho trentasei anni e devo dirti molto sinceramente che sono un po' troppo vecchia per sopportarlo. E sono anche troppo vecchia per accettare simili comportamenti da parte di chiunque, tua o dei ragazzi.»

«Non mi ero accorto di renderti la vita così impossibile, Mel.»

Lei lo guardò con tristezza. «In questi ultimi sei mesi ho cambiato completamente la mia vita per te, ho rinunciato al mio lavoro, alla mia casa, alla mia città, alla mia indipendenza. Qui ho un altro lavoro che può darmi delle soddisfazioni, magari anche no, però ho dovuto scendere di qualche gradino rispetto alla posizione in cui mi trovavo a New York e, per di più, sono costretta a lavorare con un collega che è una vera carogna. Non mi sembra che tu abbia mai valutato nel modo più giusto tutto questo. Per quello che ti riguarda, invece, ogni cosa è rimasta immutata come prima. I tuoi figli hanno sempre le loro stanze, la loro casa, le fotografie della loro mamma dappertutto, la loro governante, il loro papà. L'unico inconveniente è che, adesso, devono anche adattarsi alla mia presenza. Bene, se ciascuno di voi si aspetta che io accetti di continuare a vivere qui, se volete ancora rivedermi, forse sarà meglio cominciare a pensare ai cambiamenti che dovrete fare. Altrimenti non è escluso che decida io di fare qualche grosso cambiamento, e me ne ritorni a casa.»

Peter parve inorridito di fronte a queste parole ma disse con voce ferma: «Mel, vuoi lasciarmi?»

«No, affatto. Voglio semplicemente andarmene per una settimana a riflettere, per conto mio, e a decidere che cosa voglio fare.»

«Avresti anche intenzione di abortire mentre sarai via?»

Lei fece segno di no con la testa, lottando per ricacciare indietro le lacrime. «Non ti farei mai una cosa simile. Se dovessi prendere questa decisione, prima te lo dirò.»

«Non dimenticare che è già molto tardi per farlo. Potresti correre qualche rischio.»

«In tal caso ne terrò conto. Ma, al momento, voglio soltanto riflettere su quello che *io* desidero, non su quello che desideri tu o che ti aspetti da me o che può essere necessario per i ragazzi. Ho anch'io le mie esigenze ed è molto, moltissimo tempo che nessuno ci ha mai pensato neppure lontanamente... a partire da me stessa!» Peter annuì lentamente, sconvolto al pensiero che Mel volesse andarsene, anche per una settimana soltanto.

«Mi darai tue notizie? Mi farai sapere dove ti trovi?»

«Non so.»

«Non sai neppure dove hai intenzione di andare?»

«No, affatto. Voglio soltanto salire in macchina, mettermi al volante, e partire di qui. Ci rivediamo tra una settimana.» Certo che lo lasciava con molte cose su cui riflettere. Non sarebbe stata lei l'unica a meditare sul da farsi durante quella settimana!

«E... per il lavoro?»

«Li avvertirò. Dirò che mi sono ammalata di nuovo. Chissà come sarà contento Paul Stevens!»

Peter, a questo punto, capiva di doverle dire qualcosa, prima che se ne andasse, prima che, dopo averci riflettuto, rinunciasse a tutto. «Sentirò terribilmente la tua mancanza, Mel.»

Lei aveva l'aria triste mentre si avviava alla porta con la valigia in mano. «Anch'io. Ma può darsi che ci occorra proprio questo. Forse è venuto il momento di riflettere, per tutti e due, e di valutare bene quanto tutto questo significa per noi, se vale realmente le nostre fatiche e i nostri sforzi e fino a che punto siamo disposti a pagare per quello che desideriamo. Io non riesco più a capirlo. Credevo di saperlo ma, adesso, mi trovo a domandarmi all'improvviso se vale la pena di lottare. E ho bisogno di rifletterci.» Lui fece segno di sì con la testa e la seguì con lo sguardo. Mel uscì dalla camera da letto e, pochi istanti più tardi, sentì richiudersi con un tonfo anche la porta di casa. Peter avrebbe voluto prenderla tra le braccia, dirle che l'amava più della vita stessa, che desiderava il loro bambino, ma era troppo orgoglioso per farlo. E adesso Mel se n'era andata. Per una settimana, o per un tempo più lungo? Forse per sempre?

«Dov'è la mamma?» Val guardò dentro, meravigliata, mentre passava davanti alla porta.

«Fuori.» Peter la guardò con gli occhi sbarrati, pieni di stupore. «Se n'è andata via.» Aveva deciso di dirle la verità. L'avrebbe detta a tutti. Dovevano saperla. In fondo, almeno in parte, c'entravano anche loro in quella decisione. Erano tutti responsabili di quello che Mel provava nei loro confronti, adesso. Peter non se la sentiva di accollarsi tutta la colpa, anche se capiva, che, in gran parte, era sua. Com'era stato stupidamente cocciuto sulla questione della casa, e anche su tutto il resto! Mel aveva accettato tutti i cambiamenti richiesti dalla loro nuova vita mentre lui non ne aveva fatto neanche uno. Mel aveva ragione, non era giusto. Guardò Val con tristezza. Ma la ragazza non sembrava capire che cosa fosse successo.

«Se n'è andata? E dove?»

«Non so. Tornerà tra una settimana.» Allora anche Val intuì e rimase a fissarlo sgranando tanto d'occhi. Adesso capiva. Avevano esagerato, tutti. Ma erano rimasti così male... avevano provato una tale rabbia nei suoi confronti... lei per prima! Ma, ora, niente sembrava più tanto importante.

«Non le succederà qualcosa, vero?»

«Mi auguro proprio di no, Val.» Uscì anche lui dalla camera da letto e le mise un braccio intorno alle spalle. Jess, che stava arrivando dalle scale, li guardò.

«La mamma è uscita?»

«Proprio così.» Fu Val a rispondere per Peter. «Se n'è andata per una settimana.» Poi, quando anche gli altri salirono a raggiungerli, se lo sentirono ripetere da Val e rimasero, allibiti, a guardare Peter senza dire una sola parola.

Capitolo 30

QUANDO se ne andò di casa quella sera, Mel salì in macchina, si mise al volante e partì, ma senza una meta precisa, non sapeva dove andare non desiderava vedere nessuno. La sua unica aspirazione era quella di andarsene via di lì, il più lontano possibile, di lasciarsi dietro la casa, il lavoro, i loro figli e lui. Tanto che, per i primi ottanta chilometri, non fece che pensare a quello che si lasciava alle spalle, non a dove stava andando. Ma, dopo, cominciò a sentirsi più calma e, improvvisamente, fermandosi a far benzina dopo un paio d'ore di viaggio, si mise a sorridere molto soddisfatta di sé. Non aveva mai commesso un'azione tanto clamorosa in tutta la sua vita come andandosene di casa e piantando Peter in asso. Ma si era accorta di non farcela più. Era troppo! Tutti esigevano qualcosa da lei, non le lasciavano un attimo di respiro e, dunque, era venuto il momento di pensare a se stessa invece che agli altri. Anche per quel che riguardava il bambino. Sapeva di non essere costretta a fare un accidente di niente... se non ne aveva voglia! Poteva, addirittura rifiutarsi di vivere in quella casa, se lo avesse desiderato. Accidenti! Guadagnava un milione di dollari l'anno, poteva comprarsela una casa, tutta per sé .. Ecco quello che si disse. Non era assolutamente costretta a convivere con il fantasma di Anne, se non ne aveva voglia, e già capiva che era proprio così. Poi, mentre riprendeva il viaggio con il serbatoio pieno di benzina, cominciò a ripensare a tutti i cambiamenti avvenuti nella sua vita in quegli ultimi sei mesi e quanto pochi fossero stati, invece, quelli richiesti a Peter. Lavorava sempre nello stesso posto, lui, con le stesse persone che lo apprezzavano e rispettavano, dormiva nel letto che era suo da anni ormai. Nessuno dei suoi figli si era visto costretto ad andarsene dalla propria casa. Aveva, addirittura, la stessa governante di prima. L'unica cosa cambiata per Peter era la faccia che baciava alla mattina, prima di uscire di casa per andare al lavoro... e forse non se ne era neppure accorto!

Entrando in Santa Barbara, Mel si accorse di essere di nuovo furente e scoprì di sentirsi sempre più contenta di aver piantato tutti in asso. Le spiaceva soltanto di non averlo fatto prima ma come ne avrebbe trovato il tempo? Con Pam da accompagnare in automobile dallo psicanalista, le gemelle da pacificare, Mark da sorvegliare senza che se ne accorgesse, recitare la parte della mamma per Matthew e confortare Peter quando uno dei suoi pazienti sottoposto a trapianto moriva, per non parlare delle interviste, i servizi speciali, la trasmissione di ogni sera alle sei del telegiornale, era un miracolo che avesse trovato il tempo di vestirsi e di pettinarsi! Che andassero tutti al diavolo. Peter, con i ragazzi e Paul Stevens. Che lavorasse da solo, si presentasse da solo sullo schermo, per qualche giorno... potevano sempre dire che lei era ammalata. Che andassero tutti al diavolo. Non gliene importava più di niente e di nessuno.

Si fermò in un motel e si fece dare una camera, pagandola anticipatamente. Non appena vide il tappeto color ruggine, di tessuto ruvido e peloso sul pavimento, le poltroncine di vinyl arancione, la stanza da bagno piastrellata di bianco, di un candore immacolato, il copriletto color ruggine, pensò che più anonima di così non avrebbe potuto essere... quante se ne trovavano, identiche a questa, in tutto il mondo, da Beirut e New Orleans? Certo che qui non era al *Bel-Air* e neppure al *Biltmore* di Santa Barbara, dove aveva alloggiato qualche anno prima, ma se ne infischiava altamente! Fece un bel bagno caldo, accese la televisione, guardò il telegiornale delle undici, più per abitudine che perché ne avesse veramente voglia, e spense la luce senza telefonare a casa. Che andassero tutti a farsi benedire! Ecco quello che si disse. Per la prima volta da molti mesi si sentiva veramente libera di fare quello che voleva, di essere se stessa, di prendere le proprie decisioni senza pensare continuamente agli altri.

Poi, quando era già a letto, le venne in mente all'improvviso ciò che portava dentro di sé e capì che, neanche in quel momento, neanche lì, era completamente sola. Il bambino era venuto con lei... il bambino... era come se fosse già un'altra persona, diversa da se stessa... si portò una mano sul ventre, che era stato così piatto solo un mese prima e si accorse che adesso era lievemente arrotondato nell'incavo fra le ossa del bacino. Era strano pensare a quello che sarebbe successo nel caso avesse deciso di continuare la gravidanza. Il bambino sarebbe diventato sempre più reale e autentico per lei, lo avrebbe sentito muovere entro un mese e mezzo... Per un attimo in fondo al cuore provò qualcosa di simile alla tenerezza, ma poi respinse subito quel sentimento così fragile. Non voleva pensarci, in quel momento. Non voleva pensare a niente. Chiuse gli occhi e si addormentò senza sognare Peter, i loro figli, questo bambino non nato, o altro. Dormì di un sonno di piombo e quando si risvegliò l'indomani, il sole entrava a fiotti nella camera. In un primo momento non riuscì a ricordare dove si trovava ma, quando si guardò intorno e lo capì, scoppiò a ridere. Perché si sentiva bene, si sentiva forte e libera.

Quando Peter si svegliò, quella mattina, a Bel-Air, si voltò istintivamente a cercarla dall'altra parte del letto ma quando con la mano e con la gamba incontrò soltanto le lenzuola spianate e vuote, socchiuse faticosamente un occhio e, di colpo, con un tuffo al cuore si ricordò che Mel se n'era andata. Allora si mise supino e rimase a fissare a lungo il soffitto chiedendosi dove fosse, finché, a poco a poco, non gli sovvennero gli avvenimenti. Sì, in fondo, era tutta colpa sua, si ripeté. Non sarebbe stato giusto prendersela con i ragazzi e con quel Paul Stevens degli studi televisivi o con la signora Hahn. Era stato lui a commettere sin dall'inizio una grossolana serie di errori. Si era aspettato troppo da Mel, si era aspettato un cambiamento troppo radicale della sua vita intera... Adesso capiva che Mel rimpiangeva le decisioni prese e le scelte fatte, e cominciò a rimproverarsi. Si mise a ripensare a quanto Mel avesse amato la propria vita, a New York, e si stupì di essersi addirittura azzardato a sperare che potesse rinunciare a tutte quelle cose. Una professione per la quale qualsiasi uomo avrebbe dato volentieri il braccio destro pur di ottenerla, una casa alla quale era molto affezionata, gli amici, le sue abitudini, la sua città.

Intanto, mentre viaggiava lentamente verso nord, Melanie cominciò a pensare al volto di Peter, come lo aveva visto quando si erano conosciuti, quel primo giorno... e a tutti gli altri giorni, che adesso le sembravano una serie infinita, mentre gli faceva la famosa intervista, alle ore estenuanti che avevano vissuto insieme all'epoca in cui il presidente era rimasto vittima dell'attentato... la prima volta che lui era venuto a New York. Cominciò a pensare non tanto a quello che aveva avuto, nella sua vita di prima, ma a quello che aveva ottenuto in cambio... la prima volta che Matt si era arrampicato sulle sue ginocchia... un'espressione rara, un paio di volte, negli occhi di Pam... i momenti in cui Mark si era aggrappato a lei, piangendo quando Val aveva corso il rischio di morire quella volta che erano andati in montagna a sciare. Cancellarli di colpo dalla propria vita. Adesso era soprattutto con le gemelle che si sentiva in collera, con Jessie in particolare perché si era aspettata troppo, si era aspettata che fosse sempre disponibile per tutti, e soprattutto per lei e per Val, la quale si era ribellata al pensiero che ci potesse essere un bambino, adesso, nella vita di sua madre quando lei non aveva potuto avere il suo.

No, doveva alla sua famiglia molto, molto più di questo. Ma quanto poteva ancora dare? Non certo più di quanto aveva già dato, eppure non era abbastanza, lo sapeva. Di lì a poco ci sarebbe stato un altro paio di occhi a fissarla dritto nei suoi per farle capire che non dava abbastanza neppure a lui, o a lei... e, invece, Mel capiva di aver già dato tutto di sé. Non le restava più nulla. Si sentiva paurosamente stanca al solo pensarci. Tanto che provò un grande sollievo quando, finalmente, vide Carmel. A quel punto la sua unica aspirazione era di trovare una camera in un altro motel, un letto nel quale distendersi e dormire... sognare... fuggire dalla realtà.

«Quando torna la mamma?» Matthew fissò con aria avvilita quello che aveva nel piatto e poi guardò gli altri, a uno a uno. Da quando si erano seduti a cena, quella sera, nessuno aveva aperto bocca. Senza di lei, non sembrava neanche domenica. Era la giornata di libertà della signora Hahn e, di solito, Mel preparava qualcosa da mangiare che piacesse a tutti. Chiacchierava, rideva, li ascoltava, li teneva tutti d'occhio e discuteva di quello che aveva in mente di fare la settimana successiva pur sapendo perfettamente che, dopo i primi due o tre giorni, quei programmi avrebbero dovuto essere radicalmente modificati. Però li teneva allegri, scherzava, li prendeva in giro e riusciva a non trascurare nessuno. Matthew guardò suo padre con gli occhi carichi di rimprovero: «Perché l'hai fatta andar via?»

«Tornerà.» Jessica fu la prima a parlare anche se aveva gli occhi pieni di lacrime. «È andata via soltanto per prendersi un po' di riposo.»

«E non poteva riposarsi qui?» Matt la guardò con aria accusatrice. Finora Jessica era l'unica che avesse voglia di rispondergli. Gli altri sembravano inebetiti. Infine Mark si decise a spiegargli qualcosa:

«Perché noi la stanchiamo, Matt. Tutti, dal primo all'ultimo. Ci aspettiamo troppo, maledettamente troppo, da lei.» Concludendo la frase, Mark guardò prima di tutti Pam, in modo significativo, poi lasciò che il suo sguardo sfiorasse anche gli altri. Ma, dopo cena, Peter lo sentì urlare con Val:

«Anche tu... sembrava che la criticassi per tutto quello che faceva... davi a lei la colpa di tutto... perché avevate dovuto lasciare New York, i vostri amici, la vostra scuola... Sembrava che te la prendessi con lei perfino per quello che ci era successo! Invece non era colpa sua, Val». Ma lei, a questo punto, si era messa a piangere tanto disperatamente che Mark non aveva avuto più il coraggio di proseguire. Peter era salito lentamente a cercarla, nella sua camera, e aveva trovato gli altri ragazzi tutti riuniti da Val, all'infuori di Pam, che era andata a sdraiarsi sul suo letto e fissava con occhi vuoti il soffitto mentre la radio andava a pieno volume. Lei sì, che si era augurata che Mel se ne andasse! Sapeva di doverlo ammettere con se stessa anche se non lo avrebbe raccontato mai, e poi mai, al suo psicanalista. Quello che lei voleva era la sua mamma. Riavere la sua mamma. Ma adesso capiva che non sarebbe mai stato possibile. La soluzione poteva essere soltanto Mel o un vuoto spaventoso, lo stesso vuoto che c'era stato nella loro vita subito dopo la morte della mamma quando, in casa, c'era soltanto la signora Hahn insieme con loro. All'improvviso, però, Pam si accorse che non era questo che desiderava né per se stessa né per gli altri. Si alzò e andò in camera delle gemelle. Qui trovò tutti, perfino Matt, seduto sul pavimento, con aria afflitta.

«Accidenti, com'è piccola questa stanza!» esclamò, guardandosi intorno. La sua era grande almeno il doppio. Val e Jess non risposero ma si voltarono verso la porta quando anche Peter comparve sulla soglia.

«Sì, è vero.» Quell'osservazione era bastata a fargli tornare in mente quello che Mel aveva detto, cioè che le gemelle non avevano mai dovuto dividere la stessa stanza, prima. Adesso, invece, eccole lì, costrette ad adattarsi a vivere in una stanzetta così piccola mentre Pam ne aveva una che era grande almeno il doppio. Possibile che tutto quello che Mel aveva detto fosse vero? Se non tutto, buona parte sì, certo! Ma non tutto. In ogni caso era sempre più che sufficiente perché lui, adesso, si sentisse obbligato a riflettere a lungo su tutto quello che Mel gli aveva detto.

«Una camera doppia?» domandò il portiere del motel, a Carmel.

«No.» Lei gli rivolse un sorriso stanco. «Una singola basterà.» L'uomo la guardò con aria afflitta. Dicevano sempre così e poi arrivavano un uomo e due ragazzini che si precipitavano anche loro in quella camera con la speranza di non essere stati visti. Come se lui non se ne fosse accorto! A volte si tiravano dietro perfino un grosso cane bavoso. Ma questa volta si sbagliava. La sconosciuta andò a prendere una valigetta dall'automobile, entrò nella stanza che le era stata assegnata e chiuse la porta. Poi si distese sul letto e si guardò intorno. Anche questa camera era più o meno identica a quella in cui aveva dormito la notte precedente. Anche qui c'erano le poltroncine di vinyl arancione, anche qui, sul pavimento, il solito tappeto di tessuto ruvido e folto... ma Mel era troppo esausta per farci caso e non appena toccò il letto, si addormentò di colpo.

«Dottor Hallam?»

«Sì?» Era stata un'infermiera a entrare nel piccolo studio dove sulla scrivania si ammucchiava un fascio di cartelle cliniche, ben felice che quella mattina avessero avuto soltanto due interventi di bypass da fare.

«Qualcosa che non va?» La ragazza era terrorizzata di fronte al celebre chirurgo. Sapeva che Peter era un uomo importante e che se avesse commesso un errore, gliel'avrebbero fatto scontare. Il dottor Hallam, invece, si limitò ad alzare la testa e a guardarla con un sorriso stanco.

«No, va tutto bene. E come si comporta Iris Lee? C'è già stata qualche reazione alle terapie che le facciamo?»

«No, non ancora.» Le avevano fatto un trapianto quindici giorni prima e finora sembrava che tutto andasse bene, anche se Peter non aveva grandi speranze per lei. Non erano riusciti a trovare il cuore adatto ed erano stati costretti a inserirle nel petto, appoggiato al suo, un cuore di bambino. A volte questa tecnica aveva funzionato a dovere ma Iris era stata talmente debole e fragile all'epoca dell'intervento e il suo caso talmente disperato che quella era stata l'unica soluzione possibile pur di salvarle la vita. Adesso, però, Peter si aspettava il peggio già da parecchi giorni. E questa volta, non ci sarebbe stata Mel a confortarlo. Sarebbe stato come dopo la morte di Anne. Adesso era solo. Ancora più solo di quando Anne se n'era andata.

«Jess?»

«Sì?»

Val era andata a sdraiarsi sul letto, al ritorno dalla scuola, mentre Jessie era seduta alla scrivania della loro camera. «Non desideri mai di tornare a New York?»

«Certo.» Si voltò a guardare la sua gemella. «Un sacco di volte. Ma non c'è niente di male a desiderarlo. Ci abbiamo abitato per tanto tempo!»

«Secondo te, la mamma è tornata a New York?» Non aveva fatto che pensarci tutto il giorno.

«Non so. Non riesco a immaginare dove possa essere andata. Magari è ancora qui a Los Angeles.»

«E... non ci fa neppure una telefonata?» Val sembrava inorridita a quell'idea, e Jessie sorrise.

«Tu ci telefoneresti se ti sentissi come la mamma?»

Val scosse la testa. «Credo di no.»

«Neanch'io.» Guardò fuori della finestra con aria assorta e si lasciò sfuggire un lieve sospiro. «Io ho dato a lei la colpa di tutto, Val. È stato molto ingiusto da parte mia, d'altra parte era stata lei a prendere tutte le decisioni. Di solito ci domandava sempre che cosa ne pensavamo e ascoltava la nostra opinione. Questa volta, invece, ha fatto tutto di testa sua, ci ha tolto dalla scuola, ci ha fatto venire qui...» rimase a rifletterci molto a lungo «... credo di essermi scocciata con lei perché non ci aveva permesso di prendere nessuna decisione.»

«Probabilmente avrà pensato che stava facendo la cosa più

giusta.» Val aveva l'aria avvilita e Jess annuì, guardandola.
«Il guaio è stato che aveva ragione di fare così. A me Peter piace, e a te?»

Val fece segno di sì con la testa, di nuovo. «Quando ho sentito che ci trasferivamo qui, ho pensato soltanto a Mark.»

Jess sorrise. «Lo sapevo. E ti garantisco che non mi sei stata di molto aiuto, proprio per questo, quando stavamo per lasciare New York. La mamma aveva Peter, tu avevi Mark. Io non avevo un cavolo di niente.» Sorrise. Adesso non le sembrava più tutto così orribile. Le piaceva la scuola che frequentava, e un paio di mesi prima aveva conosciuto un simpatico ragazzo. Per la prima volta nella sua vita le era capitato di incontrare una persona per la quale provava interesse e affetto. Aveva ventun anni e Jess ormai si era convinta che alla mamma sarebbe venuto un colpo quando lo avesse saputo, soprattutto dopo quello che era capitato con Val e Mark. Eppure capiva che questo ragazzo sarebbe diventato sempre più importante per lei. Rimase assorta con gli occhi fissi nel vuoto e un lieve sorriso sulle labbra.

«Si può sapere perché fai quella faccia?» Val si era messa a osservarla con maggiore attenzione. «E perché te ne stai lì a ghignare a quel modo? Che cos'hai, me lo dici sì o no?»

«Oh, niente di particolare.»

Val, però, l'aveva capito al volo. Jess, magari, sarà stata la più brava a scuola ma Val conosceva gli uomini. Fissò sua sorella socchiudendo gli occhi. «Sei innamorata?»

Jess la guardò con un sorriso. Non voleva ancora dirglielo. Preferiva aspettare. «Non proprio. Però ho incontrato un ragazzo molto simpatico.»

«*Tu?*» Val non le nascose di essere sbalordita e Jessie annuì – ma senza aggiungere altro. In ogni caso Val non sembrò particolarmente impressionata da quella notizia. «Stai attenta a quello che fai!» Sapevano tutte e due che cosa Val volesse dire e aveva ragione. Perché lei aveva imparato una dura lezione, e non l'avrebbe mai dimenticata.

La signora Hahn, quella sera, servì la cena in silenzio. Peter non rientrò prima delle nove. Matthew era già andato a letto, circondato dalle premurose attenzioni di Jess, Pam e Val. Peter salì ugualmente a dare un'occhiata. «Va tutto bene da queste parti?» I ragazzi non avevano gran che voglia di parlare e gli risposero soltanto facendo cenno di sì con la testa man mano che lui passava da una camera all'altra. Anche Peter aveva avuto una giornata molto dura ma non c'era nessuno a cui confidarlo, nessuno che lo confortasse. Si fermò un attimo nella camera delle gemelle e guardò Jess negli occhi. «Nessuna notizia della tua mamma?» Lei si limitò a scuotere la testa e Peter se ne andò. In quel momento Mel stava svoltando da California Street in Nob Hill, a San Francisco, e si fermava davanti allo *Stanford Court Hotel* dove fissò una camera. Era un piacevole cambiamento a confronto dei motel in cui aveva alloggiato fino a quel giorno. La camera era arredata in modo lussuoso, con velluti, sete e *moiré* grigi, ma Mel si lasciò cadere di schianto sul letto con un gemito di stanchezza. Le sembrava di essere al volante della sua auto da giorni e giorni, tanto che si rimproverò per questo e si disse che avrebbe dovuto assumere un ritmo un poco meno frenetico, da quel giorno in poi. Non aveva ancora preso nessuna decisione ma non voleva perdere il bambino prima che questo avvenisse per un suo preciso atto di volontà. Sentiva di avere una responsabilità verso la sua creatura, se avesse dovuto continuare a vivere. Rimase sveglia a lungo, quella notte, riflettendo proprio su tutto questo: non aveva dimenticato come Val si era mostrata furiosa, quanto Jess si fosse arrabbiata per tutti i cambiamenti che ci si aspettava da loro... E non poteva neppure scordare l'ostilità di Pam e tutte le sue macchinazioni messe in atto unicamente per attirare l'attenzione su di sé, ma neanche il dolore del piccolo Matt e le speranze di Peter che si augurava che lei volesse avere quel bambino, indipendentemente da tutto il resto, quasi come un antidoto alla sua lotta costante contro la morte in sala operatoria. Tutto questo le sembava spaventosamente ingiusto. Era soltanto per loro che doveva, o non doveva, avere quel bambino. Ancora una volta sembrava che la soluzione non dipendesse da lei, ma dalla sua famiglia.

L'indomani fece una lunga passeggiata per Chinatown; poi salì in macchina e andò fino al Golden Gate Park dove si mise a camminare, lentamente, senza meta, in mezzo alle aiuole fiorite. Si era quasi in maggio... aveva conosciuto Peter quasi un anno prima e adesso eccola lì... Quando rientrò in albergo, tirò fuori dalla borsetta un'agendina piena zeppa di numeri di telefono, compose all'apparecchio della sua camera il numero 8 per le chiamate interurbane e telefonò a Raquel. A New York erano le otto di sera. Da mesi non sapevano più niente di lei. Mel ignorava addirittura se avesse trovato un nuovo lavoro. Del resto, Raquel avrebbe potuto anche essere uscita. Invece alzò il microfono subito dopo il primo squillo.

«Pronto?» Aveva sempre lo stesso tono sospettoso di una volta, tanto che Mel, all'altra estremità del filo, sorrise.

«Ciao, Raquel, sono io.» Era un po' come telefonare a casa da fuori, ai vecchi tempi. Tanto che Mel dovette imporsi con uno sforzo di non domandarle automaticamente come stavano le gemelle. «Come stai?»

«Signora Mel?»

«Naturalmente!»

«C'è qualcosa che non va?»

«No. Volevo soltanto sapere come stavi.»

«Sto bene, grazie.» Sembrava contenta di sentirla. «Le ragazze?»

«Stanno benissimo.» Preferì non dirle niente di Val. Adesso i brutti momenti erano passati. «Sono contente della scuola e pare che tutto cominci ad andare nel modo migliore.» Però, pronunciando queste parole, la sua voce ebbe un fremito e si accorse che le erano salite le lacrime agli occhi.

«No! C'è qualcosa che non funziona!» Questa volta era un'accusa e Mel si accorse di avere la gola stretta da un nodo di pianto. «Niente affatto! Mi trovo a San Francisco per qualche giorno. Mi sentivo un po' sola e ho pensato di telefonarti.»

«Che cosa ci fa, lì? Continua sempre a lavorare come un somaro... come prima?»

«No, non così tanto! Partecipo soltanto alla trasmissione del telegiornale delle sei di sera.» Preferì non raccontarle che il lavoro, per lei, era diventato angoscioso, adesso. «Sono qui a riposarmi per qualche giorno.»

«Perché? Sta male?» Aveva sempre avuto un sesto senso, Raquel, e non le era mai sfuggito niente... tanto che Mel sorrise. A che cosa serviva ingannarla?

«Vecchia strega che non sei altro... se vuoi proprio saperlo, sono scappata via.»

«Da chi?» Raquel sembrava scandalizzata.

«Da tutto e da tutti. Da Peter, dai ragazzi, dal mio lavoro, da me stessa.»

«Si può sapere che cosa le sta succedendo?» Lo si capiva subito che la disapprovava.

«Non so. Credo di avere semplicemente bisogno di un po' di tempo per stare sola e riflettere.»

«Riflettere? Su che cosa?» adesso Raquel sembrava addirittura arrabbiata con Mel. «Lei ha sempre avuto il brutto vizio di pensare troppo. Non c'è bisogno di pensare!» E poi aggiunse: «Suo marito è lì con lei?»

«No, sono sola.» Riusciva a immaginare benissimo la faccia che doveva aver fatto Raquel, tanto che finì per chiedersi per quale motivo le aveva telefonato. Ma aveva avuto bisogno di sentire una voce familiare e non voleva ancora chiamare i suoi.

«Sa che cosa le dico? Se ne torni immediatamente a casa!»

«Ci tornerò fra qualche giorno.»

«Guardi che parlo sul serio. Ci torni subito. Si può sapere che cosa le ha preso? È diventata matta, per caso?»

«Sì, forse un po' matta lo sono!» Ancora non voleva parlarle del bambino. Perché sentiva il bisogno di prendere un po' di tempo prima di decidere che cosa fare. Fra l'altro, era inutile raccontarlo a destra e a sinistra se aveva intenzione di liberarsene. A Los Angeles avrebbe sempre potuto dire che lo aveva perso a causa del lavoro sfibrante che faceva e, fra l'altro, in redazione non lo sapeva ancora nessuno. «Volevo soltanto sapere se stavi bene.»

«Sì, sto bene. Ma adesso lei deve tornarsene a casa!»

«Ci tornerò. Non preoccuparti per me, Raquel. Ti mando un bacione grosso così!»

«Non mandi i baci a me. Torni a casa e tenga i suoi baci per lui. Gli dica che le dispiace di essere scappata via!»

«Lo farò. Scrivimi qualche volta.»

«Okay, okay! E saluti affettuosamente le gemelle da parte mia!»

«Certo.» Riattaccarono e Mel rimase distesa sul letto per parecchio tempo. Raquel non capiva la situazione, esattamente come non la capivano tutti gli altri. Del resto, Mel si era già convinta che il suo posto era laggiù, a Los Angeles, a casa, e non aveva importanza tutto quello che il resto della famiglia poteva fare o dire. Sì, il suo posto era là.

Alla sera ordinò che le fosse servita la cena in camera, fece un bel bagno caldo, guardò la televisione per un paio d'ore. Non aveva voglia di uscire. In fondo, non c'era nessun posto in cui desiderasse andare in modo particolare e, alle undici, prima del telegiornale, compose il numero del centralino al telefono, si fece passare la linea per fare un'interurbana, e rimase con il microfono stretto in mano molto a lungo. Forse Raquel aveva ragione... d'altra parte, capiva che doveva telefonare a casa soltanto se sentiva il desiderio di farlo... Finalmente compose il numero all'apparecchio senza sapere ancora se aveva intenzione di riattaccare oppure di parlargli ma, quando sentì la sua voce, provò un tuffo al cuore, né più né meno come quasi un anno prima.

«Pronto?» Aveva capito che Peter non dormiva ancora. Per una frazione di secondo, esitò.

«Ciao», mormorò, piena di cautela.

«Mel?»

«No. Una tua ammiratrice sconosciuta! Certo che sono io.»

«Per amor di Dio, dimmi che stai bene! Se tu sapessi com'ero preoccupato!»

«Sì, sto bene.»

Peter capiva di non avere il coraggio di domandarglielo ma

che era necessario farlo. «Il bambino? Te ne sei... te ne sei liberata?»

Lei non gli nascose di essere addolorata e offesa. «Ti avevo detto che, prima di fare una cosa simile, ti avrei informato di quello che avevo deciso.»

«E hai deciso qualcosa?»

«Non ancora. A dir la verità, non ci ho riflettuto molto.»

«Allora si può sapere su che cosa diavolo hai riflettuto?»

«Su di noi.»

Ci fu una lunga pausa. «Oh.» E poi: «Anch'io. Sono stato una vera carogna, Mel. Anche i ragazzi ne sono convinti».

«No, non è vero.» Mel sorrise. Da quando se n'era andata di casa, Peter non aveva fatto che recitare il *mea culpa*, ma il nocciolo della questione, in fondo, non era quello. «Che sciocchezze da dire, Peter! Abbiamo dovuto adattarci tutti e due a un sacco di cose nuove.»

«Già, ma chi ha dovuto adattarsi, soprattutto, sei stata tu.»

«Non è completamente vero.» In parte, invece, lo era e Peter adesso lo aveva capito. Forse era meglio così. «Uno di noi due doveva prendere una risoluzione e rinunciare alla vecchia vita insieme ai suoi figli. Per te era impossibile. Si trattava di una scelta che toccava a me.»

«E io ti ho lasciato fare. Ho permesso che tutto ricadesse sulle tue spalle. Quasi quasi, mi aspettavo perfino di vederti prendere il posto di Anne. Mi sento un verme, quando ci penso.»

Mel sospirò. In fondo, Peter non aveva tutti i torti però non c'era solo questo ma ben altro, e adesso lo capiva. «Da parte mia, in un certo senso, credo di essermi aspettata di continuare la mia solita vita indipendente, di prendere tutte le decisioni da sola senza consultarti, di allevare i ragazzi come volevo, non solo le mie figlie, ma anche i tuoi. Mi aspettavo che tu e i tuoi figli cambiaste le vostre abitudini di punto in bianco perché ero io a dirvelo. E questo non era giusto.»

«Ma neppure sbagliato.» Peter aveva la voce afflitta e Mel ne rimase commossa.

«Forse avevamo entrambi un po' ragione e un po' torto.» Sorrise.

Ma Peter non sorrideva ancora. Perché Mel non era tornata a casa. E lui non sapeva dove si trovasse. «Be', a questo punto che cosa possiamo concludere?»

«Che siamo diventati un poco più saggi di prima.»

Peter non era del tutto sicuro di aver afferrato quello che lei intendeva. «E tu che cosa mi dici, Mel? Hai intenzione di tornare a New York?» La sentì trasalire dall'altro capo del filo.

«Sei impazzito?» E poi: «Vuoi buttarmi fuori di casa?»

Questa volta Peter rise. «Forse te ne sei dimenticata ma l'ultima volta che ci siamo visti sei stata tu a decidere di andartene! Anzi, adesso non so neppure dove ti trovi.»

Lei sorrise di fronte a questa verità. Si era dimenticata di dirglielo subito, all'inizio della telefonata. «Sono a San Francisco.»

«E come ci sei arrivata?» Sembrava meravigliato.

«In macchina.»

«È un viaggio troppo lungo per te, Mel.» Pensava alla sua gravidanza ma preferì non dirglielo.

«Mi sono fermata a Santa Barbara e a Carmel durante il viaggio.»

«Ti senti bene?»

«Sì, bene.» Poi sorrise, sdraiata sul letto dell'hotel *Stanford Court*. «Mi manchi da morire.»

«Mi fa piacere sentirlo.» Poi finalmente si azzardò a chiederle: «Quando torni a casa?»

«Perché?» Mel aveva ripreso il tono sospettoso di prima e Peter si lasciò sfuggire un gemito.

«Perché voglio che tu venga qui a pulire le stanze e a falciare l'erba del prato, stupidona che non sei altro! Per quale motivo vuoi che te lo domandi? Perché anch'io sento la tua mancanza.» Poi gli venne un'idea. «Perché non ti fermi lì ancora qualche giorno? Ti vengo a raggiungere.»

Sulla faccia di Melanie si disegnò improvvisamente un largo sorriso. «Che bella idea, amore!» Era la prima volta che lo chiamava così da molto tempo e Peter diventò raggiante.

«Se sapessi quanto ti amo, Mel. E che cretino sono stato!»

«No, non è vero. Lo siamo stati tutti e due. Ci sono capitate talmente tante cose in così poco tempo! E, poi, il nostro lavoro ci tiene sempre sotto pressione.» Su questo, Peter poteva essere d'accordo.

«Che cosa vuoi fare a proposito della casa? Desideri sempre cercarne un'altra? Sono disposto a farlo, se vuoi.» Ci aveva pensato molto nei pochi giorni precedenti e, per quanto gli dispiacesse rinunciare a una casa alla quale era affezionato, era pronto a farlo, se per Mel era tanto importante... Fra l'altro, effettivamente, c'era poco posto per le gemelle a meno che non avessero cambiato la loro camera con quella di Pam. Ma Peter sapeva che sua figlia, soltanto a proporglielo, avrebbe fatto chissà quali scenate. «Che cosa ne pensi?»

«Penso che dovremmo restare dove siamo almeno per un po' e lasciare che tutti riescano ad adattarsi alla nuova vita prima di fare altri cambiamenti. E questo vale anche per la signora Hahn.» Peter si sentì sollevato a sentirla parlare così. Pensava che Mel avesse ragione. Era venuto il momento di organizzare la loro vita lentamente ma una volta per tutte, ormai. In questo modo ogni cosa avrebbe trovato la sua soluzione all'infuori delle difficoltà che Mel doveva affrontare di continuo in redazione e della decisione che riguardava il bambino che lei portava in grembo. «Dici davvero che verrai qui a raggiungermi?»

«Sì, certo. Mi pare un secolo che non riusciamo più a stare un po' soli. Per la luna di miele, abbiamo portato i ragazzi nel Messico.»

Lei scoppiò a ridere. «E di chi è stata l'idea?»

«D'accordo... *mea culpa*... comunque, in questo momento, un week-end romantico mi sembra la cosa più bella del mondo!»

«Speriamo che tu ci riesca... fai gli scongiuri del caso!»

Peter le telefonò l'indomani. Aveva trovato due chirurghi della sua équipe i quali avevano accettato di prendere il suo posto. C'era voluta un po' di opera di persuasione, ma Peter aveva fatto capire quanto fosse importante per lui ottenere quei due giorni di libertà e, alla fine, avevano accettato entrambi.

«Arrivo fra due giorni.»

«Bene.» Anche Mel aveva bisogno di quell'intervallo di tempo per decidere se voleva abortire o no. Non lo sapeva ancora con sicurezza. «A proposito, come stanno i ragazzi?»

«Bene. E credo che comincino ad apprezzarti.» Come lui, del resto. Moriva dalla voglia di rivederla il venerdì sera! Era quasi come all'epoca in cui Mel abitava ancora a New York, solo un po' peggio, perché adesso capiva quello che gli mancava e che stava perdendo. Glielo disse, anche. «Mi manchi moltissimo, Mel, più di quello che tu possa immaginare.» Era stata una settimana orribile per lui. Proprio quel giorno anche Iris Lee era morta e per lui era stato un duro colpo, anche se in fondo se lo aspettava. E, tuttavia, preferì non raccontarlo a Mel. Avevano già abbastanza problemi, adesso, senza aggiungerne altri. Era più preoccupato per lei che per i suoi pazienti. «Ti senti bene?»

«Sì, bene.»

Peter non le domandò se avesse già preso una decisione. L'indomani Mel fece una lunga passeggiata nei Muir Woods e cercò di riflettere su quello che voleva fare. Continuavano a tornarle in mente le parole che aveva detto a Val... «Non so se io avrei fatto quello che hai fatto tu...» e non era una condanna, questa, anche se Val, al momento, poteva averlo creduto. Era diverso abortire alla sua età, sposata con un uomo che amava, senza problemi finanziari perché guadagnavano abbondantemente tutti e due. Non c'era nessun motivo per farlo, nessuna spiegazione convincente che potesse dare a se stessa e, forse, se avesse deciso di abortire, se ne sarebbe pentita per tutto il resto della sua esistenza. «Ma tu lo vuoi questo bambino?» si chiese ed era proprio lì dove tutte le sue riflessioni si bloccavano. Non lo sapeva. Era ignobile annullare una vita per il solo fatto che non si sentiva di accettarla, che le complicava l'esistenza nei confronti della sua professione e dava fastidio agli altri suoi figli... ed eccoli lì, di nuovo... quegli *altri* che dominavano la sua vita: il marito, i figli... c'era, anche, quello che doveva *a loro*. Ma *a se stessa* che cosa doveva? All'improvviso sentì la propria voce levarsi in mezzo ai boschi. «Voglio questo bambino.» Trasalì, stupita e si guardò intorno come per cercare chi aveva pronunciato quelle parole. Ma capiva di essere stata lei stessa. Allora ebbe la sensazione di essersi tolta dal cuore un peso greve come un macigno e sorrise. Guardò l'orologino da polso. Era arrivata l'ora di andare a pranzo. Bisognava avere delle cure per questo bambino se aveva intenzione di tenerlo... *io voglio questo bambino*... parole, queste, che erano state pronunciate con voce forte e sicura, e così si sentiva anche Mel quando prese la via del ritorno, verso l'automobile, camminando fra gli alberi del bosco.

Capitolo 31

DAVANTI all'uscita, mentre lo aspettava, Mel si accorse di avere il palmo delle mani umido di sudore. Provava lo stesso nervosismo di un anno prima. Perché era come se tutto ricominciasse daccapo, con una differenza, però, questa volta tutto sarebbe andato meglio. Peter fu il terzo a scendere dall'aereo e Mel gli volò fra le braccia. Quella settimana le era sembrata eterna.

«Oh, Mel...» Anche Peter aveva gli occhi pieni di lacrime e pareva non sapesse che cosa dirle, tanto era emozionato. L'abbracciò convulsamente. Ormai aveva scoperto la decisione di Mel a proposito del bambino. Voleva lei, e soltanto lei... E per Mel era la stessa cosa.

«Dio, come mi sei mancata!» Quando Mel, però, si staccò da quell'abbraccio, sorridendogli con gli occhi pieni di lacrime, Peter si accorse che aveva un aspetto migliore. Erano parecchi mesi che non la vedeva così serena e riposata. Perfino quelle due rughe di corruccio fra le sopracciglia erano sparite.

«Ti trovo in gran forma, Mel.»

«Anche tu.» Poi abbassò gli occhi, guardandosi la vita che aveva cominciato a ingrossarsi. «Ho messo su un po' di ciccia qui e là.» Peter restò incerto. Non sapeva che cosa risponderle. Ma Mel gli sorrise: «Ho deciso che...» le sembrava strano pronunciare quelle parole. Chi era lei, in fondo, per poter prendere una decisione che riguardava una vita umana? La stessa cosa che aveva detto a Peter molto, molto tempo prima. Stava a Dio decidere cose del genere, non toccava a Peter, e tanto meno a lei, «... che il bambino continuerà a stare bene».

«Dici davvero?» Non era ben sicuro di aver capito che cosa significassero le parole di Mel.

«Sì.» Era raggiante.

«Ne sei certa?»

«Sì, certissima.»

«Per me?» No, non valeva che lo facesse per quello. Doveva desiderarlo anche lei ed era una cosa molto grave e importante da chiederle, soprattutto quando avevano già altri cinque figli a casa e la professione di Mel esigeva un grandissimo impegno.

«Per me stessa, per te, per noi... per tutti noi...» Arrossì e Peter le prese una mano. «Ma soprattutto per me.» Poi gli raccontò quello che era accaduto mentre passeggiava nei boschi e anche gli occhi di Peter si riempirono di lacrime mentre la stringeva contro di sé.

«Oh, Mel.»

«Ti amo.» Non sapeva dire altro. Uscirono sottobraccio e passarono un week-end diverso da tutti gli altri, come non ne avevano mai passati.

Partirono, diretti a casa, senza fretta, la domenica pomeriggio e presero la Route 5 perché era un po' meno lunga. Verso le dieci, si fermavano davanti a casa. Mel, guardandosi intorno, ebbe la sensazione di essere stata via anni e anni. Si fermò un attimo fuori e sorrise ma Peter la prese per mano e la condusse dentro. «Su, coraggio, bambina, devi andare a nanna. Il viaggio è stato lungo per te.» Adesso la trattava come se fosse stata di un fragile e trasparente vetro veneziano, e Mel gli sorrise.

«Credo che riuscirò a sopravvivere.» Ma non avevano fatto ancora in tempo a entrare che si sentì arrivare un'esplosione di grida e di urli. I ragazzi li avevano sentiti arrivare e Pam, dopo aver guardato fuori, aveva strillato con voce acutissima: «Sono a casa!» Era stata la prima a precipitarsi giù dalle scale e a buttare le braccia al collo di Mel. «Bentornata!» Era già qualcosa. Poi fu il turno delle gemelle che l'abbracciarono convulsamente, e di Mark. Matthew, che si era svegliato di soprassalto, con tutto quel rumore, la pregò di lasciarlo dormire nel suo letto per quella notte. Quando furono rientrati tutti, finalmente, nelle loro camere dopo quasi un'ora di chiacchiere, di baccano, e di allegria, Mel si distese sul letto e guardò Peter con un sorriso di felicità.

«Sono proprio dei bravi ragazzi, vero?»

«Hanno una brava mamma.» Si mise a sedere sull'orlo del letto e le prese una mano. «Voglio farti una promessa, Mel. D'ora in avanti cercherò di fare il possibile per renderti tutto più facile.» Purtroppo, anche se era animato dalle migliori intenzioni, poteva fare ben poco. Infatti quella notte ricevette una chiamata alle due. Era di nuovo di servizio all'ospedale e c'era uno dei pazienti operato di bypass che aveva bisogno immediatamente di lui. Mel non lo rivide più fino all'indomani mattina a mezzogiorno quando tornò a casa a cambiarsi i vestiti. Ormai, a quel punto, Mel aveva già ripreso perfettamente in mano le redini della vita famigliare e aveva perfino spiegato alla signora Hahn che cosa desiderava per cena quella sera.

Peter notò, sogghignando, che la signora Hahn non sembrava per niente soddisfatta di quelle nuove iniziative. Però si guardò bene dall'andare a lamentarsi con lui. Peter, fra l'altro, dopo essersi cambiato dovette correr via di nuovo, pressappoco nello stesso momento in cui Mel usciva anche lei. Gli sorrise e si salutarono con un cenno della mano mentre, sul viale d'accesso della villa, salivano ognuno sulla propria auto. Pam, quel giorno, sarebbe andata dallo psicanalista per conto proprio, come aveva fatto durante tutta la settimana precedente, quando Mel non c'era. Mark aveva detto che sarebbe tornato a casa dopo cena, quella sera, ma senza far troppo tardi perché aveva un esame l'indomani; le gemelle erano andate a giocare a tennis con i loro amici ma sarebbero rientrate anche loro per le cinque. Alla signora Hahn restava l'incarico di andare a prendere Matt a scuola come già faceva fino a un anno prima e, per la prima volta da una settimana, Mel riuscì a recarsi in redazione senza fretta. Quando ci arrivò, perfino la malignità e gli attacchi di Paul Stevens non riuscirono a farle perdere il buonumore. Tutto le sembrava facile e bello.

Però alle sei e tre quarti, al termine della trasmissione, il produttore la venne a cercare nel suo ufficio dove si era fermata ad annotare rapidamente qualche appunto prima di tornare a casa. Entrò e chiuse la porta. Mel alzò gli occhi da quello che stava scrivendo.

«Ciao, Tom. Qualcosa che non va?»

Lui esitò per un attimo e Mel si sentì correre un brivido per la schiena. Volevano licenziarla? Potevano farlo? Dunque Stevens era riuscito ad averla vinta? «Mel, devo parlarti.» Oh, accidenti!

«Certo, siediti», disse indicandogli una poltrona.

«Non so da che parte cominciare per dirtelo, Mel...» Lei ebbe la sensazione di sentirsi fermare il cuore in petto. Ossignore, la stavano incastrando! Era stata la più grande giornalista della stazione televisiva di New York dove aveva lavorato, aveva ottenuto quattro premi per le interviste e i servizi speciali che aveva fatto e quello stronzo di Stevens era riuscito a incastrarla...

«Sì... dimmi...» Inutile rendergli le cose difficili. Sperava soltanto di non mettersi a piangere... in quel momento si accorse di desiderare una cosa soltanto: tornare a casa da Peter. Che andasse al diavolo quello schifoso lavoro, che andassero al diavolo loro e le loro maledette trasmissioni! Lei, Mel Adams, se ne sarebbe tornata a casa ad aspettare il nuovo bambino e occuparsi degli altri suoi figli.

«Non vorrei spaventarti.» No, erano parole senza senso, queste. «Ma abbiamo già ricevuto parecchie minacce...» Mel lo guardò con occhi assenti, non capiva. «Hanno cominciato ad arrivare proprio durante la settimana in cui non c'eri. E quest'oggi sono ricominciate.»

«Che genere di minacce?» Non capiva. Che cos'era... quel figlio di puttana che si era messo a minacciarli di andarsene? Ebbene... che se ne andasse, li piantasse pure. L'indice di gradimento della trasmissione sarebbe andato alle stelle! Però non voleva dirlo ancora a Tom.

«Minacce contro di te, contro la tua vita, Mel.» Lo fissò con gli occhi sbarrati.

«Contro di me?» Era già capitato una volta a New York, qualche anno prima. Un povero matto al quale non era piaciuto un servizio speciale preparato da Mel aveva continuata a telefonare alla redazione della sua rete televisiva per mesi e mesi, minacciando di strangolarla, ma, alla fine, doveva essersi stancato e aveva rinunciato a mettere in atto le sue minacce. Mel adesso sembrava divertita. «Be', è sempre un conforto sapere che c'è qualcuno che guarda le nostre trasmissioni!»

«Parlo sul serio, Mel. Sono problemi che abbiamo già avuto in passato. Questa è la California, non siamo a New York. Non dimenticarti che, qui da noi, abbiamo avuto più di un attentato ai nostri presidenti.»

Mel non poté trattenere un sorriso. «Sono lusingata, Tom, ma non mi sembra di essere altrettanto importante.»

«Per noi, sei importante.»

Ne fu commossa. «Grazie, Tom.»

«Abbiamo assunto una guardia del corpo che ti sorvegli.»

«Che cosa avete fatto? Oh, ma è ridicolo, non penserai sul serio...»

«Hai dei figli, Mel. Non vorrai correre dei rischi inutili, vero?» Una domanda, questa, che la fece ammutolire.

«Veramente no, ma...»

«Non abbiamo voluto spaventare tuo marito mentre eri via, ma abbiamo ragione di credere che si tratti di una cosa seria.»

«Perché?» Mel continuava ad avere l'aria divertita. Nel loro ambiente, nella sua professione, capitava di continuo.

«Perché la settimana scorsa abbiamo ricevuto un'altra telefonata di quest'uomo. Ci ha detto di aver messo una bomba nella tua scrivania. Ebbene, Mel, c'era. Sarebbe scoppiata esattamente un'ora dopo, nel preciso momento in cui tu avessi aperto un cassetto e, se fossi stata qui in redazione, saremmo saltati tutti per aria insieme.» Di colpo, Mel provò un senso di nausea.

«Pensano di poter scoprire di chi si tratta. Nel frattempo, però, mentre tentano di catturarlo, noi non vogliamo correre rischi nei tuoi confronti. E siamo stati ben felici che tu non fossi in redazione la settimana scorsa.»

«Anch'io.» Mentre parlava, si accorse che un tic nervoso, all'improvviso, si era messo a farle tremare la palpebra dell'occhio sinistro; poi alzando lo sguardo, rimase stupita di vedere un uomo alto, dall'aria severa, che entrava. Tom glielo presentò immediatamente. Era la sua guardia del corpo. Come lui, ne erano stati assunti altri due. Volevano che fosse scortata quando arrivava in redazione e andava via ed erano dell'opinione che Mel dovesse accettare una sorveglianza continua anche quando era a casa, ma lasciavano che fosse lei a decidere. Ormai non era più un segreto con chi lei fosse sposata e chiunque avrebbe potuto scoprire con facilità il suo indirizzo. La guardia del corpo si chiamava Timothy Frank. Quando uscirono insieme dal palazzo in cui si trovavano gli uffici della stazione televisiva, Mel ebbe la sensazione di essere circondata da una barriera protettiva. Era l'uomo più gigantesco, più muscoloso, con le spalle più larghe che avesse mai visto. Arrivati a casa, lo ringraziò. Le avevano chiesto di lasciare la sua auto nel garage della stazione televisiva, per quella notte, e di tornare a casa con Tim nella limousine degli studi. Quando ci arrivò, si accorse che Peter era già rientrato.

«Ciao.» Peter alzò gli occhi da un fascio di carte che stava esaminando e le sorrise. Che gioia averla di nuovo a casa.. però si accorse che Mel aveva l'aria corrucciata, e che pareva terribilmente tesa e nervosa.

«Qualche problema al lavoro?»

«Puoi ben dirlo!» Sembrava inebetita. Tim era già ripartito a bordo della limousine.

«Che cosa è successo?» Allora Mel glielo disse. Gli parlò

della bomba e Peter la fissò con gli occhi sbarrati. «Mio Dio, Mel. No, non puoi continuare a vivere in questo modo. Non possiamo vivere così neanche noi!»

«Che cosa ti aspetti che faccia?»

A Peter dispiaceva affrontare quel discorso ma adesso Mel era incinta e una situazione del genere avrebbe potuto nuocerle seriamente. Anche se avessero catturato nel giro di un paio di settimane la persona che la minacciava, il solo fatto di sapere che la faccenda della bomba poteva ripetersi l'avrebbe tenuta in continua tensione. Anche lui non si sentiva tranquillo. Soprattutto non voleva che Mel fosse sempre con i nervi tesi. E se poi non fossero riusciti a mettere le mani su quel pazzo... Rabbrividì al solo pensiero e si alzò per chiudere la porta dello studio. Poi rimase in piedi, a guardarla. «Penso che dovresti piantar lì di lavorare.»

«Non posso.» La faccia di Mel si era fatta dura. «È già capitato una volta a New York e, in quell'occasione, ho continuato come prima. No, non voglio smettere di lavorare per un motivo come questo.»

«Si può sapere di quale altro motivo avresti bisogno?» Adesso si era messo a urlare, furioso. Gli sembrava di non avere più, da molto tempo, un attimo di tranquillità. La vita esigeva sempre qualcosa da loro: c'erano i suoi pazienti che morivano, i ragazzi che gli creavano continue preoccupazioni, la minaccia di una bomba, una gravidanza inaspettata. Guardandola, in quel momento, Peter ebbe l'impressione che tutto ciò fosse più di quello che lui era in grado di affrontare. «E se qualcuno buttasse una bomba contro questa casa e uccidesse uno dei ragazzi?»

Mel trasalì a queste parole e impallidì paurosamente. «Ci faremo dare la guardia armata per ventiquattrore su ventiquattro.»

«Per sorvegliare cinque ragazzi?»

«Dio santo, non lo so...» Si alzò in piedi di scatto. «Vado a stare in albergo, se preferisci. Ma non smetto di lavorare semplicemente perché un pazzo o un maniaco si è messo a fare le sue maledette minacce! Per quel che ne so, potrebbe anche essere Paul Stevens che cerca di spaventarmi.»

«È quello che pensa la polizia?»

Mel capì che doveva essere onesta con lui. «No, assolutamente. Ma credono anche di sapere chi sia questa persona.»

«In tal caso chiedi un periodo di congedo fino a quando non lo avranno preso.»

«Non posso, Peter. Accidenti, non posso. Ho delle responsabilità ben precise, io!»

Peter le si avvicinò e la afferrò per un braccio. «Ti farai ammazzare!»

«È un rischio che ho già corso in passato.» Aveva gli occhi fiammeggianti di collera. No, Peter non sarebbe riuscito a farla smettere di lavorare... no, dopo tutti quegli anni! Era diventata quasi una parte inscindibile della sua personalità, la professione che faceva, e Peter aveva promesso di rispettarla sempre per questo.

«Però non hai mai corso rischi di questo genere quando c'era in gioco la vita di mio figlio. Prova un po' a pensarci!»

«Non sono più in grado di pensare a niente.»

«Salvo che a te stessa!»

«Vaffa...» Uscì bruscamente dalla stanza e si richiuse la porta alle spalle con un tonfo, salì in camera da letto e, Peter, quella sera, non le rivolse più la parola. La situazione era tornata quella di prima, se non peggio, e i ragazzi si erano accorti del nervosismo che c'era in famiglia. Qualche ora più tardi Mel telefonò a Tom e accettò la sua offerta di una guardia del corpo non soltanto per se stessa ma anche per suo marito e per i ragazzi. Sarebbe occorso un vero e proprio esercito per predisporre la sorveglianza di tutti ma la stazione televisiva si dichiarò disposta a sopportare quella spesa. Mel lo disse a Peter quando andarono a letto. «Cominceranno domattina alle sei.»

«Che ridicolaggine. Si può sapere che cosa dovrei fare io? Farmi seguire da una guardia del corpo quando vado in giro per l'ospedale a visitare i miei pazienti?»

«Non credo che tu costituisca un problema. Forse basterà semplicemente che qualcuno ti accompagni fino a quando non sarai dentro all'ospedale. Il vero problema sono io.»

«Come se non me ne rendessi conto!» Peter si sentiva male solo a pensarci. L'indomani mattina, a colazione, Mel spiegò ai ragazzi quello che era successo. Sbarrarono gli occhi, ascoltandola, ma Mel li assicurò che non avrebbero corso nessun pericolo e, nel giro di qualche giorno, il maniaco sarebbe stato catturato. Purtroppo si trattava soltanto di una nuova esperienza alla quale bisognava adattarsi, almeno per un po'. Matt lasciò capire che, per lui, era una cosa favolosa, Mark non nascose di essere un po' imbarazzato a farsi accompagnare da una guardia del corpo quando andava all'università e le ragazze si dimostrarono terrorizzate. Ma, alla fine, uscirono tutti per andare a scuola, seguiti dal poliziotto assegnato a quell'incarico. La signora Hahn venne a cercare Mel.

«Signora Hallum?» Pronunciava sempre così il nome degli Hallam, e Mel si voltò per ascoltarla.

«Sì, signora Hahn? Che cosa desidera?» Peter, di tanto in tanto, la chiamava Hilda, però Mel non l'aveva mai fatto. Quanto alla signora Hahn, non si era mai rivolta alla nuova padrona chiamandola «signora Mel» come faceva Raquel quando erano a New York.

«Volevo dirle che, date le circostanze, me ne vado.»

Mel la fissò sgranando gli occhi. «Davvero?» Peter sarebbe rimasto sbalordito e, chissà!, magari se la sarebbe addirittura presa con lei. Perché Mel stava portando un vero e proprio caos in casa, anche se non era colpa sua.

«Sono convinta che lei non corre alcun pericolo e, come ho già spiegato ai ragazzi questa mattina, avremo la protezione continua della polizia, dalla mattina alla sera.»

«Non mi è mai capitato, in vita mia, di lavorare in una casa dove c'era la polizia!»

«Ne sono sicura, signora Hahn. Ma se vorrà avere un po' di pazienza, almeno per qualche tempo....» Lo doveva a Peter. Bisognava, come minimo, fare un piccolo tentativo per trattenerla.

«No.» La signora Hahn scosse la testa con aria decisa.

«Non voglio. Me ne vado via. E anche subito.»

«Senza neppure fare il periodo di preavviso?»

La donna scosse la testa guardando Mel con aria accusatrice. «Qui non è mai successo niente di simile, prima, quando c'era la moglie del dottore.» La moglie del dottore, naturalmente, era Anne, la *vera* signora Hallam, in contrasto con Mel. Ma, adesso, Mel non poté trattenersi dal metterla in difficoltà e lo fece, nascondendo a fatica un sorriso. Non si poteva dire che fosse disperata al pensiero che la governante li lasciava. L'aveva detestata fin dal primo giorno.

«Certo che, a quell'epoca, la vita in questa casa doveva essere proprio noiosa!» Lo disse in tono noncurante e Hilda Hahn non le nascose di essere inorridita. Non volle neppure stringerle la mano.

«La saluto. Ho lasciato una lettera per il dottore nella mia camera.»

«Provvederò a fargliela avere, allora. Perché non resta almeno fino a stasera in modo da poter salutare personalmente i ragazzi?» Non le sembrava un bel gesto quello che la signora Hahn stava per fare, la trovava meschina. Però sapeva che sarebbero sopravvissuti anche alla sua partenza.

«Non voglio rimanere in questa casa neanche per un'ora!»

«Va bene.» Mel rimase impassibile e lasciò che se ne andasse. Poi dovette trattenersi per non mettersi a urlare dalla gioia quando la porta d'ingresso si chiuse alle spalle della signora Hahn. Quella sera, però, Peter non le nascose di essere molto rammaricato.

«E chi manderà avanti questa casa, Mel? Tu non ne hai il tempo.» Lei gli frugò negli occhi con lo sguardo per il terrore di leggervi un'espressione di accusa, mentre era soltanto la preoccupazione che lo faceva parlare così.

«Troveremo qualcun altro.» Telefonò a Raquel la quale, però, rifiutò di nuovo la proposta di raggiungerle in California. Insistette, invece, perché Mel sorvegliasse attentamente le gemelle. «Nel frattempo, posso cavarmela da sola con i ragazzi.»

«Che meraviglia! Abbiamo qualcuno, qua in giro, che

sogna soltanto di metterci in casa una bomba con il tuo nome scritto sopra e, adesso, tu dovrai anche preoccuparti del bucato e di rifare i letti!»

«Puoi aiutarci anche tu.» Sorrise.

«Ho altro da fare, io!» Oltre a una guardia del corpo da sopportare!!! Era una situazione, quella che stavano vivendo, che gli logorava i nervi man mano che i giorni passavano e il maniaco non veniva catturato. Avevano ricevuto altre quattro telefonate di minaccia e, nella scrivania di Mel era stata trovata un'altra bomba che, per fortuna, era risultata difettosa. Perfino Paul Stevens, finalmente, cominciava a dimostrarle un po' di simpatia. Mel aveva le occhiaie segnate perché non riusciva più ad addormentarsi, alla sera, e restava a lungo con gli occhi sbarrati a chiedersi se sarebbero stati capaci di catturare quell'uomo. Con il tempo, certo, c'erano sempre riusciti... ma quanto ci avrebbero messo ancora?

«Mi spiace per tutto quello che ti sta succedendo, Mel», le disse Stevens tendendole la mano. Finalmente si era deciso ad alzare bandiera bianca.

«Anche a me.» Gli sorrise con aria stanca al termine della trasmissione. Adesso aveva la guardia del corpo sempre alle costole. Non riusciva a dimenticare la sua presenza. La mattina, poi, quando i ragazzi stavano per uscire e andare a scuola, sembrava che la casa fosse piena di poliziotti. Peter era sempre più esasperato e, da qualche tempo, lui e Mel, non facevano che litigare. A dir la verità, ormai si era quasi abituato alla guardia del corpo che lo seguiva ovunque, ma tutte le altre gli sembravano in eccesso. «Immagino che non ci sia niente da fare. Quando si è in ballo...» disse Mel a Paul un giorno.

Lui la guardò con aria triste. «E pensare che c'è stato un tempo in cui ti invidiavo.»

«Lo so.» Sorrise. E sapeva anche per quale motivo. «Ma, se non altro, tu non devi affrontare tutto questo, per tua fortuna!»

«Non riesco a capire come tu faccia a sopportare una tensione del genere!»

«A dir la verità, sono preoccupata soprattutto per i ragazzi... le mie gemelle... i figli di mio marito... se dovesse succedere qualcosa a uno di loro, non me lo perdonerei mai.» Ormai le cose andavano avanti a questo modo già da un mese e Mel stava cominciando a pensare sul serio di licenziarsi. Non aveva ancora detto niente a Peter perché non voleva dargli delle illusioni quando non sapeva ancora con sicurezza che cosa fare. Però, in cuor suo, aveva giurato a se stessa che, se il maniaco non fosse stato catturato nel giro di quindici giorni, avrebbe smesso di lavorare.

Paul Stevens, di fronte a una soluzione del genere, le era sembrato inorridito. «Se c'è qualcosa che posso fare...» Mel, però, aveva scosso la testa e gli aveva augurato la buona notte. Poi era tornata a casa, dalla sua famiglia, anche se, adesso, non erano più allegri come in passato. Fuori, c'era sempre ferma un'autopattuglia della polizia e, dentro, tutti erano consapevoli del pericolo che incombeva su di loro, un giorno dopo l'altro.

«Credi che lo acchiapperanno, mamma?» le domandò Matthew una sera.

«Me lo auguro, Matt.» Lo aveva preso sulle ginocchia e pregava in cuor suo che nessun pericolo lo toccasse... che non toccasse nessuno di loro... si disse mentre passava lo sguardo da lui, a Pam e alle gemelle. Mark era fuori. Quella sera, però, Peter affrontò di nuovo il solito argomento.

«Perché non pianti lì di lavorare?»

A Mel dispiaceva dirgli che stava pensando la stessa cosa. «Non sono il tipo che se la squaglia nel momento del pericolo, ecco perché.» Però le era venuta un'altra idea. «E se ce ne andassimo?»

«Già, e dove?»

Ormai si era arrivati a giugno e Mel ci pensò con un sorriso, mentre occhieggiava Peter con aria piena di speranza. «Che cosa ne diresti se andassimo tutti a Martha's Vineyard per un po'?» Quell'anno non aveva affittato la casa, ma forse sarebbe riuscita ugualmente ad averla per qualche settimana, oppure a trovarne un'altra. Ma Peter scosse la testa.

«È troppo lontano per te.» Ormai Mel era incinta di quattro mesi e cominciava già a vedersi. «E poi, se tu andassi a Martha's Vineyard, io non ti vedrei mai. Perché non scegliere un posto che sia un po' più vicino?»

«In questo modo, verrebbe a mancare l'intero scopo del viaggio.» Ormai era esasperata dalla situazione in cui si trovavano e si sentiva venire il capogiro al pensiero di quello che spendevano, in redazione, per le guardie del corpo messe a proteggerla, anche se nessuno le aveva mai rivolto una sola parola di rimprovero per questo. Le dava sui nervi, tutta quella gente intorno, anche se nessuno ne aveva colpa. Ma, proprio quella mattina, mentre stava versando un bicchiere di latte a Mark, uno degli uomini della polizia l'aveva pregata di «tirarsi indietro dalla finestra, per favore.» In condizioni simili, era impossibile dimenticarsi il pericolo che li circondava notte e giorno e la minaccia che incombeva sulla loro vita. «E perché non andare di nuovo ad Aspen?» Guardò Peter con aria afflitta.

«Non credo che quell'altitudine ti faccia bene.»

«Non mi fa bene neanche la tensione che sopporto qui.»

«Non so. Ci penserò.» Anche Mel continuò a pensarci. All'improvviso, si era accorta di desiderare una cosa sola: fuggire di lì. Era un mese, ormai, che viveva in una specie di incubo e non lo sopportava più. Quel pomeriggio andò ugualmente al lavoro. Era seduta alla sua scrivania, con la guardia del corpo che la sorvegliava, fuori, in corridoio, quando, alzando gli occhi, si accorse che era entrato il produttore e la stava fissando con un sorriso.

«Mel, abbiamo buone notizie da darti!»

«Che cosa vorreste fare? Spedirmi in Europa per un anno?» Sorrise e, per la prima volta, le parve di sentire il bambino che si muoveva. Non avevano ancora parlato della sua gravidanza, durante la trasmissione, perché temevano che il folle che la perseguitava facesse qualcosa di ancora più pericoloso, se lo avesse saputo. Quindi il segreto che portava con sé era rimasto invisibile e ignoto a tutti, nascosto sotto il piano della sua scrivania.

«No, ho una notizia ancora più bella!» Il sorriso si accentuò e Mel scorse Paul Stevens, in corridoio, che la guardava bonariamente.

«Avete deciso di affidare a Paul il mio lavoro.» Paul sorrise, facendo segno di sì con la testa e Mel scoppiò in una risata. Dopo le angosce e i tormenti dei mesi passati, adesso erano quasi diventati amici.

«Hanno catturato il maniaco che ti minacciava.»

«Davvero?» Mel sbarrò gli occhi, che erano colmi di lacrime. «Allora è tutto finito, proprio finito?» Lui fece segno di sì e Mel cominciò a tremare.

«Oh, mio Dio!» Posò la testa sulla scrivania e scoppiò in singhiozzi.

Capitolo 32

«EBBENE, amore mio...» domandò Peter guardandola, felice. Erano seduti sul bordo della piscina, tutti i ragazzi erano fuori e la pace era tornata in famiglia. «Che cosa vogliamo fare di divertente questa settimana?» le sorrise. «Nessuno può accusarci di avere una vita monotona, eh?»

«Per carità!» Mel si appoggiò indietro più comodamente e chiuse gli occhi. Sapeva quello che avrebbe desiderato fare. Andare a Martha's Vineyard e distendersi sulla sabbia calda ma, ormai, i ragazzi avevano fatto altri progetti. Peter era sempre molto legato, con il suo lavoro all'ospedale, e lei aveva acconsentito a rinunciare alle vacanze per quell'anno e a prendere, al loro posto, un congedo per maternità. Il bambino sarebbe dovuto nascere pressappoco verso il Giorno del Ringraziamento e Mel avrebbe smesso definitivamente di lavorare il primo ottobre.

«Mi è venuta un'idea, Mel.»

«Se richiede maggiore energia di quella necessaria a buttarsi in piscina, preferisco che tu non me ne parli!» Aveva gli occhi chiusi e Peter, sorridendo, le si avvicinò lentamente.

«Perché non andiamo a dare un'occhiata a qualche casa quest'oggi?» Mel spalancò un occhio.

«Naturalmente, stai scherzando!»

«No, sono serio.» Mel sembrava sbalordita.

«Davvero?»

«Be', per quanto mi dispiaccia doverlo ammettere, qui non sappiamo assolutamente dove trovare posto per un nuovo bambino. L'unica soluzione sarebbe, forse, l'autorimessa ma la sola idea di avere in casa i muratori ci ridurrebbe sull'orlo della pazzia! Quanto alle gemelle, poi, hanno bisogno anche loro di una camera per ciascuna...» Mel sapeva che era duro per Peter ammettere i propri errori e gli tese le braccia. Peter non ignorava che la sua più grande aspirazione, adesso, era quella di andarsene per sempre dalla casa di Anne anche se, ormai, aveva quasi rinunciato a veder realizzata questa speranza.

«Non preferiresti rimanere qui dove siamo? Credimi, tutto sommato non me ne importa molto. Potremmo cercare una soluzione provvisoria, solo per un paio di anni perché, presto, Mark se ne andrà di casa.» Infatti il ragazzo aveva deciso di andare a frequentare un'università dell'Est per i successivi anni di studio e questo voleva dire che l'avrebbero avuto lì, con loro, soltanto per un anno ancora. Jess, da parte sua, aveva già deciso di andare all'università di Yale, purché l'accettassero... «Si può dire che i ragazzi, ormai, sono diventati adulti.»

«Sono contento per loro. Vorrei poter dire la stessa cosa anche per me!»

«Tu sei l'uomo più adorabile e simpatico che io conosca.» Lo baciò teneramente sulle labbra mentre Peter le sfiorava piano piano una gamba con la punta delle dita. «Hmm... credi che qualcuno potrebbe vederci?»

«Soltanto un paio di vicini di casa... ma cosa vuoi che sia un po' di passione fra due vecchi amici?»

Allora Peter la condusse dentro, nella loro camera, a fare l'amore. E, proprio per questo, sentirono che il legame che li univa diventava sempre più stretto. Poi Peter le servì il pranzo su un vassoio e Mel rimase tranquillamente a letto, felice e rilassata. «Perché sei così buono con me?»

«Non lo so. Devo amarti alla follia.»

«Anch'io.» Sorrise felice. «Parlavi sul serio quando hai

accennato a una nuova casa?» Era un'idea che la mandava in estasi dalla gioia ma non voleva mostrarsi troppo insistente. Sapeva quanto fosse affezionato alla casa in cui abitavano, quanti sforzi Peter avesse dedicato a renderla sempre più bella, pur lasciando che fosse Anne a fare le scelte e a prendere le decisioni. Tanto che, per Mel, quella sarebbe sempre stata la casa di Anne, solo di Anne, mai veramente di Peter. Perfino adesso.

«Sì, certo.» Mel finì di pranzare, sempre più raggiante. Poi si alzarono e andarono a fare una corsa in automobile. Di tanto in tanto, qua e là, vedevano una casa che trovavano di loro gusto ma non ce n'era neanche una che fosse in vendita.

«Sai che cosa ti dico? Forse ci vorranno anni e anni perché troviamo quella che va bene per noi.»

«Il tempo non ci manca.»

Mel annuì. Si sentiva piacevolmente rilassata e si godeva profondamente la tranquillità di quel pomeriggio domenicale. Durante il week-end successivo sarebbe caduta la festa del 4 luglio.... Fu proprio in quei giorni che videro la casa perfetta. Quella che ci voleva per tutti loro. «Mio Dio...» esclamò Mel, guardando Peter, mentre giravano nell'interno per la seconda volta «... è enorme!»

«Forse le verrà un colpo a sentirselo dire, signora Hallam, ma abbiamo sei figli, noi!»

«Cinque e mezzo.» Sorrise. Effettivamente, però, in quella casa ci sarebbe stata una camera per ognuno dei ragazzi, oltre a due locali che Peter e Mel avrebbero potuto adibire a studio quando lavoravano in casa; c'era un bellissimo giardino, una piscina enorme e perfino una piccola costruzione, di fianco alla piscina, che i ragazzi avrebbero potuto usare come spogliatoio quando invitavano i loro amici. Era proprio quello che desideravano. Per di più si trovava a Bel-Air, la zona che Peter preferiva.

«Be', signora Hallam?»

«Non so, dottore. Lei che cosa ne pensa? Possiamo permettercela?»

«Probabilmente, no. Ma, una volta venduta la mia casa,

diventerà possibile.» Per la prima volta ammetteva che la casa in cui abitavano era sua, non di tutti e due, e Mel sorrise. Voleva già bene alla nuova casa. «Per quale motivo non possiamo versare una certa somma come anticipo?» Ma si trattava sempre di un progetto nel quale avrebbero dovuto investire entrambi i loro soldi, altrimenti non sarebbero mai riusciti a comperarla. Ma, anche a queste condizioni, Mel era d'accordo. Voleva qualcosa che fosse di tutti e due, in parti uguali, sua come di Peter, e, fra l'altro, aveva ancora da investire l'intera somma ricavata dalla vendita della casa di New York. Misero in vendita quella in cui abitavano la settimana successiva ma riuscirono a trovare un acquirente soltanto durante il lungo fine-settimana del Labor Day. Tuttavia l'altra non era ancora stata comperata da nessuno.

«Vediamo un po'.» Mentre firmavano il contratto per la nuova casa, Peter diede un'occhiata al calendario. «Il bambino dovrebbe nascere verso il ventotto di novembre... oggi è il tre settembre... fra un mese tu smetterai di lavorare. Questo ci consente di avere due mesi esatti a disposizione per sistemare la casa secondo le nostre esigenze e, con un pizzico di fortuna, potremo già esserci entrati per la Festa del Ringraziamento.» Era molto soddisfatto perché gli pareva che il suo ragionamento non facesse una grinza ma Mel gli rise in faccia.

«Vuoi scherzare? Qui ci vorranno mesi e mesi...» Anche se la casa era in ottime condizioni, volevano ridipingere qualche locale e cambiare le tappezzerie, apportare qualche modifica, qua e là, al giardino; e poi, c'erano da scegliere le tende, i vari tessuti d'arredamento... le nuove moquette e i tappeti... «Continua pure a sognare, se preferisci illuderti.»

Peter sembrò stupito. «Non vuoi che il nostro bambino nasca nella nuova casa?» A dir la verità, questa era la più grande aspirazione di Mel perché, in lei, l'istinto materno era sempre stato fortissimo e le piaceva l'idea di preparare un nido per il nuovo nato ma non si era dimenticata di avere ancora tre interviste importantissime da fare prima di lasciare il lavoro per il congedo di maternità.

«Fra l'altro, è anche tuo, il bambino.»

«Certo, nostro.» Ma, a questo punto, si sentì il ronzio del micro-telefono portatile che Peter aveva sempre in tasca e l'agente immobiliare li guardò sgranando tanto d'occhi.

«Ma non vi fermate mai, voi due?»

«No, quasi mai!» Mel sorrise. Ormai si erano quasi abituati dopo otto mesi di matrimonio durante i quali Peter aveva eseguito diciannove trapianti cardiaci e un numero sterminato di bypass mentre lei aveva realizzato ventun interviste a importanti personaggi e aveva presentato il telegiornale cinque sere alla settimana. Com'era prevedibile, l'indice di gradimento della trasmissione era salito considerevolmente. Peter, che si era trasferito in un'altra stanza per mettersi in comunicazione con l'ospedale, tornò fuori a precipizio e salutò Mel con un bacio.

«Devo scappare. Abbiamo un cuore.» Si trattava di un donatore che avevano cercato a lungo, disperatamente, tanto che Peter aveva quasi perduto le speranze di trovarlo. «Vuoi finire tu, qui?» Lei fece segno di sì con la testa e Peter scappò via. Sentirono il rumore della sua macchina che partiva a gran velocità e, quando l'agente immobiliare scosse di nuovo la testa, Mel si limitò a sorridere.

Capitolo 33

«...E TI ringrazio, mio Dio, anche per la nonna...» si guardò intorno un po' vergognoso e sorrise, abbassando la voce «... e per la bicicletta nuova. Amen.» Tutti, raccolti intorno al tavolo per la Festa del Ringraziamento, scoppiarono a ridere. Matthew aveva compiuto i sette anni quella settimana e la nonna gli aveva regalato una bicicletta rossa, nuova di zecca. Poi il bambino unì di nuovo le mani per continuare la sua preghiera e chiuse gli occhi strizzando le palpebre. «E ti ringrazio anche per Mel.» Dopo aver pronunciato queste parole lanciò uno sguardo a Val e a Jess, come se volesse scusarsi, ma ormai era troppo tardi per prolungare la preghiera. Gli altri non vedevano l'ora di buttarsi sulla roba da mangiare. Peter aveva già affettato il tacchino e Pam aveva preparato un gran piatto di patate dolci candite, la sua ricetta preferita. Le gemelle avevano dato una mano anche loro per preparare il resto del pranzo. Sull'intera famiglia aleggiava un'aria di festa, erano tutti allegrissimi, Mel inclusa, la quale aveva dichiarato apertamente di non avere più posto nello stomaco neanche per un solo boccone in più. Il bambino adesso era diventato enorme. In quegli ultimi due mesi Peter aveva continuato a prenderla in giro e a scherzare dicendo che, secondo lui, anche stavolta, avrebbe avuto due gemelli ma il dottore le aveva giurato e spergiurato che non era affatto così. Perché questa volta riusciva a sentire il battito di un solo cuore. Fra l'altro, Mel aveva preferito rinunciare all'ecografia, in modo che non avevano la minima idea del sesso del nascituro. Comunque, maschio o femmina che fosse, era molto grosso. Doveva nascere entro un paio di giorni ma Mel era molto soddisfatta di essere riuscita a trascorrere la Festa del Ringraziamento con tutta la famiglia. La sua preoccupazione era stata proprio quella di trovarsi già in ospedale per quell'epoca. Infatti, anche se avevano una nuova governante, questa l'aveva pregata di darle un giorno di libertà ed era stata Mel in persona a preparare la cena.

«C'è qualcuno che ne vuole ancora un po'?» Peter si guardò intorno con un sorriso soddisfatto. L'ultimo paziente sul quale aveva effettuato un trapianto, reagiva discretamente. Per di più l'intera famiglia si era trasferita nella casa nuova già da venti giorni. C'era ancora l'odore della vernice fresca in ogni stanza ma sembrava che non desse fastidio a nessuno. Tutto pareva bellissimo, e nuovo. Ognuno dei ragazzi aveva la propria camera, perfino il nuovo bambino. La sua era già piena di tutti i giocattoli che gli altri gli avevano comperato. Il contributo di Matthew era stato quello di un orsacchiotto e di una serie di pistole da cowboy che erano state la sua gioia fino a poco tempo prima; Pam, senza dire una parola a Mel, aveva confezionato un completino a maglia per il neonato da indossare non appena fosse tornato a casa dall'ospedale. Era stata angosciata fino all'ultimo per la paura di fare qualche sbaglio e l'intera famiglia era al corrente del suo segreto. L'unica a non sapere niente era Mel, la quale scoppiò in lacrime quando aprì il pacchetto che lo conteneva. Era appena tornata a casa, dopo l'ultimo giorno di lavoro, un po' commossa e un po' dispiaciuta al pensiero che, almeno per un po' di tempo, quella era l'ultima volta che appariva sullo schermo della televisione a presentare il telegiornale del venerdì sera.

Era stato necessario quasi un anno perché tutti si abituassero alla nuova situazione e, sotto certi aspetti, la loro vita non avrebbe mai preso un ritmo tranquillo e regolare. Perché

Mel avrebbe sempre dovuto precipitarsi in redazione a preparare il materiale per il notiziario della sera e Peter sarebbe dovuto accorrere in ospedale, magari alle due di notte, a intervenire su un caso urgente. Però, adesso, c'era qualcosa di diverso in tutta la famiglia. Li univa un legame più forte di prima. Erano sopravvissuti a un sacco di cose in un anno, alle minacce contro Mel, alla sfortunata storia d'amore tra Val e Mark... al nascituro... alle difficoltà che il nuovo matrimonio aveva presentato a tutti... perfino al fantasma di Anne. Mel aveva portato il suo ritratto nella nuova casa per appenderlo in camera di Pam, dove stava molto bene. Anche il mobilio della sua casa di New York era stato tirato fuori dal magazzino, dov'era in deposito e, finalmente, utilizzato.

«Sei contenta, amore?» Peter le sorrise, mentre andavano a sedersi davanti al fuoco nella loro camera. I ragazzi erano tutti al pianterreno nell'enorme sala da giochi vicino alla piscina, a divertirsi per conto loro. Mel alzò gli occhi verso Peter e gli prese la mano.

«Sì, solo che ho mangiato troppo.»

«Eppure non si vede!» Scoppiarono a ridere insieme mentre Mel abbassava gli occhi a osservare il pancione. In quegli ultimi giorni il bambino sembrava scalciare in continuazione e Mel non vedeva l'ora che nascesse. Specialmente quella sera. Concluse le feste del Ringraziamento, adesso si sentiva libera di avere il bambino in piena tranquillità, e lo confidò a Peter mentre andavano a letto. «Non dirlo proprio stasera altrimenti ti sentirà e vorrà nascere a ogni costo!» Risero ancora insieme, prima di addormentarsi ma, un paio d'ore più tardi, Mel si mise a sedere sul letto. Aveva sentito un dolore al basso ventre che le pareva familiare. Andò a sedersi in poltrona ma si accorse che preferiva muoversi e cominciò a girare per le stanze. Scese al piano terreno, diede un'occhiata al giardino che sarebbe diventato incantevole la primavera successiva ma, già fin d'ora, era molto bello e passò nel soggiorno con la sensazione che quella fosse veramente la *loro* casa (non soltanto la casa di Peter o la sua...) ma qualcosa che avevano costruito insieme per ricominciare daccapo, come una vita completamente nuova.

Poi tornò in camera e cercò di distendersi ancora sul letto, ma all'improvviso sentì una fitta lacerante nel basso ventre e le sfuggì un lieve grido. Si mise a sedere di scatto sul letto per cercar di capire che cosa stava succedendo e, all'improvviso, sentì un'altra atroce fitta. Allora, con un senso di esultanza, toccò la mano di Peter.

«Sì...?» Si era appena mosso.

«Peter.» Bisbigliò il suo nome quando aveva già sentito la terza doglia. Capiva che ci sarebbero volute chissà quante ore prima che il bambino nascesse ma preferiva non sentirsi sola. E voleva dividere con lui l'eccitazione di quei momenti. Era quello che avevano atteso per tanto tempo, Peter soprattutto.

«Che cosa c'è?» Lui aveva alzato subito la testa guardandola più attentamente. «Forse è soltanto un falso allarme.» Mel abbassò gli occhi sul suo pancione e scoppiò a ridere, ma la risata le morì in gola perché aveva provato un'altra terribile fitta che l'aveva colpita alla schiena, facendola inarcare per la sofferenza. Trasalì, senza fiato, e si aggrappò alla mano di Peter che cominciò a sorreggerla mentre lei cercava di respirare più regolarmente. Quando il dolore fu passato, Peter diede un'occhiata all'orologio. «Ti vengono molto spesso? A intervalli regolari?»

Lei rise ancora e lo guardò con occhi colmi di amore. «Non so. Mi sono dimenticata di guardare.»

«Oh, mio Dio.» Peter si mise a sedere sul letto. Di cuori umani se ne intendeva, ma i bambini erano tutt'altra faccenda e già da nove mesi si sentiva segretamente inquieto e agitato per lei. «Da quanto sei sveglia?»

«Non saprei. Da buona parte della notte.» Ormai erano le cinque.

«Quanto tempo ti sono durate le doglie con le gemelle?»

«Accidenti, come faccio a ricordarlo! Sono passati diciassette anni e mezzo. Per un po', mi pare.»

«Non posso dire che mi sei di grande aiuto!» Si mise a sedere sul letto, tenendola sempre d'occhio. «Chiamo il tuo dottore. Comincia a vestirti.» Intanto Mel aveva avuto un'altra doglia che questa volta le era sembrata più lunga delle precedenti. Peter si stava lasciando cogliere dal panico ma non voleva mostrarlo. Né tantomeno voleva che il bambino nascesse in casa, ma che Mel lo partorisse all'ospedale in modo da essere pronti a qualsiasi evenienza. «Su, spicciati.» L'aiutò ad alzarsi dal letto e, dopo un minuto, Mel tornò indietro con aria incerta.

«Che cosa mi metto?»

«Mel, per amor di Dio! Qualsiasi cosa... un vestito... un camicione...» Mel sorrideva tra sé mentre si allontanava a passi lenti, un po' pesanti. Ma quasi subito le si ruppero le acque e chiamò Peter dalla stanza da bagno dove lui la trovò, avvolta dagli asciugamani di spugna. L'ostetrico aveva detto a Peter di accompagnarla immediatamente all'ospedale. Lasciarono un biglietto per i ragazzi sul tavolo di cucina dove tutti avrebbero potuto vederlo, alzandosi. «Andata a prendere il bambino all'ospedale. Vi bacia con affetto la mamma», scrisse Mel con un sorriso mentre Peter, dalla porta, le gridava di fare in fretta, «Vuoi spicciarti?»

«Perché?» Appariva incredibilmente calma e Peter la invidiò.

«Perché non voglio che il bambino nasca nella nuova automobile.» Aveva finalmente venduto la *Mercedes* di Anne e acquistato una macchina nuova per Mel.

«Perché no?»

«Non importa, intelligentona, lascia perdere!» Però non si era mai sentito tanto vicino né tanto legato a Mel come in quel momento, mentre percorreva a gran velocità la strada che gli era familiare e che aveva percorso tante volte al buio, di notte. Quando, poi, entrò con lei in ospedale e l'accompagnò, già distesa su una lettiga, nel reparto maternità, non riuscì a nascondere di essere incredibilmente fiero e orgoglioso.

«Posso camminare, sai?»

«Non vedo perché dovresti camminare quando puoi farti portare dagli altri!» Quelle battute scherzose, in realtà, cercavano di nascondere il tumulto di sentimenti che provava per Mel. Mille pensieri diversi gli si affollavano al cervello mentre pregava che tutto andasse per il meglio. Il bambino gli sembrava terribilmene grosso e stava già pensando all'eventualità di un taglio cesareo. Ne parlò al ginecologo, un vecchio amico, appena prima che entrasse in sala parto ma quello gli allungò un colpetto affettuoso e incoraggiante sul braccio. «Sta benissimo, sai? E se la caverà perfettamente.» Ormai erano già le otto e Mel aveva le doglie da cinque o sei ore.

«Quanto tempo ci vorrà ancora, secondo te?» Aveva parlato sottovoce perché Mel non lo sentisse e il dottore sorrise.

«Ci vorrà ancora un po'.»

«A sentirti, parli come Mel!» Peter lanciò un'occhiataccia al vecchio amico. Poi entrarono insieme in camera di Mel. Questa disse che si sentiva pronta a partorire e il ginecologo le rispose che era troppo presto. Ma, osservandola meglio, si accorse che in quell'ultima mezz'ora aveva fatto enormi progressi, tanto che la fece trasportare immediatamente in sala parto, accompagnata dagli incoraggiamenti di Peter e delle infermiere.

«Vedo già la testa del bambino, Mel!» esclamò poco dopo il ginecologo, molto soddisfatto, e Mel si fece raggiante di felicità.

«Davvero?» Aveva la faccia grondante di sudore e i capelli, scomposti sul cuscino e sulle candide lenzuola, assomigliavano incredibilmente a rosse fiamme guizzanti. Peter capì di non averla mai amata come in quel momento. Mentre Mel riprendeva a spingere, Peter, con un passo, si precipitò a vedere la creatura che stava nascendo. Sorrideva con la faccia bagnata di lacrime.

«Oh, Mel... com'è bello...»

«Che cos'è?» chiese lei col fiato corto.

«Ancora non lo sappiamo.» Intanto tutti sorridevano. Poi vennero fuori le spalle, il corpicino, i fianchi e le gambe... una femminuccia!

«Oh, Mel!» Peter tornò vicino alla testa di Mel e la baciò sulla bocca. Lei, adesso, rideva e piangeva contemporaneamente. Le misero fra le braccia la neonata. Peter sapeva che Mel, nel segreto del suo cuore, avrebbe voluto un maschio ma adesso che stringeva a sé la bambina, pareva che l'avesse dimenticato. Poi, di colpo, fece una smorfia e afferrò Peter per un braccio mentre qualcuno si affrettava a toglierle la piccina.

«Oh, Dio... che male... adesso...»

«Si tratta soltanto della placenta, ormai.» Il ginecologo sembrava tranquillissimo finché Peter, all'improvviso, notò che aggrottava le sopracciglia. E si sentì correre un brivido di paura da capo a piedi. Qualcosa di strano stava succedendo a Mel, la quale aveva ricominciato a soffrire, forse più terribilmente di prima

«Oh, Peter... non posso...»

«Sì, che puoi!» le mormorò il ginecologo. Peter le stringeva la mano e si chiedeva, intanto... accidenti... nessuno sembrava capire che cosa non funzionava... perché non la lasciavano in pace... Mel, però, aveva ricominciato a spingere con tutte le sue forze, finché cominciò a uscire un'altra testina. Peter sgranò gli occhi, sbalordito. Anche Mel lo guardava al colmo dello stupore.

«Oh, no... non un'altra volta...» Peter, intanto, sembrava che continuasse a non rendersi bene conto di quello che era successo... finché scoppiò a ridere anche lui. Mel aveva dato di nuovo alla luce due gemelli e nessuno l'aveva capito prima, com'era capitato alla nascita di Val e Jess. Mel alzò gli occhi verso suo marito con un'espressione in parte dispiaciuta, in parte divertita. «Due, anche stavolta...»

«Sissignora.» Il ginecologo, intanto, aveva affidato a Peter la creatura appena uscita dal grembo materno. E Peter, dopo aver contemplato con stupore e quasi con timidezza l'esserino che aveva in braccio, lo porse a Mel mormorando con occhi pieni di amore: «Signora... ecco suo figlio».

FINE

I libri di Danielle Steel

Incontri
Due vite divise tra passione e dovere. Durante la seconda guerra mondiale, su un transatlantico nasce un amore intenso e travolgente che sfiderà il tempo.

La tenuta
Un ricco proprietario costruisce una residenza per la famiglia. Ma la casa è destinata a ospitare l'infelicità sino all'arrivo di una donna guidata dalla forza del sentimento.

Ritratto di famiglia
Le vicissitudini di una famiglia eccezionale sullo sfondo di Hollywood. I genitori e i cinque figli, ognuno alla ricerca di un'identità e della propria strada.

Menzogne
La menzogna è il prezzo che devono pagare per il successo cinque attori convocati per un importante serial televisivo. Un romanzo avvincente e sofisticato.

Palomino
Come i cavalli dal pelo color avorio, Samantha è soprannominata Palomino. Dalla scintillante New York a un ranch della California, dove l'aspetta l'incontro decisivo.

Promessa d'amore
Kezia è ricca e viziata. Un inquietante avventuriero accende in lei la fiamma della passione, ma quell'alba d'amore rischia di essere inghiottita dal buio.

Giramondo
Nei primi anni Trenta, il desiderio di viaggiare porta Audrey in Europa, dove conosce un uomo. Ma la sete di avventura che li accomuna separa i due amanti.

Ora e per sempre
Giovani e affascinanti, Jessica e Ian sono una coppia perfetta. Ma un momento di debolezza di lui, che gli causa un'accusa di stupro, incrina la fiducia reciproca...

L'anello
La moglie di un banchiere berlinese, innamoratasi, con tragiche conseguenze, di un ebreo, lascia alla figlia un anello che darà alla ragazza la forza di lottare per la sua vita.

Fine dell'estate
La vita di Deanna sembra perfetta, con un marito affascinante e di successo e una splendida casa; ma durante l'estate scopre l'amore, e a settembre...

Stagione di passione
Un'ex modella, madre di un bambino, scrive per gioco un romanzo e diventa una nota scrittrice. Ma un angoscioso passato la isola finché un uomo riempirà la sua solitudine.

Una volta nella vita
Mentre Daphne giace in un letto d'ospedale dopo un incidente, tormentata dai ricordi di un doloroso passato, l'amico di sempre le rivela il suo amore.

Un amore così raro
L'amore ha segnato la breve, tragica esistenza della principessa di San Tibaldo. Ma la capacità di vivere intensamente sentimenti ed emozioni si trasmette alle due figlie...

Amarsi
Figlia di uno scrittore, Bettina è destinata a un brillante avvenire. Ma la morte del padre porta amarezze e delusioni. E da quel momento il suo destino cambia...

Amare ancora
Isabella e Amedeo, proprietari di un atelier a Roma, sono una coppia affiatata e di successo. Ma lui scompare e Isabella deve trasferirsi a New York. Quando tutto sembra perduto...

Due mondi due amori
Il cuore di Gillian, una donna bella e affermata, è diviso fra due uomini, ugualmente importanti. Un'altra splendida storia d'amore dalla scrittrice più letta d'America.

Una perfetta sconosciuta
Da una profonda conoscitrice dell'animo femminile, la vicenda di una giovane donna in conflitto tra la lealtà nei confronti del marito paralizzato e il suo diritto alla felicità.

Cose belle
La toccante storia di un uomo al crocevia dell'esistenza. Scapolo impenitente, finalmente si innamora, ma il destino ha in serbo per lui una prova estremamente difficile.

Il cerchio della vita
La storia americana degli ultimi quarant'anni s'intreccia con le tormentate vicende di Tana, una donna determinata che chiuderà il cerchio della vita con un sorriso.

Il caleidoscopio
Tre sorelle separate da bambine e un uomo deciso a trovarle e a riunirle dopo trent'anni. Ricco di pathos, azione, umanità, uno tra i migliori romanzi dell'autrice.

Zoya
Scampata alla rivoluzione bolscevica, Zoya, fiera e bellissima cugina dello zar, fugge a Parigi. Il suo talento nella danza classica la porterà lontano...

Daddy-Babbo
Dopo diciotto anni di matrimonio, Oliver viene abbandonato dalla moglie Sarah. Uno splendido romanzo che esplora, con grande maestria, l'universo dei sentimenti umani.

Messaggio dal Vietnam
Un'intrepida giornalista americana finisce nell'inferno di Saigon per amore. Avventura, passione e morte sullo sfondo della tragedia della guerra.

Batte il cuore
Bill e Adrian, entrambi con un matrimonio fallito alle spalle, s'incontrano ed è subito amore. Nessuno dei due s'aspettava un tale vortice di emozioni contrastanti...

Nessun amore più grande
Nella Belle Epoque, una tragica notte sul Titanic *segna il destino di molte vite e la giovane Edwina vede sfumare il suo futuro. Un romanzo trascinante.*

Gioielli
L'appassionante saga di una famiglia di gioiellieri americani nel periodo a cavallo della seconda guerra mondiale. Una storia ricca di momenti emozionanti.

Star
Le vite di Crystal e di Spencer sembrano destinate a dividersi per sempre, ma gli ostacoli che si frappongono al loro amore non riusciranno a spegnerlo.

Le sorprese del destino
La felicità di tre coppie è oscurata dallo spettro dell'infertilità. Un romanzo intenso che riesce a far vibrare le corde più profonde dei cuori femminili.

Scomparso
Marielle sposa il ricco Malcolm, nascondendogli i segreti del proprio passato. Nasce Teddy, uno splendido bambino che un giorno viene rapito...

Il regalo
Una tragedia strappa a una coppia felice la figlia minore. Il rapporto vacilla, il dolore sembra travolgere la famiglia, ma un incontro fortuito...

Scontro fatale
Un piccolo inganno, una ragazzata, e una famiglia felice è distrutta: una donna si ritrova sola nella tragedia, ma l'amore rinascerà dalle ceneri. Una storia emozionante.

Cielo aperto
Nello scenario suggestivo dell'America tra le due guerre, una donna insegue un sogno di libertà e la passione della sua vita in una meravigliosa, romantica avventura.

Fulmini
Sotto il peso di un tumore l'esistenza felice di Alexandra inizia a vacillare: la coppia, il lavoro... ma dopo il tunnel l'aspetta una nuova vita.

La promessa
Sfigurata da un incidente alla vigilia del matrimonio, Nancy decide di scomparire per non rovinare la vita del futuro marito. Ma ha scambiato con lui una promessa indimenticabile...

Cinque giorni a Parigi
In una cornice romantica un uomo e una donna dell'alta società americana s'incontrano per caso e si amano di una passione che travalica il tempo.

Perfidia
Grace, modella, nasconde un passato di violenze, culminato in un tragico episodio. Prigioniera dei ricordi, trova la serenità accanto a un uomo, ma...

Silenzio e onore
Estate 1941: Hiroko, giovane giapponese, si stabilisce in California, ospite di parenti. Ma lo scoppio del conflitto travolge la sua esistenza e il sentimento profondo che la lega a Peter...

Il ranch
Finiti gli studi, tre amiche si perdono di vista per ritrovarsi anni dopo a trascorrere una vacanza in un lussuoso ranch del Wyoming. È l'occasione per svelare antichi segreti...

Gentile lettore,

la ringraziamo per aver scelto uno dei romanzi della ricca collana Superbestseller.

Per poter soddisfare sempre meglio le sue esigenze e i suoi gusti, le chiediamo di voler gentilmente compilare il seguente questionario. Se ci fornirà anche il suo indirizzo, le invieremo tempestivamente le informazioni relative alle nuove pubblicazioni del gruppo Sperling & Kupfer e alle iniziative speciali rivolte ai nostri lettori.

Ho trovato questo questionario nel volume dal titolo

....

Ho acquistato questo volume

☐ in libreria ☐ in edicola ☐ al supermercato

Abitualmente acquisto libri

☐ in libreria ☐ in edicola ☐ al supermercato

Numero libri acquistati in un anno: ....

Di solito acquisto un libro perché:

(si possono barrare più caselle)

☐ seguo i consigli di amici/conoscenti/del mio libraio di fiducia

☐ leggo le recensioni

☐ vedo la pubblicità

☐ scelgo i titoli del mio autore preferito

☐ mi piace la copertina

☐ il libro ha vinto un premio letterario

☐ il libro è nelle classifiche dei libri più venduti

☐ ha un prezzo conveniente

Il mio autore preferito è: ....

Il mio libro preferito è: ....

Il mio genere preferito è:
☐ saggistica ☐ narrativa
- romanzi d'amore
- thriller

INFORMAZIONI ANAGRAFICHE

Età: .... Sesso: ☐M ☐F

Professione: ....

FACOLTATIVO

Nome ....
Cognome ....
Via .... n. ....
Città .... Provincia .... CAP ....
E-mail ....

La preghiamo di tagliare lungo la linea tratteggiata e di inviare in busta chiusa e affrancata a:

Sperling & Kupfer Editori S.p.A.
Ufficio Promozione
Via Durazzo, 4
20134 Milano

Il mittente prende atto che i suoi dati saranno trattati per l'eventuale invio di materiale d'informazione libraria, con la possibilità della cessione a terzi dei dati stessi. Resta salvo il suo diritto di conoscenza, cancellazione, rettifica, aggiornamento, integrazione e opposizione al trattamento dei dati, secondo quanto previsto dall'art. 13 della legge 675/96.

Prova d'acquisto
88-8274-374
2002